Beth ist seit Jahren in ihren Chef Richard verliebt – und der hat es noch nicht mal gemerkt. Als Richard mit seiner neuen Flamme und einem Teil der Firmenkasse ins Ausland verschwindet, weiß Beths beste Freundin nur einen Rat für sie: ganz schnell einen neuen Mann finden. Einen, der es wert ist. Doch ehe Beth sich versieht, gibt es zwei Kandidaten – Rupert, der Millionär, der noch dazu atemberaubend gut aussieht, und Brad, der supernette Typ von nebenan, den Beth beim Speeddating kennengelernt hat. Unmöglich, sich zwischen zwei so perfekten Männern zu entscheiden. Und dann steht plötzlich auch ihr Chef Richard wieder vor der Tür.

Debbie Carbin lebt mit ihrem Mann und zwei Kindern in Kent. Nach ›Alles oder Nick‹ (Bd. 18055) ist ›Ein Date für drei‹ ihr zweiter Roman.

Unsere Adresse im Internet: www.fischerverlage.de

DEBBIE CARBIN

Ein Date für drei

Roman

Aus dem Englischen
von Andrea Fischer

Fischer Taschenbuch Verlag

Deutsche Erstausgabe
Veröffentlicht im Fischer Taschenbuch Verlag,
einem Unternehmen der S. Fischer Verlag GmbH,
Frankfurt am Main, Dezember 2010

Die englische Originalausgabe erschien
unter dem Titel ›Three men and a maybe‹
im Verlag Transworld Publishers, London.

Satz: pagina GmbH, Tübingen
Druck und Bindung: CPI – Clausen & Bosse, Leck
Printed in Germany
ISBN 978-3-596-18122-3

Für Richard. Den Einzigen.

I Begrüßung und Vorstellung

Kurzfristiges Ziel: Die beste Fortbildungsreferentin der Stadt werden.
Hindernisse: Eigentlich keine. In dieser Stadt herrscht ein trauriger Mangel an guten Fortbildungsreferenten. Das ist keine Herausforderung.
Langfristiges Ziel: Die große Liebe und das ewige Glück mit meinem einzig wahren Seelenverwandten Richard finden.
Hindernisse: Richard ist außer Landes.

Ist es nicht wunderbar, wenn sich etwas ändert? Der Mensch braucht Veränderungen, um im Leben voranzukommen. Ohne Wandel gäbe es kein Rad, kein Penicillin, kein Glätteisen. Veränderungen sollten wir freudig annehmen, akzeptieren, ja anstreben, denn sie bieten uns die Möglichkeit des Neubeginns, wie der Frühling nach dem Winter. Die Jahreszeiten kommen und gehen, immer wieder entsteht neues Leben. Es gibt keinen Tod, kein Ende, nur Veränderung.

Was für ein kompletter Schwachsinn!

Ich meine, jetzt mal im Ernst, wer findet es wirklich toll, wenn sich etwas ändert? Wer freut sich tatsächlich, wenn alles, das man kennt und auf das man vertraut, plötzlich in sich zusammenfällt wie der Tisch eines schwedischen Möbelhauses? Gibt es wirklich Menschen, die nach drei Wochen Urlaub heimkehren und sagen: »Oh, da haben sich Hausbesetzer bei uns breitgemacht, das ist doch eine gute Möglichkeit, um unser Verhandlungsgeschick zu verbessern.«? Nein. Das sagt niemand.

Aber ich muss so tun, als fände ich Veränderung super, ich muss mich freuen, so wie andere sich innig über den Anbruch eines jeden neuen, schönen, gottgegebenen Tages freuen, weil sie keine trüben Tassen sind. Ich muss so tun, weil das mein Job ist. Nein, ich arbeite nicht beim Immobilienmakler. Was ich verkaufe, ist weitaus wichtiger als Häuser. Ich arbeite für Love Learning, das beste Institut für berufliche Fortbildung am Ort, und ich bin Beth Sheridan, die beste Referentin bei Love Learning. Heute unterrichte ich Veränderungsmanagement, und in gut drei Minuten werde ich in einen Raum voller Kassierer, Schalterbeamter und Kreditberater treten und »Erster Tag: Vorbereitung« runterreißen. Das heißt, ich werde die Teilnehmer überzeugen, wie wunderbar Veränderungen sind, werde ihnen einreden, dass sie Evolution, ja: Revolution bedeuten und wir durch sie umwerfende Erfahrungen machen und Neues lernen.

Es ist absoluter Blödsinn.

Wahrscheinlich hat der Zweigstellenleiter diesen Kurs für seine Mitarbeiter gebucht, weil der Laden in drei Monaten dichtmacht und sie ihre Arbeitslosigkeit nicht als ›Freisetzung‹, sondern als ›Gelegenheit‹ sehen sollen.

Nein, so etwas darf ich nicht denken, das wird man mir anmerken. Ich muss eine positive Ausstrahlung haben, muss optimistisch und engagiert wirken, damit die Leute, wenn sie mir fünf Tage lang zugehört haben, voller Begeisterung und Elan an ihren Arbeitsplatz zurückkehren und eifrig auf die nächste beschissene Veränderung warten, damit sie die Möglichkeit haben, sich zu bewähren. Bevor sie dann dem Arbeitsamt einen unvorhergesehenen Besuch abstatten dürfen. Ich muss einfach hinter meinem Rücken die Daumen gedrückt halten.

Vor drei Monaten ging es mir noch ganz anders. Vor drei Monaten glaubte ich noch an Veränderung. Da saß ich im Negligé und mit Massageöl in der Hand in meiner Wohnung und erwartete, ersehnte, nein, erflehte eine Veränderung. Mein Chef, Richard Love, der Gründer und Inhaber von Love Learning, wollte um acht Uhr vorbeikommen, um mir etwas Wichtiges zu sagen. Etwas Wichtiges, das man nicht am Telefon übermitteln konnte. Er wollte es mir ins Gesicht sagen. Ich wusste, was es sein würde.

Richard und ich waren seit acht Jahren zusammen. Nicht richtig offiziell als Paar, aber wir hatten eine Beziehung. Sie begann, als ich meine Stelle bei Horizon Holidays antrat, dieser großen Firma mitten auf dem Kreisverkehr im Zentrum, die Ferien, Flüge und Reiseversicherungen verkauft. Der Inhaber, Rupert de Witter, wollte wohl kein Gebäude in der Stadt mieten – hatte irgendwas mit der Umwelt zu tun –, deshalb ließ er eines in den Kreisverkehr bauen, was meiner Meinung nach total kurzsichtig war. Egal, durch welche Tür man das Haus verlässt, man muss immer die Straße überqueren. Es war wirklich nervig, besonders wenn man nur mal kurz zur Apotheke oder so wollte. Ich will damit sagen, es war echt nicht mein Fehler, wenn ich so lange für den Hin- und Rückweg brauchte.

Egal, ich wurde als Assistentin des leitenden Fortbildungsreferenten eingestellt, und das war zum damaligen Zeitpunkt Richard Love. Ich war zwanzig und hatte zwei Jahre zuvor meinen Schulabschluss gemacht. Die Stelle bei Horizon war mein erster richtiger Arbeitsplatz. Richard war siebenundzwanzig und schon seit fünf Jahren bei Horizon Holidays tätig. Er war eine Führungskraft, er befahl den Leuten, was sie zu tun hatten, und sie gehorchten. Ich ebenfalls.

Was mir als Erstes auffiel, als ich ihm vorgestellt wurde, war seine Größe. Er stand mit dem Rücken zu mir auf der anderen Seite des Schreibtischs, die Arme vor der Brust verschränkt, und verschluckte das gesamte durch das Fenster fallende Licht, so dass ich nur eine große Gestalt sah. Der Typ aus der Personalabteilung stammelte nervös in Richtung von Richards Hinterkopf: »Ähm, Mr. Love, Sir, ich habe Ihre neue Assistentin mitgebracht.«

Richard drehte sich um und schaute mich an. Und das war's. Seine grünbraunen Augen blickten in meine, und ein unzerstörbares Band war zwischen uns geschmiedet. Strom fuhr mir durch die Adern, und eine unerklärliche Kraft zog meinen Körper zu ihm heran, wie ein unsichtbares Band. Wir sahen uns nur flüchtig in die Augen, doch in dem kurzen Moment schauten wir einander in die Seele und erkannten im anderen einen verwandten Geist. Ich hielt die Luft an, die Uhren hörten auf zu ticken, die Autos auf der Straße blieben stehen. Der Zauber des Augenblicks schlug jeden im Raum in seinen Bann.

»Hat sie auch einen Namen?«, blaffte Richard den Typen aus der Personalabteilung an. Wahrscheinlich wollte er nur seine Verwirrung überspielen.

»Oh, ähm, na klar, 'tschuldigung, das ist Beth Sheridan.«

Zwei Jahre später verließen wir die Firma Hand in Hand. Das ist nicht wörtlich zu verstehen, wir hielten nicht wirklich Händchen. Ich meine es metaphorisch. Normalerweise hätte ich schon seine Hand gehalten, wenn wir etwas langsamer gegangen wären. Und wenn ich nicht Massen von gestohlenem Büromaterial hätte schleppen müssen. Richard marschierte aus Protest gegen den hohlköpfigen Rupert de Witter und seine kurzsichtige Fortbildungspolitik von dannen, und ich eilte ihm nach, um ihn meiner Unterstützung zu versichern.

Die Fortbildungspolitik von Horizon bestand darin, jeden einzelnen Mitarbeiter jedes Seminar absolvieren zu lassen, egal in welcher Abteilung er arbeitete und ob er wirklich davon profitierte. Gießkannenprinzip nannte Richard das. So kamen selbst die Mädels aus dem Telefonverkauf in den Genuss von Excel und PowerPoint, genau wie alle anderen, obwohl sie ihr Wissen im Gespräch mit alten Damen über Töpferkurse in Llandudno niemals anwenden würden.

»Das ist eine sinnlose Verschwendung von Ressourcen!«, schrie Richard Rupert de Witter am Telefon an, schaute zu mir herüber, verdrehte die Augen und boxte in die Luft. In ruhigeren Momenten träumten wir durchaus mal ein paar Minuten lang von einer auf die Bedürfnisse der Teilnehmer zugeschnittenen Fortbildung.

»Wäre es nicht super, Bethy«, sagte Richard dann und schaute mich an, das Kinn in die Hand gestützt, »wenn die Leute nur die Fortbildung bekämen, mit der sie wirklich was anfangen könnten?«

Gebannt nickte ich ihm zu. Nie fühlte ich mich ihm näher als in diesen Momenten.

Irgendwann sollte Richard dann an einem Kurs namens »Einführung in den Umgang mit der Maus« teilnehmen, und das, obwohl er einen Universitätsabschluss in IT hatte. Da war er ein wenig enttäuscht. Ich glaube, er sagte so was wie: »Ja, leck mich doch am …!« Dann machte er einen auf Jerry Maguire und ging. Er nahm nichts anderes mit als seine Überzeugung, das moralisch Richtige zu tun, und das verzückte Mädchen, das für ihn arbeitete (ich). Es war genau wie im Film, abgesehen von den Fischen (bei uns gab es keine). Richard war wild entschlossen, nur das Beste für seine Kunden zu tun, genau wie Tom Cruise, und genau wie Renée Zellweger lief ich ihm mit verliebtem Blick nach. Ich sprang auf, sobald er fragte: »Kommst du mit oder was?«

Natürlich ging ich mit.

Wahrscheinlich bleibt das für alle Zeit mein Lieblingsfilm. Die Moral triumphiert über das Geld, und über allem schwebt die Liebe. Jerry zahlt es den Leuten heim, die ihn im Stich gelassen haben, weil er besser ist als sie. Außer Renée hilft ihm niemand, und schließlich verliebt er sich in sie. Genauso lief es auch bei uns. Nur dass Richard nicht gefeuert wurde. Und dass er etwas länger brauchte, um sich in mich zu verlieben als Tom in Renée. Aber im Unterschied zu ihr bin ich bereit zu warten.

Es ist sechs Jahre her, dass wir Horizon gemeinsam verlassen haben, und in der Zeit haben wir bei Love Learning verdammt hart gearbeitet, um die Firma zum besten Fortbildungsinstitut dieser Stadt zu machen. Die von uns angebotene Fortbildung soll so gut sein, dass der Arbeitgeber sofort den Unterschied merkt, wenn der Angestellte nach dem Kurs an seinen Arbeitsplatz zurückkehrt. Unsere Fortbildung ist auf jeden Kunden individuell zugeschnitten; Richards Traum ist wahr geworden. Dafür habe ich sechs Jahre geschuftet wie eine Blöde.

Richard kennt sich hervorragend mit Geld, Finanzen, Steuerrückzahlungen und so weiter aus, also konzentrierte er sich auf diese Bereiche und ließ mir freie Hand beim Aufbau des Kundenstamms. Ich kam früh ins Büro, blieb abends länger, arbeitete am Wochenende, bummelte auf der Suche nach Inspiration durch die Stadt, schlich mich in ortsansässige Unternehmen, um deren Fortbildungsbedarf zu erforschen, recherchierte im Internet, besuchte Bibliotheken, Konferenzen, Meetings und Seminare, meistens in meiner Freizeit. Nach vier Monaten siebzigstündiger Arbeitswochen, mangelndem Schlaf und zu viel Koffein begann sich das Stöbern, Spionieren, Schnüffeln und Suchen langsam auszuzahlen. Ich hatte das Glück, in einer Wirtschaftszeitschrift als Erste in der ganzen Stadt einen winzigen Artikel zu entdecken, in dem der Leiter einer Restaurantkette zitiert wurde, wonach er sein Unternehmen ins 21. Jahrhundert befördern wolle.

»Auf jeden Fall«, hatte er gesagt, »muss die gesamte Belegschaft umgeschult werden.«

Als ich diese Worte las, schlugen die Glocken, zuckten Blitze und explodierten um mich herum Feuerwerke. Wahrscheinlich lag es am Schlafmangel.

Ich reagierte sofort. Na ja, es war Mitternacht, also ging ich zuerst mal ins Bett. Doch direkt als Erstes am nächsten Morgen wurde ich tätig. Ich stattete der örtlichen Zweigstelle der Restaurantkette einen Besuch ab und überzeugte den Manager davon, dass Love Learning alles zur Fortbildung seiner Mitarbeiter anbieten könne. Er stieg darauf ein.

Das war der Anfang. Von da an war ich nicht mehr zu halten. Ich merkte, dass mir die lukrativen Verträge Richards Anerkennung einbrachten, und glücklicherweise gab es in der Branche keine Konkurrenz für uns. Ich gewöhnte mir an, mit unserer

Broschüre auf Firmen zuzugehen, statt darauf zu warten, dass sie uns ansprachen. Und das hieß wiederum, ihren Fortbildungsbedarf zu erkennen, ehe sie ihn selbst erahnten.

Ich hatte den Dreh raus. Vielleicht lag es daran, dass ich vier Monate lang nichts anderes als Beratungsliteratur gelesen hatte, aber irgendwie war ich imstande, in der hingeworfenen Bemerkung eines Geschäftsführers in irgendeiner Zeitschrift Fortbildungspotential zu erkennen. Als in den Lokalnachrichten über den Manager des Hotels »The Seahorse« berichtet wurde, weil ein drittklassiger Prominenter dort abgestiegen war und sich über den Zimmerservice beschwert hatte, suchte ich den Manager auf und erkundigte mich, ob er an einem Seminar zum Umgang mit Kunden interessiert sei. Und als einem Restaurant im Industriegebiet wegen mangelhafter hygienischer Zustände die Schließung drohte, konnte ich bei einem Besuch dort nicht umhin zu bemerken, dass die Mitarbeiter die Hygienevorschriften besser befolgen könnten, wenn ihnen insgesamt mehr Zeit zur Verfügung stände. Der Restaurantleiter zeigte großes Interesse an unserem neuen Zeitmanagementprogramm.

Love Learning wuchs, und Richard konnte acht weitere Mitarbeiter einstellen – sieben Referenten und Ali für die Verwaltung. Mit einem Auge auf Richard gelang es mir jedoch auch weiterhin, mehr Verträge zu ergattern als meine Kollegen, darunter oft einträgliche Geschäfte. Richard wurde sehr schnell sehr reich.

»Bethy, Bethy, Bethy«, sagte er einmal zu mir und legte mir die Hände auf die Schultern. Was mich für meine Erschöpfung, die schlechte Ernährung und die Koffeinabhängigkeit mehr als belohnte. »Was wäre ich nur ohne dich?«

Ernst sah er mir in die Augen, und die Hitze seiner Hände drang durch meine Bluse und hinterließ sicherlich zehn kleine Brandblasen auf meiner Haut. Ich schaute zu ihm auf und begann zu zittern, und zwar nicht vom Koffeinentzug. Ich öffnete die Lippen, hielt den Atem an und wartete mit klopfendem Herzen, dass er mir gestand, er könne nicht mehr ohne mich leben, er liebe mich aus tiefstem Herzen und voller Leidenschaft und könne es keinen Tag länger ohne mich aushalten …

»Pleite, das wäre ich. Nein, guck nicht so, Bethy, das stimmt. Du hast mich mit deiner Arbeit reich gemacht. Wie wollen wir das feiern?«

»Ähm«, krächzte ich mit trockenem Mund, »wir könnten –«

»Ich weiß! Wir gehen was essen!« Richards Augen leuchteten, sein Gesicht strahlte vor Begeisterung, und mir war klar, dass es meine Arbeit und mein Einsatz für die Firma waren, geboren aus meiner Verbundenheit mit ihm und meiner Bewunderung für ihn, die ihn so glücklich machten. »Himmel, wie sehr ich mich über das ganze Geld freue!«, sagte er und zog seine Jacke an. »Wie gerne ich reich bin!«

Nun, egal. Ich genoss die Zeit mit ihm allein. Die unvorhergesehenen Einladungen zum Italiener oder zum Inder waren die Highlights in meinem Leben.

»Dankbarkeit ist etwas anderes als Liebe«, sagt meine Mitbewohnerin Vini gern mit langsamem, wissendem Kopfschütteln. Da irrt sie sich, und selbst wenn sie recht haben sollte, so haben doch beide Gefühle Ähnlichkeit miteinander. Auf jeden Fall ist Dankbarkeit besser als nichts. Sie beschert einem ein Lächeln, Essen und manchmal sogar Körperkontakt. Hört sich für mich genau wie Liebe an.

Und so saß ich an jenem Abend vor drei Monaten um sieben Uhr abends gewaschen, rasiert, parfümiert und eingeölt auf meinem Sofa und probierte eine bequeme Position aus. Eine Veränderung stand bevor, ich konnte es fühlen. Ich spürte es in meinem pochenden Herzen, auf meiner kribbelnden Haut, in meinem rumorenden Magen; nach acht gemeinsamen Jahren hatte Richard nun endlich gemerkt, dass er sich auf den ersten Blick in mich verliebt hatte. Sicher, ich hatte nicht damit gerechnet, dass es acht Jahre dauern würde, aber das war nun egal. Endlich war der Moment gekommen.

Ehrlich gesagt dachte ich vor drei Monaten auf dem Sofa gar nicht an eine bequeme Sitzposition, sondern an eine verführerische. Ich wollte mich auf dem Sofa räkeln, als täte ich es ganz nebenbei, und dabei meine Beine so anwinkeln, dass sie so attraktiv wie möglich aussahen. Ich hatte den großen Spiegel aus dem Schlafzimmer geholt und gegen den Fernseher gelehnt, damit ich meine Haltung kontrollieren konnte. Ich wollte unbeabsichtigt ein bisschen nackte Haut sehen lassen, ohne gleich einen auf Britney Spears zu machen, was in dem knappen Nachthemd gar nicht so einfach war. Die ersten drei Male klappte es nicht besonders gut, worauf ich nicht näher eingehen möchte, und als ich gerade schüchtern zum vierten Mal in den Spiegel lächelte und hineinsprach: »Warum, Richard, was meinst du damit?«, klingelte es an der Tür.

Eine Stunde zu früh. Eine verfluchte Stunde! Wie versteinert hielt ich inne und starrte auf mein entsetztes Gesicht in dem beschissenen Riesenspiegel, der im Wohnzimmer wirklich völlig fehl am Platz war. Eigentlich müsste ich ihn wegbringen. Richard würde sich fragen, was um alles in der Welt der hier im

Wohnzimmer zu suchen hatte. Ich machte einen Schritt darauf zu, wusste aber eigentlich, dass ich keine Zeit mehr hatte. Der Spiegel war unglaublich schwer, am Nachmittag hatte ich ihn rüberbekommen, indem ich ihn, Ecke um Ecke, über den Flur schob. Es dauerte eine halbe Stunde und kostete mich die Haut meines großen Zehs. Wieder klingelte es. Egal, dann musste er halt dort stehen bleiben. Zum Glück hatte ich das Anzünden der Kerzen viel zeitraubender eingeschätzt und schon um halb sechs damit angefangen. Eigentlich wollte ich einige wieder auspusten, weil achtundzwanzig (eine für jedes Jahr meines Lebens) mir nicht mehr so eine gute Idee zu sein schien, aber dafür war es jetzt zu spät. Mit geschmeidigem Gang begab ich mich zur Tür, fühlte mich wie ein Leopard auf der Jagd, sehnig und verführerisch. Ich wusste, dass ich super aussah und dass von jetzt an alles anders würde.

»Stromausfall?«, war das Erste, was Richard sagte, als er in Jeans und dem so vertrauten Kamelhaarmantel ins Wohnzimmer trat. Ich schloss die Eingangstür und folgte ihm. Als ich ins Zimmer kam, betrachtete er mich gründlich, und mir drehte sich der Magen um. Ich lächelte verführerisch und ließ mich aufs Sofa sinken. Es klappte auf Anhieb. Da der Spiegel noch da war, warf ich einen kurzen Blick hinein – ja! Ich sah super aus, viel Bein und Ausschnitt, aber nichts à la Britney. Perfekt. Durch meine langen Wimpern schaute ich zu Richard auf – er stand noch – und merkte, dass er völlig verwirrt war. Sein Blick schweifte umher, seine Hände in den Taschen zuckten, er nestelte an Schlüsseln und Münzen, wurde rot und biss sich voller Unbehagen auf die Unterlippe, was ich einfach umwerfend fand. Er war völlig berauscht von mir und brachte kein Wort heraus. Es war Wahnsinn. Ich rührte mich nicht, genoss den Moment, hielt meine perfekte Pose, obwohl mein linker Fuß einschlief, und blickte Richard mit leichtgeöffneten Lippen an. Das Herz schlug mir bis zum Hals. Da sagte er: »Oh, Mist, Bethy, du hast Besuch, oder?« Er legte die Hand auf den Mund und riss die Augen auf, registrierte meine Aufmachung, die Kerzen, den Spiegel.

»Nein, hab ich nicht. Natürlich nicht.«

Er lächelte. »Ach, komm, Bethy, red keinen Blödsinn! So was musst du doch vor mir nicht verheimlichen.« Er warf einen kurzen Blick zum Spiegel hinüber und hob mit wissendem Grinsen die Augenbrauen.

Ich versuchte aufzustehen, aber weil ich das nicht geübt hatte, fiel es mir sehr schwer, dabei Haltung zu bewahren. Schließlich musste ich mit einer Hand das Nachthemd festhalten, mich an die Sofakante schieben und mit der anderen Hand hochdrücken. Aus dem Augenwinkel sah ich im Spiegel, wie ich mich erhob, gleich einer antiken Statue, die durch einen Atombombentest aus ihrem tausendjährigen Schlaf geweckt wurde. In einem Babydoll.

»Nein, Richard, ehrlich nicht. Außer uns ist niemand hier.«

Er musterte mich ausgiebig, von den nackten Füßen zum fast nackten Rest von mir, dann sagte er – und es kam mir wie eine Ewigkeit vor: »Gut. Nun. Also, Beth, ich möchte dir etwas sagen. Es ist etwas passiert. Etwas Unglaubliches, Unerwartetes …« Er starrte mich an, und seine Augen leuchteten, sein Mund lächelte, er konnte seine Erregung kaum noch verbergen.

»Ja?«, flüsterte ich.

»Ich habe mich verliebt, Bethy.«

»Ja?«
»Hals über Kopf, bis über beide Ohren.«
»Ja?«
»Sie heißt Sabrina.«
»Nein!«
»Was?«
»Ach, nichts.«
»Aha. Gut. Also, pass auf: Sabrina kommt aus Portugal, und jetzt rat mal! Ich ziehe nach Portugal, morgen! Ich beginne ein völlig neues Leben!« Richard kam näher und sah mir in die Augen. »Ich weiß, dass du dir Sorgen um Love Learning machst. Typisch Bethy, fühlst dich immer verantwortlich. Aber das geht schon klar, ich habe für alles gesorgt. Mein Schwager Chas wird die Firma für mich leiten, während ich weg bin. Hier sind die Schlüssel fürs Büro. Chas kommt morgen um zehn. Kannst du sie ihm übergeben?«

Na gut. Wir brauchen nicht näher darauf eingehen. Es soll genügen zu sagen, dass Richard mein Wohnzimmer, meine Wohnung und das Land in Höchstgeschwindigkeit verließ und ich ihn seither nicht mehr gesehen habe. So war das, als ich mich vor drei Monaten nach einer Veränderung sehnte. Und diese Veränderung kam tatsächlich. Nur sah sie anders aus, als ich mir erhofft hatte.

Jetzt werde ich in den Schulungsraum gehen und diesen Leuten von der Bank erzählen, dass Veränderung gut ist, dass Wandel super ist, dass das Neue umwerfend, erstrebenswert, verführerisch ist, und hinter meinem Rücken werde ich der Welt den Finger zeigen. Mit einem kleinen Gruß an alle Schweine, die sich aus dem Staub gemacht haben.

2 *Notwendigkeit von Veränderung*

Kurzfristiges Ziel: Die Bankangestellten überzeugen, Veränderungen zu begrüßen, zu lieben und anzunehmen.
Hindernisse: Wahrscheinlich wird Gott mich mitten in der Planungsphase mit einem Blitz erschlagen.
Langfristiges Ziel: Unverändert: Richard oder jemand anders heiraten.
Hindernisse: Er ist noch in Portugal. Und ansonsten ist nichts Brauchbares in Sicht.

Ich bin ein Profi, zeige also niemals meine wahren Gefühle. Ich verrate sie nicht einmal versehentlich durch ein unbedachtes höhnisches Lächeln. Ich habe meinen Gesichtsausdruck und andere nonverbale Signale zu jeder Zeit total unter Kontrolle und achte immer darauf, der Welt eine heitere Miene zu präsentieren. Das tue ich hauptsächlich aus zwei Gründen: Erstens sieht man viel besser aus, wenn man lacht, als wenn man griesgrämig in die Gegend blickt. Ich weigere mich einfach, verbittert und trübsinnig zu sein. Den Rest meines Lebens den Kopf hängen zu lassen, nur weil ich einen Korb bekommen habe, ist reine Verschwendung. Außerdem könnte es meine Chancen, jemand anderen zu finden, erheblich verringern. Auch wenn das momentan höchst unwichtig ist. Neunzig Minuten nachdem ich mit »Erster Tag: Vorbereitung« angefangen habe, ist mir klar, dass wieder mal kein anständiger Kerl im Seminar ist. Das macht einen echt fertig. Mit wem flirten eigentlich all die weiblichen Bankangestellten?

Ich knipse das Licht und die Kaffeemaschine aus und gehe zurück ins Büro. Die Kursteilnehmer können sich derweil bei einer Mindmap und einem Kaffee kennenlernen. Früher gab's dazu auch noch süße Stückchen, aber die haben wir gestrichen. Hier und dort ein bisschen sparen, sagt Chas, mache einen großen Unterschied. Es scheint deutlich weniger Geld da zu sein, seit Richard fort ist.

In meinem Büro schlendere ich verführerisch zu meinem Schreibtisch und nehme Platz, schlage die Beine übereinander wie die Queen und strahle Gelassenheit und Eleganz aus. Wer mich sieht, würde nicht ahnen, wie total angepisst ich bin. Als ich mich in meinen Computer einlogge, konzentriere ich mich darauf, ein beschäftigtes Gesicht zu machen. Ich möchte den Eindruck erwecken, tief in Gedanken versunken zu sein. Dabei beobachtet mich eigentlich niemand, man könnte also denken, dass ich wirklich in irgendwas vertieft bin. Derweil behalte ich ein schwaches Lächeln auf den Lippen, so als würden mich meine Gedanken belustigen. Die Füße habe ich an den Knöcheln gekreuzt und seitlich unter den Stuhl geschoben (man ist nie zu jung für Krampfadern). Mein schulterlanges, hellbraunes Haar habe ich hinters Ohr geschoben, auf den Lippen ist Gloss, aber nicht zu viel, ich bin unauffällig geschminkt. Mit Sicherheit sehe ich total entzückend aus, wie ich da so sitze, das nette Mädel von nebenan, und genau so möchte ich wirken.

»Guck mal, die da!«, sagte Richard einmal zu mir, als wir Pizza essen waren. »Die sieht ja super aus!« Ich drehte mich um, wollte sehen, von wem er sprach. Es war ein ungefähr zwanzig Jahre altes Mädchen mit schulterlangem braunem Haar, kaum geschminkt, das die Füße seitlich unter dem Stuhl verstaut hatte wie die Queen. »Sieh dir mal ihre Haut an – absolut makellos. Nicht so aufgedonnert wie eine alte Fregatte. Das ist natürliche Schönheit, sag ich dir!« Richard lächelte das Mädchen an, blickte über meine Schulter, konnte den Blick einfach nicht abwenden. Bis ich mich an meiner Pizza verschluckte und fast erstickt wäre.

So erfuhr ich, was Richard schön fand, und diese Vorstellung habe ich bis zur Perfektion getrieben. Er muss jetzt nur noch zurückkommen und mich erblicken. Wenn es so weit ist, werde ich bereit sein. Das ist der zweite Grund, warum ich immer fröhlich und nett aussehen will.

Ist mal jemandem aufgefallen, dass das Mädchen, das vom Helden durch ein Fenster oder quer durch einen überfüllten Raum beobachtet wird, nie mit dem Finger in der Nase bohrt, sich unter den Achseln kratzt oder auch nur gründlich genervt vor sich hin starrt? Immer lacht sie mit einer Freundin, hilft einem Behinderten oder teilt Essen aus. Wenn Superman durch die Wände guckt und zusieht, wie Lois mit dem Aufzug bis unters Dach fährt, steht sie einfach reglos da und sieht hübsch aus, ihr Haar liegt perfekt, ihre Füße sind anmutig platziert. Ich meine, sie ist immerhin allein in dem Fahrstuhl, Herrgott noch mal, warum zupft sie nicht wie alle anderen ihren BH zurecht, zieht die Strumpfhose hoch oder pult den nervigen Selleriefaden aus dem Backenzahn? Nein, tut sie nicht. Sie ist selbst dann noch attraktiv, wenn es gar nicht nötig ist. Und das ist ihr Glück, denn ihr Geliebter kann sie überall sehen, egal was sie gerade macht.

Ich hege nicht den stillen Glauben, dass Superman mich unentwegt durch die Wände beobachtet und mich eines Tages vor dem sicheren Tode rettet, wenn ich in einem defekten Lift vom dritten Stock nach unten falle. Ich hänge nicht der Vorstellung an, dass er mich liebevoll fortträgt, mit mir im Mondschein über die Stadt fliegt und mich am Ende nur widerwillig vor meiner Haustür absetzt, weil er ein anderes Leben retten muss. Natürlich glaube ich das nicht, das ist totaler Blödsinn. Aber in einem bin ich mir sicher: Richard kommt zurück. Eines Tages. In zehn Minuten, sechs Wochen oder einem Jahr, das weiß ich nicht, aber es wird geschehen, und wenn es so weit ist, möchte ich gut aussehen. Ja, kann sein, dass ihn die durchschaubare und in Wahrheit reichlich billige Exotik einer ausländischen Schlampe zeitweilig ablenkt, aber das heißt nicht, dass er mich nicht liebt.

Sobald er merkt, dass er mich schon seit Jahren liebt, wird er in dieses Büro zurückkehren wie Richard Gere in *Ein Offizier und Gentleman* auf der Suche nach Debra Winger. Er wird durch die Räume streifen und mich erblicken, bevor ich ihn sehe. Sein Blick wird auf mir ruhen, er wird sich entspannen, ein Lächeln wird auf seinem Gesicht erscheinen, während er mir zuschaut, und ganz tief in seinem Herzen wird er wissen, dass er endlich heimgekehrt ist. Oder er schickt mir eine SMS. Egal, die Sache ist, dass ich bereit sein muss, dass ich allzeit einen niedlichen Gesichtsausdruck haben muss oder eine achtbare Tätigkeit ausüben muss, denn er wird unangekündigt auftauchen, und ich werde keine Zeit haben, ein attraktives Gesicht aufzusetzen oder Lipgloss aufzulegen.

Ich schließe nicht aus, in der Zwischenzeit einen gutaussehenden Typen in einem Fortbildungskurs, im Supermarkt, in der Schlange bei der Bank, auf der Straße, im Parkhaus, im Pub, beim Schuhkauf, in der Bibliothek, an der Tankstelle oder wo auch immer kennenzulernen. Diese Zufallsbekanntschaften gibt es immer wieder. Und wenn Richard dann doch zurückkommt, könnte ich zu ihm sagen: »Dieser Zug ist abgefahren, Süßer.« Das fände ich super.

Und so sitze ich für den potentiellen Zuschauer gedankenversunken an meinem Schreibtisch. Sanft stütze ich das Kinn in die Hand. Also, ich presse nicht das Gewicht meines Kopfes in die Hand, denn das würde mein Kinn zerquetschen, aber diese Geste verleiht mir einen interessanten, nachdenklichen Ausdruck.

Im Moment haben wir bei Love Learning acht Referenten, dazu Ali im Sekretariat. Ich sitze neben Fatima, Rücken an Rücken mit Grace, mir gegenüber ist Dereks Platz. Meinen Schreibtisch erkennt man an den Zeitungsausschnitten, Zeitschriftenartikeln, Ausdrucken, Interviews, Kritiken, Berichten und Diagrammen an den Trennwänden. Unter einem der Artikel liegt ein kleines Foto von Richard, das ich einmal mit dem Handy machte, als er nicht aufpasste. Es ist leicht verschwommen und wirklich winzig, aber es ist das einzige Bild, das ich von ihm habe. Er steht neben seinem Schreibtisch, schaut auf etwas hinunter, eine Hand in der Tasche. Ich bin die Einzige, die weiß, dass dieses Bild dort liegt, also bitte keinem weitersagen.

Fatima neben mir erhebt sich. Sie trägt ein T-Shirt, auf dem in großen Buchstaben steht: **WARUM SIND WIR HIER?** Ganz klein darunter ist gedruckt: **Wir könnten in einer Kneipe sein.** Offensichtlich muss Fatima heute nicht unterrichten. Sie beugt sich über die Trennwand zu mir herüber.

»Hi, Beth, dein Haar sieht klasse aus heute. Wie läuft der Kurs mit den Veränderungen? Du hast das echt drauf, bei dir wirkt alles immer so leicht. Ich werde jedes Mal total nervös, verhaspele mich, wenn mich alle beobachten und mir zuhören und nur darauf warten, dass ich einen Fehler mache. Ist was Leckeres für uns dabei?«

Fatima hat eindeutig den falschen Job.

»Fatima«, antworte ich mit gelassenem Lächeln, »bei so einer Lerngruppe gibt es doch Wichtigeres als das Aussehen der Kerle. Also wirklich, ist das alles, woran du denken kannst?«

Ihr Lächeln wird etwas schwächer, sie setzt sich wieder. »Nein, nein, das meinte ich damit nicht, ich weiß natürlich, was … Ich meine, ich bin nicht … es ist nur … Glaubst du, du kommst mit denen klar?«

»Das ist momentan noch schwer zu sagen. Aber sie wirken ganz interessiert. Bis jetzt.«

»Na, dann ist es gut, so ist es viel angenehmer für dich, nicht? Gibt nichts Schlimmeres, als Leuten was einzubläuen, die überhaupt kein Interesse daran haben, an die man nicht rankommt, egal was man versucht. Tasse Tee?«

Ich vermute, dass Fatimas Seminarteilnehmer selbst dann das Interesse verlieren würden, wenn sie erklärte, wie man Stroh zu Gold spinnt, aber das sage ich ihr nicht. »Ja, bitte, Fats. Danke sehr.« Sie begibt sich in Richtung Küche, ich wende mich wieder meinem Computer zu. Ich habe jetzt eine Viertelstunde Pause, in der ich interessiert auf meinen Computer schauen und dazu ein Heißgetränk nippen werde. Ich riskiere einen verstohlenen Blick auf die Eingangstür, nur für den Fall. Nein, immer noch in Portugal.

Fatima braucht ewig für den Tee. Ich werfe einen Blick auf die Uhr und rechne aus, wie lange jeder Schritt der Teekochprozedur dauert. Teebeutel in Becher hängen – vier Sekunden. Heißes Wasser aufgießen – acht Sekunden. Ziehen lassen – zwei Minuten.

Aus der Küche ertönt ein Schrei.

Die Reaktion im Büro folgt auf den Fuß: Alle Köpfe fahren herum, dann warten alle, ob sich jemand erhebt. Derek gegenüber von mir hustet und räuspert sich geräuschvoll, ohne aufzusehen, er will uns wohl glauben machen, dass er den Schrei wegen seines Räusperns nicht gehört hat. Hmm.

Meine Kollegen können von Glück sagen, dass sie nicht auf Skull Island sind. Als das arme Mädchen beim Anblick von King Kong loskreischte, hätten sie eine äußerst interessante Gesteinsformation untersucht oder in einer Zeitschrift geblättert.

»Schon gut«, sage ich und stehe schnell auf. »Ich gehe.« Mit erschrockener Sorge im Gesicht eile ich zur Tür. Die müssten mir alle verflucht dankbar sein. Fatima hat ungefähr alle vierzehn Tage einen Arbeitsunfall, und keiner hier eilt ihr so oft zu Hilfe wie ich. Wenn sie ein gutes Timing hat und ich ihr jedes Mal helfe, stehen die Chancen gut, dass ich mich gerade besorgt um ihre Verletzung kümmere, wenn Richard ins Büro marschiert kommt und nach mir sucht. Mich um eine verletzte Freundin kümmern, gehört zu den fünf bevorzugten Tätigkeiten, bei denen ich von Richard bei seiner Rückkehr überrascht werden möchte.

Dass mich keiner falsch versteht! Natürlich freue ich mich nicht darüber, dass Fatima sich wehgetan hat. Herrgott, ich bin doch keine Sadistin! Als ich in die Küche komme, entdecke ich sofort die rote Verbrennung an ihrem linken Handrücken, die sich über das Handgelenk bis zum Unterarm zieht und wirklich schmerzhaft aussieht. Aber alles hat sein Gutes, wie Chas gerne sagt. Fatima würde sich bestimmt freuen zu hören, dass ihre Schmerzen einen positiven Effekt haben. Sie soll nicht umsonst gelitten haben. Und wenn ich sage, mein Gesicht drückt erschrockene Sorge aus, soll das nicht bedeuten, dass Erschrecken und Sorge nur gespielt sind. Ich muss bloß dafür sorgen, dass sie meinem Gesicht auch deutlich anzusehen sind. Also übertreibe ich es. Ein kleines bisschen.

Fatima schnieft leise, blickt von ihrem verletzten Arm zum bösen Wasserkocher, als wolle sie ihm Schuldgefühle einreden. Na ja, wahrscheinlich versucht sie wohl zu rekonstruieren, was passiert ist. »Hey, Fats, alles in Ordnung?«, frage ich mit Blick auf das feuchte Papiertuch, das sie auf ihre linke Hand drückt.

»Schon gut«, sagt sie mit tränenerstickter Stimme. »Hab mich nur verbrüht, mehr nicht. Wie dumm von mir.«

Ich lege den Kopf zur Seite und schenke ihr ein mitleidiges Lächeln. Das sieht nicht nur gut aus, es bewahrt mich auch davor, dämlich zu nicken. »So was kann jedem mal passieren. Wie wär's, wenn ich dir zur Abwechslung eine Tasse Tee mache? Du bist im Moment ja ein bisschen außer Gefecht gesetzt.«

Sie nickt und lächelt mich dankbar an. Ich wende ihr den Rücken zu und wasche zwei Tassen unter dem heißen Wasser ab, aber sie ist schon aus der Küche geschlichen.

Ich bringe Fatima ihren Tee. Ich gehe langsam, schaue feierlich und dienstbeflissen drein, habe das Haar hinter die Ohren geschoben, weil das ernsthafter wirkt. Als ich neben ihr stehe, lege ich ihr die Hand auf die Schulter und lächle aufmunternd. Das kann ich gut, ich versuche, es so oft wie möglich zu tun.

»Oh, danke, Beth, das ist lieb«, sagt sie. »Das wäre echt nicht nötig gewesen, wirklich nicht, das hätte ich auch selbst machen können, ich bin ja nicht völlig bewegungsunfähig. Obwohl, wie ich mich kenne, hätte ich mich wahrscheinlich noch mal verbrüht oder wäre über den Küchentisch gestolpert, hätte die Tassen fallen lassen und die Mikrowelle umgestoßen …«

Fatima übertreibt nicht – ist alles schon passiert.

Mike, der ihr gegenübersitzt, hat seinen Stuhl neben ihren gezogen. Auf Fatimas Tisch liegen jede Menge Blätter und Formulare.

»Beschreiben Sie die Umweltbedingungen am Tag des Unfalls«, liest Mike vor und schaut von einem Vordruck auf. »Was würdest du sagen, Fats? Sollen wir ›trüb und düster‹ eintragen?«

Ich will eine lustige Bemerkung über die Kücheneinrichtung machen, überlege es mir aber anders. Ich werde mir den Spruch aufheben und ihn ein andermal bringen.

Das einzig Interessante, was an dem Tag noch passiert, ist, dass Chas in meiner Kaffeepause unangekündigt durch die holzbeschlagenen Tür kommt und im Büro auftaucht. Er erscheint ungefähr so oft wie der Halley'sche Komet, so dass wir alle in unserer Arbeit innehalten, um das ungewöhnliche Schauspiel zu bewundern.

Als Chas hier anfing, einen Tag nachdem Richard mich gebeten hatte, seinem Schwager die Schlüssel zu übergeben, stand ich in der Tür und sah ihn auf dem Rad kommen. Nicht auf einem Motorrad, nein, auf einem Drahtesel. Unglaublich, oder? In einem Dreiteiler, die Aktentasche vorne im Korb und Fahrradklammern an den Hosenbeinen. »Ah, ich sehe, Sie staunen über mein umweltfreundliches, sparsames, gesundheitsförderndes Transportmittel?«, sagte er, als er das Bein über den Sattel schwang und auf einem Pedal stehend auf mich zurollte. Er klopfte sich auf die Brust. »Super Training für das Herz, wissen Sie. Das hübsche Pferdchen wird mein Leben verlängern.«

Nicht, wenn er von einem Zementmischer überfahren wird.

Im Büro steht Chas einen Moment lang blinzelnd da, desorientiert, dann räuspert er sich, um auf sich aufmerksam zu machen. Er merkt gar nicht, dass ihn bereits alle anstarren. Schließlich verkündet er, dass sich etwas ändern muss. Ausnahmsweise bin ich seiner Meinung und will mich lächelnd erheben, um ihm für seine neue Stelle alles Gute zu wünschen. Aber Chas redet weiter. Er teilt uns mit, dass wir noch drei Arbeitswochen Zeit hätten, bevor am zweiundzwanzigsten die Weihnachtsferien beginnen, und dass er bis dahin mindestens einen Vertrag von jedem von uns in der Tasche haben wolle, da der erfolgreiche hohe Umsatz, an den wir uns schon gewöhnt hatten, seit Richards Fortgang geschrumpft sei. Es hört sich an, als sei es unser Fehler, weil wir uns »auf unseren Lorbeeren ausgeruht« hätten, jetzt müssten wir »alles auf eine Karte setzen« und den »Stier bei den Hörnern packen«. Dann hält Chas eine aufrüttelnde Rede über Phönix aus der Asche und fügt am Ende noch schnell hinzu, dass mindestens vier Stellen gestrichen würden und der Laden vielleicht sogar dicht machen müsste, wenn wir uns nicht anstrengen. Dann verschwindet er wieder hinter seiner Tür. Wir haben kaum Zeit, uns mit offenem Mund fragend anzusehen, da steht er schon wieder im Raum.

»Und weil ihr alle gerade zuhört«, sagt er und weist mit dem

Finger auf uns: »Denkt bitte dran, was ich letzte Woche gesagt habe. Ich finde immer noch eingeschaltete Lampen und Mehrfachsteckdosen, obwohl sie nicht genutzt werden. Ihr müsst alles ausschalten, was ihr nicht benutzt. Das ist kein Witz, das ist wichtig, Leute! Dadurch sparen wir Geld und retten unsere Arbeitsplätze. Denkt dran!« Und damit verschwindet er wieder. Wir wissen, dass er – wie der Komet – irgendwo herumtrudelt, aber fürs Erste wird er nicht wieder auftauchen.

Ich habe den Eindruck, als versuche Chas, heldenhaft den Umstand zu ignorieren, dass wir bereits eine dieser umwälzenden Veränderungen mitgemacht haben, von denen er spricht. Richard raus, Chas rein. Ergebnis: das reine Chaos. Ist das deutlich genug?

Fatima stürzt sich auf mich, ich fahre zusammen. »Oh, Beth, hast du gehört, was er gesagt hat? Vier Leute müssen gehen! Was glaubst du, wer das sein wird? Meinst du, ich werde meinen Job verlieren?«

Ich lächle sie an. »Fatima, darüber solltest du dir wirklich keine Sorgen machen.« Es lohnt sich nicht, weil es leider hundertprozentig sicher ist. Sie könnte ebenso gut jetzt ihren Platz räumen.

Fatimas Gesicht erhellt sich ein wenig. Ein Funke Hoffnung huscht darüber. Ganz kurz. »Echt? Meinst du, ich kann bleiben? Sonst wüsste ich nämlich echt nicht, was ich machen soll. Ich kann es mir wirklich nicht leisten, meine Arbeit zu verlieren. Ich habe eine Katze, nehme Gitarrenunterricht und habe einen Satellitenfernseher. Ich *darf* einfach nicht arbeitslos werden.«

Heute ist Montag, der vierte Dezember. Ich habe mich nach der Arbeit mit Vini verabredet, um in der Stadt Weihnachtsgeschenke einzukaufen. Darauf freue ich mich total. Ich zittere bereits vor Aufregung, weil ich ja möglicherweise zufällig jemanden treffen könnte, der sich als mein Seelenverwandter entpuppt. Mein zweiter Seelenverwandter. Natürlich könnte Richard auch gerade am Flughafen gelandet und schnell in die Stadt gefahren sein, um ein Geschenk für mich zu kaufen – vielleicht sogar einen Ring! –, bevor er sich ins Büro begibt.

Außerdem muss ich einen Schlafanzug für meinen Onkel Colin kaufen.

»Hast du was vor?«, fragt jemand.

Schon gut, keine Panik. Das war eine Frauenstimme. Kann auch nicht anders sein, ich stehe ja in der Damentoilette, bürste mir das Haar und frische mein Lipgloss auf. Die Toilette ist einer der wenigen Orte, wo ich nicht heimlich von Richard beobachtet werden kann. Obwohl ich nichts ausschließen will. Wenn er irgendwann zurückkommt, könnte er mich so dringend sehen wollen, dass er durchaus hier hereinplatzen könnte. Doch im Spiegel erkenne ich, dass er es nicht ist. Es ist Grace.

Grace ist meine Erzfeindin. Sie ist das genaue Gegenteil von mir. Guter Unterricht und gründliche Vorbereitung sind ihr völlig fremd. Außerdem gehört sie zu denen, die in der Nacht vor der Hochzeit mit dem Verlobten ihrer Schwester schlafen würden. Total künstlich, diese Frau. Genau wie ihre Haarfarbe. So blondes glänzendes Haar kommt in der Natur überhaupt nicht vor. Und egal, wie lange man in der Sonne brutzelt, so gleichmäßig gebräunt ist niemand. Das kommt alles aus der Tube, auch wenn sie das niemals zugeben würde.

Nicht, dass an Selbstbräunern etwas auszusetzen wäre. Im Winter benutze ich selbst ein wenig für Gesicht und Arme, damit ich nicht ganz so blass wirke. Das mache ich eher aus Rücksicht auf meine Mitmenschen, die müssen mich schließlich ansehen. Unsere Kunden haben mit Sicherheit keine Lust, in den Seminaren so ein Schneewittchen anzustarren. Der Unterschied zwischen Grace und mir ist, dass sie winters wie sommers vom Scheitel bis zur Sohle buchstäblich in Selbstbräuner badet und dann erzählt, sie hätte zwei Wochen Urlaub in Dubai gemacht.

Ich lächle sie freundlich im Spiegel an. »Nein, bloß Einkaufen.«

Sie nähert sich mir. »Ach, das macht doch Spaß. Jedenfalls besser, als rumzulaufen und diese dämlichen Verträge reinzuholen.« Sie verdreht theatralisch die Augen. »Alles armselige Spinner hier.«

Ich runzle die Stirn. Wie unreif sie ist! Ich meine, es stimmt, dass ich heute nicht auf der Jagd nach neuen Verträgen bin, aber nur, weil ich eine wichtige Aufgabe erledigen muss. Ich bezweifle nicht, dass mein nahe bevorstehendes Eintauchen in den lokalen Einzelhandel mir den einen oder anderen Denkanstoß geben wird, wem ich eventuell eine Fortbildung anbieten könnte.

»Wie meinst du das?« Ich vermeide, ihr direkt ins Gesicht zu sehen, denn wenn ich danach mein eigenes Spiegelbild betrachte, zieht mich das immer ein bisschen runter.

Nein, sie sieht nicht besser aus als ich. Bewahre! Bloß wirke ich im Vergleich zu ihrer ewigen Bräune und dem wasserstoffgebleichten Haar immer etwas blass und unscheinbar. Andererseits: neben Cath Parson, die gegenüber von Grace sitzt, könnte mein Gesicht durchaus den einen oder anderen Blumentopf gewinnen. Schönheit liegt im Auge dessen, neben dem du gerade stehst. Wenn Cath jetzt bloß hier wäre!

Grace beugt sich zum Spiegel vor, öffnet die Lippen und trägt Wimperntusche auf. »Ach, du weißt schon, alle anderen hier flitzen nach der Arbeit direkt los, um Unterschriften zu sammeln. Als ginge es um Leben oder Tod. Weißt du?« Sie wirft mir einen Blick über den Spiegel zu und schüttelt schwach lächelnd den Kopf. »Armselig.«

»Dann findest du das also nicht wichtig?«

»Ach, Quatsch! Warum sollte ich? Jedenfalls noch nicht.« Grace hält inne, die Wimperntuschebürste schwebt vor ihr, als wolle sie jemanden verzaubern. Dann dreht sie sich zu mir um. »Du etwa?«

Sie ist gerissen, nicht? Ich kann ihr nicht widersprechen und sagen, sie handele kurzsichtig, unreif und oberflächlich, von eitel ganz zu schweigen, sie sollte sich mehr anstrengen, um die Firma und unsere Arbeitsplätze zu retten, denn dann gehörte ich in ihren Augen zu all den anderen im Büro, zu den armseligen Spinnern. Aber wenn ich ihr beipflichte, dann ... nun ja ... dann stimme ich ihr zu. Was ich schon aus Prinzip nicht will.

Letztendlich zucke ich unverbindlich mit den Achseln. »Jedem das Seine«, sage ich und bin total stolz auf meine Antwort. Damit ist so gut wie alles abgedeckt. Ich wirke erwachsen und gelassen, ohne dabei zu behaupten, dass es in Ordnung sei, sich nicht um neue Verträge zu kümmern. Super. Ich muss mir das Grinsen verkneifen, als ich mich wieder zu meinem Spiegelbild umdrehe.

»Auf jeden Fall …«, sagt Grace und widmet sich wieder ihren Wimpern, »… habe ich heute den größeren Spaß. Bis morgen!« Mit diesen Worten wirft sie sich die Tasche über die Schulter und geht.

Natürlich bleibt sie nicht stehen, um sich anzuhören, welchen Spaß ich gleich haben werde. Ich bin versucht, zum Fahrstuhl zu laufen, damit ich ihr das noch stecken kann, doch dann gewinnt die Vernunft, und ich bleibe und schminke mich weiter. Noch weiß ich es nicht, aber ich werde später verdammt froh sein, das getan zu haben.

3 *Bewusste Wahrnehmung*

Kurzfristiges Ziel: Beim Geschenkekaufen mit Vini jede Menge Spaß haben.
Hindernisse: Keine. Das wird nicht schwer, weil wir immer unheimlich Spaß haben, wenn wir zusammen unterwegs sind.
Langfristiges Ziel: Unverändert. Außerdem jede Menge Spaß haben.
Hindernisse: Zu beschäftigt mit Spaßhaben, um darüber nachzudenken.

Aah, Weihnachtsgeschenke einkaufen! Das macht einen Riesenspaß. Draußen ist es eiskalt und schon früh dunkel, aber das ist egal, weil die ganze Stadt mit hübschen funkelnden Lichtern in Form von Schwänen, Soldaten und Birnbäumen geschmückt ist. Wohin man auch blickt, sieht man fröhliche, rotbäckige Familien in wollenen Schals und Handschuhen, die mit wunderschön verpackten Geschenken mühelos von einem Geschäft zum nächsten schweben und in dem riesigen Angebot geschmackvoller Kleinigkeiten das perfekte Präsent finden. In den Ständen auf der Einkaufsstraße bieten vergnügte Verkäufer heiße Mandeln und Glühwein feil, an der Ecke läutet der Weihnachtsmann seine Glocke für einen wohltätigen Zweck, und eine Gruppe Kinder steht um einen großen Weihnachtsbaum im Zentrum und singt das Lied vom kleinen Jesukind.

Nein, das ist leider eine reine Wunschvorstellung. So sieht

es auf Weihnachtskarten aus. Was ich vor mir habe, ähnelt eher einer Szene aus einem Horrorfilm.

Ich muss quer durch die Stadt zum Postamt, wo Vini auf mich wartet. Eigentlich wollte ich einfach hingehen, doch ich muss mir meinen Weg bahnen, muss mich seitwärts mit Trippelschritten durch wogende Menschenmassen drängen, scheinbar alles lebende Tote, die es auf mich abgesehen haben. Okay, das stimmt nicht, aber sehr nett sind die Leute trotzdem nicht.

»Ups, Entschuldigung, haben Sie sich Ihren Ellenbogen an meinen Rippen verletzt?«, frage ich, als sich eine Frau an mir vorbeizwängt, doch sie ist schon fort, bevor sie etwas erwidern kann. Ein schwerer Stiefel zerquetscht mir die Zehen – »Oh, Sie haben hoffentlich kein Blut abbekommen, oder?« –, und etwas Langes, Scharfes sticht mir ins Gesicht. Es ist entweder ein Teletubbies-Drachen oder eine abgesägte Schrotflinte. »Au!«, schreie ich. »Verdammt nochmal!« Doch meine Rufe verhallen ungehört in der Fußgängerzone, der Mann mit der Drehorgel macht einfach zu viel Krach.

Vini wartet neben der letzten verbliebenen Telefonzelle im Stadtzentrum. Heute Abend ist länger geöffnet, wir haben also viel Zeit, und Vini steht sowieso gerne an belebten Orten herum.

Beim Näherkommen sehe ich, dass sie mit einer sehr dünnen Blondine spricht, die eine Karte von Vini entgegennimmt und dann weitergeht.

»Hi, Vin! Wartest du schon lange?«

»Schon gut, ich war selbst etwas spät dran. Aber so hatte ich wenigstens Gelegenheit, mir die netten Leute unserer hübschen Stadt etwas näher anzusehen.«

»Und?«

»Hast du die Frau gesehen, mit der ich gerade gesprochen habe?«

Ich nicke.

»Die könnte ohne weiteres als Keira Knightley durchgehen.«

»Wahnsinn! Das ist gut.«

»Ich weiß. Ich suche Keira schon seit Monaten.«

Seit fünf Jahren hat Vini eine Firma für Doppelgänger namens Fake Face. Sie ist enorm erfolgreich. Man kann nur staunen, wie viele Leute der Meinung sind, dass ihre Party, Geburtstagsfeier, Besprechung, ja selbst ihr Leben auf wunderbare Weise aufgewertet wird, wenn ein völlig Fremder mit einer Perücke à la Catherine Zeta-Jones oder mit Tom-Selleck-Schnäuzer daherkommt. Nicht, dass ich das kritisieren will. Dank dieser Hoffnung verdient Vini eine Menge Geld. Sie ist echt gut in ihrem Job. Sie entdeckt einen Paul McCartney in der Schlange an der Tankstelle oder eine Grace Kelly bei einer Zigarettenpause mittags vor dem Bankgebäude. Vini hat über vierzig Prominente im Angebot.

»Komm!«, sagt sie und packt mich am Arm, »Legen wir los! Ich bin reif fürs Shoppen.«

Und so stürzen wir uns in die Massen. Unser erster Anlaufpunkt ist das Kaufhaus Whytelys, wo wir sofort von einer Frau mit einem Zwillingsbuggy getrennt werden. Sie sieht aus, als hätte sie Massenvernichtungswaffen in der Wickeltasche versteckt. Vini trippelt auf den Zehenspitzen weiter, damit ihr nicht noch andere Buggys in die Hacken fahren, und marschiert mit panischem Blick zu den Aromaölen.

Nach kurzer Überlegung beschließe ich, ohne sie weiterzugehen. Sie wird schon klarkommen. Ich bin überzeugt, dass Vini sich in einem geschäftigen Kaufhaus behaupten kann. Wir werden uns später bei Pizza Hut treffen.

Ich laufe weiter ins Kaufhaus hinein, bleibe dann stehen und schaue mich entzückt um. Funkelnde Weihnachtsbäume, Nikoläuse und starre Rehe mit Glasaugen sind hier so zahlreich vorhanden, dass kaum noch Platz für die Waren bleibt. Die Käufer trippeln auf Zehenspitzen herum, als hätten sie sich in einem Zauberwald verirrt. Auf meinem Gesicht liegt ein Ausdruck kindlicher Freude, für mich einer der Top Ten möglicher Gesichtsausdrücke, mit denen Richard mich bei seiner Rückkehr vorfinden soll. Ich sehe mit Sicherheit herzallerliebst aus. Außerdem merkt so niemand, dass ich stehen geblieben bin, um meine Mitkäufer unter die Lupe zu nehmen. Insbesondere Kamelhaarmäntel wie der von Richard fesseln meine Aufmerksamkeit, aber alles, was Hosen trägt, ist interessant für mich.

Das klingt wirklich schrecklich, oder? Damit wollte ich nur sagen, dass ich mich nicht für Frauen interessiere. Oder für Männer in Kleidern. Nicht mein Ding.

»Ist alles in Ordnung?«, fragt jemand hinter mir. Es ist eine Männerstimme, und eine Welle der Erregung flutet über mich hinweg. Das ist Richard, der sich erkundigt, wie es mir nach unserer dreimonatigen Trennung geht! Zumindest habe ich die Stimme nicht lange genug gehört, um sagen zu können, dass er es *nicht* ist. Du lieber Himmel, jetzt könnte es so weit sein! Wie sehe ich aus? Kurz überprüfen: Ich weiß, dass ich eine gute Haltung habe, weil ich immer noch kindliche Freude verkörpere – super. Das Haar ist vielleicht ein bisschen zerzaust, aber trotzdem süß. Schminke: gut, erst vor vierzig Minuten auf der Arbeit aufgefrischt. Klamotten: kein Problem, denn außer meinen hübschen braunen Stiefeln ist unter meinem beigefarbenen Mantel nichts zu erkennen. Ich sehe gut aus. Mein Herzschlag beschleunigt sich, während ich nach außen hin den Anschein vermittele, dass mir seine Abreise vor drei Monaten nach Portugal völlig egal sei und ich fröhlich und lustig mein Leben lebe.

»Ich meine nur, weil Sie hier schon länger stehen, ohne sich zu bewegen«, fährt die Männerstimme fort. »Wusste nicht, ob bei Ihnen alles in Ordnung ist.«

Kacke im Quadrat! Das ist auf keinen Fall Richard. Sofort verspüre ich eine herbe Enttäuschung. Dann werde ich wieder munter. Ein Mann spricht mit mir! Ich lerne zufällig jemanden kennen, genau wie ich es mir vorgestellt habe. Wenn Vini nur hier wäre, dann könnte sie sehen, wie sehr sie sich geirrt hat.

Allerdings habe ich das Gefühl, dass ich langsam reagieren sollte, schließlich hat der Typ schon zwei Mal etwas gesagt. Zumindest sollte ich davon Notiz nehmen, dass er mich angesprochen hat, was auf einmal sehr schwierig scheint. Ich hätte mich schon beim ersten Satz zu ihm umdrehen sollen, aber da war ich noch zu beschäftigt mit der Frage, ob er Richard sei. Jetzt wirkt es komisch, dass ich mich nicht bewegt habe. Verdammt nochmal, soll ich mich umdrehen und ihn anlächeln? Neugierig schauen? Verdattert? Überrascht? Soll ich mich gar nicht umdrehen?

»Ehrlich gesagt«, fährt die Stimme fort, »habe ich mich gar nicht getraut, Sie anzusprechen, weil ich dachte, Sie wären vielleicht eine Schaufensterpuppe.«

Er macht einen Witz. Das ist ein wirklich gutes Zeichen. Er möchte mich zum Lachen bringen, was wiederum bedeutet … nun ja, dass er mich lachen sehen will. Ich sollte einfach lachen und mich umdrehen. Oder vielleicht leicht lächeln und mich dann umdrehen.

Herrje, und wenn er mich veräppelt? Ich lächle leicht und drehe den Kopf ein wenig, blicke auf seine Schuhe hinab. Sie sind schwarz.

»Aber dann fiel mir auf, dass Schaufensterpuppen normalerweise nicht ›Nachthemd‹ mit Filzstift auf dem Handrücken stehen haben.«

Scheiße, Scheiße, Scheiße! Das Nachthemd. Ich hatte es völlig vergessen, ihm ist es aufgefallen. Wie ist ihm das nur gelungen? Na, ich mache bestimmt einen kultivierten und eleganten Eindruck, was?

»Aber vielleicht hat Ihnen das jemand auf die Hand geschrieben, damit die Hausmeister wissen, wo Sie im Gebäude hingestellt werden müssen. Vielleicht bedeutet es nur, dass man Ihnen eins anziehen soll, und ich mache mich gerade zum Affen, weil ich ein sehr einseitiges Gespräch mit einer riesengroßen Barbiepuppe führe.«

Ich kichere leicht mit geschlossenen Lippen.

»Und da ich damit angefangen habe, bleibt mir keine andere Wahl, als so lange mit Ihnen zu reden, bis Sie mir antworten. Was natürlich, wenn Sie wirklich eine Schaufensterpuppe sind, bedeutet, dass ich eine lange Nacht vor mir habe.« Er überlegt. »Nun, wohl eher ein langes Jahr.«

Ich lache laut und sehe mir den Mann genauer an. Mit einem Schreck stelle ich fest, dass ich in die warmen, lächelnden Augen eines Typen schaue, den ich äußerst anziehend finde.

»Oh, Gott sei Dank«, sagt er. »Sie leben.«

»Daran bestand nie ein Zweifel.«

»Na, Sie haben gut reden! Es geht Ihnen also gut, nehme ich an?«

Nun drehe ich mich mit meinem ganzem Körper zu ihm um. Wow, was für Augen! Neben denen könnte ich ohne weiteres aufwachen, wenn er schon weit über vierzig ist. Kurz steht mir die Szene vor Augen: mein Geburtstag, er stützt sich auf dem Ellenbogen ab und betrachtet mich, wartet, dass ich erwache, in einem Samtkästchen auf dem Nachttisch liegt ein wunderschöner Ring mit einem Diamant und einem Rubin. Ich sehe hinreißend aus, wie ich so im seidenen Negligé daliege: meine Wimpern sind lang und schwer, meine Lippen blassrosa, sanft lächle ich im Traum. Langsam öffne ich die Augen und merke, dass er mich ansieht, mein Lächeln wird breiter …

»Aber vielleicht doch nicht so gut?«

Schlagartig bin ich wieder im Kaufhaus. Der Mann ist noch da, wirkt jetzt ein wenig besorgt. Schnell nicke ich und sage schwer atmend: »Doch, mir geht's prächtig, danke.«

»Oh, gut. Das freut mich zu hören. Obwohl, ein bisschen verwirrt mich das schon. Ich meine, Sie standen gerade drei Wochen vor Weihnachten völlig reglos mitten in einem Kaufhaus. Wenn sich das nicht durch irgendein Leiden erklären lässt, muss ich annehmen, dass Sie einfach nur wohlmeinenden, anständigen Leuten, die ihren Geschäften nachgehen wollen, einen Streich spielen, oder?«

Mir fällt auf, dass er braunes Haar hat. Und einen langen schwarzen Mantel trägt. Und eine Aktentasche.

»Ganz im Gegenteil«, erwidere ich schlagfertig. »Ich war nur einen Augenblick lang geblendet von dem zauberhaften Anblick um mich herum.«

»Ach so.« Er schaut in dieselbe Richtung wie ich. »Das ist umwerfend, oder? Wirklich eine angemessene Huldigung für den Tag, den Christen als den Beginn ihrer Religion erachten.«

»Pu der Bär mit Nikolausmütze. Nichts könnte das besser veranschaulichen.«

Der Mann lacht. »Ja! Oder pelzbesetzte rote Unterwäsche.«

Wir drehen uns beide zu dem durchsichtigen Negligé links neben mir um und weichen gleichzeitig davor zurück, um etwas – irgendetwas – anderes anzusehen. »Ähm … ja. Sie haben recht. Das Verschenken von kesser Unterwäsche zu dieser Jahreszeit ist höchst bedeutungsvoll und steht für … ähm …«

»Die Liebe zum Nächsten«, unterbricht er mich grinsend, »und zu allen wunderbaren Kreaturen Gottes.«

»Ja, auch zu den fiktiven.«

»Genau. Und die übertriebene Völlerei und das Saufgelage, die uns erwarten, sind Symbole für …«

»… die geistige Nahrung, die Jesu Wort für uns bedeutet.«

Er nickt weise. »Alle Achtung, zum Glück hat wenigstens ein Mensch die wahre Bedeutung von Weihnachten nicht vergessen.«

Wir müssen beide lachen. Dann zieht der Mann seine Aufschläge zurück – er trägt Manschettenknöpfe! Hat so was überhaupt noch jemand? – und schaut auf seine Uhr. Mist!

»Also«, beginnt er, aber ich will nicht, dass er weiterspricht. Gleichzeitig darf es nicht so wirken, als machte mir das etwas aus.

»Ich auch«, unterbreche ich ihn. »Muss noch einkaufen, ein wichtiges symbolisches Nachthemd erwerben.« Ich zeige auf die Schrift auf meiner Hand.

»Klar. Gut. Na, dann. Nun, in dem Fall –« Er hält inne, fährt sich mit der Hand durchs Haar und sagt: »Ach, was soll's! Es ist Weihnachten, besser geht's nicht. Ich schätze mal nicht, dass Sie Lust hätten, wenn Sie nicht zu beschäftigt wären … dass Sie …«

»Hey, Alte, ich dachte, ich finde dich nie mehr wieder!«

Wir fahren beide zusammen, und mir wird plötzlich klar, dass ich mitten in einem Geschäft stehe. In dem es vor Menschen nur so wimmelt. Und es plötzlich sehr laut ist. Wir schauen auf, und eine Frau mit rosa Strähnchen kommt zielstrebig auf uns zugeeilt. Sie winkt. Es ist natürlich Vini, aber ich überlege, so zu tun, als kenne ich sie nicht, damit ich mir weiter anhören kann, was dieser Mann gerade zu mir sagen wollte.

»Wo hast du gesteckt, verdammt nochmal?«, ruft sie mir zu. Tja, also wohl keine Chance, sie zu ignorieren. Ich schaue erst Vini, dann den Mann an. Er lächelt noch immer, aber jetzt hat es etwas Endgültiges.

»Nun …«, sagt er, und gleichzeitig sage ich: »Vini.«

»Du glaubst nicht, wen ich gerade gesehen habe«, ruft Vini und packt mich am Ärmel. »Hier lang, los, komm!«

»Hat mich gefreut, mit Ihnen zu sprechen«, sagt der Mann, nickt mir zu und will sich langsam aus unserem Gespräch stehlen.

»Mich auch«, sage ich.

»Was?«, fragt Vini und merkt scheinbar erst jetzt, dass ich gerade mitten in einer Unterhaltung stecke. Ihr Blick huscht von mir zu dem Mann und zurück. »Oh, Shit, sorry.«

»Tschüs«, sagt er, macht einen Schritt nach hinten und wendet sich zum Gehen. Ich möchte ihn am Arm festhalten oder nach seinen Mantelaufschlägen greifen, damit er nicht geht. Meine Finger zucken, und in meinem Kopf läuft eine Szene wie aus einem Film ab.

Ich: ›Moment, gehen Sie nicht!‹ (Meine Hand auf seinem Arm.)

Fremder attraktiver Mann (dreht sich zu mir um): ›Ich muss, verstehen Sie? Es geht nicht anders.‹

Ich: ›Doch, geht es wohl! Sie müssen nicht gehen. Ich habe … etwas gespürt. Behaupten Sie nicht, Sie hätten es nicht gefühlt!‹

F. a. M. (macht zwei Schritte auf mich zu, kommt mir ganz nah. Seine Stimme ist tief und eindringlich.): ›Eine … Verbindung. Zwischen uns beiden?‹

Ich (atemlos): ›Ja.‹

F. a. M. (nickt): ›Ja, das habe ich auch gespürt. Aber Sie sind ja nicht allein hier. Ich kann nicht …‹

Ich: ›Ach, vergessen Sie's, das ist nur Vini, die stört das nicht. Was wollten Sie denn eben sagen?‹

Mein Arm will sich ganz von allein auf seinen Mantel zubewegen, aber der Mann entfernt sich, und Vini ergreift meine Hand.

»Los, komm!«

Zu spät, er ist fort. Ich gebe auf und folge Vini. Sie stürzt sich in die Massen, und es ist gar nicht so leicht, mit ihr Schritt zu halten. Besonders da meine Füße an Ort und Stelle bleiben wollen und der Rest von mir derselben Meinung ist. Egal. Wenn ich es tatsächlich versucht hätte, wäre die Annäherung vielleicht ganz anders ausgegangen.

Ich: ›Moment, gehen Sie nicht!‹ (Meine Hand auf seinem Arm.)

F. a. M.: ›Was soll das? Nehmen Sie Ihre Hand von meinem Arm!‹

Ich folge Vini, so gut ich kann, sehe mich dabei aber ständig um in der Hoffnung, ihn noch mal zu entdecken. Schließlich werden wir langsamer und kommen in der Herrenabteilung zum Stehen, wo es immer schwach nach Leder riecht. Vini packt mich wieder am Arm und führt mich zu den gestreiften Boxershorts. Ich schaue mich noch einmal um, halte zum einen Ausschau nach dem f.a.M, zum anderen nach der Person, die Vini mir zeigen will. Es muss jemand sein, der Ähnlichkeit mit einem Prominenten hat. Und zwar große Ähnlichkeit, sonst hätte sie sich nicht die Mühe gemacht, mich herzuholen. Mein Kopf ist leer. Wen sucht sie nur? Dieses Jüngelchen, das Spiderman gespielt hat? Peter Parker? Äh, nein so hieß ja die Figur. Mensch, wie hieß der noch gleich? Tony irgendwas, meine ich. Nein, auch nicht –

»Da hinten! Guck mal da, bei den Krawatten.«

Ich schaue hin. Dort steht ein Mann in einem Kamelhaarmantel. Richard.

»Lass dich fallen!«, sage ich.

»Was?«

»Du sollst dich fallen lassen!«, wiederhole ich eindringlich. »Tu so, als hättest du einen Anfall.« Ich kann den Blick nicht von Richard wenden, aber Vini weigert sich.

»Nein.«

Zögernd drehe ich mich zu ihr um. »Warum nicht?«

»Beth! Verdammt nochmal! Ich will hier nicht herumliegen. Auf dem Boden. Du spinnst wohl!«

»Ach, bitte, Vin! Los! Ich würde das auch für dich tun, das weißt du.«

»Nein, vergiss es.«

Nachdem Richard also direkt aus der Bar in Portugal ins Flugzeug gesprungen ist und auf dem Weg vom Flughafen in die Stadt sämtliche Geschwindigkeitsbeschränkungen ignoriert hat, weil er wie ein Verrückter gerast ist, um mich zu finden und mir zu sagen, dass er ein dummer, blinder Narr gewesen ist, dass er mich liebt und nie wieder von mir getrennt sein will, ist er kurz bei Whytelys reingehüpft und betrachtet dort jetzt die weißen Rippenhosen mit Eingriff im Sonderangebot.

Wir verstecken uns hinter den Radlerhosen. Ich werfe Vini einen kurzen Blick zu, konzentriere mich dann wieder auf Richard. Ich will nicht, dass er mich hier hocken sieht. Das steht ganz oben auf meiner Liste von Tabus, zusammen mit Kratzen, Kotzen, Naseputzen und Tamponkaufen. Und ich möchte nicht, dass unsere tränenreiche Wiedervereinigung an einem Verkaufstisch mit reduzierter Unterwäsche stattfindet. Da die Alternative, nämlich dass ich Vini zu Hilfe eile, die irgendeinen Anfall hat, offenbar nicht in die Tat umzusetzen ist, bleibt mir nur eine Möglichkeit.

Ich drehe mich zu ihr um: »Er muss mich irgendwo anders als in diesem Laden wiedertreffen, an einem schöneren Ort. Er darf mich auf keinen Fall hier unten entdecken.« Richard geht in Richtung Kasse. Ich stehe auf.

»Wenn dir das so wichtig ist, warum gehst du dann nicht einfach zu ihm und sprichst ihn an? Himmel, das ist doch schließlich der Mann deiner Träume, verdammt!«

»So läuft das aber nicht«, beharre ich. Ich bummle hinüber zur Unterwäsche. Richards Hände haben diese Slips betastet, seine Finger streichelten die Säume, bohrten sich durch den Eingriff, zogen am Gummiband. Diese glücklichen Unterhosen!

Der Kamelhaarmantel bewegt sich weiter, wird von der Menge verschluckt. Wenn ich mich nicht beeile, verliere ich ihn. Seit Monaten plane ich, wie ich bei Richards Rückkehr aussehen möchte, ich will jetzt alles richtig machen. Ich möchte, dass er mich beobachtet, ohne dass ich es merke, damit ich sicherstellen kann, mich von meiner besten Seite zu zeigen. Ich eile zu der Stelle, wo ich ihn zuletzt sah, und mehrere Kunden heben den Kopf und sehen mir nach wie eine Herde grasender Pflanzenfresser, die sich fragt, ob die fleischfressenden Dinosaurier kommen.

Ich biege um die Ecke und bleibe stehen. Da ist er, in der Schlange kurz vor der Kasse, er hat mehrere weiße Stoffartikel in der Hand. Unterhosen.

Die Schlange ist lang, er wird noch Ewigkeiten dort stehen und geradeaus sehen, was mir jede Menge Zeit gibt, mich in sein Blickfeld zu manövrieren. Und genau in seinem Blickfeld – O, du fröhliche – befindet sich der Weihnachtsschmuck! Unmengen hübscher, funkelnder Dinge, die ich in die Hand nehmen und voll kindlicher Freude bestaunen kann. Besser könnte es nicht sein. Kurzer Selbstcheck: Haar – ach, scheiß drauf, da rüber jetzt!

Ich beeile mich nicht, weil man natürlich nicht hektisch ist, wenn man sich in einem Laden umschaut. Es ginge ohnehin nicht, mir sind rund neuntausend Menschen im Weg. Mit heiterem, gelöstem Gesichtsausdruck erreiche ich den Weihnachtsschmuck. Ich greife zu einer besonders stark glitzernden Glaskugel und halte sie gegen das Licht. Kleine Prismen bunter Lichter tanzen bezaubernd über mein Gesicht und mein Haar, und ich verziehe die Lippen zu einem hübschen Lächeln, das mein Gesicht nicht verzerrt, sondern besser zur Geltung bringt. Und ich weiß, dass nun, genau jetzt der Moment ist, in dem er hochschaut und mich erblickt, und sein Herz wird einen Hüpfer tun, er wird den Atem anhalten und für immer mein sein. Ich schaue zu ihm hinüber.

Es ist nicht Richard.

4 *Planung*

Kurzfristiges Ziel: Vini meint, ich solle Richard vergessen, aber ich finde eigentlich, ich muss mir meine eigenen Ziele setzen. Ich vergesse ihn, wenn ich so weit bin.
Hindernisse: Warum jemanden vergessen, der bald zurückkommt?
Langfristiges Ziel: Vielleicht finde ich den fremden attraktiven Mann wieder und beginne ein neues Leben mit ihm.
Hindernisse: Weiß nicht, wer und wo er ist.

Für einen Sekundenbruchteil bricht meine Fassade zusammen. Einen flüchtigen Moment lang zerfällt meine strahlende, entzückte, kindliche Freude zu bitterer, niederschmetternder Enttäuschung. Das merke ich allerdings nicht, ich bin zu überwältigt von der niederschmetternden Enttäuschung. Aber als ich es mir anschließend zu Hause im Wohnzimmer mit Lichterkette und einer nach Zimt riechenden Kerze gemütlich mache und zurückblicke, muss ich mir eingestehen, dass ich, jetzt mal ehrlich, von Glück sagen kann, dass es nicht Richard war, der dort Unterhosen kaufte. Schließlich hätte ich ihn in einem unangenehmen Moment erwischt.

Vini benimmt sich ziemlich kindisch und antwortet nur schnippisch. Ich schaue zu ihr hinüber, aber sie hat sich in einen Artikel über Nordseefischer in der Fernsehzeitung vertieft. Ich merke, dass sie mich bestrafen will. Sie denkt, ich verschwende meine Zeit mit Richard. Keine Ahnung, warum: Er ist genau die Sorte Mann, von der wir bis spät in der Nacht gemeinsam geträumt haben – gutaussehend, intelligent, humorvoll und, nun ja, reich. Das mit dem Geld war ein Kriterium von Vini. Mich persönlich interessiert es überhaupt nicht. Der Mann meiner Träume könnte auch in einer Hütte wohnen, es wäre mir egal. Wenn es wahre Liebe wäre, würde es keinen stören, oder? Wenn wir älter würden, könnte ich ihm helfen, seine eigene Firma aufzubauen, und dann könnten wir irgendwann in ein richtiges Haus umziehen.

Vini ist da etwas anders drauf als ich. Wer es nicht mitbekommen haben sollte: Sie hat rosa Strähnchen, die bei ihr total cool und punkig aussehen, aber zu jemandem wie mir niemals passen würden. Und Vini trägt immer total bunte, grelle Farben, zum Beispiel orangefarbene Stiefel mit violettem Wildlederrock, dazu eine braune oder orangefarbene Paisleybluse oder eine rote Kunstlederjacke. Sie behauptet, das sei ein Ausdruck ihrer Individualität, und ich nicke immer und sage, sie sähe toll aus, total einmalig und so, aber insgeheim denke ich, dass sie nur von den Leuten angestarrt werden will. Denn das wird sie ständig. Ich persönlich finde diese Glotzerei, das Kichern und gegenseitige Anstoßen demütigend und meine, dass es deutlich angenehmere Möglichkeiten als ausgeflippte Klamotten gibt, um die Aufmerksamkeit anderer auf sich zu lenken. Es ist beispielsweise durchaus in Ordnung, anderen mit einem hübschen Designermantel oder einer schicken, gutgeschnittenen Hose ins Auge zu fallen.

»Aber du siehst aus wie alle anderen«, führt Vini immer an, wenn ich ihr das vorschlage. Manchmal verstehe ich sie wirklich nicht.

»Ooh«, sagt sie plötzlich auf dem Sofa.

Ich blicke zu ihr hinüber. »Was? Willst du vielleicht was sagen? Vielleicht, dass ich Richard vergessen und nach vorne schauen soll? Mal wieder? Aber du kennst ihn überhaupt nicht, Vin. Du hast keine Ahnung, wie es mit ihm ist. Du bist voreingenommen wegen dieser einen Party, wo er betrunken war und dir aus Versehen an die Brust gefasst hat, aber so ist er normalerweise überhaupt nicht. Ich habe acht Jahre mit ihm gearbeitet, und er war mir gegenüber immer total korrekt. Er ist charmant, humorvoll, nachdenklich und, ja, ich bin in ihn verliebt. Das müsste dir doch reichen. Dass er momentan quasi nicht im Lande ist, ändert doch nichts daran.«

Vini schweigt, hebt dann den Kopf und sieht mich mit ernstem Gesichtsausdruck an. »Wusstest du, dass diese Fischer tagelang diesem furchtbaren, eiskalten Wetter und den riesigen Wellen ausgesetzt sind? Dass sie immer aufs Neue ihr Leben aufs Spiel setzen?«

Ich starre sie an.

»Und das für ein paar lausige Kabeljaus. Was?«

»Hast du auch nur ein Wort von dem mitbekommen, was ich gesagt habe?«

Vini zieht einen Schmollmund. »Du hast etwas gesagt? Sorry, ich war ganz versunken in diesen Artikel. Was denn?«

»Schon gut. Vergiss es!«

»Aha.«

»Ich erwarte eh nicht, dass du es verstehst.«

»Ach, nein? Wieso nicht?«

»Schon gut, du hast ja offenbar viel zu lesen, ich will dich nicht stören.«

Vini wirft die Zeitschrift beiseite und dreht sich zu mir um.

»So, bitte, Madame, Sie haben jetzt meine volle Aufmerksamkeit. Übrigens ist Richard nicht *quasi* nicht im Lande, er hat sich im wahrsten Sinne des Wortes verpisst. Und er hat mir damals nicht aus Versehen an die Brust gefasst, er hat mich volle Kanne angegrapscht. Und wo wir schon beim Thema sind, es ist dir offensichtlich entgangen, dass sich Richard mit seiner Tussenfreundin verdrückt hat, Beth. Mit seiner *Freundin*! Das legt irgendwie nahe, dass er nicht in naher Zukunft zurückgejettet kommt, um dich zu heiraten.«

Ich überlege eine Weile und sage dann: »Du hast also doch zugehört.«

»Ja, ich habe zugehört. Ich höre mir diesen Scheiß schon seit Jahren an. Deshalb stelle ich manchmal die Ohren auf Durchzug. Mensch, Beth, ich bitte dich! Das Ganze ist so albern, merkst du das nicht? Du hast mich allen Ernstes gebeten, im Whytelys wie ein dämlicher Fisch auf dem Boden zu zappeln, nur damit du so tun kannst, als würdest du mir helfen, und Richard dich dabei sehen kann. Entweder liebt er dich so, wie du bist – eine recht hübsche, kluge Fortbildungsreferentin, die nicht mal einen Erste-Hilfe-Kurs besucht hat – oder eben nicht. Daran wird auch ein inszenierter Notfall nichts ändern!«

»Ach, du bist doch nur –«

»Nein, Beth, bin ich nicht. Alle Anhaltspunkte sind da, wenn du sie nur sehen wolltest.« Sie zählt sie an den Fingern ab: »Hinweis Nummer eins: Er hat es in acht Jahren nicht einmal bei dir versucht. Nummer zwei: Er hat eine Freundin. Ach, und vergessen wir nicht die ausschlaggebende Nummer drei: Er ist bei ihr in Portugal.« Sie nickt mir weise zu. »Das ist für mich die Trumpfkarte.«

Wenn sie doch nicht so reden würde! Ich beginne, an meinem eigenen Verstand zu zweifeln.

Nach einer langen Pause sage ich: »Na gut, du hast gewonnen. Ich vergesse Richard und sehe mich nach jemand anderem um.«

Vini erwidert sehr lange nichts und macht ein demonstrativ erstauntes Gesicht. »Wirklich? Meinst du das ernst? Willst du wirklich selbst losgehen und jemanden suchen?«

Ich nicke. »Ja, das meine ich ernst. Ich werde selbst losgehen und mir einen neuen Mann suchen. Bist du jetzt zufrieden?«

Vini grinst. »Weißt du was, Beth? Und wie zufrieden ich bin! Wenn du das wirklich ernst meinst, bin ich total aus dem Häuschen.«

»Gut.«

»Hervorragend!«

Sie greift wieder zur Fernsehzeitschrift und blättert ziellos darin herum. Eine Weile unterhalten wir uns halbherzig darüber, was heute läuft, dann fällt mir etwas auf. Wieso bildet sich Vini eigentlich ein, mein fast perfektes Liebesleben kritisieren zu können, wenn sie selbst in letzter Zeit nur mit diesen Doppelgängern aus ihrer eigenen Agentur ausgegangen ist? Nur weil sie ein klein bisschen Ähnlichkeit mit irgendeiner Berühmtheit haben! Ich sehe Vini mit zusammengekniffenen Augen an und sage dann total beiläufig: »Wie läuft's eigentlich mit Johnny Depp?«

Sie macht eine verächtliche Handbewegung. »Ach, das ist doch nicht Johnny Depp, Beth, das ist Captain Jack Sparrow. Das ist ja wohl ein großer Unterschied!«

»Ja?«

»Na, klar! Du würdest doch auch nicht mit Edward mit den Scherenhänden pimpern wollen, oder?«

Eine Weile starren wir beide vor uns hin.

»Nein, da hast du allerdings recht. Wie läuft es denn so?«

Vini seufzt. »Bin wieder solo.«

»Oh, nein, ehrlich?«

»Ja. Wenn er das Kostüm auszog, sah er aus wie Martin Hunt aus der Heimwerkersendung.«

»Genau der ist er wahrscheinlich auch.«

Sie nickt traurig.

»Ach, Mensch. Du Arme!«

»Ich weiß. Also, mit Kopftuch, Lidstrich und Perücke –« Sie schließt die Augen. »Da war er sehr überzeugend. Aber sobald er das abgelegt hatte …«

»War er Martin Hunt.«

»Martin Hunt.« Vini seufzt. »Wir wurden sogar einmal von Paparazzi geknipst, weißt du?«

»Echt?«

»Ja. Na ja, eigentlich war es nur Adam Beresford vom *Herald*, aber immerhin.«

»Hm.«

Also echt! Und sie glaubt, ich würde mir etwas vormachen! Immerhin ist der Mann, in den ich verliebt bin, auch der, der er vorgibt zu sein, und tut nicht so, als wäre er ein Schauspieler, der sich für einen geschminkten Piraten ausgibt.

Vini und ich waren nicht immer so eng befreundet. An der Schule hatten wir nichts miteinander zu tun. Sie war die Ausgeflippte mit dem dicken schwarzen Lidstrich und den Doc Martens, deren Mutter tot und deren Vater Alkoholiker war, die in einem Wohnwagen lebte und jeden Abend und das ganze Wochenende im örtlichen Imbiss arbeitete, um sich ihren Lebensunterhalt zu verdienen. Sie gehörte zu denen, die an der Mathe-AG teilnahmen, während ich mich eher zu den Cheerleadern hingezogen fühlte. Ich meine, bei uns gab es weder Mathe-AG noch Cheerleader, aber wenn, dann wäre es so gewesen. Ich glaube, Vinis Mutter ist in Wirklichkeit gar nicht tot, sondern lebt in Southampton. Bei ihrem Vater wohnte Vini aber wirklich. Der ist Taxifahrer, also kann er wohl nicht die ganze Zeit betrunken sein, denn dann hätte er längst seinen Schein verloren. Und samstags arbeitete Vini immer bei Woolworth. Wir haben uns über das Internet wiedergefunden und dann gemeinsam diese Wohnung gemietet. Da sieht man, wie wichtig es ist, sich auf den Seiten für Schulfreunde im Internet registrieren zu lassen. Meinen Installateur habe ich auch daher und einen, der unseren Garten macht. Besser als die Gelben Seiten.

»Vin, ich glaube, die Zeit ist reif für eine Veränderung.«

»Was meinst du damit?« Sie schaut sich im Zimmer um und tut so, als würde ich über die Tapete reden.

Ich seufze. »Alle Typen, mit denen du in den letzten, mal überlegen, anderthalb Jahren zusammen warst, arbeiteten für deine Agentur.«

»Verdammt nochmal, Beth, ich gerate doch nicht gleich in Gewissensnöte, nur weil ich zwölf Prozent von ihrem Honorar einbehalte. Mensch, meine Fingerabdrücke werden nicht landesweit in der Zeitung verbreitet werden, und sie werden mich deshalb auch nicht aus dem Register für Doppelgängeragenturen streichen.«

»Nein, natürlich nicht. Gibt es ein Register dafür?«

»Nein.«

»Ah so. Verstehst du, ich will dir nur sagen, dass du immer noch im Wolkenkuckucksheim lebst. So wie damals mit fünfzehn, als wir alle glaubten, Richard Gere würde in einem schnittigen Wagen vorbeikommen und uns nach dem Weg fragen, und wir würden sagen, es wäre einfacher, mitzufahren und es ihm zu zeigen, und wir würden einsteigen und eine richtig lange romantische Spritztour mit ihm machen, und am Ende würde er total fasziniert dieses hübsche Mädchen neben sich anschauen und sich fragen, wie er bloß …«

»Ja, schon gut, ich brauche jetzt keine Zusammenfassung von *Pretty Woman*, danke. Komm zur Sache, damit ich irgendwann noch Enkelkinder bekommen kann.«

»Das meine ich ja. Du willst Kinder, aber du bemühst dich kein bisschen um eine ernsthafte Beziehung.«

»Ha, das musst *du* gerade sagen! Von deinen beiden Typen ist der eine auf einem anderen Kontinent, ach nee, warte, einen anderen gibt's ja gar nicht.«

»Genau genommen befindet er sich noch in Europa, also ist er –«

»Ach, sei leise!«

Ich verstumme. Wir sehen uns an. Nach fast einer Dreiviertelminute macht Vini »Hmm« und schaut zur Seite. Was bedeutet, dass ich recht habe.

»Vin, die Zeit läuft dir weg, das weißt du. Wir sind beide achtundzwanzig. Ich will mit dreißig nicht mehr Single sein, da weigere ich mich einfach.«

»Ich dachte, mit dreißig legen wir beide erst einmal so richtig los.«

»Nein. Niemals. Läuft nicht. Ich weigere mich. Wenn Richard also nicht zurückkommt –«

»Was er nicht tun wird.«

»– dann muss ich mich jetzt auf die Suche nach einem anderen Mann machen. Ich brauche mindestens ein Jahr, um die Hochzeit vorzubereiten. Da bleibt mir nur noch ein knappes Jahr, um den Mann zu finden, mit dem ich mein Leben verbringen möchte, in ihm die Erkenntnis reifen zu lassen, dass er nicht mehr ohne mich sein will, mich auf den Armen über unsere gemeinsame Türschwelle zu tragen. Wenn's mehr nicht ist.«

»Super Plan. Kann gar nicht schiefgehen.«

»Na, den Versuch ist es wert. Ich finde, du solltest es auch versuchen. Denn wenn ich so einen Typen finde, brauche ich keine Mitbewohnerin mehr. Verstehst du?«

»Na, dann habe ich ja wohl keine große Wahl!«

»Super! Wir suchen zusammen. Wir wissen, dass das, was wir bisher gemacht haben, falsch war, müssen uns also beide komplett umstellen. Guck mich nicht so an, das ist das Wichtigste, und wenn wir alles richtig machen, werden wir mit einer lebenslangen, aufregenden, stabilen Beziehung belohnt.«

»Wow, ich kann es gar nicht erwarten.«

Ich merke, dass diese Aussicht Vini nicht gerade umhaut. Ich kenne Vini schon lange, und manchmal kann ich mit meiner sensiblen Ader Unausgesprochenes erspüren. »Vin, wenn du nicht hundertprozentig dabei bist, dann sag es mir jetzt. Ich habe echt keinen Bock darauf, dass du hinter mir her schleichst, die ganze Zeit nur meckerst und dich mit dem erstbesten Kerl mit John-Travolta-Frisur verdrückst.«

Sie schüttelt den Kopf. »Nein, nein, du hast recht. Ist in letzter Zeit nicht gut gelaufen, wird mal Zeit, was Neues zu probieren.«

»Gut. Du bist also bereit, alles zu ändern, auch und insbesondere den Typ von Mann, auf den du es absiehst?«

»Ja, denk schon.«

»Gut, dann möchte ich als Erstes, dass du deine Klamotten ausziehst.«

Nein, keine Sorge, ich bin nicht heimlich in meine gleichgeschlechtliche Mitbewohnerin verliebt. Natürlich nicht. Ich liebe Richard, schon vergessen? Und wer jetzt glaubt, ich hätte ihn aufgegeben, der irrt sich. Ich meine, sage ich etwa plötzlich nach acht gemeinsamen Jahren: »Schon gut, du hast gewonnen, ich vergesse ihn«? Hat das wirklich jemand geglaubt? Also, bitte! Ich dachte, so langsam würde man mich besser kennen. Wenn ich über notwendige Veränderungen rede, dann meine ich natürlich Vini, nicht mich.

Mein Plan sieht folgendermaßen aus: Zuerst soll Vini mich mit Richard in Ruhe lassen. Bingo! Zweitens soll sie aufhören, diese grässlichen, nicht zusammenpassenden Klamotten zu tragen, und sich besser anziehen. Drittens, und das ist eher ein Nebeneffekt als ein wichtiger Faktor, könnte ich ja eventuell auch jemanden finden, wenn Vini und ich uns aktiv auf die Suche nach einem neuen Mann für sie machen. Dann müsste ich nicht mehr auf Richard warten. Denn obwohl alles, was ich gerade zu Vini gesagt habe, gelogen war, stimmt es schon, dass ich mit dreißig nicht mehr Single sein will. Ich meine, natürlich wird Richard bis dahin zurück sein, also stellt sich die Frage eigentlich nicht, aber trotzdem. Ein mikroskopisch kleiner Teil in meinem Gehirn flüstert mir leise zu: ›Und wenn nicht?‹ Und der Rest des Gehirns fängt langsam an, auf diesen Teil zu hören.

5 Entscheidende Gelegenheiten

Kurzfristiges Ziel: Mir heute Abend die Haare färben lassen.
Hindernisse: Gilt starker Widerwille?
Langfristiges Ziel: Vorgetäuschtes: einen neuen Mann kennenlernen, mit ihm zusammen sein, glücklich bis ans Ende unserer Tage. Richtiges: Auf Richard warten und ihn heiraten, wenn er zurückkommt.
Hindernisse: Vini

Am nächsten Tag, Dienstag, dem fünften Dezember, passiert es. Ich bin schon früh bei der Arbeit, um die nächste Stunde meines Seminars über Veränderungen vorzubereiten. Bereits um kurz vor acht bin ich da, alle anderen treffen nach mir ein. Fatima ist die Erste. Sie wirkt besorgt und geht leicht vornübergebeugt, will offenbar ihren Oberkörper vor einem Angriff schützen. Sie drückt ihre verbrühte Hand an die Brust und trägt in der anderen einen kleinen Weihnachtsbaum. Als sie mich sieht, lächelt sie nervös.

»Hi, Beth. Alles klar? Deine Bluse ist niedlich. Oh, die Schuhe sehen super aus. Sind die neu?«

»Danke, Fats. Nein, die habe ich schon ewig. Wie geht's deiner Hand?«

Sie zuckt mit den Schultern und will beiläufig lächeln, aber es gelingt ihr nicht so recht. »Ach, schon gut, es geht so. Pocht ein bisschen, aber ist nicht so schlimm. Geschieht mir ganz recht. Vielleicht passe ich beim nächsten Mal besser auf. Guck mal, ich habe einen Baum besorgt.« Sie hält ihn hoch, falls ich ihn noch nicht gesehen haben sollte.

»Klasse! Wo willst du den hinstellen?«

Sie schaut sich um. »Keine Ahnung. Was meinst du? Neben die Tür?«

»Hm, vielleicht ist die Ecke neben dem Kopierer besser? Wenn du ihn neben der Tür aufstellst, könnte man drüber stolpern.«

»Oh, ja, gute Idee. Das mache ich.«

Ich sehe zu, wie sie den nackten Baum in die Ecke trägt. »Hast du gestern Abend noch versucht, neue Verträge abzuschließen?«

Fatima nickt eifrig und geht zurück an ihren Schreibtisch. »Ja, hab ich. Bin direkt von der Arbeit aus los, durch die ganze Stadt, war in jedem Laden, der mir einfiel. War erst so gegen …«, sie schaut auf die Uhr, »… halb zwölf zu Hause. Oder zwölf. Weiß nicht mehr genau.«

»Fats, du bist doch nicht noch um Mitternacht durch die Stadt gegeistert, oder?«

»Ich hatte ein bisschen das Gefühl für die Zeit verloren. Und nach ein paar Stunden kam ich erst so richtig rein. Beim nächsten Mal schaffe ich es, ein Versuch noch, habe ich mir immer gesagt …« Sie verstummt. Schwerfällig sinkt sie auf ihren Stuhl.

»Aber was für Geschäfte hatten denn überhaupt noch geöffnet?«

Fatima hebt die Augenbrauen. »Ach, du würdest dich wundern! In der Altstadt, weißt du, auf der anderen Seite der Umgehungsstraße, hatten noch jede Menge Läden auf.«

Ich kenne die Ecke. Dort gibt es nicht besonders viele Etablissements, die für eine Fortbildung in Frage kämen. Schon klar, was ich meine, oder? Die Fähigkeiten, die dort gefragt sind, lernt man während der Arbeit.

»Hat irgendjemand unterschrieben?«

»Nein, hatte kein Glück gestern. Ehrlich gesagt, war es ein bisschen …« Wieder verstummt Fatima, ihre Augen werden kurz glasig. »Aber heute Abend schaffe ich es. Ich bin fest entschlossen.« Zuversichtlich lächelt sie zu mir auf. Ich erwidere das Lächeln und nicke, aber als sie sich ihrem Monitor zuwendet, verrutschen ihre Gesichtszüge ein wenig.

Mist, ich habe fast schon Schuldgefühle, weil ich absolut nichts dafür getan habe, neue Kunden anzuwerben. Ich hatte gehofft, gestern beim Einkaufen mit Vini Denkanstöße zu bekommen, aber ich war von dem attraktiven Fremden und dann von Richard und wieder nicht Richard so abgelenkt, dass ich es vollkommen vergaß. Egal, ich habe immer noch knapp drei Wochen Zeit. Seit sich mein Grund, mich in diesem Gewerbe zu tummeln, nach Faro verdrückt hat, bin ich ein wenig planlos und lasse es an Zielstrebigkeit mangeln, aber als ich Fatimas besorgtes Gesicht sehe, spüre ich, wie das alte Feuer in mir aufflammt. Ich denke, ich kann mich wieder so weit motivieren, dass ich einen Kunden auftreibe, der Fatimas Stelle sichert, damit sie sich keine Sorgen mehr machen muss. Ich werfe noch einen Blick zu ihr hinüber und merke, dass sie eine kleine Laufmasche in der Strumpfhose hat und an beiden Enden eine Tannennadel sitzt. Gott sei Dank unterrichtet sie heute nicht – das würde die Kursteilnehmer ganz schön ablenken.

Die anderen, die im Laufe der nächsten halben Stunde eintreffen, sprechen nicht viel mit mir, und ich mache mir auch nicht die Mühe. Wie ich die Kollegen so vor mir sehe, schätze ich, dass Fatima die Einzige ist, die gestern Abend auf der Jagd nach neuen Verträgen war, aber sie war am falschen Ort. Cath Parson, die trägste Frau, die je den Reißverschluss einer Strickjacke zuzog, hat sich wahrscheinlich irgendwo neben einen Aschenbecher gepflanzt und sich dann für den Rest des Abends nicht mehr gerührt. Ali, unser Verwaltungsassistent, und Skye, unsere jüngste Referentin, werden den Abend und ihr gesamtes Taschengeld in der Spielhalle durchgebracht haben. Mike musste wahrscheinlich kontrollieren, ob er die Kürbissamen bekommen hat, auf die er geboten hatte. Bei Derek bin ich mir nicht sicher: Ich kenne ihn nicht richtig. Vielleicht hat er am offenen Kamin ein ledergebundenes Buch mit Erzählungen gelesen. Ganz sicher bin ich mir allerdings, dass Sean, der Vierte aus dem Kleeblatt mit Grace, Skye und Cath, die ganze Nacht mit Saufen und Zocken beschäftigt war oder in einem Stripclub gesessen hat. Für mich gehörte er immer zu den Leuten, die ihre beiden besten Freunde übers Ohr hauen, indem sie die Goldstatue mit der gefälschten vertauschen und dann das einzige Pferd stehlen. Wenn er die Möglichkeit hätte. Ich glaube, er weiß nicht mal, wie ich heiße.

Gut. Ich habe noch ungefähr eine halbe Stunde Zeit, bevor mein Seminar beginnt. Ich mache mit der Vorbereitung weiter, lese mit ernstem Gesichtsausdruck meine Aufzeichnungen.

»Morgen, Beth.«

Herrje! Das ist Grace. Ich verziehe meine Miene zu einem süßlichen Lächeln und hebe den Kopf. »Hi, Grace. Alles klar?« Scheiße, sie sieht super aus: rote Wildlederjacke, enger schwarzer Rock, rote Stiefel. Ich rutsche von meinem Fuß und schlüpfe wieder in meinen rosa Wildlederschuh mit Keilabsatz.

»Ja, danke«, sagt sie und setzt sich hinter mich an ihren Platz. Sie streift die Jacke von der Schulter und steht auf, um sie auf einen Bügel zu hängen, den sie in ihrer Schublade aufbewahrt. Dann hängt sie die Jacke ganz oben an den Garderobenständer, was ihr die Gelegenheit gibt, sich in ihrem engen schwarzen Poloshirt zu recken. Mein Gott, führt die sich hier auf! Warum hat sie die Jacke nicht ausgezogen, bevor sie sich hingesetzt hat?

»Und, gestern Abend was erreicht?«, frage ich sie. Ich spreche natürlich von einem neuen Vertrag, aber so, wie ich sie kenne, wird sie mir wahrscheinlich sagen, sie hätte Glück gehabt und in einem schäbigen Torgang mit einem Fremden gebumst.

»Nein, nichts. Ehrlich gesagt, habe ich mich nicht drum gekümmert. Und du?«

Mir gefällt, wie sie sich mit ihrer Antwort aus der Affäre zieht.

»Nein, auch nicht. Wieso hast du's denn nicht wenigstens versucht?«

Ich wusste, dass sie es nicht tun würde – das hatte sie schon auf der Toilette angedeutet, bevor wir gestern das Büro verließen. Grace stellt den Computer an und dreht sich auf ihrem Stuhl zu mir um. »Na ja, weißt du, ich hatte gestern noch was anderes zu tun. Was Lustiges. Viel wichtiger als so ein dummer Vertrag.«

»Wichtiger? Wie, noch wichtiger als diesen Laden am Laufen zu halten und unsere Stellen zu retten?«

Grace nickt und reißt die Augen auf. »Und wie! Tausend Mal wichtiger!« Sie dreht sich wieder zu ihrem Computer um und wirft das Haar nach hinten. Es ist so lang, dass es mir fast ins Gesicht peitscht. Schnell wende ich mich ab. »Egal, ich muss mir doch keine Sorgen machen, oder? *Du* wirst doch ganz bestimmt irgendwo einen fetten Kunden auftreiben und uns alle retten. Oder nicht?« Sie dreht sich ein wenig, um mir bei den letzten Worten noch mal ins Gesicht zu sehen.

In mir wallt ungläubiger Unmut auf. Ich umklammere meinen Stuhl. Will sie damit tatsächlich sagen – oder sogar bestätigen, was ich schon länger vermute –, dass sie damit zufrieden ist, einfach nur hier rumzusitzen und ihr Haar nach hinten zu werfen, während ich mich von einem Geschäft zum nächsten schleppe und nach drei Wochen beharrlicher Mühen endlich die Sorte von Vertrag lande, die Chas zur Rettung der Firma braucht? Meine Finger zucken, wollen an dem künstlichen Haar ziehen. Ich komme nicht ganz dran.

»War nur ein Scherz, Beth«, sagt Grace schnell und sieht mich wieder an. »Ich hatte gestern Abend etwas vor, aber heute werde ich es versuchen. Muss ja, oder?«

Ich nicke schweigend und wende mich wieder meiner Arbeit zu. Mensch, bin ich im Eimer. Was ist bloß mit ihr los?

»Sieht Grace heute nicht super aus?« Fatima beugt sich zu mir herüber und flüstert: »Ich finde ihre Jacke toll. Total schick.«

Mittags ruft Vini an, um mir zu sagen, dass sie sie hat.

»Was hast du?«

»Die Haarfarbe.« Als ich vor Freude nicht laut kreische, fügt sie hinzu: »Für deine Haare.«

»Aha. Gut.«

»Komm so früh wie möglich nach Hause. Wir färben dir das Haar, dann gehen wir aus.«

»Wir gehen aus?« Oh je, jetzt ist es soweit. »Wohin?«

»Du brauchst gar nicht so abfällig zu reden. Neue Ziele, neues Glück, weißt du nicht mehr? Es fängt um halb acht an, also sei vor sechs zu Hause.«

Ganz geduldig sage ich: »Ich bin immer vor sechs zu Hause, Vin. Jeden Tag der Woche, seit wir zusammenwohnen, bin ich vor sechs zu Hause gewesen. Und jetzt rufst du mich an, um mir zu sagen, ich solle vor sechs zu Hause sein. Das ist so, als würdest du mich anrufen und mir sagen, ich solle den Telefonhörer abheben. Ich bin gegen halb sechs zu Hause, wie immer. Okay?«

»Schon gut, mach dir nicht in die Hose. Wollte nur sichergehen. Bis später!«

Das gefällt mir nicht. Wir wollen offensichtlich nicht einfach nur in einen Pub oder einen Club, es ist irgendeine Veranstaltung mit fester Anfangszeit. Eine Veranstaltung, wo wir Vins Meinung nach nette alleinstehende Männer treffen. O Gott, hoffentlich gehen wir nicht zu einem Krippenspiel! Da wären höchstens alleinstehende Männer in Rollkragenpullovern …

Moment mal! Etwas, das Vini gesagt hat, zupft an der Oberfläche meiner Gedanken: »Neue Ziele.« Sie sprach von »Zielen«, und das erinnert mich an einen Artikel, den ich letzte Woche in der Zeitschrift »Any Port« gelesen habe. Ich hatte gedacht, da wäre Potential für neue Kunden, blieb jedoch untätig. Aber ich habe den Artikel ausgeschnitten. Ach, du grüne Neune! Ich beuge mich vor und reiße alle Ausschnitte von der Trennwand vor mir, überfliege sie und lege sie zur Seite, bis plötzlich die Worte, die ich gesucht habe, mir vom Papier in die Augen springen. »Ziele hinterm Horizont?« Ich schaue mich um, um zu prüfen, ob jemand zu mir herübersieht und die Überschrift entdeckt haben könnte, aber dem ist nicht so. Dann beuge ich mich vor und glätte den Artikel zwischen meinen Händen. Es geht um die sinkenden Gewinne von Horizon Holidays im dritten Jahr in Folge und um das Dilemma, in dem sich der Geschäftsführer Rupert de Witter dadurch befindet. »Was wird de Witter tun?«, fragt der Artikel, »um seine Firma ins 21. Jahrhundert zu bringen? Was auch immer er plant, er sollte sich beeilen.«

Ich starre auf die Wörter, und mein Herz beginnt zu pochen, denn die Konsequenzen von Rupert de Witters Dilemma liegen plötzlich klar auf der Hand. De Witter muss handeln, jetzt sofort, er muss den Hebel umlegen. Und ich bin so sicher, wie man nur sein kann, dass als eine der ersten Maßnahmen sein veraltetes Fortbildungsprogramm über Bord geworfen werden muss.

Jetzt weiß ich es: Ich werde auf Horizon Holidays zugehen!

Ich schließe die Augen. Einen Vertrag mit Horizon abzuschließen, das wäre riesig! Das würde Love Learning retten, im Handumdrehen. Aber es wird deutlich schwieriger als gedacht. Als Richard Horizon verließ, wollte ich ihm zeigen, dass ich hinter ihm stand, auch gegenüber Rupert de Witter. Im Klartext: Ich sagte mehrmals im Hintergrund »Genau!« und »Du hast völlig recht«, während Richard am Telefon herumtobte.

Kann schon sein, dass Rupert de Witter mich nicht gehört hat. Möglich. Aber er wird wissen, dass ich zusammen mit Richard kündigte. Zweifelsohne erreichte ihn die Nachricht unserer Meuterei innerhalb weniger Stunden, vielleicht auch schon Minuten nach unserem Weggang. Als man ihm Richards Namen nannte, wird er verständnisvoll genickt haben. Es hat ihn nicht überrascht. Aber als er erfuhr, dass eine von Richards Assistentinnen mitgegangen war, starrte er wahrscheinlich auf die künstlerisch wertvolle Plastik auf seinem Schreibtisch und runzelte die Stirn.

»Wer bitte ist diese Beth Sheridan?«, wird er gefragt haben. »Kenne ich die? Warum ist sie gegangen? Was ist ihr Problem?«

»Ach, sie hat hier nur zwei Jahre gearbeitet«, wird man ihm erwidert haben. »Sie ist erst einundzwanzig. Total verknallt in Richard. Läuft ihm nach wie ein kleines Hündchen. Eigentlich eher traurig.«

»Ja, oder?« Dann wird er heimtückisch gelacht haben. »So eine dumme Nuss. Weiß sie denn nicht, dass er sich in rund sechs Jahren nach Portugal absetzt und ihre Treue und harte Arbeit umsonst gewesen sein werden?«

Ich wette, dass sich alle kaputtgelacht haben. Und jetzt ist Rupert de Witter der Mann, den ich wegen eines neuen Vertrags ansprechen muss. Mist. Wird er sich an mich erinnern und mich voller Schadenfreude aus seinem Büro werfen? Nein, nein, natürlich nicht, das tut er nicht, weil er überhaupt keinen Termin mit mir vereinbaren wird, sobald er sich an meinen Zwergenaufstand erinnert.

Diese unangenehme Situation wird noch durch einen anderen Umstand verschlimmert: Rupert de Witter sieht superscharf aus.

Ich meine umwerfend schön, zum Haareraufen, Herzrasen, Herumstottern, unfreiwillig Kichern schön. Er hat dichtes blondes Haar, das ihm in die Stirn und manchmal auch ins Auge fällt, und seine Zähne sind so weiß und perfekt, dass man sich fragt, ob er schon so auf die Welt kam (natürlich wurde er nicht so geboren, das hätte ja komisch ausgesehen), seine Augen sind, glaube ich, blau, aber das ist schwer zu sagen unter dem blonden Pony und den dichten Wimpern, die übrigens nicht blond sind. Und der zu all dieser Schönheit gehörige Körper sorgt dafür, dass es in meiner unteren Hälfte zu kribbeln beginnt.

Ehrlich gesagt habe ich de Witter nie kennengelernt. Eine kleine Assistentin hatte keinen Grund, etwas mit dem obersten Boss zu tun zu haben. Aber auf der Rückseite der Horizon-Broschüre ist ein Foto von ihm abgedruckt. Dazu ein kleines Schreiben, ein Brief von ihm an seine Kunden, nach dem Motto: »Horizon Holidays ist bestrebt, Ihnen den perfekten blablabla ... und ich als Inhaber versichere Ihnen, dass Sie blablabla ...« Darunter seine Unterschrift und dieses Foto. Es ist draußen aufgenommen, offenbar bei einer leichten Brise, denn sein Haar ist zerzaust, ohne dass es unordentlich wirkt. Nur so, dass man gerne mit den Fingern hindurchfahren würde. Und ihm danach Schlagsahne aus dem Gesicht lecken. Er lacht natürlich, zeigt seine wunderschönen Zähne. Anscheinend steht er auf dem Deck irgendeines seegängigen Schiffes, trägt ein blassblaues Poloshirt und hat einen beigefarbenen Pulli um die Schultern geschlungen. Eine Hand ruht lässig auf einer weißen Reling.

Es ist total albern, wirklich. Außer auf dem Pausenhof meiner alten Schule habe ich noch nie so viel künstliche Bräune und blonde Strähnchen gesehen. Und da steht er und verspricht seinen Kunden, er ganz persönlich würde sich dafür einsetzen, dass ihr Urlaub so herrlich wird, wie sie es erwarten, und das mit falscher Bräune, falschen Zähnen und falschem Haar. Wer soll ihm das glauben? Er sieht aus wie ein Schauspieler.

Dennoch, er ist so sexy, dass einem die Tränen kommen. Und ich war seine Angestellte. Und habe als sichtbare Demonstration meines Missfallens gekündigt. Ließ noch ein paar Prospekte mitgehen. Selbst wenn ihm das nicht aufgefallen sein wird. Und jetzt will ich ihn treffen und davon überzeugen, sein überholtes, unpraktisches innerbetriebliches Fortbildungsprogramm zugunsten einer Firma aufzugeben, die auf der Verachtung für ihn und seinen Betrieb basiert.

Gut.

Was ich brauche, ist ein Türöffner. Irgendeinen Trick, um in sein Büro zu kommen, ohne dass er merkt, dass ich es bin, Beth Sheridan, Richard Loves kleines Hündchen. Vielleicht eine dunkle Sonnenbrille. Könnte funktionieren.

Aber jetzt habe ich keine Zeit mehr, darüber nachzudenken. In fünf Minuten muss ich los und den nächsten Teil von »Veränderung tut gut« an die Leute bringen. Vielleicht habe ich ja im Unterricht eine Idee. Natürlich könnte man anführen, dass Horizons Gewinn nun im dritten Jahr in Folge gesunken ist und sich die Geschäftsführung Sorgen macht. In diesem Jahr ein, zwei Millionen Mäuse weniger einzunehmen als im letzten muss ungeheuer stressig für Rupert sein. Er wird sich das Hirn auf der Suche nach einem Ausweg zermartern. Wahrscheinlich sitzt er in diesem Augenblick in einem weichen Kalbsledersessel in seinem großen gläsernen Büro und schaut durch das Fenster auf die Stadt, das Kinn auf die gefalteten Hände gestützt, der Kaffee auf dem schweren Eichenschreibtisch erkaltet, und überlegt, wie er aus der Situation herauskommen soll. Und wenn ich Glück habe, kehren seine Gedanken zu seinem Fortbildungsprogramm und dem Satz zurück, den Richard Love ihm vor sechs Jahren zuknurrte: »Du bist so ein verfluchtes Arschloch.«

Nein, nein, nicht der Satz. Der andere. Der Satz mit dem veralteten, ineffektiven Fortbildungsprogramm. Fragt Rupert sich vielleicht, ob Richard Love damals recht hatte? Hat sich seine Fortbildungspolitik überlebt? Ist er, Rupert, ein sturer, starrköpfiger Narr?

»Du bist echt ein sehr verständnisvoller Chef, Rupert.«

Genau in dem Moment, als ich zur nächsten Stunde in den Klassenraum eile und mir vorstelle, wie Rupert de Witter seine Kurzsichtigkeit vor sechs Jahren verflucht, schaut er tatsächlich aus einem Fenster und genießt den Ausblick. Aber er sitzt nicht in seinem Büro. Er isst mit einem Freund und Mitstreiter zu Mittag. Sie sitzen an einem der besten Tische in einem sehr feinen Restaurant namens Madeleine's. Von seinem Platz aus schaut Rupert auf die Schwäne im See des Fieldwood Park.

Dies ist der Ort, wo alle Filmstars unserer Stadt zu Mittag essen würden, wenn es bei uns welche gäbe. Leider kann der Rest der Stadt inklusive Einkaufszone und Fressmeile nicht mit dem Madeleine's mithalten, so dass die Filmstars eher ausbleiben.

»Bringen Sie uns bitte die Rechnung, Julian?«

»Natürlich, Mr. de Witter. Sofort.«

»Danke.« Rupert wendet sich an seinen Begleiter und zuckt mit den Schultern. »Meinst du wirklich? Vielleicht hast du recht. Aber es ist doch eine ganz vernünftige Anfrage, und ich kann es mir leisten, warum also nicht? Mehr als ausgeben kann man sein Geld schließlich nicht.«

Sein Gegenüber nippt nachdenklich an einer Weinschorle. »Es gibt nicht viele Geschäftsleute, die dir in dem Punkt zustimmen würden.«

Rupert nickt. »Ich weiß, du hast recht. Wir wissen, dass wir in einer zynischen, gewinnorientierten Welt leben, wo die meisten Arbeitgeber einen Antrag auf Kinderbetreuung ablehnen würden, weil sie ihnen zu viel kostet. Aber warum sollen Menschen bestraft werden, nur weil sie Eltern sind?« Er schüttelt den Kopf. »Ich hoffe, wenn ich – falls ich – jemals so einen Schritt tue, dass ich dann nicht von meiner Frau verlange, ihre Arbeit aufzugeben, um sich um die Kinder zu kümmern. Warum sollte sie auch? Sie hat ihren Beruf, und der ist ihr ebenso wichtig wie mir meiner.«

»Frau? Hey, warum war ich nicht zur Hochzeit eingeladen?«

Rupert grinst. »Theoretisch, Mann. Ich bin mir sicher, dass es bei Horizon viele Mamis und Papis gibt, die ebenso denken wie ich. Und aus betriebswirtschaftlicher Sicht sind sie die motiviertesten Arbeitnehmer, weil sie den größten Ansporn haben, ihre Stelle nicht zu verlieren. Ich wäre dumm, ihnen nicht zu helfen.«

»Ganz deiner Meinung. Das sehe ich genauso.«

»Wirklich?«

»Ja. Auf jeden Fall. Es gibt so viele Mütter, denen man damit die Rückkehr in den Beruf erleichtern könnte. Ich meine intelligente, attraktive Frauen. Es wäre eine Verschwendung, wenn die zu Hause säßen und Windeln wechselten.«

»Genau.«

»Und wenn du schlau bist, beziehst du sie wirklich mit ein. Weißt du, es ist schlimm, wenn man an all die tollen Frauen denkt, die nicht zurück in den Beruf gehen, weil sie sich keine Kinderbetreuung leisten können und keinen …«

Rupert lehnt sich zurück. »Hör mal, ich empfange hier gewisse Signale, dass du dich nicht so recht auf unsere Besprechung konzentrierst. Könnte das sein?«

Hector lässt die Schultern hängen. »Tut mir leid, Rupe. Du hast recht, ich bin heute nicht ganz bei der Sache.«

»Alles in Ordnung?«

Hector grinst breit. »Ja, doch. Mehr als in Ordnung. Dass ich abgelenkt bin … ähm, das ist ein gutes Zeichen.«

Ruperts Glas hält auf halbem Weg zu seinen Lippen inne. »Ich glaub's nicht! Hector hat eine Frau gefunden!«

»Du brauchst gar nicht so –«

»Na, das wurde ja auch mal Zeit. Ich dachte schon, du hättest aufgegeben, nach Miranda.«

»Hatte ich irgendwie auch. Zumindest mit der aktiven Suche. Du weißt ja, dass Mum krank war und ich deshalb nicht oft vor die Tür kam, ich hatte mir vorgenommen, die nächste Zeit nicht darüber nachzudenken. Aber dann kam es von selbst auf mich zu. Sie tauchte … einfach so auf. Trat in mein Leben, ohne Vorwarnung. Kannst du dich an unser Treffen hier vor sechs Wochen erinnern? Der Tag, an dem meine Mutter starb?«

»Natürlich. Du bist zwischendurch ans Handy gegangen, obwohl es gar nicht deine Mutter war.«

»Genau, das war sie, Rachel. Ich musste drangehen, ich konnte nicht anders.«

»Du konntest nicht anders? Hört sich gut an. Wie ist sie denn so?«

»Oh je, wo soll ich da anfangen? Sie ist total lustig, Rupe.

Sie hatte mein Handy gefunden, und als sie sich bei mir meldete, machte ich einen kleinen Witz, als würde sie von mir Lösegeld fordern. Sie stieg sofort drauf ein. Fand ich lustig.«

»Na, das ist ja mal was Neues.«

»Ich weiß.«

»Und, wann ist die Hochzeit?«

»Mensch, Rupert, immer mit der Ruhe! Wir sind noch nicht offiziell zusammen.«

»Nicht? Warum nicht? Ich meine, wenn sie so toll ist, was hält dich dann davon ab?«

Hector zuckte mit den Schultern. »Das ist kompliziert. Aber ich arbeite dran.«

»Ja? Was ist, gibt's da noch einen Ex? Etwa Brad Pitt? Der sich einfach nicht von ihr trennen will? Der Tag und Nacht anruft, mit Blumen vor der Tür steht und sie anfleht zurückzukommen? Dann kannst du es direkt vergessen, Junge.«

»Vielen Dank für die Unterstützung, Rupe.«

»Nichts gegen dich, Hec. Bloß, gegen Brad Pitt hast du keine Chance. Hat keiner. Selbst ich würde vielleicht das Ufer wechseln, wenn Brad was von mir wollte.«

»Hm. So interessant die Vorstellung auch ist, wollen wir weitermachen? Ich halte dich auf dem Laufenden. Nun, was hältst du von meinem Vorschlag?«

Rupert nimmt einen blauen Hochglanzprospekt vom Tisch und legt ihn wieder hin. »Ja, klasse. Super. Du kannst sofort loslegen. Und jetzt zurück zum Thema. Als du sagtest, sie wäre einfach so aufgetaucht, was meintest du damit?«

»Du willst also für Horizon dieses System, das ich entwickelt habe? Erfüllt es all deine Bedürfnisse?«

»Ja, Junge, hast du doch gehört. Wir machen Verluste, also muss sich was ändern. Ich überlege auch, unser Fortbildungsprogramm zu erneuern.«

»Echt? Das ist ja interessant. Willst du jemanden von außen holen oder bleibst du bei …?«

»Scheiß auf die Fortbildung, Hector, beantworte erst meine Frage! Wie ist sie aufgetaucht?«

»Aha, verstehe. Erst machst du einen auf zynisch, erzählst mir von Brad Pitt, aber in Wirklichkeit willst du wissen, wie ich es geschafft habe, stimmt's? Das hat dir gefallen, und jetzt willst du es auch versuchen, hab ich recht?«

»Nicht unbedingt. Vielleicht interessiert es mich auch einfach nur, weil du einer meiner ältesten Freunde bist.«

»Gut. Okay. Wie auch immer. Ich glaube dir.«

»Schön. Und, wie lautet die Antwort? Wie findet jemand wie ich so eine Frau, ohne dass sie weiß, wer ich bin, und es nur auf mein Geld absieht?«

Hector hebt die Augenbrauen und presst die Lippen aufeinander. »Darauf weiß ich leider keine Antwort, mein Freund. Keine Ahnung.«

»Super!«

Hector beugt sich vor. »Aber eines könntest du versuchen …«

6 Erste Schritte

Kurzfristiges Ziel: Mir Chemikalien auf den Kopf kippen lassen und mich auch noch darüber freuen.
Hindernisse: Gefärbtes Haar gehört eindeutig nicht zu den Dingen, die Richard schön findet.
Langfristiges Ziel: Ich möchte einfach nur jemanden heiraten, der mich auf Händen trägt. Vielleicht Richard, vielleicht nicht (wohl eher nicht, wenn ich mein Haar erst mal künstlich verschönert habe).
Hindernisse: Finde keine angemessene Räumlichkeit für die Feier. Haha.

Nach meinem Seminar am Nachmittag habe ich keine Zeit mehr, Horizon oder Rupert im Internet zu recherchieren, da ich ja Anweisung habe, vor sechs Uhr zu Hause zu sein. Es ist bereits Viertel nach fünf, weil ich ärgerlicherweise von einem Kursteilnehmer aufgehalten wurde, der sich total schlau dabei vorkam, mir einschlägige, unheimlich wichtige Fragen zu stellen. Chas ist der Einzige, der sonst noch im Büro ist. Er steht an der Tür und spielt mit den Schlüsseln. Ich kann seinen glänzenden Schädel so gerade über den Trennwänden ausmachen, als er die Schlüssel in die Luft wirft und wieder auffängt. Besser gesagt: Er greift daneben, muss sich bücken und sie vom Boden aufheben. Mann, ist der cool.

»Komm, Elizabeth«, sagt er. Er muss meinen Namen von der Mitarbeiterliste kennen, mit mir geredet hat er jedenfalls noch nie. »Zeit ist Geld – aber das weißt du ja sicher selbst am besten.«

Er ist lächerlich, aber heute ist mir das egal. Ich bin mit Rupert de Witter beschäftigt. Dass mich keiner falsch versteht: Ich träume nicht davon, wie er mir mit nacktem Oberkörper leidenschaftlich in die Augen sieht, mich küsst und dann auf seiner Yacht zu einem Wochenende aufs Mittelmeer mitnimmt, wo er jede meiner Bewegungen verfolgt und mir schließlich sagt, er wolle den Rest seines Lebens mit mir verbringen. Wir haben uns zwar nie kennengelernt, aber ich weiß aus erster Hand, dass er so nicht ist, ich habe ja gehört, was Richard am Telefon zu ihm sagte. Rupert sei unflexibel, kindisch, arrogant und ahnungslos. Ich habe ihn bloß ständig im Kopf, weil ich mir überlegen muss, wie ich an ihn herankomme. Ich denke noch nicht einmal darüber nach, was passiert, wenn ich ihm vorgeführt werde. Bis jetzt ist mir noch nichts Besseres eingefallen, als mich zu Boden sinken zu lassen und hilflos zu kichern, aber ich glaube, das wird nicht funktionieren.

»Los, komm, raus mit dir, wir haben nicht viel Zeit!«

Ich schaue auf und erblicke Vini, die neben dem Fahrerfenster meines Autos steht. Mein Wagen parkt vor unserer Wohnung, und ich stelle erschrocken fest, dass ich keine Erinnerung an die Heimfahrt habe. Ich drehe mich um, schaue hinter mich, rechne fast damit, ein Gemetzel zu erblicken, eine Straße voll stöhnender, blutender Verletzter und rauchender Autos mit eingedrückter Kühlerhaube, aber ich sehe nur einen kleinen grauen Hund, der gemächlich über die Straße trottet. Ich bin völlig perplex. Das war das erste Mal seit acht Jahren, dass ich nicht mitbekommen habe, was ich tue oder wie ich dabei aussehe. Normalerweise setze ich beim Fahren eine verträumt lächelnde Miene auf, falls mich jemand durch die Windschutzscheibe erkennen sollte, aber heute habe ich auf der gesamten Fahrt über den verdammten Rupert de Witter nachgedacht. Das ist nicht gut. Beim nächsten Mal werde ich mich mehr aufs Fahren konzentrieren, schließlich bedeutet die Teilnahme am Straßenverkehr, eine Tonne aus Stahl, elektrischen Funken und explosiver Flüssigkeit durch eine ruhige Wohngegend zu manövrieren.

Kaum bin ich in der Wohnung, schleppt Vini mich ins Bad und befiehlt mir, mich auszuziehen. Sie ist sehr kreativ. Was Haare und Fingernägel betrifft, meine ich. Vini bastelt keine Bilderrahmen aus alten Teebeuteln oder Couchtische aus Füllerkappen. Zum Glück nicht. Aber sie kann Schönes erschaffen, und das ist gut so, wenn man bedenkt, welchen Beruf sie gewählt hat. Einmal verwandelte sie eine magere Jugendliche mit schlaff herunterhängendem Haar, die sie auf dem Parkplatz von Tescos entdeckt hatte, in Marilyn Monroe. Das war unglaublich.

Ach, nee, das war Marilyn Manson. Aber unglaublich war es trotzdem.

Obwohl ich also nicht völlig begeistert von einem neuen Look für mich bin, begebe ich mich in Vinis fachkundige Hände. Sie kippt mir die Farbe auf den Kopf, drückt Watte an meinen Haaransatz und sagt mir, ich solle fünfundzwanzig Minuten auf der Toilette stillsitzen und warten. Na, super! Das gibt mir fünfundzwanzig Minuten Zeit, um zu überlegen, wie ich an Rupert de Witter rankomme.

Jetzt weiß ich es! Ich schicke ihm einen Blumenstrauß mit einer Karte, auf der steht: »Von Beth von Love Learning, rufen Sie mich an, wenn Sie sich für Fortbildung interessieren …«

Nein. Vielleicht doch nicht. Wer Blumen verschickt, möchte damit normalerweise etwas anderes sagen. Nicht dass ich schon sehr oft welche bekommen hätte. Genau genommen nur zweimal in meinem Leben. Den ersten Strauß erhielt ich mit fünfzehn in der Schule, weil ich nicht den ersten Platz im Malwettbewerb gemacht hatte. Aus Pappmaché und Stroh hatte ich eine wunderschöne Jesusfigur am Kreuz gebastelt, perfekt mit gräulicher Haut, Blutklumpen am Kopf und abblätternder Haut an Händen und Füßen. Er hatte sogar hohle Rippen, weil er schon ein, zwei Tage da gehangen hatte. Der Gewinner, der irgendetwas mit einem bemalten Ei gemacht hatte, meiner Meinung nach der totale Osterkitsch, gewann einen tragbaren CD-Player. Den zweiten Strauß bekam ich zwei Jahre später, er hatte aber im Grunde genommen dieselbe Botschaft. John Wilson vom Immobilienmaklerbüro in der Fußgängerzone schickte mir Blumen, um mir mitzuteilen, dass er mit mir Schluss mache. »Liebe Beth, ich habe es mit dir versucht und bin der Meinung, dass dir irgendetwas fehlt, deshalb gebe ich dir einen Korb. Diese Nelken sollen dir sagen, dass du nicht das Gefühl haben sollst, versagt zu haben. John.« Na ja, ganz genau so stand es nicht auf der Karte. Aber es war so gemeint.

Also keine Blumen. Luftballons. Jawohl! Die haben keine versteckte Botschaft. Luftballons sind einfach nur hüpfende, luftgefüllte Spaßmacher mit einer treffenden, aufrichtigen Beschriftung. Zum Beispiel könnte auf ihnen stehen: »Love Learning, das Zentrum für Fortbildung und Entwicklung«, und ich könnte eine Karte hineinstecken, auf der meine Telefonnummer stünde.

Was für eine total bescheuerte Idee! Was habe ich bloß für einen Schwachsinn im Kopf! Luftballons sind keine ernsthaften verkaufsfördernden Mittel. Rupert de Witter wird denken, wir seien unprofessionelle Clowns. Und damit hätte er nicht unrecht.

»Gut, alles klar, Zeit zum Ausspülen«, sagt Vini, als sie zurück ins Bad kommt. In den folgenden zehn Minuten hänge ich mit dem Kopf nach unten über der Badewanne, und das Blut pocht mir in den Ohren, was das Denken völlig unmöglich macht.

Nachdem Vini mich kurz geföhnt und dabei die Spitzen leicht nach außen gedreht hat, führt sie mich vor den Spiegel und zieht das Tuch herunter, wie in einer Vorher-Nachher-Show. Nur dass sie einfach ein feuchtes Handtuch zur Seite zieht mit den Worten: »Bin ich nicht super?«

Ich bin blond. Ich hatte mit – keine Ahnung – mit Mahagoni oder einfach mit einem dunkleren Braun als meinem ursprünglichen gerechnet. Sogar mit Schwarz. Auf jeden Fall nicht mit so etwas Billigem.

Aber die Veränderung ist umwerfend. Eine hellere Farbe umrahmt mein Gesicht und verwandelt mich. Meine Haut wirkt strahlender, meine Augen sind blauer, selbst meine Lippen sind voller. Ich sehe kraftvoll und lebenssprühend und, ja, sexy aus. Ich bewege den Kopf von links nach rechts, und das Haar schwingt mit, wie in einer Shampoo-Werbung.

»Ich bin blond«, sage ich überflüssigerweise.

»Ach, was! Und, was meinst du?«

Ich blicke Vini an und fühle mich dabei wie jemand, durch dessen Oberteil man den BH sehen kann. Muss mir dringend so was besorgen.

»Das ist billig.« Ich schaue wieder in den Spiegel. Ich kann den Blick nicht von mir abwenden.

»Neeein! Das stimmt nicht! Du bist sexy und superhübsch. Und es passt wirklich zu dir, wenn ich das sagen darf. Lässt deine Haut strahlen. Ich wusste es.«

»Ich sehe aus wie 'ne Nutte. Was werden die Leute im Unterricht denken, wenn sie mich sehen?«

Vini nickt vielsagend. »Die werden denken, bums mich hinter der Flipcharttafel, ich wusste gar nicht, dass unsere Lehrerin so supergeil ist!«

Ich schiele zu Vini hinüber, ohne den Blickkontakt mit mir selbst abzubrechen. »Aber das sieht so künstlich aus. Das merkt doch jeder.«

»Ähm, ja, schon. Aber das soll es ja auch. Wo ist das Problem?«

Das Problem ist, dass ich in den vergangenen acht Jahren krampfhaft versucht habe, völlig natürlich und echt zu wirken, weil ich weiß, dass Richard es gern so mag. Das alles hat Vini mit einer Behandlung zerstört. Aber das sage ich ihr nicht. Schließlich glaubt sie, ich hätte Richard vergessen.

»Vin, ich habe wirklich viel Zeit investiert, mich … auf dieses Seminar vorzubereiten, und eine unvorhergesehene, dramatische Veränderung wie diese hier« – ich berühre mein Haar – »könnte eine verheerende Wirkung auf … auf die Effektivität meines Unterrichts haben.«

Vini fällt die Kinnlade herunter. Das sehe ich aus dem Augenwinkel. »Ist dir ganz egal, wie super du aussiehst?«

»Darum geht es nicht, Vin. Obwohl, vielleicht geht es gerade darum. Wenn ich zu gut aussehe, wird mich niemand mehr ernst nehmen. Findest du wirklich, dass ich super aussehe?«

»Ja, allerdings. Und du auch, wenn du mal ehrlich bist. Los, komm, guck dich doch an! Du bist wunderschön!«

Ich runzle die Stirn. Was wird Richard sagen, wenn er mich so sieht? Ich sehe total künstlich aus. Na gut, mein Gesicht wirkt straffer, meine Augen leuchtender, und mein gesamtes Aussehen hat sich in eine unglaublich strahlende, sexy Person verwandelt, ja, und? Das ist doch alles nicht wichtig, wenn … Ich mustere mich genauer. Nein, nein, mir ist es egal, ob … Kurz grinse ich mich an, bevor Vini es merkt. Also, eigentlich …

»Schon gut, Beth«, sagt Vini, »du kannst mit dem Stirnrunzeln aufhören. Es sieht superklasse aus, du bist umwerfend. Das ist der erste Schritt in dein neues Leben! Und du denkst, es wäre nuttig.«

Ich nicke mit finsterem Blick und sehe im Spiegel, dass das Haar durch das Nicken wippt und im Licht schimmert.

»Meinst du, ich hätte dir vorher sagen sollen, dass es blond wird, damit du dich hättest weigern können?«

Ich nicke erneut. Es funkelt.

»Und du wärst lieber bei etwas weniger Nuttigem geblieben, zum Beispiel Mahagoni oder Dunkelbraun?«

»Ja.« Nicken. Weiße Blitze zucken über meinen Scheitel.

»Dann färben wir es jetzt schwarz. Nummer 001, oder? Straßenköterbraun?«

»Nein!«

»Aha!«

»Scheiße.«

»Erwischt!«

Es ist kein Krippenspiel. Aber jetzt, wo ich den Parkplatz des Seahorse Hotels überquere, wünsche ich mir, es wäre eines. Nervös schiele ich auf ein Poster, auf dem in grässlichen Großbuchstaben steht: »Fast Love Speeddating – 2Nite!« Mein Magen verkrampft sich.

»Müssen wir da wirklich rein?«, frage ich Vini zum hundertsten Mal. Seit einer halben Stunde antwortet sie nicht mehr.

Als ich mich einverstanden erklärte, mit ihr zusammen unsere Einstellung zu Beziehungen zu verändern, hatte ich dabei nicht so was im Sinn gehabt. Ich dachte eher an so was wie, keine Ahnung, jemanden im Zug kennenzulernen und am Nachmittag zusammen im Bett zu landen. Nicht an – ich zitiere – »Drei Minuten Kommunikation, ein Leben lang gemeinsame Aktion!« Aber eines weiß ich: Mein neues Haar ist hier genau richtig.

Allerdings war das gefärbte Haar ein super Verhandlungspfand. Vini willigte ein, als Gegenleistung zum Blondieren ihren Kleidungsstil zu ändern. Auf meine Anweisung hin trägt sie heute Jeans, dunkelbraune Stiefel und eine rehbraune Wildlederjacke. Ich beobachte, wie sie durch die Doppeltür des Hotels geht. Sie sieht richtig gut aus.

Drinnen ist es genau so, wie ich es mir vorgestellt habe. In der Lobby sind nur gut gekleidete, traurige Menschen, die mit peinlichen Blumen im Knopfloch herumirren und versuchen, in ihrer neuen Unterwäsche entspannt und zuversichtlich zu wirken. Natürlich sehe ich nichts von den neuen Dessous, aber man merkt es den Bewegungen an. Eine Frau mit einem enorm breiten Hintern schiebt sich mit schaukelnden Bewegungen an mir vorbei und macht dabei der Titanic alle Ehre. Wahrscheinlich hält sie sich aufgrund eines verborgenen Bändchens aus Spitze zwischen den Pobacken irrtümlich für sexy. An der Theke krallen Frauen um die fünfzig mit blassblauem Lidschatten und grellrosa Lippenstift die Fingerspitzen um ihr Weinglas, kichern und versuchen, den Eindruck zu vermitteln, sie hätten noch nie zuvor Alkohol getrunken. Die zu mir herüberwehenden Gerüche reichen von Whisky über Rasierwasser zu Fisch, je nachdem welchen Eindruck die Männer hinterlassen möchten: Indiana Jones, James Bond oder Forrest Gump.

»Auf gar keinen Fall!«

Vini will sich gerade zur Theke durchdrängeln. Sie dreht sich zu mir um. »Was ist?«

»Ich habe gesagt: auf gar keinen Fall. Niemals. Nicht in tausend Jahren. Du brauchst gar nicht zu fragen. Nee. Niemals. Nie.«

»Was? Willst du mich ärgern? Wir hatten uns geeinigt.«

»Oh, tut mir leid. Vielleicht habe ich mich nicht klar genug ausgedrückt. Ich habe gesagt –« Ich wende mich ab und steuere auf den Ausgang zu. Es wäre ein guter Abgang geworden, wäre mir der Weg nicht von einer Barrikade glatzköpfiger Loser verstellt worden. Der mir am nächsten steht, erhascht meinen Blick, hebt vielsagend die Augenbrauen und grinst anzüglich. »Aber, hallo!«, sagt er, wirft den Kopf in den Nacken und saugt die gesamte Luft im Raum geräuschvoll durch die Nase ein.

»Wehe, du haust ab!«, sagt Vini hinter mir. Erleichtert wende ich mich von Moby Dick ab. »Es ist gar nicht so schlimm, wie du denkst.«

Plötzlich erscheint vor mir der Kopf einer Bauchrednerpuppe mit Nikolausmütze und sagt: »'allo, schöne Frau, ich 'eiße Doddy. Willst du meine Freundin sein?«

Hilflos schaue ich Vini an, die mit offenem Mund die Puppe anstarrt. Ich frage mit aufgerissenen Augen und ausgebreiteten Händen: »Echt nicht?«

»Der war nicht repräsentativ«, sagt sie, fasst mich am Arm und führt mich schnell aus der Ecke heraus. »Probier es einfach, ja? Vielleicht gefällt's dir sogar, man weiß ja nie.«

»Kann sein. Heute Abend wollte ich mir sowieso nur die Zehennägel ziehen lassen.«

»Super. Ich hol uns was zu trinken.«

In der Zwischenzeit schaue ich mich um und wünsche mir sofort, es nicht getan zu haben. Neben der Tür befindet sich eine Art Anmeldetisch, vor dem aufgeregte Menschen Schlange stehen, um ein Blatt Papier zu erhalten. Da ist auf jeden Fall keiner für mich dabei. Dieses Urteil basiert auf dem Mann ganz vorne. Er trägt ein Vogel-Strauß-Kostüm mit orangefarbenen Beinen an den Seiten, so dass es aussieht, als säße er auf dem Tier. Ich starre ihn an. Dieser Typ hat sich offenbar Zeit genommen und lange und gründlich darüber nachgedacht, warum es bei ihm mit den Frauen nicht läuft. Dann kam er zu dem Schluss, dass ein lebensgroßes Vogelkostüm die Lösung sei. Herrje, ich hätte gerne mal die Techniken gesehen, die er vorher probiert hat.

Ich mustere einige der Damen und frage mich, welches glückliche Wesen heute Abend mit dem Vogelmann nach Hause gehen darf. Eine Frau trägt einen Schottenrock und eine gestreifte Bluse. Perfekt. Gemessen an ihren bisherigen Entscheidungen heute hält sie den Vogel Strauß bestimmt für eine gute Idee.

Hinter ihr steht eine kleine Brünette an der Wand. Zumindest eine, die normal aussieht und einen Blick in den Spiegel geworfen hat, bevor sie heute Abend aufbrach. Sie trägt eine normale Jeans, schwarze Stiefel, eine braune Strickjacke und hält eine Kermit-Puppe auf der linken Hand. Heiliger Strohsack! Kermit winkt dem Mann mit der Bauchrednerpuppe zu. Ich kneife die Augen zusammen. Wo bin ich hier gelandet?

Voller Panik sehe ich mich um und entdecke Vini, die mit gesenktem Kopf auf mich zueilt. »Falscher Raum«, sagt sie eindringlich, packt mich am Arm und schleppt mich dahin, woher wir gekommen sind.

»Was?«

Sie schüttelt den Kopf und schiebt mich hastig in Richtung einer gläsernen Doppeltür am anderen Ende des Gangs. Wir drehen uns um und betrachten die Tür, durch die wir gerade gegangen sind. Darüber hängt ein großes Plakat, das alles erklärt.

»Puppenspieler-Tagung«, lese ich. »Ein ganzer Raum voller Puppenspieler? Die hier tagen?«

Vini nickt. »Sieht so aus.«

»Du lieber Gott! Über was reden so viele Puppenspieler denn? Handpuppen oder Marionetten? Wie man seine Bauchrednertechnik verfeinert? Mit welcher Technik sich Kasper vor Schmerz krümmt?«

»Vielleicht unterhalten sich ja die Puppen miteinander?«, raunt Vini geheimnisvoll und geht weiter. Ich zögere kurz und beobachte, wer sich mit wem unterhält. Ich glaube, Vini hat recht. Die Puppe des Bauchredners führt jetzt eine heftige Debatte mit Kermit, während ihr Besitzer ein Glas Wasser trinkt.

Der Vogelmann schaut auf die Uhr und merkt nicht, dass der Strauß eine Frau mit einem kleinen sprechenden Esel attackiert. O Gott, das hier ist Twilight Zone.

Ich folge Vini durch den Korridor. Ich hoffe, es geht Richtung Ausgang, befürchte aber das Gegenteil. Als ich um die Ecke biege, steht sie vor einer Glastür, auf der ein Schild klebt: »Speeddating hier.« Mich verlässt die Zuversicht. Ich hatte gehofft, Vini hätte sich im Datum geirrt und wir könnten wieder nach Hause fahren. Auf der anderen Seite der Tür ist ein Vorhang angebracht, damit man nicht die grauenhaften Gestalten sehen kann, die sich dahinter aufhalten, ehe man sich zur Teilnahme entschlossen hat. In der Glastür ist sogar ein Drahtgeflecht, wahrscheinlich um die Insassen im Falle einer Schlägerei vor Scherben zu schützen.

»Vin, ich weiß wirklich nicht.«

Sie greift nach der Tür und hält inne. »Ich auch nicht, Beth. Glaubst du etwa, das hier ist *meine* Traumveranstaltung?«

»Wie – nein, ich meine, ich dachte nicht –«

»Wir sind im 21. Jahrhundert, ja? So läuft das heute, wir sind zu alt für die Schuldisco. Entweder das hier oder … oder die Puppenspieler.«

»Ich glaube, ich würde lieber dahin zurückgehen.« Ich nicke mit dem Kopf in die andere Richtung.

»Nein, willst du nicht, Beth. Mensch, hör auf! Die Leute da drinnen hatten Puppen auf den Händen.« Sie bewegt ihre Finger. »Puppen, Beth.«

»Was glaubst du, warum hängt ein Vorhang hinter der Tür?«

»Keine Ahnung. Weil die Tür so potthässlich ist. Jetzt komm schon …«

»Nein, deswegen nicht, sondern um potentielle Speeddater wie uns nicht vorher durch die Scheibe spähen zu lassen. Und weißt du, was das bedeutet?«

»Du wirst es mir bestimmt gleich verraten.«

»Es bedeutet, dass die Leute da drin so absolute Loser sind, dass wir nicht reingehen würden, wenn wir sie vorher sehen könnten. Ich meine: Speeddating, Vini! Möchtest du wirklich jemanden kennenlernen, der zum Speeddaten geht? Entweder sind das psychopathische Serienmörder oder Star-Wars-Fans.«

»Beth, du bist so dermaßen –«

In dem Moment geht die Tür auf, ein Mann kommt heraus und stößt mit Vini zusammen.

»Oh, das tut mir unheimlich leid«, sagt er und schaut sie an. Dann lächelt er. »Hallo … Ist alles in Ordnung?«

»Ja«, sagt sie und betrachtet sein Gesicht über ihr. »Super, danke.«

»Ja«, sagt er, ohne sich zu bewegen. »Super.«

»Ich bin Lavinia«, stellt sie sich vor und hält ihm die Hand hin, und ich bekomme das sehr unangenehme Gefühl, dass sie mich alleine zum Speeddaten schicken wird.

»Hi, Lavinia«, sagt er und nimmt ihre Hand. »Ich bin Adam.«

»Hi, Adam. Sind Sie …?«, fragt sie und weist auf die nervtötend angelehnte Tür.

Der Mann dreht sich um. »Was, vom Speeddaten? Du lieber Himmel, nein. Ich war im falschen Saal. Ich will eigentlich zur Puppenspieler-Tagung. Wissen Sie vielleicht, wo die ist?«

Vini lässt seine Hand los, als sei sie ein Wurm. Mit dem Kinn weist sie in Richtung Korridor. »Da entlang.«

Interessant, wie sich sein Gesichtsausdruck verändert. Als wundere er sich, dass es Vini stört, wenn ein erwachsener Mann zur Tagung der Puppenspieler will. Ich suche an seinen Händen nach verräterischem gelbem Filz.

»Gut. Danke.« Er lässt die Arme baumeln, wartet, dass etwas passiert. Dann merkt er, dass nichts mehr kommt. »Ah, gut, nett, Sie kennenzulernen, Lavinia. Und Sie auch«, fügt er hastig hinzu, als er sich plötzlich erinnert, dass ich direkt neben ihr stehe. »Wiedersehen.«

»Wiedersehen«, sagt Vini. Da der Mann aber immer noch keine Anstalten macht, zu den Puppenspielern zu gehen, legt sie die Hand auf meine Schulter und schiebt mich zur Tür.

Und dann bin ich drin, ohne es wirklich gewollt zu haben. Hinter mir schließt Vini langsam die Tür, das Gesicht an den Spalt gedrückt. Wahrscheinlich steht der Puppenspieler noch draußen im Gang und schaut auf die sich schließende Tür. Wenn er sich nicht beeilt, wird er den großen Spaß verpassen.

Vini kommt zu mir, und wir wagen uns weiter vor. Der Raum ist kleiner als der Saal der Puppenspieler. Hier stehen rund fünfzehn Tische mit jeweils zwei Stühlen in einem großen Kreis. Um jeden Tisch ist mit Tesafilm ein Streifen Glitzerpapier geklebt, darüber hängt jeweils ein äußerst optimistischer Mistelzweig. Im Hintergrund ertönen die deprimierenden Klänge von George Michaels »Last Christmas«. Vielleicht nicht gerade das passendste Lied für eine Veranstaltung, auf der Menschen eine neue Beziehung eingehen wollen.

An ein, zwei Tischen sitzen bereits nervöse Frauen, zupfen an ihrem Haar herum, überprüfen ihr Make-up, pressen die

Lippen aufeinander. An einem Ende des Raumes befindet sich eine kleine Theke, wo die Männer mit der maskulinen Version des Make-up-Prüfens beschäftigt sind: in der Hosentasche herumwühlen, wahrscheinlich auf der Suche nach ihrem Penis, um ihn zuversichtlich zu tätscheln. »Also gut, kleiner Freund, bereit für eine neue Runde?«

Am liebsten würde ich allen sagen, sie müssten sich keine Sorgen machen, heute würde eh nichts passieren.

Jeder bekommt einen Zettel mit einer Liste von Zahlen zum Ankreuzen ausgehändigt, dazu einen großen Plastikwürfel mit einer Nummer. Vini ist Nr. 8, und ich bin Nr. 9. Dann werden die Regeln erklärt. Die Frauen sitzen an den nummerierten Tischen, die Männer gehen von einem Tisch zum nächsten. An jedem bleiben sie drei Minuten, die wir mit einer möglichst ausgeglichenen Unterhaltung füllen sollen. Ich hoffe, die Kerle sind darauf vorbereitet. Irgendwie bezweifle ich es – wenn sie zu so was imstande wären, warum sind sie dann überhaupt hier? Wenn die drei Minuten vorbei sind, erklingt eine Glocke, und der Gesprächspartner begibt sich an den nächsten Tisch.

Vini sieht mich an. »Das hört sich ja echt super an, oder?«, meint sie und steuert auf einen Tisch zu.

»Oh, ja«, sage ich leise. »Echt super.«

Unsere Tische stehen nebeneinander. Kurz darauf klingelt eine Glocke, und ein ausladender Mann in einem Rollkragenpullover fläzt sich auf den Stuhl mir gegenüber. Mein Hals fängt an zu jucken, wenn ich ihn nur ansehe.

»Ich bin Gordon, Nummer acht.« Überflüssigerweise weist er auf die große »8« an seinem Pulli.

»Libby«, stelle ich mich vor, denn ich habe gerade beschlossen, dass ich ein Pseudonym brauche, falls er zu einem Stalker mutiert. Er hat Augenbrauen wie ein Massenmörder. Oder besser: eine Augenbraue.

»Hi, Libby. Mann, ist das heiß hier drin, nicht? Herrje, ich schwitze wie ein Ochsenfrosch.«

Hat er mir in den ersten zwei Sekunden unseres Zusammenseins nicht ein wunderbares Bild seiner selbst vermittelt? Schwer zu entscheiden, wie ich darauf reagieren soll. »Können Ochsenfrösche denn schwitzen?«

»Hä?«

»Ich meine, das sind doch Amphibien, oder? Wenn denen heiß wird, dann hocken die sich doch einfach eine halbe Stunde in den nächsten Tümpel, oder nicht?«

Er starrt mich an. Ich sehe vor mir, wie er meine Nummer auf dem Zettel überspringt. »Wie, sind Sie Zoologin?«

»Ja.«

»Ah. Und, können Pferde schwitzen?«

»Oh ja, und wie!«

»Super. Dann schwitze ich eben wie ein Pferd.«

»Oh je.«

Der nächste Typ ist genauso schrecklich. »Aber als ich auf Level neun kam«, erklärt er mir, »kam da plötzlich wie aus dem Nichts so ein riesengroßer Felsbrocken und machte mich platt. Hab Ewigkeiten gebraucht, bis ich das raushatte. Wissen Sie, wie das geht? Man muss ihn zerstören, bevor man die Strickleiter runterklettert. Bescheuert.«

Nach einer Dreiviertelstunde gibt es eine halbe Stunde Pause. Vini und ich gehen an die Theke, um uns auszutauschen.

»Hast du einen angekreuzt?«, fragt sie sofort. »Ich ja.«

»Was? Nein, oder? Ich habe nicht ein einziges Kreuzchen gemacht.«

»Echt nicht? Nein?«

»Nee.«

»Was ist mit Nummer zehn, der so schöne Augen hatte?«

»Mir hat keiner von denen gefallen.«

»Nicht mal Nummer elf, der mit der erotischen Stimme?«

»Verstehst du es nicht, Vin? Mir hat keiner von denen gefallen.«

»Du bist aber auch richtig pingelig«, sagt sie. Da hat sie recht. Doch wenn man acht Jahre seines Lebens in einer Beziehung mit Richard Love verbracht hat, wie soll da jemand anders mithalten können? Vini boxt mir ermutigend gegen den Oberarm. »Komm, mach nicht so ein Gesicht, so schlimm ist es auch wieder nicht. Stell dir einfach vor, du wärst in einem Pub oder so und die Typen wären entspannter und hätten mehr als drei Minuten Zeit, um dich zu beeindrucken.«

Wenn ich ehrlich bin, ist es das Beste an diesen Kerlen, dass sie nach drei Minuten wieder verschwinden.

Wir kehren an unsere Tische zurück, und aufs Neue erklingt die erbarmungslose Glocke und kündigt den nächsten Freak an.

»Hi, ich bin Brad«, sagt der Mann, beugt sich über den Tisch und nimmt meine Hand. Seine Finger schließen sich um meine. Ich blicke auf und zucke zusammen, weil ich ihn erkenne. Das ist der attraktive Fremde aus dem Kaufhaus. Seine Aktentasche hat er zu Hause gelassen, er ist lässiger gekleidet – schwarze Baumwollhose, rehbrauner Pullover –, aber er ist es definitiv.

Ich schnappe nach Luft und verliere kurz die Fassung. O Gott, ich kann es kaum glauben. Er setzt sich, kneift die Augen leicht zusammen und neigt den Kopf, als betrachte er mich durch einen Sucher.

»Ich kenne Sie«, sagt er. »Haben wir uns schon mal irgendwo gesehen?«

Ich nicke. Er hält immer noch meine Hand, hält mich scheinbar fest, bis die Sache aufgeklärt ist. Mit erhobenen Augenbrauen beugt er sich vor.

»Ja, 'tschuldigung, Brad, ich bin Libby. Wir haben uns gestern bei Whytelys gesehen. Ich bin – ich war – die Schaufensterpuppe.«

Er lacht erfreut. »Ah, ja, genau! Mensch, Sie sehen …«

Mir wird langsam warm, mein Gesicht wird rot. Er wird jetzt sagen, dass ich umwerfend aussehe, und ich muss gestehen, er ebenfalls. Dunkelbraune Augen mit Fältchen in den Augenwinkeln, braunes Haar, Fältchen auf Wangen und Stirn – bestimmt vom Lachen, oder? Mein Magen windet sich.

»… ganz anders aus. Sie haben eine andere Haarfarbe, nicht? Sieht hübsch aus.«

Na, gut, also nicht umwerfend. Aber mein Haar findet er hübsch. Dass es ihm überhaupt aufgefallen ist! Ich war mal mit einem Typen zusammen, der zwei Tage lang nicht merkte, dass ich mir den Arm gebrochen hatte.

»Danke.« Mehr bekomme ich nicht heraus. Na los, Beth, beide sollen gleich viel sprechen!

»Sind Sie …?«, beginnt er und unterbricht sich. »Ach, schon gut. Nichts.«

»Was?«

Er stößt ein Lachen aus. »Ich wollte fragen, ob Sie öfter hier sind, aber bei dem Anlass ist das wohl ein wenig beleidigend.«

»Serien-Speeddater, meinen Sie? Bei den ersten siebzehn Versuchen wollte keiner was von mir, also probier ich's noch einmal?«

Brad verzieht grinsend die Lippen. »Das habe ich eigentlich nicht gemeint.«

»Aha.«

»Wo Sie davon sprechen: Ich nehme nicht an, dass Sie öfter als einmal herkommen müssen.«

»Ach, ja? Wie erklären Sie sich dann, dass ich schon zum vierten Mal hier bin?«

Er macht ein erstauntes Gesicht. Sehr erfreulich. »Zum vierten Mal? Wirklich? Hm.« Mit gerunzelter Stirn blickt er in die Ferne. »Tja«, meint er dann und schaut mich wieder an. »Dann muss ich nach sorgfältigem Überlegen davon ausgehen, dass sie nicht angekreuzt wurden, weil alle Männer von Ihnen eingeschüchtert waren.«

»Wirklich?«

»Ja, daran muss es liegen. Vielleicht sollten Sie versuchen, nicht ganz so … so ansprechend auszusehen.«

»Wirklich?«

»Ja. Das ist nicht einfach, so wie Sie aussehen.« Brad weicht meinem Blick aus, schaut auf den Tisch. Als er wieder aufsieht, werde ich rot. Leicht beschämt lächelt er. »Sie dürfen ihr Haar ein paar Wochen vor dem nächsten Termin einfach nicht waschen. Es muss strähnig und kraftlos aussehen. Vielleicht ziehen sie auch einen alten Trainingsanzug an oder so was Ähnliches. Ist nicht so einschüchternd.«

Ich muss ebenfalls grinsen. »Vielen Dank für den Tipp.«

»Gern geschehen.«

Wir schweigen, dann sage ich: »Nein, eigentlich bin ich heute zum ersten Mal hier.«

Mein Gegenüber nickt. »Darauf hätte ich auch gewettet.« Wieder weicht er meinem Blick aus und räuspert sich. »Ähm, ein bisschen gruselig ist das hier schon, oder? Dass man auf diese Art von Partnersuche zurückgreifen muss, meine ich. Das ist fast so, als wäre man wieder auf der Schule und wüsste nicht, wie es läuft.«

»Ich weiß. Mich stört gar nicht so diese entsetzliche Demütigung, sondern eher das Gefühl der Unfähigkeit, in der Welt der Erwachsenen zurechtzukommen, so als wäre ich höchstens sechzehn.«

»Aber wenigstens gibt es bei dieser Methode keine Unsicherheiten oder Geheimnisse. Kein Überlegen, kein Kopfzerbrechen – mag sie mich wirklich, vielleicht will sie doch nichts von mir, habe ich mir das möglicherweise nur eingebildet, habe ich das Ganze komplett versemmelt?«

Ich grinse. »Genau, nichts ist romantischer als ein Kreuzchen an der richtigen Stelle.«

Lachend wirft Brad die Hände in die Luft. »Ja, schon gut, ich gebe mich geschlagen. Es ist alles andere als romantisch. Aber das kann ja später noch kommen, oder? Ich meine, das hier muss ja nicht das Ende sein. Hier guckt man nur, ob es zwischen zwei Menschen funkt, ob da was knistert. Bootfahren bei Mondschein kann man immer noch, wenn es erst mal ›Klick‹ gemacht hat.« Seine Stimme ist weich geworden, er schaut mir tief in die Augen. Ich stelle mir vor, wie ein Abend mit Brad verlaufen könnte.

»Wow, Picknick bei Mondschein und ein Feuerwerk über

dem Wasser. Das hat man zu erwarten, wenn man mit Ihnen ausgeht?«

Spöttisch zieht er die Augenbrauen zusammen. »Von Picknick und Feuerwerk habe ich eigentlich nicht gesprochen.«

»Nein?«

»Nein, ich dachte anschließend an einen Film und ein Kebab. Sie beschämen mich.«

»Was für einen Film denn?«

»Neun tote Schwule«, sagt er, ohne mit der Wimper zu zucken.

»Hm. Ist das eine Liebesgeschichte?«

»Oh, ja!«

Ich muss kichern. »Das hört sich aber romantisch an. Der Abend klingt vielversprechend. Was ist mit dem Kebab, woher ist das?«

»Von Kev's Kebab, um die Ecke hinter der Bücherei.«

Ich nicke. »Aha. Und wie schmeckt das so?«

Verschwörerisch beugt Brad sich vor. »Es ist heiß und dampft, es ist saftig im Mund, Ihre Geschmacksknospen werden explodieren, der Saft wird zwischen Ihren Lippen hervorfließen und Ihnen über das Kinn laufen …« Er unterbricht sich und schaut wieder zur Seite. »Ähm …«

Mein Gesicht brennt, etwas dreht sich in meinem Bauch. Ich räuspere mich. »Na, Kev scheint sich aber auszukennen.«

Brad entspannt sich merklich und grinst mich an. »Und wie! Er ist der Beste.«

»Natürlich. Wir sprechen ja schließlich von einer Verabredung – da werden Sie nur mit dem Besten kommen.«

Er lächelt. »Libby, ich bin so froh, dass dieser Abend nicht völlig umsonst gewesen ist. Ich war schon am Verzweifeln, ob hier überhaupt ein Mensch ist, der nicht im Koma liegt.« Brad holt einen Zettel aus der Hosentasche und fragt leise: »Wie ist Ihre Nummer?«

Zuerst antworte ich nicht. Soll ich ihm einfach so meine Telefonnummer geben, ohne vorher ein Kästchen anzukreuzen, wie es eigentlich vorgesehen ist? Welche Sicherheitsvorkehrungen trifft diese Agentur, falls der Mensch, dem man seine persönlichen Daten gegeben hat, sich als Axtmörder herausstellt? Bekomme ich mein Geld zurück, wenn ich ihm meine Telefonnummer gebe, er sie also nicht von der Agentur erhält und mir später beim Nachtisch den Kopf spaltet?

Die Glocke läutet, unter großem Geklapper werden Stühle hastig nach hinten geschoben. Brad erhebt sich langsam, stützt die Hände auf den Tisch. »Wie ist Ihre Nummer?«, wiederholt er eindringlich. »Wir müssen uns gegenseitig ankreuzen.«

Da wird mir klar, dass er nicht nach meiner Telefonnummer fragt, sondern nach meiner Speeddater-Nummer, nach der Nummer meines Tischs, die Nummer zum Ankreuzen. Der Plastikwürfel ist vom Tisch gefallen. Ich bücke mich, um ihn aufzuheben. Brad geht bereits weiter, steuert auf den nächsten Tisch zu, schaut sich aber mehrmals um und öffnet drei Mal die ausgestreckte Hand: fünf, fünf und fünf. Fünfzehn. Wow!

Du meine Güte, wo habe ich bloß meinen Zettel hingetan? Er liegt nicht auf dem Tisch. Ich sehe auf dem Boden nach, unter dem Tisch und unter meinem Stuhl. Ja, da ist er, er klemmt unter dem Stuhlbein. Hektisch kippe ich den Stuhl zur Seite und schiebe das Blatt mit der Stiefelspitze über den Teppich, bis ich es mit den Fingern greifen kann.

Mit dem Zettel in der Hand fasse ich nach dem weißen Plastikwürfel mit meiner Nummer und halte ihn hoch, weil Brad mich ankreuzen muss und ich ihn, wenn es funktionieren soll, ebenfalls. Wenn wir es nicht beide tun, passiert nichts. Ich schaue zu ihm hinüber, als er gerade am nächsten Tisch Platz nehmen will, und wünsche mir, dass er sich noch mal umdreht. Bitte, bitte, nur noch einen Blick, ganz schnell, damit ich ihm meine Nummer zeigen kann. Und wunderbarerweise sieht er herüber. Grinsend schwenke ich das Plastikding. Er hebt die Augenbrauen und hält sechs Finger hoch, ein Fragezeichen im Gesicht, ob er es richtig gelesen hat, nur um sicherzugehen. Und nur um sicherzugehen, drehe ich den Würfel zu mir und überprüfe die Nummer. Da steht sie, tiefschwarz gedruckt: die Sechs. Ich nicke langsam und hebe meinerseits sechs Finger. Brad nimmt seinen Stift und macht übertrieben langsam ein riesengroßes Kreuz ziemlich weit oben auf seinem Zettel. Er hält mir das Blatt hin, damit ich das Kreuz neben der Nummer Sechs sehe, ein großes schwarzes Zeichen. Mir fällt auf, dass er sonst niemanden angekreuzt hat. Ich tue es ihm nach, mache einen fetten Haken bei Nummer 15, male Kreise drumherum und große Pfeile quer über das Blatt, die von jeder Richtung auf die 15 zeigen. Dann halte ich ihm ebenfalls den Zettel hin, damit er den Haken, die Pfeile und Kreise sehen kann. Er lacht und nickt, dann setzt er sich hin und wendet sich höflich seiner nächsten Gesprächspartnerin zu.

7 *Erfolgsauswertung*

Kurzfristiges Ziel: Von Brad hören. So schnell wie möglich. Ach ja, und Rupert de Witter kontaktieren.
Hindernisse: Keine, weil wir uns gegenseitig angekreuzt haben. Ich könnte allerdings vergessen, mich bei de Witter zu melden.
Langfristiges Ziel: Vielleicht lasse ich Richard sausen und konzentriere meine langfristigen Pläne lieber auf Brad. Mein Ziel wäre es dann, bei Richards Rückkehr sagen zu können: Der Zug ist abgefahren, Süßer!
Hindernisse: Er ist nicht hier. Außerdem muss ich mit Brad eine richtige Beziehung haben, um das sagen zu können. Nur für den Fall.

Ich lese momentan ein Buch mit einer hässlichen Heldin, bin auf Seite vierunddreißig. Es ist ziemlich zäh, weil sie ständig erzählt, dass sie nicht in den Spiegel schaut, immer gesenkten Kopfes geht und Angst hat, neue Leute kennenzulernen, weil die wegen ihres abscheulichen Anblicks sofort das Weite suchten. Alles sehr langatmig.

Besonders glaubhaft ist das nicht unbedingt, oder? Ich meine, Menschen, die immer nur zu Boden gucken, nie ein Wort sagen, nicht vor die Tür gehen und sich keine Mühe geben, das Beste aus sich zu machen, sind einfach keine Hauptfiguren in Büchern. Ihr Leben gehört zu den prosaischen Existenzen, über die keine Geschichten geschrieben werden. Es sind Frauen, die in

Gartenzentren, Bibliotheken, Theatern oder an anderen Orten arbeiten, an denen man nicht viele Männer trifft. Der Held kann von der Frau ja gar nicht gebannt, berauscht oder verzaubert sein, wenn sie den Blick nicht über Bauchnabelhöhe hebt. Sie müsste hin und wieder mal grinsen und den Eindruck vermitteln, Spaß zu haben. Sich eventuell das Haar färben.

Mit meiner neuen Haarfarbe fühle ich mich schon eher wie eine Heldin. Damit will ich nicht sagen, dass ich mich vorher anders gefühlt hätte. Das liegt doch auf der Hand: Ich war mit dem Hauptdarsteller liiert, er brach mir das Herz, jetzt warte ich auf seine Rückkehr. Ein Klassiker. Doch seit Richards Abreise hat sich das Gefühl für ihn etwas abgeschwächt. Tagtäglich versuche ich, die Heldin zu bleiben, indem ich jederzeit auf seine unerwartete Rückkehr vorbereitet bin, aber das ist gar nicht so leicht, auch wenn es so aussieht.

Aber nun, da ich blond bin, habe ich neue Energie. Ich fühle mich leichter, wie eine Seifenblase, ich hüpfe durchs Gebäude, weiche den Möbeln aus, schwebe in meinen morgendlichen Unterricht.

Es könnte natürlich auch sein, dass es an Brad liegt und nicht an der neuen Haarfarbe.

Heute ist mein erster Arbeitstag mit dem blonden Haar. Als ich am Morgen hereinkam, gab es einen kleinen Aufruhr.

»Schönes Haar, Beth!«, sagte Derek und nickte mir zu.

»Alle Achtung, du siehst hammermäßig aus, Beth! Guck mal, Mike! Stimmt doch, oder? Echt, Beth, das ist wunderschön. Wie heißt die Farbe?«, sagte Grace.

Nein, war nur ein Witz. Das war natürlich Fatima. Grace sagte: »Beth, du bist ja blond! So wie ich! Die Farben sind inzwischen so gut, nicht? Das sieht fast natürlich aus.« Dann warf sie ihr Haar über die Schultern nach hinten, als wollte sie damit etwas beweisen. Keine Ahnung, was. Ich schaute absichtlich in die andere Richtung.

Am ungewöhnlichsten war die Reaktion von Sean. Er kam ins Büro, ging fast an mir vorbei, hielt inne und schaute sich dann demonstrativ nach mir um. Es war sehr übertrieben, aber mir gefiel es. Eine Weile sah er mich an, dann sagte er: »Wow!« Mehr nicht. Ach, und er stieß einen kleinen Pfiff aus, wie Fred Astaire.

Aber eigentlich ist mir das alles egal, weil ich heute eine Nachricht von Brad bekomme. Letzte Nacht habe ich geträumt, dass ich in Wirklichkeit Brad Pitt bei Fast Love getroffen hätte, und als ich erwachte, wusste ich nicht mehr, ob ich mir nur einbildete, einen Mann namens Brad kennengelernt zu haben. Bis mir klar wurde, dass Brad Pitt viel zu beschäftigt wäre, um zum Speeddaten ins Seahorse Hotel zu gehen. Und Angelina wäre wohl auch nicht gerade begeistert. Die dumme Kuh, was erwartet sie denn? Dass er seine öffentlichen Auftritte einstellt? Sie muss der Tatsache ins Auge blicken, dass sie mit einem internationalen Sexsymbol zusammen ist, mit einem Mann, der seine Freiheit braucht.

Es war natürlich nicht Brad Pitt. Es war auch kein imaginärer Brad. Der Mann, den ich gestern Abend kennengelernt habe, war aus Fleisch und Blut und sah supergut aus. Das weiß ich, weil ich Vini fragte, was sie von Nummer fünfzehn halte, und ihre ausweichende Antwort lautete: »Ganz in Ordnung, wenn man so was mag.« Ich weiß, dass sie Bartträger bevorzugt, also war das schon ein großes Lob von ihr.

Seit Richards Verschwinden habe ich nicht viel mit Männern zu tun gehabt. Eigentlich gar nicht. Genau genommen gehe ich nur zur Arbeit und zum Einkaufen, und die Wahrscheinlichkeit, dort einen attraktiven, ungebundenen, nicht vorbestraften Mann zu finden, ist gleich null. Nach drei Monaten unfreiwilliger Enthaltsamkeit stelle ich fest, dass ich mich vielleicht ein wenig zu schnell zu attraktiven Männern hingezogen fühle. Nun ja, Vini stellte das fest. Mir war es vorher gar nicht aufgefallen.

»Hast du gerade mit dem Verkäufer geflirtet?«, fragte sie mich vor einem Monat, als wir aus einem Schuhgeschäft kamen.

»Nein«, beeilte ich mich zu sagen. »Red keinen Blödsinn. Natürlich nicht.«

»Was soll denn das alles: ›Oh jemine, das tut mir leid, dass Sie wegen mir noch mal ins Lager müssen, Sie sind ja schon ganz verschwitzt, vielleicht rubbel ich Sie mal mit dem Handtuch ab, hihihi‹?«

»Das habe ich nicht gesagt.«

»Aber so ähnlich. Du hast mit ihm geflirtet. Mensch nochmal!«

»Ich habe nicht geflirtet. Und wenn doch, ist es auch egal!«

»Egal? Herrgott, Beth, der war doch höchstens sechzehn! Hast du ihn überhaupt mal angeguckt?«

»Natürlich.«

»Und, wie sah er aus?«

Ich glaube nicht, dass ich die gesamte Unterhaltung wiedergeben muss. Den Rest kann man sich denken. Ich war einfach zu beschäftigt mit den Schuhen – das ist völlig verständlich, schließlich war es ein Paar wunderschöner schwarzer Slingbacks mit Pailletten –, um mir den Typen genau anschauen zu können.

Nachdem ich den Vormittagsunterricht abgespult habe und noch von einem nervigen Typ aufgehalten worden bin, der mir jedes Wort im Mund herumdrehte, eile ich so schnell wie möglich zurück an meinen Platz und logge mich in den Computer ein. Mit Sicherheit habe ich jetzt eine Nachricht von Brad. Als wir am Vorabend die Formulare an der Anmeldung ausfüllen mussten, hat jeder seine E-Mail-Adresse sowie Büro-, Privat- und/oder Handynummer angegeben. Ich schrieb meine Hotmail-Adresse und meine Handynummer auf, irgendwo muss also eine Nachricht von ihm sein. Ansonsten schickt Fast Love mir sicherlich seine Kontaktdaten. Ist das spannend! Ich schaffe es kaum, mein Passwort richtig einzugeben und werde am Ende fast aus dem System geworfen. Herrgott, ich muss aufpassen! Sonst muss ich ein längeres, migräneförderndes Telefongespräch mit einer dieser Trantüten bei der IT-Firma führen, wo Richard die Computer gekauft hat. Ich fühle mich heute so leicht und luftig wie eine Wolke und bin mir sicher, dass ich auf die monotone Abfrage der sechzehnstelligen Zugangsnummer ganz locker-flockig antworten werde. Oder schreiend den Kopf auf den Tisch schlage.

Nach zwei fehlgeschlagenen Versuchen, mein Passwort einzugeben, hebe ich die Finger vorsichtig von der Tastatur und beschließe, erst einmal auf meinem Handy nachzusehen. Nein, keine SMS oder Anrufe in Abwesenheit. Der Empfang ist gut, obwohl, das Signal könnte genau in dem Moment unterbrochen worden sein, als ein Anruf oder eine Nachricht auf dem Weg zu mir war. Ich habe gehört, dass so was passieren kann. Ich stelle das Handy aus und wieder an, aber nichts trudelt ein. Schnell sende ich mir selbst eine SMS – »Hi Beth, wie geht's? Mir geht's gut. cu« – und schicke sie ab. Manchmal bringt eine Nachricht noch andere mit, so wie aus der Tube gedrückte Zahnpasta. Aber es funktioniert nicht. Nur meine eigene SMS kommt an.

Also rufe ich Vini zu Hause an und frage, ob jemand am Telefon nach mir gefragt hat.

»Nein«, sagt sie. »Es sei denn, du meinst Philip von Northern Finance, dem ich genau zwei Sekunden Zeit gegeben habe, um mich zu fragen, wie es mir geht. Dieser Trottel. Ich habe ihm gesagt, ich sei so traurig, weil alles so flüchtig und vergänglich sei, weil unsere Existenz keinen Sinn hätte, weil wir alle wüssten, dass wir am Ende doch sterben müssten, egal was wir tun, weshalb also sollte man sich überhaupt die Mühe machen?«

»Gut. Also hat keiner für mich angerufen?«

Bedeutungsschweres Schweigen. »Heißt das … du erwartest einen Anruf?«

Ich zögere. Ich habe ihr nicht erzählt, dass ich gestern mit Brad Nummern getauscht habe. Meine Befürchtung, es würde ein schrecklicher Abend werden, wurde durch Brad zerstreut, aber ich will nicht, dass Vini das erfährt. Mein Gott, sie wird nicht zu ertragen sein, wenn sie herausbekommt, dass ihr Speeddating tatsächlich funktioniert. Auf dem Rückweg im Auto musste ich mich tierisch zusammenreißen, um nicht grinsend herumzuhüpfen und aus dem Fenster zu rufen: »Ich liebe die ganze Welt!« Stattdessen war ich einsilbig und brummig, damit Vini merkte, dass der Abend komplette Zeitverschwendung gewesen war, genau wie ich vorhergesagt hatte. Früher oder später wird sie es allerdings herausfinden. Ich weiß, dass ich es nicht ewig geheim halten kann.

Moment mal. Vielleicht doch. Ich könnte ihr erzählen, dass

Brad und ich uns zufällig bei Whytelys kennengelernt haben. Er ist nie im Seahorse Hotel gewesen, hat nie irgendwelche Kästchen angekreuzt. Genau! Das müsste funktionieren, und Vini wird nie erfahren, wo wir uns kennengelernt haben. Das Beste ist, dass es ja sogar beinahe stimmt. Es ist allgemein bekannt, dass man so nah wie möglich bei der Wahrheit bleiben soll, wenn man jemanden täuschen möchte. Mein Plan ist perfekt, denn er ist nah an der Wahrheit, eigentlich kann ich gar nicht überführt werden.

»Du hast gestern Abend einen angekreuzt, nicht?«, fragt Vini.

Verdammt!

Ich überlege kurz und sage dann nicht besonders überzeugend: »Nein.«

»Du lügst!«

»Nein, ich lüge nicht, weil, es ist derselbe Mann –«

»Ich wusste es! Ich hab's gemerkt, gestern auf der Rückfahrt, du warst total hibbelig und nervös, konntest keine Minute stillsitzen. Himmelherrgott, Beth, warum hast du mir das nicht erzählt? Nee, warte mal kurz, lass mich raten! Du wolltest nicht zugeben, dass mein Plan gut war. Stimmt's oder hab ich recht?«

»Red nicht so einen Blödsinn, Vini. Es geht nicht immer nur um dich, ja? Ich muss zurück an die Arbeit. Den Rest erzähle ich dir später! Tschüs!«

Verdammte Kacke.

Gut, ich logge mich jetzt in den Computer ein, und zwar mit dem richtigen Passwort. Ich habe es mir aufgeschrieben, weil ich offensichtlich immer noch nicht richtig denken kann, aber keine Sorge, den Zettel habe ich verschluckt. Richard besteht darauf, dass alle auf die Sicherheit achten, und nur weil er momentan nicht hier ist, gibt es keinen Grund, die Zügel schleifen zu lassen. Obwohl ich mir, ehrlich gesagt, nicht vorstellen kann, dass jemand meinen Account knackt und meine Powerpoint-Präsentation mit dem Titel »Die Wichtigkeit, ehrlich zu sein« fünf Minuten später bei eBay verhökert. Aber Richard sagt immer, man könne niemandem trauen.

»Alles, klar, Beth?«, fragt plötzlich Sean hinter mir. Ich fahre zusammen und drehe mich ein bisschen zu schnell auf dem Stuhl, so dass ich mit den Füßen bremsen muss, um keine Dreihundertsechzig-Grad-Drehung zu vollführen. Schlitternd komme ich zum Stehen, ungefähr an der Stelle, wo er mich im Vorbeigehen gegrüßt hat.

»D- ähm … Hi, Sean. Ja, danke. Vielen Dank.« Dann füge ich noch zur Sicherheit hinzu: »Entschuldigung.«

Lächelnd macht Sean einen Schritt auf mich zu, beugt sich leicht über mich, als lachten wir über einen anzüglichen Witz. »Eins muss ich dir sagen. Es gibt … nichts … gar nichts, für das du dich entschuldigen müsstest. Okay?«

Ich nicke und presse die Lippen aufeinander. Die kleine Pause vor und nach dem »nichts« hat bestimmt etwas zu bedeuten, doch ich verstehe es nicht. Ich bin sowieso total überrascht, dass Sean überhaupt stehen bleibt, um sich mit mir zu unterhalten. Ich glaube, es ist ungefähr das zweite Mal, dass er mit mir spricht, seit wir uns kennen. Beim ersten Mal sagte er: »Hallo, ich bin Sean Cousins, wo ist mein Platz?«

Er bleibt noch etwas länger stehen, während ich versuche, ihn per Telekinese fortzuschieben. Ich glaube, es klappt sogar, weil er schließlich geht, nicht ohne mir zum Schluss noch einmal zuzuzwinkern.

Vor Staunen fällt mir fast die Kinnlade herunter. Nein, keine Sorge, ich konnte mich gerade noch zusammenreißen. Aber jetzt mal ehrlich: Sean Cousins zwinkert mir zu? Dies ist der Typ, der seine Verlobte für ein Boot an die Eingeborenen verscherbeln würde, um die Insel verlassen zu können. Was ist hier los? Ahnungslos schaue ich mich um, ob ich noch im richtigen Büro sitze.

Natürlich bin ich hier richtig. Aber es ist schon nachvollziehbar, dass ich ein wenig perplex bin. Dieses Zwinkern kam ungefähr so unerwartet wie der Anblick von Vini mit Perlenohrringen. Sie ist eher das Mädchen mit dem Nasenring.

Gut. Vergessen wir Sean. Vielleicht hat er eine Midlife-Crisis. Egal. Ich habe mich endlich im Computer eingeloggt und klicke sofort auf die neuen Nachrichten bei Hotmail, um zu sehen, was für eine lustige, romantische Nachricht Brad mir heute Morgen geschickt hat. Zweifellos hat er die ganze Nacht wach gelegen und an mich und die wunderbare Wendung gedacht, die sein Leben genommen hat. Seine E-Mail wird poetisch sein, liebevoll, hoffnungsfroh und vielleicht ein wenig bang. Er wird sich fragen, ob ich genauso fühle, ob er hoffen darf, dass zwischen uns etwas begonnen hat, der erste Tag einer wunderbaren, leidenschaftlichen Beziehung, die uns für immer zusammenschweißen wird.

Verflucht. Es ist nichts da.

Gut, okay, ich bin nicht enttäuscht. Wahrscheinlich ist es sogar besser, dass ich noch nichts von ihm gehört habe, denn es würde mich von dem anderen wirklich wichtigen Vorhaben abbringen, um das ich mich heute kümmern will. Gleich fällt es mir wieder ein. Ein Mann wie Brad hat einen Job und kann tagsüber bestimmt nicht mailen oder telefonieren. Wahrscheinlich ruft er heute Abend an, kein Grund zur Panik. Bis dahin kann ich noch warten. Ich kann ja auch später noch mal nachsehen. Fürs Erste konzentriere ich mich jetzt auf –

Ich glaube, es ist besser, wenn ich mein Handy auf den Schreibtisch lege. In der Tasche höre ich das Klingeln nie.

Wo war ich stehengeblieben? Ach, ja: Ich konzentriere mich. Worauf wollte ich mich noch gleich konzentrieren? Ah, ja: Rupert de Witter irgendwie auf mich aufmerksam zu machen, obwohl er mit Sicherheit ständig von Menschen umgeben ist, die um seine Aufmerksamkeit buhlen.

Ich schließe Hotmail und öffne eine neue E-Mail in meinem Account bei Love Learning, aber dann bin ich auch schon mit meinem Latein am Ende. Mist. Okay, ganz langsam, konzentrier dich, Beth! Was weiß ich über Rupert de Witter? Fast alle Informationen über ihn habe ich von Richard, und die sind für mich nicht gerade ein Ansporn, nett zu ihm zu sein. Doch wo ich jetzt darüber nachdenke, fällt mir ein, dass ich de Witter einmal privat getroffen habe, bei Sainsbury's, vor vielen Jahren, als ich noch bei Horizon arbeitete. Ich erkannte ihn anhand des Werbeprospekts, obwohl er im Supermarkt deutlich ungepflegter aussah als auf dem Hochglanzfoto. Nicht so sehr wie Adonis mit feingeschnittenem Gesicht, eher wie ein verwahrloster Trinker. Er stieß mit seinem Einkaufswagen gegen meinen.

»Ups, 'tschuldigung«, sagte er gedankenverloren, ohne mich anzusehen.

»Kein Problem«, gab ich zurück und beschloss in letzter Minute, ihn nicht »Sir« oder »Mr. de Witter« zu nennen.

»Äh, he, hören Sie, Sie wissen nicht zufällig, wo die Sardellen stehen, oder?«, fragte er und sah von dem zerfledderten Zettel in seiner Hand auf. Beinahe schaute er mich an.

»Nein, weiß ich nicht, tut mir leid.«

»Oh, Sie haben absolut recht. Die Dinger sind total ekelig. Danke für den Tipp.« Und mit diesen Worten trottete er davon.

Ich weiß über den Mann also nur, dass er ein Arschloch ist und keine Sardellen mag. Beziehungsweise sie für ekelig hält. Ach ja: und er ist Multimillionär. Muss also ein ziemlich cleverer Geschäftsmann sein. Will sagen: absolut gnadenlos. Scheiße. Meine E-Mail muss so umwerfend sein, so ungewöhnlich, dass er sich auf seinem Stuhl aufrichten, sich mit der Hand vor die Stirn schlagen und laut rufen wird: »Ach so, *das* habe ich die ganze Zeit falsch gemacht! Schnell, verbinden Sie mich mit Love Learning!«

Aber mir will nichts einfallen.

Von 12:52 bis 13:13 Uhr schaue ich der Uhr zu und spüre die wachsende Panik, als säße ich in einer Prüfung und hätte keine Ahnung, wie ich die Fragen beantworten sollte. Zehn Minuten vor Ende meiner Mittagspause habe ich eine Idee. Nicht ganz so umwerfend, wie ich gehofft hatte, aber immerhin ein Anfang:

Sehr geehrter Mr. de Witter,

tragen Sie manchmal Schuhe? Wenn ja, könnten Sie mir möglichst bald eine Beschreibung zukommen lassen?

Mit freundlichen Grüßen,
Beth Sheridan,
Love Learning

Ich weiß – nicht unbedingt explosive, umwerfende Rhetorik. Ich stelle mir vor, wie Rupert de Witter in seinem gläsernen Büro sitzt und diesen lahmen Versuch liest. Er wird verächtlich lachend sein blondes Haar nach hinten werfen und eine Antwort im Stil einer Castingshow verfassen:

Das war unterster Durchschnitt. Sie sollten sich wieder an die Pubs und Clubs wenden, wo Ihr Schreibstil ankommen mag, denn in diesem Geschäft werden Sie es nie zu etwas bringen, Puppe.

Ich schüttele die Vorstellung ab und tröste mich mit dem Gedanken, dass ein Mann, der alle sechs Wochen drei Stunden beim Frisör verbringt, um sich Teile seines Haars blond färben zu lassen, nicht hundertprozentig auf das Wichtige konzentriert sein kann, beispielsweise die Verschuldung der Dritten Welt oder korrekte Grammatik. Ich wette, dass seine Sekretärin nur kurze Wörter benutzen darf. Tja, jetzt ist es zu spät, um sich darüber Gedanken zu machen. Die E-Mail ist weg. Lieber Gott, lass ihn antworten. Amen.

Den Rest des Tages beeindrucke ich die Kursteilnehmer mit einer Vielzahl kleiner Übungen, so dass ich halbstündlich den Raum verlassen und nach meinen E-Mails und SMS gucken kann. Wahrscheinlich nehmen die Schüler an, ich hätte mir einen Magen-Darm-Virus eingefangen oder über Nacht eine Zwangsneurose entwickelt und stürzte nun alle paar Minuten auf den Parkplatz, um nach Aliens Ausschau zu halten. Oder nennt man das Schizophrenie? Egal, es ist reine Zeitverschwendung, da ich keine neuen Nachrichten erhalte.

In der Wohnung verrichtet Vini mit spitzen Fingern die

Hausarbeit. Im Allgemeinen hält sie sich gerne fern von Schmutz und niedrigen Diensten.

»Hallo«, sage ich niedergeschlagen und lasse mich aufs Sofa fallen.

»Hallo!«, grinst sie mich an. »Tasse Tee? Ich habe Plätzchen gekauft.« Sie zieht die Gummihandschuhe aus und hüpft in die Küche.

Du meine Güte, was ist denn mit der los? Bin ich in der falschen Wohnung? So was ist noch nie passiert in all den Jahren, seit wir zusammen wohnen. Normalerweise hockt Vini bei einem Glas Granatapfelsaft auf dem Boden und lackiert sich die Fußnägel schwarz.

»Alles in Ordnung?«, frage ich und folge ihr in die Küche. Mein Gott, sie trägt ein rotes T-Shirt, auf dem in silberner Glitzerfarbe steht »Happy Kissmas«. Zu einer Jeans! Haltsuchend klammere ich mich an der Arbeitsplatte fest, der Raum beginnt sich zu drehen.

Vini bleibt lässig. »Ja. Warum auch nicht?«

Ich glotze sie an. »Vini … hast du … rosa Lipgloss drauf?«

Sie zupft an ihrem Haar herum, presst befangen die Lippen aufeinander und lächelt zaghaft. »Ich probier's nur aus. Ist doch nicht verboten, oder?«

»Nein, nein, natürlich nicht. Ich … ich wunder mich nur, mehr nicht.«

»Gut, na, egal. Pass auf, ich bin jetzt weg. Sehr wichtiger Termin heute Abend. Meine gesamte Zukunft könnte davon abhängen. Ich habe einen Auflauf gemacht, der steht im Ofen, aber er braucht noch anderthalb Stunden, ja? Du brauchst nicht auf mich zu warten.«

Ich habe mich noch nicht von der Nachricht mit dem Auflauf erholt, als sie mir die nächste um die Ohren schlägt: »Ach ja, ich habe in der Stadt eine Fernsehzeitung gekauft. Liegt auf dem Couchtisch.«

Und damit ist sie fort. Wieder in meiner rehbraunen Wildlederjacke und den Stiefeln. Vini besucht regelmäßig die Veranstaltungen, wo ihre Doppelgänger einen Auftritt haben – das ist nichts Neues. Dieser wichtige, lebensverändernde Termin bedeutet wahrscheinlich, einer falschen Nicole Kidman bei der Eröffnung der neuen Autowaschanlage im Industriegebiet beizustehen. Andererseits: Vini sah so verändert aus. Sie hatte mit Sicherheit mehr rosa Sachen an, als ich auf Anhieb erkennen konnte, was ihr gar nicht ähnlich sieht. Vielleicht will sie wirklich noch mal neu anfangen.

Das heißt, ich bin heute Abend allein. Super. Dann kann ich wenigstens Horizon und Rupert de Witter recherchieren. Ich hole das Handy aus der Tasche und lege es neben mich auf den Tisch, damit ich es nicht überhöre. Nichts ist ärgerlicher, als jemanden auf dem Handy anzurufen und er geht nicht dran. Ich meine, wozu hat man so ein Ding? Ich gehe ins Internet.

Horizon Holidays hat eine tolle Website. Das IT-Team ist offenbar nach »Einführung in die Benutzung der Maus« über sich hinausgewachsen. Ich klicke auf verschiedene Motive, um mich auf der Seite umzusehen: Ein Strandbild bringt mich zu Urlaubsreisen, ein Flugzeug zu Flügen, Krücken zu Versicherungen – aber ich bekomme keinen Geistesblitz.

Sonderbar finde ich, dass auf der gesamten Website, weder auf der Homepage noch bei der Vorstellung der Firma, ein Bild von Rupert zu sehen ist, lediglich das alte Foto, das auch hinten auf der Broschüre abgedruckt ist. Warum denn das? Die Aufnahme im Prospekt ist dieselbe wie damals, als ich dort anfing, und das ist schon acht Jahre her. Warum hat er kein neues Bild reingesetzt? Und warum gibt es keine Werbefotos: de Witter auf einem Kreuzfahrtschiff oder beim Überreichen eines Hauptgewinns oder so?

Also, die Website macht mich nicht schlauer. Allerdings komme ich zu dem Schluss, dass Love Learning sich auch eine zulegen sollte. Wir haben nur leider keinen Geschäftsführer mehr, der sich damit auskennt.

Ich schalte den Computer aus und greife zum Handy. Wem mache ich hier eigentlich etwas vor? Ich kann mich nicht auf diesen Rupert de Witter konzentrieren. Mein Handy hat sehr guten Empfang, daran kann es also nicht liegen. Der Festnetzapparat summt vor sich hin. Das monotone Geräusch verrät mir, dass die Leitung funktioniert und Brad gerade nicht versucht, sich bei mir zu melden.

Ich begreife es nicht. Gestern war er doch wirklich begeistert. Ich meine, wir haben herumgealbert und geflirtet, oder etwa nicht? Kurzer Rückblick auf gestern, als Brad mir gegenüber saß: auf mich gerichteter Blick (wunderbar glänzende braune Augen mit langen, dichten Wimpern, Lachfältchen), lächelnde Lippen (sinnlich und sexy, die Oberlippe etwas voller), mir zugewandter Körper (ooohhh), große, gelassen auf dem Tisch ruhende Hände … Irgendwas in meinem Magen zieht mich nach unten und beschleunigt meine Atmung. Himmel, ist das schon lange her. Ich richte mich auf dem Stuhl auf und räuspere mich. Komm, Beth, reiß dich zusammen! Ich schaue zur Tür hinüber, aber da steht natürlich niemand, schon gar nicht Richard.

Also gut. Es liegt klar auf der Hand, dass ich mich in Brad verliebt habe. Ich denke, ich kann behaupten, dass er auch etwas von mir wollte. Warum hat er dann noch nicht angerufen? Warum zuckten seine Hände nicht zum Telefon, als er heute Morgen die Augen aufschlug?

Wahrscheinlich liegt es an der Falschheit der Männer. Sie lächeln einen an, spaßen mit dir, sehen zum Anbeißen aus, so dass man ganz zittrig und machtlos wird, und dann lassen sie einen wochenlang hängen wie eine Christbaumkugel. Diese Schweine – ohne sie geht's uns auf jeden Fall besser. Es sei denn, sie melden sich.

Plötzlich steht mir ein sehr lebendiges Bild vor Augen: Brad liegt am Straßenrand, Blut rinnt auf sein weißes Hemd, Glasscherben um ihn herum, sein Arm ist seltsam verdreht, in der Hand hält er sein Mobiltelefon, ich lese meine Nummer im Display. Der plötzliche Zusammenstoß mit einem Betonmischer hat ihn davon abgehalten, auf die Verbindungstaste zu drücken. O mein Gott! Er meldet sich nicht, weil er einen furchtbaren Unfall hatte! Das ist ja super! Ich springe auf und tanze durch das Zimmer, singe zur Melodie von »Walking on Sunshine« meinen eigenen Text: »Brad liegt auf der Straße, o-oh!«

Das geht natürlich nicht. So wird er sich ja nie bei mir melden! Schnell tausche ich den Betonmischer gegen einen kleinen weißen Lieferwagen. Brad soll im Krankenhaus liegen, nicht im Sarg.

Eine Stunde später bin ich im Bett und starre an die Decke.

Wie sehr ich mich auch zu überzeugen versuche, dass er schwer verletzt irgendwo liegt und mit seinen verstümmelten Fingern nicht telefonieren kann, es will mir nicht gelingen. Er hat sich nicht bei mir gemeldet, weil er nicht will, und das hätte ich direkt wissen müssen, denn jetzt wird mir langsam klar, dass Speeddating nur eine der vielen kleinen Veränderungen ist, von denen ich gesprochen habe. Wie wir alle wissen, sind Veränderungen unangenehm und tückisch, weil sie viel versprechen, weil sie uns vorgaukeln, dass etwas anderes möglich wäre, dass es ein besseres Leben geben könnte. Es warte auf uns, wir müssen nur zugreifen.

Aber ich weiß, dass diese Hoffnung trügt. Es ist ein grausamer Scherz, denn Veränderungen darf man, genau wie Speeddating, nur nach ihrem Erfolg beurteilen, und wo ich hier so im Dunkeln liege, allein, lautet meine persönliche Bewertung, dass sowohl Veränderungen im Allgemeinen als auch Speeddating im Besonderen für den Arsch sind.

8 Überreden und Beeinflussen

Kurzfristiges Ziel: Viel zu beschäftigt sein, um an – wie hieß er noch gleich? – zu denken.
Hindernisse: Gedanken an Brad.
Langfristiges Ziel: Darauf warten, dass Richard merkt, dass er nicht ohne mich leben kann.
Hindernisse: Er braucht ganz schön lange dafür.

Ich träume von einem Menschen, der hinter einer Milchglasscheibe steht, die Hände flehend dagegengepresst, der Mund ein dunkles Loch. Mit verzagter, gedämpfter Stimme ruft er unverständliche Worte. Ich kneife die Augen zusammen und spähe hinüber, doch so sehr ich mich auch anstrenge, ich erkenne nicht, wer es ist. Es ist entweder Brad oder Samson aus der Sesamstraße.

Aber heute werde ich mich nicht durch Gedanken an ihn ablenken lassen. Oder an Brad. Haha. Nein, heute konzentriere ich mich auf Rupert de Witter und den verdammten Vertrag. Brad liegt entweder in einem Streckverband, oder er ist eine verlogene falsche Schlange. Wenn er also jemals bei mir anruft, dann erst, wenn er seine Muskeln wieder unter Kontrolle hat, was noch wochenlang dauern kann. Es ist sinnlos, weiterhin alle Viertelstunde auf mein Handy und in die E-Mails zu gucken.

Sicher, es dauert nur zwei Minuten, meine E-Mails zu checken, wenn ich zur Arbeit komme, also zählt das eigentlich nicht. Es ist eh nichts von ihm dabei. Idiot.

Beziehungsweise: der arme, geschundene Mann.

Gerade ist Fatima mit einem Hut aufgetaucht, der wie ein riesiger Filzkuchen mit Kerzen aussieht und »For She's a Jolly Good Fellow« spielt, wenn man auf die Krempe drückt. Die Kerzen flackern sogar, als würden sie wirklich brennen.

»Wofür ist der Hut, Fats?«, fragt Mike fröhlich. Mein Gott, wie phantasielos ist dieser Knilch?

»Ich hab Geburtstag!«, quiekt sie und wirft Licht in Mikes Finsternis. »Wünsch mir alles Gute!«

»Herzlichen Glückwunsch«, sagen alle pflichtbewusst.

»Was hast du geschenkt bekommen?«, frage ich, als Fatima sich hinsetzt.

»Oh, ich habe ein Handy von meinen Eltern bekommen«, sagt sie und zieht es aus der Tasche. »Es kann Fotos und Videos machen, hat Bluetooth und WAP und spielt MP3 ab.«

»Wow!« Ich nehme das Telefon in die Hand und drehe es. »Weißt du, was ein MP3 ist?«

Aufgeregt schüttelt Fatima den Kopf. »Nicht so richtig.«

»Und Bluetooth? Oder WAP?«

»Nein, nein, aber deshalb habe ich das Handy ja bekommen, damit ich es lerne.«

»Schön. Gute Idee, Fats.«

»Ich weiß. Hör mal, kommst du auch in der Mittagspause auf ein Glas mit ins Bell Pull? Ich geb einen aus.«

Ich zögere. Ich weiß, dass der Fortbildungsvertrag mit Horizon sehr viel Arbeit und Einsatz erfordern wird, eigentlich muss ich recherchieren. Wenn Rupert de Witter mir antwortet, wäre es ganz hilfreich, wenn ich vor einem Treffen ein bisschen über ihn und seine Firma wüsste. Andererseits wäre es eine gute Sache, wenn jemand, der mich seit rund drei Monaten nicht mehr gesehen hat, schnurstracks auf der Suche nach mir in den Pub geht, weil er mich zu seiner Frau machen will, mich dort dabei entdeckt, wie ich auf den Geburtstag einer Freundin trinke. Er wird sofort sehen, dass ich ihn überhaupt nicht vermisse. »Ähm …«

»Ach, komm, Blondie!«, sagte eine dunkle Stimme hinter mir. Ich drehe mich um und sehe, dass Sean mich eingehend von der Seite mustert. »Bitte! Komm doch auf ein Glas mit! Fatima hat nur einmal im Jahr Geburtstag! Und sie hat uns eingeladen, sie wäre also … *sehr* enttäuscht, wenn du nicht kommen würdest.«

Er macht wieder diese Pausen in seinen Sätzen, und ich verstehe immer noch nicht, was sie zu bedeuten haben.

»Hmm.«

»Ach, komm, Beth, bitte!«, bettelt Fatima. »Und wenn du nur eine halbe Stunde dabei bist, besser als gar nichts. Es ist nicht dasselbe, wenn du nicht dabei bist.«

»Sie hat recht, es ist nicht dasselbe«, sagt Sean. Er hebt die Augenbrauen zu einem anzüglichen Mel-Gibson-Grinsen und kehrt dann an seinen Arbeitsplatz zurück.

Es ist unglaublich. Bisher hat Sean meine Existenz kaum wahrgenommen, und jetzt hat er sogar einen Spitznamen für mich. Dieses Haarfärbemittel muss extrem teuer gewesen sein. Ich schaue zu Sean hinüber, dann zu Fatima, die mit ihrem Stuhl neben mich gerollt ist und sich mit gefalteten Händen weit zur mir herüberbeugt. Ihr Hut ist leicht verrutscht, er wackelt mit gefährlicher Schieflage. Ich schiebe meinen Schreibtischstuhl ein wenig zurück, denn ich will nicht unter diesem Ding begraben werden, wenn es runterfällt. »Okay, ich komme mit. Aber ich kann nicht lange bleiben, Fats. Ich muss noch etwas Dringendes erledigen.«

»Hurra!«, ruft sie. »Jippie! Alles Gute zum Geburtstag!«

Nach einem äußerst anstrengenden Vormittag – Konfliktdiskussion –, schaue ich kurz in mein Hotmail-Konto, nur für den Fall, dass mir jemand etwas wirklich Dringendes und Wichtiges geschickt hat, zum Beispiel Werbung für eine Kreditkarte mit null Prozent Zinsen oder so. Ist aber nicht, und nebenbei sehe ich, dass ich auch nichts von Brad bekommen habe. Interessanterweise ist in meinem geschäftlichen Mail-Account eine Antwort von Rupert de Witter eingegangen. Das ist eine Überraschung – ich habe erst in ein paar Tagen mit einer Nachricht von ihm gerechnet, wenn überhaupt. Andererseits: So viel zu tun haben kann er auch nicht, wenn er alle sechs Wochen seine künstliche Bräune erneuert, oder? Ich schätze, seine Sekretärinnen erledigen die ganze Arbeit für ihn und legen ihm regelmäßig ein Klemmbrett mit Dokumenten vor, die unterzeichnet werden müssen.

Absender: Rupert de Witter
Empfänger: BethSheridan@lovelearning.co.uk
Betreff: Schuhe

Liebe Miss Sheridan,

vielen Dank für Ihre Anfrage. Ich freue mich, Ihnen mitteilen zu können, dass ich tatsächlich eine Vorliebe für das Schmücken der unteren Extremitäten meines Körpers hege. Mehr als einmal wurde ich dabei beobachtet, wie ich Schuhwerk trug.

Heute ist meine Gewandung in dem Bereich eher durchschnittlich, ein schwarzer Schnürschuh in Größe 43.
Ich würde mich freuen, wieder von Ihnen zu hören.

R. de Witter
Horizon Holidays

Ich lese die E-Mail ein zweites Mal und muss grinsen. Ist das tatsächlich der arrogante Kerl, über den Richard immer so gestöhnt hat? Er kommt mir eher charmant und wohlerzogen vor. Das ganze Vorhaben, ihn von einem Treffen mit mir zu überzeugen und ihn dann zu bewegen, einen Vertrag mit uns zu unterzeichnen, wird gar nicht so schwer sein, wenn er nicht so ein schweinedämliches Wichsgesicht ist, wie Richard immer behauptet hat. Meine eigentlich reichlich abgeschmackte Idee mit den Schuhen scheint wunderbarerweise zu funktionieren, und zwar weitaus besser, als ich mir hätte träumen lassen. Ich wollte de Witters Interesse mit einem lustigen, mysteriösen Aufhänger wecken, aber da ich ihn für ein arrogantes Arschloch ohne Witz und Verstand hielt, rechnete ich ehrlich gesagt nicht mit einer Antwort von ihm.

Könnte es sein, dass eine seiner Sekretärinnen die Mail geschrieben hat? Zweifellos ist er ein sehr beschäftigtes Wichsgesicht, es wäre nicht ungewöhnlich, wenn jemand an seiner Stelle antworten würde. Aber unterschrieben wurde mit seinem Namen, nicht mit »Tarquin van Hoople, Assistent Geschäftsführung«. Vielleicht hat Rupert die Nachricht diktiert, und Tarquin tippte sie in den Computer. Nach Richards Worten ist sein ehemaliger Chef ein ungebildeter Rüpel, so dass ich eher mit einer Antwort gerechnet habe wie:

»Klar habe ich schuhe an, warum wolln sie das wissen?«

Es ist ermutigend, dass er meine Nachricht spannend genug fand, um darauf zu achten, dass seine Rechtschreibung und Grammatik tiptop sind.

Am liebsten würde ich sofort antworten, aber wir gehen jetzt in den Pub. Plötzlich taucht Chas auf. Ich muss meinen Blick mit ganzer Willenskraft vom Bildschirm abwenden.

»Alle mal herhören, Leute!«, sagt er und klatscht in die Hände. »Wir sind in einer etwas misslichen Lage«, fährt er fort und blickt sich finster um. Fats steht mit ihrem Hut neben der Tür und will ihren Mantel anziehen. Sie hält inne und dreht sich zu Chas um. »Ich denke, dass alle wissen, wovon ich spreche. Ich gehe davon aus, dass allen vollkommen bewusst ist, was hier los ist. Love Learning hat Probleme, das wisst ihr. Trotzdem strengen sich nicht alle gleichermaßen an.« Bis jetzt schweifte sein Blick durch den Raum, jetzt bleibt er an Fatima hängen. Mit langem Gesicht schaut sie sich nervös um, der Riesenhut auf ihrem Kopf wackelt. »Ich habe jetzt keine Nachsicht mehr, wenn sich jemand nicht hundertprozentig engagiert«, sagt Chas mit tiefer, drohender Stimme. »Ich habe keine Nachsicht mehr, wenn einer meint, er könnte einfach Däumchen drehen, während sich die anderen anstrengen. Ich habe keine Nachsicht mehr, wenn jemand seine Arbeit nicht ernst nimmt.«

Mittlerweile schauen alle Fatima an, die sich unter ihrem Hut windet. Chas' Blick scheint sich in sie zu bohren, bis sie schließlich den Hut vom Kopf nimmt. Diese kleine Maßnahme scheint Chas zu befreien, so dass er den Blick endlich von ihr abwendet.

»Ich möchte von jedem hier hören, wie weit er mit dem Einfädeln neuer Verträge ist. Derek!«

Während Derek stotternd erzählt, an was er gerade arbeitet, schiele ich zu Fats hinüber. Sie kauert neben ihrem Schreibtisch, stopft den großen Hut so tief wie möglich darunter und flüstert vor sich hin: »Dämlicher Hut … wie ich so was aufsetzen konnte …« Sie lächelt unsicher, aber ich sehe selbst aus der Entfernung, dass ihre Augen glänzen. Sie zieht die Nase hoch und blinzelt kurz, fährt sich mit der Hand über die Augen, dann schiebt sie den Stuhl unter den Tisch und erhebt sich.

»Beth!«, ruft Chas mich auf.

Scheiße. Ich will ihm nicht verraten, woran ich arbeite, weil dann jeder über Horizon Bescheid weiß und ich keinen Vorsprung mehr habe. Aber ich will auch nicht, dass er denkt, ich sei untätig gewesen. »Oh, ähm, ich habe was in der Pipeline«, beeile ich mich zu sagen.

»Das reicht nicht«, blafft er mich an. »Sean!«

Das reicht nicht? Das reicht verdammt nochmal nicht? Wie kann er es wagen? Weiß er etwa nicht, dass ich quasi allein für den gesamten bisherigen Erfolg von Love Learning verantwortlich bin und dass er ohne mich wahrscheinlich arbeitslos wäre? Nein, das weiß er wohl nicht, er ist ja erst seit drei Monaten hier. Ich arbeite hier schon sechs Jahre länger – was berechtigt ihn zu sagen, meine Arbeit würde nicht reichen? Ich balle die Fäuste, knirsche mit den Zähnen und kann mich erst im letzten Moment davon abhalten, ihn anzufletschen. Am liebsten würde ich ihm auf den Rücken springen, mit den Zähnen den Kopf vom Hals reißen und die Treppe runterwerfen, aber ich gebe mich mit einer schwer gekränkten Miene zufrieden.

»Und zuletzt Fatima«, sagt Chas mit zuckersüßer Stimme. »Hast du was zu vorzuweisen, Schätzchen?«

»Ich … j- ähm … das d- … es ist …«

»Ach, schon gut, Püppchen, mach dir keine Sorgen um die blöden Verträge. Diese dummen Dinger. Mach einfach weiter mit dem, was du gerade so treibst, und überlass die komplizierten Sachen den anderen. Alles klar, Schätzchen?« Fatimas Unterlippe bebt, und die Tränen kullern ihr über die Wangen, aber Chas sieht es nicht, da er sich schon wieder den anderen zuwendet. Er zieht die Augenbrauen bedeutungsschwer zusammen. »Licht ausmachen, Leute. Verstanden? Den Wasserkessel nicht bis oben hin füllen. Das Papier von beiden Seiten bedrucken. Heißgetränke für Kursteilnehmer kosten ab jetzt dreißig Pence pro Becher. Verstanden? Hier und dort etwas einsparen hat eine große Wirkung. Ich will das nicht noch einmal sagen müssen. Alles klar?« Er behält das Stirnrunzeln etwas länger bei, dann verzieht es sich zu einem fröhlichen Grinsen. »So, und jetzt wird Geburtstag gefeiert, ja? Die erste Runde geht auf mich.«

Später im Pub ist Fatima ziemlich bedrückt. Es stellt sich heraus, dass sie ein paar Spiele geplant hatte – ein Musikrätsel, zwei Zaubertricks, Päckchen auspacken. Sie reißt sich zusammen, aber sensibel und einfühlsam, wie ich bin, merke ich, dass ihre Fröhlichkeit nur aufgesetzt ist.

»Sie tut mir leid«, flüstert mir Sean auf dem Rückweg zum Büro ins Ohr.

»Sorry, was?«

Sean packt die Pralinen aus, die im Päckchen waren, und bietet sie mir an. Er trägt fingerlose Handschuhe. »Fatima. Sie tut mir leid. Sie strengt sich an, gibt ihr Bestes. Es ist nicht ihr Fehler, dass sie nicht gut verkaufen kann.«

Verblüfft sehe ich ihn an. Ich meine, ich kenne Sean natürlich nicht gut, aber ich dachte immer, er gehöre zu den Leuten, die ihren eigenen Hund erschießen und aufessen würden. Mitleid für eine schusselige Kollegin hätte ich ihm nicht zugetraut. Vielleicht habe ich ihn falsch eingeschätzt. Nun, da ich ihn genauer betrachte, muss ich sagen, dass er mit seinem zauseligen, heruntergekommenen Look eigentlich ganz attraktiv aussieht. Sean hat etwas an sich, dass ich ihm auf einmal am liebsten die Haare schneiden würde.

»Nein, ich weiß. Du hast recht. Sie hat es nicht verdient, dass man so mit ihr spricht.«

»Auf keinen Fall. Chas ist ein Arschloch.« Sean geht so dicht neben mir, dass sein Arm meinen streift. »Also?«, sagt er und nickt mir zu. Das Wort kommt mit einer großen Nebelwolke über seine Lippen.

»Also was?«

Er grinst. »Also, Miss Sheridan, Sie sehen wirklich toll aus.«

Es ist komisch, aber langsam gewöhne ich mich daran. Ich werde nicht einmal rot. Wahrscheinlich weil ich schon zwei Glas Glühwein getrunken habe. »Danke.« Ich versuche trotzdem, mich überrascht zu geben, denn das ist weitaus sympathischer, als ihm beizupflichten.

»Wie läuft es so bei dir?«

»Danke, gut. Und bei dir?«

Unverhohlen mustert Sean mich von oben bis unten, dann sagt er: »Wirklich super, Beth. Wirklich … super.«

»Das ist schön.« Ich lächle ihn an, ohne abschätzen zu können, worauf diese merkwürdige Unterhaltung hinausläuft.

»Was macht die Arbeit? Dein Kurs über Veränderung?«

»Läuft gut, glaub ich. Bin fast durch. Nur noch zwei Tage.«

»Die können den Blick bestimmt kaum von dir abwenden, was?«

»Ähm, äh, nun …«

»Die sind bestimmt total gebannt von dir.«

»Ähm …« Ich kann ihm nicht zustimmen, das würde sich unmöglich anhören. Aber es verneinen und meine eigene Durchschnittlichkeit beteuern möchte ich eigentlich auch nicht. Glücklicherweise entdecke ich in dem Moment auf dem Dach eines nahegelegenen Hauses eine Weihnachtsbeleuchtung, die dieselbe CO_2-Bilanz wie die St. Paul's Cathedral haben dürfte. Schnell wechsle ich das Thema: »Guck mal da! Wow, das ist ja Wahnsinn! Ich glaube, ich gehe mal rüber und schaue nach, ob es da auch einen beleuchteten Weihnachtsmann gibt. Wir sehen uns gleich im Büro, ja?«

»Ich komme mit«, sagt Sean bereitwillig. »Ich liebe Weihnachtsbeleuchtung.«

»Na, gut. Das ist nett.« Scheiße, Scheiße, Scheiße.

Schweigend gehen wir nebeneinander her und nehmen die nächste Straße links.

»Oh, guck mal!«, sagt Sean, »da ist wirklich ein beleuchteter Weihnachtsmann!« Wir halten inne und betrachten das farbenprächtige Schauspiel, zu dem aus irgendeinem Grund auch ein beleuchtetes Schneewittchen und sieben beleuchtete Zwerge gehören. »Du hast echt eine Begabung dafür, Dinge zu wissen, bevor sie passieren, nicht?«

Sprachlos schaue ich ihn an. Offenbar ist ihm meine hervorragende Fähigkeit aufgefallen, Verträge an Land zu ziehen, wobei er aber die stundenlange Schufterei davor völlig übersehen hat. Ist leichter für ihn zu denken, ich hätte eine besondere Begabung, als zugeben zu müssen, dass er nicht so hart arbeitet wie ich.

»Eigentlich nicht. Ich meine, das war doch klar. Ein Haus mit einer so ausgefallenen Beleuchtung auf dem Dach hat zu neunzig Prozent auch elektronisch bewegte Rentiere, einen Weihnachtsmann in der Grotte, Elfen und eine Krippe.«

Seans Augen sind unheimlich blau. Er schaut mich so intensiv und unverwandt an, dass sich mir die Nackenhaare sträuben. Panisch zermartere ich mir das Hirn, um etwas zu sagen, aber mir will nichts einfallen. Es ist schwer, sich zu konzentrieren, wenn er mich so anstarrt. Komm, Beth, denk nach!

»Du hast recht«, sagte er, ohne den Blick von mir abzuwenden. »Und du bist sehr klug.«

»Danke.«

»Du hast doch bestimmt schon einen Wahnsinnsvertrag im Ärmel, oder?«

Ich weiche seinem Blick aus, betrachte die weihnachtliche Dekoration. Vor der Krippe leuchten drei Pilze im Gras. »Nein, eigentlich nicht. Ich recherchiere da nur was …«

»Ich wusste es! Beth, du bist einmalig! Was ist es? Was Großes?«

Ich schaue Sean an. Es ist erst kurz nach eins, aber der Himmel ist bedeckt, die Wolken hängen tief, die Straßenlaternen flackern bereits. Bei diesem Licht ist sein Gesicht wirklich schwer zu erkennen. »Also gut, Sean, ich werd's dir sagen, aber du musst mir versprechen, es keinem zu verraten, ja?«

Er nickt eifrig. »Versprochen.«

»Gut. Also dann, ich kann dir sagen, dass es …« Sean beugt

sich vor, fast sehe ich das Funkeln in seinen Augen. »Ja, es ist was Großes.«

Er blinzelt enttäuscht. »Es … Oh, gut, na, das ist super. Klasse, Beth! Ich freue mich wirklich für dich.«

»Danke, Sean.«

Er schaut zur Seite, auf die Straße. Dann sieht er mich wieder an. »Oh, Mensch, du bibberst ja! Komm, wir gehen zurück. Es ist schon fast halb zwei.«

Es hat doch keiner geglaubt, dass ich es ihm wirklich verraten würde, oder? Also, wirklich! Da kümmert sich dieser Kerl mal ein paar Minuten lang um mich, und gleich soll ich mich ausliefern wie eine hässliche Jungfrau und mich ihm hingeben? Inzwischen sollte man mich ein bisschen besser kennen.

Aber ich werde in Zukunft sehr viel vorsichtiger sein müssen. Von allen Kollegen im Büro ist es ihm am ehesten zuzutrauen, dass er versucht, mir mit linken Methoden Informationen zu entlocken. Wahrscheinlich wird er mich irgendwo fesseln und gefangen halten, bis ich nachgebe. An einem dunklen, verborgenen Ort, wo uns niemand hört. Er wird sich drohend an mich drücken, sein heißer Atem auf meinem Gesicht. Ich merke, dass mein Herz plötzlich schneller schlägt, und als ich Sean ansehe, bekomme ich am ganzen Körper eine Gänsehaut.

Bevor ich in den Unterrichtsraum zurückgehe, nehme ich mir noch die Zeit, meine Mails zu checken und eine Antwort an Rupert de Witter zu formulieren. Ich denke an Chas' Spruch. Das reicht verdammt nochmal nicht? Voller Verachtung starre ich auf seine holzverkleidete Tür. Das sehe ich anders. Ich arbeite ja lediglich an einem Vertrag mit einer der größten Firmen der Stadt. Ich lese Ruperts Nachricht noch einmal durch und muss grinsen, als ich auf »Antworten« klicke. Super, dass er sich auf den Spaß eingelassen hat. Wenn ich den Vertrag bekomme, werde ich ihn Chas vors Gesicht halten. Ganz nah davor.

Obwohl, dass Rupert sich auf den Spaß eingelassen hat, kann auch bedeuten, dass er mich nicht ernst nimmt. Ich halte im Tippen inne. Mist.

Jetzt ist es eh zu spät. Ich habe angefangen und muss es zu Ende führen. Ich tippe weiter und klicke auf »Senden«. Zumindest scheint ihm mein Ansatz zu gefallen. Aber wie man schon beim Speeddaten so treffend sehen konnte, hat das rein gar nichts zu bedeuten.

Absender: BethSheridan@lovelearning.co.uk
Empfänger: Rupert de Witter
Betreff: Schwarze Schnürschuhe, Größe 43

Lieber Mr. de Witter,

vielen herzlichen Dank für Ihre unverzügliche Antwort. Darf ich davon ausgehen, dass Ihre Füße ebenfalls Größe 43 haben, wenn Ihre Schuhe von dieser Größe sind? Sicherlich wird es Sie nicht überraschen zu erfahren, dass anhand jüngster Untersuchungen 89 % der befragten Personen tatsächlich Schuhe in der Größe ihrer Füße wählen. Daher meine obige Annahme. Bitte korrigieren Sie mich, falls ich mich irren sollte.

Mit freundlichen Grüßen,
Beth Sheridan, Love Learning

Erst als ich die Nachricht verschickt und den Computer heruntergefahren habe, um zurück in den Unterricht zu gehen, fällt mir auf, dass ich nicht nachgesehen habe, ob eine E-Mail von Brad eingetroffen ist. Ich werd verrückt! Das ganze Gewese mit Sean hat Brad aus meinem Kopf verdrängt.

Das Seminar am Nachmittag gerät etwas kürzer. Es soll eigentlich drei Stunden dauern, dazwischen eine halbstündige Kaffeepause und eine viertelstündige Übung, aber ich habe mich beeilt und den Teilnehmern die Übung als Hausaufgabe mitgegeben. Das ist sonst gar nicht meine Art, aber zum ersten Mal in meinem Berufsleben sind meine Gedanken beim Unterrichten woanders. Das ist neu für mich.

Dass ich so zerstreut bin, liegt zum einen an Sean und zum anderen an Brad, aber hauptsächlich an Rupert de Witter. Ich kann nicht abwarten zu erfahren, ob er wieder geantwortet hat. Doch um das herauszufinden, muss ich an meinen Arbeitsplatz. Als ich an Sean vorbeigehe, folgt er mir mit den Augen. Ich gehe extra langsam, scheinbar beschäftigt mit den Ordnern, die ich trage. Dann strecke ich mich nach dem obersten Regal, um die Ordner zurückzustellen, obwohl sie gar nicht dorthin gehören. Ich recke mich, und meine Bluse löst sich hinten aus dem Rock, lässt sogar ein wenig Haut aufblitzen.

»Du Schlafmütze, was machst du da?«, sagt eine Stimme. Mike steht hinter mir, die Hände in die Hüften gestemmt. »Die gehören doch nicht da hin. Sie kommen hierhin, ins zweitunterste Regal.«

»Ach, wie dumm von mir. Danke, Mike.«

Ich setze mich. Gut, das wäre geschafft. Ich riskiere einen kurzen Blick zu Sean, aber er schaut nicht herüber. Wahrscheinlich hat er es kurz vorher getan, das ist hervorragend. Jetzt muss ich nachsehen, ob ich eine Antwort von Rupert habe.

Unglaublich: ja!

Absender: Rupert de Witter
Empfänger: BethSheridan@lovelearning.co.uk
Betreff: Blasen

Liebe Miss Sheridan,

vielen Dank für Ihre E-Mail, die ich heute erhielt.
Sie können tatsächlich davon ausgehen, dass meine Füße ebenfalls Größe 43 haben. Ich finde es interessant, dass Sie behaupten, die meisten Menschen hätten bei Füßen und Schuhen dieselbe Größe. Ist das ein landesweites Phänomen, oder ist es auf diese Region begrenzt?

Mit hoffnungsvollen Grüßen,
Rupert de Witter

Als Erstes fällt mir auf, dass er diesmal seinen vollen Vornamen daruntergesetzt hat, nicht nur seine Initialen. Dann sehe ich, dass er nicht »Horizon Holidays« angefügt hat. Ich entdecke den Betreff und muss laut lachen. Der Typ ist witzig! Damit hätte ich nicht gerechnet, nach dem, was Richard immer über ihn erzählt hat.

»Die Sackratte ist ungefähr so intelligent und schlau wie ein Pavianarsch«, habe ich ihn mehr als einmal über Rupert sagen hören. Oder Variationen dieses Satzes. Eigentlich fand ich immer, dass Paviane einen echt lustigen Hintern haben, wenn das die Affen sind, die aussehen, als hätten sie sich den Pelz versengt.

Auch wenn es viel besser läuft als gedacht – was nicht schwer ist, da ich höchstens eine knappe Ablehnung und ein grobes »Verpiss dich!« erwartet hatte –, schafft die Schnelligkeit, mit der Ruperts Antwort eintrifft, ein unerwartetes Problem. Ich hatte gedacht, es würde mehrere Tage dauern, bis er meine Mail beantwortet hätte, was mir, so meine Hoffnung, genug Zeit gegeben hätte, viele interessante Dinge über Horizon herauszufinden. Und natürlich die nächste umwerfend clevere Nachricht zu formulieren. Aber Rupert hat äußerst schnell reagiert, und jetzt gehen mir die Ideen aus. Mein anfänglicher Plan, Fortbildung mit Schuhen zu vergleichen, weil beides perfekt angepasst sein muss, ist so gut wie ausgereizt, und es sieht aus, als würde ich mich ziemlich bald mit ihm treffen, um darüber zu sprechen.

Schnell rufe ich wieder die Website von Horizon auf, vielleicht habe ich ja eine Idee. Sofort fällt mir etwas auf: sein Gesicht. Da ist er mit seinem goldglänzenden Haar, der gebräunten Haut, den makellos weißen Zähnen. Verflucht, sieht der gut aus! Hundertmal intelligenter und charmanter als ein Pavianarsch. Nein, tausendmal, schließlich vergleichen wir ihn mit einem Arsch. Und was nicht zu verachten ist: Er ist sehr reich. Ich beuge mich vor und betrachte das Foto genauer. Es fasziniert mich so, dass ich das Gewicht meines Kopfes auf die Hand verlagere. Was würde ich geben, um diesen Kerl kennenzulernen! Schwachsinn, ich werde ihn ja kennenlernen. Verflixt, was soll ich nur anziehen? Ich schließe die Augen, und ein herrliches Bild entsteht vor mir: Ich gleite in einem schulterfreien schwarzen Cocktailkleid à la *Pretty Woman* in Ruperts Büro, und er steht auf, um mich zu begrüßen. Ihm fällt die Kinnlade herunter.

Ich setze mich auf. Komm, Beth, reiß dich zusammen! In einem Cocktailkleid? Du wirst ein Business-Kostüm tragen, weil du in deiner Eigenschaft als Fortbildungsreferentin da bist und ihn überzeugen willst, sein komplettes Fortbildungsprogramm bei dir zu buchen. Es geht nicht um heißen Sex und lebenslange Bindung.

Obwohl, wenn ich keinen Vertrag mit ihm ergattere, würde ich mich auch damit zufriedengeben.

Oh je, ich rede wirres Zeug. Ruperts sinnliches Gesicht lenkt mich unheimlich ab. Ich habe keine Ahnung, wie ich in seiner Gegenwart jemals ein Wort herausbekommen soll. Oder überhaupt aufrecht stehen bleiben soll. Und bekleidet. Schnell überfliege ich den Rest der Website. Vielleicht kommt mir ja noch eine andere Idee. Ja: Auf einer Seite ist ein kleines Foto vom Großraumbüro der Telefonverkäufer. Es zeigt zwei lächelnde Verkäuferinnen mit Kopfhörern und deren Vorgesetzte Jean, die mit verschränkten Armen grimmig hinter ihnen steht. Die Aufnahme wirkt relativ aktuell, was bedeutet, dass mindestens einmal ein Fotograf im Haus war. Das bringt mich auf die Idee, mir eine Kamera um den Hals zu hängen und einen gefälschten Presseausweis an den Hut zu stecken. Aber ich könnte mich ja auch einfach so ins Gebäude schleichen und mich dort umsehen. Vielleicht im Aufzug jemanden fragen, wie zufrieden er mit seinem Job ist. Der Laden ist groß, die Mitarbeiter kennen sich nicht untereinander, nicht mal Rupert de Witter selbst kennt alle persönlich. Auf dem Heimweg stelle ich mir mögliche Szenarien vor. Vielleicht könnte ich mich bei ihm reinschleichen und so tun, als sei ich bei ihm angestellt. Ich könnte mich über die Fortbildung beschweren! Und wenn wir uns dann offiziell treffen, wird er mich erkennen, nicken und sagen: »Erwischt.« Danach will er bestimmt mit mir schlafen, ähm, ich meine, ein Geschäft mit mir machen.

Ich hätte besser auf den Weg geachtet, denn erst als ich meine Wohnung betrete, fällt mir auf, dass ich die gesamte Heimfahrt nicht mitbekommen habe. Ich bin mir nicht mal sicher, mit dem richtigen Auto gefahren zu sein. Ich kann in jeden beliebigen Wagen gestiegen sein. Und überall hingefahren sein. Ich hätte unterwegs sogar ein Verbrechen begehen können. Einem Verkäufer eine abgesägte Schrotflinte ins Gesicht halten, mit Karacho in einen Bankautomaten fahren oder falsch herum in eine Einbahnstraße einbiegen können. Ich betrachte meine Hände, als erwarte ich, dort Blut oder einen rauchenden Colt zu sehen. Ich entdecke jedoch nichts anderes als meine eigenen Autoschlüssel. Sehr beruhigend.

Was hat dieser Rupert de Witter nur, dass ich immer vergesse, womit ich beschäftigt bin? Ach ja, vergessen, er ist zum Dahinschmelzen sexy. Ich Dummerchen.

Vini steht mit einem Berg Klamotten im Flur, den sie mir, kaum dass ich die Tür hinter mir geschlossen habe, in die Arme drückt. »Anziehen, wir gehen aus.«

Ich mustere die Kleidung. Sie ist schwarz und sieht aus, als sei sie aus alten Jogginghosen genäht. »Was ist das?«

»Meine alte Jogginghose. Komm, beeil dich!«

»Nein, danke, Vini. Wenn wir ausgehen, dann ziehe ich mich anders an. Also entweder Rock oder Jeans.«

»Nicht da, wo wir hingehen. Komm, Beth, das wird lustig.«

Das klingt nicht gut. Als Vini mich das letzte Mal zwang, bequeme Sachen anzuziehen, gingen wir zu einer Stunde »Beweg dich zur Musik« im Gemeindezentrum. Wir mussten so tun, als seien wir Bäume. Das werde ich nicht noch einmal machen.

»Auf keinen Fall! Vergiss es! Nie im Leben, niemals, nunca, njet, niente, non!«

»Ach, diesmal ist es nicht Tanzen mit der Erde oder wie das damals hieß. Wir gehen nur ins Fitnessstudio. Das ist lustig und gut für dich, und da sind massenweise knackige Jungs zum Flirten.«

»Gib mir zwei Minuten!«

9 Zielgerichtet trainieren (I)

Kurzfristiges Ziel: Wieder gehen können.
Hindernisse: Klappt nicht. Ich will nicht. Niemand kann mich dazu zwingen.
Langfristiges Ziel: Sterben. Bald.
Hindernisse: Habe nichts Tödliches zur Hand.

Ich bin also nicht sportlich. Das wusste ich auch schon vorher.

9 Zielgerichtet trainieren (II) – Überarbeitung

Kurzfristiges Ziel: Zu Horizon wanken. Mich dort umsehen. Mit Muskelkater neben Rupert stehen und mich informieren. Dann nach Hause gehen.
Hindernisse: Mir tun alle Muskeln weh.
Langfristiges Ziel: Den Schmerzen ein Ende bereiten. Bitte, lieber Gott, lass sie aufhören.
Hindernisse: Kann die Arme nicht bewegen.

Ich muss da mal was über das Fitnessstudio loswerden. Erstens, alle Leute tragen dort eine Sonnenbrille. Was soll das? Ich meine, es ist mitten im Winter, sieben Uhr abends, sehr dunkel und kalt, da braucht man so was nicht. Wahrscheinlich wissen die das auch, weswegen sie die Brille auf den Kopf schieben.

Dadurch wird Joggen oder jegliche andere Übung natürlich sehr kompliziert, weil die Sonnenbrille gerne mal über die Augen rutscht oder ohne Umwege auf den Boden fällt. Und so fallen mir beim Reinkommen als Erstes die ganzen gutgebauten Frauen in ihren bunten Lycra-Anzügen auf, die vorsichtig auf den Laufbändern trippeln, damit sie nicht in Schweiß ausbrechen und ihre Schminke verläuft.

»Komm!«, sagt Vini ganz aufgeregt und zerrt mich zu den Fahrrädern. »Radfahren ist einfach.«

Gut, das stimmt. Zwar habe ich ungefähr seit meinem vierzehnten Lebensjahr auf keinem Fahrrad mehr gesessen, aber kaum bin ich wieder im Sattel, geht alles wie von selbst. Okay, denke ich, in Ordnung, das schaffe ich. Ich stelle das Gerät auf zwanzig Minuten Aufwärmen und sehe mich gründlich um.

Sehr schnell fällt mir zweierlei auf. Erstens: Vinis Plan, hier mit muskelbepackten Kerlen zu flirten, hat einen Haken – in diesem Raum halten sich fast ausschließlich Frauen auf. Die Auswahl ist groß, für jeden ist etwas dabei, wenn man es auf Frauen abgesehen hat, was es umso unverständlicher macht, dass hier so wenig Männer sind. Ich entdecke zwei oder drei im hinteren Bereich bei den Gewichten, aber die Herren sind ganz konzentriert auf das Gewichtheben, und eigentlich haben sie damit auch genug zu tun. Da hinten sind Unmengen von Gewichten, die man hochheben und wieder abstellen kann. Das tut man übrigens vor einem Spiegel, damit man sich vorstellen kann, wie umwerfend es aussähe, wenn man ein Auto von einem darunter eingekeilten Kind heben würde.

Außerdem tragen alle noch zusätzlich Kopfhörer und bewegen sich durch den Raum, als wäre sonst niemand da. Keiner grüßt irgendwen, jeder weicht dem anderen aus, wie ein Schwarm von Fledermäusen. Wahrscheinlich haben alle eine Art Fitnessstudio-Radar.

Als Zweites fällt mir auf, dass zwanzig Minuten auf einem Fahrrad deutlich zu lang sind.

»Dann nimm vielleicht besser den Crosstrainer«, schlägt Vini vor.

Ich werde an dieser Stelle nicht weiter ins Detail gehen. In meinem Beruf bin ich sehr gut. Ich bin intelligent und einigermaßen schlagfertig, sehe relativ gut aus und mache ein super

Tiramisu. Ich bin gut im Scrabble, halte Ordnung, bin klug und kann einfache Rechenaufgaben im Kopf lösen.

Aber auf einem Crosstrainer kann ich mich nicht halten. Begnügen wir uns damit.

Der nächste Tag ist ein Freitag, an dem ich reglos an meinem Schreibtisch sitze und zuschaue, wie die Uhr bis zu dem Moment vorrückt, da ich wieder aufstehen muss. Ich reiße mich zusammen, um mich ohne einen Schmerzensschrei zu erheben.

Heute Nachmittag will ich Horizon Holidays einen Undercover-Besuch abstatten. Aber nachdem Vini mir die erstaunlichen Vorteile eines ordentlichen Trainings im Fitnessstudio gezeigt hat – also Stärkung von Herz und Lunge, Verbesserung des Kreislaufs, Gewichtabnahme und Lebensverlängerung –, habe ich seit dem Morgen um meinen unverzüglichen Tod gebetet. Vini war schon weg, als ich heute früh aufstand. Ich glaube, sie geht mir aus dem Weg, was völlig überflüssig ist, da sie momentan vor mir sicherer ist denn je.

Heute ist eigentlich der letzte Tag des Seminars über Veränderung, doch ich lasse es mir entgehen. Das wundert mich selbst: Es ist mir egal. Ich habe Derek gesagt, ich hätte Rückenschmerzen, was auch meine steifen, roboterartigen Bewegungen erklärt (kann doch nicht sagen, dass das vom Fitnessstudio kommt – so was ist armselig in meinem Alter), und ihn gefragt, ob er vielleicht den Abschluss übernehmen könnte. Ich wusste, dass er zusagen würde – er gehört zu den Leuten, die sich einbilden, dass die anderen ohne sie nicht leben können.

»Ich springe gerne ein, Beth«, sagte er und nickte mit halbgeschlossenen Lidern. »Ist doch selbstverständlich.« Die Kursteilnehmer werden zweifelsohne enttäuscht sein und sich ein bisschen wundern, nun vor einem Spinner mit Krawatte anstatt vor mir zu sitzen, aber ich habe heute Größeres vor.

Ich habe geplant, mich nach dem Mittagessen zu verabschieden, wodurch ich nur am Vormittag Zeit zum Lesen von E-Mails habe. Fatima ist noch nicht da, obwohl es kurz vor zehn ist. Das sieht ihr gar nicht ähnlich, bedeutet aber für mich, dass ich hier in Ruhe sitzen und ohne Ablenkung spritzige, fesselnde Nachrichten an gewisse Personen verfassen kann.

Ich lese mir noch einmal Ruperts letzte Mail vom Vortag durch, in der er fragt, ob identische Schuh- und Fußgrößen ein landesweites Phänomen seien. Beim Lesen muss ich wieder schmunzeln und finde, dass er auf seine kaltherzige Managerart doch ganz sympathisch ist. Darf mir mein Urteilsvermögen nicht von meinem chronischen Singledasein trüben lassen. Ich klicke auf »Antworten«.

Absender: BethSheridan@lovelearning.co.uk
Empfänger: Rupert de Witter
Betreff: Wohlgefühl

Lieber Mr. de Witter,

vielen herzlichen Dank für Ihre letzte Nachricht. Ich habe etwas länger gebraucht, um Ihre Anfrage gründlich zu recherchieren, und bin zu erstaunlichen Ergebnissen gekommen. Es sieht so aus, dass die Füße von Schuhträgern im gesamten Land in Schuhen beheimatet sind, die exakt dieselbe Größe wie die Füße haben. Tatsächlich habe ich im Umfang meiner Forschungsarbeiten nur eine Person gefunden, deren Schuhe nicht der Fußgröße entsprachen. Das Mädchen hatte Schuhgröße 24 und trug Größe 39, offensichtlich das Paar einer anderen Person aus seinem engsten Familienkreis. Ich befragte das Kind hinsichtlich dieser Abweichung von der Norm und dem Motiv für eine derartige Wahl, doch war die Antwort nicht unbedingt aufschlussreich. »Ich bin eine Prinzessin« wird nicht als befriedigende Erklärung für diese außergewöhnliche Entscheidung erachtet. Trotz wiederholten Nachhakens zeigte die Befragte keinerlei Einsicht und schlief letztlich ein.

Ich habe eine Theorie über das Phänomen identisch großer Schuhe und Füße, die ich Ihnen gerne darlegen würde, wenn Sie es wünschen. In Erwartung weiterer Vorschläge Ihrerseits verbleibe ich

mit freundlichen Grüßen,
Beth Sheridan, Love Learning

So. Jetzt muss ich nichts weiter tun, als hier sitzen und auf seine Antwort warten. Ohne mich zu bewegen. Ich würde ja Däumchen drehen, aber die quälenden Schmerzen in meinen Muskeln machen jede Bewegung zur mittelalterlichen Folter. Nun, es sollte gehen, so lange niemand …

»Hey, Beth!«, sagt eine Stimme hinter mir. Ich wirbele herum und schreie: »Aaaau! Verfluchtverdammte Wichsescheiße!« Natürlich nicht laut. Nach außen hin bleibe ich lieblich wie die kleine Meerjungfrau und lächle anmutig, während ich von tausend Pfeilen zugleich durchbohrt werde.

»Alles in Ordnung?«, fragt die Stimme, und mir wird klar, dass ich wohl etwas seltsam aussehe, wie ich da kerzengerade auf dem Stuhl sitze, kaum zu atmen wage, starr nach vorne schaue und wie von Sinnen grinse.

»Ja, mir geht's gut, danke.« Ich hebe den Blick, ohne den Kopf zu bewegen, und stelle fest, dass Sean sich vorbeugt, um mir in die Augen zu sehen.

»Du siehst aber nicht gut aus. Nein, so meinte ich das nicht. Natürlich siehst du gut aus. Sehr gut sogar. Ich meine nur, du siehst aus, als ginge es dir nicht gut. Ist wirklich alles in Ordnung?«

»Ach so, ja, hab mich gestern am Rücken verletzt. In ein, zwei Tagen geht es wieder. Ehrlich.«

Sean zieht Fatimas Stuhl heran und setzt sich neben mich. Eine große Erleichterung für mich, meine Stirn tat schon weh vom Hochgucken. »Soll ich dich massieren?« Er verschränkt die Finger ineinander und dreht sie nach außen.

»Nein, geht schon. Danke.«

Er legt die Hände in den Schoß. »War nur ein Witz, Beth. Du brauchst keine Angst zu haben.«

Mist! Sehe ich etwa so aus? Das will ich nicht gerade vermitteln, wenn mir ein attraktiver Mann eine Massage anbietet. Ich konzentriere mich auf Stirn und Augenlider, damit ich einen entspannteren Gesichtsausdruck bekomme. »Nein, natürlich nicht, sorry. Ich hab nur Angst vor den Schmerzen, mehr nicht. Mein Rücken tut unglaublich weh.«

»Schon gut. Musst du dringend was erledigen?«

Als er das sagt, wird mir klar, dass ich immer wieder zum Computer hinüberschiele, der gerade mit einem Klingeln das Eintreffen einer Nachricht angekündigt hat. Ich reiße mich vom Bildschirm los. »Ja, schon, so ähnlich. Tut mir leid, ich bin nicht ganz bei der Sache.«

»Kann ich dir irgendwie helfen?«

Ich schaue ihn an. Seit Jahren gehe ich davon aus, dass Sean etwas Düsteres im Schilde führt, weil seine Augen eng zusammenstehen und er so langsam spricht. Aber wer weiß, vielleicht ist er ja doch ein anständiger, ehrlicher Kerl, und ich habe mich lediglich von seinem Äußeren täuschen lassen.

»Ähm«, mache ich und schiele zum Computer. Ob ich Sean ins Vertrauen ziehen soll? Was kann es schon schaden? Er ist ein Kollege, wir wollen doch beide dasselbe, oder? Und wie das alte Sprichwort sagt: geteilte Freude ist doppelte Freude. Vielleicht kann er mir sogar helfen.

Dann komme ich wieder zu Verstand.

»Nein, danke, Sean. Sehr lieb von dir, aber ich komme zurecht. Ich bin gleich weg, deshalb ist eh nicht mehr viel zu tun.« Puh, das war knapp!

»Ja? Was hast du denn vor?«

Ich lege den Kopf ein wenig schräg (AUUUAAAA!) und lächle. »Du lässt nicht locker, was? Warum willst du das unbedingt wissen? Willst du etwa meine Idee klauen?«

Sean runzelt die Stirn und schreckt zurück, setzt sich auf und schiebt den Stuhl leicht nach hinten. »Das denkst du von mir? So was traust du mir zu, Beth? Dass ich mit dir sprechen will, in deiner Nähe sein will, nur um mich in dein Leben zu wanzen und herauszufinden, an was für einem dämlichen Vertrag du sitzt? Das wäre ja wirklich …« Er verstummt und schüttelt den Kopf. »Das ist echt …« Resigniert hebt er die Hände, schüttelt abermals den Kopf und will sich lächelnd erheben.

»Nein, hör zu, das tut mir leid, war nur ein Scherz. War nicht so gemeint. Natürlich glaube ich so was nicht von dir.«

Sean hält inne, schwebt über der Sitzfläche. »Wirklich nicht?«

»Nein.«

»Na, gut.« Er nimmt wieder Platz. »Denn ich möchte tatsächlich in deiner Nähe sein. Und mit dir reden. Und dich ansehen. Nicht weil ich Hintergedanken habe, sondern einfach nur … Na, ist ja wohl klar, oder?«

»Das meinst du vielleicht, aber mir ist das nicht klar.«

Sean schmunzelt. »Mensch, Beth! Ich mag dich. Gehst du mit mir aus? Heute Abend?«

Ungläubig schaue ich ihn an. Damit hatte ich überhaupt nicht gerechnet. Andererseits vielleicht doch, denn ich weiß gar nicht, womit ich gerechnet habe. Aber ich kenne Sean jetzt schon seit mehreren Jahren – warum will er sich ausgerechnet heute mit mir treffen? Liegt das vielleicht an meinen Haaren? Jetzt plötzlich will er etwas von mir, und zwar wegen meiner Haare? Mein lieber Schwan, ich würde gerne mal wissen, wie viel diese Farbe gekostet hat. Ich muss Vini fragen, wo sie sie gekauft hat. »Ach, die hab ich einem alten chinesischen Hutzelmännchen in einem düsteren Kellerlädchen abgehandelt. Er sagte etwas von drei wichtigen Bedingungen …«

Ich mustere Sean. Er hat einen flehenden, gehetzten Gesichtsausdruck. »Gut«, sage ich schließlich, und er entspannt sich.

»Oh, super! Soll ich dich abholen, oder wollen wir uns irgendwo verabreden?«

Hm, nicht gerade perfekt. Er als Mann sollte einen romantischen Abend in Planung haben, mich daher abholen und mit mir zum ersten unserer abendlichen Vorhaben eilen. Schlittschuh fahren bei Mondschein oder ein Champagner-Picknick am See. Aber Sean hat offensichtlich nichts geplant.

»Wir treffen uns«, sage ich, weil ich nicht will, dass er glaubt, etwas organisieren zu müssen. Ich meine, an so etwas sollte ich ihn nicht erinnern, daran müsste er selbst denken. Das ist so, als würde ich ihn bitten, Blumen mitzubringen.

»Gut, klasse. Wo?«

Auch nicht gut. Zumindest könnte er eine hübsche Lokalität

vorschlagen, so dass ich, wenn ich schon selbst dorthin kommen muss, immerhin weiß, dass es dort angenehm ist.

»Wie wär's mit dem Patch and Parrot? Auf der Willoughby Road?«, schlage ich vor.

Er nickt. »Kenn ich. Sagen wir acht Uhr?«

Selbst bei der Uhrzeit kann er sich nicht festlegen. Ich soll sie auch noch bestätigen. Meine Herren!

»Acht Uhr ist gut«, stimme ich zu, und er nickt erfreut.

»Super. Bis heute Abend dann.« Sean grinst, stützt die Hände auf die Oberschenkel und erhebt sich. »Freu mich schon.«

Ich nicke. »Ich auch.« Obwohl ich nicht weiß, was er sich von dem Abend verspricht.

Schließlich schiebt Sean Fatimas Stuhl zurück an ihren Platz und schleicht an seinen eigenen Schreibtisch. Das erinnert mich an gestern, als sie ihren Hut darunterstopfte. Kurz frage ich mich, wo sie heute ist. Vielleicht liegt sie im Bett und heult. Ich rufe sie gleich an. Nachdem ich die E-Mail gelesen habe.

Ja! Ich habe eine von Rupert! In mir kribbelt es vor Aufregung, ich rolle den Stuhl ganz nah an den Tisch und beuge mich vor, als würde ich ihm dadurch näherkommen. Ich öffne die Nachricht, kann es nicht erwarten, seine Antwort zu lesen.

Absender: Rupert de Witter
Empfänger: Beth Sheridan
Betreff: Erleichterung

Liebe Beth,

ich freue mich sehr, dass Sie mir doch noch zurückgeschrieben haben. Langsam befürchtete ich schon, nichts mehr von Ihnen zu hören, und das wäre wirklich sehr schade gewesen. Unser kleines Geplänkel über das Schuhwerk unserer Nation ist zum Höhepunkt meines Tages geworden. Auch wenn ich unsere Korrespondenz nicht frühzeitig beenden möchte, muss ich das Thema wohl doch zu seinem dramatischen Ende bringen, damit wir uns mit anderen, unterhaltsameren Fragen beschäftigen können. Ich nehme an, dass Sie irgendwann zu der Schlussfolgerung kommen werden, dass man besser ausgerüstet ist und effektiver in der Welt zurechtkommt, wenn man passendes Schuhwerk in der richtigen Größe trägt. Und diese Erkenntnis wird Sie zu der Überlegung bringen, dass sämtliche Dinge im Leben maßgeschneidert sein sollten wie unsere Schuhe, beispielsweise die Fortbildung. Habe ich recht? Und dann werden Sie, wenn ich das sagen darf, mir mitteilen, dass sämtliche Fortbildung bei Love Learning individuell auf die Bedürfnisse des Kunden zugeschnitten ist, dass keine Ressourcen - also Zeit und Geld - mit Seminaren verschwendet werden, die die Angestellten weder brauchen noch verwenden können. Am Ende werden Sie mich fragen, ob ich einen Termin mit Ihnen vereinbaren möchte, damit Sie mir erklären können, wie Love Learning die Leistung meiner Firma so sehr steigern wird, dass ich innerhalb eines Jahres einen Unterschied feststellen werde. Stimmt das?

Die Antwort lautet: ja. Auf alle Fälle, und so schnell wie möglich. Ich möchte Sie sehr gerne kennenlernen. Bitte teilen Sie mir mit, an welchen Tagen in den kommenden zwei Wochen Sie Zeit für ein Mittagessen hätten. Wenn Sie sich beispielsweise nicht mit Ihrem Freund treffen. Oder mit Ihren Kindern zum Krippenspiel gehen.

Ich würde mich sehr freuen, wieder von Ihnen zu hören.

Liebe Grüße,
Rupert

Ach, du liebe Güte! Mein Gott! Er will mich unbedingt kennenlernen. Wow! Es kribbelt in meinem Bauch – tief unten –, wenn ich nur an sein Gesicht denke.

Ich werde rot. Herrje, was ist bloß mit mir los?

Rupert hat meine letzte Nachricht innerhalb von Minuten nach ihrem Erhalt beantwortet. Das bedeutet entweder, dass er den ganzen Tag nichts zu tun hat – und wir wissen, dass das nicht stimmt, weil er sich ja die Zähne bleichen lassen muss – oder dass er aufgeregt vor dem Computer saß und auf meine Antwort gewartet hat. Und er will offenbar wissen, ob ich gebunden bin oder nicht. Warum sollte ihn das kümmern, wenn er sich lediglich für mein Fortbildungsangebot interessiert?

Dann denke ich über den Inhalt seiner Antwort nach. Er hat spitzgekriegt, was ich mit den Schuhen vorhatte. Ich komme mir irgendwie dämlich vor. Scheinbar hat er von vorneherein alles absehen können, wusste direkt Bescheid, als er meine erste Mail mit der Frage nach den Schuhen las. Seitdem spielt er nur mit mir. Mist!

Impulsiv sende ich die nächste Nachricht ab.

Absender: Beth Sheridan
Empfänger: Rupert de Witter
Betreff: Betr.: Erleichterung

Machen Sie sich über mich lustig?

Und bevor ich es bereuen kann, ruft Ali mir zu, er habe einen Anruf für mich. Du liebe Güte – so schnell? Ich schließe das Mailprogramm und gehe aus allen Anwendungen heraus, damit niemand an meine Excel-Tabellen kann, wenn ich gerade nicht aufpasse. Ich lege die Hand aufs Telefon.

Das ist auf jeden Fall Rupert de Witter, der mich anruft, um mit mir über glühend rote Sonnenuntergänge oder über Fortbildung zu sprechen. Während ich darauf warte, dass Ali ihn durchstellt, werfe ich unbewusst das Haar mit den Fingern nach hinten. Mein Blut zirkuliert etwas schneller durch den Körper, und ich lächle verhalten und geheimnisvoll vor mich hin.

Dann klingelt es. Ich greife zum Hörer, schaue hinüber zu Ali in der Ecke. »Weiß nicht, warum du grinst«, spricht Ali mir ins Ohr. »Fatima ist dran.«

Fatima ist in einem furchtbaren Zustand. Sie zittert und schnieft und hat einen so schlimmen Schluckauf, dass ich sie kaum verstehe. Schließlich kommt ein Mann ans Telefon, der wie ein Lehrer klingt und mir erzählt, dass Fatima um halb vier am Morgen bei einer Razzia in verschiedenen wohlbekannten Etablissements jenseits der Umgehungsstraße aufgegriffen worden sei und jetzt vom Polizeirevier abgeholt werden müsse.

»Wa- ?« Mehr bringe ich anfangs nicht heraus. Die Vorstellung, dass Fatima mit einem riesigen Filzhut in Form einer Geburtstagstorte zusammen mit einem Wagen voller Zuhälter, Dealer und Nutten in die Stadt gekarrt wird, kommt mir vor, als würde man das Gehege des Velociraptors öffnen und Tinky-Winky hineinschieben. Zeit für Winke-Winke.

»Sie –?«, sage ich, will sicherstellen, dass ich tatsächlich richtig verstanden habe.

»Wo –?«, will ich wissen, aber die Antwort darauf kenne ich ja bereits, also sage ich nur noch: »Bin unterwegs«, und lege auf.

Jetzt sitzt Fatima bei mir im Auto, und wir fahren zu ihrer Wohnung. Sie hängt zusammengesunken auf dem Beifahrersitz, schnieft und reibt sich die Augen.

»Du wolltest da Verträge machen?«, wiederhole ich.

Fatima nickt müde.

»Aber warum ausgerechnet in diesem Teil der Stadt? Ich dachte, du wärst schon mal da gewesen und hättest gemerkt, dass solche Läden nicht das sind, was wir suchen.«

»Also, ich hatte noch nicht endgültig beschlossen, es dort nicht mehr zu versuchen. Nicht definitiv. Ich meine, wir freuen uns doch über jede Unterschrift, oder? Für uns ist doch unwichtig, womit die Leute ihr Geld verdienen.«

»Ja, Fats, du hast recht, es ist unwichtig. Es sei denn, der Laden ist gesetzlich verboten. Dann können sie bei unserem Programm praktisch nicht mitmachen.«

»Woher soll ich denn wissen, dass die da was Verbotenes tun?«

Fatima verschränkt die Arme vor der Brust und starrt vor sich hin, als hätte sie gerade eine glaubwürdige Erklärung geliefert, die jegliche Hirnlosigkeit ihrerseits entschuldigt.

Dann sagt sie: »Beth, ich kann es mir nicht leisten, meine Stelle zu verlieren.«

»Ich weiß, Fats, aber du kannst dich in deiner Freizeit auch nicht in diesen kaputten Stadtteilen herumtreiben und versuchen, Junkies, Nutten und Schlägern Verträge für Beschwerdemanagement aufzuschwatzen. Ich glaube nicht, dass die besonders an Beschwerden interessiert sind, wenn sie gerade eine Tüte mit illegalen Drogen verkauft haben. Deren Methode des Beschwerdemanagements ist wahrscheinlich, dir einfach ein Messer in die Rippen zu rammen.«

In dem Moment merke ich, dass Fatimas Lippe bei den letzten Worten stark wackelt und ihre Stimme bebt. Das ist so, als wenn man erst eine halbe Minute später einen Fauxpas bemerkt und nichts mehr dagegen tun kann, weil es die ganze Situation noch schlimmer machen würde. Als würde der Held sagen: »Klar, ich weiß genau, was passiert ist, ich habe kein Problem damit.« Und dann sagt sein bester Freund: »Oh, Kumpel, du kannst dir gar nicht vorstellen, wie glücklich ich bin, das von dir zu hören. Ich wollte mit deiner Verlobten ja gar nicht acht Mal schlafen, das ist einfach so passiert, aber ich bin so erleichtert, dass du es jetzt endlich weißt, denn es belastet mich schon seit Monaten. Ich bin und bleibe dein bester Freund, und ich weiß, dass Sarah dich immer noch heiraten will.« Und dann merkt der beste Freund eine halbe Minute zu spät, dass der Held eigentlich von der zerstörten antiken Uhr aus dem Testament seines Vaters sprach. Doch da ist es bereits geschehen, und der Held stürzt sich wutentbrannt auf ihn. Genau so fühle ich mich.

Nur dass ich mich am liebsten selbst geschlagen hätte, als ich Fatimas Gesicht sehe.

Ich halte am Straßenrand. »Fatima, das tut mir leid, so habe ich das nicht gemeint. Natürlich jagt dir niemand ein Messer zwischen die Rippen, das war nur ein Witz. Aber um was geht's hier überhaupt? Warum willst du unbedingt einen Vertrag abschließen und stellst dich dafür bösen Heroinabhängigen mit Messern in den Weg?«

Fatima schaut zu mir auf und reibt sich die Augen. Dann sagt sie: »Ich habe Schulden.«

Aha. Na, logisch. Es geht um Geld. Ich hebe die Augenbrauen und warte auf den Rest. Ich weiß schon, was jetzt kommt: Kredithaie bedrohen ihre Familie. Oder eine Scheinfirma erpresst Geld, droht damit, das Geschäft ihres Bruders zu zerstören. Oder sie hat heimlich einen Freund, der für gewisse Leute etwas erledigt hat und ihnen aus Versehen nicht das gesamte Geld zurückgegeben hat. Jetzt wollen sie es wiederhaben. Aber Fatima spricht nicht weiter. Ich muss es ihr aus der Nase ziehen.

»Also Geld, das jemand anderem zusteht?«

Fatima nickt. »Ich habe das Geld geliehen«, sagt sie mit leiser Stimme.

»Gut«, sage ich. »Von wem hast du es geliehen? Von irgendjemandem im Telefonbuch? Von jemandem, den du in einer Kneipe kennengelernt hast? Vom Freund des Cousins des Nachbarn eines Freundes?«

»Nein.« Fatima zieht die Nase hoch und schaut mir ins Gesicht. »Von Barclays.«

Ich schaue ungläubig. »Barclays?«

Sie nickt wieder. »Ja. Die Zinsen waren wirklich niedrig.«

»Barclays?«

»Ja. Bisher waren sie echt in Ordnung. Aber jetzt mache ich mir langsam Sorgen.«

Ein Bild taucht in meinem Kopf auf: eine lächelnde Frau mit langem blonden Haar und makellosen weißen Zähnen in einem türkisfarbenen Hosenanzug und Krawatte, die mit einem Baseballschläger vor Fatimas Tür steht. Ich schüttele den Kopf, um das Bild zu vertreiben.

»Warum machst du dir Sorgen?«

Fatima schaut zur Seite. Ich denke an ihre Schwäche für Überreaktionen und würde mir am liebsten wieder gegen den Kopf schlagen. Warum bin ich da nicht früher drauf gekommen? Wahrscheinlich hat sie sich ein paar Tausender geliehen, um sich ein Auto, einen Fernseher oder Ähnliches zu kaufen, und bekommt jetzt Panik.

»Wenn ich meine Stelle verliere«, sagt sie ruhig zum Laternenpfahl neben uns, »kann ich den Kredit nicht zurückzahlen.«

Da hat sie recht, aber bieten Banken nicht irgendeine Versicherung im Falle von Arbeitslosigkeit an? »Hast du denn keine Versicherung abgeschlossen?«

Fatima schüttelt den Kopf. »Konnte ich mir nicht leisten.«

Fassungslos starre ich sie an. Mein Gott! Vielleicht ist es doch etwas mehr als zweitausend Pfund. »Fatima, wie viel Schulden hast du?«

Sie greift nach meinem Arm. »Beth, ich kann meine Stelle nicht verlieren, wirklich nicht. Was würde meine Mutter sagen? Sie hält mich eh schon für bescheuert, mir fünfzehn Riesen zu leihen …«

»Fünfzehn Riesen!« Es ist heraus, ehe ich die Lippen zusammenpressen kann.

»Tja, mein Mini hat schon neuneinhalb gekostet, Beth. Wenn ich mir weniger geliehen hätte, dann hätte ich mir den Plasmafernseher, meine Schlafzimmermöbel und die elektrische Gitarre nicht leisten können, oder?«, sagt sie. »Und ich muss nur noch sechs Jahre lang abzahlen.«

Ich schlucke mehrmals, bevor ich frage: »Wie hoch sind die Raten?« Am liebsten würde ich die Antwort gar nicht hören. Ich habe Angst, dass ich einen Hörsturz oder einen Schlaganfall bekomme. Irgendwo im Hintergrund höre ich einen Trommelwirbel. Lass dir nichts anmerken, lass dir nichts anmerken! *And the winner is …*

»Zweihundertfünfundneunzig Pfund im Monat.«

»Zweihundertfünf- !«, stottere ich mit hochgezogenen Brauen und schlage die Hand vor den Mund. Mit großen Augen starre ich die arme zitternde Fatima an. Ups, ich wollte mir doch nichts anmerken lassen. Ich reiße mich zusammen, lasse die Hand sinken, mache wieder ein normales Gesicht. »Gut. Du musst also jeden Monat dreihundert Pfund auftreiben.«

»Nein, Beth, so viel ist es nicht, es sind nur zweihundertfünf- «

»Fünfundneunzig, ich weiß, ja.«

»Aber wenn ich keinen neuen Kunden finde, wirft Chas mich raus, und dann kann ich gar nichts mehr zahlen. Was soll ich dann machen? Dann lande ich im Schuldnergefängnis, das weiß ich genau.«

»Fatima, niemand kommt …« Ich zögere. »Im Schuldnergefängnis?«

»Das hat mir meine Mutter erzählt.«

»Ah, verstehe. Gut. Pass auf, ich bin mir so gut wie sicher, dass du dir keine Sorgen um das Schuldnergefängnis machen musst.«

»Aber meine Mutter sagt …«

»Nein, ich weiß, aber dafür sind die Schulden nicht hoch genug, glaube ich. Dafür muss man mindestens sechzehntausend haben.«

Fatimas Miene erhellte sich ein wenig. »Meinst du wirklich?«

»Egal, du brauchst jedenfalls nur den Mini zu verkaufen, dann kannst du den Großteil deiner Schulden zurückzahlen, oder?«

»Das versuche ich schon seit über einem Monat, aber den will keiner haben. Ich will nur so viel dafür bekommen, wie ich selbst gezahlt habe, aber jeder, der ihn ansieht, glaubt scheinbar, dass er weniger wert ist, nur weil ich ihn fünf Monate gefahren habe.«

»Woher wissen die Leute denn, wie teuer er war? Und dass du ihn seit fünf Monaten hast?« Fatima will mir antworten, aber ich hebe die Hand. »Schon gut, du brauchst nichts zu sagen. Ich kann es mir denken.«

»Egal, was ist, wenn ich ihn nicht verkaufen kann? Und dann auch noch meine Stelle hier verliere?«

»Niemand verliert seine Stelle. Das verspreche ich.«

»Ach, das kannst du nicht wissen. So was ist leicht zu versprechen, aber du kannst es nicht halten, weil es nicht an dir hängt. Es hängt an Chas. Und der kann mich nicht leiden.«

»Das stimmt nicht.« In Wirklichkeit hat sie recht, er kann sie nicht leiden. »Er ist bloß ein alter Brummbär, der zu allen gemein ist.«

»Nein, Beth, er hasst mich. Ich habe es in seinen Augen gesehen. Er kann es nicht abwarten, mich zu feuern.«

»Egal. Es ist egal, ob er dich mag oder nicht, weil du deine Stelle nicht verlieren wirst. Das garantiere ich dir.«

»Wie willst du das garantieren? Wie soll das gehen?«

Ich zögere. Nein, ich werde Fatima nichts vom Horizon-Deal verraten. Nicht dass ich befürchte, sie würde meine Idee stehlen, aber sie könnte versehentlich jemand anderem davon erzählen. Ich kann ihr aber etwas anderes sagen.

»Ich garantiere es dir«, sage ich und lege die Hand auf ihren Arm, »weil ich schon einen fetten Vertrag fertig habe. Der ist so groß, dass wir niemand anders mehr brauchen, und damit retten wir die Firma und alle Arbeitsplätze.«

Meine Belohnung ist, dass Fatima die Kinnlade herunterfällt und sie einen quietschenden Schrei ausstößt. Dann schlingt sie mir die Arme um den Hals und drückt mich fest an sich.

10 *Wille zur Veränderung*

Kurzfristiges Ziel: Du lieber Himmel, wieso musste ich DAS jetzt sagen?
Hindernisse: Scheinbar bin ich von allen guten Geistern verlassen.
Langfristiges Ziel: Mich einliefern lassen und für den Rest meiner Tage Besteck ablecken.
Hindernisse: Ich traue mir selbst nicht mehr über den Weg. Wie ich mich kenne, quartiere ich mich als Nächstes in einer Hundepension ein.

Ironie des Schicksals: Als ich tief versunken in die Sorge um Fatima war und nicht darauf achtete, wie ich auf einen heimlichen Beobachter wirken könnte, wurde ich tatsächlich heimlich beobachtet. Doch ich merkte es nicht. Natürlich nicht. Sonst wäre es nicht heimlich gewesen.

Nachdem ich Fatima zu Hause abgesetzt habe und quälend langsam wieder zur Arbeit gefahren bin, ist es zwei Uhr. Ich will unbedingt wissen, ob Rupert auf meine letzte Nachricht reagiert hat, aber natürlich nur, weil ich jetzt noch erpichter auf den Vertrag bin. Na gut, ja, vielleicht auch teilweise wegen seines Charmes und Witzes. Und seines umwerfenden Körpers. Aber nicht wegen der Yacht. So schnell, wie es ohne Muskeln möglich ist, begebe ich mich ins Büro und logge mich ins E-Mail-Programm ein. Ich mache mir nicht mal die Mühe, abgelenkt zu wirken. Ich meine, ich sehe wahrscheinlich abgelenkt aus, so als könne ich es nicht erwarten, meine E-Mails zu lesen, aber ich mache mir keinen Kopf darum.

Ich denke nicht nur an Rupert, an den Vertrag und Fatimas tränenüberströmtes Gesicht, sondern auch, wie wenig Zeit mir nur noch zur Verfügung steht. Vielleicht ist es ja in Vergessenheit geraten, aber ich habe heute ziemlich viel zu tun. Als Erstes werde ich jetzt per E-Mail Rupert verführen – nur im übertragenen Sinne natürlich –, mich heute Nachmittag bei Horizon Holidays einschleichen und den Tag mit einem Traum-Date mit Sean beschließen. Ich gewähre mir maximal zwei Stunden für die erfolgreiche Korrespondenz, somit kann ich um halb fünf bei Horizon sein und noch rechtzeitig hineinhuschen, um die Mitarbeiter nach Feierabend im Fahrstuhl zu erwischen.

Obwohl, wenn ich jetzt darüber nachdenke, bin ich mir nicht mehr sicher, dass ich mich unbemerkt hineinschleichen kann. Rupert ist offenbar so schlau und auf Draht, dass er alles durchschaut, was ich mir ausdenke. Wahrscheinlich wartet er mit Sekt und Luftballons in der Eingangshalle auf mich. Oder mit Wachhunden.

Außerdem glaube ich nicht, dass langsames, steifes Gehen mit einer in den Rücken gestützten Hand als Schleichen durchgeht.

Mein Posteingang ist geöffnet, und sofort sehe ich, dass ich zwei Nachrichten von ihm habe. Nach Auskunft des Computers, der sich niemals irrt, ist die erste eine Minute nach dem Versenden meiner letzten Mail eingetroffen, in der ich ihn fragte, ob er sich über mich lustig mache. Aufgeregt klicke ich sie an und beuge mich auf dem Stuhl vor.

Absender: Rupert de Witter
Empfänger: Beth Sheridan
Betreff: Zerknirschte Entschuldigung

Meine liebe Beth,

es tut mir so leid. Manchmal bin ich wirklich ein Trampeltier. Ich bin überhaupt nicht auf die Idee gekommen, dass Sie meine Mail verletzend oder beleidigend finden könnten. Glauben Sie mir bitte, bitte, dass ich Sie nicht verletzen wollte. Das war leider nur mein kläglicher Versuch, mich geistreich zu geben, obwohl ich inzwischen wirklich wissen müsste, dass ich das besser den geistreichen Menschen überlasse.
Bitte schreiben Sie zurück und vergeben Sie mir!

Mit gesenktem Kopf, Ihr
Rupert

Diese Worte scheinen ein kleines Feuer unter meiner Sitzfläche zu entfachen. Ich lehne mich eine Weile auf dem Stuhl zurück, um Abstand zwischen mich und den Bildschirm zu bringen. Ich habe das Gefühl, als würde ich mich spontan entzünden, wenn ich zu nah dran sitze.

Ich muss abgeklärt sein und mir in Erinnerung rufen, dass dieser Mann ein skrupelloser Manager ist, der wahrscheinlich alles sagen würde, um eine Situation zu seinem Vorteil zu beeinflussen.

Die zweite E-Mail wurde drei Minuten später abgeschickt.

Absender: Rupert de Witter
Empfänger: Beth Sheridan
Betreff: Adieu für immer

Beth,

da ich nun schon seit längerer Zeit nichts mehr von Ihnen gehört habe, interpretiere ich das dahingehend, dass Sie sich außerstande sehen, mir zu vergeben. Diese Situation ist unerträglich für mich, ich werde dieses triste Land verlassen und nach Nepal gehen. Behalten Sie mich bitte in guter Erinnerung!

Ihr Freund
Rupert

Ich muss kichern, lege schnell die Hand vor den Mund und schaue auf, ob mich jemand gehört hat. Sieht nicht so aus.

Gut. Ich muss jetzt nachdenken und überlegen, wie und wann ich am besten antworte, damit der Vertrag die besten Chancen …

Scheiß drauf, ich schreibe sofort zurück.

Absender: Beth Sheridan
Empfänger: Rupert de Witter
Betreff: Yetis

Liebster Rupert,

wenn Sie verreisen, werde ich Sie bestimmt vermissen. Werden Sie viel Zeit haben, die wildlebenden Tiere vor Ort zu beobachten? Falls Sie zufällig auf einen Yeti treffen sollten, würde ich mich sehr über ein Foto freuen. Ich habe gehört, dass sich die Tiere in diesem Teil der Welt besonders gut fortpflanzen.

Immer Ihre
Beth

Du liebe Güte! Lange schwebt der Zeiger der Maus über der »Senden«-Taste. Wenn ich diese Mail abschicke, ist das eine deutliche Feststellung meinerseits, dass es in unserer Korrespondenz nun um mehr als nur Fortbildung geht. Ich meine, wie man es auch dreht und wendet, Rupert kann nicht auf die Idee kommen, meine Anspielung auf Yetis sei ein erneuter, nur schwach verbrämter Versuch, ihn zu einer Unterschrift zu bewegen, so wie vorher die Sache mit den Schuhen.

Yetis – Mythen – Fakten – Fortbildung?

Nee! Er wird verstehen, dass ich mich entschieden habe, mit ihm einen Schritt weiterzugehen.

Ich klicke auf den Button. Versendet. Damit wäre das erledigt.

Der restliche Nachmittag zieht sich dahin wie bei *Lost in Translation*. Ich kann es kaum abwarten, aber die Zeit will einfach nicht vergehen. Mein Computer kündigt mehrmals E-Mails an. Jedes Mal zucke ich zusammen und schaue hastig auf den Bildschirm, die Augen aufgerissen, der Körper angespannt, aber wenn ich sehe, von wem sie sind, sacke ich in mir zusammen. Es sind Witze von Vini und Anweisungen von Chas. Eine Nachricht kommt von Sean. Er ist unterwegs, gibt heute in irgendeinem Hotelkonferenzraum einen halbtägigen Workshop zum Thema »Berichte verfassen« und benutzt wohl das WLAN des Hotels. Er schreibt, er würde sich auf den Abend mit mir freuen, und obwohl ich weiß, dass ich mich ebenfalls freuen sollte und mich auch wirklich bemühe, sacke ich doch auf dem Stuhl zusammen, weil die Mail nicht von Rupert ist.

Ich höre den ganzen Nachmittag nichts von ihm. Um Viertel vor fünf packe ich zusammen und gehe. Das ist später als geplant, weil ich einen Spaziergang gemacht habe, um Zeit totzuschlagen, und mich dabei viel weiter vom Büro entfernte, als ich vorhatte. Auf meinen hohen Absätzen muss ich zurückhetzen. Jetzt parke ich meinen Wagen nicht weit entfernt vom Kreisverkehr von Horizon Holidays. In meinem Magen rumort es, ich zittere vor Aufregung und Nervosität.

Ich schleiche mich durch die Drehtür und stelle fest, dass der Eingangsbereich völlig verlassen ist. Auch gut, denn es ist unmöglich, unbemerkt durch eine gläserne Drehtür zu gelangen. Ich wage mich weiter vor und vergewissere mich, dass das stimmt, was ich auf den ersten Blick gesehen habe: Es ist niemand an der Anmeldung. Als ich hier arbeitete, saß dort immer ein netter Kerl namens Ron. Sein Fehlen beunruhigt mich. Ist er vielleicht tot?

Na, hör mal, Beth, reiß dich zusammen! Dass er nicht hier ist, bedeutet doch nicht gleich, dass er tot ist. Wenn er gestorben wäre, würde der Empfang doch nicht für alle Zeiten unbesetzt bleiben.

Es sei denn, er ist erst heute gestorben. So kurzfristig hätten sie niemand Neues für den Empfang gefunden, oder?

Wie Bruce Willis in *Stirb langsam* schleiche ich mich näher an den Tresen heran, erfüllt von Angst, was mich dahinter erwartet. Liegt dort Rons kalter, lebloser Körper mit dem Gesicht nach unten in einer Blutlache, an Ort und Stelle abgestochen, als er stolz die Firma verteidigte, die ihm so ans Herz gewachsen war?

Nein.

Im Gegenteil: Ein kurzer Rundblick durch den Eingangsbereich verrät mir, dass nirgends eine Leiche herumliegt – weder auf dem Boden noch unter dem Tisch, noch hinter dem schweigend neben den Aufzügen funkelnden riesigen Weihnachtsbaum. Beunruhigt von der Stille, steuere ich auf die Aufzüge zu.

Die Büros der Geschäftsführung sind in der siebten und achten Etage. Ich steige in der sechsten aus. Vielleicht erwische ich einen der Mitarbeiter im Treppenhaus. Ich kann mich erinnern, dass einige dieser Trottel auf dem Heimweg immer die sieben Treppen hinunterrasten, statt den Lift zu benutzen, damit ihr Kreislauf nach acht Stunden Sitzen am Schreibtisch und unzähligen Croissants wieder auf Trab kam. Hätte vielleicht mehr genutzt, wenn sie jeden Morgen die Treppen hochgelaufen wären, aber das hätte viel zu lange gedauert. Und wäre zu anstrengend gewesen.

Als ich vom Aufzug im sechsten Stock um die Ecke biege, fange ich an, mich zu gruseln. Hier ist ebenfalls niemand zu sehen. Der Teppich ist schwer und schluckt jedes Geräusch, dennoch gehe ich auf Zehenspitzen. Ich schleiche mich zur luxuriös ausgestatteten Küche, die ich nur einmal gesehen habe, als ich mich »verlief« und »aus Versehen« hier landete. Ich drücke mich an die Wand neben der Tür. Aus Sicherheitsgründen hole ich mein Handy aus der Handtasche, drücke schon mal vorsorglich die 999 und lege den Finger auf die Wähltaste, damit ich beim ersten Anzeichen von internationalem Terrorismus schnell mit der Polizei verbunden werde. »Ich habe ein Handy und werde es benutzen, wenn Sie näher kommen!« Ich atme tief durch, halte kurz inne und springe dann um den Türpfosten herum in die Küche.

Sofort fallen mir drei schmutzige Tassen und ein Teller voller Krümel neben der Spüle ins Auge, doch hier versteckt sich kein maskierter Revolverheld hinter der Kaffeemaschine. Mein

Finger auf der Wähltaste ist so angespannt, dass er fast von selbst zudrückt. Ich nehme das Telefon eine Weile in die andere Hand, damit sich die verkrampften Muskeln entspannen.

Als ich zurück in den Flur trete, höre oder besser spüre ich das Stampfen lauter Musik, jedoch nicht auf dieser Etage. Ich fühle es in den Füßen, es muss also von unten kommen.

Ich gehe wieder in den Aufzug und drücke auf »5«. Als sich die Türen öffnen, schlägt mir dieselbe unheimliche Stille entgegen. Ebenso im vierten Stock, auch wenn es hier stärker vibriert. Ich fahre noch weiter nach unten.

Als die Türen zur Seite gleiten, werde ich von einem ohrenbetäubenden Lärm empfangen – wummernde Musik und sich überschlagende Stimmen, eine Party! Unter der Decke hängt ziemlich müdes Lametta. Na, klar! Hier ist keine böse Bande wilder, gefährlicher Terroristen auf Rachezug, das ist die offizielle Weihnachtsfeier der Firma! Erleichtert atme ich auf, lösche die Notrufnummer im Telefon, aktiviere die Tastensperre und stecke das Handy zurück in meine Tasche.

Das ist ja super! Ich kann mich unbemerkt unter die Leute mischen und mit ihnen über ihre Arbeit sprechen, ohne irgendwelchen Argwohn zu erregen. Jeder wird denken, dass ich eine der Sekretärinnen oder Empfangsdamen bin, die noch nie einer gesehen hat.

Ich verlasse den Fahrstuhl und wende mich nach rechts, steuere auf die Konferenzräume zu. Der erste ist ein Raum für große Betriebsversammlungen, hier findet mit Sicherheit die Party statt. Ich schlüpfe unbemerkt hinein und steuere auf die Theke zu.

In Wirklichkeit ist die Theke ein langer Konferenztisch, auf dem Massen von Flaschen stehen, aber er erfüllt seinen Zweck. Mit einem weißen Tischtuch hätte er weniger nach einem Arbeiterclub ausgesehen, aber ich nehme mal an, die Mitarbeiter wollten das Geld lieber für Alkohol als für die Dekoration ausgeben. Ich hole mir einen Weißwein – viel Auswahl gibt es nicht – und drehe mich um. Mit wem soll ich zuerst reden?

Auf einem Barhocker rechts von mir sitzt ein Mädchen mit kurzem braunen Haar. Sie trägt eine Corsage und einen glänzenden Satinrock. Ich lächle ihr zu und hebe fragend die Augenbrauen, vielleicht hat sie Lust, sich zu unterhalten, aber sie dreht den Kopf ruckartig herum, als wolle sie sagen: »Was glotzt du so blöd?« Gut, dann vielleicht jemand anders. Neben ihr sitzt eine junge Frau in Stiefeln und engem schwarzen Top, die in ihren Plastikbecher schwitzt. Sie wirkt zu befangen, als dass ich mich neben sie stellen könnte.

Also jemand von der Tanzfläche. Ich mustere die Leute von meinem Platz aus. Ein junger Kerl knöpft verführerisch sein Hemd auf. Die Frau, mit der er tanzt, sieht sich nervös um. Plötzlich wirft er den Kopf in den Nacken, zieht das Hemd ganz aus und zeigt seinen weißen, behaarten Bauch, der sich bereits über dem Hosenbund zu wölben beginnt. Er wirbelt das Hemd über den Kopf und wirft es in den Raum, als stünde dort eine Horde kreischender weiblicher Fans. Ich wette, dass es jemanden zu Hause gibt, der mit dieser Vorstellung ganz und gar nicht einverstanden wäre.

Ich möchte bezweifeln, dass irgendeiner der Tänzer im geeigneten Zustand ist, mir zu erzählen, wie es ist, für Rupert de Witter zu arbeiten. Das Mädel mit dem kurzen Rock neben mir wird von einem sehr jungen, sehr hübschen Kerl weggeführt, sie kommt also nicht mehr in Frage. Er auch nicht. Ihre zurückbleibende Freundin bemüht sich verzweifelt, einen Gesichtsausdruck aufzusetzen, als sei sie wirklich froh darüber, jetzt allein an der Theke zu sitzen. Ich wende mich ihr zu, will ihr ein Gespräch aufdrängen. Da entdecke ich drei Meter hinter ihr jemanden und erstarre.

Es ist Rupert de Witter. Er ist hier, auf der Party! Er ist so nahe, dass er mich sehen könnte, wenn er sich umdrehen würde. Ich habe ihn sofort an seinen hellen Strähnchen und dem Dreitagebart erkannt. Ich bekomme einen trockenen Mund, meine inneren Organe scheinen sich neu zu verteilen. Ich kann den Blick nicht von seinen breiten Schultern abwenden. Gut, kann ich schon, aber nur um andere Zonen von ihm zu betrachten. Er unterhält sich, nickt eifrig, ist ins Gespräch vertieft, so dass ich mich ihm jetzt nicht vorstellen kann. Momentan ist eh nicht der richtige Zeitpunkt – ich habe mich reingeschmuggelt und halte ein stibitztes Glas mit billigem Wein in der Hand. Ich kann ihn wohl kaum um einen offiziellen Besprechungstermin bitten, wenn seine Security-Leute mich aus dem Haus werfen.

»Am Montag um zehn würde es gehen, ja?«

»Kommen Sie nie wieder her!«

Ich mache mich kleiner und wende mich leicht zur Seite, damit ich Rupert ungestört beobachten kann, ohne dass es aussieht, als starrte ich ihn an.

Ich trinke einen Schluck und unterdrücke den drohenden Hustenanfall, als die eklig süße Flüssigkeit durch meine Kehle rinnt. Ich will keine Aufmerksamkeit auf mich lenken. Es sieht aus, als neigte sich das Gespräch dem Ende zu, denn Rupert gibt dem anderen Mann die Hand. Der hält Ruperts Hände in seinen. Hm. Könnte interessant sein, sich mal mit dem Typen zu unterhalten, wenn Rupert sich verzogen hat. Ich drehe mich wieder um, wende den beiden quasi den Rücken zu. Unauffällig schiele ich über die Schulter, und endlich kann ich den anderen Mann erkennen. Wieder erstarre ich.

Es ist Brad.

Nicht Brad Pitt. Kein erträumter, erdachter Brad. Ich meine den echten aus Fleisch und Blut, den Drei-Minuten-Brad von Fast Love, der sich nicht bei mir gemeldet hat, auf dessen Anruf oder E-Mail ich seit Tagen sehnsüchtig warte. Ach, du liebe Güte! Ich starre ihn mit offenem Mund an und spüre, dass eine neue Veränderung auf mich zukommt. Diesmal ist es definitiv eine gute. Diesmal ist die Veränderung groß, hübsch, charmant und lustig. Unwillkürlich grinse ich und rutsche vom Hocker, um auf ihn zuzugehen und mit ihm zu sprechen.

Moment! Ich setze mich wieder hin. Der Schweinehund trägt keinen Ganzkörpergips. Er hat keine Krücken dabei, nicht mal den Arm in der Schlinge. Ich kann nicht ein einziges Pflästerchen entdecken. Das bedeutet, dass er mich in den vergangenen fünf Tagen nicht angerufen hat, weil er keine Lust hatte – nicht, weil er mit seinen gebrochenen Fingern unmöglich die Telefontasten drücken konnte.

Meine Herren, kann ich froh sein, dass ich nicht zu ihm gegangen bin und mich zum Affen gemacht habe. Nicht, dass ich ihn angesprungen und abgeleckt hätte, aber eventuell hätte man gemerkt, dass ich mich über das Wiedersehen freue, und das wäre demütigend gewesen.

Ich werfe einen beiläufigen Blick hinüber. Jetzt lächelt er Rupert an, und ohne dass ich es will zuckt etwas in meinem

Bauch. Er ist so unglaublich sexy. Wie er da so neben Rupert mit den Strähnchen, der goldbraunen Haut und den blitzenden Zähnen steht, wirkt Brad ganz ohne Zuhilfenahme von Chemie stabil und männlich. Er ist die attraktivste Veränderung, die ich je gesehen habe.

Gut. Jetzt oder nie. Ich gehe rüber und spreche ihn an. Ich meine, wer bin ich denn, ein Urteil über ihn zu fällen? Im Namen der Gerechtigkeit sollte ich dem Mann eine Chance geben, denn er hat bestimmt eine ganz schlichte Erklärung für die unterlassene Kontaktaufnahme. Jetzt mal ehrlich: Ich wäre doch bescheuert, es nicht zu versuchen.

Aber was soll ich sagen? Hi, Brad, kennst du mich noch? Warum hast du mich nicht angerufen? Klingt etwas lahm. Hört sich an wie Glenn Close, damals in *Eine verhängnisvolle Affäre*. Oder nach Cruella De Vil. Es wird ihn eher veranlassen, vor mir in Richtung Ausgang zu flüchten, als mich zu seinem Schlafzimmer zu führen.

Herrje, Beth, reiß dich zusammen! Gut. Ich werde jetzt einfach mit einem unbekümmerten Lächeln auf ihn zugehen und sagen: »Hey, hallo! Ist ja lustig, dich hier zu sehen!« Dann wird er antworten: »Wow, Libby, schön, dich wiederzusehen, ich wollte dich anrufen, aber mein Hund hat das Kabel durchgebissen.« Nein, nein, er wird sagen: »Es tut mir leid, dass ich mich nicht gemeldet habe, aber ich musste am nächsten Tag zu einem wichtigen Meeting. In Pretoria.« Nein, nicht in Pretoria. Ich bin nicht gerade Fachfrau für Erdkunde, aber ich glaube, dort gibt es Telefone. Es müsste ein wichtiges Treffen sein in … Mist, wo gibt es heutzutage kein Telefon?

Egal, macht nichts. Ich gehe jetzt zu ihm rüber. Wir sind auf einer Party, alles ist ganz locker, es ist nicht mehr als Plaudern und Flirten, und wenn alles aufgeklärt und bereinigt ist, können wir einen Termin für ein Treffen absprechen. Und das wirklich Gute an der Sache ist, dass ich mit ihm ganz unverfänglich über seine Arbeit hier plaudern und ihn nach seiner Meinung über Rupert und die Fortbildung fragen kann, denn das macht den Eindruck, als würde ich mich einfach für ihn interessieren. Das tue ich ja auch, aber nebenbei sammle ich Daten für meine Recherche und mein Angebot. Besser geht's doch gar nicht!

Nein. Moment mal. Wieder halte ich inne, eine Pobacke schwebt schon über dem Hocker. Wenn ich jetzt zu Brad rübergehe, kurz nachdem er mit Rupert gesprochen hat, und mit ihm über seine Arbeit und so weiter rede, und wenn er später herausbekommt, dass ich bei Horizon wegen meines Fortbildungsangebots recherchiert habe, wird er glauben, dass ich mich nur mit ihm unterhalten habe, um etwas über Rupert zu erfahren. Wir würden glückselig drei, vier Monate lang zusammen sein, er würde überlegen, ob er den nächsten Schritt machen soll, und plötzlich würde er erfahren, dass Love Learning die Fortbildung bei Horizon Holidays übernimmt. »Das ist ja ein Zufall«, wird er denken, während er an dem roten Samtkästchen mit dem wunderschönen Diamantring nestelt, »meine Libby arbeitet auch bei Love Learning.« Ach nein, Blödsinn, er wird denken: »Meine Beth arbeitet auch bei Love Learning«, weil wir zu dem Zeitpunkt längst völlig ehrlich zueinander sind und ich ihm das mit dem falschen Namen gebeichtet habe. Obwohl er mich vielleicht weiterhin Libby nennen wollen wird – sein persönlicher Kosename für mich.

Jedenfalls wird er irgendwann überlegen, wieso gerade ich

diejenige war, die Rupert de Witter zu einem neuen Ansatz überreden konnte, nachdem er es jahrelang falsch gemacht hat. Und in dem Moment, wenn Brad im Wohnzimmer steht und auf meine Rückkehr wartet, einen herrlichen Lachs in den Ofen geschoben und Champagner kalt gestellt hat, während sich das Kerzenlicht in den Kristallgläsern und dem goldenen Besteck spiegelt, wird er plötzlich erkennen, dass ich ihn benutzt habe. Er wird erstarren und zuerst das rote Samtkästchen und dann mich fallen lassen, in der Reihenfolge, direkt an Ort und Stelle. Er wird seine Jacke nehmen und mich verlassen. Obwohl ich eigentlich unschuldig bin.

Ach, du Scheiße! Das ist wirklich typisch für mein Leben. Dass mein lang ersehntes Glück mir einfach so geraubt wird, wegen eines dummen Missverständnisses. Das kann ich einfach nicht zulassen. Ich setze mich wieder richtig auf den Hocker und wende mich vollständig von Brad ab. Er hat mich höchstens drei Minuten lang gesehen, von hinten kann er mich unmöglich erkennen, oder? Ich mache mich klein, um meine Rückansicht zu tarnen, nur für den Fall.

Eine Minute später schaue ich mich kurz um und stelle fest, dass Brad und Rupert de Witter gegangen sind. Puh! Ich glaube, jetzt rede ich mit niemandem mehr, sondern gehe nach Hause. Verdeckte Ermittlungen sind verdammt anstrengend. Ich werfe einen letzten Blick auf die Paare auf der Tanzfläche, die sich in den Armen liegen, die Hüften aneinanderdrücken und sich zu »Lonely This Christmas« im Takt wiegen, und mir kommt der Gedanke, dass eine Weihnachtsfeier vielleicht nicht die beste Gelegenheit für Befragungen über die berufliche Zufriedenheit ist.

Weiter unten im dunklen Gang, vor der Tür zu einem der kleineren Konferenzräume, steht Rupert de Witter und runzelt die Stirn. Mit zusammengekniffenen Augen sieht er sich um, als könne er so mehr erkennen. Er schüttelt den Kopf.

»Das hast du dir eingebildet«, sagt der Mann neben ihm.

»Das glaube ich nicht, Harris. Auch wenn ich mich vielleicht geirrt habe. Ich habe sie erst einmal gesehen.«

»Was ist los?«, fragt ein dritter Mann, der aus dem Konferenzraum tritt.

Harris antwortet: »Rupert glaubt, er hätte eine geheimnisvolle Frau gesehen.«

»Echt? Was für eine?«

»Wenn ich das wüsste, Hector«, fährt Rupert ihn an, »dann wäre sie wohl keine geheimnisvolle Frau, oder? Dann wäre es Carol aus der Buchhaltung oder Val vom Telefonverkauf.«

»Was meinst du damit: eine geheimnisvolle Frau? Hast du sie vorher schon mal gesehen? Arbeitet sie hier?«

Langsam schüttelt Rupert den Kopf, wobei er immer noch in den dunklen Gang späht. »Ich weiß nicht. Vielleicht. Ich habe das Gefühl, sie hier schon mal gesehen zu haben. Möglich ist das.«

»Na, also! Geheimnis aufgeklärt. Sie arbeitet hier, aber du hast noch nie mit ihr gesprochen.«

»Nein, nein. Ich weiß genau, dass ich sie schon kennengelernt habe, aber das war nicht hier. Wir haben uns unterhalten. Nicht lange, zugegeben, aber ich kenne sie.« Rupert lächelt. »Ich mochte sie gern. Ich wusste zu dem Zeitpunkt bloß nicht, dass sie für mich arbeitet. Falls das stimmt.« Er runzelt die Stirn. »Aber wenn sie hier arbeitet, wieso habe ich dann noch nicht mit ihr geredet und sie noch nie gesehen? Und wenn sie hier nicht arbeitet, was hat sie dann hier zu suchen?«

»Warum gehst du nicht zu ihr und fragst sie?«

Rupert dreht sich zu Hector um. »Wohl kaum!«

»Warum nicht?«

»Darum nicht.« Er zeigt auf die offene Tür. »Los, kommt, bringen wir's hinter uns.«

»Jetzt stell dich nicht so an! Geh hin und red mit ihr!«

»Nein.«

»Los!«, sagt Harris und schiebt Rupert voran. »Ist doch nichts dabei! Du sagst einfach: ›Hi, ich bin Rupert de Witter, steinreich, charmant und umwerfend schön, darf ich Ihnen etwas ausgeben?‹ Dann wird sie sagen: ›Oh, hallo, Rupert, ich bin Kronprinzessin Incognita von Dänemark, und ich würde gerne etwas trinken, danke.‹ Dann holst du ihr ein Glas und fragst sie, ob sie sich hinsetzen will. Du setzt dich neben sie, und ihr unterhaltet euch. Zack.«

Rupert räuspert sich und denkt nach. »Okay. Wartet kurz.« Er macht ein paar Schritte, hält inne. »Ach, was soll das? Sie ist bestimmt schon weg.« Er kehrt zu den beiden anderen zurück.

»Wenn du dich beeilst, erwischst du sie noch«, drängt Harris ihn. »Los! Sie wird dich mögen. Sonst wäre sie dumm.«

»Vielleicht. Aber es sah aus, als hätte sie es eilig. War wohl schon auf dem Heimweg oder wollte noch zu einer anderen Feier. Am Ende würde ich sie nur aufhalten.«

Hector verdreht die Augen. »Herrgott, Rupert, warum gehst du nicht einfach hin und fragst sie? Ich meine, was soll denn passieren? Schlimmstenfalls sagt sie dir, du sollst verschwinden. Dann ist es eben so.«

Rupert nickt. »Stimmt, du hast recht.« Wieder schaut er in den leeren Korridor. »Ich will bloß nicht hinter ihr herlaufen und sie am Arm festhalten. Wirkt ein bisschen verzweifelt, oder?«

»Was hast du dann vor?«

Langsam schüttelt Rupert den Kopf. »Keine Ahnung. Sie hat mir wirklich gefallen, aber ich weiß nicht, wie ich mich mit ihr in Verbindung setzen soll. Ich weiß nicht mal, ob ich ihr auch gefallen habe. Wenn ich das sicher wüsste, würde ich jetzt zu ihr hinlaufen. Sie ist wirklich einmalig, Hec. Bezaubernd, umwerfend, und ich bin nur …«

»Rupert de Witter, Millionär.«

»Ja, aber das hat doch nichts zu bedeuten! Wir wissen beide aus langer Erfahrung, dass einen die Mädchen deswegen noch lange nicht mögen. Zumindest nicht die Mädchen, die einem selbst gefallen.«

»Weil es dir also zu riskant ist, dass das Mädchen, das dir gefällt, dich nicht mögen könnte, willst du untätig bleiben? Und damit am Ende auf jeden Fall niemanden haben, anstatt nur *vielleicht* niemanden?«

»Ja.«

»Wirklich? Auch wenn die Wahrscheinlichkeit über fünfzig Prozent liegt, dass sie dich ebenfalls mag?«

»Ja. Wenn wir uns noch einmal sehen, werde ich nicht außer Atem und panisch sein und kein Hemd tragen, das ich schon den ganzen Tag anhatte. Ich will einen guten Eindruck bei ihr hinterlassen.«

»Du bist bescheuert.«

»Danke. Du hast vollkommen recht.« Rupert überlegt.

»Nein, hast du nicht. Du irrst dich völlig. Gerade ist mir eingefallen, wie ich sie wiedersehen kann.«

»Wie denn?«

»Sag ich dir nicht, Junge. Will es mir nicht verbauen. Ich habe einen Plan. Ich sage nur: Clark Kent. Kannst du es dir denken?«

»Du willst eine blaue Strumpfhose anziehen, Menschen von brennenden Hochhäusern retten und ohnmächtige Damen auffangen?«

»Nein, das ist Superman, du Spinner. Hey, Mann, denk doch mal nach!«

11 Eine Palette von Möglichkeiten

Kurzfristiges Ziel: Wow! Richard, Sean und Rupert. Vielleicht sogar Brad. Drei Männer und ein Vielleicht. Einer von denen soll's werden.
Hindernisse: Bin möglicherweise ein klein wenig neben der Spur.
Langfristiges Ziel: Einen Hut aus Alufolie tragen, um mich vor kosmischer Strahlung zu schützen.
Hindernisse: Kleidung aus Alufolie sieht total albern aus.

»Mensch, Männer sind wirklich wie Busse, oder?«, sagt Vini am nächsten Morgen.

»Du meinst: Erst kommt keiner und dann drei auf einmal?«

»Nein, ich meine: spät, unzuverlässig, vollgepisst und nehmen immer denselben Weg.«

Vini ist sauer, weil ihr Komikerduo gestern betrunken zum feierlichen Einschalten der Weihnachtsbeleuchtung in der Fußgängerzone aufkreuzte. Der eine konnte kaum noch stehen. Nicht gerade gute Werbung für Fake Face.

Ich sitze am Küchentisch und beäuge Vini argwöhnisch. Ich bin mir zu fast fünfundsiebzig Prozent sicher, sie gestern Abend mit einem Mann im Patch and Parrot gesehen zu haben. Als ich ankam, erhaschte ich einen Blick auf rosa Strähnchen, und ich meine mich zu erinnern, dass Vini neben einem sehr großen Typ stand, aber dann wurde ich abgelenkt. Ich warte darauf, dass Vini mir davon erzählt, aber je mehr Zeit verstreicht, desto sicherer bin ich, dass sie das nicht tun wird. Was nicht den Regeln entspricht. Ich habe ihr gesagt, dass ich mich gestern Abend mit Sean getroffen habe, und damit Regel Nr. 3 befolgt (den genauen Wortlaut weiß ich nicht mehr, es geht darum, den anderen auf dem Laufenden zu halten). Das ist eindeutiger Vertragsbruch. Stimmt mich alles andere als froh.

Von gestern Nachmittag habe ich ihr noch nicht erzählt. Ich kann mich nur noch wundern, dass ich das Einschleichen bei Horizon für eine gute Idee gehalten habe. Oder dass ich mir überhaupt einbildete, es schaffen zu können. Am Ende musste ich mich fortschleichen, ich meinte nämlich Brad draußen vor der Tür gesehen zu haben. Als ich nach Hause kam, hatte ich Lust auf ein gesundes Abendessen – gedünstetes Lachsfilet, gedämpfte Broccoliröschen und Salat, danach ein fettfreies Zitronensorbet, alles hinuntergespült mit sprudelndem Mineralwasser oder einer halben Flasche Pinot Grigio und einer Packung Milky Way, danach ein Vollbad bei Kerzenlicht und früh ins Bett mit Dan Brown. Aber ich hatte ja noch das Traumdate auf dem Programm, also musste ich mich mit schnellem Duschen, Umziehen und einem Teller Hühnersuppe begnügen. Dann ging's ins Patch and Parrot.

Als ich mich umschaute, entdeckte ich Sean, der dankenswerterweise schon auf mich wartete. Es ist schon schlimm genug, allein in einen Pub zu gehen, aber wenn ich mich dann noch allein hinsetzen und auf jemanden warten muss, könnte ich genauso vor einem Bus betrunkener Fußballfans den Pullover hochziehen und rufen: »In gute Hände abzugeben!«

Aber das war ja nicht nötig, weil Sean bereits da war. Er holte mir etwas zu trinken, und wir unterhielten uns über Filme – glaube ich wenigstens, ich musste nämlich die ganze Zeit an Rupert de Witter und Brad denken. Ich meine, dass die beiden sich kennen, ist wirklich unglaublich. Keine Ahnung, es ist, als hätte sich da jemand einen Plan zurechtgelegt, und wir seien alle nur kleine Spielfiguren, die unwissentlich einem Weg folgen, den wir selbst nicht bestimmen, weil alles schon vor Jahrtausenden für uns entschieden wurde. Das ist absolut unglaublich! Es bedeutet, dass es tatsächlich einen irgendwie gearteten Gott gibt, dass sich alle Religionen der Welt endlich zusammentun können, dass Krieg und Elend ein Ende haben werden und ein neues Zeitalter des Friedens und der Freude für alle Menschen anbricht, ungeachtet ihres Glaubens und ihrer Hautfarbe.

Nee, wahrscheinlich hat es eher damit zu tun, dass Horizon Holidays zu den größten Arbeitgebern der Stadt zählt. Eigentlich keine große Überraschung, dass Brad dort angestellt ist. War ich ja früher auch. Die meisten Leute hier haben irgendwann mal bei Horizon gearbeitet.

Scheinbar ist Brad aber ziemlich weit oben angesiedelt, wenn ich bedenke, wie vertraut er mit Rupert de Witter war. Die beiden schienen sich gut zu verstehen, wie alte Kumpel. Ich stelle mir vor, wie Rupert und Brad in karierten Hemden und schweren Stiefeln auf trockenem Untergrund ringen und große Staubwolken aufwirbeln, sich stöhnend auf dem Boden wälzen, während ich in einem hübschen gelben Kleid daneben stehe, die Hände ringe und mir große Sorgen mache.

»Beth? Hallo! Ist jemand zu Hause?«

In dem Moment merkte Sean, dass ich ihm überhaupt nicht zuhörte. Das war sehr peinlich. Ich erfand eine Ausrede.

»Oh, Sean, das tut mir wirklich leid. Ich war ganz woanders. Mache mir ein bisschen Sorgen wegen der Verträge.«

Er nickte. »Ja, ich auch. Wie läuft es bei dir?«

»Nicht so gut, wie gehofft, ehrlich gesagt. Und bei dir?«

Was er als Nächstes sagte, ließ mich erstarren. »Tja, ich hatte eine Art Eingebung, könnte man sagen. Auf einmal fiel mir auf, dass Whytelys uns noch nie auf eine Fortbildung angesprochen hat, so lange wir schon hier sind, daher dachte ich, die könnten mal eine Auffrischung gebrauchen. Ich hab einfach mal so angerufen, ein bisschen geplaudert und für nächsten Dienstagnachmittag einen Termin beim Regionalmanager bekommen.«

»Whytelys? Beim Regionalmanager? Dienstagnachmittag?« Man beachte, wie ich sofort zum Kern vorstoße und alles Unwichtige herausfiltere.

»Ja. Ich freu mich echt drüber. Könnte für alle reichen, oder?«

So weit dazu. Wenn Sean schon vorher Schwierigkeiten gehabt hatte, meine Aufmerksamkeit zu fesseln, so stand er jetzt auf verlorenem Posten. Ich hätte genauso gut woanders sein können. Zehn Minuten später war ich das auch.

»War nett«, sagte er auf dem Parkplatz und näherte sich mir.

»Fand ich auch. Bis Montag!« Und weg war ich.

Ach, du grüne Neune, Whytelys! Was für eine verdammt geile Idee! Warum bin ich bloß nicht darauf gekommen? Na, weil ich total fixiert auf Horizon und Rupert de Witter war. Aber Whytelys wäre definitiv besser. Herrgott, das ist eine landesweite Kette – das allein würde wohl reichen, um unsere Firma zu retten, selbst wenn wir alle anderen Kunden verlieren sollten. Neben dem olympischen Gold eines Abschlusses mit Whytelys wirkt meine potentielle Eroberung von Horizon Holidays plötzlich wie der zweite Platz beim Sackhüpfen von Sechsjährigen.

Am Montag im Büro kommt, kaum dass ich Platz genommen habe, Sean zu mir. Ich habe kaum Zeit, mich vorteilhaft zu präsentieren. Mein Kopf ist immer noch wegen der Whytelys-Geschichte in zwei Hälften gespalten, und ich weiß nicht, wie ich mich verhalten soll. Soll ich mich freuen, dass er selbständig die Geldsorgen von Love Learning beseitigt und damit sicherstellt, dass wir unsere Stelle behalten, niemand eine Gehaltskürzung bekommt und alle glücklich und zufrieden sind? Oder sollte ich deswegen stinksauer sein? Schließlich entscheide ich mich für einen mehr oder weniger neutralen Gesichtsausdruck, der meiner Meinung nach alles offenlässt und meinem Gegenüber nichts über meine Gedanken verrät.

»Bist du sauer?«, fragt Sean, der sich auf Fatimas Stuhl gesetzt hat. »Alles in Ordnung?«

»Ja, klar! Nein, mir geht's prima. Ich bin doch nicht sauer! Warum sollte ich? Nein, ich freue mich echt total über die Sache mit Whytelys. Ich meine, das verringert den Druck auf uns alle, oder?«

Sean zuckt leicht zusammen, als ich »Whytelys« sage, und guckt sich demonstrativ verstohlen um, so wie man es immer in schlechten Sitcoms im Fernsehen sieht. »Ja, stimmt wahrscheinlich. Hör mal, Beth, darüber wollte ich mit dir reden.« Er zieht Fatimas Stuhl näher heran und bannt mich mit seinem Blick. »Ich habe dir von der Sache mit … W … erzählt«, er hebt fragend die Augenbrauen, um sich zu vergewissern, dass ich die Anspielung verstanden habe (ich nicke zustimmend),

»weil ich dir vertraue. Aber du bist die Einzige, ja? Bitte erzähl keinem sonst davon. Ich meine, ich weiß, dass es eine super Neuigkeit ist, egal wer den Abschluss macht, aber ich bin echt total aufgeregt deswegen und möchte es gerne selbst schaffen. Verstehst du, was ich meine?«

Ich nicke erneut, jetzt mit Nachdruck. »Ja, klar, natürlich! Ich weiß genau, was du meinst. Keine Sorge, ich erzähle nichts. Versprochen.«

Sean beugt sich noch weiter vor. »Ich wusste, dass ich dir vertrauen kann, Beth. Danke.« Dann steht er auf, zwinkert mir grinsend zu und geht an seinen Platz zurück.

Gut. Ich gehe jetzt in mein Hotmail-Account und gucke nach, ob ich eine Mitteilung von Brad bekommen habe. Ist ja immer noch möglich, dass er letzte Woche krank war, ans Bett gebunden, im Fieberwahn, vielleicht sogar in akuter Lebensgefahr schwebte und sich erst Freitag gut genug fühlte, um aufzustehen und auszugehen. Und jetzt ist er wieder auf der Arbeit und kann mir endlich die E-Mail schicken, die er schon im Geiste formuliert, seit er erstmals …

Nein. Er hat nichts geschickt. Aber fast genauso gut ist die Nachricht vom schönen Rupert. Mit einem Rumoren in den Eingeweiden beuge ich mich vor, um sie zu lesen.

Absender: Rupert de Witter
Empfänger: Beth Sheridan
Betreff: Okay, nicht für immer

Liebste Beth,

nach einer katastrophalen Reise bin ich aus Nepal zurück. Mir war vorher nicht klar, dass die dortige Yeti-Kolonie so gewaltig ist. Warum haben Sie mich nicht gewarnt? Unser Lager wurde nachts von einem Familienverband angegriffen, der sich mit unserem gesamten Vorrat an Shampoo und Spülung aus dem Staub machte. Daher mussten wir frühzeitig umkehren. Bedauerlicherweise konnte ich keine Fotos von den Wesen machen, da mir niemand aus unserer Gruppe zu fotografieren erlaubte, nachdem wir keine Haarspülung mehr hatten. Ich habe Ihnen aber trotzdem ein Geschenk mitgebracht, und zwar einen in Gips gegossenen Fußabdruck. Die kleinen Touristenläden, die man überall im Himalaya findet, verkaufen sie palettenweise, ebenso getöpferte Aschenbecher in Fußform, in lustige Fußform geschliffene Edelsteine und recht hübsche Ledergürtel. Ich hoffe, Sie können mir verzeihen.

Ihr Freund
Rupert

Er ist so witzig! Ich lese die Mail erneut und dann noch einmal, und muss die ganze Zeit breit grinsen. Na ja, es ist ein abgeschwächtes breites Grinsen, ein unbewusster Gesichtsausdruck meiner Belustigung, leicht heruntergefahren, damit ich nicht wie ein Idiot aussehe. Man weiß ja nie, wer einen gerade beobachtet. Schnell schaue ich mich um: niemand. Aber das kann sich jeden Moment ändern.

Man sehe sich diese E-Mail an! Rupert de Witter flirtet tatsächlich mit mir! Das liegt doch auf der Hand – dieses Herumalbern über die Yetis, die die Haarspülung geklaut haben. Ich unterdrücke ein erneut aufkommendes Kichern.

Oder vielleicht doch nicht? Womöglich ist er also einfach nur höflich. Ich meine, soweit er weiß, könnte ich auch eine achtundsechzigjährige Oma mit vier Enkelkindern sein, die sich das Haar violett tönt und dicke Krampfadern hat.

Aber wenn er wirklich glauben würde, dass ich dicke Krampfadern habe, hätte er mir dann so etwas geschrieben? Hätte er die Korrespondenz dann nicht eher nüchtern und sachlich gehalten?

Da fällt mir etwas ein: Was ist, wenn er sich an meinen Namen erinnert hat? Das würde zweierlei bedeuten: Zum einen weiß er, dass ich keine achtundsechzigjährige Oma mit Krampfadern bin, er flirtet also wirklich mit mir. Zum anderen hat er sich nach sechs Jahren an mich erinnert! Was wiederum heißt, dass ich damals einen bleibenden Eindruck bei Rupert hinterließ, obwohl ich ihn nie richtig kennengelernt habe.

Nein, nein, geht ja gar nicht. Wenn ich ihn nie kennengelernt habe, woher will er dann wissen, dass ich keine achtundsechzig bin und keine Krampfadern habe?

Tja, vielleicht weil er mit einem Angestellten sprach, nachdem Richard die Firma verlassen hatte und ich ihm hinterherlief, um Love Learning aufzubauen. »Beth Sheridan ist auch weg?«, fragte Rupert ein wenig erstaunt. »Wer ist das?«

»Richards Assistentin«, erklärte man ihm wahrscheinlich. »Sie ist erst zweiundzwanzig und total verknallt in Richard. Läuft ihm nach wie ein Hündchen.«

»Ja? Das klingt ja unglaublich interessant. Den Namen muss ich mir merken, damit ich das Mädchen eines Tages heiraten kann.«

Schon gut, es ist wirklich albern, aber es ist schon möglich, dass man ihm damals meinen Namen nannte und er ihm jetzt wieder einfiel. Ach, du liebe Güte! Er weiß, wie alt ich bin!

Nun, es gibt nur eine Möglichkeit, das herauszufinden. Mit breitem Grinsen klicke ich auf »Antworten« und beginne zu tippen.

Absender: Beth Sheridan
Empfänger: Rupert de Witter
Betreff: Herzlich Willkommen!

Mein lieber Freund Rupert,

Dann halte ich inne. Oh je, ist das zu direkt? Meine Finger zucken von der Tastatur zurück. Ich lege die Hände in den Schoß, als würden sie sonst ohne meine Erlaubnis tätig werden und mich in eine peinliche Situation bringen. Ich lese die Wörter abermals und noch einmal, dann gehe ich unsere gesamte bisherige Korrespondenz durch, lese alle Nachrichten in chronologischer Reihenfolge, bis ich wieder zu diesen vier Worten komme. Nein, ich glaube, es geht. Er hat mit »Ihr Freund« unterschrieben und mich mit »Liebste Beth« angesprochen, so dass »Mein lieber Freund« genau den richtigen Ton trifft.

Mein lieber Freund Rupert,

Aber was um Himmels willen meint er damit: Er hoffe, dass ich ihm vergeben könne? Bezieht er sich noch auf die ältere Nachricht, als ich dachte, er würde mich veräppeln? Oder entschuldigt er sich dafür, dass er keine Fotos von den Yetis geschossen hat? Herrje, soll ich auf den Witz eingehen und schreiben, das mit den Fotos sei nicht so wichtig? Oder antworte ich besser ernsthaft, ich hätte ihm vergeben, es sei egal, mir sei klar geworden, dass das alles ein Spiel gewesen sei und so weiter?

Ich werde es als Witz auffassen. Dass ich ihm vergebe, kann er der Tatsache entnehmen, dass ich überhaupt antworte.

Mein lieber Freund Rupert,

Was ist bloß mit mir los? Mensch, Beth, reiß dich zusammen! Es gibt nur einen einzigen Grund, warum ich mit Rupert de Witter kommuniziere: Ich will seine Unterschrift unter einen Vertrag. Darauf muss ich mich konzentrieren. Um mich zu motivieren, werfe ich einen kurzen Blick zu Fatima hinüber. Sie trägt ein Oberteil, auf dem in großen rosa Buchstaben steht:

MASTERMIND CHAMPION

Ich kneife die Augen zusammen und schaue wieder hin. Das hat sie bestimmt von einem hinterhältigen Verwandten, der sich über sie lustig macht. Wahrscheinlich eine Cousine. Dann entdecke ich die kleineren Buchstaben darunter:

wohnt neben meinen Eltern

Ich muss laut lachen, und Fatima dreht sich zu mir um.

»Alles in Ordnung, Beth?«, fragt sie besorgt. Dann merkt sie, dass ich lache, und ihre Mundwinkel ziehen sich ebenfalls nach oben. »Was ist?«

»Hab nur gerade dein Oberteil gesehen. Super.«

Fatima lächelt dankbar und schaut an sich hinab, als müsse sie nachsehen, was sie angezogen habe. »Danke. Ich war sofort hin und weg, als ich es gesehen habe, und fand, es würde super zu mir passen, weißt du, weil ja nie einer auf die Idee käme, dass ich ein Genie bin, oder?«

Mike sitzt neben ihr und geht mir ihr Unterlagen durch,

und als sie das sagt, hebt er den Kopf und schüttelt ihn leicht. »Du hast viele tolle Eigenschaften«, sagt er, und er kommt mir sehr herablassend vor. Aber Fatima wird leicht rot und fragt: »Meinst du wirklich?«

»Lust auf einen Tee?«, platze ich dazwischen, damit Fatima sich nicht total zum Esel macht. »Ich geh in die Küche. Kommt, ihr habt schon lange genug gearbeitet.«

»Vierzig Minuten«, sagt Fatima kichernd.

»Ja, aber …« Ich zögere. Gar nicht so einfach, eine Pause nach nur vierzig Minuten Arbeit zu rechtfertigen, aber ich möchte unbedingt mit Fatima sprechen und mir in Erinnerung rufen, warum ich mit Rupert de Witter zu tun habe. Abgesehen von … nein, das ist ein anderes Thema. Aber ich habe wirklich das Gefühl, dass ich ein wenig vom Weg abgekommen bin. Mit einem Fortbildungsangebot anzufangen und bei Yetis zu landen, ist schon wirklich ziemlich weit entfernt vom Ziel. »Komm, wir trinken einen heißen Kakao. Es regnet, es ist Winter, was für einen Grund brauchen wir noch?«

Es ist ein sonderbares Gefühl, die Tastensperre meines Computers zu aktivieren und wegzugehen, obwohl ich weiß, dass Rupert am anderen Ende sitzt und auf meine Antwort wartet. Ich fühle mich wie Ralph Fiennes, der Kristin Scott Thomas in der Höhle mitten in der Wüste zurücklässt, wo sie auf seine Rückkehr wartet. Na gut, Rupert liegt nicht gelähmt vor Schmerzen in seinem Büro und kritzelt seine letzten verzweifelten Gedanken in Blut auf einen Zettel, er stirbt auch nicht langsam an Dehydrierung und Unterkühlung, ebenso wenig wird er von Ratten gefressen, während er auf mich wartet. Aber vielleicht wird er ein bisschen genervt sein.

»Und, wie läuft eure Jagd auf Verträge?«, frage ich Fats und Mike, als ich ihnen die dampfenden Becher reiche. In der Küche sind acht gemütliche Stühle im Halbkreis aufgestellt, alle sind leer, und Mike hat sich direkt neben Fatima gesetzt. Fast berühren sich ihre Ellenbogen – sieht unbequem aus.

»Ach, furchtbar«, antwortet Fats sofort. »Ich komme einfach nicht weiter. Ich weiß nicht, was ich tun soll, wenn mir nicht bald was einfällt.«

Mike lächelt sie an. »Mach dir keine Sorgen«, sagt er, wieder total herablassend. Ich merke, wie sich meine Oberlippe angeekelt hochziehen will, kann sie aber noch gerade daran hindern. »Irgendwas wird sich ergeben, das weiß ich genau.« Fatima schaut ihn an und wirft ihm von unten einen Blick à la Prinzessin Diana zu, macht einen auf schüchtern.

Oh, nein, war mein Fehler: Sie ist wirklich schüchtern.

»Das ist lieb von dir, Mike«, sagt sie. Ich sehe sie verständnislos an. Wie bitte, was genau war nett von ihm? Bedankt sie sich etwa, weil er gesagt hat, sie solle sich keine Sorgen machen? Na toll, super Leistung! Wie wäre es denn damit, ihr mal richtig zu helfen, du hochnäsiger Lackaffe? »Ich bin dir so dankbar für deine Hilfe.«

Ah. Na gut.

»Hab ich gern gemacht, Fatima, weißt du doch. Wir schaffen das schon, keine Angst.«

»Oh, das hoffe ich! Ich mache mir so große Sorgen wegen Chas, weißt du? Ich meine, manchmal denke ich, selbst wenn ich es schaffe, einen richtig guten dicken Vertrag an Land zu ziehen, der massenweise Geld bringt, dass er mich trotzdem rauswirft, einfach weil er mich nicht ausstehen kann.«

»Das stimmt doch gar –«, widerspreche ich, doch im gleichen Moment sagt Mike: »Das ist sein Problem.«

Ich starre ihn mit weitaufgerissenen Augen an.

»Mike, du gibst ihr doch nicht etwa recht, oder?« Ich reiße die Augen noch weiter auf und verdrehe sie, um ihm zu verstehen zu geben, dass er Fatimas Befürchtungen, ihr Chef könne sie nicht leiden, nicht noch verstärken soll, da das ihr Selbstbewusstsein so stark beeinträchtigen wird, dass sie nicht mehr vernünftig denken kann. Sie könnte total verrückt reagieren, sich beispielsweise aus purer Verzweiflung mit Schwerkriminellen abgeben, nur um ihre Stelle zu retten. Aber Mike scheint es nicht zu begreifen. »Ich meine«, sage ich nun etwas deutlicher, »du denkst doch nicht auch, dass Chas Fatima nicht leiden kann, oder? Das wäre ja lächerl- «

»Klar denke ich das«, unterbricht er mich forsch. »Das weiß doch jeder, der hier arbeitet.«

»Schon gut, Beth«, sagt Fatima und lächelt mich unsicher an. »Das war mir schon immer klar. Und Mike sieht das genauso, deshalb weiß ich, dass es stimmt.«

»Aber, Fats«, stottere ich, weiß aber, dass es sinnlos ist. Sie schüttelt den Kopf.

»Versuch das nicht schönzureden. Ist schon in Ordnung. Ich muss ihn irgendwie dazu bekommen, dass er mich mag. Ich hätte da«, fügt sie in beunruhigend beschwingtem Tonfall hinzu, »eine Idee. Wie wäre es, wenn ich einen lustigen Hut für ihn bastle? Meinst du, das würde er …? Warum guckst du mich so an? Was ist?«

Oh, Mann! »Bastle ihm besser keinen Hut, Fats«, beginne ich in der Hoffnung, dass sie nicht weiter nachfragt.

»Warum nicht?«

»Weil, ähm ...«

»Weil du nicht eine Sekunde deines Lebens auf jemanden verschwenden sollst, der dich nicht zu schätzen weiß«, sagt Mike mit Nachdruck. Ich sehe ihn an. Er macht das gut; Fatima wirkt überhaupt nicht aufgeregt.

»Gut, ähm, in dem Fall muss ich wohl einfach nur auf die globale Erwärmung hoffen«, sagt sie rätselhaft.

»Was?«

Sie lächelt mich an. »Globale Erwärmung. Hast du doch bestimmt schon von gehört, oder? Auf einmal merken die Leute, dass die anderen gar nicht so schlimm sind, wie sie gedacht haben, und es dauert nicht lange, dann sind alle Freunde. Davon wird auch Chas angesteckt, und dann mag er alle, oder? Sogar mich. Darauf hoffe ich einfach.«

Fassungslos schaue ich sie an, aber Fatima trinkt ihren Kakao und genießt ihn hörbar. »Fats, hat dir deine Mutter das mit der globalen Erwärmung erzählt?«

Sie nickt. »Hm. Wieso?«

»Schon gut.«

Okay. Nach dieser ziemlich surrealen Pause sitze ich wieder an meinem Schreibtisch. Eine Weile starre ich auf meinen leeren Monitor und versuche, meine Gedanken zu ordnen.

Fatima also. Sie hat riesige Schulden und würde vielleicht sogar auf den Strich gehen, um sie abzubezahlen. Allein schon deshalb muss ich diesen Vertrag bekommen. Ich weiß, dass Sean gute Möglichkeiten hat, Whytelys an Land zu ziehen, aber im Moment ist Horizon am wahrscheinlichsten, also konzentriere ich mich darauf. Ich lese die letzten vier Worte auf dem Bildschirm:

Mein lieber Freund Rupert,

In dem Moment geht mir auf, dass diese ganzen Nonsense-Mails an Rupert nichts anderes gewesen sind als das: Unsinn. Er ist mit Abstand der attraktivste, bestaussehende Mann, den ich jemals fast getroffen habe, und wenn ich ehrlich bin, hatte ich nicht ausschließlich den Vertrag im Sinn, als ich ihm schrieb. Irgendwie hoffte ich auch, dass ich irgendwann die Möglichkeit bekäme, Southern Comfort aus seinem Bauchnabel zu schlürfen.

Aber das ist reines Wunschdenken. Ein unrealistischer Traum, den ich aus meinem Kopf verbannen muss. Es muss wieder um die Arbeit gehen.

Hm, aber …

Nein! Ich mache die Augen auf und wundere mich, dass ich sie geschlossen hatte. Los jetzt, Beth! Ich muss eine vernünftige Nachricht über Love Learning verfassen und die Yetis außen vor lassen. Ich kann mich doch ganz problemlos auf unseren früheren E-Mail-Verkehr mit den passenden Schuhen beziehen und versuchen, einen Termin zu vereinbaren.

Mein lieber Freund Rupert,

Andererseits, wenn ich jetzt ganz ernst werde und einen Termin mit ihm ausmache, muss ich auch in dieser Nachricht einen geschäftlicheren Ton anschlagen. Ich kann ihn nicht als meinen lieben Freund bezeichnen und ihn dann bitten, in seinen Kalender für nächste Woche zu schauen. Bald muss ich in sein Büro treten und ihm die Hand geben, da wäre es etwas unpassend, wenn ich ihn als lieben Freund anspräche.

Au weia, in sein Büro gehen und ihm die Hand geben! Bei dem Gedanken bekomme ich Pudding in den Knien. Da hat jemand den Southern Comfort verschüttet und flambiert.

Was soll ich nur tun? Mein Ziel ist dieser Vertrag, mein einziges Ziel, aber es ist irgendwie peinlich, jetzt wieder mit den Schuhen anzufangen. Wie soll das gehen, ohne Rupert zu verletzen oder ihn vermuten zu lassen, ich sei kühl und geldversessen?

Aber ich will doch, dass er mich für kühl und geldversessen hält, oder? Ich will, dass er auf der gestrichelten Linie unterzeichnet, also muss ich ihn mit meiner Professionalität beeindrucken. Gut. Was habe ich mir überhaupt dabei gedacht, auf die Yetis einzusteigen? Einen auf albernes Mädchen zu machen, ist ja vielleicht niedlich, kann aber einen gerissenen Geschäftsmann nicht beeindrucken.

Lieber Mr. de Witter,

Nein, zu kalt. Ich kann mir vorstellen, wie er vor seinem Computer sitzt, diese Nachricht öffnet und verwundert dreinschaut. Er wird zusammenzucken, als hätte ich ihm ins Gesicht geschlagen. Dann wird er den Rest des Briefes lesen, in dem es um unser Fortbildungsprogramm und das Angebot von Love Learning geht. Das Ganze schließt mit der Frage, wann er Zeit für ein vorbereitendes Gespräch über die breite Palette von Möglichkeiten habe. Rupert wird seufzend den Kopf schütteln und so etwas sagen wie: »Darum ging es also die ganze Zeit.« Nein, das wird er nicht sagen, denn er weiß, dass ich ihn nur angeschrieben habe, weil ich ihn als Kunden gewinnen will. Das hatte er sofort durchschaut. Er wird eher so was sagen wie: »Und ich dachte, wir wären Freunde.« Nein, das auch nicht, denn wir sind keine Freunde, so was denkt er auf keinen Fall. Er wird seufzen, die Augen schließen, sich auf dem Stuhl zurücklehnen und sagen: »Diese blöde Kuh!« Ja, genau.

Das lässt mir keine andere Möglichkeit, als mit der Frotzelei weiterzumachen. Wirklich. Mir sind die Hände gebunden. Ich habe jetzt gerade ernsthaft in Erwägung gezogen, das Ganze zu beenden, aber mir wurde klar, dass ich jede Hoffung auf seine Unterschrift aufs Spiel setze, wenn ich jetzt mit den Neckereien aufhöre. Und ich weiß, dass ich mir meine Chancen bei ihm jedenfalls nicht verbaue, solange ich weitermache. Die Chancen auf einen Vertrag natürlich.

Mein lieber Freund Rupert,

über Ihre Nachricht habe ich mich sehr gefreut, auch wenn ich mich natürlich unheimlich gesorgt habe, als ich von Ihrem schrecklichen Zusammenstoß mit den Yetis hörte. Es muss furchtbar gewesen sein. Bestimmt ist es ein Trost für Sie zu wissen, dass die Biester bei der nächsten Party immerhin vorzeigbarer aussehen werden.
Ich fand es sehr interessant zu erfahren, welche Souvenirartikel in Fußform es in den Geschenkläden in jenem Teil des Himalaya zu kaufen gibt. Konnten Sie feststellen, welche Schuhgröße die Yetis haben? Ich frage mich, ob sie Schuhe in der richtigen Größe besitzen, weil ja allgemein bekannt ist, dass schlechtsitzende Schuhe den Träger sehr missmutig stimmen können, was das schlechte Benehmen der Tiere erklären könnte.

Ihre Freundin
Beth

Welch ein Geniestreich! Innerlich jubele ich mir zu. Das Thema wieder auf Schuhe und Füße zu bringen verschafft mir den perfekten Aufhänger.

Moment, da kommt eine Nachricht. Wow, das ging aber schnell!

Absender: Rupert de Witter
Empfänger: Beth Sheridan
Betreff: Endlich

Hallo, Beth, ich bin's, Rupert. Sind Sie da?

12 Besondere Aspekte

Kurzfristiges Ziel: Ruhig bleiben. Er ist auch nur ein Mensch, genau wie ich. Aber mit tausendmal mehr Sex-Appeal und Geld in der Tasche als jeder andere, den ich kenne.
Hindernisse: Ein sexy Millionär! Herrgott, wie soll ich dabei bloß ruhig bleiben?
Langfristiges Ziel: Die Sprache wiedererlangen und mich zum Joghurtbechersammeln in ein Pflegeheim zurückziehen.
Hindernisse: Vorher seine Unterschrift bekommen.

Ich erstarre auf meinem Stuhl und blicke auf die Nachricht. Das ist jetzt etwas anderes, als eine E-Mail zu schreiben und abzuschicken, die er später liest. Das hier ist jetzt, unmittelbar, eine richtige Unterhaltung. Ich sehe ihn so deutlich vor mir, sein Gesicht, sein Haar und den Rest seines Körpers, wie er allein vor dem Computer sitzt und auf meine Antwort wartet. Wahrscheinlich sind meine Augen glasig geworden, doch ich merke es gar nicht. Scheinbar hat er sich heute mit Kaffee bekleckert, denn er hat gar kein Hemd an. Ruperts Brust und Arme sind gebräunt und knackig, glatt und wunderschön. Ich kann den Blick nicht von ihm abwenden. Er lächelt voller Vorfreude, aber ich sehe auch eine gewisse Bangigkeit, während er auf meine Antwort wartet. *Bing*, schon ist sie bei ihm angekommen.

Ja, ich bin hier.

Wie ist das denn dahin gekommen? Ich schwöre, dass ich nichts getippt habe.

Jetzt klingelt wieder mein Computer. Mit zitternder Hand öffne ich Ruperts Nachricht. Meine Hand ist nicht das Einzige, das bei mir zittert.

Hey, hallo! Toll, endlich richtig mit Ihnen zu sprechen, anstatt einfach nur Nachrichten füreinander zu hinterlassen. Die ja hauptsächlich eh Unsinn waren, wenn ich das sagen darf. Wie sind wir bloß auf Yetis gekommen? Ich habe mich fast an meinem Bagel verschluckt, als ich das gelesen habe!

Nicht daran denken, dass er Millionär ist! Auf den Sex konzentrieren! Ach, Quatsch, nein, so meinte ich das nicht. Nicht an Sex denken, sondern an den Millionär! Das funktioniert auch nicht, der Sex ist direkt vor mir, auf meinem Schreibtisch. Am Freitag habe ich bei Horizon eine Broschüre mitgenommen und auf der letzten Seite aufgeschlagen. Da ist das Foto von Rupert. Um ehrlich zu sein, liegt es seitdem vor mir. Ich fand immer schon, dass er auf dem Bild schweinegeil aussieht, aber jetzt betrachte ich es und sehe auch, wie nett er ist, wie aufmerksam und sensibel.

Gut, los jetzt. Muss mir eine Antwort überlegen. Ihn weiter zappeln lassen.

Dafür sind Bagel berühmt-berüchtigt. Staubtrocken, die Dinger. Wussten Sie, dass es jährlich weltweit vier Todesfälle im Zusammenhang mit Bagelverzehr gibt? Wenn sich die Leute bloß an Croissants halten könnten, würden viele Leben gerettet.

Sechsundvierzig Sekunden später klingelt mein Computer erneut.

Ich bin perplex und werde in Zukunft vorsichtiger sein. Vielen Dank für die Warnung!
Ich würde gerne in einer anderen, bagelfreien Angelegenheit mit Ihnen sprechen. Unter welcher Telefonnummer kann ich Sie dort erreichen?

Ach, du Scheiße! Er will mit mir telefonieren. Ich kann nicht mit ihm reden! Das wird eine Katastrophe. Seine erotische Anziehungskraft und seine Millionen werden mich ständig ablenken, dann bin *ich* ungefähr so witzig und klug wie ein Paviansarsch. Der ist zwar witzig, aber nicht auf positive Art. Eher auf peinliche Art wie ein Kakaoschnurrbart oder verbranntes Haar am Hintern. Ich werde total blödes Zeug reden. Vielleicht sabber ich sogar.

Das Gute am E-Mail-Schreiben ist natürlich, dass man Zeit hat, sich eine Antwort zu überlegen. Man kann sie sich mehrmals durchlesen, hier ein Wort streichen, dort eines ersetzen, bis man überzeugt ist, der Welt das treffendste, positivste Bild von sich selbst zu zeigen – nämlich unbeirrbar schlagfertig, witzig, klug und vor allem unglaublich erotisch. Wenn Politiker und zugedröhnte Rockstars sich nur per E-Mail oder SMS äußern würden, wäre die Regenbogenpresse ziemlich schnell arbeitslos. Wie die ganze Sache wohl ausgegangen wäre, wenn Präsident Clinton in sein Handy getippt hätte: »Hatte kein intimes Verhältnis mit der Frau«, es dann noch einmal durchgelesen, sich eines Besseren besonnen und vor dem Abschicken das »k« wieder gelöscht hätte? Hm. Vielleicht doch nicht.

Ich habe totale Panik. Das Blut ist mir aus dem Gesicht gewichen, ich kaue an den Fingernägeln, runzel die Stirn, schaue mich nervös um und wackle auf dem Stuhl herum. Nein, keine Sorge: In Wirklichkeit tue ich das alles natürlich nicht. Nach außen hin bin ich ruhig und gefasst, lächle in mich hinein, der Inbegriff der Ausgeglichenheit. Innerlich durchwühle ich jede Abteilung meines Hirns, suche nach a) einem plausiblen Grund, ihm nicht meine Nummer zu geben, oder b) einem plausiblen Grund für eine fünfminütige Verzögerung in einem bevorstehenden Telefongespräch. Was a) betrifft: es gibt keinen. Die Nummer von Love Learning steht in den Gelben Seiten, wenn er wirklich mit mir sprechen wollte, könnte er sie dort nachschlagen. Hmm. Warum er das wohl nicht tut? Ich meine, ich weiß überhaupt nichts über Rupert. Will er vielleicht meine Nummer zu Hause wissen, damit er mich aufspüren und mit Fernglas und Hackebeil vor meiner Wohnung abfangen kann?

Nein, nein, das ist lächerlich, er will meine Büronummer, deshalb hat er auch gefragt: »Wie kann ich Sie dort erreichen?« und nicht: »Wie kann ich dich zu Hause erreichen, wo wohnst du und ziehst du dich manchmal vor dem Fenster aus?«

Das alles bedeutet wohl, dass es keinen plausiblen Grund gibt, Rupert meine Nummer nicht zu nennen, was mir nur Möglichkeit b) lässt: einen plausiblen Grund für längere Verzögerungen in einem Telefongespräch erfinden. Der einzige Grund, der mir einfällt, ist die Satellitenübertragung, aber das ist albern, denn dafür müsste ich schon in Borneo oder so sein.

Obwohl ich natürlich auf Geschäftsreise sein könnte, um mich dort umzusehen, welche Techniken die Borneo … … nesen beim Lernen anwenden.

Dankenswerterweise klingelt mein Computer in diesem Moment erneut und teilt mir kurz und knapp mit, dass ich mich zusammenreißen und die neue Nachricht lesen soll. Bevor ich sie öffne, fällt mir ein, dass Rupert vor einigen Minuten nach meiner Telefonnummer fragte. Er weiß, dass ich hier an meinem Computer sitze, deshalb wird er sich wundern, warum ich nicht antworte. Ich mich allerdings auch. Ich beuge mich vor und hoffe, dass er nicht sauer ist. Hoffentlich will er immer noch mit mir sprechen. Hoffentlich nicht.

Die Nachricht ist von Sean.

Absender: Sean Cousins
Empfänger: Beth Sheridan
Betreff: Neuauflage?

Hi! Konnte heute noch nicht mit dir reden. Sieht aus, als wärst du in irgendwas vertieft, deshalb komme ich nicht vorbei. Wollte nur fragen, ob du vielleicht noch mal Lust hast, mit mir auszugehen?
S

Wow, eine Neuauflage! Das ist ein Wort, das ein Mädchen von den Socken haut. Ich wundere mich sehr über Seans Angebot, weil ich weiß, dass ich am Freitag keine besonders angenehme Gesellschaft abgegeben habe. Ganz im Gegenteil, ich habe den gesamten Abend an zwei andere Typen gedacht, auch wenn Sean das nicht weiß. Ich habe ja nicht zu ihm gesagt: »Sei mal bitte kurz leise, ich denke gerade an jemand anders.« Glaube ich wenigstens. Aber es kann ihm nicht entgangen sein, dass ich den ganzen Abend in Gedanken versunken war – besonders als ich mit dem Auto losbrauste, kurz bevor er mir einen Kuss geben wollte. Trotzdem will er es noch mal versuchen. Sonderbar. Mir kommt ein seltsamer Gedanke: Könnte es sein, dass er sich nicht wegen meines funkelnden Verstands für mich interessiert, dass ihm scheißegal ist, welche Filme ich mag oder was ich gerade tat, als ich von Dianas Tod erfuhr, sondern dass er einfach nur in meinen persönlichen Posteingang will? Kann ein Mann wirklich so gemein sein? Ach, du liebe Güte, ich bin da wohl einer großen Sache auf der Spur.

Ich klicke auf »Antworten« und beginne mit »Sean, ich glaube nicht, dass –«, doch da klingelt mein Computer erneut, und meine Hand öffnet automatisch den Posteingang. Der Anblick von Ruperts Namen in der Absenderspalte lässt alle anderen Namen daneben verblassen. Ich öffne die Nachricht und lehne mich lächelnd zurück, um das längere Schreiben zu lesen.

Absender: Rupert de Witter
Empfänger: Beth Sheridan
Betreff: Satellitenübertragung

Meine liebste Beth,

Mein Blick bleibt am Betreff hängen. Im ersten Moment bin ich nicht in der Lage, mich davon zu lösen. Eiskalt läuft es mir den Rücken hinunter, auf den Armen habe ich Gänsehaut. Ich schaue hoch, sehe mich im Büro um, rechne fast damit, dass Rupert in Anzug und Schnürschuhen in 43 mit einem Fernglas in der Hand hinter dem Kopierer hockt und mich beobachtet. Dann schüttle ich den Kopf. Das ist die albernste Idee, die ich je hatte, und das will schon was heißen. Er kann sich doch nicht in diesem Raum verstecken, das ist ein Großraumbüro, das geht hier gar nicht. Und selbst wenn er mich durch ein Fernglas beobachten würde, könnte er mir nicht in den Kopf sehen. So was Unheimliches gibt's doch gar nicht. Dafür findet sich mit Sicherheit eine sehr, sehr einfache Erklärung. Entweder ist es ein unstrittiger Beweis für die Existenz Gottes oder reiner Zufall. Nach dem Motto: zwei Dumme, ein Gedanke.

Ich lese weiter.

Meine liebste Beth,

aufgrund der ausbleibenden Reaktion Ihrerseits auf meine letzte Nachricht habe ich drei Thesen aufgestellt:

1. Sie wurden vom Computer weggerufen – mussten dringend ein Brainstorming oder ein wichtiges Diagramm auf einem unpraktisch großen Blatt erstellen.
2. Sie sind auf Geschäftsreise außer Landes und mailen mir mit einem Laptop aus einem Hotelzimmer in Nairobi, und die Satellitenübertragung ist stark verzögert. (Gibt es das überhaupt im Internet? Ich dachte eigentlich, der Vorteil wäre, dass es so schnell geht. Da könnte ich mich also irren, sehr wahrscheinlich sogar).
3. Die dritte und, ehrlich gesagt, beunruhigendste Möglichkeit ist, dass meine Bitte nach Ihrer Telefonnummer Sie so verstört hat, dass Sie sich nun fragen, was ich bloß damit will und ob Sie mir die Nummer wirklich geben sollen.

Zu 1) möchte ich Ihnen sagen, dass ich den Rest des Tages vor dem Computer warten werde. Ich werde also da sein, wann immer Sie mit dem fertig sind, was Sie gerade tun.
Falls es Nr. 2) ist, erwarte ich eine Antwort in der nächsten halben Stunde, obwohl Sie, falls Sie wirklich in Nairobi sind, sicherlich Interessanteres zu tun haben, als einem gelangweilten Geschäftsmann an seinem Schreibtisch in England zu schreiben.
Und wenn es wirklich Nr. 3) sein sollte (ich weiß, das ist unwahrscheinlich, aber ich muss alles in Erwägung ziehen), lasse ich

Sie besser wissen, dass ich Ihre Nummer gerade aus den Gelben Seiten herausgesucht habe. Wenn ich Sie also mit irgendwelchen hintersinnigen Motiven verfolgen wollte, kann mich jetzt nichts mehr daran hindern, egal was Sie oder irgendjemand anders tut. Aah hahaha! Die Welt wird vor mir in die Knie gehen usw. usf.

Rupert

Kaum habe ich die E-Mail gelesen, geschieht zweierlei. Zum einen klingelt das Telefon von Ali. Zum anderen ruft Ali mir quer durch den Raum zu, er habe einen Anruf für mich.

Ich greife nach dem Horizon-Prospekt und konzentriere mich einige Sekunden auf das Bild hinten, während Ali den Anruf durchstellt. Hm, da ist er also, in all seiner Pracht. Mein Magen zieht sich zusammen und grummelt. Der Anruf ist auf meinem Apparat. Ich greife nach dem Hörer, durch den die Stimme dieses hübschen Gesichts kommt.

»Alles klar, Beth?«

Alis besorgte Stimme klingt aus dem Hörer. Ich nicke verträumt. »Ja, alles klar, bloß ...« Ich bekomme bloß kein Wort mehr heraus, weil ich gleich mit dem erotischsten Mann der Welt sprechen werde, der dazu noch total witzig und umwerfend charmant ist, will ich sagen, aber da ich gerade die Sprache verloren habe, gebe ich nur unverständliche Geräusche von mir. Dann hüstele ich und schlage mir auf die Brust, als wäre meine Hand ein Defibrillator. Immerhin: Mein Herzschlag setzt wieder ein.

»Bitte, hier ist er«, sagt Ali und legt auf.

»Beth Sheridan«, krächze ich, nachdem ich mir kurz überlegt habe, wie ich anfangen soll. »Wie kann ich Ihnen helfen?«

»Ach, das habe ich mich auch gerade gefragt.«

Wow! Was für eine Stimme! Das Blut fließt mir aus dem Kopf, ich schwanke auf dem Stuhl. Diese Stimme ist das akustische Äquivalent zum ersten festlichen Schluck Bailey's nach einer Trinkpause seit Weihnachten: warm und schwer und irgendwie tröstlich vertraut. Ein leichter Schwindel legt sich auf mich. »Entschuldigung, wer ist da bitte?«, frage ich und versuche so zu klingen, als werfe ich gerade einen abschließenden Blick auf die Aufzeichnungen meiner nächsten fesselnden Präsentation.

»Hier ist Rupert«, sagt er auf rührende Weise. »Rupert de Witter. Von Horizon Holidays.«

»Oh, hallo!«, sage ich erfreut. »Dann haben Sie die Nummer also gefunden?«

»Musste ich, aus zwei guten Gründen. Vielleicht aus noch mehr.«

»Aha. Und aus welchen?«

»Also, Grund Nummer eins: um Ihnen zu beweisen, dass ich kein niederträchtiges Motiv habe und mir Ihre Nummer problemlos aus dem Internet, von der Auskunft oder den Gelben Seiten besorgen könnte. Wie jeder andere auch, und wie ich es auch getan habe, wie Sie sehen. Beziehungsweise hat es meine Sekretärin gemacht.«

»Ah.« Ich versuche nicht, cool zu sein, ich bekomme einfach kein vernünftiges Wort heraus.

»Grund Nummer zwei: Ich wollte sehr gerne mit Ihnen sprechen.«

Jetzt ist selbst Schluss mit schlichten Vokalen. Es folgt längeres Schweigen, während wir beide auf meine Erwiderung warten. Als nichts kommt, sagt Rupert: »Um ein Treffen mit Ihnen zu vereinbaren.«

Ich nicke und schaue mich im Büro um. Natürlich ist er unter einem Schreibtisch versteckt, aber ich möchte so wirken, als hätte ich die Situation im Griff, falls ich beobachtet werde. Ich mache ein nachdenkliches Gesicht, schürze die Lippen und nicke. Mein Gesicht sagt: »Dieser Vorschlag sagt mir sehr zu, ich sehe den Vorteil für uns beide«, aber ich bekomme kein Wort heraus.

»Die Sache ist«, fährt er fort, »dass ich die Menschen, mit denen ich zu tun habe, persönlich kennenlernen möchte, bevor ich einen Vertrag unterschreibe, besonders wenn in der Korrespondenz zuvor von Yetis die Rede war. Das ist eine kleine Formalität, auf der ich unter solchen Umständen bestehe.«

Ich muss kichern. Meine Stimme kommt zurück. »Geht's denn öfter um die?«, bringe ich krächzend heraus.

»Um wen, Yetis? Nee, normalerweise nicht. Eigentlich eher selten. Um die Wahrheit zu sagen, sind Sie die Erste. Kam ziemlich überraschend für mich. Sie wissen schon.«

»Ach ja, der Bagel. Ich hoffe, Sie haben sich wieder erholt?«

»Also, eine Weile stand es auf der Kippe, aber irgendwann war er runter. Haben Sie morgen Zeit?«

Mit einem Keuchen strömt die Luft aus mir raus, zum Glück unterdrücke ich jedes Geräusch. Morgen! Du lieber Gott! Ich treffe ihn morgen. Mehrmals atme ich tief ein und aus, um mich auf eine ruhige, würdevolle Antwort vorzubereiten. Bloß nicht vor Aufregung und Freude quietschen.

»Miss Sheridan?«, spricht er mir ins Ohr. »Sind Sie noch da? Oh, Entschuldigung, ›Miss‹ ist doch richtig, oder? Nein, ähm, ich wollte sagen ...« Er verstummt, als hätte jemand eine Hand über seine Sprechmuschel gelegt. Ich höre ein gedämpftes Räuspern, dann verschwinden die statischen Geräusche. »Tut mir leid. Also: Haben Sie morgen Zeit?«

»Morgen geht gut«, hauche ich, es klingt ungeheuer ruhig und sexy, selbst in meinen Ohren. »Und ja, ›Miss‹ ist richtig.«

»Hervorragend«, sagt er, und ich bin mir unsicher, ob er die Verabredung morgen oder das ›Miss‹ meint. Es klingt, als würde er lachen, und ich schließe kurz die Augen. Sobald ich merke, dass ich ihn mit geschlossenen Augen nicht sehen kann, schlage ich sie wieder auf.

»Und wo? Soll ich zu Ihnen ins Büro kommen?«

»Nein, machen wir es auf neutralem Boden. Ähm, nein, ich wollte nicht … Sie wissen schon, so meinte ich das nicht ….«

»Ein neutraler Ort ist super«, unterbreche ich ihn elegant. Ich fühle mich souverän und verführerisch. »Wo sollen wir uns treffen?«

Eine Weile höre ich nichts anderes als schweres Atmen. Vielleicht hat er Asthma. Vielleicht ist er erregt. Ich bebe unwillkürlich.

»Ist alles in Ordnung?«, frage ich ruhig, zum Teil besorgt, zum Teil aus Sehnsucht, diese butterweiche Stimme noch einmal zu hören.

»Hmm«, sagt er und räuspert sich. »'tschuldigung.« Ich schließe die Augen und lausche seiner Stimme. Sie ist so schön. Ich habe das Gefühl, als hätte ich ihr schon mein Leben lang zuhört. Entweder das, oder er klingt genau wie Daniel Craig. »Überlege nur, wo es neutral sein könnte.«

»Die Schweiz?«

Rupert muss schmunzeln. »Ja, das wäre eine Möglichkeit. Bisschen weit aber, oder?«

»Hm. Kann sein. Ich muss um halb sechs zurück sein und das Büro abschließen.«

»Wie wär's mit Paris?«

»Oh, ja, sicher, deutlich näher. Mit dem Eurostar bin ich nur ein paar Stunden weg. Ich könnte Sie in der Mittagspause treffen und zum Nachmittagsunterricht zurück sein.«

Plötzlich geht mir durch den Kopf, dass Rupert das mit Paris völlig ernst gemeint haben könnte und mir gerade eine Wahnsinnsreise in einem Privatjet, einem Hubschrauber oder so entgangen sein könnte, weil ich den Vorschlag so lachend abgetan habe. So was steht ihm bestimmt zur Verfügung. Ich wäre natürlich nicht mitgekommen. Es wäre meine Pflicht als professionelle Referentin, ihm eine Abfuhr zu erteilen. Wenn das herauskäme, könnte es einen Skandal über Günstlingswirtschaft in der lokalen Tageszeitung geben.

»Oh, da bin ich mir nicht sicher«, sagt er. »Ich glaube, da wären wir schon den ganzen Tag unterwegs. Ich wollte den Heißluftballon nehmen.«

Bilder und Klänge sausen mir durch den Kopf: der vorsichtige, sanfte Aufstieg, das Rauschen des Windes und des Gases, ein Picknickkorb, zwei klirrende Champagnergläser, atemberaubendes Hügelland, der erste Kuss in den Wolken.

Ich schüttele den Kopf wie ein Comic-Hund, und das Bild zerplatzt. Ich muss mich wirklich am Riemen reißen. Ich habe diesen Mann noch nie im Leben gesehen. Ich glaube, mein verzweifeltes Verlangen, diesen Vertrag abzuschließen, beeinträchtigt allmählich mein Urteilsvermögen. Daran muss es liegen. Ja, es ist die Sorge um den Job und das starke Verantwortungsgefühl gegenüber Fatima.

Oder doch sein Gesicht.

Nein, jetzt mach schon, Beth, konzentrier dich! Sicher dir den Vertrag mit Horizon, dann kannst du wieder normal sein.

»Ihre Frau ist wahrscheinlich daran gewöhnt, dass Sie spät nach Hause kommen?«, höre ich mich fragen, obwohl ich schwören könnte, die Lippen nicht bewegt zu haben. Ich drücke sie mit den Fingern zusammen, damit sie sich nicht noch einmal selbständig machen.

O Gott, warum habe ich nach seiner Frau gefragt? Was hat das mit der geschäftlichen Besprechung zu tun? Das eine ist für das andere völlig irrelevant. Ruperts langes Schweigen bedeutet, dass meine Frage besondere Aspekte aufgeworfen hat, über die er noch einmal kurz nachdenken muss.

»Ich bin nicht verheiratet.«

»Wie bitte? Ach, nein? Oh.« Und ohne es zu wollen, entringt sich mir ein großer Seufzer der Erleichterung. Schnell presse ich die Lippen aufeinander.

»Nein, ich bin ledig.« Er hält inne. »Ich bin noch auf der Suche.«

»Aha.« Wieder gehen mir die Worte aus.

»Das heißt, ich kann wegbleiben, so lange ich will.«

»Hmm.«

»Von mir aus die ganze Nacht.«

»?«

»Ach, Entschuldigung, Beth, darüber haben wir ja gar nicht gesprochen. Was ist bloß los mit mir? Sie bringen mich ganz durcheinander, wissen Sie das?«

»Nein. Ähm. Nein, geben Sie mir nicht die Schuld. Wir haben eben von Ihrem Heißluftballon gesprochen.«

»Und Sie haben mich gefragt, ob ich verheiratet bin.«

»Nein, ich habe Sie gefragt, ob es Ihre Frau nicht stört, wenn Sie so lange fort sind.«

»Und meine Antwort hat für Sie die Frage geklärt, die Sie nicht gestellt haben. Also: Nein, ich bin nicht verheiratet.«

Mensch, ist der gut. Er durchschaut mich total, genau wie bei der Sache mit den Schuhen. Verdammt!

»Also, Beth, wo sollen wir uns morgen treffen? Wahrscheinlich wird es zu kalt sein für den Heißluftballon, außerdem braucht der ewig zum Aufblasen, und ich vergesse ständig, wo ich die Luftpumpe hingetan habe.«

»Können Sie ihn nicht mit dem Mund aufblasen?«

»Könnte ich, aber davon wird mir immer so schwindelig.«

»Nicht genug Puste?«

»Offensichtlich nicht. Wie wär's mit einem Mittagessen? Im Madeleine's?«

Das Madeleine's! Ich wohne schon mein ganzes Leben in dieser Stadt und muss zugeben, dort noch nie gewesen zu sein. Es ist sehr schick und edel, und mit so einem schicken, edlen Typen bin ich noch nie ausgegangen. Es ist kein Restaurant, das man alleine besuchen würde.

»Das Madeleine's ist klasse«, sage ich leichthin, als wäre ich da ständig. »Sagen wir: um eins?« Hoffentlich kann ich mir das leisten. Am besten esse ich nur eine Suppe. Hoffentlich gibt es da so was.

»Gut, ein Uhr. Ich bestelle einen Tisch. Bis dann also!«

»Schön. Ich freue mich schon.«

»Ich mich auch.«

Wir legen auf. Ich schaue eine Weile mit leerem Blick vor

mich hin und dämpfe mein breites Grinsen zu einem rätselhaften Lächeln. Ich bin morgen mit Rupert de Witter verabredet! Von Horizon Holidays! Der Multimillionär!

Herr Jesus im Heißluftballon!

In seinem Büro legt Rupert den Hörer auf die Gabel und lässt die Hand eine Weile mit geistesabwesendem Lächeln darauf ruhen.

»Und?«, fragt ein Mann links neben ihm. Rupert schaut Harris an, der ihn interessiert von seinem bequemen Stuhl aus beobachtet. »Wie ist es gelaufen?«

»Hat geklappt, ohne Probleme. Morgen, ein Uhr.«

»Im Madeleine's? Verdammt nochmal, wie hast du das so kurz vor Weihnachten geschafft?«

»War ein Klacks, Harry. Man kennt mich dort, schon vergessen?«

»Aber wenn alle Tische besetzt ist, können Sie doch nicht einfach einen neuen aus dem Hut zaubern, oder?«

»Ehrlich gesagt, haben Sie tatsächlich einen herbeigezaubert, wenn auch nicht aus dem Hut. Alle waren schon vergeben, aber als sie merkten, dass ich am Telefon war, sagten sie sofort, sie würden den Tisch im Pavillon herrichten.«

»Nein! Den machen Sie im Winter nie auf. Das wird eiskalt!«

»Da irrst du dich, altes Haus. Sie stellen rundherum Heizöfen auf und beleuchten den Raum mit Hunderten von Kerzen. Das wird total eindrucksvoll.«

»Aha. Verstehe. Eindrucksvoll. Hm.« Gedankenverloren reibt Harris sich das Kinn.

Rupert beobachtet ihn. »Los, komm, was denkst du? Heraus damit!«

»Gut, okay, ich hab mich bloß gefragt, ob das ein Geschäftsessen oder ein romantisches Dinner bei Kerzenschein wird. Schon klar, oder? Das Madeleine's, der Pavillon, Hunderte von Kerzen, romantische Musik, guter Wein, leckeres Essen, Mondschein –«

»Um ein Uhr mittags, Harris!«

»– und nur ihr beide, sonst niemand.«

»Plus fünf Heizöfen.«

»Ach ja, und die Heizöfen.«

Rupert überlegt, eine Hand am Hinterkopf. Dann zuckt er grinsend die Achseln. »Ich weiß es nicht. Ich muss sie natürlich treffen, um das Geschäftliche zu klären. Dadurch sehe ich, wie sie persönlich ist, und kann mir überlegen, wie es weitergehen soll.« Er hebt die Augenbrauen. »Eigentlich hab ich mir das schon überlegt.«

Harris sieht ihn schweigend an. »Warte mal kurz! Ist das nicht das Mädel, das du am Freitag auf der Party gesehen hast? Die du schon mal getroffen hast?«

»Nein. Das ist eine ganz andere.«

»Herrgott nochmal, Rupert! Was ist eigentlich mit dir los? Ich dachte, du fandest die andere wirklich nett.«

»Fand ich ja auch. Finde ich immer noch. Aber es ist sinnlos, da ich nicht weiß, wie sie heißt oder wo sie arbeitet, gar nichts. Es gibt keine Möglichkeit, sie noch mal wiederzusehen, also halte ich mich besser nicht länger damit auf.«

»Also, mal sehen, ob ich das richtig verstanden habe. Die, mit der du dich morgen triffst, ist noch mal wer genau?«

»Sie arbeitet bei Love Learning, dem Weiterbildungszentrum, dass Dickie Love gründete, als er hier aufhörte.«

»Und ihr habt euch noch nie gesehen?«

Rupert schüttelt den Kopf. »Meines Wissens nicht. Rhonda meinte aber, der Name käme ihr bekannt vor.«

»Ach, ja? In welchem Zusammenhang?«

Rupert zuckt mit den Schultern. »Vielleicht hat sie mal hier gearbeitet. Rhonda hat ein erstaunliches Namensgedächtnis. Sie will sich dahinterklemmen.«

Harris hebt die Augenbrauen. »Sieh mal einer an! Aber damals hast du sie nicht kennengelernt?«

»Nein. Wie gesagt, soweit ich weiß, haben wir uns nie gesehen.«

»Aber du empfindest etwas für sie.«

Rupert hebt ebenfalls die Augenbrauen, senkt den Blick, schaut dann Harris ins Gesicht und nickt.

»Sie könnte also neunundfünfzig und verheiratet sein, acht Enkelkinder haben und so breit wie groß sein?«

Wegwerfend schüttelt Rupert den Kopf. »Kann sein. Ist mir egal.«

»Wirklich?«

»Nein. Guck mich nicht so an, das ist mein voller Ernst! Natürlich wäre es mir lieber, wenn sie nicht deutlich älter wäre als ich, aber selbst das ist nicht so wichtig. Sie bringt mich zum Lachen und ist angenehm im Umgang. Das allein finde ich schon unglaublich anziehend. Herrje, wie viele gutaussehende Menschen habe ich getroffen, die keinen vollständigen Satz herausbringen? Die langweilen mich zu Tode mit ihrem Gerede über Frisuren, Schuhe und Handys. Solche Leute bilden sich ein, sie bräuchten sich nicht anzustrengen, weil ihr gutes Aussehen ihnen weiterhilft. Und das Dumme ist, Harry, dass sie meistens sogar recht haben. Heutzutage sind alle Menschen so oberflächlich, als wäre es das Wichtigste auf der Welt, gut auszusehen. Intelligenz, Manieren und Konversationsfähigkeit sind uninteressant geworden. Wenn du eine reine Haut und eine schmale Taille hast, kommst du überall an. Das geht mir so auf den Geist!«

Harris hebt grinsend die Hände. »Hey, Kumpel, war nicht so gemeint! Ich bin ganz deiner Meinung, ich wollte dich bloß ärgern. In diesem Fall ist es sowieso egal, oder?«

Rupert schaut ihn an. »Wieso?«

»Na, weißt du nicht mehr, wie Dickie Love drauf ist? Jede Frau, die ihn für gearbeitet hat, musste gewissen ... Kriterien entsprechen.«

Schweigend schaut Rupert Harris an, dann steht er auf und geht zum Fenster. Er reibt sich mit der Hand über die Stirn und blickt eine Weile auf die Straße, bevor er sich wieder umdreht. »Du willst also sagen, dass sie ... du meinst ... es könnte sein, dass sie auch noch gut aussieht?«

Harris nickt. »Mit Sicherheit! Es sei denn, der alte geile Sack hat sich total verändert. Aber das bezweifle ich ernsthaft.«

Rupert lässt sich auf seinen Stuhl fallen und blickt auf den Schreibtisch. »Wow!«

Harris beugt sich vor. »Rupe, hör mal, mir ist gerade etwas eingefallen.«

Rupert schaut auf. »Was denn?«

»Du hast gesagt, sie hätte den Kontakt zu dir aufgenommen, oder? Gut. Sie hat dich angemailt, Rupert de Witter, hat deine E-Mail-Adresse wahrscheinlich aus dem Horizon-Prospekt.«

»Nehme ich an.«

»Daher würde ich sagen, dass sie mit großer Wahrscheinlichkeit das Foto hinten gesehen hat, oder?«

Ein längeres Schweigen folgt. Erwartungsvoll sehen sich die beiden Männer an.

»Mist«, sagt Rupert schließlich. »Das hatte ich total vergessen.«

Harris presst die Lippen zusammen. »Seit Jahren rede ich schon auf dich ein, du sollst das Foto erneuern lassen.«

»Ja, ja, ich weiß. Ich hätte es längst machen sollen, aber es ist mir einfach nicht wichtig, ja? Ich meine, hier bei uns wissen alle Bescheid, was soll das also?«

»Nichts. Bis jetzt. Aber das ist jetzt was anderes, denke ich. Du nicht?«

Rupert sieht ihn schweigend an, dann sagt er: »Ich kann da nicht hingehen.« Er schüttelt den Kopf. »Es geht nicht.«

»Natürlich geht das. Geh einfach auf sie zu, und stell dich vor.«

»Auf gar keinen Fall! Was soll sie denn denken, wenn sie das Bild von mir kennt? Nein, nein, das geht nicht.« Rupert schlägt die Hände vors Gesicht.

»Ach, jetzt komm!«, sagt Harris freundlich. »Gerade hast du noch einen Vortrag gehalten, wie unwichtig dir das Aussehen ist! Dass alle so oberflächlich sind. Sie denkt mit Sicherheit nicht schlechter von dir, und früher oder später musst du dich der Sache stellen. Musst dein Gesicht zeigen ...«

»Nein. Auf keinen Fall. Das tue ich nicht. Vergiss es! Verdammt nochmal! Verfluchte Scheiße!« Rupert sieht Harris an, und sein Gesichtsausdruck wechselt langsam von tiefster Verzweiflung zu schwacher Hoffnung.

»Harris, altes Haus! Du bist mein Buchhalter. Du gehst mit ihr essen.«

»Was?!«

»Nein, du sollst dich nicht als Rupert de Witter ausgeben. Du gehst einfach mit ihr essen, erledigst das Geschäftliche, erzählst ein bisschen von mir, du weißt schon, was für ein toller Kerl ich bin, und dann kommst du zurück und berichtest mir von ihr.«

»Nein.«

»Harris, bitte! Los, als Freund!«

Harris schüttelt den Kopf.

»Als Mitarbeiter?«

Erneutes Kopfschütteln.

»Na gut. Ich tue es nicht gerne, aber du lässt mir keine andere Wahl: Du bist gefeuert.«

»Ach, Rupert, das ist schwach. Echt schwach.«

»Ja, ich weiß. Es tut mir auch leid. Aber du musst mir wirklich aus der Patsche helfen. Ich meine, ich bitte dich doch nicht, über heiße Kohlen zu laufen oder in der nächsten Pommesbude essen zu gehen. Das wird ein wunderschönes Essen mit einer charmanten, lustigen jungen Frau bei Kerzenschein im Pavillon von Madeleine's. Die wahrscheinlich auch noch gut aussieht. Ich zahle alles.«

»Natürlich zahlst du!«

»Das heißt also, du gehst?«

Harris schließt die Augen und schaut Rupert resigniert an. »Na, gut. Aber dafür bist du mir was schuldig, und zwar so richtig.«

»Klar, Junge, logisch. Und vergiss ihr bloß nicht zu sagen, was für ein super Kerl ich bin, ja?«

13 Einsatz anerkennen

Kurzfristiges Ziel: Etwas finden, das mich in den nächsten gut siebenundzwanzig Stunden total beansprucht, damit ich erst dann auf die Uhr gucke und feststelle, dass es höchste Zeit ist, zu meiner Verabredung zum Mittagessen aufzubrechen.
Hindernisse: Was soll ich bloß tun, das so lange dauert?
Langfristiges Ziel: Siebenundzwanzig Stunden Sex mit Rupert de Witter. Ohhh …
Hindernisse: Weiß nicht, ob das überhaupt geht.

Ich würde gerne auf 12:59 Uhr vorspulen und in diesem Moment mit mörderisch hohen Absätzen das Madeleine's betreten, eine Hochglanzbroschüre unter dem einen und eine Gucci-Tasche unter dem anderen Arm. Aber davor muss noch so einiges geschehen.

Zum einen ist immer noch Montag, wenn ich mit diesen Schuhen also um 12:59 Uhr ins Madeleine's gehe, sitzt dort niemand und wartet auf mich, und es wird jemandem sehr peinlich sein, dass kein Tisch mehr frei ist. Nämlich mir.

Ich habe mir viel vorgenommen, um bis morgen Mittag abgelenkt zu sein. Um 12:59 Uhr heute will ich in der Küche sein und die Cellophanfolie von dem gesunden Sandwich mit Putenfleisch, Cranberries und Füllung ziehen. Dann werde ich wohl einen praktisch fettfreien Mince-Pie und einen Schokoriegel essen und mir eine Tasse Tee machen. Anschließend muss ich den ganzen Nachmittag arbeiten, gefolgt von einem Abend mit Vini und einer Nacht, in der ich mich im Bett herumwerfe. Selbst danach wird es erst sieben Uhr morgens sein, und ich muss bis zu der Verabredung um eins noch sechs nichtssagende Stunden überstehen.

Die erste Stunde vergeht wie im Krippenspiel. Wenn man die Zähne aufeinanderbeißt und lächelt, geht es bestimmt bald weiter. Ich schaue zur Uhr, bin mir sicher, dass fünf Stunden verstrichen sein müssen und es Zeit zum Heimgehen ist, aber es ist erst Viertel vor zwölf. Mist.

Die nächste Stunde verrinnt wie das Mesozoikum. Neue Arten entstehen, entwickeln sich und sterben aus. Ich trinke einen Schluck Tee. Er ist schon kalt. Egal, so vergeht Zeit.

Mein Computer klingelt. Jippie! In meinem Eifer springe ich fast kopfüber in meinen Posteingang, aber es ist nur eine enttäuschend kurze Nachricht von Sean. Unglaublich, dass es keine acht Sekunden dauert, eine Mail zu lesen und eine neue zu öffnen, oder?

Hi! Alles klar? Wollte nur fragen, ob du schon meine Nachricht gelesen hast, in der ich dich gefragt habe, ob wir noch mal ausgehen wollen. Was meinst du? Sag bitte bald Bescheid und erlöse mich von meinem Elend!
Sean

Hm. Es klingt, als sei der letzte Satz ironisch gemeint. Virtuell-ironisch. Was denkt er sich überhaupt dabei, erst so zu tun, als ginge es ihm elend, und dann das ganze Elend mit einem Ausrufezeichen wegzuputzen? Das ist doch unlogisch. Ich merke, dass ich die Stirn runzle, und konzentriere mich darauf, wieder normal zu schauen. Geht es ihm nun elend oder nicht? Ich glaube es nicht. Die einzig glaubhafte Erklärung ist, dass der Mann ein totaler Vollidi-

»Hast du meine Mail gelesen, Beth?«

»Mensch! Hast du mich erschreckt!« Ich fahre nur deshalb so zusammen, weil ich das Gefühl habe, bei etwas Unerlaubtem ertappt worden zu sein. Sean steht direkt hinter mir und stützt die Hände auf die Rückenlehne meines Stuhls, aber meine Gedanken lesen kann er nun doch noch nicht. Ich schließe die Augen und lege die Hand auf die Brust, zum einen um ihm zu zeigen, dass ich mich wirklich erschrocken habe, zum anderen um über meinen ertappten Gesichtsausdruck hinwegzuspielen. Er hockt sich neben mich.

»Ach, tut mir leid, Süße, das wollte ich nicht. Alles in Ordnung?«

»Ja, ja, schon gut.« Aber sag noch einmal »Süße« zu mir, und ich reiße dir die Mandeln mit den Fingernägeln aus dem Hals und stecke sie zu deinen Eiern. »Wie geht's dir?«

Auf männliche Weise gibt er Antwort, indem er nickt und gleichzeitig das Kinn nach vorn stößt. Dann grinst er. »Könnte nicht besser sein. Hast du meine Mail gelesen?«

»Oh, ja, danke. Ähm, konnte dir noch nicht in Ruhe zurückschreiben, sorry. Hatte echt viel zu tun.«

Er reißt die Augen auf wie Macaulay Culkin beim Anblick des Weihnachtsmanns. Dann bekommt er einen hungrigen, drängenden Gesichtsausdruck. Er beugt sich vor und fragt: »Viel zu tun? Was denn?«

»Ach, du weißt schon, Arbeit. Vorbereitung, Recherche, immer dasselbe.«

»Neue Kunden auftreiben?« Er hängt mir an den Lippen, als könne er es kaum glauben.

»Ja, auch das. Wieso?«

»Und, kommst du vorwärts?«

Ich will ihm erzählen, dass ich am nächsten Tag eine Besprechung zum Mittagessen habe, doch dann wird mir klar, dass er von mir wissen wollen würde, mit wem ich verabredet sei, da er mir ja auch von seiner Sache mit Whytelys erzählt hat. Ich besinne mich eines Besseren und sage stattdessen: »Nein, nicht so richtig. Bisher komme ich nicht an der Empfangsdame vorbei.«

»Wo hast du es denn versucht?«

Ich zögere. Krampfhaft suche ich nach einer unverfänglichen Antwort, aber Sean missdeutet mein Schweigen und redet weiter, bevor ich etwas sagen kann.

»Nein, hör zu, darüber sollten wir hier nicht sprechen. Ich bin nur rübergekommen, weil ich dich fragen wollte, ob du Lust hast, morgen Abend mit mir etwas trinken zu gehen. Dann können wir uns richtig unterhalten, ja?«

Na, die Antwort darauf ist nein, logisch. Ich meine, man kann sich wohl vorstellen, wie es mir nach dem Mittagessen mit Rupert gehen wird, oder? Ich rechne damit, dass ich danach weder sprechen noch gehen werde können, daher werde ich den Abend mit keinem anderen als ihm verbringen, selbst wenn er nur in Gedanken bei mir ist. Und insgeheim nehme ich mir den Abend frei, falls das Mittagessen äußerst, extrem günstig verlaufen sollte …

»Ach, Sean, morgen ist es nicht …«

»Bitte, Beth!« Er legt mir die Hand auf den Arm, ich schaue

hinunter und spüre seine Wärme durch meine Bluse. Sean steht praktisch in Flammen. »Ich möchte morgen Abend wirklich nicht gern allein zu Hause sitzen. Das kann ich nicht ertragen.« Erstaunlicherweise bekommen seine Augen einen leicht feuchten Schimmer.

»Oh! Ist alles in Ordnung? Was ist denn?«

Sean schüttelt heftig den Kopf, schweigt, reibt sich mit Daumen und Zeigefinger über die Augen. »Nichts. Tut mir leid. Hör zu, geh bitte morgen Abend etwas mit mir trinken. Damit würdest du mir einen echt großen Gefallen tun. Bitte, ja?«

Ein in Tränen aufgelöster Mann. Gibt es etwas Verlockenderes? Nun, ja, eigentlich schon: ein Mann auf seiner eigenen Yacht. Der Horizon-Prospekt ist noch immer auf der letzten Seite aufgeschlagen, und das Foto strahlt praktisch von innen heraus. Ich merke, wie mein Blick magisch von ihm angezogen wird. Verdammt, ich wollte mir den Abend wirklich freihalten.

»Na, gut. Auf ein Glas, nur weil du unbedingt willst.«

»Das ist total lieb von dir.« Sean grinst und erhebt sich abrupt. Keine Träne ist mehr zu sehen. »Sollen wir uns wieder im Patch and Parrot treffen? Um acht? Ich freue mich schon.« Und mit einem letzten irgendwie unheimlichen Zwinkern kehrt er an seinen Platz zurück.

Verflixt und zugenäht. Na, einen Vorteil hat es. Vini sagt immer, man sollte am Anfang nicht zu leicht verfügbar sein, deshalb ist es ganz cool, schon für den Abend mit jemandem verabredet zu sein. Ich hoffe sehr, dass Rupert mich auch noch zum Abendessen einlädt, damit ich sagen kann: »Oh, tut mir leid, da habe ich schon was vor.« Sonst wäre mein Abend mit Sean völlig umsonst. Natürlich könnte ich auch, wenn ich nicht mit Sean verabredet wäre, behaupten, ich hätte was vor, aber das würde ich wahrscheinlich nicht tun. Außerdem ist es so authentischer. Man braucht eine gewisse Authentizität, wenn man reserviert und distanziert wirken möchte, besonders wenn man in Wirklichkeit am liebsten Whisky aus dem Bauchnabel dieses Mannes trinken würde.

Der Nachmittag vergeht schleppend. Zum Glück habe ich heute nicht viel zu tun, ich bin zu stark mit Zeittotschlagen beschäftigt. Ich habe eine Excel-Tabelle mit den Weihnachtsgeschenken erstellt, die ich besorgen muss. Dann habe ich eine ausführliche Aufgabenliste verfasst, in der auch »Weihnachtsgeschenke aufschreiben« steht, damit ich sofort etwas abhaken kann. Das ist äußerst befriedigend. Ich habe meine Handtasche ausgemistet und einen Einkaufszettel geschrieben, auf dem all die Utensilien stehen, die ich gerade in den Müll geworfen habe. Ich habe drei Tassen Tee getrunken und bin viermal zur Toilette gegangen, und so langsam gehen mir die Ideen aus. Um halb vier geschieht dann endlich etwas Interessantes. Ich habe beschlossen, in meinem persönlichen E-Mail-Account nachzusehen, nur für den Fall, dass vielleicht etwas von Brad eingetroffen ist, und als ich gerade in meiner Handtasche nach der Nagelfeile krame, die ich wegen all meiner Listen nicht finden kann, klingelt mein Computer. Sofort lasse ich die Handtasche fallen – die Nagelfeile fliegt zu Boden – und klicke auf den Posteingang. Bitte, bitte, bitte keine Mail mit Penisvergrößerung!

Das ist es nicht. Ich beuge mich vor, um den unbekannten Namen besser lesen zu können.

Absender: VPickford@FastLove.co.uk
Empfänger: esp79@hotmail.co.uk
Betreff: Kontaktdaten

Liebe Elizabeth,

nach Deinem Besuch eines Fast-Love-Abends letzte Woche möchte einer meiner Klienten gerne Kontakt mit Dir aufnehmen, doch leider scheint die von Dir angegebene Nummer nicht richtig zu sein. Du hast den Klienten ebenfalls auf Deinem Zettel angekreuzt. Er hat keinen Zugang zu einem Computer und kann dir daher keine E-Mail schicken. Wärest Du daher so nett, mir so schnell wie möglich eine Telefonnummer zukommen zu lassen, die ich an ihn weitergeben kann, so dass einer raschen Behebung des Problems nichts mehr im Wege steht.

Mit freundlichen Grüßen,
Val Pickford

Als ich die Nachricht lese, fällt meine Kinnlade praktisch zu Boden. Kann das wirklich sein? Hat Brad die ganze Zeit versucht, mich zu erreichen? Hat er tatsächlich wie verzweifelt seine Verpflichtung erfüllen wollen, die er mit dem Ankreuzen meines Kästchens einging, konnte es nur nicht, weil ich meine Handynummer versehentlich falsch angegeben habe? Himmel, Arsch und Zwirn, wie dämlich kann man sein? Fast muss ich lachen, so wunderbar blödsinnig ist das Ganze.

Komisch, dass er keinen Zugang zu einem Computer hat. Ich meine, er arbeitet schließlich bei Horizon, ich habe ihn da gesehen. Und ich weiß genau, dass es dort Computer in Hülle und Fülle gibt. Lügt er etwa? Lügt er Val Pickford an oder mich?

Ach, was soll's! Ist doch egal! Das kann ich ihn selbst fragen. Heute oder morgen, wenn ich das Missverständnis jetzt aufkläre. Sofort maile ich Valery meine Handynummer und wähle dann Vini auf meinem Handy an. Die wird sich wundern!

Moment noch mal! Schnell drücke ich auf die rote Taste und lege das Telefon auf den Tisch. Vini weiß offiziell gar nichts von Brad – sie hat nur vermutet, dass ich jemanden kennengelernt habe. Ich habe es nie bestätigt. Außerdem hat sie mir noch nicht ihren untypischen Einsatz von rosa Lipgloss letztens erklärt oder was sie an dem einen Abend im Patch and Parrot zu suchen hatte, also gönne ich ihr mit Sicherheit nicht die Befriedigung, diese Neuigkeit zu erfahren. Außerdem weiß ich genau, dass sie mir einreden wird, ich hätte meine Handynummer absichtlich falsch notiert, damit ich bloß niemanden kennenlerne, weil ich immer noch in Richard verliebt wäre.

Richard. Hm. Schon länger nicht mehr an ihn gedacht.

Vini liegt sowieso total daneben. Ich meine, wozu sollte ich meine Nummer falsch aufschreiben? Ich hätte nur einfach kein Kästchen ankreuzen müssen, wenn ich die Möglichkeit hätte vermeiden wollen, mich in jemanden zu verlieben und bis an mein Lebensende glücklich zu sein. Ganz einfach. Da muss ich nicht albern mit falschen Namen und Nummern hantieren.

Bloß wird Vini mich daran erinnern, dass ich tatsächlich einen falschen Namen angegeben habe.

Ja, und? Der zählt sowieso nicht voll als falscher Name. Schließlich ist er ein Teil meines Namens. Meine Eltern nennen mich Libby oder Elizabeth oder Beth. Aber darum geht es nicht. Es geht darum, dass ich keine falsche Nummer oder einen falschen Namen hätte angeben müssen, denn wenn man nicht das Kästchen ankreuzt, werden keine Adressdaten weitergegeben. Erneut will ich zum Handy in meiner Tasche greifen.

Da beginnt es zu piepen. Ich erstarre. Verdammt, das war schnell. Kurz starre ich auf die Tasche, als könne sie ich in einen wunderschönen Prinzen verwandeln, dann hebe ich sie hoch, reiße sie auf und krame hektisch nach dem Telefon.

Es kündigt eine ungelesene Mitteilung an und fragt mich höflich wie ein Hausangestellter: »Jetzt lesen?« Nein, ich warte lieber bis morgen. Natürlich will ich sie jetzt lesen, verdammt nochmal! Ich drücke auf »ja«.

Hallo, schöne frau! Versuch seit tagen, dich zu erwischen, aber nix. Würde dich echt gern wieder sehen so schnel es geht. Ruf mich an oder sims, lg, Nigel Nr. 15 xxx

Was? *Was?* Who the fuck is Nigel? Stirnrunzelnd betrachte ich die Nachricht, ohne mich um die Falten auf meiner Stirn zu kümmern. Was ist hier eigentlich los? Keine Ahnung, wer dieser Kerl ist, aber ich kann schon anhand seiner Rechtschreibung sagen, dass ich ihn mit Sicherheit nicht angekreuzt habe. Nicht in hunderttausend Jahren, selbst wenn der Fortbestand der Menschheit davon abhinge. Auf solche Gene kann die Welt verzichten. Ich weiß, und zwar ganz genau, dass ich nur eine Person angekreuzt habe, und zwar Brad, und der war Nummer fünfzehn. Wie ist dieser Spinner also an meine Handynummer gekommen?

Unbewusst schaue ich mich im Raum um, als fände ich die Antwort auf unserem Werbeplakat, aber dort ist natürlich nichts zu sehen. Ich schaue mir noch mal die SMS auf dem Handy an. Die ist eindeutig nicht vom netten Brad. Ich sacke auf meinem Stuhl zusammen. Enttäuschung und Elend ziehen mich nach unten wie die Schwerkraft. Dann packt mich die Wut. Vini ist die Einzige, die weiß, dass ich letzte Woche beim Speeddaten war. Was entweder bedeutet, dass es Nigel gibt und er irgendwie an meine Handynummer gekommen ist – unmöglich, weil ich weiß, dass ich so jemanden nicht ankreuzen würde – oder dass Vini mir einen Streich spielt.

Verdammt nochmal. Diese blöde Ziege! Sie hat sich bestimmt daran erinnert, dass ich sie gefragt habe, was sie von Nummer 15 hielte, und verwendet das nun gegen mich.

Schnell drücke ich auf »Antworten« und tippe eine SMS.

Freut mich, von dir zu hören. Wir treffen uns morgen Abend, Patch and Parrot, 20:30, L

Perfekt. Jetzt wird Vini ein schlechtes Gewissen bekommen, weil sie mich aufgezogen hat, und wird es mir vor morgen Abend beichten müssen, damit ich nicht in den Pub gehe. Nein, Moment, ich bin ja morgen Abend mit Sean verabredet und werde mich bestimmt verraten. Dann wird Vini wissen, dass die SMS nicht ehrlich gemeint war. Schnell schreibe ich »Mittwoch« statt »morgen« hinein und drücke auf »Senden«.

Schließlich ist Feierabend. Ich gehe nach Hause, um dort auf den nächsten Tag zu warten. Vini sitzt in der Küche und pickt gefriergetrocknete Cranberries aus einer Schüssel Müsli.

»Hi«, sagt sie und schaut auf. »Wie war's heute?«

Ich kneife die Augen zusammen. Sie will, dass ich von der SMS von Nigel erzähle, damit sie wie ein kleines Kind »Reingefallen!« rufen kann, aber den Triumph gönne ich ihr nicht. »Danke, gut. Gehe morgen Mittag mit Rupert de Witter essen.«

»Wow, gibt's ja nicht!«

»Doch. Warum nicht?«

Sie schiebt die Cranberries in die hohle Hand und wirft sie in den Müll. »Redest du von Rupert de Witter von Horizon Holidays, dem reichsten Mann in diesem verschlafenen Nest? Den man deshalb niemals irgendwo zu Gesicht bekommt?«

»Hm, ja, glaub schon.«

»Mensch, Beth, hast du ein Dusel! Der Typ hat mit Sicherheit einen prallvollen Terminkalender und ist bis Mai komplett ausgebucht. Und da konntest du mit ihm für *morgen* eine Besprechung vereinbaren? Das ist ja Wahnsinn!«

»Vin –«, beginne ich, halte dann aber inne. Sie hat völlig recht. Geschäftsleute wie Rupert sind dermaßen beschäftigt, dass sie ihre Termine von anderen koordinieren lassen. Manchmal sogar von zwei Personen. Wie konnte er sich also einfach so morgen mit mir zum Mittagessen verabreden? War da zufällig noch ein Termin frei? Höchst unwahrscheinlich. Hat er vielleicht etwas anderes abgesagt, um Zeit für mich zu haben? Ein warmes Gefühl breitet sich von meiner Brust bis zu den Oberschenkeln aus. Könnte das sein? Nein, nein, das ist genauso unwahrscheinlich wie eine Lücke in seinem Kalender. Es sei denn …

Nein, davon will ich nichts wissen. Das ist ein Geschäftsessen, mehr nicht. Für ihn ist das nicht wichtiger als zahllose andere Geschäftsessen in der Vergangenheit und in der Zukunft, zweifelsohne an jedem Tag der Woche. Wahrscheinlich hat in letzter Minute jemand abgesagt, so wie beim Frisör. Da bekommt man gelegentlich auch die unglaublichsten Termine, wenn jemand auf den letzten Drücker storniert. Passiert aber immer nur anderen, ich hab noch nie so ein Glück gehabt.

»Ach ja, ich bin gleich weg.« Vini steht neben der Spüle und stopft das Müsli in sich hinein.

»Wo willst du hin?«

Sie zuckt wegwerfend mit den Achseln. Etwas zu lässig für meinen Geschmack. »Ach, nichts, bloß ein Geschäftsessen. Bis später!« Mit den Worten stellt sie die leere Schale in die Spüle und begibt sich auf ihr Zimmer.

Ich schaue ihr nach. Ich kenne Vini. Sie isst Müsli vor ihrem Geschäftsessen, damit sie im Restaurant nicht Hunger bis unter die Achselhöhlen hat, sondern verwöhnt auf dem Teller herumpicken kann? Auf gar keinen Fall ist das ein Geschäftsessen.

Um mich an Vini zu rächen, durchwühle ich die Garderobe von Fake Face, nachdem sie gegangen ist. Einige der Kostüme und Outfits für die Doppelgänger bewahrt sie zu Hause auf, damit sie sie selbst zu ungewöhnlichen Gelegenheiten anziehen kann. Ich finde Indiana Jones, Jack Sparrow und Neo von *Matrix*. Mir ist ausdrücklich untersagt, die Klamotten zu berühren, und noch strenger verboten, irgendetwas herauszunehmen oder – Gott bewahre! – es sogar anzuziehen. Nun ja, bisher hatte ich nicht das Bedürfnis, mich in etwas aus diesem Schrank zu kleiden (obwohl ich natürlich alles anprobiert habe, sogar Forrest Gump – da geht's um's Prinzip), aber jetzt suche ich etwas Umwerfendes für morgen zum Mittagessen. Meine eigenen Klamotten sind zwar nicht schlecht, aber in einem kürzeren Rock und höheren Schuhen sehe ich bestimmt geschäftstüchtiger aus. Und mit lackierten Fingernägeln.

Kurz verweile ich beim Overall von Charlies Engeln. Wow, der wäre geil, oder? Wenn ich damit hereinmarschierte, könnte ich herrisch Befehle erteilen. Als wüsste ich, wie man eine Feuerwaffe bedient! Vielleicht könnte ich auch mit Schutzhelm auftreten, ihn abnehmen und mein Haar ausschütteln. O Mann, was für ein verführerisches Bild: Rupert erblickt mich in der Tür und erstarrt. Ich weiß, dass ich mich nicht schlecht mache in dem Overall, und dann noch das blonde Haar … Nein, Beth, lass es, du willst Fortbildung verkaufen, nicht einen Drogendealer auf dem Motorrad verfolgen. Schließlich finde ich eine Kombination, die von Michelle Pfeiffer getragen worden sein könnte: knielanger Rock, beige Seidenbluse und Wahnsinnsschuhe. Ich verstecke die Kleidung für morgen in meinem Zimmer.

Den Rest des Abends bereite ich mich vor. Ich werde nicht ins Detail gehen, es reicht der Hinweis, dass ich mit Wachs hantiere. Tatsächlich ist es schon länger her, dass ich so was gemacht habe, und als ich am nächsten Morgen ins Büro gehe, ist meine Haut so glatt wie lange nicht mehr und die Michelle-Pfeiffer-Klamotten gleiten mir sinnlich über den Körper.

Sean pfeift mir nach, kaum dass ich den Mantel ausgezogen habe. Ich bin ganz befangen.

»Wow, du hast es aber heute vor, Blondie, was?«, sagt er mit leiser Stimme. »Der heiße Sekretärinnen-Look steht dir echt gut. Ich freue mich schon total auf heute Abend.« Und bevor er wieder an seinen Platz zurückkehrt, zwinkert er mir noch mal ganz langsam zu. Brrr!

Was hat das überhaupt zu bedeuten? Er nimmt doch wohl nicht an, dass ich mich für ihn so aufgebrezelt habe, oder? Du lieber Himmel! Muss daran denken, vor der Verabredung mit ihm heute Abend etwas Ungepflegtes, Hausbackenes anzuziehen, damit er Bescheid weiß. Vini hat so was bestimmt.

So, das Essen ist um eins, mir bleiben also noch etwas mehr

als drei Stunden totzuschlagen, dann habe ich eine halbe Stunde Zeit für die Fahrt in die Stadt und die Parkplatzsuche. Ich ziehe den Horizon-Prospekt aus der Schublade und genieße den Anblick des Fotos hinten. Mir wird ganz anders! Schnell schiebe ich die Broschüre in die Schublade zurück, greife zu Tasche und Mantel und mache mich auf den Weg.

Überraschend schnell finde ich einen Parkplatz, da es noch relativ früh ist, und so bummle ich um Viertel nach zehn ziellos durch die Straßen und versuche den Anschein zu erwecken, enorm beschäftigt zu sein. Eigentlich bin ich das auch – muss noch ein Geschenk für meine kleine Cousine Charlotte und deren Eltern besorgen –, aber das kann ich alles erst in Angriff nehmen, nachdem ich mit Rupert gegessen habe. Mit Häschenpantoffeln, einem elektrischen Schraubenzieher und einem Fußbad unterm Arm im Madeleine's aufzulaufen würde einfach nicht besonders selbstbewusst und verführerisch wirken.

Genau genommen geht es eher darum, dass ich mich selbst bei meiner Ankunft dort selbstbewusst und verführerisch fühle. Ich könnte die Häschenpantoffeln im Auto lassen, aber dennoch wüsste ich, dass sie dort lägen.

Wie also schlage ich die Zeit bis halb eins tot (habe schon eine halbe Stunde für den Rückweg zum Auto, die Fahrt zum Restaurant und das Parken eingerechnet)? Ich bummle durch die Fußgängerzone, die Hände in den Taschen, und schaue mich um. Plötzlich fällt mein Blick auf Whytelys. Nun ja, das riesengroße fünfstöckige Gebäude mit den kürbisgroßen Goldkugeln und der in jedem Schaufenster blinkenden bunten Weihnachtsbeleuchtung ist schwer zu übersehen. In dem Moment kommt mir eine Idee.

Heute Nachmittag hat Sean die Besprechung mit dem Regionalmanager, wahrscheinlich zur selben Zeit, wenn ich Rupert treffe. Wie wäre es, wenn ich mich im Laden umsehen würde, ob mir etwas auffällt, das für ihn interessant sein könnte? Ich könnte ihn im Büro anrufen und ihm meine Erkenntnisse mitteilen, so dass er sie heute Nachmittag in seinem Verkaufsgespräch verwenden kann.

Eine Superidee! Damit habe ich nicht nur einen sinnvollen Zeitvertreib und vermittle nicht länger den Eindruck, als sei ich bestellt und nicht abgeholt, sondern ich kann auch behaupten, ich hätte meine Hand im Spiel gehabt, wenn Love Learning tatsächlich durch einen Fortbildungsvertrag mit Whytelys gerettet werden sollte.

Das hört sich wirklich furchtbar an. So meine ich das gar nicht. Ich meine nur, dass ich Sean dann nicht zu hundert Prozent dankbar sein muss. Die anderen auch nicht.

Ich betrete also das Geschäft und mische mich unauffällig unter die bestickten Strickjacken und dunkelblauen Freizeithosen, die vor den Kartons mit Weingummi stehen. Mein Michelle-Pfeiffer-Look fällt hier ein klein wenig aus dem Rahmen, daher ist es wohl das Beste, so zu tun, als wäre ich offiziell hier. Schnell husche ich nach draußen und laufe zu WH Smiths, wo ich mir ein Ringbuch und Papier kaufe. Erst im letzten Moment entscheide ich mich zusätzlich noch für ein Themenregister. Ich lege das Papier in das Ringbuch ein, dazu die Trennblätter, und drücke es mir an die Brust. Dann kehre ich zu Whytelys zurück, steuere zielstrebig auf die Informationstheke zu und bitte darum, den Geschäftsführer zu sprechen.

Schnell stellt sich heraus, dass die betreffende Dame nichts von einem Fortbildungsprogramm weiß. »Ich leite dieses Haus«, erklärt sie mir. »Mit Blusen kenne ich mich aus. Mit Krawatten komme ich zurecht. Badesalz, Duftkissen, gepolsterte Kleiderbügel – kommen Sie zu mir! Aber ein Fortbildungsprogramm? Keine Ahnung. Darum kümmern sich die hohen Tiere in der Zentrale. Leute, die den ganzen Tag nur rumsitzen und überlegen, was sie sich als Nächstes einfallen lassen können! Als hätten sie eine Ahnung, wie man eine Verkaufsfläche von dieser Größe leitet!«

»Gut.« Demonstrativ schlage ich das Ringbuch auf und lasse den Stift über der ersten Seite schweben. »Aber Sie wissen doch bestimmt, wie die neuhinzustoßenden Mitarbeiter angelernt werden, oder? Ich meine, bekommen die eine Einführung? Gibt es verbindliche Hygiene- und Sicherheits- ?«

»Wie schon gesagt, meine Liebe, wenn Sie nach Blümchen-Nachthemden fragen, kenne ich mich aus. Wenn Sie Wildlederslipper suchen, kommen Sie zu mir! Wenn Sie über Fortbildung sprechen wollen, wenden Sie sich an die Zentrale. Haben Sie mich verstanden?«

»Verstanden«, sage ich. »Sie hätten nicht zufällig die Telefonnummer für mich?«

»Doch, kein Problem. Kleinen Moment. Nerys!«, kreischt sie, und auf der anderen Seite bei den Weihnachtskuchen zuckt eine rundliche Frau mit Lametta im Haar zusammen und kommt schnell herbeigelaufen.

»Ja?«

»Die Telefonnummer der Zentrale bitte für diese Dame, Nerys.«

»Ah, ja. Gut.«

Wir sehen beide zu, wie Nerys mit ihrem dicklichen Körper davoneilt und hinten durch die Tür mit der Aufschrift »Personal« verschwindet. Die Geschäftsführerin fragt mich: »Was kann ich sonst noch für Sie tun?«

»Nichts, danke, alles in Ordnung.«

»Wenn Sie einen Latte mit Lebkuchengeschmack in der Cafeteria bestellen, bekommen Sie einen Mince-Pie gratis dazu.«

Ich schüttle den Kopf. »Nein, danke, ist wirklich sehr nett.«

»In Ordnung. Hat mich gefreut.« Damit verschränkt sie die Hände hinter dem Rücken und stolziert davon, zupft hier eine Strickjacke, dort ein Hemdchen gerade.

Als Nerys zurückkommt, überlege ich, sie zu fragen, wie sie hier angelernt wurde, doch nachdem sie mir den Zettel mit der Telefonnummer gereicht hat, huscht sie schnell davon, ohne dass ich sie aufhalten kann. Scheiße.

Na, das war ja komplette Zeitverschwendung. Super gemacht: Das Ziel wurde erreicht. Trotzdem habe ich noch eine Stunde totzuschlagen, ehe ich zu Madeleine's aufbrechen kann. Was soll ich nur tun?

»Na, versetzt worden?«, sagt ein Mann im Vorbeigehen.

»Nein!«, rufe ich empört. Wieso kann man nicht einmal fünf Sekunden irgendwo stehen, ohne dass gleich jemand meint, das kommentieren zu müssen? Verdammt nochmal!

»Ich führ Sie aus!«, ruft er mir über die Schulter zu. Ich registriere, dass er ein herrlich breites Kreuz hat.

»Vergessen Sie's!«, rufe ich ihm lächelnd nach. Versehentlich öffnet sich mein Mantel.

Der Mann bleibt sofort stehen, und ich schaue schnell an mir hinab und vergewissere mich, dass ich nicht splitterfasernackt bin. Nein, alles an Ort und Stelle. Ich sehe zu dem Mann hinüber. Er stolpert leicht, schüttelt grinsend den Kopf, winkt mir zu und geht weiter.

Fast hätte ich ihm nachgerufen, er solle stehen bleiben. Doch ich halte den Mund. Mein Gehirn funkt bereits elektrische Impulse an meinen Arm, damit er sich hebt und winkt, doch es gelingt mir gerade noch, die Reaktion zu unterbrechen. Gott sei Dank. Das bevorstehende Gespräch mit dem süßen Rupert hat mich so aufgeheizt, dass ich allmählich gemeingefährlich werde. Vielleicht sollte ich mich besser in der nächsten Stunde im Auto einschließen, sonst werde ich noch verhaftet. Ich mache mich auf den Rückweg.

Als ich an der Tierhandlung vorbeikomme, gehe ich kurz entschlossen hinein und schaue mich nach einem Weihnachtsgeschenk für die Katze meiner Mutter um. Ich weiß, das ist albern. Das Tier ist bestimmt nicht mal religiös. Aber meine Mutter lebt allein, und Sybil ist ihre einzige Gefährtin. Es gibt bestimmt auch viele Menschen, die Weihnachten feiern, ohne religiös zu sein.

Während ich durch die Gänge mit Katzenleckerlis und Naschereien für Hunde schlendere, schnappe ich plötzlich eine Unterhaltung an der Kasse auf. Besonders ein Wort bleibt bei mir hängen: Es geht um Fortbildung.

»Meinst du, die wollen so was machen?«, fragt jemand.

»Das ist völlig unwichtig. Ich schicke sie hin, und dann lernen sie da was.«

Das ist ja super! Ich gehe den Stimmen nach, überlege mir schon eine einleitende Bemerkung. Ich bin sogar perfekt angezogen, komplett mit Notizbuch und Stift! Einmalig.

Doch dann zögere ich. Ich bleibe eine Weile stehen und überlege. Dann verlasse ich das Geschäft und hole draußen auf dem Bürgersteig das Handy aus der Tasche. Eigentlich kann ich kaum glauben, was ich gerade mache. Staunend schüttele ich den Kopf, wähle aber trotzdem die Nummer vom Büro.

»Hi, Ali, kannst du mir bitte mal Fatima geben?«

Als Fatima ans Telefon kommt, atemlos und voller Panik, erzähle ich ihr, dass sie einfach mal in der Tierhandlung anrufen soll, ich sei gerade dort gewesen und hätte ein Gespräch über Kundenbetreuung mitbekommen.

»W- du –?«, fragt sie. Das ist ihre Art, sich bei mir zu bedanken.

»Schon gut, Fats«, beruhige ich sie. »Viel Glück!« Dann lese ich die Telefonnummer vom Schild über dem Geschäft ab und lege auf.

Wow. Das war sonderbar. Ich habe meine Chance einfach weitergegeben. Es war das erste Mal in all den Jahren bei Love Learning, dass ich so etwas getan habe. Erstaunlich. Es liegt bestimmt daran, dass ich so zuversichtlich wegen der Horizon-Sache bin. Außerdem bin ich im Moment wegen der Aufregung ein bisschen wirr im Kopf. Apropos: Wie spät ist es? Ich schaue auf die Uhr und merke, dass ich noch immer das Telefon in der einen und den Zettel dieser Nerys in der anderen Hand halte. Das ist Schicksal. Dagegen kann man sich nicht wehren. Irgendein höheres Wesen will, dass ich dort anrufe, und hat deshalb diesen Augenblick herbeigeführt. Ich habe das nicht in der Hand, ich kann nichts dagegen tun. Ach, was soll es schon schaden? Ich behaupte einfach, ich sei die Assistentin von Sean Cousins und müsse vor seinem Meeting am Nachmittag noch das eine oder andere erfragen. Was ja irgendwie auch stimmt, wenn man's nicht so genau nimmt.

»Whytelys«, meldet sich plötzlich überraschend eine junge Frauenstimme. Ich dachte, ich würde noch mit mir selbst debattieren, stattdessen habe ich mich bereits entschieden und gewählt.

»Ja, hallo, ich rufe von Love Learning an. Könnte ich bitte mit jemandem über das Fortbildungsprogramm Ihres Hauses sprechen?«

Sie stellt mich durch, eine Weile lausche ich einer Panflöte, die »Santa Claus is Coming to Town« spielt. Schließlich meldet sich eine Frau namens Annette, die aber nichts von Seans Meeting am Nachmittag weiß.

»Wirklich nicht? Der Termin ist beim Regionalmanager.«

»Bei welchem denn?«

»Hm, äh, das weiß ich nicht. Er ist beim Regionalmanager, deshalb dachte ich, dass …«

»Also, es gibt vier Regionalmanager, und leider steht Love Learning in keinem von deren Terminplänen, wenn Sie mir also nicht den Namen der betreffenden Person nennen können, mit der Sie verabredet sind …«

»Ach, nein, schon gut. Ist schon in Ordnung.«

»Möchten Sie gerne einen neuen Termin machen?«

Ich habe die Frau wirklich nicht darum gebeten, oder? Ich meine, ich habe nicht die Absicht, Sean den Auftrag wegzunehmen, alles passiert ganz von selbst. Nein, aber so weit kommt es nicht, weil ich es nicht zulassen werde. Ich sage jetzt dieser Annette, dass das sehr nett sei, aber dass es wirklich keine –

»Ja, danke, das wäre sehr gut.«

Ach, du Scheiße! Mein Mund hat sich wieder selbständig gemacht.

Am Ende des Telefongesprächs habe ich einen Termin bei einem der Regionalmanager um drei Uhr am folgenden Dienstag, dem neunzehnten Dezember, in dessen Büro. Den kann ich problemlos absagen, wenn ich heute Abend mit Sean darüber gesprochen habe. Ich meine, ich habe ihn wirklich nur für den Fall gemacht, dass es eine Verwechslung gab und Seans Besprechung am Nachmittag übersehen wurde. Ich schwöre, dass ich Sean nächste Woche hingehen lasse, wenn sein Termin heute nicht klappt. Und der Mund hält sich da raus!

14 Informationen sammeln

Kurzfristiges Ziel: Mittagessen, ohne zu sabbern.
Hindernisse: Ruperts Gesicht.
Langfristiges Ziel: Ruperts Gesicht.
Hindernisse: Mittagessen, ohne zu sabbern.

Schnell marschiere ich zum Wagen zurück und fahre die, wie sich herausstellt, achtminütige Strecke zum Madeleine's, wo ich unter einem riesigen Weihnachtsbaum halte. Ich muss noch zwanzig Minuten totschlagen, bevor ich hineingehen kann. So ein Mist! Wer hätte gedacht, dass ein so exklusives Restaurant so nah an einer Schnellstraße liegt? Egal, ich warte einfach im Wagen, bis es vier Minuten nach eins ist, damit es nicht so aussieht, als hätte ich heute seit dem Aufstehen alle zwei Minuten auf die Uhr geguckt. Egal, was passiert, ich darf auf gar keinen Fall als Erste da sein.

Genau sechs Minuten später werde ich vom Oberkellner durch das Restaurant geführt. Im Auto zu warten war eine bescheuerte Idee gewesen. Ich meine, wer hätte gedacht, dass es hier so kalt sein würde? Jedenfalls bestand die Gefahr, dass Rupert auf dem Parkplatz eine blasse, verkniffene, frierende Tussi im Auto entdeckt und die Augen über so viel Blödheit verdreht, um später festzustellen, dass es sich dabei um mich handelt.

Hier bin ich also und werde vorbei an Menschen in grässlichen bestickten Strickjacken, wie ich sie heute bei Whytelys gesehen habe, an einen Tisch weit hinten geführt. Nein, doch nicht. Wo gehen wir eigentlich hin? Wir gehen vorbei an allen Tischen durch eine Tür auf die Terrasse. Ja, wirklich schön hier, aber es ist arschkalt. Verdammt nochmal, ich habe das Auto verlassen, um mich aufzuwärmen! Der Oberkellner führt mich zu einem Gebäude am Ende der Terrasse. Herrgott, da soll ich rein? Kurz verspüre ich eine irrationale Panik, denn ich frage mich plötzlich, ob dieser Mann nur den Oberkellner spielt, um unschuldige junge Frauen in einen abgelegenen, nichtssagenden Schuppen zu locken, wo er sie wochenlang an ein Heizungsrohr kettet. Doch dann öffnet er die Glastür, und ich trete ein und stehe staunend da.

Der Raum sieht aus wie die Höhle vom Weihnachtsmann. Allein der Hauptdarsteller fehlt. Fünf Tische befinden sich hier, aber nur einer ist gedeckt. Kurz nehme ich die wunderschöne Dekoration in mich auf: schimmerndes Goldbesteck, glitzernde Kristallgläser, Blumen, Kerzen, alles schimmert in Champagner- und Goldtönen. Dann merke ich, dass alles so funkelt und glänzt, weil der Raum mit unzähligen Kerzen geschmückt ist. Auf unserem Tisch stehen nur zwei, aber an jeder Wand sind mindestens zwanzig Kerzenhalter, vielleicht sogar dreißig, und in jedem flackert eine hübsche goldene Kerze. Ich weiß nicht, ob es hier eine Heizung gibt, aber es ist warm. Wunderbar warm. Und alles flimmert. Ich trete über die Schwelle und schaue mich staunend um. Der Oberkellner wartet in der Tür.

Ich wende mich zu ihm um. »Haben Sie …? Ich meine, ist das …? Wird hier immer …?«

Er lächelt wissend. »Doch, Mr. de Witter hat ausdrücklich um dieses Arrangement gebeten, Madam.«

Mir steht der Mund offen. Ich weiß es, kann aber nichts dagegen tun. Wahrscheinlich habe ich einen Tropfen auf der Unterlippe, aber das ist mir jetzt auch egal. Er hat ausdrücklich um dieses Arrangement gebeten. Rupert hat das so gewünscht. Rupert de Witter, den ich gleich treffen werde. Er hat es speziell so haben wollen. Für mich.

»Mr. de Witter wird bestimmt jeden Moment eintreffen, Madam«, sagt der Oberkellner lächelnd. Ich kann mich kaum noch auf den Beinen halten. Die Gedanken, die mir durch den Kopf gehen, sind sinnlich und heiß. Bei der Aussicht auf das Treffen mit Rupert wird mir ganz warm. Die Wärme dehnt sich wie eine Feuerwalze auf all meine Körperteile aus, wie eine in Flammen aufgehende Benzinspur. Ich will dem Oberkellner danken und merke, dass mein erster Eindruck, er sei ein kleiner Schnauzbartträger von gut fünfundvierzig Jahren, falsch war. Tatsächlich ist er ein sehr attraktiver Latino-Typ mit äußerst erotischer Stimme. Ich kann fast spüren, wie sich meine Pupillen bei seinem Anblick weiten. Ich benetze die Lippen.

»Vielen, vielen Dank«, sage ich mit schwerem Atem. »Das ist wirklich … unglaublich.«

Er deutet eine Verbeugung an. »Gern geschehen, Madam. Ich hoffe, Sie werden Mr. de Witter zu verstehen geben, wie zufrieden Sie sind …«

Ich reiße die Augen auf. Was?!? Was will er damit sagen? Dass ich mich hier direkt in diesem Raum von Rupert flachlegen lasse, als Dank fürs Mittagessen? Nur wegen ein paar Kerzen? Das ist ja wohl der Gipfel –

Mir wollen die Beine wegsacken, die Augen fallen mir zu.

Nein! Das darf ja wohl nicht wahr sein! Das ist doch unmöglich. Wie kann er es wagen? Egal, was er denkt, wie er hier steht und mich anschmachtet wie in der Champagner-Werbung, ich bin keine billige Schlampe, die einfach so …

Äh, Moment mal kurz. Nein. Er will mir wahrscheinlich zu verstehen geben, dass ich Rupert gegenüber meine Begeisterung ausdrücken soll, damit die Bediensteten ein gutes Trinkgeld bekommen. Und in Zukunft noch öfter Besuch von Rupert.

Herrje, ich sollte mich selbst am Stuhl festschnallen, zur Sicherheit für den Rest der Menschheit.

Jetzt muss ich nur noch eine Viertelstunde herumbringen. Ich bestelle etwas zu trinken und nippe beiläufig am Glas, so als sei mir meine Anwesenheit hier eigentlich egal. Bald bestelle ich das nächste Glas. Noch neun Minuten. Ich fühle mich unheimlich sexy, so wie das Kerzenlicht auf mir tanzt. Die Wärme der Flammen zaubert mir eine leichte Röte auf die Wangen (es könnten auch die beiden Glas Sauvignon auf leeren Magen sein), dazu der Michelle-Pfeiffer-Rock, der sich im Sitzen wie gewünscht um meine Oberschenkel spannt. Kurz stelle ich mir vor, ich sei Rupert de Witter und käme herein, erblickte mich durch seine Augen. Hey, ich sehe gut aus. Auch wenn es etwas schwer zu erkennen ist, da mir der Wein in den Kopf gestiegen ist. Mein Haar macht was her – im Kerzenlicht schimmert das Blond golden. Ich reiße die Augen auf, um keinen Schlafzimmerblick zu haben, lasse es aber schnell wieder. Ich will nicht, dass Rupert denkt, ich hätte etwas Furchterregendes hinter ihm entdeckt. Das breite Lächeln wirkt etwas unbedarft, ich fahre es ein wenig herunter. Ja, so ist es gut:

verführerischer Blick, seidenweiche Schenkel und ein angedeutetes Lächeln.

Plötzlich wird die Tür aufgerissen. Ich zucke zusammen und sehe mich um.

»Oh, Miss Sheridan, Beth, es tut mir so leid, dass Sie warten mussten.«

Mein Herz hämmert, meine Augen sind weit aufgerissen, ich bekomme kaum Luft, aber äußerlich wirke ich ruhig und gefasst, als ich den Mann in der Tür fragend anblicke. Es ist nicht Rupert de Witter.

»Wer sind Sie? Wo ist Rupert?«

Es ist heraus, ehe ich mich versehe. Ich weiß, es klingt schrecklich, wie ein kleines Blondchen, das gleich vom Buchhalter des Helden vor die Tür gesetzt wird.

»Ich bin Ruperts Buchhalter.«

Scheiße.

»Ich heiße Harris O'Neill. Es tut mir leid, aber Rupert war in letzter Minute verhindert. Er hat mich gebeten, herzufahren und ihn zu entschuldigen.«

»Ah.«

Er kommt näher heran. »Darf ich?«, fragt er, zeigt auf den zweiten Stuhl am Tisch und wartet höflich auf meine Erlaubnis. Ich will ganz freundlich sagen: »Ja, natürlich, bitte sehr!«, aber irgendetwas in mir will schreien: »Warum ist Rupert nicht hier?«, also nicke ich einfach.

»Ich hoffe, Sie bleiben trotzdem zum Mittagessen?«, fragt Harris und rückt den Stuhl heran. Er ist nett auf seine Buchhalterart in grauem Anzug und Krawatte. »Das Essen hier ist einmalig.« Er beugt sich über den Tisch zu mir, so dass ich sein

Aftershave riechen kann, und senkt die Stimme. »Die Rechnung geht auf Rupert, also können wir genauso gut richtig auf den Putz hauen. Und das gesamte Essen ist von der Steuer absetzbar, so lange wir bei der Sache bleiben.«

Was? Was meint er denn damit? Muss ich mich jetzt auch noch von Ruperts Buchhalter flachlegen lassen, direkt hier auf dem Boden, in diesem hübschen Raum, während das Kerzenlicht über unsere ineinander verschlungenen nackten Körper flackert, ein Restaurant voller Gäste nur wenige Meter entfernt, die uns sehen könnten, wenn sie an die Tür kämen, und jeden Moment könnte der Kellner hereinplatzen und uns erwischen, und das alles nur, damit dieser Kerl das Essen steuerlich geltend machen kann? Ich spüre, dass mein Atem schwerer geht und mein Herz anfängt zu pochen. Der Buchhalter hat etwas von Matt Damon, finde ich …

O Gott, was habe ich nur für Gedanken? Was ist nur mit mir los? Ich muss mich wirklich irgendwo festzurren. Und zwar nicht an Rupert de Witters Buchhalter.

Los, Beth, konzentrier dich! Warum bist du hier? Warum willst du unbedingt Rupert de Witter treffen? Ein kleiner Tipp: nicht um mit irgendjemandem auf der Terrasse zu vögeln.

»Na, deshalb sind wir ja hier, oder?«, sage ich schließlich, rutsche dabei unbehaglich und verschwitzt auf dem Stuhl umher, während ich nach außen hin den Eindruck zu vermitteln suche, weder maßlos enttäuscht von Ruperts Nichterscheinen zu sein noch vor sexueller Frustration kurz davor stehen, seinen Ersatz zum Beischlaf zu zwingen.

»Super. Hoffentlich dauert das Geschäftliche nicht lange, dann können wir uns anschließend nett unterhalten. Mensch, hab ich einen Hunger! Die Lachstörtchen hier sind übrigens ein Gedicht.« Harris greift zur Speisekarte. »Waren Sie schon mal hier?«

Ich zögere mit der Antwort. Mein Instinkt rät mir zu lügen, ihm vorzumachen, dass ich ständig hier sei, damit Rupert die Kunde erreicht, ich sei nicht völlig überwältigt gewesen von der Besprechung, aber ich weiß von *Mrs Doubtfire*, dass es in eine Katastrophe mündet, wenn man sich als jemand anderes ausgibt.

»Nein, ehrlich gesagt, noch nie.«

»Also, ich war auch nur zweimal hier und hatte jedes Mal die Fischtörtchen, deshalb gönne ich mir heute mal etwas anderes.« Harris liest die Speisekarte. »Hm. Vielleicht Wild.« Mit einem breiten Grinsen schaut er zu mir herüber. »Womit das heute das letzte Mal wäre, dass Rupert mein Essen bezahlt.«

»Na, aber Sie springen schließlich für ihn ein, oder?«

Harris lässt die Karte sinken und schaut mich an. »Ja, da haben Sie recht. Und dafür schuldet er mir wirklich was.« Er betrachtet mich noch länger und fügt dann lächelnd hinzu: »Obwohl ich sagen muss, dass ich mich freue, diese Aufgabe für ihn zu übernehmen.«

Oh. Was sage ich jetzt? Ich kann ihm wohl schlecht zustimmen und sagen, dass ich mich auch freue, denn das ist nicht wahr. So schön seine Augen auch sind, ich würde lieber in Ruperts blicken. Ich entscheide mich für ein vieldeutiges Lächeln und ein bedeutungsleeres Nicken, womit er offenbar zufrieden ist.

Nachdem wir das Essen und eine Flasche Wein bestellt haben, greift Harris zum Glas und prostet mir zu. »Auf Sie und

Rupert!«, sagt er fröhlich, und ich muss sogleich an unsere Hochzeit denken. Ich sehe umwerfend aus in einem eierschalfarbenen, mit Wildperlen bestickten Seidenkleid ... Und man sehe sich erst mal Rupert an! Er trägt einen dunkelgrauen Cut, darunter einen hohen Kläppchenkragen mit dunkelroter Fliege und eine Weste. Er steht neben mir im Festzelt und betrachtet mich voller Staunen. Seine Augen wandern über jeden Zentimeter meines Körpers, verschlingen mich, als könne er von meinem Anblick nicht genug bekommen.

»... geschäftliche Zusammenarbeit«, beendet Harris seinen Satz und trinkt einen Schluck Wein. Ich blinzle. Mist, was hat er gerade gesagt?

»Auf jeden Fall«, sage ich und nehme ebenfalls einen Schluck.

»Es ist echt angenehm, für Rupert zu arbeiten«, fährt Harris fort. »Ich bin jetzt schon fast neun Jahre bei ihm, und wir haben uns noch nie gestritten. Sicher, was Quittungen und Unterlagen angeht, ist es ein Albtraum mit ihm, er notiert seine Ausgaben nie ordentlich, verpasst Termine, taucht immer zu spät bei Besprechungen auf, erledigt seinen Papierkram nicht richtig und geht davon aus, dass ich seine Gedanken lesen kann. Aber abgesehen davon ist er ein toller Kerl.«

Während Harris erzählt, komme ich langsam zu der Überzeugung, dass dieses Essen ohne Rupert vielleicht doch gar kein so großer Reinfall ist. Ich meine, dieser Typ kennt ihn scheinbar sehr gut, es ist also die perfekte Gelegenheit für mich, Informationen über Horizon und dessen Chef zu sammeln. In Gedanken schlage ich meinen Notizblock auf und lecke am Bleistift.

Ich bin mir aber nicht so sicher bei dem, was ich bisher gehört habe. Rupert klingt ein wenig unzuverlässig. Ich meine, schließlich gehört ihm eine verdammt große Reiseagentur, und da ist es ihm egal, ob er pünktlich zu Meetings auftaucht? Weiß er denn nicht, was ein Geschäftsführer zu tun hat? Weiß er nicht, wie viele Menschen von ihm abhängig sind? Wird er seine Rechnungen pünktlich zahlen?

Harris versucht, meinen Gesichtsausdruck zu deuten, und ich muss leicht missbilligend dreinschauen, denn er erschrickt ein wenig und hebt die Hände. »Oh, nein, ach je, hören Sie, ich meinte nicht … Eigentlich ist er wirklich ein total guter … Ich wollte bloß sagen, dass er bei mir so ist. Aber ich bin ja nur sein Buchhalter. Ich kümmere mich nur ums Geld, und das interessiert ihn nicht. Er treibt mich echt in den Wahnsinn mit seiner sorglosen Einstellung, weil er immer mehr Steuern zahlt als nötig. Das kann ich Jahr für Jahr auf dem Bescheid lesen, aber ihm ist es schlichtweg egal. Ich habe das Gefühl, meine Aufgabe nicht ordentlich zu erfüllen, wissen Sie, nicht das Beste für ihn herauszuholen, aber er betraut mich immer wieder damit.« Harris lächelt und sieht dabei dennoch etwas traurig aus. »Ich bekomme sogar jedes Jahr Weihnachtsgeld. Obwohl ich ihm nicht annähernd die Summe spare, die möglich wäre. Ich weiß halt, dass Geld sehr weit unten auf seiner Prioritätenliste steht.«

O Gott! Gibt es irgendetwas, das erotischer ist? Ein Millionär, dem seine Knete egal ist? Gibt es so was überhaupt? Bei so viel Geld im Rücken wird man wohl nie in Schulden fallen, egal wie gedankenlos man damit umgeht, oder?

Ich muss an Fatima denken. Das Gegenteil von Rupert –

keine Millionärin, macht sich viel aus Geld, hoch verschuldet. Plötzlich habe ich eine Idee. Ich esse gerade mit einem Buchhalter zu Mittag – vielleicht kann er mir den einen oder anderen Tipp für sie geben?

»Ähm, Harris, Sie sind also Buchhalter?«

Er grinst. »Ja. Warum?«

»Nun, eine Arbeitskollegin von mir, Fatima, hat ein Geldproblem. Also, genau gesagt, ist es das Gegenteil von einem Geldproblem. Eher ein Fehlendes-Geld-Problem. Es geht ihr ganz furchtbar, sie ist unglaublich durcheinander und weint im Büro, hat Angst, ihre Stelle zu verlieren. Sie dreht ein bisschen am Rad, verhält sich anders als sonst, treibt sich mit zweifelhaften Gestalten herum, wurde festgenommen …« Ich verstumme. Fatimas Situation klingt wirklich schrecklich, nun da ich sie laut ausspreche. Wie ist es so weit gekommen? Und was ist, wenn Chas sie tatsächlich rausschmeißt? Es wäre ihr durchaus zuzutrauen, einen Banküberfall oder Ähnliches zu planen, um ihre Schulden abzuzahlen.

»Beth, Sie wirken so besorgt. Ganz ehrlich, Ihre Freundin Fatima – so hieß sie doch, oder? – kommt schon zurecht. Es gibt immer einen Ausweg, so lange die Frau vernünftig ist.«

»Glauben Sie wirklich?«

»Ja, natürlich. Wofür hat sie das Geld denn ausgegeben? Hat sie Vermögenswerte?«

Ich nicke. Hey, das ist ja super! Gleich zaubert er etwas aus dem Hut, was nur Buchhalter wissen, weil sie eine jahrelange Ausbildung absolviert haben, und wenn Fatima tut, was er ihr rät, sind ihre Probleme bald Schnee von gestern. Schon jetzt spüre ich Erleichterung im ganzen Körper.

»Ja, sie hat einen Mini. Hat neuntausend gekostet. Was soll sie tun?« Ich schaue Harris mit weitaufgerissenen Augen und angehaltenem Atem an, warte auf die goldenen Worte von seinen Lippen, mit denen sich alles in Wohlgefallen auflösen wird.

»Den muss sie verkaufen, davon die Schulden abzahlen und sich ein billigeres Auto anschaffen.«

Reglos starre ich ihn über den Tisch hinweg an. Ich habe immer noch einen erwartungsfrohen, auf die Antwort erpichten Gesichtsausdruck – erhobene Augenbrauen und leichtgeöffnete Lippen –, aber Harris trinkt schon wieder einen Schluck Wein und merkt es nicht. Verflixt und zugenäht, soll das alles sein, was er in den Jahren anstrengender Ausbildung gelernt hat? *Den Mini verkaufen und sich was Billigeres zulegen?* Na, Gott sei Dank, dass ich diesen Typen gefragt habe! Welch große Erleichterung, dass ich jetzt phantastische Ratschläge von einem echten Buchhalter weitergeben kann.

»Ja, nach sorgfältigem Nachdenken und langem Abwägen aller Möglichkeiten sind Fatima und ich auch schon mehr oder weniger zu dem Schluss gekommen, dass das am besten wäre. Aber es klappt nicht so einfach. Niemand will neuntausend Pfund für einen Mini aus dritter Hand zahlen.«

»Ah, verstehe. Das ist schade.« Wieder führt Harris sich das Glas an den Mund, trinkt und stellt es wieder ab. Doch er sagt nichts mehr, und dann kommt unser Essen. Grinsend greift er zum Besteck und schaufelt alles in sich hinein. Da sehe ich ein, dass das alles war, dass sich nichts in Wohlgefallen auflösen wird, dass er nichts vorzuweisen hat.

Aber die Fischtörtchen sind lecker. Sie sind das einzig Gute an diesem Fiasko. Da Harris inzwischen leicht angetrunken ist, wird er wohl kein Quell der Information über Rupert sein. Beim Essen verspüre ich langsam eine gewisse Verstimmung gegenüber Rupert, weil er nicht hier ist. Ich meine, Harris ist lieb und nett, aber er ist eindeutig nicht der beste Buchhalter der Welt. Und meine Verabredung – ähm, meine Besprechung natürlich – war mit Rupert, nicht mit seinem Buchhalter. Warum den Indianer schicken, verdammt nochmal? Warum den Termin nicht einfach verschieben? Vini hatte recht, Rupert sieht man wirklich nie irgendwo.

»Alles in Ordnung?«, fragt Harris plötzlich und schaut mich an. Ich merke, dass ich ein langes Gesicht mache – das ist nicht gut. Ich zwinge mich zu einem Lächeln, und Harris entspannt sich merklich.

»Ja, alles klar, Entschuldigung. Denke nur an die Arbeit. Ich muss leider bald zurück. Sollen wir jetzt das Geschäftliche klären?«

»Ja, sicher, natürlich. Wie gedankenlos von mir.« Er faltet die Serviette zusammen und lässt sie auf den leeren Teller fallen. »Sehen Sie, Beth, Rupert wollte wirklich heute herkommen. Ich habe gestern noch mit ihm gesprochen, er hatte sich so darauf gefreut.«

»Ach, schon gut, das ist wirklich nicht wichtig. Ich kann genauso gut Ihnen das Konzept von Love Learning erklären, also, Sie brauchen sich nicht … das ist kein … machen Sie sich keine Sorgen.«

»Die Sache ist«, fährt Harris fort, als hätte ich gar nichts gesagt, »dass er ein sehr zupackender Manager ist. Verstehen Sie? Er weiß gerne über alles persönlich Bescheid. Außer für seine Arbeit hat er für nichts anderes Zeit.«

»Tja, hm, genau das habe ich mir ge- «

»Das Problem ist«, erklärt Harris weiter, »dass er sich keine Zeit fürs Privatleben nimmt. Selten verbringt er mal einen Abend nicht im Büro, daher hat er so gut wie keine sozialen Kontakte.«

Was? Was will er mir damit sagen? Warnt er mich vor ihm? Ich zucke mit den Achseln und versuche ein Gesicht zu machen, als ginge mich das eigentlich nichts an. »Ach, ja? Das ist aber schade, nicht? Nun, was für Weiterbildungs- «

»Ja, es ist wirklich eine Schande«, sagt Harris eindringlich und beugt sich wieder über den Tisch. »Seine Arbeit ist ihm wichtiger als alles, und das ist nicht gut für ihn. Irgendwann steht er ganz allein da und bedauert es, und das wünsche ich ihm nicht.« Er nimmt wieder einen Schluck Wein und stellt das Glas etwas wackelig ab.

»Nein, natürlich nicht, Sie sind ja sein Freund, da wünschen Sie ihm –«

»Was er braucht, Beth, ist ein Grund, um weniger zu arbeiten. Denn im Moment hat er einfach nichts anderes, deshalb arbeitet er immer mehr, wodurch er nichts anderes hat. Verstehen Sie mich?«

Harris schaut mich eindringlich an, bis ich zur Seite blicke. »Ähm, nun ja, ich weiß nicht genau …«

»Das ist ein Teufelskreis, Beth, und der muss durchbrochen werden. Er braucht etwas Wichtiges im Leben, weil er im Moment nur fürs Geld arbeitet, und das bedeutet ihm nichts.«

»Ah …«

In dem Moment kommt der Kellner, um den Tisch abzuräumen, und Harris bittet ihn, die Rechnung bei Rupert anzuschreiben.

»War alles zu Ihrer Zufriedenheit, Mr. O'Neill?«, fragt der Kellner, und in mir hegt sich der schleichende Verdacht, dass Harris doch schon öfter als zweimal hier war.

»Oh, ja, vielen Dank, Dan. Es war wunderbar. Keine Sorge, ich richte es ihm aus.«

»Vielen Dank, Sir«, sagt Dan und entfernt sich rückwärts.

Harris dreht sich zu mir um. »Kommen Sie, Beth, unterhalten wir uns darüber, was Love Learning für Horizon Holidays tun kann.«

15 Kleine Enthüllungen

Kurzfristiges Ziel: Mich noch einmal mit Rupert verabreden. Er schuldet mir ein Vieraugengespräch.
Hindernisse: Das Wort »Vieraugengespräch« beschwört immer wieder ein sehr verstörendes Bild herauf, das mich von allem anderen abhält. Selbst vom Atmen.
Langfristiges Ziel: Mit meinen Augen ganz nah an Ruperts Augen herankommen. Dann haben wir Augenkontakt.
Hindernisse: Ihn überhaupt mal zu treffen wäre schon ein guter Anfang.

Gegen zwanzig nach drei kehre ich an meinen Arbeitsplatz zurück, wo ich einen großen Blumenstrauß vorfinde. Mein Mund verzieht sich zu einem breiten Grinsen, das ich nicht zu verbergen suche. Vor Freude zu lachen, weil ich Blumen von einem unbeschreiblich attraktiven Millionär erhalten habe, ist Platz eins auf meiner Liste von Dingen, die ich gerade machen möchte, wenn Richard zurückkommt. Ich stelle mir vor, wie Rupert beim Blumenladen anruft und diktiert, was auf der Karte stehen soll, wie er an mich denkt und überlegt, welche Worte er verwenden will und welche Blumen es sein sollen, und mein pochendes Herz schwillt ein wenig an und drückt auf die Lunge, so dass ich schneller atme. Beglückt nehme ich Platz und suche nach der Karte.

Dabei habe ich Gelegenheit, die Blumen zu begutachten, die er für mich ausgesucht hat. Ich sehe viele hübsche kleine rosa

Blüten in einer Wolke grünen Laubs, dann noch viele weitere rosa Blüten. Sehr hübsch. Wirklich nett. Nicht sonderlich originell, aber das ist unwichtig. Ich bin so aufgeregt, weil ich zur Abwechslung mal aus einem guten Grund Blumen bekommen habe. Dies ist erst mein dritter Strauß, und die ersten beiden waren nicht von guten Nachrichten begleitet.

Obwohl das Verschenken von Sträußen im Allgemeinen schon etwas altmodisch ist, oder? Und wenn ich ehrlich bin, weiß ich ganz genau, dass es nicht Rupert selbst gewesen ist, der im Blumenladen angerufen hat. Das war mit Sicherheit seine Sekretärin, während er mit dem beschäftigt war, was so dringend erledigt werden musste, dass er es nicht zu dem Treffen mit mir schaffte, obwohl er es selbst vorgeschlagen und verabredet hat. Er versetzt mich also und glaubt dann, es sei alles in Ordnung, weil irgendeine Lucy oder ein Howard bei Fleurop anruft und sich auf Grundlage von Ruperts Schilderung der heutigen Ereignisse ein paar Sätze ausdenkt. Ich merke, wie sich meine Lippe kräuselt, und unterbinde es. Verächtlich auf die Blumen zu schauen, die mir ein Millionär als schwache Entschuldigung für sein Nichterscheinen geschickt hat, steht nicht ganz oben auf der Liste der Dinge, die ich bei Richards Rückkehr gerade tun will. Nicht mal unter den Top Ten.

Vielleicht soll ich Rupert einfach aufgeben. Wir haben uns nie getroffen, und kaum versuchen wir es, verdrückt er sich. Jetzt schickt er klischeeartige Sträuße zur Wiedergutmachung. Vielleicht habe ich aus den E-Mails den falschen Eindruck von ihm gewonnen.

»Und? Gefallen sie dir?«, fragt Sean, der zu mir rüberkommt.

Ich will nicht, dass er erfährt, von wem sie sind, warum ich sie bekommen habe und dass ich mich nicht sonderlich über sie freue, deshalb strahle ich ihn an.

»Oh, ja, die sind herrlich! Wirklich wunderschön! Meine Lieblingsfarben. Und dann der Duft …« Ich schiebe die Nase in den Strauß und atme tief ein, rieche aber nichts außer dem Plastikaroma des Cellophans. »Total schön«, sage ich, als ich wieder auftauche.

»Super. Ich dachte, dass dir die rosa Blumen gefallen würden, deshalb hab ich sie genommen. Nur ein kleines Zeichen, verstehst du? Weil ich mich auf heute Abend freue. Jetzt muss ich zu meinem … Meeting.« Und wieder zwinkert er mir ganz langsam zu. Brrr.

Ich schaue ihm nach, und plötzlich wird mir klar, dass er von dem Meeting mit dem Regionalmanager von Whytelys redet. Das läuft also doch. Nun, das ist gut, dann kann ich ja meinen Termin absagen, den ich versehentlich dort vereinbart habe. Das mache ich morgen, damit Sean mir heute Abend berichten kann, wie es gelaufen ist.

Wenigstens bedeutet Ruperts Fernbleiben vom Mittagessen, dass die Verabredung heute Abend mit Sean keiner anderen eventuellen Einladung im Weg stehen wird. Obwohl ich eh sagen wollte, dass ich zu tun hätte, nicht? Das bedeutet, das Treffen heute Abend mit Sean ist sinnlos. Aber ich schulde es ihm, schließlich bin ich aus Versehen hinter seinem Rücken zu Whytelys gegangen. Ich betrachte die Blumen, und mir fällt auf, wie gut Sean und dieser Plastikstrauß zusammenpassen. Wie konnte ich nur glauben, dass ein kleiner rosa Bund wie dieser von einem Mann wie Rupert de Witter kommt? Wahrscheinlich verschickt er gar keine Blumen. Er sendet Diamantarmbänder oder seltene Erstausgaben. Aber keine kleinen rosa Begonien oder was das sein soll. Als ich an ihnen rieche, wird mir klar, dass sie nicht von Fleurop sind, sondern eben noch in dem schwarzen Plastikeimer neben den kleinen kahlen Weihnachtsbäumen an der Tankstelle um die Ecke vom Büro standen. Deshalb ist auch gar keine Karte dabei.

Gut, zurück an die Arbeit. Nächste Woche habe ich einen Motivations-Workshop, den ich dringend vorbereiten muss, aber ich habe einfach keine Lust. Ich logge mich in mein E-Mail-Programm ein. Während des Ladevorgangs habe ich plötzlich ein Bild von Harris im Kopf, der Ruperts Büro betritt, Rupert eilt zu ihm, ganz ungeduldig und nervös, bietet ihm einen Stuhl an, hockt sich auf die Schreibtischkante und fragt aufgeregt: »Und, wie war's?«

Aber Harris hat leichte Kopfschmerzen. Er hat zu viel Wein getrunken. Er wedelt Rupert mit der Hand fort und steht auf. »Eine Minute, Rupe. Muss ein bisschen Wasser trinken.«

»Ich hol dir was«, sagt Rupert, geht zu seinem Schreibtisch und schenkt ein Glas aus seinem Krug ein. Dabei verschüttet er ein bisschen auf den Tisch, doch es interessiert ihn nicht. Er kehrt zu Harris zurück und drückt ihm das Glas in die Hand. Harris schließt die Augen und trinkt in langen Zügen, während Rupert ihn mit verschränkten Armen ansieht.

»Betrinken solltest du dich dabei nicht«, sagt er vorwurfsvoll. »Ich wollte, dass du aufmerksam bist und alles mitbekommst.«

Harris schüttelt den Kopf. Sehr langsam. »Ich bin nicht betrunken. Ich genieße nur die Vorweihnachtszeit.«

»Ja, also gut, Harry. Egal. Erzähl mir einfach, wie sie so ist, dann kannst du dich zu Hause ins Bett legen, ja?«

»Was möchtest du wissen?«

Rupert zuckt mit den Achseln und hebt die Hände. »Keine Ahnung. War sie lustig?«

Harris nickt langsam. »Ein bisschen.«

Rupert nickt ebenfalls. »Gut. In Ordnung. Hm, das war mir irgendwie schon klar. Konntest du über mich sprechen?«

Harris schaut ihn fragend an. »Willst du gar nicht wissen, wie sie aussieht?«

Ruperts Gesichtszüge erstarren. »Weiß nicht. Darüber hab ich noch nicht nachgedacht.«

»Wirklich nicht?«

»Na gut, schon, ich hab dran gedacht. Aber jetzt, wo es so weit ist, weiß ich nicht, ob ich es wirklich wissen will. Möchte ich es wissen? Nein, gib mir keine Antwort drauf. Ich muss kurz überlegen.«

Harris wartet schweigend, Rupert schreitet im Raum auf und ab, dann sagt Harris: »Gut, pass auf. Wie wäre es, wenn ich dir erzähle, wie das Treffen gelaufen ist, und wenn du später meinst, du würdest gerne wissen, wie sie aussieht, kannst du mich ja anrufen.«

Rupert hält inne. »Weiß nicht. Wär das …? Gut. Ja, in Ordnung. Nein. Doch, doch. Das ist eine gute Idee. Wie war es denn nun?«

Ich hoffe, dass Harris' Standard deutlich niedriger ist als der von Rupert, so dass er ihm jetzt erzählt, ich sei so etwas wie eine Mischung aus Halle Berry und Victoria Wood. Will sagen, ich besitze die Klugheit der einen und den Körper der anderen. Vergessen wir nicht, dass Harris angetrunken war. Das ist immer gut.

Okay, ich muss mich auf das konzentrieren, was vor mir liegt. Ich habe mich in meine E-Mails eingewählt, obwohl ich mit nichts Interessantem rechne. Rupert wird mir nichts geschickt haben, da er den ganzen Tag in irgendeinem dringenden Meeting saß. Auch wenn ich mir nicht vorstellen kann, was für eine Situation in einer Reiseagentur entstehen sollte, die so dringlich ist, dass man seine Verabredung zum Mittagessen sausen lassen muss. Schwerer Unfall auf einer Strandbanane? Übelkeitsepidemie durch billiges Bier aus dem Ausland? Kreuzfahrtschiff geht der Gin aus? Ich klicke auf meinen Posteingang und staune, dort eine Nachricht von ihm zu finden. Mir ist sehr deutlich bewusst, dass er mich heute herzlos hat sitzen lassen, dennoch muss ich mich zusammenreißen, um nicht breit loszugrinsen. Ich lese:

Absender: Rupert de Witter
Empfänger: Beth Sheridan
Betreff: Mittagessen

Liebe Beth,
können Sie mir verzeihen? Bitte vergeben Sie mir! Ich fühle mich schrecklich, weil ich Sie heute versetzt habe, und möchte mir nicht vorstellen, wie groß Ihre Wut auf mich ist. Sie sollen aber wissen, dass nur der schlimmste, ernsteste Feriennotfall mich heute von Ihnen fernhalten konnte. Und so war es auch.

Je mehr ich mich auf etwas freue, desto eher wird es offenbar durchkreuzt, daher war es wohl so gut wie unvermeidlich, dass unser Essen heute ins Wasser fiel. Falls es uns gelingen sollte, einen neuen Termin zu vereinbaren, werde ich mein Bestes tun, mich nicht allzu sehr darauf zu freuen. Dann haben wir vielleicht eine Chance. Obwohl ich nicht weiß, ob ich mich so zusammenreißen kann.

Ich habe das Beste aus der Situation zu machen versucht, indem ich meinen Buchhalter zum Spionieren schickte. Das ist eine bewährte Strategie in Reiseagenturen. Auf diese Weise erfahre ich später von Harris alles über Sie, so dass ich besser vorbereitet bin, wenn wir uns irgendwann einmal wirklich treffen.
Bitte antworten Sie mir und lassen mich wissen, ob Sie mir vergeben.

Ihr
Rupert

Vergeben? Es gibt nichts zu vergeben. Er konnte ja wohl nichts daran ändern, dass etwas sehr Ernstes dazwischenkam. Was hatte ich im Kopf? Strandbananen – du lieber Himmel! Ich nehme an, dass er den ganzen Tag lang wie ein Wahnsinniger versucht hat, eine furchtbare Katastrophe abzuwenden, dass er komplizierte Telefonate führte und Presseerklärungen abgab, und da rede ich von einer aufblasbaren Banane.

Als ich seinen Text zum vierten Mal lese, wird mir klar, was er im zweiten Absatz genau meint. Wenn er geschrieben hätte: »Nachts ist es dunkler als draußen, Ihr Rupert«, dann hätte ich den Inhalt sogleich begriffen. Jetzt grinse ich breit, bin beglückt, dass er mir etwas geschickt hat, obwohl er den ganzen Tag Katastrophen gemanagt hat. Als der Sinn hinter den Worten endlich bei mir ankommt, habe ich wieder dieses warme Gefühl im Bauch. Er schreibt, je mehr er sich auf etwas freue, desto eher werde es durchkreuzt. Und dass es unvermeidlich war, dass unser Treffen ins Wasser fiel. Das muss heißen, dass er sich auf die Begegnung mit mir gefreut hat. Er konnte es nicht erwarten, mich kennenzulernen. So sehr, dass seine Vorfreude es schließlich verhinderte. Indirekt, meine ich.

Hört sich etwas unwahrscheinlich an. Ich meine, er muss doch auch aufgeregt gewesen sein, als er Horizon gründete. Er muss sich doch auch freuen, wenn er etwas kauft. Ich weiß ganz genau, dass er zumindest einmal auf dem Deck einer sehr teuer wirkenden Yacht gestanden hat und hinter ihm im dunkelblauen Himmel die Sonne schien. Darauf wird er sich auch gefreut haben, und es gibt einen fotografischen Beweis, dass es trotzdem stattfand. Ich klicke sofort auf »Antworten«.

Wollen Sie etwa sagen, dass Sie sich noch nie auf einen Urlaub oder einen Opernabend oder auf ein neues Auto gefreut haben? Nur weil es nicht geschehen würde, wenn Sie sich darauf einstellten?

Ehe ich darüber nachdenken kann, habe ich schon auf »Senden« geklickt. Oh je, hoffentlich klingt das nicht so, als sei ich streitlustig, sarkastisch oder zynisch. Denn es gibt nicht viel, das abstoßender ist als …

Oh, Wahnsinn, da kommt schon die Antwort:

Hi! Sie sind ja da! Wie war das Essen? Nein, sagen Sie es nicht. Zumindest nicht jetzt.
Ehrlich gesagt, habe ich nichts für die Oper übrig – ich bin nicht Richard Gere (leider) –, aber heute Morgen habe ich mich mehr als gewöhnlich darauf gefreut, mir die Zehennägel zu schneiden. Und wenn man schon jedes Auto gekauft hat, das man wollte,

verliert das auch seine Faszination. Wenn ich einen neuen Wagen brauche, schicke ich normalerweise jemanden los, der ihn mir besorgt.
Nein, das war ein Witz. Natürlich habe ich mir nicht jedes Auto gekauft, das ich haben wollte. Und es macht mir Spaß, eines zu kaufen. So verwöhnt bin ich nicht. Aber die Oper mag ich trotzdem nicht, und ich habe mich wirklich auf das Treffen mit Ihnen gefreut. Das Nägelschneiden hat hingegen nicht viel Spaß gemacht.

Ihr Rupert
P.S.: Halten Sie es für einen Fehler, von Zehennägeln zu sprechen?

Ruhig, alles in Ordnung, beruhige dich, Beth! Ich lese nichts hinein. Das ist keine Erklärung unsterblicher Liebe und Treue, verbunden mit dem stillschweigenden Versprechen, mit Leib und Seele für alle Zeiten mir zu gehören. Das ist ein Tippfehler. Eigentlich wollte er schreiben »liebe Grüße, Rupert«, er hat sich nur vertan.

Schnell gehe ich ins Internet und gebe »Freud'scher Fehler« in die Suchmaschine ein. Dann schließe ich sie wieder. Herr Jesus beim Therapeuten, reiß dich zusammen, Beth!

Ich nehme den Horizon-Prospekt in die Hand und blättere bis zur letzten Seite. Okay, er lag schon aufgeschlagen auf dem Tisch, einmal gefaltet, Ruperts Bild obenauf. Wieder wird mir ganz heiß und mulmig im Bauch, als ich das Bild betrachte und an seine Mail denke. Das ist Blödsinn, ich weiß. Er ist so schön und reich, niemals auf der Welt wird er sich für einen so langweiligen, geringschätzigen Menschen wie mich interessieren. Wahrscheinlich kann er keinen Schritt tun, ohne über ein Boxenluder zu stolpern. Bestimmt hatte er irgendeine hübsche Tussi bei sich auf der schicken Yacht, als das Bild gemacht wurde. Ich beuge mich vor und untersuche das Foto, meine Nase berührt fast das Papier. Kann ich da auf dem Deck hinter ihm einen seltsam oberflächlichen, eingebildeten Schatten ausmachen?

»Noch am Recherchieren?«, fragt jemand hinter mir. Ich setze mich auf. Dort steht Sean, den Mantel übergezogen, die Autoschlüssel in der Hand. »Arbeite nicht zu viel!«

»Nee, nee, ist was anderes.« Ich klappe den Prospekt zu und werfe ihn beiläufig auf den Tisch, wo er sich automatisch auf der letzten Seite öffnet. »Überlege nur, ob ich in Urlaub fahren soll.«

Sean hebt die Augenbrauen. »Ja? Und du dachtest, du bekommst telepathisch Auskunft vom Foto des Chefs?« Mit dem Kinn weist er auf das grinsende Bild des sonnengebräunten Rupert.

»Was? Ach, du meinst … das da? Nein, das ist nur … Das ist … Ähm, das ist … Das ist mein ehemaliger Chef, weißt du nicht mehr? Ich habe doch früher bei Horizon gearbeitet, war ganz komisch, das Bild nach so vielen Jahren wieder zu sehen.«

»Ach, so. Na, dann lass dich mal nicht so ablenken, dass du gleich vergisst, ins Patch and Parrot zu kommen, ja?« Und mit einem Zwinkern verlässt er das Büro. Zum Glück, denn eben habe ich gemerkt, dass die letzte Mail von Rupert auf meinem Bildschirm prangt, für alle sichtbar. Mein Hirn schaltet auf Paranoia um. Hat Sean das gesehen? Hatte er Zeit, den Text zu lesen? Wenn ja, was denkt er jetzt? Glaubt er, ich hätte eine Beziehung mit Rupert de Witter? Nimmt er an, dass ich auf einen Vertrag mit Horizon aus bin? Ich habe keine andere

Wahl, als zu hoffen, dass die Antwort auf diese Fragen »Nein« lautet.

Seans Abgang erinnert mich daran, dass er nicht nur vom Treffen bei Whytelys zurück ist, sondern dass es nach fünf Uhr ist und praktisch alle gegangen sind. Am anderen Ende des Raums sind Ali und Skye in ein Gespräch vertieft, Chas ist mit Sicherheit auch noch in seinem Büro, aber abgesehen davon bin ich allein. Gut. Ich werde Rupert noch eine Nachricht schreiben, dann gehe ich auch. Für heute Abend muss ich mein Traumdate Nummer zwei vorbereiten. Das Motivationsseminar kann bis morgen warten.

Absender: Beth Sheridan
Empfänger: Rupert de Witter
Betreff: Körperteile

Lieber Rupert,

ich bin voll und ganz für eine Erwähnung von Körperteilen zum frühstmöglichen Zeitpunkt. Auf diese Weise hat niemand etwas zu befürchten, wenn das Gespräch später einmal darauf kommt. Ich kann Ihnen ganz offen erzählen, dass ich meinen Arbeitsplatz in Kürze verlassen und ins Fitnessstudio gehen werde, um an meinen inneren Oberschenkelmuskeln zu arbeiten. Im Vergleich zu den äußeren fehlt ihnen leider eine gewisse Spannung. Sie könnten dann wiederum von Ihrem Bizeps sprechen, und ich würde Näheres über meine Bauchmuskeln verraten. Diese Informationen könnten wir ganz offen in dem Bewusstsein austauschen, dadurch vor späteren Verlegenheiten gefeit zu sein. Bei Zehennägeln ist bei mir allerdings Schluss. Auch Nasenhaar ist indiskutabel.

Ihre
Beth

Ja, ich weiß, sehr frech. Damit gehe ich mit unserem Flirt auf die nächste Stufe. Ich zögere, die Mail abzuschicken. Der Cursor schwebt länger als zehn Sekunden über der »Senden«-Taste, ehe ich schließlich darauf klicke, vielleicht aus purem Frust.

Noch frustrierender ist, dass ich keine Zeit habe, die Antwort zu lesen, obwohl ich sie kaum erwarten kann. Ich muss ja los und mich für die Verabredung mit Sean schick machen. Ich möchte mich diesmal sehr sorgfältig vorbereiten, damit ich auch wirklich alles richtig mache. Das Make-up muss ich vorher ein wenig üben. Auch das mit der Frisur wird schwierig, wenn sie perfekt sitzen soll. Dann die Kleidung. Sie will sehr genau überlegt sein, damit ich etwas finde, das genau die Stellen betont, die ich betonen möchte, und alles andere verbirgt. Das wird nicht einfach sein, aber ich möchte, wenn ich in den Pub komme und er sich zu mir umdreht, einfach nur abartig aussehen.

16 *Größere Erkenntnisse*

Kurzfristiges Ziel: Völlig abscheulich aussehen.
Hindernisse: Meine Selbstachtung, mein Stolz, mein angeborener Anstand und mein schönes Haar.
Langfristiges Ziel: Den Vertrag mit Horizon machen.
Hindernisse: Verabredung mit Sean. Habe keine Zeit.

Es stellt sich heraus, dass es gar nicht so einfach ist wie gedacht, als Sharon Schlampe aus dem Haus zu gehen. Ich kann es einfach nicht. Ich weiß wirklich nicht, wie sich all die Frauen in weißen Samtjogginghosen und Sonnentops überwinden können, ihre Türschwelle zu überschreiten. Ich ziehe den Hut vor denen, wie Chas sagen würde. Wenn ich das nächste Mal eine oder eine ganze Gruppe von denen vor dem Postamt herumhängen sehe, werde ich in schweigender Anerkennung ihres Mutes den Kopf senken. Ich meine, ich werde natürlich nichts sagen. Oder gar Blicke mit ihnen wechseln. Aber ich kann sie – ich will nicht sagen »bewundern« –, doch ich kann ihnen einen verstohlenen Blick zuwerfen und dann schnell wieder zur Seite sehen.

Doch es widerspricht jeglicher Überzeugung und jedem Instinkt in mir, mich so hässlich wie möglich zu machen, bevor ich vor die Tür gehe. Abgesehen von meiner Selbstachtung besteht ja immer noch die Möglichkeit, dass ich gesehen werde, und es wäre katastrophal, wenn ich so wirkte, als hätte ich gerade entbunden. Ein Mädchen namens Chantal.

Ich hab's versucht, wirklich. Ich habe mir das Gesicht geschrubbt, bis es ganz rot war und glänzte, habe mir das Haar aus dem Gesicht gebürstet und zu einem winzigkleinen Pferdeschwanz zusammengefasst, habe sogar dunkelgrünen Lidschatten unter den Augen verrieben. Nachdem ich dann Vinis Jogginghose und das unförmige graue Fleece-Shirt angezogen hatte, das sie immer trägt, wenn es ihr nicht gutgeht, schaute ich frohlockend in den Spiegel, um einen Gesamteindruck zu bekommen, und brach in Tränen aus.

Umgehend schminkte ich mich ab, nahm Gesichtswasser, benutzte das Glätteisen und trug neues Make-up auf, damit ich nicht mehr aussah, als hätte ich in den letzten acht Jahren außer Pommes nichts zu mir genommen. Dann zog ich eine Jeans und eine lange braune Strickjacke an. Nach einer Stunde und vierzig Minuten war es mir gelungen, so zu wirken, als hätte ich mich schnell fertig gemacht und mir dabei nur wenig Mühe gegeben, weil ich nichts für mein Gegenüber empfinde. Perfekt.

Mann, ich hasse das Patch and Parrot. Es ist auf Dschungel gemacht: überall unechte Palmen, Pappbananen und exotische Vögel aus Plastik. Das Personal muss Piratenkostüme tragen, und beim Eintreten begrüßt einen die Mitarbeiterin an der Tür mit einem trüben Singsang: »Willkommen im Patch and Parrot, hohoho und 'ne Buddel voll Rum!« Ich werfe ihr einen kurzen Blick zu und sehe, dass sie ihre Augenklappe oben auf den Kopf geschoben hat. Entweder hat sie die Nase voll von der mangelnden Tiefenschärfe, oder ihr ist tierisch warm. Völlig unpassend in diesem karibischen Ambiente steht neben dem

Kamin ein erkennbar unangenehm berührter Weihnachtsbaum, der sich bemüht, dazuzugehören. Von der Decke hängen Schneeflocken aus Plastik. Ich schiebe mich zu Seans Tisch durch.

»Hi, tut mir leid, dass ich so spät bin«, sage ich und nehme ihm gegenüber Platz, bevor er sich aus irgendeinem Grund zu mir vorbeugen kann. »Ist das für mich?« Auf dem Tisch steht ein Glas Weißwein. »Danke.« Ich trinke einen Schluck. Langsam wird der Abend besser.

»Ja. Und? Wie geht's? Konnten im Büro nicht viel miteinander reden, nicht? Viel geschafft heute?«

»Oh, ja, Massen. War sehr produktiv.« Ich nicke bedeutungsschwer und führe mir das Glas an die Lippen, damit ich nicht mehr erzählen muss.

»Ach, ja?« Sean will den Hinweis scheinbar nicht verstehen. »Was denn? Auf der Jagd nach Unterschriften? Heißt ›produktiv‹, dass du eine bekommen hast?«

Ich setze mein Glas ab und schaue ihn an. Er beugt sich zu mir vor, die Arme auf dem Tisch ausgestreckt, die Augenbrauen kritisch hochgezogen, die Mundwinkel nach unten weisend. Entweder hat er aus irgendeinem Grund ein enormes Interesse an meiner Vertragsjagd, oder er hatte gerade einen kleinen Schlaganfall. Dann fällt es mir wieder ein.

»Ach, ich bin unwichtig, was ist mit dir? Wie lief dein Treffen bei Whytelys?«

Noch bevor ich den Satz beendet habe, schüttelt Sean den Kopf.

»Große Scheiße.« Er zieht die Arme über die Tischplatte an sich und lehnt sich seufzend zurück. »Die hatten nicht das geringste Interesse. Wollten sich nicht mal anhören, was ich zu erzählen hatte. Scheinbar hatten sie von der Eastern Star Bank irgendetwas Dummes über uns gehört, keine Ahnung, was das gewesen sein soll. Soweit ich weiß, war die Bank zufrieden mit unserer Leistung. Weißt du da Genaueres? Nee, nicht? Ich auch nicht. Keine Ahnung. Egal, die haben mich praktisch aus dem Haus gelacht. War total erniedrigend.«

»Soll das ein Witz sein? Scheiße, Sean, das hört sich ja übel an.«

»Hm, tja.«

»Das verstehe ich nicht. Wieso haben Sie denn überhaupt einen Termin mit dir gemacht, wenn ihre Meinung schon vorher feststand?«

Verbittert zuckt er die Achseln. »Um sich über mich lustig zu machen, nehme ich an.«

»Oh, nein, das glaube ich nicht. Damit würden sie nicht ihre Zeit verschwenden …« Ich halte inne. Mir ist etwas eingefallen. »Wie viele Leute waren es denn? Mehr als einer?«

»Hm?«

»Du hast von ›denen‹ gesprochen, deshalb dachte ich, es wären mehr als einer gewesen.«

»Ah, nee, nein, das war nur einer. Ich meinte Whytelys insgesamt.«

»Ach so. Wen hast du denn nun getroffen?«

»Den Regionalmanager. Hab ich doch gesagt.«

»Ja, aber, hm, ich glaube … ich habe mal irgendwo gelesen …«, versuche ich es ganz beiläufig. »Haben die da nicht mehr als einen Regionalmanager? Sondern eher, keine Ahnung, vier verschiedene?«

Sean starrt mich an. »Was weiß ich, Bethy, vielleicht gibt es vier, aber als der Typ, den ich getroffen habe, mich aus seinem Büro geschoben hat, hat er es nicht für nötig gehalten, mich zu unterrichten, dass es noch drei weitere wie ihn gibt, die mich allesamt zweifelsohne ähnlich unterhaltsam finden würden.« Er verdreht demonstrativ die Augen und nimmt einen Schluck Bier.

Ich glaube, ich erzähle Sean doch besser nichts von dem von mir vereinbarten Termin. Ich meine, der Typ ist nach seinem katastrophalen Gespräch heute Nachmittag total am Ende – wie soll ich ihm da erzählen, dass ich einen Termin zur Sicherheit gemacht habe? Dann sieht es aus, als hätte ich eh nicht damit gerechnet, dass es bei ihm funktioniert, sondern dass er scheitern würde, weil er so ein arrogantes, herablassendes, faules, herumdrucksendes, chauvinistisches Stück –

»Mensch, die Unterschrift hätte ich dringend gebraucht«, sagt er plötzlich und reibt sich die Augen.

»Ja, ich weiß genau, was du meinst.«

Er schaut auf, sieht mir in die Augen, und auf einmal ist sein Blick intensiv und wild. Ich bin gebannt. »Nein, Beth, das weißt du nicht. Du hast nicht den blassesten Schimmer, so wie du durchs Leben hüpfst, wo nie etwas schiefgeht und du dir um nichts anderes Gedanken machen musst als um die Kleidung im Büro. Und wenn die Firma dichtmacht und wir alle unseren Arbeitsplatz verlieren, dann verschwende auch mal einen Gedanken an uns in der richtigen Welt, ja? Wenn du deine rosa Kuschelpuschen einpackst und zu Mummy und Daddy zurückkehrst.«

Vor Überraschung und Wut springen mir Tränen in die Augen. Verdammt nochmal, Beth, es ist das Arschloch Sean, was hast du denn erwartet? Ich versuche, die Tränen wegzublinzeln, beruhige mich mit der besänftigenden Vorstellung, dass er scheinbar aufgrund eines ernsthaften Drogenproblems zu starken Stimmungsschwankungen und Gewalttätigkeit neigt. Das hilft mir ein wenig. Sean macht sich offenbar Sorgen, wie er seine Drogen in Zukunft bezahlen soll. Tja, Pech gehabt, denke ich. Darüber hättest du nachdenken sollen, bevor du mit dem Betäubungsmittelmissbrauch angefangen hast.

Jetzt geht es mir schon viel besser. Ich ziehe die Nase hoch und will aufstehen. »Tja, es war nett ...«

Seans Hand schießt nach vorn und packt meinen Arm. »Nein, Beth«, sagt er mit tiefer, dringlicher Stimme. »Geh bitte nicht.«

Ich sehe ihn an. »Warum nicht?«

Er weicht meinem Blick nicht aus, aber nach einem Moment lässt er meinen Arm los und greift hinter sich in die Jeanstasche. Er zieht sein Portemonnaie hervor. Also, wenn er sich einbildet, dass ich für ein Glas länger bleibe ... Aber er holt kein Geld heraus. Das ist etwas anderes, ein kleines weißes Rechteck. Er reicht es mir, und ich setze mich langsam wieder hin.

»Das ist mein kleiner Junge«, sagt er schlicht. Ich betrachte das Foto und schaue in die Augen eines Kindes von sieben oder acht Jahren. Es sieht aus, als wolle es lächeln, weil man das von ihm erwartet, wenn ein Foto gemacht wird, aber das Lächeln ist gekünstelt. Der Junge ist draußen, könnte ein Park sein, im Hintergrund sind Schaukeln zu sehen, er hält ein Eis in der Hand. Das Eis ist geschmolzen, läuft an seinem Handgelenk herunter und den ganzen Unterarm entlang. Eine schwere, cremige Soße, die bis zu seinem Ellenbogen reicht. Der Kleine hat ein T-Shirt mit Spongebob und eine orangefarbene kurze Hose an, die den Blick auf seine knubbeligen Knie freigibt.

Sean ist also Vater. Er hat einen kleinen Sohn. Ich kann es kaum begreifen. Die ganze Zeit habe ich ihn für einen heimlichtuerischen, unzuverlässigen, oberflächlichen Schürzenjäger gehalten, und jetzt ist er Vater. Wie konnte ich mich nur so irren? Wie konnte ich ihn in so falschem Licht sehen? Ich betrachte ihn nach dieser großen Enthüllung mit anderen Augen und staune über das, was ich sehe. Sean als Vater ist sehr viel attraktiver als Sean, der Nichtsnutz. Auf einmal sehe ich, wie warm sein Blick sein kann, wenn er zärtlich sein geliebtes Kind betrachtet, und mir wird auch ganz warm ums Herz. Ähm, eher heiß. Ich fühle mich wie Kirsten Dunst, die gerade merkt, dass ihr bebrillter trotteliger Freund in Wirklichkeit der große, umwerfende Superheld Spiderman ist. Ich sehe Sean mit neuen Augen, und plötzlich ergeben all die verstohlenen Blicke, all die unzuverlässigen Aktionen und verdächtigen Taten einen Sinn, gibt es eine Erklärung, und zwar diese hier, in meiner Hand, diesen süßen kleinen blonden Jungen, der blinzelnd in die Kamera guckt.

Wenn ich darüber nachdenke, fällt mir nichts ein, was Sean getan hat, um unzuverlässig und verdächtig zu wirken. Höchstens, dass er immer sehr langsam spricht, auf eine bestimmte Art lächelt und nie erzählt, was er am Wochenende macht. Deshalb war ich davon ausgegangen, dass seine Unternehmungen entweder illegal, geschmacklos oder peinlich sind. Mir will absolut nichts Konkretes einfallen, was er mir gegenüber getan hat, das meine Zurückhaltung erklären könnte. Ganz im Gegenteil, er war sehr offen und ehrlich zu mir, erzählte mir von seiner Idee mit Whytelys, hielt mich auf dem Laufenden über die genauen Umstände seines Termins, gestand mir, wie schlecht es gelaufen ist, obwohl das sicherlich nicht leicht für ihn war. Ich sehe Sean an und schäme mich plötzlich in Grund und Boden für mein Verhalten, nachdem er mir sein Vertrauen und seinen Respekt geschenkt hat. Ich habe ihn hinterrücks erstochen, die Klinge in seinem Körper herumgedreht und das Ende abgebrochen, damit er den Dolch nicht mehr herausziehen kann. Ich bin der letzte Dreck. Ich bin schlimmer als das, was ich von Sean gehalten habe.

»Das Bild ist ungefähr drei Jahre alt«, sagt Sean und nimmt mir das Foto wieder aus der Hand. »Er hat heute Geburtstag. Wird neun.« Sean betrachtet das Bild und scheint kurz zu vergessen, dass ich da bin. »Herzlichen Glückwunsch, Alfie. Hoffentlich gefällt dir das Äffchen.« Er schaut mich an, besorgt. »Ich habe ihm einen riesengroßen Stoffaffen geschenkt, meinst du, dafür ist er zu alt? Ich meine, er ist doch erst neun, fast noch ein Baby ...«

Ich lege meine Hand auf Seans. »Er freut sich bestimmt unheimlich darüber. Ist ja schließlich von seinem Papa, nicht?«

Sean nickt. »Ja, du hast recht. Hoffentlich stimmt das. Ich weiß einfach nicht, was ein Kind in seinem Alter gerne mag. Er lebt bei seiner Mutter und dem Stiefvater, ich sehe ihn nur einmal in der Woche. Von ihnen bekommt er eine PSP.«

»Was ist das?«

»Play Station Portable, eine kleine Spielekonsole. Echt cool. Und ganz schön teuer. Hätte ich ihm auch gerne geschenkt, aber die kann ich mir nie im Leben leisten. Und wenn ...« Er spricht nicht weiter, aber ich weiß, was er sagen will. Wenn

Love Learning pleitegeht, was wird er dann noch für seinen Sohn tun können? Ich sehe Sean an und verstehe seine Sorge um neue Vertragsabschlüsse, seine wiederholten Fragen, ob ich Erfolg gehabt habe. Jetzt weiß ich, unter welchem Druck er steht, weil er gerne mehr für seinen Sohn tun würde, er aber eventuell bald noch weniger tun kann. Das ist genau wie in *Ganz oder gar nicht.*

»Hör mal, Beth, es tut mir total leid, dass ich dich eben so angemotzt habe. Es ist nur … Ich möchte so viel für ihn tun. Ich würde gerne mit dem Kleinen in Urlaub fahren, nur er und ich, damit er mal was ganz Besonderes erlebt. Ich möchte ihm genau das schenken, was er sich zum Geburtstag wünscht. Ich möchte, dass er zu mir aufblickt, dass er mich anhimmelt und so sein will wie ich. Ich möchte sein Held sein.« Mit den Fingern reibt Sean sich über die Augen, und ich schaue zu einer Plastikschatztruhe auf dem Tresen hinüber, aus der Goldmünzen und Schmuck quellen. Daneben steht ein kleiner Schneemann aus Wattebäuschchen.

»Egal«, fährt Sean fort und lächelt traurig. »Vielen Dank, dass du dich heute Abend mit mir getroffen hast. Ich bin an Alfies Geburtstag nicht gerne allein zu Hause. Und dann das Fiasko bei Whytelys … Ich bin echt froh, dass du mir Gesellschaft leistest. Ehrlich. Komm, ich hole dir noch was zu trinken! Vielleicht ist es das letzte Glas, das ich dir ausgeben kann!«

Er will aufstehen, aber ich lege ihm die Hand auf den Arm, wie er es noch kurz zuvor bei mir gemacht hat. »Warte mal kurz, Sean.« Er sieht auf meine Hand hinab und lässt sich dann wieder auf seinen Stuhl sinken.

»Was ist?«

Neugierig blickt er mich an, seine ehrlichen blauen Augen schauen unverwandt in meine, zucken nicht zur Seite, sondern halten ruhig meinen Blick. »Sean, du brauchst dir keine Sorgen machen, dass Love Learning untergeht.«

Seine Augenbrauen heben sich um einen Millimeter. »Wieso sagst du das?«

Ich schlucke. »Weil ich herausgefunden habe, dass eine größere Firma in unserer Stadt sehr bald Fortbildungsbedarf haben wird und ich die Einzige bin, die das weiß.«

Sean stutzt und rückt weiter nach vorn. »Im Ernst? Woher weißt du das? Ich meine, dass du die Einzige bist?«

Ich lächle. Das macht Spaß. »Weil von ihrer Absicht bisher noch nichts bekannt ist. Ich habe es zufällig erfahren und den Geschäftsführer darauf angesprochen. Er hat es bestätigt.«

Sean starrt mich mit offenem Mund an. »Echt? Das heißt, wir gehen nicht pleite? Ich verliere nicht meine Arbeit? Verfluchte Scheiße, Beth, das ist ja super! Welche Firma ist das?«

»Horizon Holidays.«

»Horizon? Sitzen die nicht mitten im Kreisverkehr im Stadtzentrum? Und die brauchen Fortbildung, ja? Mann, das ist doch ein Riesenkasten, das reicht bestimmt, um unsere Firma zu retten, oder? Bist du dir sicher, dass du die einzige Konkurrenz bist? Ich meine, hast du schon mit jemandem gesprochen? Hast du eine Unterschrift?«

»Ähm, nein, nicht ganz. Noch nicht. Aber ich bin sehr zuversichtlich.«

Er blickt so ernst, so besorgt, dass ich das dringende Bedürfnis verspüre, ihn zu trösten und zu beschützen, seine Laune zu heben. Seinen Kopf an meine Brust zu drücken. Obwohl, Letzteres könnte eine andere Ursache haben. »Echt?«, fragt er noch mal, kann es kaum glauben. »Du bist die Einzige, die das weiß? Heiliger Strohsack, das ist ja irre!« Seine Besorgnis weicht einem breiten Grinsen, als er mir letztendlich Glauben schenkt. »Der Tag heute hat ziemlich übel angefangen, wurde schlimmer bis zur verdammten Katastrophe, und jetzt ist es einer der besten Tage in meinem Leben, dank dir. Komm, darauf trinken wir noch einen!«

Er ist wie verwandelt, nicht? Nicht nur anders als vorher, bevor ich ihm von Horizon erzählte. Nein, ich meine komplett anders als der Sean, mit dem ich in den letzten Jahren zusammengearbeitet habe. Er ist begeistert, aufgeregt, hüpft fast auf seinem Stuhl. Und so wie Kirsten Dunst kann ich mir plötzlich vorstellen, wie er in zwanzig Metern Höhe durch die Straßen unserer Stadt fliegt und Menschen aus brennenden Häusern und kaputten Autos rettet. In einem hautengen Anzug.

»Du hast es ihm doch nicht erzählt, oder?«, fragt Vini später ungläubig.

»Also, eigentlich gab es keinen Grund …«, beginne ich, aber sie schüttelt den Kopf. »Ist das nicht der Typ, der seinen eigenen Hund erschießen und aufessen würde?«

»Ich glaube nicht, dass er ihn wirklich verspeisen –«

»Der Typ, der seine eigene Freundin verkaufen würde?«

»Ach, weißt du, das ist nicht so die Sorte –«

»Der das ganze Haus abbrennen würde, um sein Verbrechen zu vertuschen, selbst wenn seine Frau, sein bester Freund und sein Vater drin wären?«

»Vielleicht habe ich da ein bisschen übertrieben –«

»Vielleicht hast du ein bisschen den Verstand verloren«, verbessert Vini mich ruhig. Das muss ich mir von einer Frau mit orangefarbener Wimperntusche sagen lassen!

Am nächsten Tag im Büro ist Sean schon an seinem Platz, als ich eintreffe. Ich glaube, das ist noch nie zuvor passiert. Er schaut auf und wirft mir ein breites Grinsen zu. Vorbei ist es mit dem gruseligen Zwinkern. Obwohl: Was fand ich daran eigentlich so gruselig? Ich lächle mit geschlossenen Lippen zurück. Diese neue Phase unserer Beziehung bedeutet nicht, dass ich es mir leisten kann, mich wie eine Verrückte aufzuführen. Langsam gehe ich zu meinem Tisch. Ich spüre Seans Blick auf mir und versuche deshalb, von der Seite sexy auszusehen. Dann hebe ich den Arm über den Kopf und fahre mir langsam mit den Fingern durchs Haar, setze mich, einen Fuß unter mir angewinkelt, und habe dabei die ganze Zeit dieses schwache Lächeln auf den Lippen, damit ich aussehe –

»Bitte verbinden Sie mich mit der Durchwahl 457«, sagt Sean laut. Er hat mir den Rücken zugekehrt, beugt sich über sein Handy. Na, gut. Was auch immer. Ich drehe mich zu meinem Computer um und logge mich ein.

Ein heißer Stich der Vorfreude durchfährt mich, als mir einfällt, dass ich gestern eine sehr anzügliche Mail an Rupert geschrieben habe und gehen musste, bevor die Antwort kam. Oje, oje, warum habe ich das nur getan? Ich muss total abgefüllt gewesen sein von den zwei Glas Wein, die ich drei Stunden vorher im Madeleine's getrunken hatte.

Die Frage ist: Hat er geantwortet? Ich traue mich kaum nachzusehen. Wahrscheinlich hat er mir eine förmliche, knappe Zurückweisung geschickt, ungefähr so: »Liebe Beth, vielen Dank für Ihre E-Mail. Sie war sehr informativ, doch ich glaube, sie deckt sich nicht so ganz mit den Vorstellungen von Horizon. Ich wünsche Ihnen alles Gute für Ihre berufliche Zukunft. Mit freundlichen Grüßen, Rupert de Witter.«

So ein verfluchter Heuchler! Schließlich ist er es doch gewesen, der dafür gesorgt hat, dass Harris mich betrunken machte! Wahrscheinlich damit er herausfinden konnte, ob ich meinen Anstand verlieren und jemanden auf der schicken Holzterrasse bumsen würde. Für was für eine Schlampe hält er mich eigentlich, sich solche Sachen zu überlegen? Also, wenn er jetzt ganz abweisend und selbstgerecht werden sollte, weiß ich nicht, ob ich überhaupt noch mit ihm zusammenarbeiten will, schon gar nicht den Rest meines Lebens mit ihm verbringen und unsere drei Kinder großziehen. Wenn er mich nach so einer Nachricht noch mal ansprechen oder anflehen sollte, einen Vertrag oder irgendeine Urkunde mit ihm zu unterzeichnen, dann werde ich wohl sagen müssen: »Dieser Zug ist abgefahren, Süßer.«

Mein Blick fällt auf das Bild im Horizon-Prospekt. Hm, vielleicht ist das doch ein bisschen übereilt. Ich meine, ich habe viel Arbeit in diesen Vertrag gesteckt, es wäre dumm, nun direkt alles wegen etwas so Banalem über Bord zu werfen. Ich denke, ich kann ihm noch einmal verzeihen. Dann können wir uns ganz offiziell versöhnen.

Doch es ist keine Nachricht von Rupert da. Schnell überfliege ich die Namen im Posteingang, verweile bei keinem länger als eine halbe Sekunde. Möglicherweise habe ich ihn übersehen. Ich schaue noch mal nach. Und noch einmal. Doch es nützt nichts: Rupert hat nicht geantwortet.

Und das ist noch viel schlimmer.

Es macht nichts, es ist egal. Ich muss heute das Motivationsseminar vorbereiten, zumindest mal damit anfangen, sonst wird das Ganze ein Reinfall. Heute ist Mittwoch, der dreizehnte, das Seminar ist am Montag, mir bleiben also noch genau drei Arbeitstage. Massig Zeit, so lange ich nicht abgelenkt werde. E-Mails von Rupert wären eine große Ablenkung, deshalb ist es besser, dass er nicht geantwortet hat. Ich bin froh.

Das Problem ist: Keine Nachricht von ihm zu bekommen lenkt mich fast genauso ab, als hätte ich eine erhalten. Den Rest des Tages starre ich schwer beschäftigt vor mich hin, sehe mich im Büro um, klappere mit den Fingern fruchtlos auf der Tastatur herum und räume die Schublade auf. Trotzdem kommt keine Nachricht. Ich beobachte Sean und höre ihn telefonieren – »Ahem. Das klingt sehr gut. Wie viele passen da rein?« –, anscheinend organisiert er seine nächste Präsentation, die ist, glaube ich, morgen, es geht um irgendwas mit Gesprächstaktik. Fatima unterhält sich leise mit Mike. »Meerschweinchen?«, sagt sie irgendwann erstaunt. »Wirklich?« Und selbst Cath Parson, das Faultier, die noch langsamer ist als die Hauspost, wirkt fast lebhaft. Sie tippt sich irgendwas zusammen, ich glaube, sie schafft sogar zehn Wörter pro Minute. Ich bin also die Einzige, die nichts vorzuweisen hat, wenn Chas das nächste Mal in unsere Umlaufbahn eintritt. Super.

»Beth! Telefon!«, ruft Ali plötzlich. Ich zucke zusammen. Fatima und Mike ebenfalls.

»Mensch, Ali, ich habe mich echt erschrocken! Schrei doch nicht so, Herrgott nochmal! Mir ist fast das Haar ausgefallen«, sagt Fatima.

»Was?«, ruft Ali, und Fatima erklärt: »Also, meine Mutter hat gesagt –«, doch er unterbricht sie: »Ach so, alles klar, ich hole sie.« Dann hält er die Hand über die Sprechmuschel und ruft: »'tschuldigung, ist nicht für Beth, sondern für Fatima. Fatima, ein Anruf für dich!«

Sonderbar! Wieso hat Ali geglaubt, der Anrufer wolle mich sprechen, wenn er doch Fatima verlangt? Ich meine, egal wie man es ausspricht, »Beth« und »Fatima« klingen wirklich nicht ähnlich. Betima? Fatibeth? Mensch, ich muss mit dem Motivationskram anfangen!

»Rat mal!«, sagt Fatima atemlos, als sie fünf Minuten später neben mir auftaucht. Heute steht auf ihrem Shirt:

Ich weiß die Antwort, habe sie nur vergessen.

»Was?«

Sie setzt sich auf den nächsten Stuhl und rollt ihn zu mir herüber. »Heute Abend kommt einer vorbei, der sich den Mini ansehen will! Ist das nicht super? Ich bin total aufgeregt! Endlich kann ich meine ganzen Schulden abbezahlen, und es ist sogar egal, ob ich meinen Job hier behalte. Nein, also, natürlich ist das nicht egal, ich will den Job ja nicht verlieren, ich finde ihn toll, er macht mir total Spaß, aber zumindest muss ich nicht ins Gefängnis. Das ist die beste Nachricht aller Zeiten!«

Sie faltet sogar die Hände vor inniger Freude über die wunderbare göttliche Fügung. Ich muss sie warnen. »Pass besser auf, Fats«, sage ich freundlich, doch in dem Moment ruft Ali, es sei jemand für mich am Telefon, und diesmal stimmt es wirklich. Fatima rollt mit ihrem Stuhl weiter.

»Beth Sheridan am Apparat«, melde ich mich und habe im Hinterkopf, dass ich Fatima morgen trösten muss, wenn der einzige Mensch, der wegen ihres Autos angerufen hat, es nicht auf der Stelle kauft. Da höre ich die Stimme am anderen Ende:

»Beth? Ich bin's, Rupert.«

17 Unterstützung leisten

Kurzfristiges Ziel: Die nächsten Minuten überstehen, ohne davon zu sprechen, wie ich ihm mit den Fingern durchs Haar fahre.
Hindernisse: Ich kann an so gut wie nichts anderes denken.
Langfristiges Ziel: Geht es danach noch weiter?
Hindernisse:

Ich hasse es wirklich, nicht vorbereitet zu sein. Dieser Anruf kommt aus heiterem Himmel, nachdem ich den ganzen Tag keine Post von ihm bekommen habe. Ich habe das Gefühl, als sei keine Luft mehr in meiner Lunge. Ich versuche, mehrmals tief durchzuatmen, um mich zu beruhigen.

»Beth? Sind Sie noch da?«

»Ja, klar bin ich noch da. Hallo! Wie geht es Ihnen? Ich wollte gerade nach Hause gehen.«

»Na, da bin ich aber froh, dass ich Sie noch erwischt habe. Wie war Ihr Tag?«

»Überwältigend ereignislos. Und Ihrer?«

»So ähnlich. Anstrengende Meetings, Budgetentscheidungen, Personalfragen, dies und das loben, ablehnen, akzeptieren. Wie immer.«

»Ja, genau das habe ich auch getan.« Du liebe Güte, ist das schrecklich! Es liegt auf der Hand, dass wir beide nicht über meine anzügliche, äußerst unangebrachte Mail von gestern sprechen wollen. Dies ist ganz offiziell einer der unangenehmsten Momente meines Lebens; schlimmer war es nur, als mein Englischlehrer »Danke, Elizabeth« neben ein an ihn gerichtetes Geständnis unsterblicher Liebe schrieb, das ich neben meine Hausaufgaben gekritzelt und fortzuradieren vergessen hatte.

Hoffentlich ist Rupert viel zu peinlich berührt – vielleicht sogar gekränkt –, um zu erwähnen, was ich gestern schrieb, vielleicht unterhalten wir uns einfach weiter und tun so, als sei nichts gewesen, bis wir es beide irgendwann vergessen. Oder an Altersschwäche sterben.

»Das ist ja ein Zufall«, sagt er.

»Ich habe Sie aus einem bestimmten Grund angerufen«, sagt er dann.

»Das habe ich gehofft.«

»Nun, so ist es. Aus einem bestimmten Grund. Weil ich gerne einen neuen Termin mit Ihnen vereinbaren würde. Um die Angelegenheit mit Love Learning zu klären. Und ich verspreche Ihnen hoch und heilig, dass ich diesmal kommen werde. Wann haben Sie Zeit?«

Wie wär's mit dem Rest meines Lebens? Nein, das sage ich natürlich nicht. Das wäre nicht nur total schmalzig, sondern auch peinlich und armselig.

Und sehr unangebracht.

»Äh, da muss ich mal in meinen Kalender schauen. Von heute bis nächsten Montag ist so gut wie nichts mehr frei, aber danach müsste es gehen. Den Rest meines … ähm … der Woche.« Heilige Scheiße, beinahe hätte ich wirklich »den Rest meines Lebens« gesagt. »Ich meinte natürlich nicht, dass ich den Rest der Woche Zeit habe. Ich meine, ich könnte mir irgendwann im Rest der Woche für ein Treffen Zeit nehmen, ja?« Was ist bloß los mit mir? Rupert hat doch bestimmt nicht geglaubt, dass ich den Rest der Woche mit ihm verreisen würde, oder?

»Das ist aber schade. Ich wollte gerade eine SMS an das Hotel La Belle Etoile in Paris schicken.«

Ich schweige.

»Egal, wegen des Termins. Wie wäre es mit einem Mittagessen am Dienstag? Dem neunzehnten? Im Madeleine's? Oder würden sie lieber woanders …?«

So, ich weiß zwar, dass ich am neunzehnten offiziell einen Termin mit dem Regionalmanager von Whytelys habe, aber den werde ich wohl eh absagen. Oder Sean hinschicken. Womit ich Zeit hätte.

»Ja, der neunzehnte geht. Und ich habe nichts dagegen, noch mal im Madeleine's zu essen. Hat mir dort gut gefallen.«

Ups. Das klingt verdächtig so, als wäre ich vorher noch nie dort gewesen. Hoffentlich merkt er es nicht.

»Waren Sie denn noch nie dort?«

Mist! Ich öffne den Mund und will sagen: Oh doch, natürlich, da bin ich Stammgast, aber dann fällt mir ein, dass nur Chaos dabei herauskommt, wenn man lügt. Ich denke an die schrecklichen Auswirkungen, die Lügen haben können: viele nutzlose Kriege wurden begonnen, zahllose unschuldige Leben geopfert, Diktatoren stiegen auf, Könige fielen. Und, nicht zu vergessen: Mrs Doubtfire.

»Nein«, sage ich schnell. »Gestern war ich das erste Mal da. Vielen Dank dafür. Es war wunderbar.«

»Toll.« Ich höre Ruperts Stimme an, dass er grinst. »Dann

sind Sie ja jetzt ein Insider. Hervorragend. Soll ich einen Wagen schicken, der sie abholt, oder wollen wir uns dort treffen?«

Ich zögere. Es ist eine große Versuchung, Grace' Gesicht zu sehen, wenn ich in einer Luxuslimousine zu einem Mittagessen mit einem attraktiven Millionär gefahren werde. Aber wenn das Essen außerordentlich gut verlaufen sollte, stünde mein Wagen die ganze Nacht unbewacht auf dem Parkplatz von Love Learning. »Wir treffen uns da.«

»Dann reserviere ich einen Tisch.« Rupert hält inne. »Hat Ihnen die … die Dekoration gefallen?«

»Sie meinen die Kerzen? Oh, und wie! Das war zauberhaft. Umwerfend. So etwas habe ich noch nie gesehen. Machen die das da immer so?«

»Nein, nicht immer.« Mit tiefer Stimme fügt er hinzu: »Ich könnte wieder nach dem Raum fragen.«

Ich beginne zu zittern, so als hätte er von einem Hotelzimmer gesprochen.

»Na gut. Ich kümmere mich darum. Dort werden wir nicht so schnell gestört werden.«

»Hm.« Ich bekomme das Bild mit dem Hotelzimmer einfach nicht aus dem Kopf. Jetzt sehe ich ein »Bitte nicht stören«-Schild am Türknauf. Es wackelt leicht – wer weiß, welche Erschütterungen hinter der Tür verursacht werden.

»Alles in Ordnung?«, fragt mich die Stimme am Ohr, und ich merke, dass ich längere Zeit geschwiegen habe.

»Oh, ähm, ja, alles klar. Entschuldigung.« Er kommt gerade aus dem Bad, feucht vom Duschen, nähert sich dem Bett, auf dem ich liege. »Ich habe bloß gerade an Betten gedacht.«

»An *Betten*?«

Scheiße! »Nein, nicht an Betten. An Kletten. Mir ist gerade eingefallen, dass gestern im Madeleine's eine an mir hing.«

Verwirrtes Schweigen, und ich stelle mir vor, dass er gleichzeitig lächelt und die Stirn runzelt. »Ach, ja? Sonderbar.«

»Ja, nicht? Fand ich auch. Aber vielleicht war es auch gar keine.« Mein Gott, kann man größeren Blödsinn von sich geben?

»Hören Sie, ich muss auflegen«, sagt er nach einer Weile.

»Oh ja, ich auch. Ich wollte gerade …«

»… nach Hause gehen«, beendet er den Satz für mich, und ich bekomme eine Gänsehaut im Nacken.

»Ja, genau. Das wollte ich.«

»Ich weiß. Wir sehen uns nächste Woche, Beth. Dienstag, ein Uhr. Im Madeleine's.«

»Gut, dann sind wir verabredet.« Scheiße! »Nein, ich meine, wir haben einen Termin. …«

»Bis dann!« Damit legt er auf.

Das bedeutet, dass ich fast eine ganze Woche überstehen muss, bis ich ihn treffe. Was soll ich bloß bis nächsten Dienstag mit mir anfangen? Die Zeit von letzten Mittwoch bis gestern herumzukriegen war relativ einfach. Warum ist das in dieser Woche plötzlich so schwer?

Hoffnungsfroh schweift mein Blick zu Sean hinüber, doch sein Platz ist leer. Er ist heute und morgen mit seiner Gesprächstechnik unterwegs. Damit ist er so stark beschäftigt, dass er seit unserem Abend im Pub kaum mit mir gesprochen hat. Er mag ja ein sehr attraktiver Papi sein, aber er ist kein sexy Millionär, und mit so einem werde ich nächste Woche zu Mittag essen.

Versteh mich keiner falsch! Ich mag Rupert nicht wegen des

Geldes. Ich würde ihn so oder so mögen. Es macht ihn nur noch attraktiver. Ich meine, das ist halt ein Teil von ihm, oder? Wenn er nicht diesen Charakter und dieses Naturell hätte, hätte er niemals dieses Vermögen gemacht. Ohne das Geld wäre er ein völlig anderer Mensch. Wer Rupert liebt, liebt auch sein Geld.

Ob ich wohl bis nächsten Dienstag noch eine Schönheitsoperation machen kann?

»Nee«, sagt Vini am Abend und schüttelt den Kopf. »Nach einer OP hast du vier bis zehn Tage Schwellungen und Blutergüsse. Es dauert zwei bis vier Wochen, je nach OP, bis du wieder ungeschminkt auf die Straße gehen kannst.«

»Vini, du hast doch nicht etwa …?«

»Quatsch, nein! Ich doch nicht. Das war Joan Collins. Ließ sich vor ein paar Jahren die Augenlider straffen. Du kennst sie, sie arbeitet auf dem Postamt. Letztes Jahr hat sie deine Kfz-Steuer kassiert.«

Am Donnerstagabend erkläre ich mich aus purer Verzweiflung einverstanden, mit Vini auszugehen. Ich will ihr helfen, mehr nicht. »Das hier habe ich heute in der Zeitung gelesen. Ich dachte, es wäre eine gute Idee«, sagt sie, während ich mein Haar glätte. »Hab's bloß nicht vorgeschlagen, weil ich dachte, du hättest keine Lust. Und würdest mir anschließend die Hölle heiß machen.«

»Warum sollte ich?« Noch hat Vini nicht zugegeben, dass sie mir die falsche SMS von Nigel geschickt hat. Vielleicht ja jetzt …

»Wegen der Katastrophe letztes Mal. Du weißt schon. Weil keiner für dich dabei war.«

In meinem Kopf beginnt es zu kribbeln. Sie will es offensichtlich nicht ausspucken. Na, ich werde sie nicht zwingen, sich zu entschuldigen. Soweit ich weiß, habe ich gestern Abend im Patch and Parrot gesessen und auf einen gewissen Nigel gewartet.

»Das ist doch egal. Das war nur ein Testlauf.«

Aufmerksam betrachtet sie mich im Spiegel. »Du machst dir doch keine Hoffnungen wegen diesem Rupert, oder? Weil es mit Sicherheit wieder genau dasselbe wird wie mit Richard.«

Ich schaue sie an. »Na, das hoffe ich aber.«

Hinterm Rücken kreuze ich die Finger.

Eine Stunde später stehen wir vor dem Hotel Oast House. »Das ist kein Speeddaten heute«, sagt Vini auf dem Parkplatz zu mir.

»Gott sei Dank!«

»Es ist was ganz anderes. Es heißt Pick 'n' Mix oder Mix 'n' Match. Oder so ähnlich.«

Shit! »Und in welcher Hinsicht unterscheidet es sich vom Speeddaten?«

Sie dreht sich mit verärgerter Miene zu mir um. »In jeder wichtigen Hinsicht, Beth. Heute gibt es keine Vorschriften. Wir sind einfach ganz viele Singles zusammen in einem Raum. Eine ganz normale Situation, nur dass diesmal jeder, der da ist, weiß, dass die anderen a) solo sind und b) keinen Bock mehr darauf haben. Wenn du mehr als drei Minuten brauchst, bitte! Wenn du weniger willst, kein Problem. Wenn du dich in einen leeren Konferenzraum verdrücken und dich hinter dem Projektor flachlegen lassen willst, kannst du das auch tun. Übrigens, du siehst super aus.«

»Danke.« Ich schaue an mir hinab. Ich trage lediglich eine schwarze Jeans und ein rosa T-Shirt unter dem Mantel – nichts Besonderes.

»Ich meine nicht deine Klamotten, du Dummerchen. Nein, dein Haar. Jeans und T-Shirt sind nichts Besonderes.«

»Nochmals: danke.«

»Red nicht so! Ich habe dir ein Kompliment gemacht. Mit irgendjemandem hast du Ähnlichkeit.«

Das löst bei mir freudige Wallungen aus. Ich weiß, dass Vini keinen politischen Lenker, keine einflussreiche Person meint, sondern einen Promi. Vini ist immer auf der Suche nach Leuten, die Ähnlichkeit mit Prominenten haben, und zögert nicht, auf wildfremde Menschen zuzugehen und ihnen ihre Visitenkarte zuzustecken. Oft habe ich schon gedacht, wie froh ich bin, dass sie das bei mir noch nicht getan hat, weil ich aussehen will wie ich, nicht wie jemand anders. Das rede ich mir ein, seitdem sie Fake Face hat.

Als wir das Hotel betreten, fällt mir mit sinkendem Mut sofort auf, dass wieder zahllose hoffnungsfrohe Mistelzweige wahllos unter der Decke aufgehängt sind. Die Leute, die diese Treffen organisieren, haben Weihnachten scheinbar noch nie solo erlebt und glauben, dass forciertes Knutschen uns das Gefühl gibt, geliebt zu werden.

Es sind nur zwei weitere Gäste da, beides Frauen. Wir lächeln uns an, aber es ist kein schwesterliches Grinsen à la »Hi, wie geht's? Was tun wir hier überhaupt?« Es sagt eher: »Bist du jünger/dünner/hübscher als ich?« Vini und ich nähern uns ihnen gerade so weit, dass wir uns überzeugen können, dass sie ein ganzes Stück älter als wir sind. Ich weiß nicht, ob mich das beruhigen oder in ernsthafte Verzweiflung stürzen soll. Ich hole etwas zu trinken, und wir lehnen uns an die Wand.

»Warum sind hier keine Stühle? Und Tische?«

»Weil es so mehr nach einer Party aussieht und die Gäste eher aufeinander zugehen. Wir sind ja schließlich nicht zum Spaß hier, schon vergessen? Wir möchten jemanden kennenlernen.«

»Soll das etwa heißen, dass ich jetzt endgültig den Typen aufgebe, den ich beim Speeddaten getroffen habe?«, frage ich mit einem Seitenblick auf Vini.

Sie schaut mich an, im Mund eine Flasche Alkohol mit Melonengeschmack. »Hast du immer noch nichts von ihm gehört?«, fragt sie unschuldig.

»Nein, kein einziges Wort«, sage ich und hebe erwartungsvoll die Augenbrauen. Jetzt ist es so weit. Dies ist die perfekte Gelegenheit für sie, unter tiefem Bedauern den gemeinen Streich zu gestehen, den sie mir vorgestern gespielt hat. Mir zu beichten, dass ihr, kaum hatte sie die Nachricht abgeschickt, klar wurde, wie gemein das war, und dass sie es am liebsten rückgängig gemacht hätte. Und dass sie sich nicht überwinden konnte, mir zu gestehen, so etwas Gefühlloses getan zu haben, weil sie Angst hatte, in meinen Augen weniger wert zu sein.

»Ach, das ist ja schade«, sagt sie und nimmt noch einen Schluck aus der Flasche.

Mann, ist die gut.

Oder sie hat die SMS doch nicht geschickt. Was bedeutet, dass gestern ein Mann mit Rechtschreibproblemen namens Nigel den ganzen Abend im Pub saß und wartete …

Ich habe eine Idee. »Hast du noch die Nummer vom Organisationsteam?«

»Wie, vom Speeddaten? Ja, warum?«

Ich hole mein Handy aus der Tasche. Vini macht keinen Versuch, ihr Entsetzen zu verbergen.

»Guck nicht so! Ich will einfach nur Bescheid wissen. Nur für den Fall, dass da was schiefgelaufen ist.«

»Gut, egal. Hier ist die Nummer.«

Als sich endlich eine Frau meldet, hört man im Hintergrund, dass sie gerade beim Speeddaten ist. Ich frage mich, warum es so viele Termine gibt. Wenn es funktionieren würde, gäbe es ja wohl keinen Bedarf mehr dafür, oder?

»Also, ich habe mal nachgesehen«, sagt sie, als sie nach kurzer Zeit wieder ans Telefon kommt. »Nach meinen Aufzeichnungen gab es keine Übereinstimmungen mit Ihrem Zettel.«

»Das kann nicht sein. Ich weiß genau, dass wir beide das jeweilige Kästchen angekreuzt haben.«

»Ich weiß, dass es schwer für Sie ist. Aber manchmal sind die Leute gar nicht so nett, wie es den Anschein hat.«

»Aber er hat gesagt, er würde …«

»Hören Sie, ich will ehrlich zu Ihnen sein. Wahrscheinlich wollte er Sie einfach nur ins Bett bekommen.«

Ich reiße die Augen noch weiter auf, und Vini schaut mich fragend an. Ich schüttele den Kopf. »Kann das sein?«, flüstere ich.

»Ach, das passiert alle naselang, meine Liebe. Diese Typen machen eine Riesenschau daraus, Ihr Kästchen anzukreuzen, und am Ende machen sie sich nicht mal die Mühe, den Zettel abzugeben. Sie müssen dann nur noch ein zufälliges Treffen anschließend auf dem Parkplatz oder so herbeiführen, und fertig ist die Kiste. Man nimmt den Kerl mit nach Hause, weil man gesehen hat, dass er einen angekreuzt hat, und man denkt, dass es nicht nur was für eine Nacht ist. Aber dann bekommt man seine Adresse nicht, weil er seinen Zettel nicht abgegeben hat.«

Mir fällt die Kinnlade herunter. »Dieses Schwein.«

»Ich weiß. Aber so sind die Männer. Tut mir leid, dass es bei Ihnen nicht geklappt hat. In zwei Wochen haben wir wieder einen Abend. Vielleicht haben Sie Lust?«

Soll das ein Witz sein?

Während ich Vini erzähle, was ich gerade erfahren habe, trudeln die anderen Teilnehmer ein. Aufmerksam mustert Vini sie, so als würde sie auf jemand Bestimmtes warten. Ich habe kalte Angst im Bauch – diese Leute erinnern mich an eine Zusammenkunft von Puppenspielern, nur ohne Puppen. Also noch unsympathischer, falls das möglich ist.

»Los geht's!«, murmelt Vini und stürzt sich fröhlich in die Menge. Ich bleibe eine Weile wie festgewachsen stehen, versuche Mut zu sammeln.

»Alles klar, Süße?«, sagt jemand links von mir. Ich drehe mich um und wünsche mir auf der Stelle, mit Vini gegangen zu sein. Stehen bleiben ist scheinbar ein großer Fehler – man wird angreifbar. »Ich bin Eric.«

»Hi, Eric«, erwidere ich. Er trägt eine rote Nikolausmütze, die er schräg auf den Kopf gesetzt hat. Hält er bestimmt für witzig. Ich weiche seinem Blick aus, lächle nicht, nenne ihm nicht meinen Namen und gebe mich nicht im Geringsten interessiert. Will nicht die falschen Signale aussenden.

»So was schon mal gemacht?«, fragt er und besprüht mich mit feinem Nebel. »Nee, du bestimmt nicht, so wie du aussiehst.«

Ich blinzele mehrmals. »Eigentlich nicht.« Inzwischen habe ich mich völlig abgewandt und schaue mich interessiert um.

»Wie heißt du denn?«, fragt er. Ganz offensichtlich kapiert er meine »Verpiss dich«-Signale nicht.

»Ähm, Paula.«

»Schön, Paula, freut mich.« Er hält mir die Hand hin, obwohl ich ihn gar nicht ansehe. Ich blicke absichtlich in die andere Richtung, aber aus dem Augenwinkel erkenne ich noch so gerade sein grinsendes rotes Gesicht und die mir erwartungsvoll hingestreckte Hand.

»Sorry, ähm, äh …«

»Eric. Schon vergessen?«

»Eric. Sorry, muss zum Klo.«

»Kein Problem. Ich besorg dir in der Zwischenzeit was zu trinken. Was möchtest du?«

Ich antworte ihm nicht. Auf meinen hohen Absätzen hetze ich durch den überfüllten Raum, flitze im Zickzack an sonderbaren Gesprächen vorbei. Ich habe mal eine Mail bekommen, in der beschrieben war, dass man so am besten einem Angreifer entkommt. Ich spüre die Hitze von Erics feurigem Atem im Nacken, doch ich werde mich nicht umdrehen, auch wenn ich überzeugt bin, dass er mich nicht sehen kann. Schließlich kenne ich mein Glück – er beobachtet mich bestimmt noch immer, und sobald ich mich umdrehe, wird er …

»Hups!«

Mit der linken Schulter remple ich jemanden an. Ich habe mich so darauf konzentriert, mich nicht umzusehen, dass ich nicht darauf geachtet habe, wo ich hingehe. »Ach, du liebe Güte, alles in Ordnung?« Ich drehe mich um und verstumme. Mein Blick ruht auf dem breitschultrigen Körper, dem sexy Stoppelbart und dann in den hübschen warmen Augen von Brad.

18 Effektive Kommunikation

Kurzfristiges Ziel: Brad nicht umbringen oder flachlegen. Noch nicht.
Hindernisse: Er ist wohl der geilste Typ, den ich je umbringen wollte.
Langfristiges Ziel: Brad umbringen oder flachlegen.
Hindernisse: Wenn ich ihn umbringe, kann ich ihn nicht mehr flachlegen.

Es ist der unerreichbare Brad vom Speeddaten, der Brad, mit dem ich mich eng verbunden fühlte, in den ich schwer verknallt war und von dem ich tagelang nichts gehört habe. Ich verschlinge ihn sozusagen mit den Augen. Visuelle Völlerei. Furchtbar, aber ich kann nicht damit aufhören, starre ihn mit aufgerissenen Augen an, den Mund leicht geöffnet, ein Lächeln auf den Lippen. Dann merke ich, dass er dasselbe tut: Er glotzt mich an wie eine Erscheinung.

»Bist du nicht …? Libby, oder? Das bist du doch, oder? Du bist tatsächlich hier! Ich hatte so darauf gehofft. Wie geht's dir? Was war mit dir? Wo bist du gewesen?«

Meine Lippen zucken, wollen lächeln, meine Hände rucken in seine Richtung, ich kann mich gerade so davon abhalten, mich in seine Arme zu werfen. Eben noch rechtzeitig fällt mir wieder ein, was bei unserem letzten Treffen geschah und was die Organisatorin des Speeddatens mir eben erzählt hat. Jetzt weiß ich, was dieser leckere, knackige Kerl nämlich tatsächlich von mir wollte. Das Lächeln gefriert mir auf den Lippen. Er ist wieder unterwegs, und er wird versuchen, einer anderen an die Wäsche zu gehen. Offenbar nutzt er diese Zusammenkünfte, um … nun, um Frauen kennenzulernen. Mein Gott, wie armselig!

»Ich war genau da, wo ich immer bin«, sage ich und bemühe mich, verächtlich von oben herab zu sprechen, während ich mich gleichzeitig fast unwiderstehlich zu ihm hingezogen fühle. Ich bin mir nicht sicher, ob ich es durchziehen kann, besonders da er so unglaublich erfreut wirkt, mich zu sehen. Und weil er so sexy ist, dass es fast schon weh tut. Auch wenn das völlig gleichgültig ist, denn er ist ein kaltes, herzloses Tier. Ich verschränke die Arme und wende den Blick ab.

»Aber wo?« Er macht einen Schritt auf mich zu, und der Rest des Raumes verschwindet. »Acht Tage habe ich nach dir gesucht – und ich habe nicht mal eine DNA-Spur gefunden.«

Meine Füße wollen zu ihm. Ich zwinge sie, stehen zu bleiben. Mein Körper versucht, Brad ohne Hilfe der Füße näherzukommen. Fast falle ich vornüber. »Zu Hause, im Auto, manchmal beim Einkaufen. Bei der Arbeit. Wie jeden Tag. Was du auch herausbekommen hättest, wenn du wirklich die Absicht gehabt hättest, etwas über mich zu erfahren.«

Brad stutzt und hebt erstaunt die Augenbrauen. Hey, super gespielt! »Was meinst du damit? Natürlich habe ich dich gesucht! Das ist der einzige Grund, warum ich heute hier bin: weil ich nicht wusste, wie ich dich sonst finden sollte. Und du hast doch gesehen, dass ich deine Nummer angekreuzt habe. Nummer sechs. Weiß ich noch genau. Ich habe nur die eine Nummer angekreuzt.«

Na, in dem Fall suchen wir uns besser ein ruhiges Eckchen und lernen uns besser kennen, hätte ich beinahe gesagt. Ich muss die Zähne fest zusammenbeißen, damit kein Wort herauskommt. Ich sehe bestimmt aus wie eine von diesen alten Frauen im Bus, die immer auf irgendetwas herumkauen. Sehr sexy.

»Echt?«, sage ich schließlich, damit meine Lippen etwas zu tun haben. »Das hast du aber nur getan, damit ich dachte, du würdest mich kennenlernen wollen, damit ich später auf dem Parkplatz mit dir gehen würde, wo du …«

Na ja, eigentlich hat er mich ja nicht anschließend auf dem Parkplatz getroffen, oder? Ganz im Gegenteil – danach habe ich ihn nicht mehr gesehen.

»Wo ich was?« Brad hat ein schwaches Lächeln auf seinen unglaublich vollen, leichtglänzenden Lippen. Darunter dieser Dreitagebart! Sein Grinsen wird breiter. Mist, ich starre auf seinen Mund! Ich wende den Blick ab.

»Wo du, na ja, wo du unauffällig was Böses tun wolltest, auf das ich reinfallen sollte, weil ich gesehen hatte, dass du meine Nummer ankreuzt, aber du hast ja am Ende nicht mal den Zettel abgegeben, deshalb war das Ganze …« Ich werde immer langsamer und verstumme schließlich ganz.

Brad macht große Augen. Er hat die Brauen hochgezogen und lacht breit. »Das Ganze war also ein ausgeklügelter Trick von mir, um dich ins Bett zu bekommen, ohne dir meine Telefonnummer und Adresse oder so zu geben? Ja? Glaubst du das wirklich?«

»Eigentlich nicht. Erst seit zehn Minuten. Aber langsam bezweifle ich es wieder.«

»Ich hätte in irgendeinen Nachtclub gehen können, wenn

ich eine Frau für anonymen Sex gesucht hätte.« In dem Moment gibt es eine unerklärliche Pause in der Unterhaltung, und das Umgebungsgeräusch ebbt ab. So etwas passiert immer, wenn jemand gerade laut über anonymen Sex redet oder eine Person beleidigt, die direkt hinter ihm steht. Brads Worte schweben in Großbuchstaben in der Luft.

Er senkt die Stimme und schaut sich misstrauisch um. »Hör mal, warum sollte ich so ein aufwändiges Täuschungsmanöver inszenieren, wenn es … andere Möglichkeiten gibt?«

»Oh, Mann, da bist du ja!«, ruft Vini und stürzt auf mich zu. *»Libby.«* Im Auto hatte ich sie instruiert, mich bei diesem Namen zu nennen. Ich hätte nicht gedacht, dass sie es sich merkt.

»Oh, hallo, Vini.« Dankbar lächle ich sie an. Sie hat mich bestimmt entdeckt, als ihr Blick – wie der von allen im Raum – während der kurzen Gesprächspause auf Brad gelenkt wurde. »Was ist?«

»Ich habe jemanden getroffen«, sagt sie aufgeregt. »Erinnerst du dich an den Typen von der Konferenz der Puppenspieler?«

»An welchen? O Gott, doch nicht den mit dem Vogel-Strauß-Kostüm?«

»Nein, nein, der nicht.«

»Etwa der Ziegenhirt mit den Zicklein?«

»Nein, der auch nicht. Hör zu …«

»Der mit dem Pferd auf dem Arm?«

»Nein. Verdammt nochmal, hörst du mir jetzt mal zu? Ich meine den Typen, der aus dem Fast-Love-Raum kam, als wir gerade reingingen. Weißt du noch? Adam.«

»Ach, ja, jetzt erinnere ich mich. Er hatte gar keine Puppe, oder? Aber er suchte die Puppenspieler, was kein gutes Zeichen ist. Du kannst dich doch nicht mit einem treffen, der mit Puppen spielt, Vini.«

Brad verkneift sich ein Lachen. Vini wirft ihm einen bösen Blick zu. »Ich habe mich schon mit so einigen Blödmännern getroffen, Libby, deshalb werde ich ihn nicht allein wegen so was abschreiben. Noch nicht.«

»Gut, aber er darf keine Puppen mit in unsere Wohnung bringen. Ehrlich, Vin. Ich will morgens nicht ins Badezimmer kommen und Miss Piggie auf dem Boden liegen sehen oder auf der Treppe mit einem Pferd zusammenstoßen. Ganz egal, wie sexy du das findest.«

»Ach, sei doch still!«, sagt Vini ungehalten. Brad kichert jetzt unverhohlen und hält sich die Hand vor den Mund. Er versucht, es als Husten zu tarnen. »Ja, ja, haha, sehr komisch. Schön, dass ihr euren Spaß habt. Ich wollte dir bloß sagen, dass ich jetzt gehe, ja? Adam und ich fahren woandershin. Hier fühle ich mich wie eine wandelnde Zielscheibe. Wir suchen uns was Ruhigeres.«

»Am Strand steht ein hübsches kleines Zirkuszelt«, schlage ich ihr hilfsbereit vor und bemühe mich, ein ernstes Gesicht zu machen. »Echt schnuckelig.« Brad schnauft hinter seiner Hand und muss sich mit bebenden Schultern abwenden.

»Ja, super, danke. Bis später.« Damit marschiert sie davon.

»Wer war *das* denn?«, fragt Brad und unterdrückt ein Lachen.

»Meine Mitbewohnerin Lavinia. Vini. Sie war letzte Woche Nummer fünf – erinnerst du dich?«

Sofort wird er ernst. »Nee, leider nicht. Nachdem ich Nummer sechs kennengelernt hatte, habe ich alle anderen vergessen.«

Zärtlich lächelt er mich an, und ich schmelze dahin. Besonders mein Unterkörper.

»Ich kann mich auch nur an eine Nummer erinnern.« Ich halte inne. »Warte mal! Welche Nummer hattest du noch mal? Ich weiß nämlich, dass ich die 15 angekreuzt habe, aber dann bekam ich so eine sonderbare Nachricht von einem Typen namens – was ist?«

Brad schüttelt den Kopf.

»Ich war nicht die 15. Ich war die 16.«

»Nein, das stimmt nicht, du warst die 15, auf jeden Fall.«

»Die 16.«

»Nein, ich weiß es genau, weil du mir dreimal die Hand hingehalten hast: fünf plus fünf plus fünf. Beim letzten Mal waren dreimal fünf noch 15. Erzähl mir nicht, dass sich das geändert hat!«

»Hat es nicht, drei mal fünf ist immer noch 15. Ich habe dir tatsächlich dreimal fünf gezeigt, aber dann noch einen Finger. Fünf plus fünf plus fünf. Und einen. Gesamtsumme: 16.«

Ich starre ihn an. »Oh, nein! Das darf doch nicht wahr sein! Aber wieso habe ich das nicht gesehen?« Den gestreckten Daumen muss ich verpasst haben, oder ich habe ihn für ein »O.K.«-Zeichen gehalten …

Ich lege die Hand auf den Mund. »Ach du Scheiße. Das ist meine Schuld. Du liebe Güte! Und die ganze Zeit war es … Oh, Mensch, das tut mir so leid! Was bin ich bescheuert!«

»Sei nicht zu hart zu dir. Letztlich ist es doch gutgegangen, oder?« Vorsichtig macht Brad einen Schritt auf mich zu. Diesmal weiche ich nicht zurück.

»Weiß nicht. Frag mich in einer Stunde noch mal.«

Er lächelt mich an. »Mach ich.« Er hält inne, und sein Arm greift nach mir. »Alles in Ordnung?«

Ups. Meine Beine haben gerade leicht nachgegeben. Hatte gehofft, er würde es nicht merken. »Oh, doch, alles klar. Bin nur leicht ...« Was bin ich leicht? Müde, wollte ich sagen, aber das klingt irgendwie, keine Ahnung, armselig. Ich könnte behaupten, ich sei leicht angetrunken, aber das verbietet sich wohl, wenn man gerade jemanden kennenlernt. Was soll ich also zur Erklärung anführen?

»Möchtest du dich setzen?«, fragt Brad mit besorgter Miene und rettet mich aus meinem Dilemma. Er beugt sich vor, um mir in die Augen zu sehen.

Ich nicke. »Ja, ist wohl besser.« Bevor ich mich in meiner unkontrollierten Lust nackt auf den Rücken werfe.

Brad führt mich zu einem von zwei Couchen flankierten Tisch in der Ecke und holt uns etwas zu trinken. Als er zurückkommt, werfe ich ihm einen kräftigen Traktorstrahl zu, der ihn neben mich aufs Sofa ziehen soll, damit sich unsere Oberschenkel berühren. Aber es funktioniert nicht. Kurz zögert er, dann geht er um den Tisch herum und nimmt mir gegenüber Platz. Verzweifelt sehe ich ihn an – nein, nicht verzweifelt, eher enttäuscht. Ich merke, dass er einen verwirrten Eindruck macht. Oder einen besorgten. Ich weiß nicht, ob mir das gefällt. Vielleicht ist meine Körpersprache ein wenig zu eindeutig (ich liege rücklings auf den Kissen, die oberen drei Knöpfe auf, die Augen halb geschlossen, die feuchten Lippen geöffnet), deshalb setze ich mich auf und schiebe mir das Haar hinter die Ohren.

»Ich glaube, ich habe dich neulich gesehen«, sagt Brad mit einem plötzlichen Lächeln.

»Ja? Wann denn?« Und warum bist du nicht zu mir gekommen und hast gefragt, ob ich dich heiraten will? Den letzten Satz kann ich mir gerade noch verkneifen.

»Hm, mal sehen.« Er presst die Lippen aufeinander und schaut hoch, versucht sich zu erinnern. Ich meine, jetzt mal ehrlich, so lange kann es nicht her sein, wir kennen uns ja schließlich erst seit neun Tagen. »Letzten Freitag. Am achten. Um kurz nach eins.«

Ich blinzle. »Ach, ja? Eben hast du gesagt, du hättest nicht mal eine DNA-Spur von mir gefunden, und jetzt behauptest du sogar, mich gesehen zu haben. Warum bist du nicht zu mir gekommen?«

»Wäre ich ja, aber du saßt im Auto.«

Ach, du Güte! Das muss gewesen sein, als ich nach Hause fuhr, an Rupert dachte und meinen Gesichtsausdruck nicht unter Kontrolle hatte. Wahrscheinlich sah ich total bescheuert aus. Fast hätte ich gefragt: Wie habe ich dabei geguckt? Stattdessen sage ich: »Das warst also doch du, der mich bei McDrive bedient hat. Ein bisschen Schwarzarbeit nebenbei?«

Er grinst. »Erwischt. Ich mache da ein Praktikum. Zweimal die Woche.«

Ich nicke in vollem Ernst. »Bewundernswert. So gibst du der Gesellschaft etwas zurück.«

»Deshalb mache ich es. Wie geht es dem Mädchen, das bei dir war? Die bei dir im Auto saß? Sie wirkte sehr deprimiert. Eigentlich habe ich dich deshalb nicht angesprochen.«

Gott sei Dank! Ich bin also nicht gefahren.

Mir fällt gerade einiges auf. Zuerst, wie weich seine Stimme bei den letzten Worten ist. Dann sein Eingeständnis, dass er kommen und mich ansprechen wollte, als er mich sah. Drittens, und das ist das Wichtigste: Als er mich letzte Woche entdeckte, saß ich nicht mit langem Gesicht am Steuer, sondern tröstete gerade Fatima auf dem Rückweg von der Polizei. Ich wurde tatsächlich dabei beobachtet, wie ich einer Freundin half! Und ich habe es nicht mal gemerkt, was bedeutet, dass ich einen absolut natürlichen Eindruck machte und total anziehend wirkte.

Ich merke, dass Brad noch auf meine Antwort wegen Fatima wartet.

»Ähm, eigentlich ganz gut. Na ja, nee, nicht so richtig gut. Sie hat ein paar Probleme. Deswegen hat sie geweint. Ich mache mir wirklich Sorgen um sie.«

»Das habe ich gemerkt.«

Schweigend trinken wir etwas. Brad sieht mich an, dann zur Seite, dann wieder zu mir. Ich kann den Blick nicht von ihm abwenden. Schließlich räuspert er sich.

»Jetzt wissen wir, warum ich heute hier bin«, sagt er grinsend, »aber was ist mit dir?«

Ich schüttele den Kopf. »Nee, nee, warte mal! Wir wissen gar nicht, warum du hier bist. *Du* weißt es, aber was mich betrifft, bist du nur hier, weil du anonymen Sex suchst.« Für alle Fälle senke ich meine Stimme bei den letzten Worten. »Gut, du hast also letzte Woche mein Kästchen angekreuzt und mir mit Zeichen zu verstehen gegeben, dass du nach keiner anderen mehr suchen würdest. Und jetzt bist du doch hier. Warum?«

Eine Zeitlang schaut er mich ernst an. Mir wird heiß im Gesicht und am Hals. Und weiter unten. Dann sagt er: »Wegen dir.«

»Hm?«

»Libby, ich bin hier, weil ich dich gesucht habe. War dir das nicht klar?«

»Ähm … du … du bist …?«

Lächelnd beugt er den Kopf vor. »Im Gegensatz zu dir habe ich nicht angenommen, dass du eine männermordende Nymphomanin bist, die es nur auf eines abgesehen hat, als Fast Love mir deine Daten nicht übermittelte.«

»Das habe ich von dir auch nicht gedacht.«

Er lacht abwehrend. »Egal, was du von mir gedacht hast, ich habe nicht dasselbe von dir angenommen. Ich habe einfach vermutet, dass irgendwelche Formulare oder so vertauscht wurden und ich dich halt suchen müsste. Aber das Einzige, was ich über dich wusste, war, dass du einmal zu so einem Singletreffen gegangen bist. Das war das Einzige, wo ich ansetzen konnte. Und deshalb«, er hebt die Hände, »bin ich hier.«

»Oh.« Jetzt, wo ich darüber nachdenke, kommt es mir albern vor, dass ich Brad für einen Hallodri gehalten habe. Ich meine, er hätte schon ein ganz besonders guter Schauspieler sein müssen, um das hinzubekommen.

»Um ehrlich zu sein, habe ich dich hier gar nicht erwartet. Überhaupt bei keinem Singletreffen. Du wirktest damals schon so fehl am Platz.« Er grinst schelmisch. »Was mich vor die Frage stellt, warum du heute Abend hier bist.«

»Wegen Vini«, sage ich schlicht, und er nickt verständnisvoll.

»Na klar. Wie heißt sie richtig?«

»Das ist ihr richtiger Name.«

»Ach, Quatsch!«

»Doch, im Ernst! Ihre Eltern haben sie Lavinia genannt, weil das ein ungewöhnlicher Name ist. Und ich finde, dass die Abkürzung von Lavinia zu Vini ein Geniestreich von mir ist, meinst du nicht?«

»Hm, ja. Und es erspart einem die Notwendigkeit, bei Treffen wie diesem hier einen falschen Namen zu benutzen.«

Ich zucke zusammen. Shit, hat er's etwa gemerkt? Ich mustere sein Gesicht, aber er wirkt nicht, als rechne er mit einer Beichte. Ich gehe besser einfach darüber hinweg. »Du hast recht. Keiner käme auf die Idee, dass es ihr richtiger Name ist, oder?«

»Nee, stimmt. Obwohl ich wirklich niemanden verstehen kann, der einen falschen Namen benutzt. Ich meine, der Name gehört doch zu einem. Man kann von anderen keine Ehrlichkeit erwarten, wenn man seine eigene Identität verschweigt.«

»Da bin ich völlig deiner Meinung. Ich würde nie im Leben einen falschen Namen benutzen. Das ist albern.«

»Ah, Paula, da bist du ja!«, sagt der rotgesichtige Eric, der plötzlich mit zwei großen grünen Drinks grinsend vor mir steht. Ich werfe Brad einen Blick zu, der mich lautlos fragt: »Paula?«

»Du hast gar nicht gesagt, was du trinken wolltest«, fährt Eric fort. »Ich hab dir einfach mal einen Crème de Menthe mit Limo geholt. Damit kann man nichts falsch machen. Bitte!«

Er drückt mir das Glas in die Hand und wartet darauf, dass ich trinke. Aus dem linken Augenwinkel sehe ich, dass Brad mich ansieht. Zwischen uns spüre ich Hysterie aufkommen. Vielleicht auch nur bei mir.

»Na los, Paula!«, sagt Brad schließlich mit leicht bebender Stimme. »Probier mal!«

»Ja, Paula, bitte!«, drängt Eric. »Das schmeckt super.« Er trinkt selbst. »Hm. Lecker.«

»Oh, Eric, hör mal, vielen Dank, aber mein Vater ist leider

hier«, ich zeige auf Brad, »um mich abzuholen, ich muss also leider los.« Ich werde mit dem Anblick von Brad belohnt, der auf dem Sofa zusammenzuckt. Sein Lächeln wird schwächer. Ich halte Eric das Glas hin, der es ergreift und an seine Brust drückt, noch bevor ich es losgelassen habe.

»Dein Vater?«, fragt er und guckt von mir zu Brad. »Wie alt bist du denn?«

»Fünfzehn. Das ist gemein, Dad! Woher wusstest du, dass ich hier bin?«

Brad hat erkennbar damit zu kämpfen, dass Eric diese Behauptung ohne weiteres schluckt. »Ähm, ja, nun … ich … ähm …«

»Oh, nein, Dad! Du hast doch nicht wieder mein Tagebuch gelesen, oder? Verdammt nochmal, warum schreibe ich alles sorgfältig bis ins kleinste Detail auf und lasse das dämliche Teil dann einfach so rumliegen?«

»Zügle bitte deine Zunge, junge Dame«, sagt Brad und beugt sich zu mir herüber. »Das gibt fünfzig Cent Abzug vom Taschengeld.«

»Tschü-hüss«, rufe ich Eric zu, der sich schnell abwendet. Er verschwindet in der Menge.

Zwei Stunden später stehen wir neben meinem Wagen auf dem Parkplatz. Ich habe Brad meine Handynummer und meine Festnetznummer sowie meine private Mailadresse gegeben. Er kennt jetzt alles außer meinem richtigen Namen.

»Ich bin so froh, dass du heute hier warst«, sagt er sanft. Er schaut mir in die Augen, und wieder entdecke ich in seinem Gesicht eine Spur von … Bedauern? Ja, ich glaube schon.

»Stimmt was nicht?«, höre ich mich fragen. Mist, meine Lippen machen sich wieder selbständig.

»Na ja, so halb«, sagt Brad nach kurzem Zögern. »Es ist alles in Ordnung. Mehr als in Ordnung. Zu perfekt. Schwer zu erklären.«

Ich lege ihm beruhigend die Hand auf den Arm, auch weil ich ihn unbedingt irgendwie berühren will. Ich drücke ihn leicht, ergreife die Gelegenheit, seine Muskeln zu tasten. Fühlt sich verdammt gut an. Ihn zu beruhigen, meine ich. »Nein, pass auf, ich will es gar nicht wissen. Du musst nichts erklären.«

Er ist mir jetzt so nah, sein Blick auf meinem Gesicht, meinem Haar, meinen Augen, meinen Lippen, wieder auf meinem Haar. Ich hänge mit wilder Entschlossenheit an seinen Lippen. Ich kann einfach nicht anders – sie sind direkt vor mir. Ich versuche, sie mit Gedankenkraft zu mir zu ziehen, aber Telekinese klappt bei mir einfach nicht besonders gut.

»Ja, ich weiß«, sagt er. »Ich könnte es auch gar nicht. Es ist nur …« Er schließt die Augen und reibt sich den Nacken. »Es ist nur, seit ich dich letzte Woche kennengelernt habe, habe ich irgendwie …« Er blickt auf meine Lippen und bekommt einen irgendwie gehetzten Ausdruck. »Ich würde wirklich gerne …«, sagt er langsam, dann schließt er wieder die Augen und lässt die Schultern hängen. »Nein, ich kann nicht. Nicht bevor … Ist egal. Das ist mein Problem, ich kümmere mich darum. Ist nicht so wichtig.«

Das überzeugt mich nicht. Entweder ist er verheiratet, oder er hat seit letzten Dienstag jemanden umgebracht und bedauert es jetzt, weil er mich wiedergefunden hat. Ich nehme die Hand von seinem Arm. »Ach, du liebe Güte, du bist doch nicht verheiratet, oder?«, frage ich. Nach dem Mord kann ich ihn wohl kaum fragen.

»Nein! Natürlich nicht! Was wollte ich beim Speeddaten, wenn ich schon verheiratet wäre?«

Ich sehe ihn an, als wäre er der naivste Mensch, der je auf einem Parkplatz gestanden hat. »Davon hat man schon gehört.«

»Trotzdem, bin ich nicht. Ich schwöre es.«

Schließlich sage ich: »Ich fahre jetzt besser«, und er nickt. Mist. »Bis bald.«

»Ja«, sagt er, beugt sich vor und streift meine Wange mit den Lippen. Wieder werden meine Knie weich.

»Gute Nacht, Libby«, flüstert er in mein Haar.

Ich steige ins Auto und drehe den Zündschlüssel. Dann lasse ich das Fenster herunter. »Nacht.« Und als ich rückwärts aus der Lücke fahre und auf die Straße biege, sehe ich im Rückspiegel, dass er mir nachschaut.

19 Aktives Zuhören

Kurzfristiges Ziel: Zwischen Brad und Rupert wählen. Oder vielleicht einfach mit beiden schlafen.
Hindernisse: Ich habe meine Grundsätze. Doch, wirklich.
Langfristiges Ziel: Nichts anderes mehr tun müssen, als das Hochzeitskleid auszusuchen.
Hindernisse: Die Auswahl ist groß, und bis Juni sind es nur noch sechs Monate.

Rupert sitzt im Auto. Mit breitem Lächeln singt er zum Radio, das heute Achtziger-Jahre-Hits spielt. »Alle großen Songs der Achtziger, den ganzen Tag lang«, wiederholt der Ansager.

Rupert klopft mit den Fingern aufs Lenkrad und bewegt den Kopf im Takt der Musik. Es ist Freitagvormittag, eigentlich müsste er auf der Arbeit sein, aber er will mit einem bestimmten Menschen reden. Mit jemandem, der ihm schon öfter geholfen hat, Probleme zu bewältigen. Rupert hofft, dass derjenige ihm auch diesmal beistehen kann.

Er ist so vertieft in das Lied von Roxy Music, dass er fast die Ausfahrt verpasst. Er tritt auf die Bremse und reißt das Lenkrad herum. Dann folgt er der Straße noch zwei, drei Kilometer, bis er durch eine hohe Hecke in eine breite Kiesauffahrt abbiegt, die zu einem dreistöckigen Haus führt. Er parkt, springt aus dem Wagen und platzt durch die Haustür herein.

»Hallo! Mum? Dad? Matt? Wo seid ihr? Ich bin's! Hallo?«

»Im Wohnzimmer!«, tönt es von fern zurück.

Rupert biegt nach rechts in den Flur und folgt ihm bis zum Ende, wo er in einen großen hellen Raum mündet. Eine Wand ist komplett verglast und gibt den Blick auf den Rasen frei. Im hinteren Teil des Raumes sitzen ein Mann und eine Frau vor dem Fernseher, beide um die sechzig. Auf dem Boden kniet ein junger Mann von ungefähr fünfundzwanzig Jahren. Er ist völlig versunken in seine Aufgabe, aus einem Atlas die Landkarte von Schweden auf ein großes Blatt Papier zu zeichnen. Die Zeichnung ist größer als das Original, aber absolut maßstabsgetreu.

»Hallo!«, ruft Rupert, als er das Wohnzimmer betritt.

»Rupert! Hallo, mein Schatz!« Caroline de Witter steht auf und umarmt ihren Sohn. »Das ist ja schön.« Sie schaut ihm zu, während er Vater und Bruder begrüßt.

»Hi, Matt.«

»Hallo«, erwidert der junge Mann leise, ohne aufzusehen. »Ich vergrößere diese Landkarte von Schweden«, erklärt er, die Nase fast auf dem Papier. »Ich mache sie ein Achtel größer als im Buch. Sie ist zu klein, deshalb mache ich sie größer. Da sind viele komplizierte Stellen, besonders am Rand, ganz knifflig, aber ich mache es richtig.« Er arbeitet ruhig, ganz in seine Arbeit versunken. Den Zeigefinger auf der Karte, studiert er sie kurz, und zeichnet dann die genaue Kopie aufs Papier.

»Das ist Wahnsinn«, sagt Rupert, teils zu seinem Bruder, teils zu seinen Eltern und sich selbst. »Wie läuft es heute?«

»Ganz gut. Eher ruhig«, erwidert Caroline. »Wir haben nichts vor, müssen nirgendwohin, also geht's ihm gut.«

»Schön. Dann kann ich ihn also mitnehmen?«

Sie nickt. »Sicher. Aber nur eine halbe Stunde. Und sag es ihm vorher.«

»Natürlich, Mum. Ich vergesse es nicht. Habe ich doch noch nie!«

Sie lächelt. »Na ja, nur das eine Mal …«

»Ja, ich weiß. Aber seitdem habe ich es nicht mehr vergessen, oder?«

»Nein, ich glaube nicht.« Sie wendet sich an ihren jüngeren Sohn. »Matthew, dein Bruder ist hier und möchte gerne eine halbe Stunde mit dir spazieren gehen. Machst du jetzt bitte den Atlas zu und legst ihn auf den Tisch?«

Matt schaut auf, nimmt gehorsam den Atlas samt seiner Zeichnung hoch und legt beides auf den Tisch. Die bunten Stifte lässt er verstreut auf dem Teppich liegen.

»Halbe Stunde Spaziergang«, sagt Matt leise. »Halbe Stunde.«

»Genau, Kumpel, nur eine halbe Stunde«, bestätigt Rupert und folgt seinem Bruder in den Flur.

»Ach, du kommst doch am Wochenende, oder, Rupe?«, ruft Caroline, als die beiden Brüder zur Haustür gehen.

»Natürlich. Ich werde mir doch nicht die Geburtstagsfeier meines kleinen Bruders entgehen lassen, oder? Ich komme Samstag schon ganz früh und bleibe bis Sonntagabend.«

Liebevoll lächelt seine Mutter ihn an. »Danke, Rupe. Das wird eine große Hilfe sein.«

Draußen beschließt Rupert, ums Haus herum und durch den Garten zu gehen, doch ehe er aufbricht, erklärt er Matt ganz genau, welchen Weg er nehmen will. Matt sieht ihn nicht an, aber Rupert weiß, dass sein Bruder im Kopf eine Landkarte erstellt. Rupert schaut auf die Uhr und sagt leise: »Um Viertel vor zwölf sind wir zurück.« Matt sieht auf seine eigene Uhr, sagt aber nichts.

»Und, wie ist es dir ergangen, kleiner Bruder?«, beginnt Rupert das Gespräch. »Alles in Ordnung? Malst du noch immer Landkarten? Das ist unglaublich, wie du das mit Schweden gemacht hast. Du bist so ein schlauer Bursche. Tut mir echt leid, dass ich dich die letzten Wochen nicht besucht habe. Ich wollte, aber ich habe mich um die Kinderbetreuung in der Firma kümmern müssen, und dann ist noch was ganz Tolles passiert.« Er schaut Matt an, wartet auf eine Reaktion, darauf, dass sein Bruder ihn grinsend anblickt und sagt: »Was denn, Rupe? Was ist passiert?« Aber es kommt nichts. Es kommt nie etwas. Matt läuft weiter, blickt stur vor sich hin, geht den Weg auf seiner Landkarte ab.

»Ich muss dich um Rat fragen, Matt. Ist das in Ordnung?« Rupert blickt wieder nach vorn. »Es geht darum, dass ich jemanden kennengelernt habe. Ein nettes, lustiges, hübsches Mädchen namens Libby. Ich muss dauernd an sie denken. Sie mag mich auch, und diesmal ist es was anderes, weil sie nicht weiß, wer ich bin. Sie glaubt, ich heiße Brad.«

»Du bist Rupert.«

»Ja, Kumpel. Stimmt. Natürlich bin ich Rupert. Aber das weiß sie nicht. Das kannst du nicht verstehen, Matt, aber wenn sie wüsste, wer ich bin, wäre alles anders. Sie wäre anders, ich wäre anders. Die meisten Mädchen mögen mich nur wegen des Geldes. Und die Mädchen glauben schon vorher zu wissen, wie das mit mir ist. Aber als Brad bin ich anders.« Lebhaft blickt er seinen Bruder an. Seine Augen leuchten. »Ich meine, ich bin schon ich, bloß muss ich keine Angst haben, weil ich weiß, dass sie keine Erwartungen an mich hat. Ich kann ganz entspannt ich selbst sein. Und sie mag mich, Matt. Um meinetwillen. Ich hatte ihre Telefonnummer nicht, deshalb bin ich noch bei zwei anderen Single-Treffen gewesen, weil ich hoffte, sie dort zu treffen. Und gestern hat es tatsächlich geklappt.«

»Halb zwölf«, sagt Matt, ohne seinen Bruder anzusehen.

Rupert schaut auf die Uhr. »Ich weiß. Noch eine Viertelstunde. Jetzt geht's durch den Gemüsegarten.« Am Ende des Rasens ist ein Durchlass in der hohen Hecke. »Das hört sich doch alles wirklich super an, oder? Besonders seit gestern Abend, denn jetzt habe ich ihre Telefonnummern und ihre E-Mail-Adresse. Und sie war so …« Er unterbricht sich und lächelt vor sich hin. »Sie ist lustig. Und sie ist angenehm im Umgang. Am liebsten wäre ich immer mit ihr zusammen.« Er schüttelt den Kopf und reibt sich mit der Hand über die Stirn. »Es könnte alles ganz einfach und wunderbar sein. Ist es auch. Bloß … Ach, Matt, wenn du das doch verstehen könntest. Es ist Ironie des Schicksals. Nachdem ich so lange keine Frau gefunden habe, mit der ich zusammen sein wollte, kommen jetzt zwei gleichzeitig. Kannst du dir das vorstellen?« Er schaut seinen Bruder an, der ungerührt nach vorn blickt. »Nein, kannst du natürlich nicht. Das ist echt verrückt. Zwei auf einmal! Das glaubt doch niemand! Und trotzdem ist es passiert. Ich meine, die Zweite habe ich eigentlich noch nicht persönlich kennengelernt – Beth heißt sie –, aber ich fahr total auf sie ab. Sie ist so witzig und clever, sie hat Phantasie und Energie. Und ein Bekannter von mir hat sie getroffen und erzählt, dass sie auch noch gut aussieht. Unglaublich, oder? Ich will sie unbedingt kennenlernen, nicht nur weil sie so umwerfend ist, sondern auch weil ich das Gefühl habe, mir erst dann eine richtige Meinung über sie bilden zu können, wenn ich sie gesehen habe; mit ihr persönlich gesprochen habe.« Rupert bricht ab und schiebt die Hände in die Taschen, geht eine Weile schweigend weiter. »Die Sache ist, dass sie weiß, dass ich Rupert de Witter bin – «

»Du bist Rupert.«

»Ja, bin ich. Und Beth weiß das. Was vielleicht gar nicht schlecht ist. Aber sie glaubt, dass ich … anders aussehe. Sie denkt, dass ich ganz tolles blondes Haar und perfekte Zähne hätte … Mann, ich bin so bescheuert. Ich weiß nicht, was ich machen soll. Ich weiß gar nichts. Für welche soll ich mich entscheiden? Beth weiß, wer ich bin, aber denkt, dass ich wie ein Fotomodell aussehe. Und Libby weiß, wie ich aussehe, aber hält mich für jemand anders. Ich glaube, sie mögen mich beide. Ich mag auch beide. Sehr sogar. Ich muss mich entscheiden, und das bedeutet, dass ich mich von einer verabschieden muss, was ich aber nicht will. Und wenn ich mich länger mit beiden treffe, habe ich das Gefühl, beide zu betrügen. Mann, ist das schwer. Was meinst du? Libby oder Beth? Beth oder Libby? Was schlägst du vor?« Rupert wirft seinem Bruder noch einen Blick zu, doch Matt erwidert ihn nicht. Er hat keinen Ratschlag, keinen Tipp parat. Rupert fährt sich mit den Händen durchs Haar.

»Hm«, macht er, »vielleicht hast du recht. Vielleicht muss ich mich jetzt noch gar nicht entscheiden. Ich meine, ich mache ihr ja keinen Heiratsantrag, oder? Ich möchte nur beide ein bisschen besser kennenlernen. Solange es bei der Freundschaft bleibt, darf man das, oder?« Rupert nickt und runzelt gleichzeitig die Stirn. »Und wenn ich Beth nächste Woche getroffen habe und wir uns unterhalten haben, wenn wir ein-, zweimal zusammen aus waren, werde ich mich entscheiden.«

»Zwanzig vor zwölf. Noch fünf Minuten.«

»Ja, ich weiß. Pass auf, wir sind fast zurück am Gewächshaus. Hört sich das für dich richtig an? Fürs Erste mit beiden ausgehen und einfach abwarten, was passiert? Ich meine, es ist ja nichts Schlimmes dabei, mehr als eine Frau zu treffen, oder? Ich muss nur aufpassen, dass ich mich nicht auf mehr einlasse, solange ich mich nicht entschieden habe. Ich glaube, das schaffe ich. Ich hoffe es jedenfalls.« Rupert hält inne und reibt sich den Kopf. »Ich frage mich, was Libby denkt, wenn ich ihr sage, wer ich bin. Ich meine, ich habe ihr vorgemacht, jemand anders zu sein. Aber sie ist eine intelligente, sensible Frau, sie wird das schon verstehen.« Wieder blickt er Matt an und lächelt liebevoll über das zerzauste Haar und das unbeteiligte Gesicht seines Bruders. »So was mit dir zu besprechen, ist echt eine große Hilfe für mich, Matty, auch wenn du nicht richtig zuhörst. Ich hab dich lieb. Komm mal in meine Arme!«

»Viertel vor zwölf. Zurück ins Haus.«

Rupert seufzt. »Zu Befehl, Kumpel. Zurück ins Haus.«

Am Freitagmorgen sitze ich im Büro vor meinem Computer und starre auf einen Kratzer in Form eines Blitzes vor mir auf dem Schreibtisch. Ich bin schwer beschäftigt mit der Recherche und Vorbereitung des Motivations-Seminars am Montag, aber sonderbarerweise nicht ganz bei der Sache. In meinem Kopf wechseln sich Bilder von Rupert und Brad ab. Sie fliegen auf einem Besenstiel an mir vorbei. Sehr seltsam. Zuerst Rupert mit seinem vollen blonden Haar und den weißen Zähnen, dann der größere, breitere, dunklere Brad. Sie scheinen mir jeweils sehr nah zu kommen, halten inne, schweben lächelnd in der Luft, damit ich sie ausgiebig betrachten kann: Ruperts gemeißelte Züge, seine filmstarreifen Augen, das herrliche Haar, dann Brads warmer Blick, seine Stoppeln auf dem Kinn, sein sympathisches Aussehen. Jedes Mal, wenn Rupert Brad ablöst, freue ich mich, ihn zu sehen. Andersherum ebenfalls.

Meine Zwickmühle ist völlig alltäglich und so alt wie die Menschheit. Die klassische Dreieckssituation: zwei Männer, eine Frau. Dieses Dilemma plagt den Menschen seit Anbeginn der Zivilisation. Auf der einen Seite ein umwerfend erotischer, gutaussehender, millionenschwerer Geschäftsmann, der womöglich nicht ganz aufrichtig war, mit dem ich bisher nur per E-Mail und Telefon Kontakt hatte und der – mal ehrlich – nicht wirklich meine Kragenweite ist. Auf der anderen Seite ein lustiger, freundlicher, total attraktiver Kumpeltyp mit jungenhaftem, leicht zerzaustem Äußeren, den ich persönlich kennengelernt habe, der mich sanft auf die Wange geküsst hat und der mich hundertprozentig mag.

Gut. Los, komm, Beth, reiß dich zusammen! Ich muss jetzt endlich mit diesem Motivationskram vorankommen. Mir bleibt nur noch der Rest des Tages und das Wochenende, dabei habe ich bis jetzt kaum angefangen. Beim Motivieren geht es darum, sich auf ein erreichbares Ziel zu konzentrieren, alles daranzusetzen und nur einen Schritt nach dem anderen zu machen …

Sieh mal einer an: Ruperts Mantel wurde vom Wind aufgeweht, ich erkenne seine glatte braune Haut und deutlich hervortretende Brustmuskeln. Sie bewegen sich, er hält auf dem fliegenden Besenstiel das Gleichgewicht. Er ist so nah, dass ich fast die Hand ausstrecken, seine Haut streicheln, den Stoff beiseite schieben kann …

»Weißt du, wo Sean ist?«, fragt Chas plötzlich hinter mir.

Mein Kopf fährt zu ihm herum. »Nein, weiß ich nicht, Chas.« Wieso fragt er mich überhaupt?

»Große Pläne, Beth, hm?«, sagt er und reibt sich die Hände. »Ein paar Eisen im Feuer? Die Finger im Teig?«

»Hm, ja, doch.«

»Toll, super. Ist ja nur noch eine Woche bis zu den Weihnachtsferien. Ich würde mich jetzt nicht mit Urlaubsplanung beschäftigen.« Mit erhobenen Augenbrauen mustert er den Horizon-Prospekt, der unerklärlicherweise wieder auf meinem Schreibtisch liegt. »Denk an den frühen Vogel, ja? Ohne Fleiß kein – na, du weißt schon. Keine Zeit zu verlieren, Beth.«

Verpiss dich, du armseliger Wichser! Das sage ich natürlich nicht, bin ja nicht verrückt. Ich schicke es ihm telepathisch und nicke lächelnd. Chas nickt einmal kurz zurück und geht weiter. Es hat funktioniert.

Ich schiele zu Seans Platz hinüber. Interessant, dass er in meiner abgefahrenen Besenstielträumerei gar nicht auftaucht. Vielleicht besser, dass er heute nicht da ist – er würde alles nur komplizierter machen.

Lustlos tippe ich eine Weile in meinen Computer. »Es gibt primäre Bedürfnisse wie Nahrung und Sicherheit. Wenn diese beiden grundlegenden Dinge erfüllt sind, kommt als nächstes die Fortpflanzung.«

Mist. Ich beschließe, mir eine Tasse Tee zu machen, um

einen klaren Kopf zu bekommen. Als ich aufstehe, kommt Chas zurück und klatscht in die Hände.

»Leute, Leute!«, ruft er. »Ich hoffe, dass ich euch nicht daran erinnern muss, wie sehr ihr euch alle anstrengen müsst.« Grimmig schaut er sich um, damit bloß keiner arbeitet, solange er spricht. Das tut eh keiner mehr – alle haben sich zu ihm umgedreht. Chas fährt fort: »Heute ist Freitag. Das heißt, ihr habt noch eine Woche Zeit. Eine Woche. Nur noch sieben Tage. Der nächste Freitag ist der Zweiundzwanzigste, danach machen wir Weihnachtsferien. Das ist ein wichtiger Tag, Leute. An dem Tag werden große Entscheidungen getroffen. An dem Tag entscheidet sich unser Schicksal. Eures zumindest. An dem Tag will ich von jedem von euch einen Vertrag mit Unterschrift sehen, dazu einen Vorschuss auf der Bank. Das ist von größter Wichtigkeit. Love Learning braucht frisches Geld zum Überleben, und es liegt an jedem von euch, es hereinzuholen. Sonst seid ihr eure Arbeit los. Natürlich wünsche ich mir das nicht, aber mir sind die Hände gebunden.« Chas hält die Hände an den Gelenken gekreuzt vor sich in die Höhe, falls wir nicht verstanden haben, was er meint. Mit düsterem Blick schaut er in die Runde, dann wird er milder und lächelt. »Ich bin ein von Natur aus mitfühlender Mensch, deshalb habe ich versucht, euch das zu ersparen. Aber jetzt wisst ihr Bescheid.« Er macht auf dem Absatz kehrt und geht zurück in sein Büro.

»So ein Volltrottel«, sagt Mike sofort. Fatima kichert.

»Vollwichser trifft es wohl eher«, sagt Grace hinter mir. »Mann, ist das ein Arschloch.« Ich drehe mich zu ihr um. Sie schiebt sich das Haar aus dem Gesicht und zupft es dann wieder nach vorn. Ich knirsche mit den Zähnen.

»Tja«, sage ich und drehe eine Locke um meinen Finger. »Er hat aber recht. Und du musst zugeben, dass es anständig von ihm war, uns nicht zu sagen, wie ernst es ist.« Chas zu verteidigen fühlt sich pelzig im Mund an, besonders da ich weiß, was für einen Schwachsinn ich von mir gebe.

»Ach, Beth«, sagt Grace und sieht mich mitleidig an. »Du bist wirklich unglaublich naiv, nicht? Er sagt, er hätte es für sich behalten, und du kaufst ihm das sofort ab, auch wenn dein Kopf dir was ganz anderes sagt. Hast du vergessen, was er uns letzte Woche erzählt hat, kleine Bethie? Hm?« Sie sieht mich mit seitlich geneigtem Kopf an, so wie sie wohl ein totes Eichhörnchen auf der Straße betrachten würde. »Vielleicht hast du nicht verstanden, was er letzte Woche erzählt hat.«

Ich balle die Fäuste, und alle Muskeln in meinem Körper spannen sich an, bereit für den Angriff. Bei mir läuft das Programm: »Reiß ihr die Haare aus oder flieh!« »Das habe ich ganz genau verstanden, Grace«, sage ich mit überrascht hochgezogenen Augenbrauen. »Vielleicht hast du bloß nicht den Unterschied zwischen dem kapiert, was er letzte Woche gesagt hat, und seiner Rede heute.«

»Das hätte ich bestimmt, wenn es einen gegeben hätte.«

»Oh, na klar, ich Dummerchen. Ist ein bisschen unheimlich, nicht, dass er letzte Woche meinte, vier von uns müssten gehen, und heute sagte er, es träfe uns alle. Sieht aus, als würden wir nächstes Jahr alle auf der Straße stehen.« Jetzt neige ich selbst den Kopf zur Seite und sehe sie mit einem verkniffenen Grinsen an, so wie ich ein kleines Kind mustern würde, das sich gerade in die Hose gemacht hat. Dann drehe ich mich traurig zum Computer um, und Grace entschwindet meinem Blickfeld.

Aber die Nachricht hat mich aufgewühlt. Ich bin immer davon ausgegangen, dass zumindest meine Stelle sicher sei, da ich schließlich diejenige bin, die ungefähr achtzig Prozent aller Verträge abgeschlossen hat. Und jetzt sieht es auf einmal so aus, als ständen wir alle in der Schusslinie. O Gott, das ist eine Katastrophe – für mich, für Fatima und für Sean. Ich schaue mir die Kollegen an. Alle wirken leicht schockiert und blass. Zweifellos hat jeder seinen eigenen Grund, die Stelle unbedingt behalten zu wollen, Gründe, die ich nur erraten kann. Keiner von uns war je besonders offen gegenüber den anderen, obwohl wir seit Jahren miteinander arbeiten. Ich weiß nicht mal, ob Derek schwul ist.

Mit versteckter Verachtung blicke ich zu Chas' Bürotür hinüber – ich spitze ansatzweise die Lippen –, und plötzlich fällt mir etwas ein. Vielleicht zieht einer von uns den fettesten Vertrag aller Zeiten an Land. Dann wäre Chas' Stelle demjenigen sicher. Wow, ich hatte schon fast die Hoffnung aufgegeben, hier in die Geschäftsführung aufzusteigen, da ich bisher immer geglaubt hatte, dass ich dort nur über meine Beziehung zu Richard hingelangen würde. Aber jetzt kann ich das vielleicht aus eigener Kraft erreichen, solange er im Ausland ist. Ich schiele zu Sean hinüber. Na ja, wahrscheinlich hat er die Sache mit Whytelys eh aufgegeben und sitzt jetzt an etwas Gleichwertigem. Womit es ihm kein bisschen wehtun wird, wenn ich nächste Woche zu dem Termin gehe. Falls man mich fragt, warum ich da sei, wo Sean doch rausgeworfen wurde, erzähle ich einfach, dass es ein nachfassendes Gespräch sei, reine Höflichkeit. Oder ich behaupte, dass ich nur prüfen wolle, ob sie es sich nicht doch anders überlegt hätten, nachdem sie in

Ruhe darüber nachgedacht hätten. Dann sorge ich dafür, dass sie bei mir unterschreiben, und wenn Sean das herausbekommt, darf er sich den Deal auf die Fahne schreiben. Damit kommt er klar, da bin ich mir total sicher. Ach, dann könnte ich schon längst Geschäftsführerin sein.

Den Rest des Tages arbeite ich am Motivationsmaterial. Der Wunsch, Chas seine Stellung streitig zu machen, hat meinen Ehrgeiz geweckt. Was beweist, dass man besser sieht, was getan werden muss, wenn man ein klares Ziel vor Augen hat. Den Satz notiere ich mir.

Auf der Heimfahrt klingelt mein Handy. Ich fahre an den Straßenrand und krame hektisch in meiner Tasche herum. Ruperts Gesicht taucht immer wieder in meinem Kopf auf, hoffnungsvoll und aufgeregt wartet er, dass ich mich melde, obwohl er, glaube ich, gar nicht meine Handynummer hat. Ah, da ist das Telefon. Es zeigt eine Nummer, die ich nicht kenne. »Hallo?« O Gott, was ist, wenn er jetzt dran ist und sich sofort auf einen unverbindlichen Cocktail mit mir treffen will …?

»Hallo, Libby, hier ist Brad.«

Mein Herz macht einen Sprung, ich hüpfe leicht auf dem Sitz. Bevor ich antworte, reiße ich mich zusammen und bemühe mich, so sexy wie möglich zu sprechen, was ziemlich schwer ist, wenn man noch nichts gesagt hat. »Hallo! Wie geht es dir?« Ja, so ist es gut.

»Weißt du was? Es hört sich vielleicht schmalzig an, aber mir geht's jetzt viel besser. Ehrlich.«

»Ach, wirklich? Wieso, sitzt du gerade an deinem eigenen Swimmingpool und hast ein kühles Bier in der Hand?«

Rupert, der an seinem eigenen Swimmingpool sitzt und eine Flasche Beck's in der Hand hält, bekommt eine Gänsehaut und schüttelt verwundert den Kopf. »Wow, nicht schlecht«, sagt er.

»Danke. Wie war's heute bei dir?«

»Erstaunlich ereignislos. Und bei dir?«

Irgendwo klingelt es bei mir. Was er gesagt hat, kommt mir bekannt vor, auch wenn ich nicht den Finger drauf legen kann. Keine Ahnung, warum es mir scheint, als hätte ich es schon mal gehört. »Es … ähm …«

»Libby? Bist du noch da?«

»Ja, sicher, 'tschuldigung. War gerade unter einer Brücke.«

Es folgt eine kurze Pause. »Du sitzt doch nicht am Steuer, oder?«

»Nein, natürlich nicht! Für wen hältst du mich? Maurice fährt den Wagen.«

»Maurice?«, fragt er, und ich spüre, dass er lächelt. »Wer ist Maurice? Ein alter Onkel? Der tattrige Nachbar von nebenan? Ein fetter alter Cousin zweiten Grades?«

»Nein, nichts dergleichen. Maurice ist mein französischer Chauffeur. Er ist vierundzwanzig und trainiert für den olympischen Zehnkampf. Sag mal hallo, Maurice! Ach nein, sorry, du kannst ihn ja nicht hören, Brad, die Trennwand ist hochgefahren.«

Er lacht. »Wie schade! Ich hoffe, Maurice bekommt keinen Leistenbruch oder sonst irgendeine Verletzung.«

Ich grinse. Wer sagt, Eifersucht sei schädlich? Ich finde sie unglaublich befriedigend. »Ach, keine Sorge, in dem Bereich ist er sehr kräftig gebaut. Ich glaube, da hat er keine Schwierigkeiten.«

»Enorm! Ich freue mich für ihn. Du hast gar nicht gesagt, wie es heute bei dir lief.«

»Ach, nein? Also, es begann sonderbar, wurde später etwas undurchsichtig, schlug dann zu verwirrend um und endete verblüffend.«

»Und wie sind die Aussichten für morgen?«

Ich denke kurz nach. Eigentlich denke ich gar nicht, sondern schweige nur, damit er nicht glaubt, dass ich mir die Antwort schon vorher zurechtgelegt hätte. »Klarer«, erwidere ich ganz leise, die Lippen nah an der Sprechmuschel.

Eine Weile sagt keiner von uns etwas. Dann seufzt Brad lang und tief. Ich bin mir nicht sicher, ob mir das gefällt.

»Was ist?«, frage ich. Ich hoffe, es klingt nicht zu ängstlich.

»Hm?«

»Du hast gerade geseufzt. Was ist los?« Es klingt zu ängstlich.

»Nichts ist los, nichts. Ich habe nicht geseufzt.«

»Nicht? Oh, Mist, dann war das ein Gähnen. Das ist ja noch schlimmer.«

»Nein, ist es nicht. Das heißt nur, dass ich müde bin, nicht traurig.«

»Ha, das stimmt nicht! Gähnen bedeutet völlige Teilnahmslosigkeit. Ein Seufzer kann vieles ausdrücken: Traurigkeit, Depression, Resignation, Genervtsein, Zufriedenheit. Aber das sind alles Gefühle. Gähnen bedeutet nur eins von beiden: Müdigkeit oder Langeweile. Beides ist eine rein körperliche Reaktion, ein Reflex, der automatisch vom Körper ausgelöst wird, ohne Beteiligung des Gehirns. Das ist auf jeden Fall schlimmer als Seufzen, jedenfalls von meinem Standpunkt aus.«

»Mensch, das hast du aber gründlich recherchiert, was?«

»Musste ich. Wenn man so was gleich am Anfang klärt, ist ein späteres Missverständnis weniger wahrscheinlich.«

Rupert an seinem Telefon zuckt zusammen und runzelt nachdenklich die Stirn. Irgendwie kam ihm das gerade bekannt vor, aber er weiß nicht, woher und warum.

»Na gut, Libby, ich kann dich nicht anlügen. Ich habe geseufzt, aber nicht weil es ein Problem gibt. Es ist nur ... Ich glaube, dass ich zum ersten Mal einen klaren Kopf habe, zum ersten Mal seit ich weiß nicht wie langer Zeit.«

»Echt?«

»Ja. Ich meine, es war schon oft so, dass es nicht so lief, wie ich gehofft hatte. Wegen meines ... meines Berufs werden bestimmte Erwartungen an mich gestellt.« Er hält inne, lässt mich am anderen Ende hängen, in einer dunklen Parkbucht auf der Umgehungsstraße. Schmerzhaft fest drücke ich mir das Handy ans Ohr.

»Wegen deines Berufs?«

Schweigen. Dann sagt Brad: »Ist es schlimm, wenn ich es dir nicht jetzt sofort erzähle? Ich meine, ich werde es dir erklären, natürlich mache ich das. Nur im Moment lieber nicht. Vielleicht wenn wir uns ein bisschen besser kennen.«

Ach, du Kacke! Verfluchter Mist. Er ist doch ein Mörder. Ich gehe mit einem international gesuchten Attentäter aus. Das wird katastrophale Folgen für mich haben, ziemlich sicher wird das hier nicht mit einer herrlichen Hochzeit in Weiß, mit Katze und Doppelhaushälfte enden. Vor Augen steht mir ein zerborstenes Hotelfenster, umgekippte, zerschlagene Möbel auf dem Boden, mein nackter Körper bäuchlings auf dem Bett, durchsiebt von Einschusslöchern.

»Es ist nichts Illegales«, beeilt Brad sich zu sagen. Ich nehme die Hand vom Mund. »Libby? Bist du noch dran? Ich habe dir Angst eingejagt, oder?«

Jetzt weiß ich nicht mehr, was ich glauben soll. »Nein.«

»Doch, ich höre es deiner Stimme an. Hör zu, glaub mir bitte, dass es nichts Gefährliches oder Illegales ist. Ach, verdammt! Libby, bist du noch da?«

»Ja, bin ich.«

»Gut. Hör zu, mein Beruf ist einfach etwas exponiert. Mehr nicht.«

Jetzt mal ehrlich – wenn er wirklich ein international gesuchter Terrorist wäre, hätte er gar nicht damit angefangen. Dann hätte er sich als Installateur oder Maurer ausgegeben.

»Glaubst du mir, Libby?«

Ich überlege. »Exponiert, hast du gesagt?«

»Ja, ja. Mehr nicht.«

»Du bist also – keine Ahnung – der nächste Trainer der englischen Fußballnationalmannschaft?«

Überraschtes Schweigen. Dann sagt er: »Oh, Scheiße, jetzt ist es doch raus! Okay, du musst mir bloß versprechen, es keinem zu erzählen. Nicht mal Gary Lineker weiß bisher Bescheid.«

»Wer ist das?«

Brad schnaubt amüsiert. »Egal. Die Sache ist nur, wenn die Presse davon Wind bekommt, muss ich dich umbringen.«

Auf der Stelle bin ich still. Ich muss an Schalldämpfer denken. An ein langläufiges Gewehr, abgefeuert durch ein Kissen. Eine Wolke von Federn.

»War nur ein Scherz«, sagt er lachend. »Ich würde dich doch nicht umbringen!«

»Gott sei Dank.«

»Aber ich verspreche dir, dass bald alles geklärt sein wird.«

»Ich bin sehr gespannt.« Und ein klein wenig erschrocken. »Wie lange muss ich noch bis zur großen Enthüllung warten?«

»Das weiß ich nicht. Es gibt so viele Variablen, dass ich das nicht sagen kann. Du musst einfach Geduld haben.«

»Aha. Na gut.«

»Danke. Hör mal, ich rufe aus einem bestimmten Grund an, und zwar aus diesem: Ich möchte gerne, dass wir uns treffen. Länger als drei Minuten. So bald wie möglich. Am besten morgen.« Er hält inne und räuspert sich leicht. »Morgen hat mein Bruder Geburtstag. Es gibt eine kleine Feier – nur der engste Familienkreis. Jedenfalls würde ich mich freuen, wenn du … Ich meine, es wäre total … Hast du Lust zu kommen?«

Ich hüpfe auf dem Fahrersitz auf und ab, dann halte ich inne, bevor ein vorbeifahrender Verkehrsteilnehmer glaubt, hier säßen zwei in der Parkbucht und hüpften im Dunkeln. »Vielen Dank für die Einladung, Brad. Ich komme gerne.« Heute Abend habe ich auch noch nichts vor, was ich ihm aber nicht sage, sondern als telepathische Botschaft sende. Sie kommt leider nicht bei ihm an. Und wenn doch, ist er zu höflich, um es zu sagen.

»Ich hole dich um halb elf ab«, sagt er. »Wo wohnst du?«

20 Mangelhafte Leistung

Kurzfristiges Ziel: Die nächsten sechzehn Stunden und vierzehn Minuten überstehen, die mich noch von Brad trennen.
Hindernisse: Sechzehn Stunden und vierzehn Minuten. Logisch.
Langfristiges Ziel: Mein Gott, ist das schwer! Ich muss zwischen Brad und Rupert wählen. Beide sind perfekt, wie soll ich mich da entscheiden?
Hindernisse: Brad und Rupert. Logisch.

»Du hast ihm doch nicht allen Ernstes deine Adresse gegeben, oder?«, fragt zehn Minuten später eine entsetzte Vini. Sie trägt einen glänzenden weißen Overall, einen goldenen Gürtel, einen weißen Mantel und Stiefel und hat das Haar an beiden Seiten zu Schnecken gedreht.

»Soll das Carrie Fisher darstellen?«

»Natalie Portman, Mensch! Du bist echt nicht auf dem Laufenden! Beth, du hast ihn erst einmal gesehen.«

»Zweimal. Nein, genau genommen sogar dreimal.«

»Na gut, wenn du das erste Mal mitzählen willst. Er könnte ein Serienmörder sein.«

»Durchaus möglich. Ich meine, wir haben uns beim Speeddaten kennengelernt, da ist das sehr viel wahrscheinlicher als bei den Typen, die du im Pub triffst und mit nach Hause nimmst.«

Vini verzieht das Gesicht. »Ich habe eine gute Menschenkenntnis. Außerdem mache ich das gar nicht mehr. Habe ich dir schon gesagt.«

»Okay, ja, ich weiß. Aber du brauchst dir keine Sorgen zu machen. Ich habe mich mit ihm an The Blooding verabredet.«

»Was, an dem grässlichen Brunnen? Ein Mörder mit Kunstverstand, was? Da trefft ihr euch vor einem Rudel ekelhaft geifernder Hunde, die einen Fuchs in Stücke reißen, und das Wasser tropft ihnen wie Blut aus dem Maul. Nicht gerade die Seine im Mondschein, würde ich sagen.«

Mit dem Satz hat Vini kurz und treffend zusammengefasst, was diesen Brunnen ausmacht. »Wir wollen dort doch nicht den Tag verbringen, Vini. Wir treffen uns da nur. Was ist das denn?«

Sie hält einen Kleidersack hoch und lächelt vielsagend. »Du hast doch gesagt, du würdest dich morgen mit ihm treffen, oder?«

»Weiß nicht. Sag mir erst, was das ist.«

»Dann hast du doch heute Abend Zeit. Das ist ein Outfit. Eine Überraschung. Zieh es mal an, dann mache ich dir die Haare.«

Die Überraschung entpuppt sich als schwarzer Lackoverall aus *Drei Engel für Charlie*, einem Push-up-BH und heißen schwarzen Stiefeln. Vini bearbeitet mein Haar mit einem Kreppeisen, so dass es mir im Zickzack auf die Schultern fällt, dann steckt sie es an den Seiten fest und vervollständigt alles mit einem Make-up, das ich erst sehen darf, als sie fertig ist.

»Ta-da!«, sagt sie schließlich und gibt mir den Spiegel. »Barrymore, und wie!«

Als ich mich betrachte, wird mir klar, dass sie Drew Barrymore meint. Und verdammt, sie hat recht. Ich schaue mein

Gesicht an, drehe den Kopf nach beiden Seiten. Mir kommt der Gedanke, dass sie mir nur zu diesem Zweck das Haar gefärbt hat, doch ich verdränge ihn. Ist egal, durch die magische Haarfarbe habe ich Brad gefunden. »Die Überraschung, die du für mich bereitgehalten hast, ist also, dass ich bei der Eröffnung eines neuen Supermarkts als Drew Barrymore auftreten soll? Und ich dachte schon, du hättest mir Karten für ein Konzert oder so was besorgt.«

»Red nicht so! Das wird zufälligerweise ein ganz besonderer Auftritt. Cameron Diaz und Lucy Liu sind auch da, die drei Engel für Charlie sind komplett. Du wirst dir den ganzen Abend lüsterne Männer vom Hals halten müssen, wart mal ab!«

Vini ist der Meinung, ein auf diese Weise verbrachter Abend sei ein großes Vergnügen.

»Rupert de Witter wird wahrscheinlich auch da sein«, fügt sie hinzu und geht zur Tür. Völlig überflüssige Information. Ich hatte eh schon beschlossen, mitzukommen.

Die Veranstaltung findet in einem Hotel namens Wickham Lodge statt. Das klingt nach einem bezaubernden, kleinen, efeubewachsenen Cottage mit Hühnern und Hunden auf dem Hof, nach schmutzigen Kindern in Regenstiefeln und wetterfesten Jacken, nach einem Haus, das in der Saison Bed & Full English Breakfast anbietet. So ist es aber nicht. Es ist ein achtstöckiger Betonklotz mit gut dreihundert Zimmern, einem Bankautomaten und einer Ausstrahlung wie Britney Spears. Ich glaube, sie hat hier sogar mal übernachtet. Nicht freiwillig. Sie muss auf dem Weg zu was Besserem gewesen sein.

Vini führt mich durch einen Wald von Weihnachtsbäumen,

vorbei an einer Girlande, die »Frohe Weihnachten« wünscht, und durch einen Gang, in dem es sonderbar ruhig ist, wenn man bedenkt, dass hier irgendwo eine Feier stattfindet. Dieser Laden ist wirklich gewaltig.

»Vini, bist du dir sicher, dass sie Drew Barrymore und Carrie Fisher –«

»Natalie Portman.«

»Na, dann halt Natalie Portman – bist du dir sicher, dass sie uns hier wirklich haben wollen? Auf einer Weihnachtsfeier? Das ist nicht sehr traditionell, oder?« Langsam kommt die Musik näher, wird lauter.

»Entspann dich«, sagt Vini und bleibt vor einer Doppeltür mit der Aufschrift »Bingley Suite« stehen. Dahinter kommt die Musik hervor. Mir wird langsam mulmig. »Die haben uns gebucht. Wirklich.«

Sie drückt die Türen auf, und als Erstes in dem Tumult erblicke ich Elvis in einem bis zur Taille offenen, diamantbesetzten weißen Hosenanzug. Mein mulmiges Gefühl bezüglich der Musik entpuppt sich als zutreffend, denn Elvis singt jetzt voller Begeisterung, wenn auch ein bisschen flach »Can't Get You Out of My Head« in ein Mikro, das an einem riesengroßen Technikteil befestigt ist und von zwei aufgestellten Lautsprechern flankiert wird. Ich blinzle. Nicht weit entfernt steht Sylvester Stallone, komplett mit Stirnband, Blutflecken, verdrecktem Feinripphemd und fettem Gewehr. Er plaudert angeregt mit Audrey Hepburn, die, wie zu erwarten, einen langen Zigarettenfilter in der Hand hält. Als wir an ihnen vorbeigehen, höre ich Rambo sagen: »… lass die Setzlinge so lange in der Erde, denn falls es mal frieren sollte …«

»Hier lang«, sagt Vini und führt mich durch den Raum. Ich sehe Clark Gable, Keira Knightley, Robbie Williams und Trevor Mcdonald, aber es sind auch noch andere Gäste da, die ich nicht kenne. Die normalen Partygäste.

»Was ist das hier, Vini?«, rufe ich ihr zu, als wir schließlich im hinteren Teil des Raumes stehen bleiben. Dort befindet sich eine von normalen Menschen belagerte Theke. Ich beobachte, dass die meisten zwei Getränke bestellen und dann schnell damit zu Prinzessin Diana, Will Smith oder Bob Geldof gehen. »Ist das hier wirklich eine Party, oder ist das eine Art Doppelgängerkongress?«

Sie schüttelt den Kopf. »Nein, das ist eine Party. Der Typ, von dem ich den Auftrag habe, wollte so viele Doppelgänger, wie ich auftreiben konnte. Alle. Daher …« Sie macht eine ausladende Handbewegung.

»Was, alle, die bei dir unter Vertrag stehen? Die sind alle hier?«

»Nein, nicht ganz. Shirley Bassey ist in Fuengirola, und John Travoltas Hund ist gerade operiert worden. Echt schade.« Sie nickt in Richtung von Olivia Newton John, die allein im Raum steht und sich im Takt der Musik wiegt, den Kopf zur Seite geneigt, die Strickjacke über die Schultern gelegt.

»Wie viele sind denn hier?«

»Einunddreißig, inklusive dir und mir«, sagt sie grinsend. »Er hat gesagt, ich bekomme dreihundert Pfund Bonus, wenn ich über dreißig auftreibe, und ich hab's geschafft! Und bevor du was sagst: Ich hätte es auch ohne dich geschafft, und du kannst deinen Teil vom Honorar haben.«

Erbost sehe ich sie an. »Vini, du weißt ganz genau, dass ich … ich hab nicht … Wie viel ist es denn?«

»Einhundertfünfzig.«

Mir fällt die Kinnlade herunter. »Einhundertfünfzig Pfund? Pro Person? Und du hast einunddreißig Leute hier? Das sind ja …«

»Viertausendsechshundertfünfzig Pfund«, sagt sie selig und schaut sich um. »Einmal hundertfünfzig gehören mir und einmal dir, vom Rest bekomme ich fünfzehn Prozent, das sind sechshundertzweiundfünfzig. Dazu mein Bonus, plus meine hundertfünfzig ergibt eine Gesamtsumme von elfhundertundzwei Pfund. Für einen Abend! Su-per-geil.«

Ich nicke mit großen Augen. »Ja, das stimmt.«

»Und du kannst die Klamotten behalten. Frohe Weihnachten. Ich bearbeite den Auftraggeber, damit er uns nächstes Jahr wieder bucht. Vielleicht sogar von jetzt an jedes Jahr.«

»Wer ist es denn? Wer ist der Geldsack?«, frage ich und mustere die Gäste.

»Du hast doch bestimmt von diesem Vorhaben gehört, einige von den alten Gebäuden im Industriegebiet abzureißen und an deren Stelle ein Fitnessstudio oder so zu bauen, nicht? Also, dieser Mr. Finn ist der …«

Sie redet weiter, aber ihre Stimme dringt nicht mehr zu meinem Ohr durch. Die Geräusche um mich herum, selbst der Gesang, werden schwächer, die Menschen verschwimmen mit der Umgebung. Nur einer nicht. Keine fünf Meter von mir entfernt steht Rupert de Witter und unterhält sich angeregt mit Madonna, die ihren BH schamlos über der Kleidung trägt.

Ach, du lieber Gott! Ich stehe da wie festgewachsen, meine Augen verschlingen ihn förmlich. Ich mustere ihn von oben bis unten: den perfekten Anzug, die breiten, starken Schultern, das glatte, kantige Kinn, die goldene Bräunung seiner Haut. Plötzlich stürzt Madonna davon – sie muss wirklich immer im Mittelpunkt stehen –, und Rupert steht alleine da. Ich starre ihn mit so weit aufgerissenen Augen an, dass es mich nicht mal wundert, als er irgendwann merkt, wie heiß sie sich in seinen Körper bohren, und sich langsam zu mir umdreht. Wir schauen uns an, und seine Augen sind so klar, so blau, so durchdringend, dass ich das Gefühl habe, ich bekäme einen elektrischen Schlag. Schnell lecke ich mir über die Lippen. Rupert lächelt mich an, ein breites, strahlendes, freundliches Lächeln, und fast sacken mir die Beine weg. Auf einmal bin ich Vini lächerlich dankbar, mich in diesem nuttigen Outfit mitgenommen zu haben. Warum ich das trage? Zum Glück trage ich das! Rupert kommt auf mich zu, und ich habe das Gefühl, als schiebe er ein Magnetfeld vor sich her. Je näher er mir kommt, desto mehr schwanke ich. Er ist nur noch zwei Meter entfernt, als ich Vini wieder reden hören »… achtunddreißig Pfund für eine Jahreskarte. Mensch, Beth, was starrst du denn da an? Oh.« Vini entdeckt die näher kommende Gottheit, sieht unseren Blick und schmilzt ebenfalls dahin.

Rupert gesellt sich zu mir, rückt noch etwas näher heran. Ich spüre seine Körperwärme und frage mich, ob es ihm genauso geht. Er grinst immer noch, wenn auch nicht mehr so breit wie zuvor, sondern zärtlicher und verführerischer, während sein Blick über mein Gesicht und meinen Hals schweift. Ich glaube, ihm gefällt, was er vor sich hat, denn er hebt mehrmals die Augenbrauen und bleibt stehen.

»Hi«, sagt er.

»Hi«, krächze ich und versuche so zu tun, als würde ich alle naselang von einem umwerfend schönen Millionär angesprochen. Ich halte ihm die Hand hin. »Ich bin –«

»Ich weiß genau, wer Sie sind«, unterbricht er mich, nimmt sacht meine Hand und lässt sie nicht wieder los. Er hat eine ganz andere Stimme als am Telefon – viel höher. Mir war gar nicht klar, wie sehr die Leitung die Stimme verzerrt.

»Ach, ja?« Mein Blut pocht so laut in den Ohren, dass ich nicht weiß, ob ich überhaupt gesprochen habe.

»Oh, ja, Miss Barrymore. Belassen wir's fürs Erste dabei, ja?«

»Oh.« Ich bin etwas enttäuscht, denn ich hatte gehofft, dass er mich als Beth von den E-Mails erkennt, aber egal. »Gut, aber ich weiß auch, wer Sie sind.«

Er wirkt erfreut, versucht es aber als Überraschung zu tarnen. Wie niedlich. »Ach, wirklich? Na, das ist ein Schock für mich. Normalerweise werde ich nicht erkannt.«

»Nein? Ich hätte gedacht …«

»Besonders seit ich die neuen Strähnchen habe. Die meisten Leute kennen mich mit den alten. Früher hatte ich Goldener Morgen und Bergfrühling, meine neuen heißen Weizengold und Silberesche. Die meisten Freunde von mir finden, es sieht gut aus, aber ich weiß nicht so recht. Was meinen Sie?«

»Hm.« Ich überlege, bevor ich antworte, und betrachte kritisch seine Frisur. Nicht weil ich tatsächlich seine Strähnchen prüfe, sondern weil ich Zeit brauche, um mir eine ebenso ironische, gewitzte Antwort auszudenken. Außerdem verkneife ich mir das Lachen. Ich weiß, wie Rupert ist, aber das darf ich mir jetzt nicht anmerken lassen. Ich lasse mich eine Zeitlang auf das Spielchen ein, ohne dass der Vertrag alles verkompliziert.

Ja, ich weiß: Eigentlich sollte der Vertrag ganz oben auf der

Liste von Gründen stehen, warum ich mit Rupert de Witter reden möchte, nicht an zweiter Stelle. Oder, jetzt mal ehrlich, an dritter. Aber heute Abend bin ich nicht Beth Sheridan, ich bin Drew Barrymore, die einen der Engel für Charlie spielt. Wenn ich verrate, dass ich in Wirklichkeit Beth Sheridan von Love Learning bin, verliere ich einen Teil meiner geheimnisvollen Aura. Und er seine. Ich möchte ihn beobachten, sehen, wie er wirklich ist, wenn er sich nicht hinter der Rolle des Geschäftsmannes versteckt.

»Nun«, sage ich schließlich und mache ein ernstes, nachdenkliches Gesicht, »meiner Meinung nach verleihen Ihnen die aktuellen Farben das Aussehen eines ausdrucksstarken Menschen, der ein schnittiges Auto fährt und sich schick kleidet, der nur an angesagten Orten zu finden ist und der regelmäßig mit den Reichen und Berühmten verkehrt.«

Sprachlos schaut er mich an, den Mund leicht geöffnet. »Wow! Und das erkennen Sie alles an diesen beiden Farben?«

»Oh, ja!«

»Das ist ja unglaublich.« Er schüttelt den Kopf und blickt gedankenverloren über meine linke Schulter. »Was Sie wohl zu Bernstein gesagt hätten, wenn ich mir das auch noch hätte reinmachen lassen.«

Ich runzele die Stirn. »Du lieber Himmel, nein, doch kein Bernstein! Nur Menschen, die keine Ahnung von Mode haben und nirgendwo reingelassen werden, wählen diese Farbe. Das weiß doch jeder!«

»Wow! Echt? Ha! Das wusste ich nicht. Herrje. Gott sei Dank habe ich das nicht genommen. Danke, Drew.«

Ich grinse. Wie toll er das bringt! »Gern geschehen.«

»Super!« Er lächelt mich nochmals an, und selbst aus der Nähe sehen seine Zähne super aus. Obwohl irgendetwas nicht ganz passt. Ich beuge mich vor, um ihn genauer mustern zu können. Ist das etwa …? »Ihr Haar sieht klasse aus«, sagt er mit leise Stimme. »Ich liebe Blondinen.«

Reichlich aufdringlich, was? Das gefällt mir ganz und gar nicht. »Ach, ja? Das ist ja … schön.«

»Oh ja, und wie! Die sind viel heißer als Brünette. Wesentlich mehr Sexappeal, Baby.« Er nickt anerkennend, meint damit aber nicht mein Haar.

»Hm, danke.« Plötzlich habe ich das Gefühl, der Reißverschluss meines Overalls sei zu weit aufgezogen. Mensch, Vini, was hast du dir dabei gedacht, ihn so weit zu öffnen?

Irgendwann gelingt es Rupert, mir wieder ins Gesicht zu sehen. »Kann ich Ihnen etwas zu trinken holen, Miss B?«

»Etwas Antialkoholisches, bitte. Auf leeren Magen kann ich keinen Alkohol trinken.«

»Nein?« Er hebt die Augenbrauen. »Komisch.« Mit den Worten geht er zur Theke.

Stirnrunzelnd schaue ich ihm nach. Er ist unbestreitbar attraktiv, auch von hinten, aber bisher hat sich das Gespräch nicht so entwickelt, wie ich es erwartet hatte. Ich weiß aus seinen E-Mails, dass er lustig, charismatisch und charmant ist, aber das kommt hier nicht rüber. Er kämmt das Haar mit den Fingern nach hinten, nestelt daran herum, blickt in die Ferne, und ich merke, dass er sich im Spiegel hinter der Theke entdeckt hat. Gute fünfzehn Sekunden betrachtet er sein Konterfei, dreht den Kopf nach links und rechts, betastet sein Haar, zupft an seinem Kragen herum. Ich könnte mich geschmeichelt fühlen, weil er so viel Zeit auf sein Äußeres verwendet, aber irgendwas sagt mir, dass er es nicht für mich tut. Oh, Mann, ich bin so blöd, ich hatte den Body-Faktor völlig vergessen.

Um ehrlich zu sein, hatte ich bisher noch nicht viel Erfahrung mit dem Body-Faktor. Haben die meisten nicht, die wie ich in einem kleinen, nichtssagenden Städtchen wohnen, in einem viertürigen Wagen zu ihrem Büro fahren und so wie ich Jacken vom Top Shop tragen. Am häufigsten trifft man diese besonderen Menschen in der sagenumwobenen, unwirklichen Schickimickiwelt: atemberaubend schöne Fotomodelle, verstörend gut aussehende Schauspieler und strahlende, überwältigende Popstars. Dort ist Schönheit an der Tagesordnung, und alle schweben herum in einem Nebel schimmernder Perfektion, verehrt wie die Götter, weltweit angebetet.

Beim Body-Faktor geht es um den Körper. Je perfekter man aussieht, desto höher ist der eigene Body-Faktor. Die betreffenden Menschen sind so erschreckend schön und sexy, schon seit ihrer Kindheit, dass ihr Aussehen zu ihrem wichtigsten Gut geworden ist. Es macht andere Menschen auf sie aufmerksam, sie lernen, sich darauf zu verlassen. Je attraktiver diese Leute sind, desto weniger müssen sie sich um eine tatsächliche Beziehung zu anderen Menschen bemühen. Sie werden einfach gemocht, selbst wenn sie eitel, oberflächlich und widerwärtig sind. Deshalb arbeiten sie nicht an ihrer sozialen Kompetenz. Das ist der Grund, warum Ehen unter Prominenten immer in die Brüche gehen und weshalb die Pärchen in der Zeitung, die ihren sechzigsten Hochzeitstag feiern, immer aussehen wie Ergebnisse einer Kreuzung zwischen Skeletor und She-Man.

Es sei denn, es sind einfach nur hässliche Menschen, die sich Trost suchend verzweifelt aneinanderklammern.

Nein, bei Rupert geht es mit Sicherheit um den Body-Faktor. Ich habe jede Menge Beweise. Ich meine, wenn man ein Mann wäre und es irgendwie schaffen würde, Jennifer Aniston zu heiraten, würde man sich wahrscheinlich zurücklehnen und denken, man sei der glücklichste Mensch der Welt, oder? Man würde doch nicht denken: Hm, Jen ist ja lieb und nett, aber Angelina Jolie wäre noch viel besser.

Vielleicht aber doch. Männer sind Schweine.

Egal, Rupert besitzt jedenfalls riesige Sporttaschen voller Body-Faktor, und ich ärgere mich, dass ich nicht früher daran gedacht habe. Als ich sehe, wie er sich gegen die Theke lehnt und Uma Thurman zuzwinkert, entscheide ich mich für Brad. Nie im Leben könnte ich eine Beziehung zu so einem eitlen Lackaffen eingehen.

Aber …

Nein. Los jetzt, Beth, reiß dich zusammen! Auf dem Papier ist er schön, reich, witzig und charmant, aber das ist nur oberflächlich. Ihm fehlt alles, was zählt. Der Rest reicht nicht, um die Lücken zu füllen. Als Rupert zurückkommt, betrachte ich seinen zum Dahinschmelzen schönen Körper und spüre eine Welle der Melancholie über mich hinwegbrechen; auf einmal fühle ich mich schwerer, erdverbundener. Ich lasse die Schultern hängen und senke den Kopf. Dieser alberne romantische Traum ist jetzt vorbei.

Dennoch will ich einen Vertrag mit Horizon abschließen. Deshalb werde ich mich zwingen, mit ihm zu reden und vielleicht an Ort und Stelle ein wenig für unser Mittagessen nächste Woche zu recherchieren. Das seinen Reiz jetzt so gut wie verloren hat. Dieser Kerl könnte mit einer Pappfigur zu Mittag essen und würde es nicht mal merken.

»Erdbeere mit Kiwi«, sagt Rupert und hält mir ein hohes Glas mit einer dunkelrosa Flüssigkeit entgegen. »Hoffe, es schmeckt Ihnen.«

»Hm, sieht toll aus. Wie läuft es so mit der Arbeit?«

Er trinkt etwas Goldenes aus einem Schnapsglas und schluckt es voller Genuss. »Meine Arbeit? Wissen Sie etwa, was ich –«

Ich nicke. »Ja, ich weiß, was Sie beruflich machen. Ich hab doch gesagt, dass ich weiß, wer Sie sind.«

Er lächelt, fast schüchtern. »Oh ja, stimmt.« Versonnen blickt er über meine linke Schulter, betrachtet etwas in größerer Entfernung, dann fährt er sich mit den Fingern durchs Haar. Das erinnert mich stark an das Foto hinten im Horizon-Prospekt. »Na ja, um ehrlich zu sein, könnte es besser laufen.«

»Ja?«

»Doch. Na ja, in diesem Land war das noch nie einfach. Hier warten alle darauf, dass man versagt, wissen Sie? Und alle fordern immer nur, wollen dies und das. Ich meine, man kann doch verstehen, dass ich nicht auf jede Laune eingehe. Ich habe meine eigenen Vorstellungen, ja? Es heißt immer nur: Mach dies, stell dich da hin, beeil dich, mach das so und so. Alle schubsen mich herum und wollen, dass ich es auf ihre Weise mache, dabei muss ich doch am besten wissen, was gut für mich ist, oder?«

»Hm.«

»Ich weiß genau, dass ich was habe. Definitiv. Irgendwann

werde ich groß rauskommen. Also, größer als jetzt. Aber ich hab immer nur mit Kleingeistern und ihren kleingeistigen Problemen zu tun. Warum sollten die mich interessieren? Die Leute machen ihre Arbeit, ich mache meine, ja? Ich bin gut in meinem Job, aber was kann ich dagegen tun, wenn die anderen immer alles verbocken?«

Verständnisvoll schüttele ich den Kopf. »Da haben Sie recht.«

»Auf jeden Fall habe ich große Pläne. Ich hänge nicht noch länger in dieser künstlerischen Diaspora herum. Ich brauche Platz, um mich zu entfalten, um zu atmen, und den habe ich hier nicht. England ist einfach so provinziell, nicht?«

»Ähm, tja, also …«

»Ich gehe in die Staaten. So bald es möglich ist. Ich weiß genau, dass ich da groß rauskommen werde. Es liegt an der Kultur. Ich passe gut zu der Kultur da. Mein Image, das, was ich repräsentiere, ist auf den Markt drüben zugeschnitten. Alles, was ich hier getan habe, sind kleine Brötchen im Vergleich zu dem, was ich dort schaffen werde.«

Ach, du liebe Güte! Er will Horizon verkaufen? »Sie wollen also –?«

Er sieht mich an, als erinnerte er sich plötzlich, wer ich bin. »Ich ziehe um, Baby. In einem halben Jahr, höchstens in einem. Muss nur vorher noch ein paar Sachen klären, dann bin ich weg. Willst du mitkommen? Du«, er legt mir die Hand in den Nacken, »könntest da drüben groß rauskommen. Die wären verrückt nach dir. Was meinst du, Süße?«

Ein paar Sachen klären? Das muss bedeuten, dass er verkaufen will. Ich gerate in Panik. Falls ich einen Vertrag mit ihm mache, ist der dann auch nach dem Verkauf noch gültig? Muss er doch. Und wenn nicht, könnte ich ja zumindest einen Vertrag über ein halbes Jahr Laufzeit machen. Besser als nichts. Ich schaue Rupert ins Gesicht. Er glotzt wieder in meinen Ausschnitt. Was für ein armseliger Trottel! Ich greife nach seiner Hand in meinem Nacken und entferne sie kühl, lasse sie wie einen nassen Socken fallen. Er macht ein verletztes Gesicht, als wolle er sagen: Was hast du denn für ein Problem? »Nein, danke, ich bevorzuge Dinge, die etwas mehr Substanz haben.« Und es ist mir scheißegal, ob er sauer auf mich ist, wenn wir uns am Dienstag offiziell treffen.

Rupert hebt die Augenbrauen und beugt sich vor. »Die USA sind riesig, ja? Viel größer als England.« Er nickt wissend, als hätte er mich gerade an einer unbezahlbaren Weisheit teilhaben lassen. Scheinbar merkt er nicht mal, dass ich ihn beleidigt habe.

»Gut.« Ich lächle und will mich entfernen.

»Hey, wo willst du hin? Du willst doch noch nicht gehen, oder? Wir haben uns doch gerade erst kennengelernt.«

»Eben.«

Ich husche davon und nehme mir ein Taxi. Vini spricht gerade mit Richard Gere in seiner Armeeuniform, und ich will sie nicht stören. Sie hat ihren Bonus, ich kann gehen, wohin ich will.

In der Wohnung laufe ich eine Weile ziellos umher. Ich reiße Türen auf und schließe sie wieder, schaue in Schränke, schlage sie zu, knipse Lichtschalter an und aus, dann werfe ich mich aufs Sofa und sehe in die Fernsehzeitung, aber es ist nichts Interessantes drin. Deshalb stehe ich wieder auf und gehe in die Küche. Im Kühlschrank ist auch nichts, was sich lohnen würde, deshalb gehe ich wieder ins Wohnzimmer und weiter in mein Schlafzimmer. Ich ziehe das Drew-Barrymore-Kostüm aus und kuschle mich ins Bett. Ich hoffe, dass ich schlafen kann, aber weiß, dass es nicht klappen wird.

Wie kann ich mich in Rupert dermaßen geirrt haben? Nun, da ich ihn persönlich kennengelernt habe und weiß, wie er ist, kommen mir all seine E-Mails, all seine Scherze und sein Charme so hohl vor. Das war alles nur eine Hommage an seine eigene Eitelkeit.

Ich kneife die Augen zu und drehe mich um. Ich will nicht mehr an ihn denken. Morgen verbringe ich den Tag mit Brad, einem ganz und gar wunderbaren Mann.

21 *Weiterentwicklung*

Kurzfristiges Ziel: Das ist einfach: den Vertrag mit Horizon machen und Love Learning retten.
Hindernisse: Vielleicht rettet Sean schon Love Learning. Obwohl, das ist kein Hindernis. Natürlich nicht.
Langfristiges Ziel: Auch einfach: Brad behalten. Für immer.
Hindernisse: Da meine Gefühle für Rupert sich komplett in Luft aufgelöst haben, gibt es keine Hindernisse mehr.

Um zehn Uhr am nächsten Morgen parkt Rupert vor dem Haus seiner Eltern. Er schaut an der Fassade hinauf, eine Vorahnung kribbelt auf seiner Haut. Bitte lass alles in Ordnung sein, denkt er beim Anblick der friedlichen Umgebung. Bitte lass es einen guten Tag sein.

Er schließt sich selbst auf, ruft diesmal beim Eintreten aber nicht nach den anderen. Stattdessen bleibt er einen Moment still im Flur stehen, den Kopf in den Nacken gelegt, den Blick auf das obere Treppengeländer gerichtet, und lauscht angestrengt. Kein Geräusch dringt nach unten. Er geht die Treppe hinauf.

Oben ist alles still. Ein Hoffnungsschimmer flackert in seiner Brust auf, doch als er langsam über den Treppenabsatz zum letzten Zimmer geht, hört er einen erstickten Klagelaut, der ihm eine Gänsehaut über den Körper jagt.

»O Gott«, stöhnt er leise, als er die Tür erreicht. Hier ist das

Geräusch deutlicher, aber immer noch nicht laut. Vor dieser Situation hat er Angst, seit er am Morgen aufgestanden ist.

Er klopft einmal an und tritt ein. Das Zimmer ist groß und hell und weiß: Wände, Decke, Boden. Nur wenige Einrichtungsgegenstände unterbrechen die Monotonie: Karten von Europa an den Wänden, ein Bett, ein Schreibtisch mit Stuhl und ein Kleiderschrank. Der schwache Klagelaut kommt vom Bett, wo sein Bruder in gekrümmter Haltung liegt und vor und zurück schaukelt.

Caroline de Witter steht mitten im Zimmer. Sie hat die Arme um ihren eigenen Körper geschlungen, und stille Tränen laufen ihr die Wangen hinab. Als Rupert die Tür öffnet, dreht sie sich um und verliert die Fassung. Sie stürzt auf ihn zu und schlingt ihm die Arme um den Hals.

»O Rupe, ich bin so froh, dass du da bist. Ich weiß einfach nicht, was ich tun soll. Seit fast zwei Stunden versuchen wir jetzt, ihn nach unten zu bekommen, aber er rührt sich nicht von der Stelle. Dad ist unten im Schuppen, und allein schaffe ich es nicht.« Sie kann ihr Schluchzen nicht länger unterdrücken. Rupert hält sie fest und streicht ihr liebevoll über den Rücken.

»Schon gut, Mum. Es ist doch egal, oder? Wenn er keine Geburtstagsfeier will, muss er doch keine feiern, oder?«

»Nein, natürlich nicht, ich hab nur … ich dachte nur … dass er vielleicht …«

»Mum, du weißt doch, dass er nichts davon hat. Das weißt du.«

Sie schnieft und löst sich aus Ruperts Umarmung. »Aber … ich habe halt gedacht, dass er diesmal vielleicht …«

Rupert schüttelt den Kopf. »Er wird sich nicht ändern, Mum. Nicht? Er wird sich niemals ändern. Er wird seinen Geburtstag nie feiern wollen.« Carolines Lippe zittert, als ihr Sohn das sagt. Er legt die Hände auf ihre Oberarme. »Ach, Mum, bitte reg dich nicht auf. Es ist doch egal. Wirklich. Ist doch eh nur Kuchen und ein paar Geschenke. Das ist nicht so wichtig.«

Mit einem tiefen Seufzer lässt sie Rupert los und schaut zu der sich wiegenden Gestalt hinüber. »Die Feier ist mir doch egal«, sagt sie so leise, dass Rupert sie fast nicht versteht. »Es ist mir egal, dass er den Kuchen nicht isst. Oder dass er die Geschenke nicht auspackt. Es ist mir egal, dass wir nicht ›Happy Birthday‹ singen und zusehen können, wie er die Kerzen ausbläst.« Sie wendet sich wieder Rupert zu. Ihr Gesicht ist feucht von Tränen. »Es ist bloß … ich kann nur … ich kann es nicht ertragen, ihn so zu sehen. Ich halte es nicht aus. Es geht ihm nicht gut, und ich bin seine Mutter. Ich möchte ihm helfen, aber ich kann es nicht. Ich möchte ihn in den Arm nehmen, ihn an mich drücken und ihm sagen, dass alles in Ordnung ist, dass ich da bin, dass ich auf ihn aufpasse und ihn liebhabe …« Sie verstummt und schlägt die Hände vors Gesicht. Mit bebenden Schultern weint sie. Rupert schaut sie an. Er hat selbst Tränen in den Augen und das vertraute Brennen im Hals. Auch er würde das gerne tun. »Ich möchte ihm sagen, dass ich ihn liebhabe, Rupert. Und ich möchte, dass er es auch zu mir sagt. Ich möchte nur, dass er es zu mir sagt.«

Rupert macht zwei Schritte auf seine Mutter zu und nimmt sie in die Arme, hält sie fest und wiegt sie so, wie sie es gerne bei ihrem jüngeren Sohn machen würde. Er sagt ihr, alles sei in Ordnung, sie solle sich beruhigen. Nach einer Weile gehen sie gemeinsam hinaus auf den Flur und schließen die Tür leise hinter sich.

Unten in der Küche kocht Rupert eine Kanne Tee. Seine Mutter sitzt schniefend im Nebenzimmer vorm Kamin. Während der Wasserkessel sich erhitzt, lässt Rupert den Kopf sinken, die Augen geschlossen. Hier, wo seine Mutter ihn nicht sehen kann, wo er unbeobachtet ist, lässt er zu, dass eine Träne zwischen seinen zugekniffenen Augenlidern hervortritt und langsam über sein Gesicht rollt.

Als das Wasser kocht, reibt er sich übers Gesicht, gießt den Tee auf und bringt ihn seiner Mutter. Mit feuchtem Gesicht schaut sie ihm entgegen.

»Tut mir leid, Rupe«, sagt sie, als sie die Tasse nimmt.

»Was tut dir leid? Es gibt nichts, wofür du dich entschuldigen müsstest.«

Sie schüttelt den Kopf. »Doch, schon. Ich stelle mich an. Ich weiß es. Solche Sachen sollten dich nicht belasten, wenn du bei uns bist. Als ob du nicht schon genug um die Ohren hättest.«

»Red keinen Blödsinn, Mum. Das ist keine Belastung. Ich will meinen Bruder an seinem Geburtstag besuchen und meine Eltern auch. Das ist keine Last.«

Sie lächelt dankbar. »Aber es ist so töricht, nicht wahr? Ich meine, ich weiß doch, wie er ist, ich weiß, dass es immer so sein wird, und trotzdem habe ich … Hoffnung. Verstehst du? Ich denke immer noch: vielleicht heute, vielleicht diesmal. Ich möchte nur …«

Zärtlich berührt Rupert ihre Hand. »Ich weiß. Ich wünsche es mir auch. Das liegt daran, dass er heute Geburtstag hat.

An seinem Geburtstag wird es uns immer besonders deutlich bewusst.«

»Das liegt wahrscheinlich nur daran, weil er sich immer so darüber aufregt.«

»Tja, zeig mir mal jemanden, der an seinem Geburtstag völlig gelassen ist!«

Ruperts Mutter lacht traurig. »Ach, Rupert! Was würde ich nur ohne dich tun? Du bist so ein lieber Junge.«

»Mum, also wirklich, ich bin vierunddreißig!«

»Ich weiß, ich war bei deiner Geburt dabei.«

Er grinst. »Pass auf, ich hole Dad jetzt aus dem Schuppen, und später mache ich etwas zu essen für euch, ja?« Sie nickt, und er streicht ihr über den Handrücken. »Bin gleich wieder da.«

Das Gras draußen im Garten ist weiß und brüchig durch den Frost. Rupert kann die Fußspur seines Vaters zum Schuppen deutlich erkennen, folgt ihr aber nicht. Er stellt seinen Kragen auf und geht durch die Hecke in den Gemüsegarten. Neben den leeren Beeten holt er sein Handy hervor.

»Hi, hier ist Brad«, meldet er sich leise.

Ich habe bereits angefangen, mich auf meine Verabredung mit Brad vorzubereiten, obwohl es noch zwei Stunden dauert, bis ich losfahren muss. Aber ich will nicht riskieren, zu spät zu kommen. Man weiß ja nie, wie voll die Straßen um elf Uhr am Samstagmorgen sind. Mein Haar ist gemacht, jetzt überlege ich mir, was ich anziehe. Während ich versuche, mich zu entscheiden, ob es eher lässig-schick oder schick-lässig oder sogar nuttig aussehen soll, klingelt das Telefon.

»Hi, wie geht's dir?«

Breit grinsend setze ich mich aufs Bett. Er ruft mich an, obwohl ich ihn in zwei Stunden sehe – er muss es einfach ernst meinen! Dann bekomme ich Bedenken: Wenn ich ihn in zwei Stunden treffe, warum ruft er dann an? Der einzige Grund, mich zwei Stunden vor der Verabredung anzurufen, ist eine Absage.

»Mir geht's gut«, sagt er zärtlich. »Und dir?«

Das gefällt mir überhaupt nicht. Warum kommt er nicht zur Sache? »Mir geht's auch gut.«

»Schön. Hör mal, Libby, es geht um heute Mittag.«

Ich wusste es. Aber ich halte den Mund, denn kühles Schweigen ist viel beredter als zu jammern und herumzuzicken.

»Ich wollte gerne, dass du heute zu der Feier kommst, weil ich mir gewünscht habe, dass du … ich meine, es ist nichts Besonderes, aber ich wollte, dass du meine Eltern kennenlernst und natürlich meinen Bruder, vielleicht noch ein paar andere Verwandte. Und ebenso wichtig wie das alles ist, dass ich dir etwas sagen wollte. Ich muss dir etwas sagen.« Brad hält inne, und ich höre ihn beim Gehen atmen. »Ich habe mir alles zurechtgelegt: Wann ich es tun wollte, was genau ich sagen wollte. Ich dachte irgendwie, dass du, wenn du mein wahres Ich sehen würdest … so wie ich bin … und meine Familie, dass du den Grund verstehen … Dass du vielleicht nicht … nicht denken würdest … dass ich schlecht bin. Tut mir leid, das kannst du nicht verstehen.«

Ich schweige immer noch, bemühe mich aber, es warm und beruhigend klingen zu lassen. Er scheint ein großes Problem zu haben; es tut mir schrecklich leid, eben so kühl gewesen zu sein. »Was ist denn, Brad?«, bringe ich schließlich hervor.

»Es tut mir leid, Libby. Es gibt heute keine Geburtstagsfeier. Sie stand die ganze Zeit auf wackligen Beinen. Hör mal, ich möchte dir das nicht am Telefon erklären. Können wir uns trotzdem treffen? Ich könnte dich in einer halben Stunde abholen – reicht dir das?«

In kurzer Folge schlagen drei Informationsbomben bei mir ein: Wumm – er sagt nicht ab! Wumm – er verlegt unsere Verabredung um zwei Stunden nach vorn! Wumm – zum Glück habe ich mich schon vor einer Stunde fertiggemacht! Ich bemühe mich, nicht vor lauter Freude grinsend herumzuhüpfen, da offensichtlich etwas schiefgelaufen ist und es ihm nicht gutgeht. Deshalb springe ich nur lautlos mehrmals in die Luft, reiße mich dann zusammen und antworte mit der weichsten, verständnisvollsten Stimme: »Na klar, das geht. Sollen wir uns trotzdem am Brunnen treffen?«

Eine halbe Stunde später parke ich mein Auto rückwärts in eine Lücke ein. Ich sehe, dass Brad schon da ist. Er sitzt auf dem Brunnenrand und schaut auf die Uhr, sieht sich um, nach links, nach rechts, wieder nach links, dann erneut auf die Uhr. Es ist gemein, aber ich bleibe zwei Minuten im Wagen sitzen und beobachte, wie er nervös auf mich wartet. Er sieht einfach zum Anbeißen aus. Sein besorgtes Gesicht und der angespannte Körper sind unglaublich erotisch. Ich lasse ihn nicht aus den Augen, diesen großen besorgten Mann, und bekomme fast Atemnot, weil er hier ist und ich diejenige bin, auf die er wartet. Ich, die kleine Beth Sheridan. Ähm, Libby, meine ich. Das muss ich noch klären.

Schließlich halte ich es nicht mehr aus, verlasse den Wagen

und gehe auf Brad zu. Als er mich erblickt, steht er auf, und ein breites Lächeln verwandelt sein Gesicht. Meines ebenfalls. Gar nicht einfach, normal weiterzugehen, denn meine treulosen Beine wollen mir den Dienst versagen. Auch andere Teile von mir proben den Aufstand.

»Hallo!«, sagt Brad, als ich bei ihm bin.

»Hallo.«

Er macht einen Schritt nach vorn, auf mich zu, und ich weiß, dass er mich küssen will, er ist nahe genug dafür. In mir gibt es einen Tumult. Ich schließe die Augen leicht, warte auf die Berührung seiner Hand in meinem Nacken und seiner Lippen auf meinen. Ich zittere vor glühendem Verlangen und habe das Gefühl zu explodieren, wenn er mich jetzt nicht packt und … *irgendwas* tut! Doch es passiert nichts.

»Hast du Lust, einen kleinen Spaziergang zu machen?«, fragt er. »Ich möchte dir ein paar Sachen erklären.« Ich nicke – ich habe selbst etwas klarzustellen –, und wir gehen los.

Beim Gehen nimmt er weder meine Hand, noch legt er den Arm um mich, obwohl ich ihm telepathisch zu verstehen gebe, dass ich es mir wünsche. Unsere Hände baumeln neben uns und streifen sich ein-, zweimal, was bei mir einen Funkenregen auslöst, während es ihn kalt zu lassen scheint. Bald ist er ganz vertieft in den Bericht über seinen Bruder Matt, der heute Geburtstag hat und unter starkem Autismus leidet. Seine Mutter, erklärt er, tue sich sehr schwer damit, dass Matt keine Gefühle ausdrücken oder empfinden kann. Während Brad redet, sieht er mich nicht an, sondern schaut vor sich hin, aber ich höre seiner Stimme an, dass seine Mutter nicht die Einzige ist, die sich schwer damit tut.

»Die Sache ist die«, sagt er, als wir die Stadt hinter uns lassen, »er ist hochintelligent. Ich habe ihn gestern besucht, um etwas mit ihm zu besprechen.« Brad wirft mir einen Seitenblick zu. »Es hilft mir irgendwie, mit ihm zu reden, auch wenn er nie einen Ton sagt. Aber er erkennt mich, das ist wichtig. Obwohl ich nicht mehr dort wohne und er mich nicht jeden Tag sieht. Ich gehöre also nicht zu seinem Alltag, aber er hat trotzdem meinen Namen gesagt. Er hat gesagt: ›Du bist R- .‹« Brad unterbricht sich, schaut mich an, doch sobald ich ihn ansehe, blickt er zur Seite. »Er hat gesagt: ›Du bist Brad.‹ Damit ich weiß, dass er mich kennt.«

Ich weiß nicht, was ich dazu sagen soll. Ich kann ihm keinen Rat geben – mit so etwas habe ich noch nie zu tun gehabt. Allerdings bin ich mir sicher, dass Binsenweisheiten wie »Er hat dich auf seine Art bestimmt genauso lieb« nicht besonders hilfreich sind. Schließlich entscheide ich mich für: »Das muss schwer für euch sein«, und Brad nickt.

»Das stimmt. Besonders für meine Mutter. Mein Vater zieht sich zurück, wenn es schlimm wird. Das klingt grausam, aber wir haben akzeptiert, dass das seine Art ist, damit umzugehen. Ich glaube, dass mein Vater es viel besser versteht als meine Mutter. Wenn Matty sich aufregt, will sie ihn immer trösten, was alles nur noch schlimmer macht. Mein Vater weiß, dass es am besten ist, sich zurückzuziehen und Matty sich wieder beruhigen zu lassen.«

Eine Weile gehen wir schweigend. Unser Atem formt Wolken wie kleine Luftgeister. Ich habe einen Mordshunger, aber unsere Beziehung ist noch nicht so weit, dass man über körperliche Bedürfnisse sprechen könnte.

»Hast du Hunger?«, fragt Brad plötzlich und bleibt stehen. Ich nicke erfreut, und er grinst. »Gut. Ich auch. Lass uns was essen.« In dem Moment fällt mir auf, dass wir vor dem Patch and Parrot stehen. »Warst du schon mal hier?«

»Ähm, ein-, zweimal. Ist ganz lustig. Aber gegessen habe ich hier noch nicht. Keine Ahnung, was es hier so gibt.«

Auf der Speisekarte stehen Seesternpastete, Hühnerbrust auf des toten Manns Kiste und Krähennestsuppe. Gemeinsam schmunzeln wir über die Namen der Gerichte. Ich bestelle die Suppe. Will nicht wie ein Wal essen (mit weitoffenem Mund alles Essbare im näheren Umkreis verschlingen). Brad nimmt einen Käpt'n-Bluebeard-Burger mit Kartoffelmedaillons.

»Und was ist mit dir? Hast du Geschwister?«, fragt er mich beim Essen.

Ich schüttele den Kopf. »Das Einzige, was ich habe, ist Vini – du kennst sie ja.«

»Ah, ja, die unvergleichliche Lavinia. Wie ist sie denn so?«

»Ganz schön nervig«, antworte ich, weil ich an die Party denken muss, zu der sie mich am Vorabend geschleppt hat. »Sie hat eine Doppelgänger-Agentur, Fake Face –«

»Super Name.«

»Ja, nicht? Jedenfalls hatte sie den Auftrag, für die Party gestern Abend so viele Doppelgänger wie möglich aufzutreiben. Also musste ich auch mit, verkleidet als …« Auf einmal finde ich das Bild von mir in einem aufreizenden Overall, hohen Stiefeln, mit dem tiefen Ausschnitt, der Frisur und dem Make-up völlig albern. Ich bringe es nicht über die Lippen.

»Verkleidet als was? Komm, Libby, sag mir, wer du warst! Du kannst doch nicht so eine Andeutung machen und mir dann die Pointe vorenthalten. Ich muss es wissen, damit ich es mir vorstellen kann.«

Lachend schüttele ich den Kopf. »Nein, das ist zu peinlich. Ich sage nur, dass dieser Saftsack Rupert de Witter den Mund nicht mehr zubekommen hat.«

Bei der Erwähnung des Namens zuckt Brad zusammen, und mir fällt plötzlich ein, dass die beiden sich kennen, sie redeten auf der Weihnachtsfeier von Horizon miteinander. Scheiße, wahrscheinlich sind sie befreundet.

»Was meinst du damit?«, fragt er argwöhnisch.

»Ach, Brad, tut mir leid, kennst du ihn etwa?«

Einen Augenblick sieht er mich schweigend an, als hätte ich ihn nach der Wurzel aus 693 gefragt. Dann sagt er: »Hm, ja, ich kenne ihn. Ein bisschen. Wieso, du auch?«

»Nein, eigentlich nicht. Jedenfalls nicht persönlich. Ich habe früher bei Horizon gearbeitet, vor vielen Jahren, und in letzter Zeit habe ich …« Ups, das mit Love Learning kann ich ihm noch nicht erzählen – hinterher ruft er mich auf der Arbeit an und erfährt, dass ich gar nicht Libby heiße. Was an sich ja nicht schlimm ist, aber ich möchte es ihm gerne selbst sagen. Es ist so erniedrigend, wenn man von einem Dritten erfährt, dass die Frau, der man alles über seinen autistischen Bruder erzählt hat, unter falschem Namen unterwegs war. »Also, er ist nicht der Mann, für den ich ihn gehalten habe. Belassen wir's dabei.«

»Warum? Was hat er denn getan?« Brad ist immer noch misstrauisch und besorgt. Er muss eng mit Rupert befreundet sein.

»Ach, nichts. Ehrlich nicht. Es war einfach … Ach, er hat mir die ganze Zeit in den – du weißt schon – geschielt.« Ich sehe an mir hinab. »Und im Gespräch stellte sich heraus, dass er total oberflächlich, egoistisch und eingebildet ist. Womit ich eigentlich hätte rechnen sollen, nicht? Ich meine, wie soll er bei dem ganzen Geld auch sonst sein? Mit Sicherheit ist er ständig von speichelleckenden Arschkriechern umgeben, die ihm jeden Wunsch von den Lippen ablesen. Ah! So was hasse ich. Woran liegt es, dass Menschen, die viel Geld haben, so wie er, immer glauben, die ganze Welt wäre nur zu ihrer Belustigung da?«

Eine Weile sagt Brad gar nichts. Ich sitze da, von Zweifeln gequält, und befürchte, gerade seinen besten Freund übelst beleidigt zu haben. Dann sagt er ganz leise und geistesabwesend: »Mir war nicht klar, dass er so schlimm ist.« Was mir nur noch mehr Schuldgefühle macht, weil ich überzeugt bin, gerade eine fünfundzwanzigjährige Freundschaft zerstört zu haben.

»Nein, nein, sag so was nicht, so ist er bestimmt nicht. Vielleicht hatte er einfach nur einen schlechten Tag, hm? Vielleicht hatte seine Freundin ihn gerade verlassen, und er wollte sich an der gesamten Frauenwelt rächen. Vielleicht war er auch betrunken. Oder er hatte sich den Zeh gestoßen. Vielleicht brütet er eine Erkältung aus und war so missmutig wegen der …«

»Nein. Nein, Lib, es gibt keine Entschuldigung für schlechtes Benehmen. Andere Leute sind auch erkältet, werden sitzengelassen oder stoßen sich den Zeh, aber sie benehmen sich nicht daneben.« Er schüttelt den Kopf. »Ich werde etwas unternehmen. Das hatte ich ohnehin schon vor, es reicht jetzt wirklich langsam. Die ganze Sache ist nur noch lächerlich.« Den letzten Satz richtet er mehr an sich als an mich. Eiskalte Tintenfischtentakel kriechen mir über den Rücken. Es klingt so, als habe Brad eine verbotene Beziehung zu Rupert, irgendwie gruselig. Könnte es sein, dass sie ein furchtbares Geheimnis teilen, das viele Jahre alt ist und beide gerne vergessen würden, aber nicht können? Ach, du meine Güte, was ist, wenn beide in etwas … Kriminelles verwickelt sind? Solche Geschichten hört man doch immer wieder: zwei erfolgreiche Männer, angesehen, gut versorgt. Ließen nur leider vor fünfzehn Jahren einen Backstein auf den Hausmeister der Uni fallen.

Oder sie sind heimlich ein Paar.

»Du – du bist doch nicht … Du und Rupert, ihr seid … ihr seid doch nicht etwa …?«

»Was? Warum guckst du so besorgt?« Brad hebt wieder die Hand, doch diesmal hält er nicht inne, zieht sie nicht im letzten Moment zurück, sondern beugt sich vor und streichelt mir mit den Fingerspitzen über die Wange. Eine hauchzarte Berührung, ein kaum merkliches Streifen, doch ich bin wie unter Strom gesetzt. »Was geht da in deinem hübschen Kopf vor sich?«

Ich bekomme nichts heraus. Die Stelle in meinem Gesicht, die er gerade berührt hat, steht in Flammen.

»Hör mal, egal was du dir denkst, was zwischen Rupert de Witter und mir ist – ich kann dir versprechen, dass es nicht zutrifft. Ich erkläre es dir sehr bald, aber …«

»Aber was? Warum erzählst du es mir nicht jetzt?«

Brad schaut mir in die Augen. Dann schüttelt er kaum merklich den Kopf. »Ich kann noch nicht. Nicht jetzt, da ich weiß, was du von ihm hältst. Ich muss es tun, wenn … Wenn ich alles richtig erklären kann und keine Gefahr mehr besteht, dass ich etwas kaputtmache.«

Das klingt nicht gut. Es ist offensichtlich etwas sehr Schlimmes. »Kaputtmachen? Du glaubst, wenn du mir das erzählst, was auch immer es ist, kann es etwas kaputtmachen?«

Brad schüttelt den Kopf. »Ich weiß es nicht. Wirklich nicht. Ich hoffe nicht.« Wieder seufzt er, dann schaut er auf meine Hände. »Es hört sich nicht gut an, aber ich schwöre dir, dass es nichts Schlimmes ist.«

»Ach, nein? Wenn es etwas Schlimmes wäre, würdest du es mir dann überhaupt erzählen? Wenn du zum Beispiel mit zwanzig Jahren den Hausmeister mit einem Stein erschlagen hättest, würdest du mir das erzählen?«

Er bricht in Lachen aus, doch ich finde die ganze Angelegenheit alles andere als lustig. »Oh, nein. Nein, Libby, so etwas ist es nicht. Das verspreche ich dir. Ich habe wirklich keine Leichen im Keller, nicht mal eine kleine. Nicht mal eine Mäuseleiche.«

Ich sehe ihm in die Augen und würde ihm so gerne glauben. Kann ein Mörder so schöne Augen haben? »Echt nicht?«

»Nein. Das verspreche ich dir. Ich bin noch nie im Gefängnis gewesen, ich habe nie jemanden verletzt, ich habe meines Wissens noch nie gesetzeswidrig gehandelt.«

»Und du hast keinen identischen Zwillingsbruder?«

Lächelnd schüttelt er den Kopf. »Nein, nein. Ein klares Nein.«

»Du bist also auf jeden Fall Brad … und weiter? Wie heißt du mit Nachnamen?«

»Witt.«

»Witt? Brad Witt? Das ist doch nicht dein Ernst! Echt?«

»Ja, doch!«

»Herrje! Na gut. Du bist also auf jeden Fall Brad Witt?«

Er zögert nur ganz kurz, blinzelt mehrmals und weicht meinem Blick aus. »Hm, also, nein. Ich heiße nicht wirklich Brad. Ich benutze einen falschen Namen, weil meine wahre Identität unglaublich gut bekannt ist. Ich wollte, dass du es erst erfährst, wenn du mich nur meinetwegen magst.«

Ich lächle. »Na klar! Gut. Ich habe auch einen falschen Namen benutzt.« Dann beuge ich mich vor und küsse ihn auf die Wange.

22 *Günstige Erträge*

Kurzfristiges Ziel: Acht Personen unglaublich motivieren, indem ich vor ihnen stehe und rede und ihnen Bilder oder Diagramme zeige.
Hindernisse: Es geht mir am Arsch vorbei.
Langfristiges Ziel: Ein Leben lang von Brad geliebt werden. Oder wenigstens noch einmal zum Essen eingeladen werden. (Ach ja, und den Vertrag mit Horizon machen.)
Hindernisse: Warte auf eine Nachricht von ihm. (Und muss mich mit dem Arschloch R d W herumschlagen.)

Am Montagmorgen bin ich um sieben Uhr an meinem Schreibtisch und bereite den Motivationsstoff vor. Mein Handy liegt neben mir, falls Brad mich darauf anruft. Er sagte am Samstag, er würde sich heute melden. Ich warte darauf, seit der Tag begonnen hat, also seit rund sieben Stunden.

Als ich ihn am Samstag küsste, war er ein wenig verdutzt, aber erfreut und konnte gar nicht aufhören zu grinsen. Ein paar Mal fiel mir auf, dass er ein besorgtes Gesicht machte, doch wenn er meinen Blick bemerkte, lachte er wieder. Er erwiderte den Kuss allerdings nicht, auch sonst gab es keinen weiteren körperlichen Kontakt zwischen uns, obwohl ich mit dem Traktorstrahl versuchte, seinen Körper zu mir herüberzuziehen. Klappte mal wieder nicht. Auch meine telepathischen Botschaften scheinen nicht angekommen zu sein. Aber nach dem lüsternen Rupert ist es angenehm, einen Mann zu treffen, der es langsam angehen lässt. Bei Brad lohnt es sich auf jeden Fall. Ich habe Geduld. Ich kann warten.

Das Motivationsseminar ist vorbereitet, und mir bleibt noch über eine Stunde bis zum Beginn. Ich öffne mein E-Mail-Konto. Drei neue Nachrichten sind da: eine von Fatima, eine von Sean und eine von Rupert. Als Erstes lese ich die von Fatima. Sie hat den Betreff: »Mein Auto!«

Hey, Beth, weißt du was? Ich habe am Wochenende mein Auto verkauft! Der Typ, der letztens deswegen anrief, kam gestern Abend vorbei und gab mir zehn Riesen bar auf die Hand. Einfach so! Mein Kennzeichen musste ich dranlassen, aber das ist nicht so wichtig. Er holt den Wagen in ein paar Tagen ab. Mensch, bin ich erleichtert! Jetzt muss ich mir keine Sorgen mehr machen. Heute in der Mittagspause zahle ich den Kredit zurück, dann bleiben nur noch 3896,47 Pfund Schulden, und ich verkaufe noch ein paar andere Sachen, damit es bald nur noch zwei oder drei Riesen sind, die ich locker zurückzahlen kann, besonders da ich ja meine Stelle nicht verlieren werde, weil ich den Vertrag mit der Tierhandlung gemacht habe. Und das habe ich alles dir zu verdanken. Du bist so eine gute Freundin. Wir sehen uns in der Pause. Fats xxx

Ich weiß, was jetzt jeder denkt: Los, mach schnell die Nachricht von Rupert auf! Klar, ich will sie natürlich unbedingt lesen. Aber ich lasse mir Zeit. Ich möchte den Moment auskosten, wenn er wieder versucht, sich an mich heranzuwanzen, und ich einfach sage: »Der Zug ist abgefahren, du Schluckspecht!« Er weiß nicht, dass ich ihm auf die Schliche gekommen bin, daher wird seine E-Mail total heiter und künstlich freundlich sein. Bei dem Gedanken verziehe ich das Gesicht. Lieber konzentriere ich mich auf Fatimas gute Nachricht, und bald lächle ich wieder. Ich schaue zu ihr hinüber. Sie sitzt an ihrem Tisch und sieht mich an. Ihre Wangen sind gerötet, ihre Augen funkeln. Sie lächelt freudig, ich grinse zurück. Dann merke ich, dass Mike auf der anderen Seite neben ihr sitzt und auf sie einredet. Ihre Köpfe berühren sich fast. Scheinbar hilft er ihr bei dem Vertrag mit der Tierhandlung. Wie langweilig! Warum lässt er Fatima nicht einfach in Ruhe, damit sie ihren Erfolg genießen kann?

So. Die nächste Nachricht ist von Sean. Er sitzt drüben an seinem Platz, keine Ahnung, warum er nicht rüberkommt und es mir einfach erzählt. Obwohl, ich bin froh, dass er es nicht tut. Ich bin nicht gerade begeistert von der Aussicht, ihm mitteilen zu dürfen, dass ich mit Brad liiert bin. Armer Kerl, macht sich solche Gedanken um seinen kleinen Sohn, dazu die ganzen Geldsorgen als Vater, und jetzt hat das Mädchen seiner Träume auch noch jemand anderen gefunden. Wann wird er jemals ein wenig Glück haben? Ich öffne seine E-Mail.

Hey, Süße! Länger nicht geredet. Alles in Ordnung bei dir? Tut mir leid, dass ich dich ein bisschen vernachlässigt habe, hatte sehr sehr viel zu tun. Die Sache ist so gut wie geklärt, wenn du willst, mache ich es wieder gut. S x

So stelle ich mir einfach keinen romantischen Antrag vor – er will es wieder gutmachen? Wenn ich will? Er kapiert es einfach nicht, was? Jetzt tut er mir noch mehr leid. Nicht nur, dass er mich und seinen Sohn verloren hat und mit dem Stiefvater nicht mithalten kann, nein, er hat auch noch null Charme. Wie will er bloß jemals eine Frau finden?

Mitleid ist ja schön und gut, aber darauf kann man keine

Beziehung aufbauen, egal was Vini letztes Jahr gesagt hat, als sie mit Dean Gaffney ging. Ich klicke auf »Antworten« und tippe rasch:

Sean,
danke für dein nettes Angebot, aber seit unserem letzten Gespräch habe ich jemand anders kennengelernt. Es ist ziemlich ernst. Tut mir leid, dass ich dich im Stich lasse.
Beth

Ich setze ein Kusssymbol hinter meinen Namen und lösche es wieder. Es ist gemein, ihm falsche Hoffnungen zu machen. Er muss wissen, dass zwischen uns niemals irgendwas laufen wird. Fast eine Minute lang zögere ich, ehe ich auf »Senden« klicke, denn ich weiß, dass der Tag für ihn gelaufen sein wird, wenn er das liest. Danach wird alles ein klein wenig komplizierter sein. Aber es muss getan werden. Sean muss darüber hinwegkommen, damit er wieder nach vorne sehen kann. Das bin ich ihm schuldig. Der Mauszeiger schwebt über der Sendetaste. Ich werfe einen letzten Blick über die Schulter auf Sean, der mit dem Rücken zu mir vornübergebeugt am Schreibtisch sitzt, und schicke die Nachricht ab.

Kaum habe ich es getan, schlage ich die Hand vor den Mund und bereue es. Wie konnte ich nur so gefühllos sein? So eine Abfuhr sollte Sean nicht über E-Mail bekommen. Das Mindeste wäre gewesen, es ihm persönlich zu sagen. Ihm dabei über den Arm zu streicheln und der Nachricht mit einem Satz wie: »Es liegt nicht an dir, sondern an mir« etwas von ihrer Wucht zu nehmen. Oh, Mann, was bin ich für eine eiskalte Zicke. Am liebsten würde ich in die Kabel kriechen und die Post zurückholen oder die Zeit zurückdrehen. Aber das geht nicht, deshalb beuge ich mich noch etwas weiter vor und lauere auf Seans Reaktion hinter mir, auf ein Keuchen, ein unterdrücktes Schluchzen, vor das Gesicht geschlagene Hände.

Ich höre, wie sein Computer die Post ankündigt, den Mausklick, als er die Nachricht öffnet, eine kurze Pause beim Lesen und dann … nichts. Ich wage einen Blick über die Schulter, um zu sehen, wie er reagiert, und er, er löscht die Mail einfach mit einem kühlen Klick! Ich zucke tatsächlich zusammen, als hätte er mir ins Gesicht geschlagen, und drehe mich wieder zu meinem Computer um, Augen und Mund weit geöffnet. Wie konnte er das tun? Warum ist er nicht am Boden zerstört? Ich werfe noch einen Blick hinüber, aber jetzt surft er im Internet, guckt sich Urlaubsseiten an! Es ist fast so, als sei ihm egal, dass ich mit ihm Schluss gemacht habe.

Jetzt habe ich Zeit für Ruperts Nachricht. Im Betreff steht »Bitte lesen!«, aber ich zögere eine Weile. Der Horizon-Prospekt liegt vor mir, wie immer auf der letzten Seite aufgeschlagen. Ich betrachte das Foto und blende darüber das Bild von Rupert, wie ich ihn auf der Party erlebt habe.

Nein, komm, Beth, reiß dich zusammen! Du weißt, wie er am Freitag war: eitel und oberflächlich. Wahrscheinlich hatte er mich bereits vergessen, als er sich umdrehte, und nichts von mir wird in seinem Gedächtnis haften bleiben. Oder vielleicht doch. »Klasse Titten«, würde er wohl sagen, wenn man ihn nach mir fragte.

Gut, ich bin bereit. Ich öffne die Mail und lese.

Meine liebste Beth,

ist alles in Ordnung bei Ihnen? Wir sind ja für morgen zum Mittagessen verabredet, aber ich hatte gehofft, bis dahin noch ein, zwei E-Mails mit Ihnen zu wechseln. Es war wirklich nett, mit Ihnen zu plaudern. Ich mache mir Sorgen, weil ich nichts von Ihnen höre. Ich spüre, dass etwas vorgefallen ist. Irgendetwas lässt Sie zweifeln, was den Fortbestand unserer Freundschaft angeht. Stimmt das? Es wäre sehr schwer für mich zu verkraften, wenn Sie zu dem Schluss gekommen sein sollten, dass unsere Freundschaft und unser Mailwechsel zu Ende sein sollen, Beth. Ich möchte Ihnen sagen, dass ich Sie sehr gerne mag und ich langsam das Gefühl bekam, aus uns könne mehr werden als reine Geschäftspartner. Ich schäme mich nicht, es zu sagen; das kühle, unpersönliche Medium der elektronischen Post gibt mir den notwendigen Mut, um mich Ihnen zu offenbaren. Aber wahrscheinlich haben Sie das ohnehin schon aus meiner Korrespondenz geschlossen. Die Sache ist: Ich habe das Gefühl, dass etwas geschehen ist, was Ihre Meinung von mir geändert hat. Stimmt das?

Mein Gott, ist dieser Mann feinfühlig! Unglaublich. Ich schüttle den Kopf, als müsste ich ihn vom Staub befreien. Wenn der Typ nicht so ein dämlicher, eingebildeter Idiot wäre, fände ich seine Mail unheimlich überzeugend. Aber da er einer ist, tue ich es nicht. Kein bisschen. Ich klicke auf »Antworten«.

Was Sie nicht wissen, ist, dass ich es war, mit der Sie am Freitagabend auf der Party gesprochen haben. Dort haben Sie keinen Zweifel daran gelassen, welche Absichten Sie hegen.

Ich reiße mich zusammen, um nicht mehr zu schreiben. Ich will nicht, dass er merkt, wie traurig ich bin, wie sehr ich gehofft hatte, dass wir mehr sein könnten als Freunde. Das klingt jetzt, da ich weiß, wie er in Wahrheit ist, absolut lächerlich. Die Antwort kommt postwendend.

Wir haben uns gesehen? Wirklich? Auf einer Party? Ach, du liebe Güte, Beth, was habe ich denn um Himmels willen zu Ihnen gesagt? Es klingt furchtbar, aber ich muss leider zugeben, dass ich mich nicht erinnern kann. Nicht alle, die mit mir sprechen, nennen mir ihren Namen, und ich muss leider gestehen, ich lerne jeden Tag so viele Menschen kennen, dass ich ihren Namen oft sofort vergesse, selbst wenn sie ihn mir sagen. Habe ich Sie irgendwie beleidigt? Ich möchte, dass Sie wissen: Was auch immer ich zu Ihnen gesagt habe, auf der Party oder sonst wo, war nicht real. Es war nicht ich. Ich meine, nicht mein wahres Ich. Das wahre Ich ist das hier, das Ihnen schreibt, das Sie achtet, Sie mag und bewundert. Sehr sogar. Ich werde Ihnen alles zum richtigen Zeitpunkt erklären, aber fürs Erste möchte ich nur wissen, ob Sie mich wirklich hassen. Ich kann nicht schlafen und nicht arbeiten, deshalb: bitte erlösen Sie mich, Beth. Sagen Sie mir, dass Sie mich nicht hassen, weil ich auf einer Feier irgendetwas zu Ihnen gesagt habe.
Voller Zuneigung,
Rupert x

Ach, du Scheiße! Ich finde ihn immer noch unglaublich heiß. Mein Hirn ruft mir zu, dass er ein verlogenes Arschloch ist, der nur seiner Eitelkeit zuliebe bei mir wieder gut angeschrieben sein möchte, aber alle anderen Körperteile schreien einstimmig zurück, das Hirn solle die Klappe halten, denn das hier ist die schönste, gefühlvollste E-Mail, die ich je bekommen habe. Er wirkt ganz anders als auf der Party – wie ein völlig anderer Mensch. Der Rupert, mit dem ich auf der Feier gesprochen habe, wäre nie in der Lage gewesen, sich so auszudrücken. Der Body-Faktor hatte jede Konversationsfähigkeit abgetötet, die er vielleicht mal besessen hat. Dieser Rupert ist das genaue Gegenteil davon. Ich spüre, wie sich etwas tief unten in meinem Körper regt, als würden da einige Vorbereitungen getroffen für den Fall, dass jemand vorbeischaut. Herrgott nochmal, was ist bloß mit mir los? Ich liebe Brad, Besuche in dem Bereich wird es also nur von ihm geben, von keinem anderen. Wenn ich so weit bin.

Moment mal! Was ist, wenn jemand anders Ruperts Post für ihn erledigt, so wie Steve Martin in *Roxanne*, der an Daryl Hannah schreibt? Ich fühle mich zu diesem Menschen hingezogen, der sich Rupert nennt und mir E-Mails schickt, aber alles spricht dafür, dass der wirkliche Rupert de Witter ein Schwachkopf ist. Hübsch anzusehen, aber egoistisch und dumm. Ich könnte nichts mit einem Mann anfangen, der so sehr in jemand anders verliebt ist als in mich – nämlich in sich selbst.

Ich klicke auf »Antworten«.

Wer sind Sie wirklich?

Kurz, aber die Nachricht erfüllt ihren Zweck. Sie macht ihm deutlich, dass ich bereit bin, mit ihm zu sprechen, wenn auch unter Vorbehalt, dass ich ihm allerdings auf die Schliche gekommen bin und weiß, dass er nicht der wahre Rupert de Witter ist.

Ich bin Rupert de Witter. Das wissen Sie. Der Mann, den Sie letzte Woche getroffen haben, war

Mein Telefon spielt die Melodie von Superman und teilt mir dadurch mit, dass ich eine SMS bekommen habe. Ich reiße mich vom Bildschirm los, weil ich weiß, dass sie von Brad ist.

Doch als ich sie öffne, stelle ich fest, dass nicht Brad, sondern ein gewisser Nigel die Nachricht abgeschickt hat.

Ich bin's, Nigel. Wo warst du letzte Woche? Hab 2 Std im Patch n Parrot auf dich gewartet, umsonst. Alles i.O.? Lust auf neues Treffen? Lg, dein Bewunderer Nigel xxxxx

WAS?? Wer ist das denn? Ich kenne keinen Nigel. Es dauert einen Moment, bis mir die geheimnisvolle SMS einfällt, die ich letzte Woche von Nigel bekam und in der er behauptete, mich vom Speeddaten zu kennen. Ich hatte angenommen, Vini wolle mich ärgern, weil ich ja wusste, dass ich nur ein Kästchen angekreuzt hatte, nämlich das von Brad, deshalb hatte ich … Ach, du Scheiße! Heiliger Strohsack! Ich hatte vorgeschlagen, mich im Patch and Parrot mit Nigel zu treffen, und es anschließend vergessen. Und jetzt weiß ich, dass ich aus Versehen das falsche Kästchen angekreuzt habe, und dieser arme Nigel wohl meine Nummer angekreuzt und meine Telefonnummer bekommen hat. Er hat also wirklich angenommen, ich hätte mich für ihn interessiert, hat mir also tatsächlich eine SMS geschickt und gedacht, wir wären letzte Woche im Pub verabredet. Was soll ich jetzt bloß mit ihm machen?

Nun, Nigel wird eine Weile warten müssen, da ich jetzt erst mal zum Motivationsseminar muss.

In meinem Kopf herrscht ein wildes Durcheinander. Die Bilder von Brad und Rupert wechseln sich ab, das Auftauchen des einen wie des anderen löst größere Kontinentalverschiebungen in meinem Unterleib aus. Ich habe das Gefühl, den ganzen Tag zwischen fiebriger Begierde und bebender Furcht zu pendeln.

Keine Ahnung, wie ich den Tag überstehe, doch am Ende brechen die achtzehn Teilnehmer spontan in Applaus aus, einer jubelt sogar. Zum Abschied gibt mir jeder die Hand und bedankt sich ausgiebig, sagt mir, wie viel Schwung er nun habe, um diese oder jene Bewerbung zu schreiben, einen Marathon zu laufen, befördert zu werden. Auf den Gesichtern spiegeln sich Freude und Begeisterung, alle sprühen vor Zuversicht, jetzt ist alles möglich, jeder kann erreichen, was er will. Die Teilnehmer haben nun die Motivation, hartnäckig an einer Sache dranzubleiben. Mir ist das alles scheißegal.

Das ist etwas ganz Neues für mich. Normalerweise bin ich sehr stolz auf meine Arbeit. Aber in den letzten zwei Wochen bin ich dermaßen abgelenkt von Rupert, dass ich mich nicht so stark wie sonst auf die Arbeit konzentrieren konnte. Ich achte nicht auf mein Unterbewusstsein, von meinem Bewusstsein ganz zu schweigen. Ich will unbedingt, dass alles wieder normal ist, wenn ich endlich den Vertrag mit Horizon in der Tasche habe, aber im Moment habe ich nur einen Gedanken, als ich zurück an meinen Schreibtisch gehe. Sofort öffne ich die geschäftlichen Mails.

Es ist halb vier. Seit heute Morgen habe ich Rupert nichts mehr geschickt. Mit Sicherheit nimmt er an, dass er das, was letzte Woche bei unserem Treffen passierte, mit nichts wieder gutmachen kann, und dass ich unsere Beziehung beendet habe. Ich muss den Rest seiner Nachricht lesen und ihm antworten.

Mein Kopf will unbedingt von mir wissen, warum ich das tue, da ich doch ganz verrückt nach Brad bin und dieses Vorgehen gegenüber ihm, Rupert und mir selbst nicht fair ist. Aber der Rest, der größere Teil von mir, ruft mir zu, nicht alles auf eine Karte zu setzen. Zumindest so lange nicht, bis ich weiß, dass eine Karte besser ist als die anderen und mir die besten Möglichkeiten bietet, bis dass der Tod uns scheidet.

Ich gehe sofort in den Posteingang und öffne Ruperts zweite Nachricht. Dabei fällt mir auf, dass ich danach keine mehr von ihm bekommen habe. Mein Mut sinkt. Scheinbar hat er aufgegeben.

Ich bin Rupert de Witter. Das wissen Sie. Der Mann, den Sie letzte Woche gesprochen haben, war ein Dummkopf, der sich als jemand ausgegeben hat, der er nicht ist. Ein törichter Scherz. Wenn ich gewusst hätte, dass Sie dort sind, hätte ich das niemals zugelassen. Der Abend wäre völlig anders ausgegangen, das können Sie mir glauben.
So, das ist die Wahrheit. Wenn Sie immer noch böse auf mich sind, schreiben Sie mir bitte, bitte zurück und sagen Sie es mir. Dann werde ich nicht noch mehr Stunden meines Lebens vergeblich vor dem Computer sitzen und warten. Wenn ich nichts mehr von Ihnen höre, werde ich davon ausgehen, dass Sie tief in Gedanken versunken sind. Oder ohnmächtig oder in der Notaufnahme.
R x

Nun, ich habe ihm nicht geantwortet. Glaubt er jetzt, dass alles wieder in Ordnung ist? Hoffentlich. Schnell antworte ich ihm.

Standen Sie unter Drogen? Waren Sie betrunken? Oder haben Sie sich nur einen Spaß erlaubt? Ein anderes Mädchen wäre vielleicht darauf eingegangen. Es kommt mir halt ein bisschen gemein vor, mehr nicht.

Rupert sitzt in seinem Büro, die Ellbogen auf dem Tisch, den Kopf in den Händen. Er fährt sich mit den Fingern durchs

Haar. Stirnrunzelnd schaut er auf den Computer, dann steht er auf und geht zum fünfzehnten Mal ans Fenster, reibt sich den Kopf, kehrt zurück zu seinem Stuhl. Er setzt sich, greift zu seinem Handy, durchsucht seine Einträge nach »Libby«. Er drückt auf »Verbinden«. In dem Moment kündigt sein Computer eine neue Mail an. Rupert zuckt zusammen. Er lässt das Telefon achtlos auf den Tisch fallen und greift zur Maus, klickt auf die neue E-Mail, um zu sehen, wer der Absender ist. Ein erleichtertes Lächeln huscht über sein Gesicht. Er liest die Nachricht schnell, dann verfasst er eine Antwort.

Absender: Rupert de Witter
Empfänger: Beth Sheridan
Betreff: Bin erleichtert, dass Sie nicht in der Notaufnahme liegen

Ich weiß. Sie haben recht. Es war gedankenlos, kindisch und potentiell verletzend. Nun, ich habe Sie verletzt, also war es wirklich verletzend. Aber ich stand nicht unter Drogen, Beth. Damit habe ich nichts zu tun. Eventuell besteht die Möglichkeit, dass ich ein ganz klein wenig angeheitert war, auch wenn das keine Entschuldigung für mein Benehmen sein soll. Ich kann nur sagen: Bitte vergessen Sie es! Es war nicht mein wahres Ich. Das sehen Sie hier. Das hier bin ich, Rupert de Witter von Horizon Holidays, der Ihnen, Beth Sheridan von Love Learning, etwas schreibt und aus tiefstem Herzen hofft, dass Sie ihm antworten.
R x

Wow. In meinem Körper bricht hysterische Aktivität aus. Ich schreibe:

Sagen Sie mir jetzt wirklich die Wahrheit? Ich meine, die ganze Wahrheit? Muss ich noch irgendetwas wissen?

Keine Ahnung, welche Antwort ich von ihm erwarte, aber etwas mehr Leidenschaft käme mir durchaus gelegen. Die Antwort erfolgt postwendend. Ich lese sie und muss unwillkürlich grinsen.

Mit großer Sicherheit gibt es noch viel mehr, was Sie wissen sollten, Beth. Ich weiß, dass ich Ihnen noch mehr erzählen will und mehr von Ihnen wissen will. Ich hoffe sehr, dass es Ihnen ebenso geht. Doch was die Party betrifft: Die Person, die Sie dort gesehen haben, war es definitiv nicht wert, Ihre Bekanntschaft zu machen. Können wir den Typ vergessen?
R x

Fast alles in mir ist überzeugt, dass er davon spricht, sich gegenseitig besser kennenzulernen, vielleicht in einer angenehmen Umgebung, damit wir sehen können, ob sich daraus etwas entwickelt. Das ist super. Der kleine, aber lautstarke Rest von mir hat es irgendwie geschafft, mir einzureden, dass Rupert vom Erkennen im biblischen Sinne spricht. Ich rutsche etwas tiefer in den Stuhl, als ich ihm antworte.

Den würde ich gerne schnell vergessen, wenn ich könnte. Leider habe ich damit ein kleines Problem. Wissen Sie, ich bin ein klein wenig verknallt in ihn. Schon etwas länger. Daher bezweifle ich sehr stark, dass ich ihn vergessen kann, auch wenn er sich am Freitag seltsam benommen hat, was ich nur zu gerne vergesse.

Lange starre ich die Nachricht an, bevor ich sie abschicke. Es kommt mir vor, als würde ich Brad betrügen, dem ich mich ebenso eng verbunden fühle. Doch dann mache ich mir klar, dass wir noch keine richtige Beziehung haben, sondern beide frei sind zu treffen, wen wir wollen, und jedem attraktiven Millionär Briefe zu schreiben, der des Weges kommt.

Außerdem ist der Text natürlich ziemlich direkt. Diesmal enthält er keine Anspielungen oder Zweideutigkeiten. Es steht ganz deutlich da, unverhüllt und klar. Ich klicke darauf. So.

Fünfundneunzig Sekunden lang starre ich auf den Monitor und beschwöre die nächste Nachricht von Rupert herbei, und zum ersten Mal funktioniert meine Technik. Mit wildklopfendem Herzen rücke ich näher heran und öffne die Post.

Ich kann Ihnen gar nicht sagen, wie es für mich war, das zu lesen, Beth. Da ich meine Gefühle nicht gut verbergen kann, werden Sie längst wissen, dass ich mich sehr stark zu Ihnen hingezogen fühle. Wow, ich freue mich zu lesen, dass es Ihnen ebenso geht. Ich mache mir nur ein wenig Sorgen, dass Sie den Mann von der Party vor Augen haben, den Blödmann, der toll aussah, aber sich völlig daneben benahm und Sie dermaßen kränkte. Ist er es, Beth, sein Aussehen, das Sie anzieht?

Kurz schließe ich die Augen, dann schlage ich sie wieder auf und lese die Nachricht erneut. Es ist so sonderbar, wie er von sich selbst in der dritten Person redet. Offenbar hat er sich von seinem Verhalten an dem Abend total distanziert. Wahrscheinlich war das wirklich nicht sein übliches Benehmen. Vielleicht war es nur ein Scherz, eine Wette oder so. Wie auch immer, seine Distanzierung zeigt mir, dass er es bedauert. Ich schreibe zurück.

Ich verstehe Sie nicht. Sie sind dieselbe Person, die auf meine Witze reagierte, all diese lustigen E-Mails schrieb und mich zum Lachen brachte. Sie sind derjenige, der die Kerzen im Madeleine's hat aufstellen lassen und am Telefon über seinen neuen Heißluftballon gescherzt hat (es war doch wirklich ein Scherz, oder?). Das ist es, was ich an Ihnen mag, Rupert. Nicht die Person auf der Party. Sorry, aber Sie sollen wissen, woran Sie sind.

Es wäre keine richtige Freundschaft, wenn ich es Ihnen nicht sagen könnte, falls Sie sich unmöglich verhalten.

Rupert in seinem Büro liest den Brief, holt tief Luft und stößt sie langsam und ruhig wieder aus. Ein Lächeln zieht seine Mundwinkel hoch. Er öffnet das nächste Fenster.

Das verbindet uns also? Freundschaft?

Ich in meinem Büro lese das und runzle die Stirn. Ich weiß nicht genau, ob das gut ist oder nicht. Will er, dass wir Freunde sind? Ist er froh, dass wir Freunde sind? Oder ist er ein wenig enttäuscht, dass wir Freunde sind, weil er sich viel mehr wünscht? Es gibt nur eine Möglichkeit, das herauszufinden.

Das hoffe ich aber! Es wäre unangenehm, wenn wir nicht miteinander auskämen, falls Sie bei Love Learning unterschreiben.

Ja, ich weiß, ich mache einen Rückzieher. Aber das habe ich nur in der Hoffnung geschrieben, dass es eine Reaktion bei ihm hervorruft. Vielleicht schickt er mir eine Erklärung von der Art: was er wolle, habe nichts mit Love Learning zu tun.

Der Computer klingelt.

Sie lassen einfach nicht locker, was? Ganz der Profi. Ich bin beeindruckt. Sehr sogar. Das ganze Wochenende habe ich an Sie gedacht. Wann immer ich an unser Treffen morgen denke, kann ich mich nicht mehr konzentrieren. Was machen Sie gerade?

Plötzlich wird mir bewusst, dass außer mir noch andere im Büro sind. Sean sitzt an seinem Tisch hinter mir, Fatima steht diagonal gegenüber bei Mike. Der Stuhl von Derek neben Mike ist leer – er macht zum Glück drei Tage Managerberatung in Brighton. Die Nachrichten auf meinem Monitor könnte er nicht lesen, aber er würde auf jeden Fall merken, dass ich rot anlaufe und meine Pupillen sich vergrößern. Und dass ich schwer atme. Und noch tiefer in meinen Stuhl rutsche. Muss mich anstandshalber zusammenreißen, nicht ganz so erregt zu wirken. Meine nächste Mail ist eher ein Symptom für meine Gefühlslage als alles andere.

Na, Sie wissen doch ganz genau, was ich gerade tue, Rupert. Ich hocke vor meinem Bildschirm, atme schwer, lasse die Finger über die Tastatur fliegen und verfasse eine neue Nachricht.

Das trifft ziemlich genau zu. Befangen löse ich mich vom Bildschirm und setze mich ordentlich auf den Stuhl. Doch kaum kommt die Entgegnung, klebe ich schon wieder am Monitor.

Gibt's denn nichts zu arbeiten, Miss Profi? Müssen Sie die Zeittotschlagen? Nichts zu tun?

Oh je, ist das jetzt eine Kritik? Habe ich mich mit meiner letzten Antwort zum Affen gemacht? Verliert er jede Achtung vor mir? Ich schreibe:

Nein, ich habe schon alles erledigt. So gut und schnell bin ich. Und mit Zeittotschlagen hat das hier nichts zu tun.

Ich drücke auf »Senden« und trommle, auf seine Erwiderung wartend, mit den Fingern aufgeregt auf den Tisch. Als sie kommt, setzt mein Herz kurzfristig aus.

Ich kann in zehn Minuten am Brunnen sein. Treffen wir uns dort?

Ach, du Scheiße! Schnell tippe ich »Okay« und sende es ab, werfe mir den Mantel über und fahre den Computer herunter, bevor ich länger drüber nachdenken kann. Endlich werde ich Rupert richtig treffen. Dann weiß ich, wer er ist, und er weiß, wer ich bin. Das ist jetzt auf jeden Fall kein beruflicher Termin. Es fühlt sich an, als hätten wir das Vorspiel schon hinter uns. Kann aber auch an mir liegen. Ach du liebe Güte, was ist, wenn es nur mir so geht? Abwarten, das entscheiden wir, wenn es so weit ist. Wenn er mich packt und leidenschaftlich küsst, weiß ich, dass er genauso fühlt.

Herrgott, liebe Knie, ich verlasse mich darauf, dass ihr mich hinbringt!

»Tschüs!«, rufe ich beiläufig auf dem Weg zur Tür. Ich sehe mich nicht um, mir ist egal, ob mich jemand hört oder gehen sieht. Ich reiße die Tür auf, schlüpfe mit dem anderen Arm in den Mantel, stürze nach draußen auf den Flur und schaue gerade noch rechtzeitig auf, um nicht mit voller Wucht mit Richard zusammenzustoßen.

23 Unerwarteter Rückläufer

Kurzfristiges Ziel: Hmmmm ...
Hindernisse:
Langfristiges Ziel:
Hindernisse:

»Hoho, immer mit der Ruhe, Schätzchen«, sagt Richard, streckt den Arm aus und legt ihn mir um die Taille. Ich schaue ihm ins Gesicht, und er stutzt. »Heiliger Bimbam, bist du das, Beth? Na, fessel mich einer ans nächste Bett, du siehst ja super aus! Komm mal her!« Mein Atem sitzt mir irgendwie in der Brust fest, meine Beine sind aus Holz, mein ganzer Körper ist bewegungsunfähig. Mit offenem Mund starre ich diese unglaubliche Vision vor mir an. In weniger als einer Sekunde scanne ich Richard ein, registriere seine gebräunte Haut, das ihm in die Augen fallende, etwas längere, etwas blondere Haar, sein offenes Hemd mit den aufgerollten Ärmeln, sein bewundernder Blick, seine nach mir ausgestreckten Arme. Dann schießt mir das Blut in den Kopf zurück, das kurz zuvor noch weiter unten einen Großeinsatz hatte, mein Atem kehrt mit einem Keuchen wieder, die Welt dreht sich, ich schwanke leicht, falle gegen die Wand, verdrehe mir den Knöchel und rudere schreiend mit den Armen, bis ich vollends das Gleichgewicht verliere.

»Huch!«, höre ich noch, als ich in Richards ausgestreckte Arme falle. »Hilfe!«

Das stand nicht auf meiner Liste von Dingen, die ich bei Richards Rückkehr tun wollte. Nicht mal unter den Top Hundert. Ich wollte auf bezaubernde Weise in etwas Respektables vertieft sein, das Haar leicht zerzaust, ein süßes Lächeln auf den Lippen, glücklich mein Leben leben, unbeeindruckt von dem Umstand, dass Richard zurückgekehrt ist und mich voller Leidenschaft aus der Ferne beobachtet. Ihm der Länge nach in die Arme zu fallen gehörte nicht dazu.

Ich bin nur gute fünfzehn Sekunden außer Gefecht gesetzt, was allerdings etwas peinlich ist. Ich meine, wenn man sich vor dem eigenen Märchenprinz verletzt, sollte er wenigstens die Möglichkeit haben, vor Sorge ganz krank zu werden, hektisch mit dem Handy den Krankenwagen zu rufen, meinen Kopf liebevoll festzuhalten und bis zum Krankenhaus neben der Trage herzulaufen. Ich kann schon wieder aufstehen, noch bevor Richard sich auf die Lippe gebissen hat.

Ich blicke auf, und plötzlich ist eine Menge los, alles huscht aufgeregt herum, besorgte Gesichter, kurz vor der Panik. Ich höre Richard sagen: »... einfach umgekippt, keine Ahnung ...«, und Fatima fragt: »Wer ist das? Was ist passiert? Ach, du liebe Güte, Richard!« Dann hält alles irgendwie inne, jemand sieht mir in die Augen, und Richard sagt: »Nein, schon in Ordnung, ihr geht's gut. Alle zurück an die Arbeit!«

Fatima geht wieder ins Büro, und ich höre sie sagen: »Ratet mal das Neuste! Richard ist wieder da! Beth ist umgekippt!« Die anderen fragen: »Richard ist zurück? Seit wann?«, dann höre ich die Geräusche der Kollegen, die sich enttäuscht wieder an ihren Platz setzen. Ich will rufen: »Vielleicht geht es mir ja doch noch nicht gut!«, aber Richard kniet immer noch neben mir und sieht mir in die Augen. Tatsächlich wirkt er leicht besorgt.

»Hallo«, sagt er zärtlich, die Hände auf die Knie gestützt. »Du bist wieder da!«

»Ja, hm, Portugal ist auch nicht mehr das, was es mal war.«

»Nein?«

»Nee. Totaler Horror, von Anfang bis Ende. Erzähl ich dir später.« Er nimmt meine Hand und streichelt mit dem Daumen über sie. Meine Hand stirbt und steigt in den Himmel auf. »Meinst du, du kannst jetzt aufstehen?«

Ich nicke. Meine Stimme ist zwischenzeitlich unauffindbar. Sammelt wahrscheinlich irgendwo neuen Mut. Ich lasse meine Hand, wo sie ist, damit Richard es leichter hat, mich zärtlich in die Arme zu nehmen.

»Super.« Er lässt meine Hand fallen, stützt seine wieder auf die Knie und erhebt sich. »Kannst du bitte ins Büro kommen? Ich will gleich eine Ankündigung machen.« Er geht durch die Tür und lässt mich wie altes Lametta auf dem Boden liegen.

Als Erstes husche ich zur Toilette und lege Lippenstift auf. Sicher, Richard hat uns wegen seiner Ankündigung in sein Büro gebeten, aber es wird ihn nicht stören, wenn ich nicht da bin. Er kann mich ja später noch unterrichten. Mein Gott! Ich verdrehe die Augen, und meine Beine geben fast wieder nach, als ich mir vorstelle, wie gründlich er mich später unterrichten wird. Komm, Beth, reiß dich zusammen!

Ich sehe eigentlich ganz ordentlich im Spiegel aus. Vielleicht ein bisschen blass, aber ich hoffe, dadurch wirke ich zerbrechlich und interessant. Ich tupfe etwas Lipgloss auf und zupfe das Haar zurecht. Dann glätte ich es wieder. Diese Umstände verlangen einen coolen, schicken Look, nicht den verrückten Professor.

Im Büro kommt Richard gerade zum Ende. Ich humpele an die Spitze der kleinen Gruppe, die sich vor ihm versammelt hat. »Ich hoffe, dass ich mich klar ausgedrückt habe«, sagt er und strahlt alle an. Ich ringe die Hände wie Keira Knightley, die sich junge Hunde anschaut, und reiße mich am Riemen, um nicht ausgelassen herumzuhüpfen. Die anderen wirken nicht so erfreut wie ich, Richard zu sehen. Fatima beißt sich stirnrunzelnd auf die Lippe, Mike schüttelt leicht den Kopf, selbst Cath wirkt ein wenig verwirrt. Sie kratzt sich mit dem Zeigefinger an der Nase. »Legt einfach los, hängt euch ans Telefon, macht Termine, erzählt den Leuten, was ihr wollt, lügt und betrügt, ist mir egal, Hauptsache, am Ende bekommt ihr eine Unterschrift. Verstanden? Dreht den Leuten alles an, was euch einfällt, egal was es ist. Die Sache ist ernst, Leute. Jetzt wird mit harten Bandagen gekämpft, ohne Fragen zu stellen. Wir verlangen volle Bezahlung bei Vertragsabschluss, aber mindestens fünfzig Prozent Vorauszahlung. Verstanden? Am Freitag will ich von jedem einen Vertrag und Geld sehen. Das sind noch vier Tage. Noch. Vier. Tage. Okay, alles klar. Macht euch an die Arbeit!« Damit verschwindet er in seinem Büro.

»Du lieber Himmel«, heult Fatima los. »Hast du das gehört, Beth? Kannst du das glauben?« Aber ich sage nichts, sondern stürze mich auf Richards Bürotür, reiße sie auf, gehe hinein.

Er hat sich gerade in den fetten schwarzen Lederdrehsessel gesetzt, den Chas vor gut einem Monat gekauft hat. Er umfasst die Armlehnen, fährt mit den Händen darüber, nickt. »Der ist gar nicht übel, was?« Er lehnt sich zurück, der Sessel kippt, so dass er sich anlehnen und die Füße auf den Schreibtisch legen kann. »Ah, ja, herrlich!« Richard verschränkt die Arme hinter dem Kopf. »Schön, wieder da zu sein.«

»Der Stuhl hat über tausendfünfhundert Pfund gekostet.«

Mit erhobenen Augenbrauen schaut er zu mir hinüber. »Ja? Wahnsinn! Woraus ist der gemacht, aus Menschenhaut? Hahaha!«

»Der hat einen CD-Spieler, eingebaute Lautsprecher, Massagefunktion, Kühlelemente …«

»Wow, ein Massageprogramm! Wo ist der Knopf dafür? Normalerweise unter der Armlehne … Ah, hab ihn.« Der Sessel beginnt zu summen und zu vibrieren. »Oh, Mann, das ist unglaublich, Beth! Das musst du auch mal probieren! Komm mal her, komm!«

Ich mache einen Schritt, dann halte ich inne. »Richard, du solltest wissen, dass Chas sich in deiner Abwesenheit sehr verantwortungslos verhalten hat. Das Geld, das er für den Stuhl ausgegeben hat, hätte für das Monatsgehalt eines Mitarbeiters gereicht. Er hat uns gesagt, wir befänden uns in einer finanziellen Notlage, und dann gibt er so große Summen für nichts und wieder nichts aus.«

»Na, wenn man kein Geld hat, gibt man es am besten für nichts aus, was? Hahaha!«

Mein Mund verzieht sich zu einem Grinsen, doch dann zwinge ich mich, ernst zu bleiben. »Richard, das ist nicht witzig.«

Schuldbewusst setzt er sich auf. »Nein, stimmt, Bethy, du hast natürlich recht. Das war verantwortungslos von ihm, ich bringe den Stuhl zurück in den Laden. Das habe ich sofort beschlossen, als ich ihn gesehen habe. Ich meine, LL kann sich solche Ausgaben nicht leisten, besonders jetzt nicht.« Er beugt sich vor und zieht ein Schnütchen, wie ein trotziger Welpe. »Ich wollte bloß ein klein bisschen Spaß damit haben, bevor der große böse Mann ihn mir wegnimmt.«

Ich muss lachen. Ich mag einfach diese kindliche Art von Richard. »Ich will echt kein Spielverderber sein, du sollst nur wissen, was hier los ist.«

»Ich weiß, was hier los ist, Beth«, sagt er, nun auch ernst. »Komm her und setz dich, ja? Danke. Also: Soweit ich das sehen konnte, bist du die Einzige, die in den letzten Monaten nennenswert Geld eingefahren hat. Ist das richtig?«

»Na ja …«

»Rücksicht auf die Kollegen ist jetzt völlig fehl am Platz, Beth. Solche Rücksicht kann man sich im Geschäftsleben nicht leisten.«

»Mach ich ja nicht, ich weiß nur nicht, ob …«

»Gut, das ist deine Sache. Es ist sowieso egal. Es geht um Folgendes: Ich brauche deine Hilfe, jetzt mehr denn je, damit du wieder loszauberst und uns ein paar große Deals an Land ziehst. Was meinst du? Kannst du das?«

»Wie, mit Lügen und Betrügen?«

Richard lächelt und runzelt gleichzeitig die Stirn. »Wenn es sein muss, ja. Aber ich glaube nicht, dass du das nötig hast. So wie ich meine Bethy kenne, schnappst du dir den dicksten Vertrag, ohne auf irgendwelche Mauscheleien zurückgreifen zu müssen, oder?«

Ich kann mir das Grinsen nicht verkneifen. Es ist schön, wenn jemand meine Talente zu schätzen weiß, insbesondere wenn der Betreffende mir so wichtig ist.

»Ich hoffe, dass ich dich nicht enttäusche.«

»Tust du nicht«, sagt Richard leichthin. Er stößt sich mit den Füßen vom Boden ab und dreht sich um dreihundertsechzig Grad. Dann wiederholt er die Drehung. Ich sehe ihm zu, mir wird selbst schwindelig dabei. Das muss Liebe sein.

»Bleibst du jetzt in England?«, höre ich mich fragen. Selbst in meinen eigenen Ohren klingt das schwach. Ich kann mich gerade noch davon abhalten, ihn zu fragen, ob er Sabrina verlassen hat.

»Ja«, sagt er und kommt grinsend zum Stehen. »Weißt du was, der Laden hier hat mir echt gefehlt. Die ganzen Leute. Auch du, Beth.«

Er schaut mich an und sagt mir, ich hätte ihm gefehlt. Mein Herz tut einen kleinen Sprung. »Wirklich?«

»Ja, echt. Ich meine, es war doch super, wie wir all die Jahre zusammengearbeitet haben, oder? Wie aufregend das war, neue Verträge reinzuholen, wie schwer es war, Seminare zu konzipieren, und wie viel Spaß es uns gemacht hat, sie zu halten. Das hat mir gefehlt.«

»Mir auch.«

»Ja, aber für dich war es anders, oder? Du konntest ja weitermachen, auf Jagd gehen, recherchieren, planen, unterrichten. All die Dinge, in denen du so gut bist. Das konnte ich da unten alles nicht tun. Mensch, du hast so ein Gespür für Leute. Du merkst, dass sie eine Fortbildung gebrauchen können, noch ehe es ihnen selbst klar ist. Du bist hier echt so was wie eine Legende.«

»Ja?« Ich erröte vor Freude. Genau so habe ich mir Richards Rückkehr vorgestellt. Na ja, abgesehen von dem verstauchten Knöchel und meinem Geschrei. Und dass er nicht reingekommen ist und wissen wollte, wo ich sei. Und mich nicht heimlich aus der Ferne beobachtet hat. Aber wie wichtig ist so was schon? Er spricht mit mir, wir sind allein, er hat gesagt, er hätte mich vermisst und ich sei so was wie eine Legende.

»Oh ja, ich meine: so viele Verträge!« Er grinst mich an, und seine Augen mit den goldenschimmernden Pupillen sind mir so vertraut, so nah, dass ich mich schon beim Blick in sie sicher fühle. »Das Managementseminar, das Online-Seminar, die Versicherungsgesellschaft. Das war super. Das sagen alle.«

»Was meinst du damit: alle? Ich dachte, nur du wüsstest Bescheid. Alle anderen glauben doch, wir hätten die Verträge zusammen geholt, oder? Wir waren uns einig, dass wir es beide als unseren Verdienst hinstellen wollen.«

Richard schaut auf den Boden, zur Seite, auf meine Knie, meine Hände, dann wieder zu Boden. »Hm. Ich hab mich jedes Mal so gefreut, dass ich es ein, zwei Leuten erzählt hab.«

»Wem?«

Grinsend nimmt er meine Hände, dann steht er auf und zieht mich mit sich hoch. »Komm, wir reden nicht mehr darüber. Jedenfalls jetzt nicht. Darf ich dich zum Essen einladen? Du musst doch einen Riesenhunger haben! Ich jedenfalls hab Hunger. Komm!«

Er geht mit mir zu Pizza Hut. Das wusste ich vorher – es ist sein Lieblingslokal. Wir sind schon so oft zusammen dort gewesen, es ist so was wie unser Stammladen. Wir haben da sogar »unseren Tisch« in der Ecke am Fenster, weil wir meistens an dem gesessen haben. Richard weiß aber nicht, dass es unser Tisch ist, deshalb fragt er nicht danach.

Nachdem wir bestellt haben, geht er zum Salatbüffet. Ich beobachte ihn vom Tisch aus. Er vergrößert die Grundfläche des Tellers durch strategisch platzierte Salatblätter und steckt sich die Tomaten in die Hosentaschen, damit er möglichst viel auf dem Teller unterbringen kann. Als er an den Tisch zurückkommt, muss er den Salatberg mit den Fingern festhalten, damit es keine Lawine aus Maiskörnern gibt.

»Warum machst du das?«, frage ich ihn, als das Gebilde zu schwanken beginnt.

»Was?«

»Das mit dem Salat. Ist doch gar nicht nötig.«

Er starrt mich an, als wüchsen mir Salatblätter aus den Ohren. »Ich bin Geschäftsmann, Bethy. Ich wäre nicht erfolgreich, wenn ich nicht immer so viel nehmen würde, wie ich kann, oder?«

»Aber das ist doch nicht … Ich meine, das wirkt so …« Noch immer schaut er mich verständnislos an. Ich lasse das Thema fallen. »Ach, egal.«

»Da hast du recht, Süße. Man muss erbarmungslos sein in diesem Job, ja? Da ist kein Platz für Weicheier. Entschuldigung«, ruft er einem genervten Mädchen mit einer schwarzen Schürze zu, das gerade vorbeihuscht, »ist es vielleicht möglich, dass wir unsere Getränke heute noch bekommen? Ich meine, ich habe morgen genug zu tun, ich kann deswegen nicht noch mal wiederkommen.«

»Oh, sorry, ich bringe sie sofort«, sagt die Bedienung mit nervösem Lächeln und hastet weiter.

»Mein Gott, was haben die hier für einen Service«, presst Richard heraus, den Mund voll Tomaten und Nudeln. »Da könnten sie genauso gut Schimpansen einstellen!« Bei den letzten zwei

Worten hebt er die Stimme, und die Gäste am Nebentisch schauen herüber. »Und, seit wann hast du … das da?« Er fuchtelt mit seiner Gabel in meine Richtung. »Sieht super aus. Hättest du schon eher machen sollen.«

»Hm, danke. Ich dachte, ich müsste mal was ändern.«

»Und das hast du getan, Mädel. Steht dir gut, meine ich ernst, echt. Verstehst du?« Über seinen Teller hinweg sieht er mich an, und irgendwie hat er einen anderen Gesichtsausdruck. So hat er mich noch nie angeschaut.

»Danke. Wo ist denn eigentlich Sabrina? Ist sie mit dir zurückgekommen?« Endlich ist es raus. Ich hoffe nur, dass es nicht zu plump klingt.

Richard gibt ein trübes »Ha«, von sich und schiebt sich noch eine Gabel in den Mund. Ich warte geduldig, bis er alles heruntergeschluckt hat. »Keine Ahnung, wo sie ist, und es ist mir auch scheißegal.«

»Wirklich?«

»Ja. Die dumme Kuh. Kaum waren wir hier weg, hat sie nur noch gemeckert. Und nicht mehr aufgehört. Das ist dreckig, es ist nichts zu essen da, wir haben nicht genug Geld, warum arbeitest du nicht … Ich hab mir einen Tunnel gegraben und gesehen, dass ich Land gewinne. Jetzt bin ich wieder frei. Keine Bindung, keine Verantwortung. Nur noch ich selbst.«

»Oh.« In all den Jahren, die wir uns nun kennen, hat er mir niemals so ein Signal gesandt. Noch nie hat er gesagt, ich sähe super aus. Noch nie hat er wie jetzt gerade versucht, mir in den Ausschnitt zu schielen. Als wäre ihm gerade aufgegangen, dass ich tatsächlich Brüste besitze.

»Jetzt erzähl mal, mit wem du über die Verträge gesprochen

hast«, sage ich, um auf sicheres Gelände zu kommen. Was nicht funktioniert, wie sich herausstellt.

»Ähm, also, natürlich nicht mit allen. Chas weiß es.«

»Gut.« Das hatte ich erwartet. »Warum hast du eigentlich ihn gebeten, die Firma in deiner Abwesenheit zu leiten? Er ist furchtbar.«

Richard schnaubt verächtlich. »Wahrscheinlich hast du recht. Aber er ist mit meiner Schwester verheiratet, sie hat mich drum gebeten. Angeblich hat er schon im Management gearbeitet.«

»Ja, aber höchstens im Management vom Kleingartenverein.«

Richard lacht auf, und ein Nudelstückchen fliegt über den Tisch. »Der war gut, Bethy! Muss ich mir merken. Erste Sahne!«

»Hast du es noch jemandem erzählt?«

»Hm, mal überlegen. Ähm, ja, ich glaube, ich habe es Grace gesagt. Und Skye.«

Grace. Ach, du meine Güte! Er hat es Grace erzählt. Warum tut er so was? Sie war einer der Hauptgründe, warum wir es für uns behalten wollten.

»Mensch, Bethy, du machst das klasse!«, hatte Richard aufgeregt grinsend gesagt, als ich einen weiteren lukrativen Auftrag an Land zog. »Du machst das alles ganz allein, die anderen können sich ausruhen!« Deshalb wies ich ihn darauf hin, dass die anderen das wirklich tun würden, wenn wir ihnen erzählten, dass ich allein genug Kunden anwerben würde, um die Firma am Leben zu halten.

»Insbesondere Grace«, hatte ich betont und vielsagend genickt. »Glaubst du wirklich, dass jemand wie sie sich reinkniet und anstrengt, wenn sie weiß, dass ich alles in trockenen Tüchern habe? Nicht im Ernst, oder? Dann würde sie nur noch auf ihrem Platz sitzen, das Haar nach hinten werfen und fürs Nichtstun Geld kassieren.«

Jetzt erinnere ich mich an den Tag vor drei Wochen, als Chas erstmals verkündete, wir bräuchten neue Kunden. Grace fragte mich, ob ich einen großen Fang machen und die Firma retten würde. Dann tat sie so, als sei es ein Scherz gewesen. Aber sie machte sich an dem Abend nicht auf die Jagd, oder? Sie hatte Wichtigeres zu tun. Beispielsweise sich vergnügen, Spaß haben und sorglos leben, während mein Arbeitstag kein Ende nahm.

»Hey, Beth, du siehst aus, als würde dir gleich schlecht. Du bist doch nicht etwa schwanger, oder?«

»Warum gerade Grace?«

Richard weicht meinem Blick aus und schaut in sein Glas. »Also, das lag an der Situation, in der wir uns damals befanden, wir plauderten miteinander, sprachen über die Firma und die Angestellten, und ich hab dich über den grünen Klee gelobt. Wenn Bethy nicht gewesen wäre, blablabla. So ähnlich.«

Ich schüttle den Kopf. Das ergibt keinen Sinn für mich. »Aber wo? Das verstehe ich nicht. Wann sollt ihr beiden so ein Gespräch gehabt haben? In der Mittagspause, oder wann?«

»Ähm, nee, das war nicht im Büro.«

»Wo dann? Auf dem Parkplatz? Selbst wenn, warum würdest du …?«

»Nein, Beth, nicht auf dem Parkplatz. Wir waren … wir lagen im Bett, ja?«

»Im …?« Ich spüre seine Antwort körperlich wie einen Schlag in die Magengrube. Ich bekomme keine Luft mehr, kann nicht sprechen. Grace und Richard, zusammen im Bett.

Das Bild der beiden blitzt in grellen Farben in meinem Kopf auf – er beugt sich über sie, sie reckt sich ihm entgegen. Dieses Szenario habe ich mir im Laufe der Jahre so oft ausgemalt, erträumt, ersehnt – ein Schlafzimmer, ein ineinanderverschlungenes Paar, feuchte Haut, atemloses Flüstern –, aber wann immer ich es vor mir sah, lag *ich* in dem Bett. *Meine* Hände waren auf seinem Rücken. *Mein* Haar lag auf dem Kissen. *Mein* Name war auf seinen Lippen. O Gott, mir wird schlecht.

Und während ich dort im Pizza Hut sitze und ein brausender Tornado von Bildern und Informationen durch meinen Kopf wirbelt, kommt mir zu Bewusstsein, was Richard eben gerade noch gesagt hat.

»Skye?«

Er nickt fröhlich und beißt ein großes Stück von der Pizza ab. »Ja, sie weiß auch Bescheid. Obwohl, im Nachhinein war das ein Fehler. Sie hat sich als ziemlich schräg entpuppt, wenn du verstehst, was ich meine. Steht auf alle möglichen Sachen, von denen ich nichts halte.«

Er übersieht leider, dass sie höchstens achtzehn und er siebenunddreißig ist. Und ihr Chef.

Ich bekomme nichts mehr herunter. In meinem Magen schäumt es. Auf diese Säure jetzt heißes Essen zu häufen, würde katastrophal enden. Aber es ist noch nicht vorbei. »Richard, darf ich dich was fragen? Ich muss das wissen – warst du auch mit Fatima im Bett?«

»Ha! Nee, mit der nun gerade nicht. Ich bin mir ziemlich sicher, dass sie andersherum ist. Muss sie sein. Sie wollte nie was von mir wissen, von daher …« Er zuckt mit den Schultern und schiebt sich noch mehr Pizza rein. Fett glänzt auf seinen

Lippen. Ich starre in sein Gesicht. Seit acht Jahren träume ich von diesen Lippen und habe von ihnen nicht das kleinste Küsschen bekommen. Ich habe mir gewünscht, dass diese Lippen meine streifen, sich auf sie drücken, sie vor Verlangen zerquetschen. Ich habe mir eingeredet, uns beide verbinde etwas, wir ständen uns so nahe, seien immer zusammen, Partner auf der Arbeit wie im Leben, aber aus Loyalität gegenüber Richards Freundin würden wir es nicht drauf ankommen lassen. Sie sei der einzige Grund, warum wir unseren Gefühlen nicht nachgäben, und dafür verehrte ich ihn. Liebte ich ihn. Jetzt sieht es so aus, als hätte er es bei jeder Frau in der Firma versucht, außer bei mir. Es brennt mir in den Augen, aber hier werde ich nicht weinen. Richard futtert immer noch munter vor sich hin. Er merkt nicht mal, dass ich nichts gegessen habe.

»Schmeckt köstlich, Beth, was?«, sagt er mit vollem Mund.

Mein Leben läuft vor meinem inneren Auge ab: Richard bei Horizon, der Rupert de Witter beschimpft, ihn als Idiot bezeichnet, in seinem Büro mit Gegenständen um sich wirft. Ich denke an seine Wutausbrüche, sein Geschrei. An die geschlossene Tür, wenn er »Besprechungen« mit Assistentinnen oder Mitarbeiterinnen aus fremden Abteilungen hatte. Wieso bekam er Besuch von dem Mädel aus der Kreuzfahrtabteilung, obwohl sie nichts mit der Fortbildung zu tun hatte? Jetzt weiß ich, warum.

Und dann fällt mir etwas ein, das ich schon vergessen hatte: ein Telefongespräch zwischen Richard und Rupert de Witter. Viel Geschimpfe und Geschrei, Richard brüllt mit rotem Kopf Rupert am Telefon an, das könne Rupert nicht tun, dann würde er, Richard, lieber kündigen, als das zuzulassen. Und ich hatte gedacht, er sei aus Überzeugung gegangen. Jetzt ist mir klar, dass Rupert ihn entlassen wollte. Noch mehr Bilder tauchen auf, Bilder aus den frühen Zeiten bei Love Learning, bis hin zu dem Tag vor drei Monaten, als Richard verschwand. »Darum wird sich Beth kümmern«, sagte er zu Grace, zu Derek oder Sean. »Sie kann das echt gut. Das machst du doch, Beth, oder?« Und ich machte es, tat es gerne, egal was es war, weil es die Verbindung zwischen uns stärkte und uns einander näherbrachte. Es lag auf der Hand, dass er mich brauchte, mich wollte.

Jetzt sehe ich Richard ins Gesicht, in dieses so vertraute, geliebte Gesicht, und merke, wie ich mich von ihm löse und mich entferne. Er verändert sich, schrumpft, verwandelt sich in etwas anders, direkt dort im Pizza Hut. Sein Aussehen ändert sich nicht erkennbar, sein Gesicht bleibt, wie es ist. Doch statt strahlender, funkelnder, lustiger Augen sehe ich nun zwei dunkle Höhlen voller Zynismus. Statt eines jungenhaften Grinsens sehe ich geiles Gieren. Statt eines Mannes voller Stolz, Aufrichtigkeit und Ehre sehe ich einen billigen, niederträchtigen, kleinen Ausnutzer. Als ich ihn heute Nachmittag erblickte, wäre ich ihm am liebsten in die Arme gefallen – na ja, habe ich ja auch geschafft –, doch nun werde ich von einer Welle des Abscheus überwältigt.

Richard grinst noch immer, und ich spüre so stark wie nie zuvor, dass ich nichts mehr mit ihm zu tun haben will. Nie wieder. Ich nehme meinen Mantel von der Stuhllehne und verlasse das Restaurant.

24 *Chancengleichheit*

Kurzfristiges Ziel: Egal! Mein Leben ist doch schon super!
Hindernisse:
Langfristiges Ziel:
Hindernisse:

Zu Hause in meiner Wohnung wundere ich mich, dass ich allein bin. Seit drei Monaten male ich mir Richards Heimkehr aus. Die Vorstellung mündete immer darin, dass Richard mit mir nach Hause kam, mir über den Rand seines Champagnerglases hinweg tief in die Augen sah, während wir uns über Literatur unterhielten, Lieblingsmusik hörten, langsam zu einem herzzerreißenden Schmachtfetzen tanzten, bis wir vor wilder Lust übereinander herfielen. Und jetzt stehe ich hier allein im kalten Flur, habe den Mantel noch an und die Tasche über der Schulter. Ich schließe die Tür.

Vini ist auch nicht da, was mich erleichtert. Ich habe echt keinen Bock darauf, dass sie wieder mal recht behalten hat. Auf dem Küchentisch liegt ein Zettel, auf dem steht, dass sie mit Kylie und Jason essen gegangen ist, also habe ich die Wohnung für mich allein.

Ich stehe immer noch. Im Flur. Kann mich nicht bewegen. Ich denke, grüble, überlege, und mein Hirn ist damit so beschäftigt, dass es zu nichts anderem in der Lage ist. Nicht mal zu einem elektrischen Impuls, der die Muskeln in Bewegung setzt.

Doch irgendwann zucken einige Muskeln spontan. Mein Hirn ist ein Scheinwerfer, der auf Richard gerichtet ist – auf dieses Arschloch, das mit Grace und Skye geschlafen hat –, und endlich reagiert mein Gesicht auf diese Erkenntnis. Ich rechne mit Tränen, mit schluchzendem Keuchen, hysterischem Gebrüll aus weitaufgerissenem Mund, mit stillem, herzzerreißendem Weinen, das Gesicht ins Kopfkissen gedrückt. Doch nichts dergleichen passiert. Nein, es geschieht eher das Gegenteil. Als ich endlich zu meinem Zimmer gehe, erblicke ich mein Gesicht im Spiegel über dem Kamin und freue mich zu sehen, dass ich lächle.

Als ich im Bett liege, schlafe ich sofort ein und träume in Schwarzweiß, dass ich über einen Bahnsteig laufe, während sich ein Zug zischend, pfeifend und unter Qualmwolken in Bewegung setzt. Mit einem Schreck wache ich um zwei Uhr morgens auf: Ich habe Rupert am Brunnen warten lassen! Herr Jesus im Langstreckenzug!

Ich springe aus dem Bett, will mir sofort etwas überziehen und dorthin rasen, doch als ich in die Jeans steige, wird mir klar, dass die Idee völlig bescheuert ist. Ich meine, es wäre dumm, sich um zwei Uhr morgens anzuziehen und in der klirrenden Kälte zum Brunnen zu fahren, weil es reine Zeitverschwendung wäre. Wenn Rupert fast zehn Stunden in der Eiseskälte gewartet hat, wird er viel zu durchgefroren sein, um noch irgendwas zu tun.

Ich muss also wieder ins Bett gehen und mich noch fünf Stunden gedulden, ehe ich aufstehen, zur Arbeit fahren und ihm eine E-Mail schicken kann. Die meiste Zeit liege ich flach auf dem Rücken, die Arme seitlich an mich gepresst, die Augen zugekniffen, und versuche krampfhaft, ihm eine telepathische

Botschaft zu schicken. Einmal bilde ich mir sogar ein, eine Antwort zu empfangen. Mit geöffneten Augen schlage ich die Hand vor den Mund, und die verschwommene Gestalt eines Mannes bildet sich im Schatten am Ende meines Bettes heraus. Es ist ein quälender Anblick: Er ist in sich versunken, vornübergebeugt, deprimiert, alle Kraft und jedes Leben haben ihn verlassen. Je länger ich ihn betrachte, desto klarer wird mir mit wachsender Sorge, dass ich Schuld bin an der Traurigkeit dieses Mannes, dass ich es auf dem Gewissen habe, wenn es ihm schlechtgeht, dass er wegen mir unglücklich ist. Er hatte Hoffnungen, was unser Treffen anging, hatte gedacht, es würde sich etwas zwischen uns entwickeln, aber weil ich ihn so viele Stunden habe warten lassen, wurden all seine Hoffnungen zerstört, und jetzt geht es ihm elender, als wenn er niemals von Beth Sheridan gehört hätte.

Ich freue mich natürlich nicht, dass es Rupert schlechtgeht. Aber welches Mädchen fühlte sich nicht insgeheim ein wenig geschmeichelt, wenn der süße Millionär am Boden zerstört wäre, weil er vergeblich gewartet hat? Ein Millionär, mit dem man wochenlang per E-Mail geflirtet hat, sich verabredet hat, ohne dass er kam, den man dann traf, ohne dass er wusste, wer man war, mit dem man weiterflirtete und den man dann schließlich nicht zur verabredeten Zeit an einem bestimmten Ort treffen konnte, weil der ehemalige Chef unerwartet zurückkehrte. Nein, da wäre jedes Mädchen aufgeregt. Es ist schändlich, aber Ruperts Traurigkeit erregt mich sogar ein wenig.

Schließlich weiten sich meine Pupillen so weit, dass ich erkenne: Es war nur mein Morgenmantel an der Tür, den ich für Rupert gehalten habe.

Nach gefühlten fünfundzwanzig Stunden dämmert es endlich. Matt quäle ich mich aus dem Bett, ziehe mich um und fahre schlaftrunken ins Büro. Heute ist Dienstag, der neunzehnte Dezember, und das bedeutet, dass ich mich um ein Uhr mit Rupert und um drei mit dem Regionalmanager von Whytelys treffen werde. Vorher habe ich mich lang und ausgiebig mit dem teuren Lauren-Oliver-Duschgel gewaschen, das Vini mir zu Weihnachten geschenkt hat, mich anschließend mit passender Lauren-Oliver-Bodylotion eingecremt, meine aufregendsten Dessous hervorgekramt, mich eine Stunde lang geschminkt und geföhnt und mir ein Susan-Sarandon-Outfit von Vini geliehen. Erst dann fuhr ich schlaftrunken ins Büro.

In Wirklichkeit bin ich nicht einmal schlaftrunken, auch wenn ich die Augen kaum zugemacht habe. Ich weiß, dass Richard in seinem Büro hinter der holzverkleideten Tür sitzt und werfe im Vorbeigehen einen kurzen Blick darauf, doch zum ersten Mal seit Jahren bin ich dabei nicht angespannt oder unruhig. Meine Distanz zu ihm verleiht mir Kraft und Energie, und ich setze mich in Hochstimmung an meinen Platz, denke nicht mal an meine Körperhaltung. Nun, da Richard zurück ist, muss ich mir keine Gedanken mehr darum machen. Doch selbst wenn er nicht wieder da wäre, käme es mir jetzt leicht albern vor, immerzu so unnatürliche, unbequeme Posen einzunehmen. Okay, nicht nur leicht albern.

Sofort schaue ich in meine Mails, will sehen, was Rupert mir geschickt hat. Im Hinterkopf erinnert mich eine leise Stimme an Brad. Eigentlich ist sie nicht im Hinterkopf, und sie ist auch nicht leise, aber ich verdränge sie im Moment einfach, auch wenn sie wie von Sinnen kreischt, herumspringt und anklagend mit dem Finger auf mich zeigt. Heute muss es um Rupert gehen, sage ich zu mir und zu der kreischenden Stimme, und zwar wegen des Horizon-Vertrags. Wenn ich vor unserer Verabredung um ein Uhr nicht reinen Tisch mit ihm gemacht habe, wird er niemals unterschreiben. Nicht, wenn er der Meinung ist, wir bei Love Learning seien rücksichtslos, unorganisiert und schlichtweg so unhöflich, ihn mitten im Winter fünfzehn Stunden an einem grässlichen Brunnen warten zu lassen.

Wie lange er wohl tatsächlich gewartet hat? Da gibt es bestimmt rund um die Uhr Videoüberwachung. Ob ich wohl an die Bänder kommen kann? Ich könnte zur Polizei gehen und behaupten, ich machte mir Sorgen über …

Nein, es ist egal, wie lange er gewartet hat. Zumindest im Hinblick auf den Vertrag. Das kann ich ihn auch noch nach der Hochzeit fragen.

Ach, du liebe Güte, reiß dich endlich zusammen, Beth! Ich werde nicht Rupert heiraten, sondern Brad. Ich muss es jetzt bloß bei Rupert wiedergutmachen, und zwar wegen Love Learning, wegen des Vertrags und meines Arbeitsplatzes.

Gut. Ein kurzer Blick in meinen Nachrichteneingang sagt mir, dass er mir nicht gemailt hat. Das bedeutet, ich muss den Anfang machen. Und das ist auch richtig so. Ich bin diejenige, die Schuld ist, ich muss also den ersten Schritt tun. Ein bisschen hatte ich auf Beschimpfungen und Wutausbrüche gehofft – ein wenig Sarkasmus oder Gehässigkeit wäre nett gewesen –, dann hätte ich einen Punkt zum Anknüpfen gehabt und Rupert beruhigen können, aber im Computer ist nichts, rein gar nichts. Gut, in Ordnung. Dann fange ich halt an.

Lieber Rupert,

Scheiße. Was ist, wenn er mir nicht geschrieben hat, weil er nichts mehr mit mir zu tun haben will, nachdem ich ihn gestern versetzt habe?

Egal. Ich muss den ersten Schritt machen und herausfinden, wie ich bei ihm dran bin. Ich habe nichts zu verlieren.

Lieber Rupert,

Verdammt! Was ist, wenn die ganze Angelegenheit gestern als Witz gemeint war? Wenn er davon ausgegangen ist, dass ich es nicht ernst nehmen würde, und gar nicht zum Brunnen ging, um mich dort zu treffen? Unsere E-Mails waren öfter ein wenig albern, und zu dem Zeitpunkt hatten wir wieder ein bisschen herumgefrotzelt, das muss also nicht ernst von ihm gemeint gewesen sein. Und wenn ich jetzt schreibe und ihn zu trösten versuche, stehe ich als Dummkopf da.

Nein, das tue ich nicht, weil Rupert annehmen wird, dass ich den Witz verstanden habe und dass meine Nachricht, in der ich mich fürs Nichtkommen entschuldige, ebenfalls als Scherz gemeint ist. Okay.

Lieber Rupert,

Kaum habe ich beschlossen, die Mail zu verfassen, fällt mir nichts mehr ein. Ich habe keine Ahnung, wie ich anfangen soll. Ein schlichtes »Entschuldigung, dass ich Sie gestern sitzengelassen habe« ist nicht sonderlich tiefgründig. Außerdem muss es so klingen, als machte ich einen Witz, falls er auch einen gemacht hat. Mist.

In dem Moment klingelt mein Handy in der Handtasche, was mir die perfekte Ausrede liefert, eine Weile nicht über diese verdammte Nachricht zu grübeln. Gott sei Dank! Ich krame in der Tasche herum und kann gerade noch auf die grüne Taste drücken, bevor es aufhört zu klingeln.

»Ja?«

»Hm«, sagt eine Frauenstimme. »Spreche ich mit Beth Sheridan?«

Ich blinzle. Diese Stimme kommt mir nicht bekannt vor. Ich schiele aufs Display nach der Nummer, kenne sie aber auch nicht. Das gefällt mir nicht, ich runzle die Stirn. »Ja. Wer ist da bitte?«

»Ich heiße Maggie Farrell, ich bin diensthabende Oberschwester in der Notaufnahme des Edward Hospital. Heute morgen wurde hier eine Person eingeliefert, in deren Notizbuch wir Ihren Namen und Ihre Nummer gefunden haben …«

Mein Atem steckt in meiner Brust fest, ich ringe nach Luft und krächze: »Vini?«

»Ähm, es handelt sich um eine Miss Lavinia Jones. Sie wurde eingeliefert mit einem Trauma –«

»Ich komme.«

Zwölf Minuten später stürze ich durch die Doppeltür ins Krankenhaus und rufe dem jungen Mädchen hinter dem kugelsicheren Rezeptionsschalter Vinis Namen zu. Es stellt sich heraus, dass Vini sich am Morgen am Kopf verletzt hat. Ein Mann fand sie auf dem Bürgersteig vor ihrem Büro in der Stadt und machte sich so große Sorgen um sie, dass er einen Krankenwagen rief. »Wir wissen nicht, wie es geschehen ist«, sagt die Krankenschwester, als sie mich zu einem abgetrennten Krankenbett führt.

»Was meinen Sie damit? Was sagt Vini denn?«

»Nun, sie weiß es nicht.«

»Wie kann sie das nicht wissen?«

Die Krankenschwester bleibt stehen, die Hand am Vorhang, und senkt die Stimme. »Durch das Schädeltrauma hat sie eine ziemliche heftige Gehirnerschütterung erlitten, was ihr Gedächtnis beeinträchtigt«, flüstert sie. »Sie hat das Kurzzeitgedächtnis verloren.«

»Ah. So.« Amnesie. Davon habe ich schon gehört. »Sie kann sich also nicht erinnern, was heute Morgen passiert ist. Kommt so was nicht ziemlich oft vor bei einer Kopfverletzung?«

»Nicht sehr oft. Vielleicht verstehen Sie mich nicht richtig. Sie kann sich nicht erinnern, was heute Morgen passiert ist, aber auch an nichts danach.«

»Ja …«

»An nichts, verstehen Sie? Sie weiß nicht mal, dass sie einen Unfall hatte. Sie kann sich an nichts erinnern, was sie vor mehr als drei oder vier Minuten gesagt hat. Sie kann sich nichts Neues merken, im Moment jedenfalls nicht.« Und mit dieser dramatischen Erklärung zieht die Schwester den Vorhang zur Seite.

Vini liegt voll bekleidet auf dem Bett und sieht sich ängstlich um. Offensichtlich hat sie gerade geweint. Mitten auf der Stirn hat sie eine große violette Beule. Sie wirkt viel kleiner, wie sie dort so liegt. Die Schuhe hat sie ausgezogen, in ihrer rosalilagestreiften Strumpfhose ist ein großer Riss über dem Knie.

Darunter sieht man gerötete Haut. Vinis orangefarbene Vinyljacke hängt über einem Stuhl.

»Hi«, sage ich und setze mich auf die Bettkante. Vini schaut mich an, aber ihr Blick ist sonderbar abwesend. Das ist beunruhigend, ich kann ihr nicht lange in die Augen sehen.

»Ich dachte, ich hätte geträumt, ich würde mit Adam einkaufen gehen«, sagt sie. »Ich weiß nicht, was passiert ist.« Sie schnieft, und eine Träne läuft ihr über die Wange.

»Schon gut«, sage ich und nehme ihre Hand. »Du hast eine Beule am Kopf …«

»Echt?«

»Ja, aber das wird schon wieder. Du bist im Krankenhaus, hier kümmert man sich um dich. Keine Sorge.«

»Ah. Im Krankenhaus? Was ist passiert?«

»Daran kannst du dich nicht erinnern. Aber es ist egal. Wichtig ist, dass jetzt alles in Ordnung ist.«

»Ja?«, sagt sie, als könne sie es nicht so recht glauben. »Wo bin ich?«

»Du bist in der Notaufnahme des Edward Hospital. Du wurdest bereits geröntgt, jetzt warten wir auf das Ergebnis.«

»Ja? Daran kann ich mich gar nicht erinnern.«

»Nein? Na, das liegt wohl an deiner Beule am Kopf.«

Wieder sieht sie mich an. »Was?«

»Ich habe gesagt, das liegt wohl an deiner Beule am Kopf.«

»Was soll das heißen? Was für eine Beule? Ich habe gerade geträumt, dass ich mit Adam Weihnachtsgeschenke einkaufen würde. Ich weiß gar nicht, was passiert ist.«

»Du hast eine Beule am Kopf …«

»Ja?«

So geht das Gespräch die nächste halbe Stunde weiter, während wir auf die Röntgenbilder warten. Schließlich erhalten wir die Nachricht, dass sie unauffällig sind, aber der Arzt möchte noch ein CT von Vini machen, also warten wir weiter. Ich jedenfalls. Vini glaubt, sie sei gerade aufgewacht. Während ich mit dem Arzt spreche, starrt sie uns mit verwirrtem Gesichtsausdruck an, wie ein Kind, das ein Gespräch seiner Eltern über Hypothekenzinsen verfolgt. Als der Arzt fort ist, sagt sie: »Ich weiß gar nicht, was hier los ist. Ich habe nur geträumt, ich würde mit Adam einkaufen gehen.«

»Nein, du hast eine Beule am Kopf.«

»Ja?«

Nachdem es noch eine halbe Stunde so weitergeht, bekomme ich ein fast überwältigendes Bedürfnis, andere Worte zu hören, so wie man direkt nach einer Tafel Schokolade am liebsten salzige Chips essen würde. Ich ziehe tatsächlich in Erwägung, ein Gespräch mit einer älteren Frau anzufangen, die ein paar Betten weiter herumstöhnt, als plötzlich der Vorhang beiseitegezogen wird und ein großer dunkelhaariger Mann mit einem Ziegenbart näherkommt. Er wirft mir einen kurzen Blick und ein fast unhörbares »Alles klar?« zu, dann geht er zum Bett und beugt sich über Vini. Sie schaut zu ihm auf und sagt: »Ich dachte, ich hätte geträumt, wir würden einkaufen gehen.«

Aha. Das ist also Adam.

»Ja, Livvy, das waren wir auch«, sagt er und setzt sich. »Du bist die Treppe runtergefallen –«

»Treppe?«, platzt es aus mir heraus. »Was für eine Treppe? Wo?«

Adam dreht sich zu mir um und sagt: »In der Nähe der

Bibliothek«, dann schaut er wieder Vini an. »Weißt du das nicht mehr?«

Sie schüttelt den Kopf.

Sofort wird mir klar, dass ich die falsche Frage gestellt habe. Ich versuche es erneut. »Was ist passiert?«

»Sie ist gestolpert und ein paar Stufen runtergefallen«, sagt Adam.

So'n Blödsinn!, will ich protestieren. Stattdessen frage ich: »Ja, aber wie hat sie sich dabei den Kopf gestoßen? Waren Sie dabei? Haben Sie einen Krankenwagen gerufen?« Und wer sind Sie überhaupt? Die letzte Frage kann ich mir gerade noch verkneifen.

»Wo bin ich?«, fragt Vini dazwischen.

»Du bist im Krankenhaus«, beginnt Adam, aber ich will nicht länger warten.

»Erzählen Sie mir, was heute Morgen passiert ist. Bitte!«

»Im Krankenhaus? Warum?«

»Du bist auf den Kopf gefallen, Liv.«

»Ja?«

»Ja, aber jetzt ist alles in Ordnung.« Adam sieht mich an. »Wir wollten zu Boots, und Liv erzählte, was sie dort alles kaufen müsste, und ich glaube, sie rutschte auf irgendetwas aus. Ich weiß nicht, was es war«, sagt er schnell, als ich fragen will. »Sie hielt meine Hand, und von einer Sekunde auf die andere flog sie plötzlich hin.«

»Ich dachte, ich hätte geträumt, dass ich einkaufen gehe.«

»Du warst einkaufen, Liv. Jetzt bist du im Krankenhaus. «

»Ich weiß gar nicht, was passiert ist.«

»Du weißt es schon, Liv, du vergisst es nur immer wieder.

Jedenfalls rutschte sie die drei Stufen runter wie ein richtig schlechter Stuntman, und ich musste lachen, weil ich dachte, gleich kommt sie sich bestimmt richtig dumm vor.«

»Habe ich mich am Kopf verletzt?«

»Ja! Super, du hast dich erinnert!«

»Und dann?«

Wieso antwortet er ihr überhaupt noch, es ist doch völlig sinnlos.

»Und dann landete sie unten auf den Knien, aber sie hatte so viel Schwung, dass sie weitergestolpert ist und sich den Kopf an der Mauer gestoßen hat.« Liebevoll betrachtet er Vinis verweintes Gesicht. »Wums!«

»O Gott!«

»Scheiße«, sagt Vini und bricht erneut in Tränen aus.

»Ach, nicht weinen, meine Livvy«, sagt Adam und streicht ihr das Haar aus dem Gesicht. »Warum weinst du?«

»Weiß ich nicht.«

»Tut dir etwas weh?« Nicken. »Wo tut es dir weh?«

»Weiß ich nicht.«

Also, hier stellen sich eine Menge unbeantworteter Fragen, finde ich. Zum Beispiel: Worauf ist sie ausgerutscht? Was geschah dann? Warum hielt sie seine Hand, und wer ist dieser Typ überhaupt?

»Moment mal«, sage ich. Beide schauen mich an. »Ich möchte gerne wissen, woher Sie das alles wissen? Woher kennen Sie Vini? Warum waren Sie mit ihr einkaufen? Sind Sie ein Kunde von ihr?«

Der Mann lacht. »Nein, ich bin nicht ihr Kunde. Ich bin Adam, Livvys Freund.«

»Freund?«

»Ja, das ist so was wie ein Lebensgefährte, nur noch nicht so eng.«

»Haha! Wie habt ihr euch denn kennengelernt?«

»Vor gut drei Wochen, beim Speeddaten.«

Ich starre ihn an. »Nie im Leben!«

»Und wie im Leben! Fragen Sie Liv!«

Böse funkele ich ihn an, doch wir wissen beide, dass er mir damit den Wind aus den Segeln nimmt. Abgesehen davon, dass Vini sich wahrscheinlich im Moment nicht wird erinnern können, für welches Körperteil man eine Bürste verwendet, hat sie mir nicht mal erzählt, dass sie einen Freund hat. Nie im Leben wird sie mir verraten, wie die beiden sich kennengelernt haben.

»Wie erklären Sie es sich dann, dass ich auch beim Speeddaten war und Sie dort nicht gesehen habe?«

»Ich weiß, dass Sie dort waren. Ich habe Sie nämlich durchaus gesehen. Vielleicht erinnern Sie sich, Beth, dass ich vor der Tür mit Livvy zusammengestoßen bin. Ich war aus Versehen im falschen Saal, eigentlich sollte ich über das Treffen der Puppenspieler berichten. Als ich Livvy dort sah, konnte ich es kaum glauben. Ich meine, ich versuche seit Jahren, Kontakt zu ihr aufzunehmen …«

»He, Moment mal bitte! Woher kennen Sie meinen Namen? Was meinen Sie damit, Sie versuchen seit Jahren, Kontakt mit Vini …?« In dem Moment erlebe ich einen plötzlichen Augenblick der Klarheit. Ich kenne diesen Mann, ich kenne ihn schon seit Jahren, und jetzt ist mir so klar, wer er ist, dass ich nicht glauben kann, ihn bisher nicht erkannt zu haben. »Ach, du liebe Güte! Adam Beresford! Verdammte Hacke! Vom St. Leo?«

»Tja. Nett von dir, dass du dich so schnell an mich erinnert hast, Beth, wenn man bedenkt, dass ich zwei Jahre lang in Französisch hinter dir gesessen habe. Schöne Frisur, übrigens.«

»Du lieber Himmel, ich glaub es nicht! Das ist ja der Wahnsinn! Wie geht es dir? Was machst du beruflich? Wohnst du immer noch hier? Hast du noch mit den anderen aus der Clique zu tun? Malcolm Riley? Tessa Harris? Rob, der Bauarbeiter? Ich glaub es nicht!«

Adam nickt begeistert und grinst genauso breit wie ich. Es ist so seltsam, den Körper eines Mannes zusammen mit einem Gesicht zu sehen, das in meiner Erinnerung immer sechzehn Jahre alt sein wird. »Ja, Rob ist verheiratet, hat zwei Kinder und arbeitet bei der Bank.«

»Blödsinn!«

Adam lacht. »Doch, das stimmt. Malc lebt mit einem gewissen Ian zusammen. Sie haben mehrere Hunde.«

»Na, das wundert mich nicht.«

»Nein? Also, ich war total baff, als ich das gehört habe. Total von den Socken.«

»Nee, der gute alte Malcolm mit dem pfirsichfarbenen Handtuch?«

»Oh, ja, das hatte ich vergessen! Doch, jetzt, wo du's sagst …«

»Ich hab geträumt, ich wäre einkaufen«, sagt eine schwache Stimme vom Bett her.

Adam Beresford war schon zu Schulzeiten total verknallt in Vini gewesen, aber sie war viel zu beschäftigt mit schwarzem Eyeliner und Springerstiefeln, um ihn mit seiner gebügelten Hose und dem grauen Pulli überhaupt zu bemerken. Doch er vergaß sie nicht. Adam arbeitet als Fotograf für die Lokalzeitung und machte Schnappschüsse von Vini, als er sie damals mit Captain Jack Sparrow entdeckte. Nicht weil er dachte, Johnny Depp hätte in Hollywood von dieser nichtssagenden kleinen Stadt gehört und sei vorbeigekommen, um sie sich mal anzusehen. Adam hatte Vini sofort erkannt, und da er seine Kamera dabei hatte, machte er Fotos von ihr. Und sie hatte die ganze Zeit gedacht, sie wäre von einem Paparazzo erwischt worden.

»Kannst du dir vorstellen, wie sauer ich war, als ich den Auftrag mit den Puppenspielern bekam?«, erzählt er mir. Wir sitzen links und rechts auf Vinis Bett. Sie ist eingeschlafen, und wir unterhalten uns leise. »Ich meine: Puppen! Die sich treffen! Das sind doch keine Nachrichten, oder?«

»Auf gar keinen Fall.«

»Aber alles wendete sich zum Guten«, fährt er fort und betrachtet liebevoll Vinis schlafendes Gesicht. Ihr Mund ist leicht geöffnet, bei jedem Ausatmen hört man ein tiefes, schwaches Grollen. »Wenn ich an dem Abend nicht zu dem Hotel gefahren wäre, säße ich jetzt nicht hier.«

Vini kann ihre Version der Geschichte jetzt nicht zum Besten geben, aber es war wohl so, dass sie vor dem Speeddaten-Saal mit Adam zusammenstieß. Er hatte seit Jahren versucht, Kontakt zu ihr aufzunehmen – scheinbar übers Internet –, und als sie ihn an jenem Abend sah und sofort erkannte, wie ich vielleicht hinzufügen sollte, mailte sie ihm schließlich zurück. Sein Anblick muss ihr gefallen haben. Heimlich gingen sie mehrmals zusammen aus, was Vinis rosa Lipgloss erklärt, dann verabredeten sie sich für den zweiten Abend, wo ich Brad wiedersah.

»Sie ist da nur hingegangen, damit du auch jemanden kennenlernen konntest«, erklärt Adam mir, und ich schäme mich. Das hört sich ja an, als bräuchte ich Unterstützung in Liebesdingen. Ehrlich gesagt habe ich einen sehr attraktiven Millionär in Aussicht, vielen Dank, will ich sagen, halte mich aber zurück. Ich betrachte Vini, wie sie dort schläft und leise schnarcht, und bemühe mich, wütend auf sie zu sein, doch mein Gesicht beginnt immer wieder von selbst zu lächeln. Mein Gott, hat sie ein Glück! Der dürre Spinner ohne Augenwimpern, der nun seit einem Jahrzehnt Gefühle für sie hegt, hat sich in einen gutaussehenden, handfesten Kerl mit starken Armen und dunklen Wimpern verwandelt. Ah, die Segnungen des Testosterons! Ich wette, dass Vini es bedauert, zehn Jahre lang Adams E-Mails ignoriert zu haben. Wenn ihr bloß schon damals klar gewesen wäre, dass er nicht für alle Zeit ein sechzehnjähriger Milchbubi bleiben würde!

25 Aufbau positiver Beziehungen

Kurzfristiges Ziel: Um ein Uhr im Madeleine's sein.
Hindernisse: Es ist schon Viertel vor zwei.
Langfristiges Ziel: Rupert dazu bringen, mir zu verzeihen, weil ich ihn zweimal nacheinander sitzengelassen habe. Später Stroh zu Gold spinnen.
Hindernisse: Habe kein Stroh.

Der Arzt beschließt, Vini zur Beobachtung dazubehalten, man findet sogar ein Bett für sie. Adam muss ein paar Stunden arbeiten gehen, deshalb bleibe ich bei ihr. Sie wird durch keimfreie weiße Gänge gerollt, ängstlich verwirrt schießt ihr Blick herum. Vini ist immer noch der Meinung, gerade aus einem Traum erwacht zu sein, doch so manches dämmert ihr langsam.

»Ich glaube, ich habe irgendeinen Unfall gehabt«, sagt sie zwischendurch mit leiser, furchtsamer Stimme.

Nach einer guten weiteren Stunde wird sie zum CT gebracht, und es dauert noch einmal lange, bis das Ergebnis vorliegt: negativ. Ich bin so erleichtert, dass ich fast weinen muss, aber ich reiße mich zusammen, weil Vini selbst heult. In Vergleich zu dem, was sie durchmacht, komme ich mir lächerlich vor.

»Muss mal kurz zum Klo«, sage ich schnell und stürze nach draußen auf den Gang. Mir war gar nicht klar, dass ich mir so große Sorgen um sie gemacht habe.

Schließlich kommt Adam zurück, so dass ich gehen kann. Die violette Beule auf Vinis Stirn sieht aus wie ein zweiter Patient im Bett. Und weil ich jetzt weiß, dass mit ihr alles in Ordnung ist, weil ich nicht länger gebraucht werde und nun endlich daran denken kann, was ich heute eigentlich vorhatte, gestatte ich mir einen Gedanken an Rupert. Ich habe es vermieden, auf meine Armbanduhr oder eine der achttausend anderen Uhren zu sehen, die in diesem grässlichen Laden um jeden Quadratzentimeter Platz an der Wand kämpfen. Trotzdem habe ich die ganze Zeit ein schreckliches, bedrückendes Gefühl wegen meines Geschäftsessens mit ihm. Ich weiß, dass ich viel zu spät bin, und als ich endlich auf die Uhr schaue, sagt sie mir – zusammen mit meinem Magen –, dass es zehn vor zwei ist. Mistmistmist.

Im Auto hole ich mein Handy hervor und lasse mir die Nummer vom Madeleine's geben. Dann rufe ich im Restaurant an und bitte darum, Rupert auszurichten, dass ich nicht komme. Ich kann ihn nicht noch mal so lange warten lassen.

»Selbstverständlich richte ich ihm das aus«, sagt der Oberkellner. »Noch irgendetwas?«

Ja, sagen Sie ihm bitte, dass ich ihn über alles liebe und dass er sofort rüberkommen soll zum Krankenhausparkplatz, um mich unter dem Röntgenschild zu verführen. Das sage ich natürlich nicht, sondern: »Könnten Sie ihm bitte ausrichten, dass es mir unheimlich leid tut?«

»Selbstverständlich.«

So wird er wenigstens kein zweites Mal versetzt. Gut, wird er schon, aber wenigstens muss er keine zwei Stunden warten, ehe er es erfährt. Jetzt kann ich nicht mehr hin – auch wenn es besser spät als nie wäre –, weil ich gleich meinen Termin bei Whytelys habe.

Kurz ziehe ich in Erwägung, den Manager von Whytelys zu versetzen, um an Ruperts Seite zu eilen, doch ich überzeuge mich selbst, dass das keine gute Idee ist. Von den beiden Möglichkeiten ist der Vertrag mit Whytelys der weitaus lukrativere. Ich muss mich auf das konzentrieren, was ich erreichen will. Ich weiß, dass man Opfer bringen und die Arbeit erledigen muss, wenn man es zu etwas bringen will, aber diese Einsicht zieht mich herunter und macht mir das Herz schwer.

Ich fahre ins Büro, im Kopf Bilder vom niedergeschlagenen Rupert aus meiner Vision der letzten Nacht. Klar, ich weiß, dass das nur mein Morgenmantel war, aber ich stelle ihn mir trotzdem so vor. Dabei fühle ich mich gleichzeitig besser und schlechter.

Als ich wieder an meinem Schreibtisch sitze, checke ich meine Firmenpost und öffne den Posteingang. Nichts von Rupert – natürlich nicht, er sitzt ja immer noch im Restaurant und isst (natürlich total geknickt) diese leckeren Fischküchlein –, aber ich habe eine Mail von Richard und eine von einem Typ namens Anthony Davies. Offenbar ist er der Assistent des Regionalmanagers von Whytelys. Er erinnert mich an unsere Besprechung heute und erklärt mir, wie ich die Büroräume finde. Ich starre die Nachricht an und frage mich, warum ich diesen albernen Termin nicht einfach abgesagt oder wenigstens Sean davon erzählt habe, damit er hingehen kann. Ich schaue zu seinem Tisch hinüber, aber er ist nicht da. Nachdem sein letztes Treffen mit Whytelys so in die Hose ging, wird er eh kaum Lust darauf haben, diese demütigende Erfahrung zu wiederholen, indem er ein zweites Mal dort aufkreuzt. Warum will ich überhaupt hin? Sean wurde bereits abgewiesen, warum will ich mir das selbst noch mal antun?

Weil ich glaube, dass ich die Leute von Whytelys eher beeindrucken und einen Vertrag mit ihnen abschließen kann als Sean. Das habe ich mir bis zu diesem Moment nicht eingestehen wollen, aber jetzt kann ich ehrlich zu mir sein. Das kommt in letzter Zeit immer häufiger vor.

Na, und? Sean ist bei Whytelys durchgefallen, aber das heißt noch lange nicht, dass ich es nicht auch mal versuchen darf. Wenn ich erfolgreich bin, hat jeder etwas davon, auch Sean und sein kleiner Sohn. Ich sehe mir die Fahrtroute an und rechne aus, dass ich gegen halb drei aufbrechen muss – ungefähr in einer halben Stunde. Gut. Damit bleibt mir noch genug Zeit, Rupert eine Mail zu schreiben.

Bevor ich anfange, diese wichtige, schwierige Nachricht an Rupert zu verfassen, werfe ich einen kurzen Blick auf Richards Mitteilung. Er schreibt, es habe ihm sehr gut gefallen mit mir gestern Abend, mir hoffentlich auch, und er lädt mich ein, nach der Arbeit zu ihm nach Hause zu kommen, »zum Essen und vielleicht mehr«. Ich weiß, dass er nicht von Kaffee und Gebäck spricht. Ich drücke auf »Antworten«.

Richard,

vielen Dank für dein freundliches Angebot, aber du kannst es dir in den Hintern schieben.

Beth

Ich lösche den Text und schreibe:

Der Zug ist abgefahren, Baby.

Lange betrachte ich diese Worte, bevor ich sie schließlich ebenfalls lösche. Dann verschiebe ich auch seine Mail in den Papierkorb.

So. Es ist Zeit, an Rupert zu schreiben. Ich kann es nicht länger vor mir herschieben. Ich öffne eine neue Nachricht und beginne:

Lieber Rupert,
abgesehen davon, vor dem Empire State Building von einem Taxi angefahren zu werden und von der Hüfte abwärts gelähmt zu sein, gibt es keinen einleuchtenden Grund, gestern nicht zu unserer Verabredung gekommen zu sein. Trotzdem habe ich einen Grund, auch wenn er nicht sehr einleuchtend ist.
Als ich gestern Nachmittag aus dem Büro stürmte, um zum Brunnen zu fahren, fiel ein großer Schatten über das Gebäude und den Parkplatz. Ich schaute hoch und sah eine riesige silberne Scheibe dreißig Meter über der Erde schweben. Schnell eilte ich zu meinem Wagen. Doch leider hatten mich die Wesen darin bereits entdeckt, ansonsten war draußen nämlich niemand unterwegs. Ich wurde an Bord gebeamt und vierundzwanzig Jahre gefangen gehalten. Irgendwann hatten sie genug von mir und brachten mich zur Erde zurück, seltsamerweise genau zu dem Punkt der Raumzeit, an dem ich entführt worden war. Du kannst dir bestimmt vorstellen, wie froh ich war, wieder im guten alten Jetzt zu sein, genau an dem Tag, genau in der Minute, als ich zu dem Treffen mit dir eilte.
Ich lief zu meinem Wagen in der Hoffnung, dass du noch wartetest, doch in dem Moment rutschte ich auf dem Eis aus und verstauchte mir den Knöchel. Zum Glück war es nur der linke, und er tat nicht so weh, so dass ich es bis zum Auto schaffte. Plötzlich

riss die Lasche meines Schuhs, ich verlor den Schuh. Ich hob ihn auf und ging mit ihm in der Hand zum Wagen. Als ich einstieg, merkte ich, dass ich den ganzen Tag das Licht hatte brennen lassen und die Batterie leer war. Glücklicherweise stieg neben mir gerade ein Mann in seinen Wagen, den ich fragte, ob er mir Starthilfe geben könne. Das tat er, und mein Auto sprang an. Als ich rückwärts aus der Parklücke fuhr, übersah ich eine Frau. Sie fiel hin, stand aber sofort wieder auf, entschuldigte sich und ging weiter. In dem Moment klingelte mein Handy. Ich schaltete in den Leerlauf, ging ans Telefon und hatte meine Mutter am Apparat, die mir sagte, sie hätte ihren Hund einschläfern lassen müssen. Außerdem würde sie einen Last-Minute-Urlaub in Lissabon machen und steige nun ins Flugzeug. Ich verabschiedete mich von ihr. Dann legte ich den ersten Gang ein und fuhr los, stellte jedoch sofort fest, dass sich der Wagen nicht richtig lenken ließ. Ich hatte einen Platten. Ich stieg aus, wechselte den Reifen, stieg wieder ins Auto. Nun war ich endlich bereit, zum Brunnen zu fahren und Sie zu treffen, doch in dem Moment kam eine meiner Kolleginnen auf den Parkplatz gelaufen und rief, unser Geschäftsführer Richard Love sei von seinem viermonatigen Aufenthalt in Portugal zurückgekommen, ich müsse umkehren, es gebe ein Meeting. Ich stellte den Wagen ab und humpelte langsam in Richtung Eingangstür. Dann schlurfte ich zurück zum Auto, stellte das Licht ab und humpelte wieder zur Tür.
Wie Sie sehen, habe ich alles in meiner Macht Stehende getan, um rechtzeitig zu kommen, doch obwohl das Schicksal auf meiner Seite stand und mir half, wann immer es ging, habe ich es nicht geschafft.
Der Grund, warum ich heute nicht zum Mittagessen gekommen bin, ist weitaus nüchterner. Meine Mitbewohnerin hatte einen Unfall und erlitt eine Gehirnerschütterung, durch die sie ihr Kurzzeitgedächtnis verlor. Ich habe den größten Teil des Tages bei ihr im Krankenhaus verbracht, sie wurde mehrfach untersucht, ohne dass sie sich daran erinnern könnte. Es tut mir so leid, dass ich Sie zweimal nacheinander versetzt habe. Es hat den Anschein, als würde ich einem Treffen mit Ihnen aus dem Weg gehen, aber ich möchte Ihnen versichern, dass das überhaupt

nicht der Fall ist. Ich möchte Sie wirklich gerne kennenlernen, wenn Sie das immer noch wollen. Ich kann jederzeit, nur heute Nachmittag nicht, da ich meinen Reifen reparieren lassen muss. Bitte sagen Sie mir Bescheid, ob Sie mich immer noch kennenlernen möchten. Ich warte am Computer auf Ihre Antwort.
Alle Liebe,
Beth x
PS: Ich bin jetzt übrigens zweiundfünfzig.

Ich lese die Mail noch einmal durch, ehe ich sie abschicke. Dann überfliege ich sie erneut. Ich stehe auf, gehe in die Küche, mache mir eine Tasse Tee, muss auf die Toilette, komme zurück und lese sie abermals. Ich glaube, so geht es. Sie ist scherzhaft genug, so dass sie kein Unheil anrichtet, wenn das Treffen beim Brunnen von Rupert von vorneherein nur als Witz gedacht war; sie ist so lang, dass er merkt, wie aufrichtig leid es mir tut, es nicht geschafft zu haben, und wie ich zur Wiedergutmachung vor ihm zu Kreuze krieche, falls die Verabredung nicht als Scherz gemeint war; und sie ist witzig genug, dass er grinsen muss und mir noch eine Chance geben wird. Das hoffe ich wenigstens. Ich schicke die Nachricht ab, dann fahre ich den Computer herunter und mache mich auf den Weg zu Whytelys.

Die Büroräume der Geschäftsführung sind ganz einfach zu finden. Sie befinden sich über einem Whytelys-Geschäft in einer Einkaufsstraße in der nächsten Stadt. Ich treffe etwas zu früh ein, so dass ich mich noch kurz bei den bestickten Elastan-Hosen umsehen kann. Aber selbst fünfundzwanzig Prozent Rabatt machen die Dinger nicht attraktiver.

Um drei Uhr werde ich in ein kleines, muffiges Büro geführt. Der Mann hinter dem Schreibtisch stellt sich als Gregory Matheson vor, der zuständige Regionalmanager.

»Sie sind von Love Learning, sagten Sie?«, fragt er, als wir uns beide setzen. Ich öffne den Mund, will schnell erklären, warum ich hier bin, obwohl Whytelys ja schon einen unserer Mitarbeiter kennengelernt und abgelehnt hat, aber Matheson redet weiter: »Von der Firma habe ich schon gehört, aber ich weiß leider nicht viel darüber. Wir haben unsere Fortbildung noch nie außer Haus gegeben. Wenn Sie mich also überzeugen können, wozu ich durchaus bereit bin, wird das eine ganz neue Erfahrung für Whytelys.« Er lächelt mich an und macht eine ausholende Handbewegung. »Bitte sehr! Überzeugen Sie mich!«

Ich bin sprachlos. So redet niemand, der vor kurzem einen Mitarbeiter von Love Learning kennengelernt und unter höhnischem Gelächter aus dem Haus geworfen hat. Ich habe einen dicken Kloß im Hals, der es mir unmöglich macht, etwas zu sagen. Ich räuspere mich und schlucke mehrmals, tue dabei so, als müsse ich noch in meinen Aufzeichnungen nachschauen. In Wirklichkeit ist es nur die mir zugemailte Wegbeschreibung, aber das weiß der Regionalmanager ja nicht. Ich lege den Zeigefinger auf den Text und runzle die Stirn.

»Ähm, Entschuldigung, Mr. Matheson –«

»Sagen Sie doch Greg!«

»Oh, danke. Also, es tut mir leid, Greg, aber mir wurde gesagt, Sie hätten schon ein Gespräch mit einem Repräsentanten von Love Learning gehabt. Wurde ich da falsch informiert?«

Er nickt. »Ich schätze, ja, Miss Sheridan.«

»Sagen Sie doch Beth.«

»Danke, Beth. Ja, wie ich schon sagte, Whytelys hat bisher noch nie mit externen Fortbildungsinstituten zu tun gehabt.«

»Ah.« Wieder schaue ich auf den Zettel. »Ah, nein, sorry,

stimmt. Meine Schuld. Ich habe mich verlesen. Wie dumm von mir. Hier steht, Sie hätten vor gut zwei Wochen einen vorbereitenden Telefonanruf von einem unserer Mitarbeiter erhalten. Trifft das zu?« Ich weiß, dass ich mich auf dünnem Eis bewege, doch ich spüre plötzlich eine große Kälte und möchte die Antwort auf meine Frage wissen.

Mit leisem Lachen schüttelt Matheson den Kopf. »Ich weiß ja nicht, woher Sie Ihre Informationen haben, Beth, aber da irren Sie sich leider auch. Der einzige Mitarbeiter von Love Learning, mit dem ich je gesprochen habe, sind Sie.«

Ich nicke lächelnd und schaue auf mein Blatt, aber wieder bekomme ich keine Luft. Es rauscht in meinem Kopf und pocht in meinem Hals. Ich huste. Sean war niemals hier. Er hat sich hier nie gemeldet. Warum hat er es dann mir gegenüber behauptet? Hat er das nur erzählt, um mich zu beeindrucken? Damit ich mit ihm ausgehe? Das kann doch nicht wahr sein.

»Stimmt irgendwas nicht?«, fragt Greg und beugt sich mit besorgtem Gesichtsausdruck vor.

Ich schüttele den Kopf, klopfe mit der Hand auf die Brust und räuspere mich. »Hab nur leichte Halsschmerzen«, krächze ich. »Entschuldigung. Dürfte ich Sie vielleicht um ein Glas Wasser bitten?«

»Aber natürlich, kein Problem.« Greg drückt auf einen Knopf und sagt in die Sprechanlage: »Anthony, könnten Sie Miss Sheridan bitte ein Glas Wasser bringen?« Er hat recht, das war wirklich kein Problem.

Anthony ist unglaublich effizient: In weniger als einer Minute taucht er mit einem Plastikbecher voll eiskaltem Wasser auf. Ich trinke es zur Hälfte und stelle den Becher neben mich auf den Boden. Meine Gedanken rasen, elektrische Ladungen zischen die Synapsen entlang, Millionen neuer Verbindungen brennen Wege in mein Hirn. Mir zeigt sich eine neue Möglichkeit, aber traue ich mich auch, sie zu ergreifen? Will ich das wirklich?

»Bitte entschuldigen Sie«, sage ich. Gregory winkt ab und grinst breit, doch ich merke, dass er verstohlen auf seine Uhr sieht. Ich muss mich beeilen. »Nun, wie Sie schon sagten, bin ich offenbar falsch informiert worden, was Ihre Absichten in Bezug auf Love Learning betrifft. Das ist eine ziemliche Erleichterung für mich, muss ich sagen. Sonst wäre alles komplizierter geworden.«

»Aha? Sie sind also nicht von Love Learning?«

Ein Bild von Richard blitzt in meinem Kopf auf, ich denke daran, wie lange ich meine Loyalität an ihn verschwendet habe. Ich denke an Grace, die mit ihm schlief, während ich ihre Arbeit erledigte, an den hochmütigen Derek, die beschränkte Skye, die unfähige Cath. Und an Sean, der mich aus irgendeinem Grund angelogen hat. Was bin ich diesen Leuten noch schuldig? Liegt meine Zukunft bei Love Learning, oder steht mir eine große Veränderung bevor? Ich lege das Klemmbrett auf meinen Schoß und schaue Greg mit breitem Lächeln an.

»Nein. Ich *war* bei Love Learning, habe also die nötige Erfahrung, aber jetzt bin ich als Vertreterin einer neuen Firma hier, die gerade erst gegründet wurde. Sie heißt ›Keep the Change‹.«

»Ah, verstehe. Nun, welche Fortbildungsmöglichkeit kann Keep the Change einer großen Kaufhauskette wie uns denn so anbieten?«

Unglaublich, was ich gerade getan habe. Ich fahre zurück ins Büro und muss immer wieder leise aufschreien. Aber nicht aus Angst, sondern aus fast unbezähmbarer Aufregung. Es sieht so aus, als baute ich mir gerade meine eigene Firma auf, und Greg Matheson wusste das fast noch früher als ich. Ich hüpfe auf dem Sitz auf und ab und jubele noch lauter. Es fühlt sich an, als würde in mir ein Luftballon aufgeblasen.

Gut. Das ist jetzt Wirklichkeit. Es ist mir, glaube ich, gut gelungen, die von Keep the Change angebotenen Fortbildungsmöglichkeiten relativ zusammenhängend darzustellen, und ich habe Greg versprochen, ihm innerhalb von fünf Tagen meine Prospekte per Post zukommen zu lassen. Wenn ich Whytelys und Horizon an Land ziehe, habe ich einen guten Kundenstamm, auch wenn es so viel Arbeit sein wird, dass ich mir sofort jemanden mit ins Boot holen muss. O Gott, Bewerbungsgespräche! Aber bevor ich damit anfange, brauche ich Büroräume. Wo gibt es denn im Moment welche zu mieten? Bevor ich Büroräume miete, brauche ich feste Zusagen. Und das bedeutet, dass ich Prospekte entwerfen muss. Das heißt: eine Nacht am Computer. Zum Glück hat die erbärmlich überholte Fortbildungspolitik bei Horizon dafür gesorgt, dass ich ein PowerPoint-Seminar besuchen musste.

Um zehn vor sieben am nächsten Morgen stehe ich am Farbkopierer und drucke heimlich vierzig Blatt einer Mini-Broschüre aus, die ich in der vergangenen Nacht entworfen habe. Es ist nicht leicht, etwas heimlich zu tun, wenn man zweihundert Blatt Papier mit sich herumschleppt, aber niemand beobachtet mich. Ich glaube, ich bin sicher. Zumindest merke ich nicht, dass mir jemand zuguckt. Und was das Beste ist: Selbst wenn mich jemand verstohlen beobachtete, wäre es mir egal. Keep the Change ans Laufen zu bekommen ist auf einmal das Wichtigste in meinem Leben – wichtiger, als wie ich auf jemanden wirke, der mich insgeheim beobachtet, wichtiger, als darauf zu achten, wie meine Frisur aussieht, dass meine Lippen nicht zu breit grinsen, meine Stirn nicht gerunzelt ist –, und erst jetzt wird mir klar, dass ich schon seit Monaten genau das hier tun wollte. Wahrscheinlich schon seit Richards Aufbruch nach Portugal.

Nein, Blödsinn. Ich wollte das schon seit Jahren machen, auch als Richard noch hier war; ich bildete mir nur ein, Richard noch mehr zu wollen. Deshalb war eines meiner langfristigen Ziele, in die Geschäftsführung aufzusteigen. Jetzt tue ich es, nur nicht bei meiner alten Firma.

Allerdings, wo ich jetzt darüber nachdenke, achte ich besser darauf, dass ich doch nicht zu breit grinse. Ich möchte nicht, dass einer der Kollegen zu mir kommt und sehen will, was ich gerade tue, weil er mein aufgeregtes Grinsen bemerkt hat und denkt: »Prospekte zu kopieren ist doch nicht aufregend, warum ist Beth da hinten am Kopierer also so breit am Grinsen?«

Ich werde Toner und Papier bezahlen, darum geht es gar nicht. Aber ich glaube nicht, dass Chas oder Richard sagen würden: »Klar, in Ordnung, Beth, mach weiter und bedien dich bei unserem Bürobedarf, um eine Konkurrenzfirma zu gründen, kein Problem.« Selbst dann nicht, wenn ich ihnen versicherte, für die Kosten einen Scheck mit der Post zu schicken.

Im Moment ist sowieso nur Derek da, und der hat sich hinter einer grotesk riesigen Zeitung verschanzt, so dass ich mir ziemlich sicher bin, nicht beobachtet zu werden. Was schon mal gut ist. Ich habe fast die ganze Nacht an diesem Prospekt gearbeitet und dann das Internet nach Tipps für die Gründung einer kleinen Firma durchsucht. Ich wäre ganz schön sauer, wenn jetzt jemand vorbeikäme und meinte: »Was machst du da eigentlich, du verfluchte kleine Verräterin?«

Eine Firma zu gründen ist überraschend einfach, wenn man die richtige Anleitung hat. Ich habe mir schon einen Berater gesucht, der mir helfen wird, einen Businessplan zu erstellen. Notfalls kann ich erst mal alles von meinem Wohnzimmer aus erledigen. Und nach Weihnachten habe ich einen Termin bei der Bank wegen eines Kredits. Unglaublich, was man morgens um drei alles im Internet erledigen kann.

Gut, der Kopierer hat die vierzig Broschüren bereits ausgedruckt, ich sammle sie ein und schleppe die Blätter zu meinem Tisch, wo ich sie zusammenhefte. Als ich heute Morgen herkam, ging ich davon aus, die Büroräume seien leer und verlassen, deshalb war ich ja so früh. Sonderbarerweise war Richard schon vor mir da.

»Oh, Scheiße!«, rief er, als ich hereinkam. »Mensch, Beth, hast du mich aber erschreckt!« Er hielt mehrere Blätter in der Hand und versteckte sie hinter dem Rücken.

»Entschuldigung.«

»Nein, nein, kein Problem, ist schon gut. So. Du bist also schon da. Früh. Willst bestimmt was erledigen. Super. Konnte ich mich immer drauf verlassen, dass meine kleine Bethy ihre Arbeit erledigt, nicht? Sieht aus, als hättest du was Größeres an der Angel, also lass ich dich lieber …«, er geht rückwärts in Richtung seiner Bürotür, »… damit in Ruhe. Gut. Alles klar. Bis später.«

Ja, ich weiß, irgendetwas daran war sonderbar, aber ich hatte solche Angst, dass er rausfinden würde, was ich im Schilde führte, und so erleichtert, dass er nichts merkte, dass ich nur erleichtert aufseufzte und dann weiter kopierte. Die Vorlage war in einer Versandtasche, die konnte er also nicht gesehen haben, aber ich hatte solche Schuldgefühle, dass ich mich nicht gewundert hätte, wenn plötzlich das Wort »Verräter« in Blut auf meiner Stirn gestanden hätte.

Als alle eingetroffen sind und Derek hinter seiner Zeitung hervorkommt, sind meine Prospekte fertig und sicher in der Versandtasche verstaut, die ich im Kofferraum meines Wagens versteckt habe (ja, ich konnte sogar mit einem Stapel Papier nach draußen auf den Parkplatz gehen, ohne dass Derek etwas gemerkt hat). Heute ist der zwanzigste Dezember, nur noch zwei Tage bis zu den Weihnachtsferien. Den Rest der Woche gibt es keinen Unterricht mehr. Die meisten haben noch Verwaltungsarbeit oder Recherchen zu erledigen, aber ich kann mich im Moment auf nichts konzentrieren. Alles, was ich jetzt für Love Learning tue, ist eine direkte Konkurrenz für mich selbst, da wäre ich also reichlich blöd.

Das ist meine Ausrede dafür, den ganzen Tag untätig zu sein. Wer weiß, was die anderen ausgegraben haben. Grace sieht sich im Internet einen türkischen Urlaubsort an, Derek macht ein Kreuzworträtsel, und Ali und Skye sind nicht da – wahrscheinlich befinden sie sich im leeren Seminarraum und vollziehen ihr Verhältnis. Vielleicht gründet gerade jeder seine eigene Firma und rechtfertigt seine Tatenlosigkeit auf dieselbe Weise wie ich. Egal, kümmert mich nicht. Meine Finger jucken vor Nervosität, in die E-Mails zu gucken, um zu sehen, ob Rupert mir geantwortet hat. Ich öffne den Posteingang, und mein Magen wirbelt wie eine Waschmaschine.

Es ist nur eine neue Nachricht da. Sie wurde vor ungefähr zehn Minuten abgeschickt, von Rupert. Mein Herz macht einen Sprung. Alles ist in Ordnung. Er hat meine Post bekommen, sie hat ihm gefallen, er verzeiht mir, gestern und Montag nicht zu unserem Treffen gekommen zu sein. Jetzt schreibt er mir und will einen neuen Termin mit mir vereinbaren, was bedeutet, dass ich immer noch die Chance auf einen Vertrag mit Horizon habe und meine eigene Firma aufmachen kann, dass wir immer noch gute Freunde sind und vielleicht sogar mehr. Ich öffne seine Mail.

Liebste Beth,

wie Sie wissen, habe ich gestern eine Nachricht des Inhalts erhalten, dass Sie nicht mehr meine Ansprechpartnerin bei Love Learning sind und sämtliche Angelegenheiten mit Ihrer Firma jetzt von einem anderen Mitarbeiter bearbeitet werden. Ich war sehr überrascht, um nicht zu sagen traurig, das zu erfahren, kann aber nur annehmen, dass Sie Ihre Gründe haben. Ich habe mich sehr über Ihre Nachricht gestern gefreut, in der Sie erklären, warum Sie mich am Montag nicht am Brunnen getroffen haben, aber ich habe ihr und der anderen Mitteilung auch entnommen, dass die Rückkehr von Richard Love Ihr Leben stark verändert hat, so dass Sie den Kontakt mit mir nicht aufrechterhalten können.

Es ist mir ein großes Vergnügen gewesen, mich mit Ihnen auszutauschen, Beth. Sie haben mir Love Learning im Alleingang so schmackhaft gemacht, dass ich die Firma engagieren werde. Ich kann nur hoffen, dass Sie diejenige sein werden, die die Fortbildung bei Horizon abhält, da ich nur Ihnen vertraue, nicht der Firma.

Ich wünsche Ihnen das Allerbeste für die Zukunft, liebe Beth, und alles Gute bei allem, was Sie tun.

Ihr Freund
Rupert de Witter

26 *Geheime Pläne*

Kurzfristiges Ziel: Einen Vertrag mit Whytelys abschließen, Büroräume finden, Mitarbeiter anstellen, einen Lehrplan erstellen ...
Hindernisse: Zu wenig Zeit.
Langfristiges Ziel: Rupert vergessen, Brad heiraten.
Hindernisse: Rupert vergessen.

Ich starre die Wörter an, suche den Witz, will den wahren Sinn verstehen, aber er erschließt sich mir nicht. Wieder habe ich einen Kloß im Hals, nur tut er diesmal weh. Er tut so weh, dass der Schmerz bis zu meinen Augen ausstrahlt und Tränen hineinsteigen. Rupert will nichts mehr mit mir zu tun haben. Wenn wir ein Paar wären, hätte er jetzt mit mir Schluss gemacht. Das ist das elektronische Gegenstück zu einem Blumenstrauß: »Du bist wirklich nett, aber es klappt einfach nicht.«

Ich beiße mir auf die Lippe und reiße mich schwer zusammen. Nein, alles ist in Ordnung, ich bin nicht verlassen. Brad mag mich noch. Ich mag ihn. Ich bin nicht völlig unattraktiv.

Der Gedanke tröstet mich drei Sekunden lang, dann fällt mir der Horizon-Prospekt ins Auge, wie immer auf der letzten Seite aufgeschlagen, und der imaginäre Brad löst sich auf.

Ich aktiviere die Tastensperre und stehe auf. Ich weiß gar nicht genau, wo ich hinwill oder was ich vorhabe. Schließlich begebe ich mich dorthin, wo jedes Mädchen sich versteckt, wenn es von dem wunderbaren Millionär verlassen wurde, in den es sich im Laufe eines dreiwöchigen elektronischen Flirts verliebt hat, und verzweifelt Trost und Hilfe sucht: auf die Damentoilette.

Glücklicherweise ist sie leer. Ich stelle mich vor den Spiegel und sehe mir beim Weinen zu. Das hilft mir allerdings überhaupt nicht. Meine Nase ist rot, meine Augen tränen, mein Gesicht ist verzogen, ich bin verletzt und enttäuscht. Ich heule mir selbst etwas vor.

Nach einer Weile fällt mir etwas an meinem Gesicht auf. Es ist unterschwellig, kaum wahrnehmbar. Was ist das? Ich beuge mich vor und versuche, an den zerschellten Träumen und der unerwiderten Liebe vorbeizusehen. Ich höre auf zu weinen, und das Spiegelbild wird klarer und deutlicher. In dem Moment erkenne ich, was es ist. Wie konnte ich es bisher übersehen? Es ist Entschlossenheit. Und Frust. Und Empörung. Zynismus. Und Wut. Hauptsächlich Wut – ein glühend weißer, kochender Zorn, der mich von innen verbrennt, der wie flüssige Lava durch meine Adern läuft. Mit dieser Nachricht hat Rupert mich nicht abserviert, er hat darauf reagiert, dass ich seiner Meinung nach *ihn* abserviert habe. Was ich niemals tun würde. Jetzt mal ehrlich – niemand würde das tun. Erschrocken beobachte ich, wie mein Spiegelbild sich vor meinen Augen verzerrt, wie bei Dorian Gray werde ich von einem netten, verletzten Mädchen zu einer verbitterten, rachsüchtigen, bösen Hexe. Fast knurre ich mich selbst an, als mir klar wird, dass ich hinterrücks erdolcht wurde. Von einem meiner Kollegen. Jemand, mit dem ich zusammenarbeite, hat Rupert etwas vorgelogen, mich abserviert und sich selbst als neuer Ansprechpartner ausgegeben. Jemand versucht, mir den Horizon-Vertrag wegzunehmen.

Mit zusammengekniffenen Augen sehe ich mich an, ziemlich beeindruckt von meiner eigenen Grimmigkeit. Das werde ich nicht zulassen. Ich gehe gleich nach draußen, hole mir Rupert zurück und finde heraus, wer hinter dieser Sache steckt. Denn auf gar keinen Fall werde ich kampflos weichen.

Mit gesenktem Kopf, geballten Fäusten und kleinen aus den Nasenlöchern schlagenden Feuerzungen stapfe ich wütend auf den Ausgang zu. Dann halte ich inne, gehe zurück vor den Spiegel und glätte die verbitterten Zornesfalten. Das kühle, freundliche Lächeln ist wieder da. Nicht weil ich nett aussehen will, falls Richard oder irgendjemand anders zufällig zu mir hinüberblickt. Nein, ich möchte meinen Zorn verbergen und so wirken, als ahnte ich nichts von der riesigen Machete, die in meinem Rücken steckt. So merkt der- oder diejenige, der das getan hat, nicht, dass ich ihm auf die Schliche gekommen bin, sollte er einmal zufällig in meine Richtung blicken. Er oder sie wird glauben, seine Spuren nicht verwischen zu müssen, und das vergrößert meine Chancen herauszufinden, wer hinter diesem perfiden Plan steckt.

Plötzlich kommt mir alles im Büro verdächtig vor. Was vor wenigen Minuten noch eine relativ ruhige, friedliche – wenn auch momentan unproduktive – Gruppe von Menschen war, die harmlos an ihrem Schreibtisch sitzen oder sinnlos herumlungern, ist nun ein Raum voller undurchsichtiger Anspielungen und kaum verhohlener Drohungen. Sind in den Ecken versteckte Kameras angebracht? Sind die Telefone verwanzt? Stecken verborgene Richtmikrofone in Fatimas riesigem Filzhut? Nichts ist mehr sicher, nirgends. Wie ein Raubtier bin ich auf der Hut, meine Augen zucken umher, die Ohren sind gespitzt, meine Nase schnuppert. Meine Zungenspitze prüft die Luft, ich kneife die Augen zusammen. Ich kann nichts Besonderes schmecken, aber dieses Verhalten verleiht mir ein Gefühl von Macht. Mir ist, als würde ich den Rücken durchstrecken und die Nackenhaare aufstellen, um größer zu erscheinen. Auf Zehenspitzen gehe ich über die Teppichfliesen und baumle mit den Armen.

»Ischias?«, fragt Cath. Ich drehe mich zu ihr um.

»Was?«

Sie hebt die Augenbrauen um einen Millimeter. »Ich hab das auch oft«, sagt sie und nickt mir zu. »Ich kenne die Symptome. Da brauchst du was Entzündungshemmendes. Das ist das Einzige, was dagegen hilft.«

Ich sehe sie an. »Gut, okay, danke, Cath.« Dann richte ich mich noch höher auf und gehe weiter auf meinen Schreibtisch zu. Ich sehe meine Kollegen mit neuen Augen. Ali hält etwas hinter seinem Rücken. Was versteckt er vor mir? Ich bleibe neben dem Aktenschrank stehen und tue so, als suchte ich nach einem Ordner. Ali geht zu Skye hinüber. Skye schaut lächelnd zu ihm auf, nimmt etwas von ihm entgegen. Es ist klein, rechteckig und glänzt – das sieht aus wie ein Mini-Diktiergerät! Kann das sein? Ach, du liebe Güte, die beiden arbeiten zusammen, schnüffeln hinter meinem Rücken herum, verstecken Aufnahmegeräte an meinem Platz und belauschen alles, was ich … Ach, nein, das ist nur ein Parfümflakon. Wer hätte gedacht, dass die sich so ähnlich sehen?

Ach, das ist doch sinnlos! Ich kann das nicht: Leute überführen, die ganz normal tun, aber in Wirklichkeit hinter meinem Rücken agieren, mir meine Ideen stehlen und mich ins Unglück stürzen wollen. Was ich brauche, ist offenkundig verräterisches Verhalten, aber derjenige, der mich hinterrücks erstochen hat, hat scheinbar nicht vor, sich dadurch zu verraten, dass er mich anstarrt, sich die Hände reibt und hämisch kichert.

Verstohlen blicke ich mich um.

Nein, das tut niemand. Wie kann ich den Schuldigen finden? Ich muss die Waffe meiner Intelligenz einsetzen. Genau überlegen. Vielleicht können die Synapsen in meinem Kopf wieder eine überraschende Verbindung herstellen. Ich setze mich, stütze die Ellenbogen auf den Tisch, den Kopf in die Hände, und konzentriere mich. Los, Gehirn, jetzt bist du dran!

Als Erstes muss festgestellt werden, dass Rupert wenige Tage nach Richards Rückkehr eine Nachricht erhielt, in der stand, ich sei nicht mehr seine Ansprechpartnerin.

Damit will ich nicht sagen, dass das eine etwas mit dem anderen zu tun hat. Ich meine, Richard ist unschuldig bis zum Beweis des Gegenteils, nicht? Ich muss stichhaltige Beweise finden, bevor ich rumlaufe und mit dem Finger auf ihn zeige, zumindest das hat er verdient. Andererseits ist bekannt, dass es keinen Zufall gibt und Richard ein übles Dreckstück ohne jede Moral ist. Ich verurteile niemanden pauschal, aber ich habe keinen Zweifel, dass Richard dahintersteckt. Die Frage ist, woher wusste er von Horizon? Woher wusste er von meinem Kontakt zu Rupert? Ich habe von der Möglichkeit, dass Horizon in Zukunft anders fortbilden will, nur aus dem winzigen Artikel in der Zeitschrift Any Port erfahren. Ich bin mir so gut wie sicher, dass den niemand anders gelesen hat. Und wenn, dann hat keiner dabei das gedacht, was mir einfiel. Damals hatte Horizon seinen Bedarf noch nicht öffentlich bekannt gemacht oder Angebote eingeholt. Was bedeutet, dass Richard herumgeschnüffelt haben muss, mich ausspioniert hat, diese falsche kleine Schlange.

Moment mal! Mir fällt etwas ein. Vielleicht darf ich ihn doch nicht so vorschnell verurteilen. Vielleicht hat Horizon mittlerweile bekanntgegeben, dass sie eine Fortbildungseinrichtung suchen, und Richard hat ihnen eine Mail geschrieben, sich vorgestellt und gesagt, er sei ihr Ansprechpartner bei Love Learning. Ich bin schon länger nicht mehr auf der Website von Horizon gewesen, vielleicht steht es dort ja. Möglicherweise habe ich Richard ganz falsch eingeschätzt – wieder einmal –, und er setzt nun, da er zurück ist, alles daran, das dringend benötigte Geld in die Firma zu holen. Himmel nochmal, da schuftet er sich ab, um sich und unsere Jobs zu retten, und ich beschuldige ihn der Industriespionage.

Schnell logge ich mich ins Internet ein und suche nach Horizon Holidays. Ich lese die gesamte Website, von Aberystwyth bis Zaire, finde aber nirgends einen Hinweis auf ein neues Fortbildungsprogramm. Sicher, gut, das bedeutet nicht unbedingt etwas. Vielleicht steht es auf der Seite mit den Neuigkeiten … nein. Oder auf den bekanntesten Weiterbildungsseiten? Nein, da auch nicht.

Das heißt, Richard ist ein verkommenes, kriecherisches Dreckstück, das nur Geld, aber keine Moral hat. Zwar habe ich mich acht Jahre lang in ihm geirrt, aber jetzt schätze ich ihn genau richtig ein.

Ich runzle die Stirn und klopfe mit dem Stift auf den Tisch. Wenn ich herausbekäme, wie er mich hintergangen haben könnte, wüsste ich mit Sicherheit, dass er es war. Und wenn ich einen Beweis für seine Täterschaft hätte, wüsste ich, wie es gelaufen ist.

»Hör mit dem Klopfen auf!«, ruft jemand quer durch den Raum. Ich zucke zusammen, der Stift fliegt mir aus der Hand und landet hinter meinem Schreibtisch. Herrgott nochmal, jetzt muss ich den Stuhl zur Seite rollen, mich bücken, den Stift aufheben …

Als ich den Kopf hebe, den Stift zwischen den Fingern, landet mein Blick auf einem glatten, ledergebundenen Buchrücken. Ich erstarre, immer noch vornübergebeugt, weil ich gerade den Stift aufhebe. In meinem Kopf zischt es wieder hin und her, ich kann fast dabei zuhören, wie die Synapsen völlig selbständig zwei und zwei zusammenzählen, so unfehlbar und kalt wie ein Computer. Auf die Erkenntnis folgt die Bewusstwerdung, dann das Wissen. Einsicht und Überlegung vermischen sich und wachsen, bauen aufeinander auf, und am Ende kristallisiert sich eine Erklärung heraus, ein eindeutiges Verstehen, dass ich die Wahrheit kenne, das mir noch nie etwas so klar gewesen ist.

Ein einziger Mensch in diesem Büro wusste von meinen Plänen bezüglich Horizon, und zwar erfuhr dieser Mensch es von mir. Weil er mir zuvor von seinen Plänen erzählt hatte.

Sean.

27 Reflexion

SCHEIIIISSE!!!!

28 Recherche

Kurzfristiges Ziel: Niemanden ermorden.
Hindernisse: Möchte ganz dringend jemanden ermorden.
Langfristiges Ziel: Den Vertrag mit Horizon machen und gleichzeitig Rache üben.
Hindernisse: Möchte ganz dringend jemanden ermorden.

Vornübergebeugt sitze ich da, den Stift in den Fingern, festgewachsen auf dem Stuhl. Meine Augen haften an Seans blauem Leinenhemd. Sekunden vergehen wie Stunden, aber ich kann mich nicht bewegen. Schließlich fließt das in den Adern stehende Blut weiter, zuerst langsam wie eine Dampflok, dann gewinnt es an Fahrt.

»Was Entzündungshemmendes«, sagt Cath, die wie hinter einem Vorhang an mir vorbeigeht. Ich richte mich wieder auf, ohne dass ich den Blick von Seans Rücken abwende. In meinem Kopf summt es, alte und neue Erinnerungen werden wie ein Film vor meinem inneren Auge abgespielt. Dass Sean mich nach Jahren des Zusammenarbeitens an dem Tag, nachdem ich mir die Haare färbte, bemerkte – aber das war auch zwei Tage nach Chas' Androhung, Stellen zu streichen. Seans verkniffenes Grinsen, seine Geheimniskrämerei, seine mysteriösen Wochenendaktivitäten.

Ach, nee, das hatte sich ja geklärt. Da war sein kleiner Sohn bei ihm, und Sean wollte nicht, dass alle …

Verdammt! Wieder halte ich inne und erstarre. Sein kleiner Sohn. Erbarmungslos setzt mein Kopf die Puzzleteile zusammen. Klein-Alfie passte nie so recht ins Bild. Den Blick auf Seans Rücken geheftet, stehe ich auf und gehe auf ihn zu. Als ich mich ihm nähere, kann ich erkennen, dass er eine Webseite über Horizon liest. Ich tue so, als merkte ich nichts, obwohl er sie schnell wegklickt und eine Seite über Quads erscheint.

»Ein Weihnachtsgeschenk für den kleinen Albie?«, frage ich unschuldig im Vorbeigehen.

»Hm, würde ich ja gerne«, sagt Sean, ohne lange nachzudenken. »Er würde sich riesig drüber freuen, aber das kann ich mir nicht leisten. Da müsste ich schon im Lotto gewinnen.«

»Na, wer weiß«, bringe ich heraus. Ich kann es nicht glauben, dass er mich nicht korrigiert hat, was den Namen seines Sohns angeht. Ich gehe weiter, setze irgendwie einen Fuß vor den anderen, ohne hinzufallen oder gegen etwas zu laufen, weil ich nicht darauf achte, wohin ich trete. Mein Blick ist nach innen gerichtet, auf das, was Sean mir an jenem Abend im Pub über seinen Sohn erzählte. Ich bin mir sicher, dass er sagte, er heiße Alfie – das blieb bei mir hängen, weil ich mit zwölf Jahren eine Katze namens Alfie hatte. Doch als ich seinen Sohn gerade »Albie« nannte, hat Sean nicht mit der Wimper gezuckt. Und das bedeutet …

Ich gehe zu der Tür hinten im Büro, weil mein Kopf jeden Moment explodiert. Das müssen nicht alle sehen.

Auf der Toilette schließe ich mich in einer Kabine ein und setze mich. Eine Weile starre ich mit aufgerissenen Augen auf die Tür, dann stütze ich den Kopf in die Hände. Ich bin ausgenutzt worden. Er hat mich zum Narren gehalten. Jetzt ist mir so klar, was da passiert ist, dass ich nicht glauben kann, es nicht durchschaut zu haben. Ich hatte Sean immer für wenig vertrauenswürdig, für hinterlistig und oberflächlich gehalten, für jemanden, der das Haus seiner Oma verkauft, während sie noch drin wohnt. Doch dann habe ich meine Meinung geändert. Dafür hat Sean gesorgt, indem er Alfie aus dem Hut zauberte.

Ich werde von Bildern überrollt, eins nach dem anderen. Sean, der mir von seiner Idee mit Whytelys erzählt. Sean im Pub, verzweifelt vor Angst, seine Arbeit zu verlieren. Sean, der auf einmal ein Kind hat. Und dann Richard, der mir sagt, jeder hätte gewusst, dass ich die anderen Verträge ganz allein an Land gezogen hätte. Jetzt ist mir klar, dass »jeder« auch Sean beinhaltet. Er wusste von Anfang an, dass er, wenn er einen anständigen Kunden finden wollte, nicht zuerst auf der Hauptstraße oder im Industriegebiet suchen musste, sondern an dem Schreibtisch schräg hinter seinem.

Wie kann ich ihn einerseits durchschauen und mich dann so von ihm täuschen lassen?

Nach einer Weile stehe ich auf und gehe zurück an meinen Platz. Ich setze mich und starre so intensiv auf Seans Rücken, dass es mich nicht wundert, als er irgendwann zwei heiße Brennpunkte auf dem Hemd spürt und sich umdreht. Wir sehen uns an, und ich merke an der Art, wie sich seine Augen weiten, der Mund leicht öffnet und er unwillkürlich auf seinem Stuhl zurückzuckt, dass ich diesmal kein liebliches Lächeln im Gesicht habe. Kalt starren wir uns an. Schließlich sagt er: »Hörst du vielleicht mal mit diesem nervigen Klopfen auf, Beth? Das treibt mich zum Wahnsinn.«

Der Stift schwebt in der Luft, ohne dass ich den Blick abwende. Noch eine Sekunde hält Sean dem Blick stand, dann wendet er die Augen ab. »Danke«, murmelt er und sucht nach neuen Messern, die er seinen Kollegen zwischen die Rippen schieben kann. Ich drücke mir die Spitze des Stifts in die Finger.

Nun, jedenfalls brauche ich jetzt keine Schuldgefühle mehr zu haben, weil ich ihm Whytelys weggenommen habe. Ich meine, genau genommen war da ja nichts gewesen.

Ach, du lieber Himmel! Whytelys! Wieder wird mir klar, wie dumm ich gewesen bin. Jetzt ergibt es natürlich einen Sinn, dass dort niemand wusste, wovon ich sprach, als ich einen Anruf von Love Learning erwähnte. Sean hatte dort weder angerufen, noch war er da gewesen. Das hatte er sich alles ausgedacht. Er war sogar zu faul, irgendetwas zu recherchieren oder vorzubereiten, dort anzurufen oder einen Termin zu vereinbaren. Er erfand einfach eine Kundenanfrage und einen Sohn und drückte sich Tränen heraus, als er sich mir »anvertraute«, nur damit ich ihm verriet, an welchem Kunden ich arbeitete. Den luchste er mir ab, um dadurch seinen Arbeitsplatz zu retten, ohne dass er einen Finger krumm machen müsste. Ich rutsche vom Stuhl und schleiche zu Sean hinüber, den frischgespitzten Bleistift in der Faust. Ich habe gelesen, wenn man jemanden einen Bleistift heftig genug ins Auge oder Ohr stößt, endet das mit ziemlicher Sicherheit tödlich. Wenn ich also nicht ganz so viel Schwung hole, führt das zu quälenden Schmerzen, und trotzdem bin ich nach rund achtzehn Monaten wieder draußen.

Nein, natürlich tue ich das nicht. Es wäre echt dämlich; wenn ich wegen schwerer Körperverletzung verhaftet würde, könnte ich den Whytelys-Vertrag auf jeden Fall vergessen. Ich muss mit Sean um Horizon kämpfen, muss herausfinden, was er bereits in die Wege geleitet hat, und mir den Kunden zurückholen. Lässig schlendere ich an Seans Tisch vorbei Richtung Küche, wo ich mir vermeintlich etwas zu trinken holen will.

»Möchte noch jemand was trinken?«, rufe ich in den Raum und bleibe neben Sean stehen. Ich versuche, beiläufig zu erkennen, was auf seinem Tisch liegt, doch damit ist schnell Schluss, weil ich die ganzen Bestellungen aufschreiben muss. Mist, verdammter!

Den Rest des Tages erfinde ich Ausreden, um an Seans Tisch vorbeizugehen, wie Chevy Chase in *Spione wie wir*, als er versucht, Dan Aykroyd zu hintergehen. Leider führt das nur dazu, dass Sean stinksauer wird, weil er merkt, dass ich ihn heimlich beschatte.

»Noch mehr Kaffee?«, fragt er sarkastisch um halb drei, als ich zum dritten Mal an ihm vorbeigehe.

»Nee, Toilette«, erwidere ich unbekümmert und schaue absichtlich in die andere Richtung, damit er nicht denkt, ich wolle prüfen, was er so treibt.

»Dünnpfiff, oder was?«, fragt er freundlich um zehn vor drei, als ich wieder vorbeigehe.

»Nee, Chips«, gebe ich zurück und kann dann natürlich nicht ohne eine Tüte Chips in der Hand an meinen Tisch zurückkehren. Das heißt, ich muss den ganzen Korridor hinunter bis zum Automaten gehen. Vorher musste ich noch mal kurz an meinen Platz, um Geld zu holen.

»Beine vertreten?«, bemerkt Sean um fünf vor halb vier, als ich mich gähnend neben seinem Tisch recke.

»Tacker«, antworte ich, beuge mich vor und nehme ihn mir.

Schließlich loggt er sich aus, sammelt seine Unterlagen ein und verlässt das Büro. Durchs Fenster beobachte ich, wie Sean zu seinem Wagen geht, auf die Uhr schaut, einsteigt und losfährt. Ich könnte ihm folgen, aber ich bezweifle, dass er heute Abend noch etwas tun wird. Sieht sich bestimmt einen verbotenen Hahnenkampf an oder spielt Poker mit hohen Einsätzen in einer verrauchten Kellerbar. Ich habe mich entschlossen, all meine Energie in eine erschöpfende Recherche über Horizon zu stecken. Ich will alles wissen, was es über die Firma zu wissen gibt – Gewinnerwartung, Aktienkurs, betriebliche Altersvorsorge, Mitarbeiterfluktuation, sämtliche Pluspunkte und Fallstricke, die prozentuale Mitarbeiterzufriedenheit. Ich muss wissen, welche Wagen die Geschäftsführung fährt, wie viele Kinder die einzelnen Abteilungsleiter haben und wo ihre Angetrauten am liebsten Urlaub machen. Das ist die beste Möglichkeit, mich an Sean zu rächen.

Anscheinend bin ich so versunken in die Recherche, dass alle schon nach Hause gegangen sind, als ich das nächste Mal aufschaue. Ich bin allein. Ich werfe einen Blick auf die Uhr. Zehn nach sechs. Mensch! Seit über zwei Stunden sitze ich schon daran. Ich strecke den Rücken durch und recke die Arme über den Kopf. Ich brauche etwas zu essen. Ich stehe auf und sehe mich im verlassenen Büro um. Es ist unheimlich, wenn keiner da ist – alles ist so ruhig und still wie im Zimmer eines schlafenden Kindes. Ich blinzle und bilde mir ein, dass sich der Kopierer mit einem Brummen bewegt, wie in *Toy Story*, wenn alle Spielzeuge zum Leben erwachen. Doch es tut sich nichts. Ich will mich gerade abwenden, schüttle lächelnd den Kopf, da höre ich erneut ein Geräusch. Ein dumpfer Schlag, der aber nicht von den völlig reglosen, leblosen Bürogeräten stammt, sondern durch die holzverkleidete Tür dringt.

Offensichtlich ist Richard in seinem Büro und macht ebenfalls Überstunden, auch wenn es ein Geheimnis für mich bleibt, was er dort tun könnte. Auf gar keinen Fall sitzt er am Computer und recherchiert, um im letzten Moment den Vertrag und das Herz von Rupert de Witter zu erobern.

Ist doch egal, was er da tut. Es betrifft mich nicht. Wenn es mir gelingt, Horizon und Whytelys als Kunden für Keep the Change zu gewinnen, bin ich hier weg. Dann interessiert mich nicht mehr, was Richard tut oder nicht tut. Allerdings werde ich von nun an alles mit Argusaugen beobachten, was er tut und mit wem er spricht. Ich darf nicht zulassen, dass meine größte Konkurrenz mich abhängt.

Mir fällt ein, dass eigentlich Sean meine größte Konkurrenz ist und dieser Moment, wo niemand da ist, mir die perfekte Gelegenheit bietet, eine kleine Privatrecherche durchzuführen. Im Klartext: seinen Schreibtisch zu durchsuchen und herauszufinden, womit ich es zu tun habe.

Mit einem Auge auf der holzverkleideten Tür stehe ich auf und schlendere in Richtung von Seans Platz. Es macht mir wirklich keinen Spaß, in den Sachen von Kollegen herumzuwühlen, echt nicht, aber wir sind im Krieg, und er hat angefangen. Aus Richards Büro ist nichts mehr zu hören. Schnell nehme ich mir die vier Ordner von Seans Tisch und schaue hinein.

Das berauschende Gefühl drohender Entdeckung, das ich kurz zuvor noch verspürte, löst sich auf. Meine Schultern fallen nach vorn. In den Ordnern sind Unterrichtsmaterial und Rechercheergebnisse. Scheiße. Vorsichtig lege ich sie zurück, hoffentlich in der richtigen Reihenfolge, und gehe an die Schubladen. Natürlich lässt Sean nichts Belastendes auf dem Tisch herumliegen, diese Vermutung war dumm von mir. Wenn jemand etwas zu verbergen hat, versteckt er es in der Schublade seines Schreibtischs. Und schließt sie offenbar auch ab. Verdammt, klar macht er das! Die untere ebenfalls. Ich versuche es noch mal bei der oberen, nur für den Fall dass ich nicht fest genug gezogen habe, dann wieder bei der unteren, reiße so heftig daran, dass der Tisch anfängt zu wackeln. Keine von beiden rührt sich.

Ich stapfe zurück an meinen Platz. Nun bin ich mit meiner Weisheit am Ende. Plötzlich muss ich an eine Anzeige denken, eine Rekrutierungskampagne für das MI6, die ich in der Zeitung sah, als ich siebzehn war. Ich riss sie heraus und füllte ganz aufgeregt das Formular aus, im Kopf Bilder von Reisen ins Ausland, exotischen Orten und gefährlichen Aufträgen. Da kam meine Mutter herein und sagte: »Nachrichtendienst? Aber doch nicht für dich, oder?«

Es sei denn … Mein Blick fällt auf den Papierkorb unter Seans Schreibtisch. Es besteht die geringe Möglichkeit … Auf eine Eingebung hin schnappe ich ihn mir und nehme ihn mit an meinen Platz. In dem Moment fliegt die holzverkleidete Tür auf, und Richard steht im Raum, einen Papierstoß in der Hand.

»Scheiße!«, ruft er, und ich stoße »Verdammt!« aus.

Mit aufgerissenen Augen starren wir uns an, beide erschrocken, bei etwas ertappt worden zu sein, was wir nicht hätten tun dürfen. Bloß sitze ich völlig harmlos an meinem Schreibtisch und habe einen Papierkorb zu meinen Füßen, und Richard kommt mit Unterlagen aus seinem Büro. Für einen Außenstehenden wirken wir beide völlig unschuldig, doch wir verhalten uns äußerst schuldbewusst. Mein Herz klopft so laut, dass ich am ganzen Körper zittere, und das hat nichts mit Richards männlichen Schultern zu tun.

»Oh, du bist noch da«, sagt er schließlich, die freie Hand immer noch auf der Klinke seiner Bürotür. Er macht keine Anstalten, weiterzugehen.

»Ähem.«

»Hm. Ich auch. Ich hab nur … ähm …« Er schaut hinter sich und wedelt mit der Hand in Richtung seines Schreibtischs.

»Gut.« Es fällt mir schwer, ihn anzusehen, während der fremde Mülleimer neben mir steht und ich im Hinterkopf weiß, was für eine Meuterei ich hier gerade plane, aber Richard hat selbst Mühe, meinem Blick standzuhalten. Ganz im Gegenteil: Er sieht aus, als sei ihm extrem unbehaglich zumute. Er zappelt herum, verlagert sein Gewicht von einem Fuß auf den anderen, räuspert sich, nestelt an seiner Krawatte.

»Also«, sagt er schließlich und hebt die Unterlagen leicht an. »Ich bring die mal besser runter ins …«

Ich habe keine Ahnung, was er damit meint, nicke aber zustimmend. »Ja, mach das.« Je eher er verschwindet, desto besser.

Richard zieht seine Bürotür ins Schloss, zögert kurz und verabschiedet sich dann: »Tschüs!«

Hm. Der führt doch was im Schilde! Ich habe ihn heute schon zum zweiten Mal erschreckt, worauf er geheimniskrämerisch reagierte. Eine Weile schaue ich auf die holzverkleidete Tür. Eigentlich sollte ich reingehen und nachforschen, nur für den Fall. Für welchen Fall? Nur für den Fall, dass er dort eine Bombe versteckt hat? Vielleicht hat er sogar auf Kosten der Firma heimlich kopiert? Ein hinterhältiges Verbrechen. Ach, vergiss es! Wen interessiert das? Ich muss herausfinden, was Sean vorhat.

Ich knie mich neben den Papierkorb und untersuche ihn näher. Zu meinem Glück besteht Chas darauf, dass sämtlicher organischer Abfall in den Mülleimer in der Küche geworfen wird. Für Cath heißt das »Scheiß drauf, ich schmeiße den Kram trotzdem in den Papierkorb«, weil die Küche so weit von ihrem Schreibtisch entfernt ist. Bei Sean ist das anders. Sein Papierkorb ist fast leer, nur ein paar Blätter zerknüllten Papiers sind darin. Ich hole sie heraus und glätte sie auf dem Boden. Es sind alte DIN-A4-Blätter mit Aufzeichnungen vom Kundendienst, dazu Notizen am Rand, was bedeutet, dass er heute tatsächlich mal ehrliche Arbeit geleistet hat. Obwohl, diese Blätter können schon länger im Korb liegen, er wird nämlich nicht täglich geleert.

Gut. Also nichts von Interesse hier. Ich zerknülle die Blätter so gut es geht wieder so, wie sie vorher waren, und werfe sie zurück in den Papierkorb. Die anderen drei Blätter sehen aus, als seien sie aus einem Notizblock gerissen. Das könnte schon interessanter sein. Aufgeregt breite ich sie auf dem Boden aus, doch schnell erkenne ich, dass sie leer sind. Mensch nochmal, hat dieser Kerl schon mal das Wort »Umwelt« gehört?

Auf eine Eingebung hin nehme ich einen weichen Bleistift und schraffiere vorsichtig den ersten Zettel. Das habe ich schon so oft im Film gesehen, es muss einfach funktionieren. Ich meine, Hunderte von Drehbuchautoren können sich nicht irren, oder?

Hm, sieht aber doch danach aus. Am Ende ist auf dem Papier ein dicker grauer Fleck, in der Mitte durchzogen von schwachen weißen Linien, die absolut unlesbar sind. Ich knülle den Zettel zusammen und werfe ihn in den Müll. Solche Sachen machen mich dermaßen sauer! Ich meine, ständig werden wir in Filmen angelogen, nur damit die Handlung ohne große Umstände weiterlaufen kann. Irgendwie muss der Held herausfinden, wo der Ganove die Geisel versteckt hat, und natürlich verspürt jeder Bösewicht das überwältigende Bedürfnis, den Namen des Hotels und die Zimmernummer zu notieren, dazu eine präzise Wegbeschreibung. Das schreibt er natürlich mit Kugelschreiber stark drückend auf den Notizblock neben dem Telefon, reißt das Blatt heraus, nimmt es mit und hinterlässt somit eine Spur.

Sean jedoch nicht. Was immer er sich notiert hat, er hat mit dem Stift nicht fest genug gedrückt. Dieses hinterlistige Stück Scheiße.

Ich lehne mich auf dem Stuhl zurück. Wieder bin ich am Ende meiner zugegeben ziemlich kurzen Liste von Ideen. Verdammte Scheiße! Ich betrachte die beiden letzten Blätter und frage mich, was ich als Nächstes tun soll. Hm. Sehr seltsam, dass Sean drei leere Zettel in den Müll wirft. Das ist doch unlogisch. Ich stelle ihn mir vor, wie er an seinem Tisch sitzt, den Notizblock aufgeschlagen, eine Seite herausreißt, sie zerknüllt und in den Papierkorb wirft. Dann tut er es ein zweites und drittes Mal. Er klappt den Block zu, legt ihn in die Schublade und verschließt sie. Warum tut er das?

Weil er nicht wollte, dass jemand auf die Idee kommt, mit einem weichen Bleistift über das oberste Blatt seines Notizblocks zu malen, du hohle Nuss! Derjenige könnte nämlich herausfinden, was er im Schilde führt, deshalb! Ach, du lieber Himmel! Mein Hirn hat es schon wieder getan! Ich werfe mich auf die letzten beiden Blätter auf dem Boden und male mit dem Bleistift über das erste. Es erscheinen ein paar vertikale und horizontale Linien mehr, aber noch immer kann ich nichts entziffern. Schnell schmeiße ich es in den Papierkorb, schnappe mir das dritte Blatt und kritzel darüber wie bei einem Rubbellos. Diesmal werde ich belohnt:

Langhorne Hotel, Freitag, 14 Uhr, Willoughby Suite
Aufbau Donnerstag ab 18 Uhr

Bingo! Ich hocke mich auf die Fersen. Mich durchläuft ein befriedigendes Gefühl der Genugtuung. Ha! Ich bin schlauer als du, du fieser kleiner Kriecher. Endlich hat es sich gelohnt, dass ich wochenlang alte Folgen von *Das Model und der Schnüffler* und *Jonathan Creek* guckte, nachdem mich John Wilson vom Immobilienmaklerbüro mit einem Strauß Blumen sitzenließ. Wer braucht den Nachrichtendienst, wenn man solche Sendungen im Fernsehen hat? Auf die Knie, Mum!

So war das nicht gemeint. Tut mir leid, Mum.

Gut. Jetzt müssen Taten her. Ich knülle die Zettel zu Bällen und lege sie in Seans Papierkorb, doch als ich ihn wieder unter den Tisch stellen will, kommt mir der Gedanke, dass Sean wahrscheinlich zu den gerissenen, argwöhnischen Wichsern gehört, die den Müll auf bestimmte Art platzieren oder etwas Unsichtbares oben auf den Papierkorb legen, damit sie merken, wenn jemand herumgeschnüffelt und den Abfall durchsucht hat. Herrje, was für ein Schwachkopf traut nicht mal seinen eigenen Kollegen über den Weg, wenn er nicht da ist? Scheißkerl! Ich betrachte den Korb. Auf gar keinen Fall werde ich mit den Fingernägeln über den Boden kratzen, um dort ein einzelnes Haar zu suchen. Nie im Leben!

Eine halbe Stunde später fahre ich vergnügt mit einem Wagen voller Müll nach Hause. Alle Eimer im Büro sind mysteriöserweise leer. Nun, hoffentlich bleibt es kein Mysterium, hoffentlich werden morgen früh bei Arbeitsbeginn alle Kollegen davon ausgehen, dass die Putzfrau als Erstes die Papierkörbe geleert hat, bevor alle eintrafen. Somit werden die belastenden Zettel, die sich im Müll befanden, unentdeckt bleiben. Sean wird niemals erfahren, dass ich spätabends noch im Büro war und von seiner kleinen Verabredung erfuhr, bevor die Körbe geleert wurden.

Jetzt bleibt mir nur noch eins zu tun: im Langhorne Hotel anrufen und mir bestätigen lassen, dass die Notiz aus Seans Block das ist, wofür ich sie halte, nämlich der Termin einer Verkaufspräsentation für Horizon Holidays. Dann muss ich all meine Informationen über Horizon zusammenfügen und eine bessere, genauere und überzeugendere Präsentation vorbereiten. Am Freitag muss ich ziemlich früh ins Langhorne Hotel fahren, um meine Sachen aufzubauen, ohne dass Sean mich sieht oder spitzkriegt, was ich vorhabe. Dann muss ich mir überlegen, wie ich seinen Vortrag sabotieren und nahtlos übernehmen kann, wie ich mein Ding durchziehe und den Kunden gewinne, womit ich für den Anfang genug Arbeit in meinem neuen Fortbildungsinstitut habe, um zusammen mit zwei Angestellten voll ausgelastet zu sein.

Gut, technisch gesehen sind das vier Dinge, aber sie führen alle zu einem einzigen Ziel: Horizon Holydays zu gewinnen.

Und vielleicht das Herz von Rupert.

29 *Fakten schaffen*

Kurzfristiges Ziel: Sean gnadenlos von hinten erstechen, die Klinge in seinem Körper drehen und den Griff abbrechen, ihm erbarmungslos alles aus den Händen reißen, ihn zur Seite treten und in einer Pfütze aus Speichel elend und blutend am Boden liegen lassen.
Hindernisse: Ähm ... nein, keine.
Langfristiges Ziel: Schwer, momentan über das kurzfristige Ziel hinaus zu planen.
Hindernisse: Siehe oben.

Die Willoughby Suite ist groß und leer. Geschmackvolle Girlanden aus grünem Plastiklaub, verziert mit roten Beeren und kleinen weißen Lämpchen, hängen unter der Decke. Der schwere Teppich dämpft die Geräusche, so dass man ohne weiteres im Raum herumlaufen, etwas in die Hand nehmen, es aufklappen, darin herumsuchen und es gegen etwas anderes austauschen kann, ohne dass es jemand merkt. Jeweils sechs Stühle sind in vier Reihen aufgestellt. Auf jedem Sitz liegt eine blau-weiße Hochglanzbroschüre von Love Learning und ein kleines Tütchen mit Geschenken: darin Gutscheine für den Wellnesstempel, Schreibpapier, Parfümproben und ein hübscher Stift. Vorne steht auf einem Tischchen ein tragbarer Overheadprojektor, daneben liegt ein Ordner mit elf Folien. Hinten im Raum wurden zwei lange Tische zusammengeschoben, auf denen gut zwanzig Tassen mit Untertassen und verschiedene Getränke stehen: eine Maschine für heißen Tee, eine mit heißem Glühwein, außerdem Wasser, Orangensaft und Kaffee. Leere Silbertabletts warten auf Mince-Pies und Plätzchen. Voller Bewunderung schaue ich mir das alles an. Was denkt sich Sean eigentlich dabei? Er weiß doch ganz genau, dass sich Love Learning im Moment nicht solche Extravaganzen leisten kann. Ich werde meine Rechnung jedenfalls selbst bezahlen.

Hinter den Tischen hängen zwei schwere dunkelrote Vorhänge, die den Rest des Raumes verschwinden lassen – sonst wäre er viel zu groß. Hinter diesen Vorhängen lauere ich.

Glücklicherweise wird dieser Teil des Raums heute Morgen nicht benutzt. Keine Ahnung, was ich getan hätte, wenn dort ein Meeting oder ein Seminar stattgefunden hätte.

Es ist Freitagmorgen gegen halb neun. In den letzten zwei Tagen habe ich bewusst so getan, als sei nichts, bin morgens früh gekommen, abends lang geblieben und jedem aus dem Weg gegangen. Ich glaube nicht, dass es jemandem aufgefallen ist.

Brad hat angerufen, wir haben uns unterhalten, aber ich hatte einfach keine Zeit, ihn zu treffen. Dafür haben wir ja morgen den ganzen Tag gemeinsam. Ich habe das Gefühl, dass er sich etwas Tolles vorgenommen hat, was möglicherweise mit Wasser zu tun hat. Ich stelle mir eine längere Bootsfahrt vor, dazu ein schickes Mittagessen. Oder vielleicht ein Ruderboot auf dem Kanal, Picknick mit Lachs und Champagner. Am Mittwoch rief er mich zu Hause an, während ich auf der Arbeit war, und hinterließ wirklich hinreißende Nachrichten. Die erste lautete: »Hi, Libby, ich bin's nur, Brad, der Drei-Minuten-Mann. Ich frage mich, ob wir schon ein Paar sind oder ob ich unbewusst zum Stalker geworden bin? Wenn ja, tut es mir wirklich leid. Ich werde mich umgehend selbst anzeigen.«

Ich musste lachen und ging zum Telefon, um ihn anzurufen, doch es piepte abermals und kündigte eine zweite Nachricht an. Sie wurde vier Minuten nach der ersten aufgesprochen:

»Ich noch mal«, sagte er. »Ähm, die Polizei will nichts von mir wissen. Wenn die Person, die ich angeblich verfolge – deren Worte! – keine Anzeige gemacht hat, bin ich praktisch nicht mal ein Stalker! Interessantes Schlupfloch, was? Also, da du mich noch nicht angezeigt hast, gehe ich davon aus, dass wir noch ein Paar sind, und werde dich weiterhin telefonisch belästigen, bis du es nicht mehr aushältst und mit mir sprichst.«

Noch ein Pfeifton, noch eine Nachricht, vierzehn Minuten später hinterlassen.

»Ich dachte gerade, dass ich mich vielleicht eben nicht ganz deutlich ausgedrückt habe. Das würde erklären, warum du dich noch nicht bei mir gemeldet hast. Also, nur für den Fall, dass du daran zweifelst: Ich würde dich gerne sehen. Wenn's geht, auf der Stelle. Sicher, ich kann dich natürlich im Moment sehen, aber durch ein Fernglas ist es einfach nicht dasselbe. Bitte ruf mich an, sobald du kannst. Ich muss wirklich dringend was … loswerden. Tschüs!«

Leider war es halb zwölf geworden, bis ich endlich den Inhalt aller Mülleimer aus dem Büro ins Auto getragen und die Coladosen und schmierigen Essensreste aussortiert hatte (offenbar ist Cath nicht die Einzige, die sich nicht an die Vorschrift mit dem Mülleimer hält), bis ich das Papier in schwarze Plastiktüten gepackt hatte, die am Montag zum Recycling abgeholt würden, und meine umwerfende Präsentation für Horizon fertiggestellt hatte. Erst dann hörte ich Brads Nachrichten ab, konnte aber zu so später Stunde nicht mehr zurückrufen. Es wäre unhöflich und rücksichtslos, jemanden um diese Uhrzeit zu stören, und ich wusste ja nicht mal, ob er einen Mitbewohner hatte. Dann hätte ich möglicherweise sogar mehrere Personen gestört. Vorausgesetzt, dass Brad überhaupt zu Hause war.

Mit wem sich allerdings ein unabhängiger, alleinstehender Typ von Anfang dreißig eine Wohnung teilen soll, ist mir schleierhaft. Wenn es seine Eltern sind, muss ich den Rückzug antreten. Ich weiß genau, wie so eine Konstellation endet. Es beginnt mit abfälligen Bemerkungen und Kommentaren über meine Frisur oder Kleidung und geht weiter mit Essen, das ich nicht mag, und Ausflügen, an denen ich nicht teilnehmen darf. Schließlich werde ich als dumm oder ungebildet hingestellt, Brad und ich bekommen einen Riesenkrach, der in einer schlimmen Auseinandersetzung mit seiner Mutter gipfelt, die saccharinsüß alles abstreitet, ihn in die Arme nimmt und mich hämisch über seine Schulter hinweg angrinst. Darauf kann ich gut verzichten.

Ich ging ins Bett, stand jedoch nach zehn Minuten wieder auf, um ihn anzurufen. Was hatte ich mir nur eingebildet? Natürlich wohnt Brad nicht mehr bei seinen Eltern. Und wenn, dann könnte ein mitternächtlicher Anruf es wenigstens ans Licht bringen.

Nun, er lebt allein. Zumindest behauptet er das, und das muss reichen. Wenn er bei seinen Eltern wohnt und es mir verheimlicht, habe ich schon gewonnen. Egal, wir unterhielten uns nett, über zwei Stunden lang, und am Ende lud er mich ein, den Samstag mit ihm zu verbringen. Er deutete an, mir dringend etwas sagen zu müssen.

»Warum erzählst du es mir nicht jetzt?«

Brad machte eine lange Pause, ehe er sagte: »Nein, das geht nicht. Ich möchte dir dabei ins Gesicht schauen. Ich muss deine Reaktion sehen.«

»Hör mal, wenn du noch bei deinen Eltern wohnst, das ist nicht so schlimm. Da musst du mir nichts vormachen.«

Er lachte. »Ich mache dir nichts vor. Ich habe doch schon erzählt, dass meine Eltern mit meinem Bruder am Stadtrand wohnen.«

»Gut.«

»Warum sagst du das so misstrauisch? Das ist die Wahrheit!«

»Klar, sicher, kein Problem. Ich glaube dir.«

»Na, gut.« Es gibt eine kurze Pause, dann atmet Brad tief durch, und als er weiterspricht, wirkt es so, als hätte jemand die Bässe in seiner Stimme aufgedreht. Sie ist ganz tief und ernst und rau – wohl die emotionale Stimme für den Moment der Wahrheit. »Libby, es ist nicht meine Art zu lügen. Ich möchte, dass du das weißt.« Ein Schauer läuft mir über den Körper, heiß pocht es in meinem Magen. Ich überlege genau, bevor ich antworte, damit er weiß, dass es auch mir ernst ist.

»Ich auch nicht. Ich hasse das. Wer lügt, bildet sich ein, schlauer zu sein als die anderen. Und vergiss nicht, dass jedes Mal eine Elfe stirbt.«

»Ach, Libby, du hast wirklich vollkommen recht.«

Gut, ja, dieser Spitzname ist Teil meines Vornamens, er ist also nicht falsch. Ich will es Brad schon lange erzählen, aber das geht nicht am Telefon, und ich habe ihn nun schon mehrere Tage nicht gesehen, so dass sich einfach keine Gelegenheit ergab. Aber wenn ich den heutigen Tag hinter mir habe, wenn ich weiß, ob ich noch Mitarbeiterin von Love Learning bin oder nicht mehr, dann sage ich es ihm. Wir haben ja den ganzen morgigen Tag, um uns das eine oder andere von der Seele zu reden.

Es gibt zwei Möglichkeiten, wie der heutige Tag verlaufen kann: Entweder klappt es super, und es wird der beste Tag meines Lebens, an dem ich mir den Vertrag mit Horizon hole, Sean demütige und Love Learning verlasse, so wie dieser beschissene Richard vor vielen Jahren Horizon verließ, nur dass ich diesmal ihn, Grace und all die anderen erhobenen Hauptes zurücklasse und mein hysterisches Lachen dabei kaum unterdrücken kann. Oder … es geht daneben. Ich traue mich nicht mal, in Worte zu fassen, wie es sonst ausgehen könnte. Im Moment arbeite ich nur in zehnminütigen Einheiten. Ich muss erst die Präsentation heute Nachmittag hinter mich bringen, danach fange ich an, mir Gedanken über die Folgen zu machen.

Unverhofft klingelt mein Handy in der Tasche. Ich schaue aufs Display und sehe, dass Richard mich zu erreichen versucht. Ich lasse den Vorhang fallen und drehe mich misstrauisch um. Ich bilde mir ein, dass er hier ist, mit bösem Grinsen auf mich zugestapft kommt und wissen will, was mir verdammt nochmal einfalle, Seans Bemühungen zu unterlaufen, eine große Firma an Land zu ziehen. Doch der Raum ist natürlich leer. Ich blicke auf das Telefon in meiner Hand, mein Finger schwebt über der grünen Taste, aber ich drücke nicht drauf. Ich will jetzt nicht mit Richard sprechen. Auch später nicht. Nie mehr.

Aber ich muss noch mal zurück ins Büro. Sean darf keinen Verdacht schöpfen, warum ich nicht an meinem Platz bin. Sieht aus, als würde er hier nicht auftauchen, also ist jetzt die Zeit gekommen, um Fakten zu schaffen.

Rasch schlüpfe ich zwischen den Vorhängen hindurch in Seans Teil des Raums und tausche alle Love-Learning-Broschüren gegen meine von Keep the Change aus. Dann entferne ich den Ordner mit den Projektorfolien und lege meine eigenen hin. Seans Ordner bringe ich in die letzte Ecke des abgetrennten Raums und stelle ihn dort ab. Bitte, lieber Gott, lass Sean nicht vor mir zurückkommen und das entdecken! Meine KTC-Broschüren ähneln denen von LL geschickterweise in Aufmachung und Farbgebung, so dass jemand, der einfach nur den Kopf in den Raum steckt und nach dem Rechten sieht, nicht merken wird, dass etwas nicht stimmt. Hoffentlich.

Daran kann ich jetzt nichts mehr ändern. Wenn ich nicht in zehn Minuten an meinem Platz sitze, werde ich ungewollt die Aufmerksamkeit aller auf mich lenken.

Im Büro herrscht eine gehetzte Atmosphäre. Keiner sitzt an seinem Platz, alle laufen herum, tragen Papier umher, durchstöbern Schränke, wühlen in Schubladen. Selbst Cath steht. Als ich hereinkomme, nimmt mich Fatima sogleich am Arm und sagt: »Oh, Beth, gut, dass du da bist, es ist furchtbar«, dann eilt sie weiter. Mike kniet auf dem Boden und durchsucht einen riesigen Berg Papier. Mit traurigem Kopfschütteln schaut er zu mir hoch. Er sieht aus, als wolle er etwas sagen, doch ich weiche seinem Blick aus und suche Sean. Bitte lass ihn an seinem Platz sein!

Ist er aber nicht. Oh nein, so eine Scheiße, vielleicht fährt er gerade ins Langhorne, um nervös ein paar Stunden im Saal auf und ab zu laufen, bevor die Leute kommen. Und wenn er da reingeht, wird er auf jeden Fall seine Folien prüfen und merken, dass sie weg sind. Dann wird ihm auffallen, dass die Prospekte irgendwie komisch aussehen, und er wird feststellen, dass es nicht seine LL-Broschüren, sondern meine von KTC sind. Stirnrunzelnd wird er sich fragen, was eigentlich los ist, und mit einem Blick auf meinen Namen und das Firmenlogo wissen, dass ich dahinterstecke. Er wird meine Prospekte entfernen und auf den Boden werfen, meine Projektorfolien in Stücke reißen, und wenn er damit fertig ist, wird er sich bei Rupert melden, die Präsentation vorverlegen und früher abhalten, ohne dass ich davon weiß oder etwas dagegen unternehmen kann.

Ach nein, da ist er ja. Herr Jesus im Geschäftsanzug, ich muss mich mal setzen.

Vielleicht hat Sean eh schon angerufen und den Beginn der Präsentation verlegt, um mich abzuschütteln, falls ich ihm durch irgendeinen dummen Zufall auf die Spur gekommen sein sollte. Du lieber Himmel, ich wette, dass er das getan hat. Er kennt mich, er weiß, dass ich mich möglicherweise meiner immensen Intelligenz bedienen werde, um herauszubekommen, was vor sich geht. Er wäre ein Narr, sich an seinen ursprünglichen Plan zu halten.

Tja, es gibt nur eine Möglichkeit, das herauszufinden. Ich hole mein Adressbuch hervor und suche die Nummer von Ruperts Sekretariat heraus. Rupert selbst möchte ich angesichts dessen, was sonst noch läuft, lieber nicht sprechen. Seine schöne Stimme würde mich völlig aus der Bahn werfen, und ich muss doch heute Nachmittag die Präsentation meines Lebens abliefern. Das schaffe ich nicht nach oder möglicherweise sogar während eines Anfalls von Ekstase. Sähe nicht gut aus.

Ich erreiche seinen Assistenten und nenne ihm meinen Namen. Er erwidert, er habe Anweisung von Rupert, jeden Anruf von Love Learning direkt zu ihm durchzustellen. Ich bekomme Panik und stottere, das sei nicht nötig, ich wolle nur die Uhrzeit der Präsentation am Nachmittag bestätigen. »Ich sehe ihn ja eh später, wenn er mich also wegen irgendetwas sprechen will, kann er es ja dann tun. Es gibt wirklich keinen Grund, ihn jetzt zu stören.«

»Hm …« Der Assistent zögert. Ich beiße mir auf die Lippe, damit ich nicht noch mehr sage. Es soll nicht so klingen, als wolle ich auf gar keinen Fall mit Rupert sprechen. Obwohl es so ist. Andererseits habe ich wirklich große Sehnsucht nach seiner Stimme. »Na gut«, sagt der Assistent schließlich. »Aber ich wäre Ihnen dankbar, wenn Sie ihm nichts von diesem Anruf erzählten.«

»Natürlich nicht, wenn Sie es auch nicht tun. Ich möchte nicht, dass er denkt, ich wüsste nicht den Termin meiner eigenen Präsentation.«

»Ah, ja, sicher. Klasse.« Der Assistent stößt die angehaltene Luft aus, seine Stimme wird weicher und entspannter. »Also, wie es hier im Terminkalender steht, muss er um zwei Uhr im Langhorne Hotel sein.«

Ich schließe die Augen und spüre Erleichterung in jeder Faser meines Körpers. Sean ist dermaßen arrogant – oder er unterschätzt mich –, wenn er glaubt, dass ich ihm nicht auf die Schliche komme. »Das ist wunderbar!«

»Wie bitte?«

»Ich habe gesagt: wie sonderbar.« Mir kommt eine Idee.

»Hm? Wieso?«

»Weil bei mir im Kalender halb zwei steht, und ich weiß, dass der Referent, Mr. Cousins, sich ebenfalls halb zwei notiert hat. Aber bei Ihnen steht zwei Uhr – wie kann das sein?«

Ich höre Getippe auf der Tastatur, hastiges Blättern, das Rascheln loser Zettel. »Also, ich ... hier steht es ... ich hab's aufgeschrieben ... ich weiß nicht ...«

»Hören Sie, das ist nicht ... Wie heißen Sie?«

»Jason.«

»Also, Jason, das ist nicht wichtig, ist ja nur eine halbe Stunde. Dann warten wir halt, bis er da ist.«

»Nein, nein! Das geht nicht! Mr. de Witter kann es nicht leiden, wenn er zu spät kommt. Er würde sich in Grund und Boden schämen, wenn er in einen Raum käme und merken würde, dass alle Leute seit dreißig Minuten auf ihn warten. Er sagt immer, das sei unprofessionell. Und eine Beleidigung für den Gastgeber. Er wäre total sauer auf mich.«

»Oh je! Dann ist das ein kleines Problem. Wissen Sie, ich kann den Referenten nicht mehr erreichen und ihm sagen, dass es erst um zwei Uhr anfängt. Er ist momentan nicht im Haus, ich sehe ihn erst kurz vor Beginn der Präsentation.«

Langes Schweigen, weiteres Geblätter und Geraschel. Ich kneife die Augen zu, drücke mir beide Daumen und beiße mir wieder auf die Lippe. Dann sagt Jason zögernd, als überlege er sich etwas: »Aaalso, ich könnte ihm sagen, es fängt um halb zwei an. Ich meine, meistens hat er seine Termine eh nicht im Kopf. Den anderen wegen der Vorverlegung Bescheid zu sagen dürfte kein Problem sein. Dafür werde ich schließlich bezahlt, oder?«

»Ähm, ja. Ich glaube, das ist eine gute Idee. Dann sind alle gleichzeitig da, und das wollen wir ja auch. Kann ich Ihnen das überlassen, Jason?«

»Ja, klar, kein Problem. Das geht schon. Aber bitte denken Sie dran, ihm nichts von Ihrem Anruf zu sagen.«

»Mach ich nicht, wenn Sie's auch nicht tun.«

Lieber Himmel! Wie hinterhältig ich geworden bin! Stehle meinem Kollegen die Präsentation und habe sie gerade vorverlegt, damit er nicht dabei sein kann! Wie niederträchtig und gemein von mir! Gefällt mir.

Nein, nein, ich bin gar nicht hinterhältig. Ich habe mir nur meine eigene Präsentation von dem hinterhältigen Dieb zurückgeholt, der sie mir zuvor gestohlen hatte. Ich kann mich immer noch im Spiegel ansehen, ich muss halt mit harten Bandagen kämpfen, damit die Gerechtigkeit obsiegt. Ja, ich bin noch immer die schneidige Heldin, die das Recht auf ihrer Seite hat.

»Verdammte Hektik«, sagt Fatima im Vorbeilaufen, und mir kommt eine Idee.

»Fats!«, rufe ich. Sie bleibt stehen und wirbelt zu mir herum. In ihrem Gesicht steht pure Angst.

»Ja, Beth?«

»Kannst du mir vielleicht einen kleinen Gefallen tun? Mike vielleicht auch? Aber ihr dürft keinem davon erzählen, ja?«

Ihr Gesichtsausdruck entspannt sich ein wenig. »Klar, Beth, schieß los!«

»Super, Fats, danke! Hast du heute so ab ein Uhr Zeit?«

Fünf Minuten später gehe ich in die Küche und sehe, dass Sean mit dem Rücken zur Tür neben dem Wasserkocher steht. Schnell verlasse ich rückwärts die Küche. Auch wenn das Recht auf meiner Seite ist – wenn ich jetzt mit ihm rede, kann ich bestimmt nicht den Mund halten und erzähle ihm, was ich gerade getan habe. Das wird mein eigener Untergang.

Als ich an der holzverkleideten Bürotür von Richard vorbeigehe, wird sie geöffnet, und Chas kommt heraus. Er ist aufgeregt. Als er mich sieht, packt er mich am Arm.

»Herrgott nochmal! Ich habe dich überall gesucht!«

»Nein, ich bin Beth. Ich weiß, es ist bald Weihnachten, aber ich glaube trotzdem nicht, dass der Herrgott hier persönlich vorbeischaut.«

»Halt den Mund und komm rein!« Chas zerrt mich in das Büro und schließt die Tür.

»Was ist denn los, Chas?«

Er schiebt die Hände in die Hosentaschen und spaziert zum Fenster. »Wir stecken bis zum Hals in der Scheiße, Beth. Das ist los. Vielen Dank übrigens, dass du auch da bist.«

Ich schiele zur Uhr an der Wand hinüber. Es ist erst zehn vor neun, genau genommen bin ich nicht zu spät. Ich will mich gegen diesen ungerechten Seitenhieb wehren, lasse es dann aber lieber. Ich habe das Recht auf meiner Seite. »Wieso sind wir in Schwierigkeiten?«

»Weil dein schnöseliger, zwielichtiger, verkommener Freund uns alle angepisst hat, deshalb.« Chas umkreist mich, das Gesicht wutverzerrt. »Und erzähl mir nicht, dass du nichts davon wusstest.«

»W- was?« Redet er von Sean? Es ist kein Geheimnis in der

Firma, dass ich zweimal mit ihm verabredet war. »Also, hm, ich wusste nur von –«

»Na klar hast du's gewusst, du verdammte Schlampe! Ihr habt das zusammen eingefädelt, stimmt's?«

»Was denn?« Ich mache einen Schritt auf ihn zu, er ebenfalls, bis wir nur noch einen halben Meter voneinander entfernt sind. Böse funkeln wir uns an, bis Chas schließlich den Blick abwendet und sich zur Seite dreht.

»Mach mir nichts vor, Beth«, sagt er leise. »Alle wissen Bescheid. Man hat euch zusammen gesehen. Er hat heute Morgen nach dir gesucht, du musst es also gewusst haben. Selbst wenn du nicht direkt etwas damit zu tun hast, wusstest du davon und hast nichts gesagt. Du hast Beihilfe geleistet. Oder wie das heißt. Ich habe die Polizei gerufen. Nur damit du Bescheid weißt.«

Ich hebe fragend die Hände. »Was? Warte mal. Moment. Chas, wovon um alles in der Welt redest du überhaupt? Ich meine, der Polizei wird es doch total egal sein, dass Sean mir meine Präsentation gestohlen hat. Auch wenn es wahrscheinlich technisch gesehen so was wie Industriespionage ist …«

»Was redest du da für einen Scheiß? Hier geht es doch nicht um Sean und irgendeine beschissene Präsentation.«

»Um was denn dann? Im Übrigen ist das keine beschissene Präsentation, sondern eine sehr gute, und sie könnte …«

»Dein lieber Freund Richard Wichser Love hat die Geschäftskonten zum zweiten Mal abgeräumt und sich nach Portugal verpisst. Das heißt, wir sind total am Arsch.«

Ich schaue Chas mit offenem Mund an. »Er ist …? Nach …?« Auf einmal scheint das Zimmer unter meinen Füßen zu beben, und ich sinke auf den Teppich und starre Chas ungläubig an.

Schweigend betrachtet er mich. Schließlich sagt er: »Du hast es wirklich nicht gewusst, was?« Ich kann mich weder rühren noch sprechen. »Ich hätte schwören können …«, fährt er fort, hält dann aber inne. Das gibt mir Zeit, alles zu verdauen. Richard gründet Love Learning, die Firma wird erfolgreich und einträglich, Richard verschwindet. Chas leitet die Firma drei Monate lang, alle strampeln sich ab, die Krise gipfelt in der Drohung, Mitarbeiter zu entlassen, wenn wir keine neuen Kunden an Land ziehen. Ich schaue auf.

»Du hast gesagt: zum zweiten Mal.«

Eine Weile sieht er mich schweigend an, dann nickt er. »Warum, glaubst du, sind wir wohl schon länger in so großen finanziellen Schwierigkeiten?«

Ich schließe die Augen. Ich kann sie nicht mehr offen halten, das Zimmer schwankt zu stark. »Wie hat er …?«

»Oh, das hat er geschickt angestellt. Er hat das Geld nach und nach genommen, die Bücher gefälscht, seine Spuren verwischt. Man konnte ihm nichts nachweisen.«

»Und jetzt?«

»Tja, das ist es ja. Diesmal ist es anders. Diesmal ist es eher so, dass er einfach alles mitgenommen hat, ohne etwas zu vertuschen. Es ist offensichtlich, dass er es war.«

Irgendetwas an Chas' Stimme passt nicht. Sie klingt nicht so, als wolle er sich diesen Kerl holen.

»Also, Chas, wenn es feststeht, dass es Richard war, wird die Polizei ihn doch schnappen, oder? Ich meine, das ist doch bestimmt nur eine Frage der Zeit, oder?«

Unglücklich schüttelt er den Kopf und geht wieder zum Fenster. »Leider hat der Scheißkerl das Glück auf seiner Seite.

Aus irgendeinem Grund hatte er es so eilig, dass er scheinbar nicht mal irgendwelche Beweise in den Schredder gesteckt hat. Wir haben ein Blatt unter seinem Schreibtisch hier auf dem Boden gefunden, deshalb nehmen wir an, dass er die gesamten Unterlagen einfach in den Müll geworfen hat. Ich meine, es ist lächerlich, man könnte ihn so leicht überführen und das ganze Geld zurückholen, wenn wir das alles hätten, bloß …«

»Bloß was?«

Chas seufzt schwer und zuckt mit den Achseln. »Die Putzfrau war heute schon früh da und hat alle Papierkörbe geleert. Wenn da irgendwo Beweise waren, sind sie längst auf irgendeiner Müllhalde oder zerschreddert oder sonst was. Es ist hoffnungslos.«

Ich mache große Augen. In meinem Hirn zischen wieder die elektrischen Verbindungen. Ich stehe auf. Besser gesagt, ich springe auf. Chas wirbelt herum und sieht mich mit ebenfalls großen Augen an. Ich habe das Gefühl, als schwebte ich einen halben Meter über dem Boden und mein Haar stehe nach allen Seiten ab. Tut es aber nicht.

»Chas, du wirst es nicht glauben, aber ich habe eine supergeile Neuigkeit für dich.«

30 *Ergebnisse*

Kurzfristiges Ziel: Umwerfende Präsentation vor der Geschäftsführung von Horizon abhalten, ohne zu stottern, zu sabbern, ohnmächtig zu werden, umzufallen, zu kichern oder jemanden vor ekstatischer Lust anzuspringen.
Hindernisse: Ruperts Gesicht. O Gott.
Langfristiges Ziel: Für Horizon auf den Beinen bleiben. Dafür den morgigen Tag in der Horizontalen verbringen ...
Hindernisse: Gut zweiundzwanzig Stunden.

Viertel nach eins. Es ist eisig kalt, aber trocken. Die Sonne scheint, das hilft. Forsch marschiere ich auf die Eingangstür des Langhorne Hotel zu, den Kopf erhoben, Aktentasche in der Hand, sehr geschäftstüchtig gekleidet in einen langen schwarzen Wollmantel mit Nicole Kidmans schwarzem Rock und einer weißen Bluse, das Haar hochgesteckt, das Make-up tadellos. Ich habe ein schwaches, leicht überhebliches Lächeln aufgesetzt, strahle Zuversicht und Selbstvertrauen aus. Ich weiß, dass ich eine erfolgreiche Geschäftsfrau bin, die gleich eine entscheidende Präsentation halten und für ihre eigene Firma einen lukrativen Vertrag abschließen wird.

Ich glaube, ich muss mich jeden Moment übergeben.

Fatimas kleiner roter Mini steht vor dem Hotel – man kann ihn nicht übersehen mit dem Nummernschild FAT 5 –, Mike und sie sind also schon da. Danke, lieber Gott.

Ich betrete die Willoughby Suite durch die hintere Tür, damit ich einen verstohlenen Blick durch den Abtrennvorhang werfen kann, wie ein Kind, das auf seinen Einsatz beim Krippenspiel wartet. Ich kann alle Eltern sehen – ich meine, die leitenden Angestellten. Sie sitzen auf den Stühlen und blättern im Prospekt von Keep The Change. Einige lesen sogar eifrig darin und unterhalten sich mit ihrem Nachbarn darüber. Oh, bitte, er soll ihnen gefallen!

Mein Blick schweift über die Teilnehmer. Ich suche einen blonden Haarschopf mit Strähnchen, sehe aber keinen. Mir ist schlecht, und ich bin nervöser als je zuvor in meinem Leben. Laufe schnell noch mal zum Klo.

Auf der Toilette streiche ich mir das Haar glatt und frische mein Make-up auf. Mit zitternder Hand tupfe ich mir Lipgloss auf den Mund. Ich weiß nicht, ob ich nervöser bin wegen des Vertrags und der Gründung meiner eigenen Firma, weil ich Sean von hinten mit dem Messer erstechen, es herumdrehen und den Griff abbrechen will, damit er es nicht selbst wieder herausziehen und sich retten kann, oder weil ich gleich Rupert treffen werde. Ich beuge mich vor und betrachte mein Gesicht im Spiegel, aber ich zittere so stark, dass ich nur einen verschwommenen weißen Fleck erkennen kann. Ich glaube, das liegt an dem verschmierten Glas, aber ich zittere wirklich. Mein Herz klopft doppelt so schnell wie normal, ich schnappe nach Luft, als sei ich gerade eine Treppe hochgelaufen. Ich fühle mich, als bekäme ich jeden Moment eine Panikattacke. Das ist lächerlich – ich kann mich nicht erinnern, dass es mir schon mal so schlecht gegangen wäre. Ich weiß, dass einige Kollegen vor einer Präsentation sehr nervös sind, aber mir passiert das normalerweise nicht, so dass ich gar nicht weiß, wie ich mich beruhigen soll. Was tun die Kollegen, um sich in den Griff zu bekommen? Fatima ist mindestens eine Stunde vor ihrem Auftritt immer total durch den Wind. Sie kann machen, was sie will, nichts wirkt gegen ihre Angst. Deshalb hat sie es inzwischen aufgegeben und stellt sich einfach mit ihrem Lampenfieber vor die Leute. Einige finden, dass die Angst ihnen besonderen Scharfsinn verleiht. Fatima ist, glaube ich, der Ansicht, dass ihre Stimme durch das Zittern erotischer wirkt.

Sean kommt immer erst im letzten Augenblick an, schlüpft aus seinem Mantel und marschiert geradewegs in den Seminarraum, damit er keine Zeit hat, sich irgendwelche Gedanken zu machen. Also, das würde bei mir nicht funktionieren – ich mache mir über diese Sache Gedanken, seit ich sie am Mittwoch in die Wege geleitet habe.

Derek räuspert sich unablässig und fingert sich am Hals herum, als würde er jeden Moment loslegen und »Nessun Dorma« singen. Mike zählt zwanzig Minuten lang die Präsentationsfolien durch und ordnet sie immer wieder neu. Cath schließlich geht vor die Tür und führt sich massenweise Toxine und Karzinogene zu, um sich besser zu fühlen.

Nee, das alles funktioniert bei mir nicht. Die Folien habe ich schon geordnet, und ich fange jetzt bestimmt nicht mit dem Rauchen an – habe gehört, dass man mindestens einen Monat braucht, um es gut zu können, bis dahin muss man sich zusammenreißen, um nicht zu kotzen. Ich beschließe, wieder in den abgetrennten Teil der Willoughby Suite zu gehen und noch etwas Wasser zu trinken.

Nachdem ich mit Chas gesprochen hatte, lief er nach draußen und blies die hektische Suche nach Beweisen ab. Dann ging er alle Verträge durch, die wir seit Beginn der Krise abgeschlossen hatten, und rechnete durch, ob es sich lohnte, Love Learning weiter am Leben zu erhalten. Mike war es gelungen, einen dreimonatigen Vertrag mit einem italienischen Restaurant in der Fußgängerzone abzuschließen, und Cath hatte irgendwann in den vergangenen drei Wochen tatsächlich einmal zum Telefonhörer gegriffen, Kontakt mit dem Büroartikelmarkt im Industriegebiet aufgenommen und es geschafft, ihnen eine Fortbildung zum Thema Kundenpflege, After-Sale, Management und Buchhaltung aufzuschwatzen. Mit diesen beiden großen Aufträgen und den vier kleineren, die die anderen an Land gezogen hatten, kann der Laden wohl fürs Erste überleben. Mit ein oder zwei kleinen Modifikationen.

»Richard wird wohl in den Knast wandern«, sagte Chas in die betäubte Stille hinein. »Das bedeutet, seine Gelder werden auf absehbare Zeit eingefroren. So. Ich werde Love Learning übernehmen, wir fangen noch mal bei null an, und wir müssen mindestens zwei Mitarbeiter freisetzen. Das tut mir sehr leid.«

Mir passt das nur zu gut. In der Willoughby Suite wird es langsam voller. Fatima läuft in weißer Bluse und schwarzem Rock herum, bietet den Mitarbeitern von Horizon Tee, Kaffee und O-Saft an, und Mike in weißem Hemd und schwarzer Hose prüft ein letztes Mal meine Folien, versichert sich, dass sie vollständig und in der richtigen Reihenfolge sind. Ich gehe zu Fatima hinüber.

»Mensch, Beth, Gott sei Dank, dass du da bist, ich hatte schon Panik. Ich dachte schon, ich müsste das übernehmen. Stimmt doch, Mike, nicht? Echt! Ich war schon ganz durch den Wind.«

Mir fällt auf, dass sie kleine Rentier-Ohrringe trägt. »Jetzt muss du dir keine Sorgen mehr machen. Ich bin ja da.«

»Puh, ja. Aber ich hätte es getan. Echt, hätte ich, auch wenn ich es total in den Sand gesetzt hätte, mit Sicherheit. Aber ich hätte es auf jeden Fall versucht.«

»Das weiß ich. Danke. Hör mal, Fats, ich glaube, du kannst dein Auto da nicht stehen lassen, das ist im Halteverbot.«

Sie sieht mich stirnrunzelnd an. »Wovon redest du, Beth? Bist du etwa auch nervös? Ich habe mein Auto doch verkauft! Du hast mir gesagt, dass ich das tun soll. Das hast du doch nicht vergessen, oder?«

»Das ist ja komisch. Draußen steht ein roter Mini mit deinem Nummernschild – FAT 5. Das ist doch deiner, nicht?«

»Nein, Beth, Blödsinn. Ich sag doch, ich hab ihn verkauft.«

»Ja, klar. Wie dumm von mir! Egal. Aber du weißt nicht mehr, wie der Typ hieß, oder?«

»Nee.«

»Wie sah er denn aus? Weißt du das vielleicht noch?«

»Nicht mehr so richtig.«

»Zumindest sein Haar. Weißt du noch, welche Farbe es hatte? Ich meine, war es, keine Ahnung, war es beispielsweise blond? Ganz schwer und glänzend? So dass du am liebsten mit den Fingern durchgefahren wärst?«

Verblüfft schaut sie mich an. »Nee. Blond auf keinen Fall. Braun, glaube ich. Sehr schick.«

»Ah, gut.« Na, klar. Hier sind mindestens fünfzehn leitende Mitarbeiter von Horizon Holidays, der Wagen kann jedem von ihnen gehören. Warum habe ich bloß gedacht …? Ach, egal. Muss mich konzentrieren. Fatima macht einen verwirrten Eindruck. Ich grinse sie breit an, und sie entspannt sich merklich. Vielleicht ist sie nicht die ausgeglichenste Frau der Welt, aber sie kann hervorragend mit Menschen umgehen. Ich beobachte, wie sie sich inmitten der Wartenden bewegt, mit den Angestellten plaudert, sie zum Lachen bringt, dafür sorgt, dass sie sich gut aufgehoben fühlen. Und Mike mag etwas schlicht sein, aber er ist spitze im Organisieren und dreifachen Absichern. Bei ihm kann man sich darauf verlassen, dass alles in Ordnung ist. Als Belegschaft von Keep The Change werden die beiden von unschätzbarem Wert sein, um meine Termine zu organisieren und meine Kunden zu umsorgen.

Mein Handy klingelt. Ich haste nach draußen auf den Gang.

»Beth Sheridan, Love … ähm, Keep The Change, wie kann ich Ihnen helfen?«

»Äh, hallo, Miss Sheridan, hier ist Anthony Davies, der Assistent von Greg Matheson.«

Scheiße. Jetzt ist es so weit. Auf diesen Anruf habe ich die ganze Zeit gewartet. Der Whytelys-Auftrag! Verflucht. Was für ein schlechtes Timing! Als wäre ich nicht schon längst ein nervöses Wrack mit Pudding in den Knien, das keinen Ton herausbringt.

»Ah, guten Tag, Anthony, freut mich, von Ihnen zu hören. Was kann ich für Sie tun?« Gar nicht schlecht für Puddingknie.

»Also, Mr. Matheson hat mich gebeten, Sie anzurufen, um einen Termin mit seinen Anwälten zu machen, im Hinblick auf die Besprechung eines möglichen Vertrags mit Keep The Change. Wann haben Sie Zeit?«

Es dauert ein paar Sekunden, bis ich die Sprache wiedergefunden habe. »Das freut mich aber, Anthony! Darf ich Sie weiterreichen an meine Assistentin Fatima, die den Termin absprechen wird? Vielen Dank!« Ich drücke auf die Stummschaltung, werfe die Arme in die Luft, springe mit weitaufgerissenem Mund auf und ab und schreie lautlos mindestens fünfzehn Sekunden lang, dann glätte ich meine Bluse, gehe in den Saal und mache Fatima ein Zeichen, zu mir zu kommen. Ich reiche ihr mein Handy.

»Geh vor die Tür und rede mit Anthony!«, trage ich ihr atemlos auf.

»Wer ist das?«

»Ein Mitarbeiter von Whytelys. Die wollen sich mit mir treffen. Um über einen Vertrag zu sprechen.« Fatima bekommt große Augen, verzieht den Mund zu einem Grinsen und ballt die Fäuste, um ebenfalls fünfzehn Sekunden auf und ab zu hüpfen. »Noch nicht«, sage ich, und sie nickt und atmet tief durch, um sich zu beruhigen. »Gut. Also, wann habe ich Zeit ... eigentlich immer. Aber sag ihm das nicht. Mach einen Termin, keine Ahnung, am achtundzwanzigsten oder so. Und zwar am Nachmittag. Es muss sich so anhören, als würdest du in meinem Terminkalender nachsehen. Lass ihn warten und raschel dabei mit dem Papier, ja?«

Fatima nickt voller Ernst und nimmt das Handy entgegen. Sie trägt es vor sich her wie ein kostbares Gut. Ich schaue ihr nach, dann verschwinde ich zwischen den Vorhängen und husche unbeobachtet zum Ausgang. Ich brauche dringend frische Luft.

Gut. Ich stehe draußen und friere mir den Arsch ab. Es ist zweiundzwanzig Minuten nach eins, und von Rupert ist noch nichts zu sehen. Noch acht Minuten. Wahrscheinlich ist er in den nächsten zwei Minuten da. Muss mir keine Sorgen machen, ich gehe besser wieder rein und warte dort. Aber was mache ich, wenn er nicht auftaucht? Eigentlich müsste ich warten, bis er da ist. Es sind viele Mitarbeiter von Horizon da, denen es nichts ausmacht, auf ihren Chef zu warten. Aber sein Assistent Jason sagte, er käme nicht gerne zu spät. Was ist, wenn ich alle warten lasse und er sich dumm vorkommt, weil er zu spät eintrifft? Aber ohne ihn kann ich nicht anfangen, das wäre noch schlimmer. Oder nicht? Vielleicht wäre es einfacher für mich, wenn er nicht da wäre, nicht schön und verführerisch auf seinem Stuhl säße und mich ablenkte. Vielleicht sollte ich kurz Jason anrufen und mich vergewissern, ob Rupert die Vorverlegung mitbekommen hat? Wenn ich nicht rechtzeitig loslege, wird Sean auftauchen und mich erwischen, und dann ist alles im Eimer.

Reiß dich zusammen, Beth, verdammt nochmal! Das ist doch albern. Ich bin ein Profi und als solcher fange ich genau zu der Uhrzeit an, die –

Ach, du Scheiße! Da kommt Sean!

Es ist sein Wagen, der gerade in die Zufahrt biegt. Ich flitze ins Hotel, in den Saal, und haste nach vorne, wo ich meine Position einnehme: Laserpointer in der rechten Hand, Overheadprojektor zu meiner Linken, die erste Folie aufgelegt. Ich schaue zu Mike hinüber, der neben dem Projektor sitzt, und mache ein argloses Gesicht. Mike nickt feierlich. Er hält die zweite und dritte Folie schon bereit. Meine Uhr zeigt dreizehn Uhr siebenundzwanzig. Kann ich schon anfangen? Ich werfe einen Blick auf die Wanduhr, dann hinüber zur Tür. Sean ist draußen, er parkt gerade. Dreizehn Uhr achtundzwanzig. Die angsteinflößende rosagraue Masse vor mir können nur die Horizon-Mitarbeiter sein, die mich erwartungsvoll ansehen. Nach und nach verstummen die Gespräche. Immer noch dreizehn Uhr achtundzwanzig. Mist. An der Seite steht Fatima und sieht mich fragend an. Mir wird klar, dass ich seit mindestens einer Minute stirnrunzelnd und in mich versunken vor den Leuten hier stehe. Dass ich immer wieder verstohlen nach hinten gucke, verstärkt noch den Eindruck eines psychisch kranken Gefängnisinsassen auf der Flucht, das, wie ich gelesen habe, nicht gerade passendste Bild, wenn man kurz vor einer Verkaufsveranstaltung steht.

Ich zwinge mich zu einem entspannten Lächeln und weise mit dem Kopf in Richtung Lichtschalter. Fatima runzelt die Stirn und artikuliert lautlos: »Was?« Sean muss jetzt an der Rezeption sein und zu der Frau dort sagen: *Ich gehe direkt nach hinten durch, ja?* Sie wird ihm zulächeln, er wird weiterlaufen, durch die gläserne Doppeltür, über den abscheulichen Teppich mit dem beigefarbenen Muster. Ich sehe Fatima mit aufgerissenen Augen an und blinzle in Richtung Lichtschalter, dann zu den Lampen und wieder zum Schalter. *Ah!* Sie nickt. Dreizehn Uhr neunundzwanzig. Sean erreicht den Eingang zur Willoughby Suite, legt die Hand auf die Türklinke. Fatima geht zum Schalter, streckt die Hand aus, drückt darauf, und der Raum wird im selben Moment dunkel, als die Tür aufschwingt und Sean erstarrt auf der Schwelle stehen bleibt. Er glotzt mich an und sieht sich mit offenem Mund im Raum um. Erkenntnis und Schrecken dämmern in seinem Gesicht. Lächelnd begrüße ich die Anwesenden: »Guten Tag. Ich heiße Beth Sheridan, und ich werde Ihnen erzählen, wie mein Lern- und Fortbildungsinstitut Keep The Change Horizon Holidays von Nutzen sein kann.«

31 *Fazit*

Kurzfristiges Ziel: Zum nächsten Alkoholausschank gelangen und so lange trinken, bis ich ruhig bin (also bewusstlos).
Hindernisse: Die stark beeindruckten Angestellten von Horizon, die alle mit mir über Verträge reden wollen. Mist.
Langfristiges Ziel: Brad heiraten, vorzugsweise morgen.
Hindernisse: Sein Smoking ist wahrscheinlich nicht gebügelt. (Mensch, ich muss mich zusammenreißen.)

Fünfundvierzig Minuten später. Die Präsentation ist vorbei. In mir glüht ein warmes Licht, das sich als heiteres Lächeln auf meinem Gesicht bemerkbar macht, während ich gelassen durch den Saal schwebe. Die Angestellten waren begeistert, insbesondere als ich meine Zeit bei Horizon erwähnte und daher mit einer gewissen Glaubwürdigkeit über die bisher schlechte Fortbildung dort sprechen konnte.

»Moment mal«, sagte einer ziemlich am Anfang, »sollte die Präsentation nicht von einem Institut namens Love Learning durchgeführt werden?«

»Ja«, erwiderte ich lächelnd, als würde ich ihn bewundern, weil ihm das aufgefallen ist. »Ich habe bis heute für Love Learning gearbeitet, aber aufgrund unvorhergesehener Umstände konnte man dort die Präsentation nicht übernehmen.« Den Rest verschweige ich, denn ich weiß, dass der lokale Radiosender morgen früh als Erstes über Richards schändliche Flucht berichten wird (es erweist sich jetzt schon als nützlich, eine Mitbewohnerin zu haben, deren Freund bei der Zeitung arbeitet. Adam schreibt einen Artikel über Keep The Change; Vini schlug es ihm vor, als ihr langsam alles wieder einfiel). »Deshalb dachte ich, bevor Sie unverrichteter Dinge wieder gehen, könnte ich Sie vielleicht überzeugen, dass Keep The Change Sie ebenso gut versorgen kann, wenn nicht sogar besser, als Love Learning.« Außerdem wird sich der Chef nicht mit dem ganzen Geld absetzen. Das sage ich aber nicht laut. Zu dem Schluss können die Leute von Horizon morgen selbst kommen, wenn sie die Nachrichten hören.

Ein paar haben mir die Hand geschüttelt und gesagt, es sei höchste Zeit, dass die betriebliche Fortbildung verbessert werde. Sie fragten, wann ich Zeit für ein Beratungsgespräch hätte. Fatima und Mike machen die Termine für mich, ich verweise alle Interessenten an sie. Vor Fatima stehen drei Personen Schlange, die anderen bedienen sich hinten im Raum mit Glühwein und Mince-Pies. In der Luft liegen der warme Duft von Zimt und das leise Gemurmel entspannter Gespräche. Auf einmal spüre ich einen heißen Atem, und mir zischt jemand ins Ohr: »Du verdammte kleine Schlampe!«

Ich drehe mich um, immer noch lächelnd, und sehe Sean vor mir. »Oh, hallo, Sean. Wie geht es dir?«

»Tu bloß nicht so, du dreckige Schlampe! Was bildest du dir eigentlich ein?«

Verwirrt runzle ich die Stirn. »Ach, Sean, weißt du es gar nicht? Ich habe gerade eine sehr erfolgreiche – und, wenn ich das hinzufügen darf – brillant geschriebene Präsentation vor diesen netten Angestellten von Horizon Holidays gehalten. Ich habe sie überzeugt, dass die Firma die falsche Fortbildungspolitik betreibt und dass sie, wenn sie im 21. Jahrhundert weiterhin mit einer Belegschaft vorankommen und florieren will, die sich geschätzt fühlt und mit den allerneuesten Erkenntnissen, Fähigkeiten und Einstellungen optimal aufgestellt ist, um nicht nur gute Arbeit zu leisten, sondern sich selbst zu übertreffen, dass sie dazu ihr jetziges Lernmaterial und ihre Vorgehensweise über Bord werfen muss und für ihren aktuellen und zukünftigen Lern- und Fortbildungsbedarf Keep The Change buchen muss. Hast du es jetzt verstanden?«

Sean schießt vor, so dass sich unsere Nasen fast berühren. Komisch, als wir uns beim letzten Mal so nahe waren, hätten wir uns beinahe geküsst. Auch wenn Sean damals nicht ganz so viele Zähne zeigte. »Ha, du bist ja so was von witzig!«, zischt er. »Das ist ja bloß *meine* Präsentation in *meinem* Saal mit *meinen* Zuhörern und *mein* Vertrag. Du bist meiner Meinung nach nicht besser als ein dreckiger kleiner Dieb.«

»Dreckiger kleiner Dieb? Und wie nennt man das, wenn man sich was von seiner Kollegin klaut, was eigentlich ihre Idee gewesen ist?«

Er will antworten, hält inne und runzelt die Stirn. »Wovon redest du überhaupt?«

»Der Vertrag mit Horizon gehört mir, das wissen wir beide. Du hast mir die Idee geklaut, als ich zu … egal, als ich nicht aufgepasst habe.« Ich verschränke die Arme vor der Brust. »Ich habe ihn mir nur zurückgeholt. Das ist alles.«

Er hält mir seinen Zeigefinger ins Gesicht. »Nein, das ist nicht alles. Love Learning hat das hier bezahlt. Damit bist auch du vor dem Gesetz ein Dieb.«

»Ein Dieb vor dem Gesetz? Oder hinter dem Gesetz? Oder zwischen oder neben?«

»Ach, lass mich doch …«

»Oder unter oder durch?«

»… in Ruhe. Du kannst Witze machen, so lange du willst, aber das hier hat mich fast zwei Riesen gekostet, was die Polizei mit Sicherheit brennend interessieren wird, wenn ich ihr sage, dass du …«

»Oh, ja, Sean, da hast du völlig recht, das wird sie interessieren.« Ich senke die Stimme, damit mich die Horizon-Mitarbeiter nicht hören können. Sie ist rau und drohend. Was uns beide ein wenig überrascht. »Weil ich die Rechnung schon in voller Höhe übernommen habe, und die betrug siebenhundertfünfundneunzig Pfund, inklusive Mehrwertsteuer. Wenn du also versuchst, fast zwei Riesen von einer Firma zurückzubekommen, die wegen Unterschlagung bereits unter großen finanziellen Verlusten leidet und der deshalb eine gründliche Prüfung der Bücher bevorsteht, solltest du besser noch mal drüber nachdenken. Meinst du nicht?«

Sean beißt sich auf die Unterlippe, will allem Anschein nach ein Wort sagen, dass mit dem Buchstaben »F« beginnt. Doch er besinnt sich eines Besseren, kneift die Augen zusammen, macht den Mund zu und stolziert zur Tür. Noch einmal dreht er sich um und droht mir erneut mit einem bösen »F«, dann geht er.

Fick dich selbst.

Ich blicke über den Raum hinweg, zittre leicht, fühle mich aber, als könnte ich einen Drachen töten. Ich laufe ein bisschen herum, lächle den Mitarbeitern von Horizon Holidays zu, unterhalte mich über die Präsentation, nicke zustimmend bei Erinnerungen an meine Zeit bei Horizon und die damaligen Kollegen – »Kennst du noch die fette Pat aus der Personalabteilung? Die hatte so weißes Haar, das vorne ganz gelb war, weil sie so viel qualmte? Die hat *geheiratet*!« –, doch in Wirklichkeit halte ich Ausschau nach Rupert. Meine Präsentation ist weitaus besser gelaufen, als ich hoffen konnte, meine neue Firma ist offiziell gegründet, eigentlich müsste ich wie die Königin der Fortbildung hier auf einer Wolke des Glücks schweben, doch das tue ich nicht. Natürlich freue ich mich, logisch, aber ein kleiner Teil von mir – also, ehrlich gesagt, ein ziemlich großer Teil, eigentlich sogar jeder Teil von mir – ist maßlos enttäuscht, weil Rupert sich nicht hat blicken lassen. Ich meine, der Termin war in seinem Kalender, seine Teilnahme war vorgemerkt, ich weiß also, dass er nicht anderweitig beschäftigt war.

Das Bild eines nackten Rupert geistert mir durch den Kopf. Ich schwanke leicht und halte mich am Tisch mit den Mince-Pies fest. Fatima schaut besorgt herüber, ich lächle ihr beruhigend zu. Der Glühwein muss mir in den Kopf gestiegen sein.

Immerhin hat sich Rupert nicht entschlossen, der Präsentation fernzubleiben, weil er mir aus dem Weg gehen wollte, denn er wusste ja gar nicht, dass ich hier heute stehen würde. Soweit es ihn betrifft, hatte er keine Lust auf seinen neuen Ansprechpartner, Mr. Cousins. Diesen Schmarotzer. Wenn ich doch nur meinen Stolz überwunden und Rupert zurückgemailt oder ihn angerufen und ihn gefragt hätte, wer sich denn als sein neuer Ansprechpartner ausgegeben hat.

Nun, jetzt ist es egal. Ich habe die Präsentation vor Sean gerettet, ohne fremde Hilfe, und nach Fatimas und Mikes etwas perplexen Mienen zu urteilen, werden sie mit Anfragen überhäuft. War vielleicht sogar besser, dass Rupert nicht im Publikum saß und mich mit seinen schönen Augen ansah. Möglicherweise wäre ich ohnmächtig geworden, das hätte die Präsentation reichlich erschwert.

Außerdem stehe ich vor einer sehr schwierigen Entscheidung, und da Rupert nicht hier ist, hat er sie mir quasi abgenommen. Alles, was mich in meiner Phantasie mit Rupert verbunden hat, ist unwichtig, weil ich nur einen liebe …

»Brad!«, platzt es aus mir heraus, bevor ich mich zusammenreißen und kühl professionell geben kann. Einige Mitarbeiter drehen sich zu mir um, aber ich bin völlig verzückt von Brads Anblick, der wie durch Zauberhand vor mir aufgetaucht ist. Mit breitem Grinsen schaue ich zu ihm auf, zu seinen lächelnden braunen Augen und dem verwuschelten Haar. Mein ganzer Körper bebt vor Verlangen, mir diesen sexy Mann zu packen und zu umarmen. Unbewusst bewege ich mich auf ihn zu, als stände ich auf einem Förderband. »Hey, das ist ja toll, dass ich dich hier sehe! Was machst du hier? Ach, ja! Du arbeitest ja auch bei Horizon, nicht? Hatte ich ganz vergessen. Zum Glück habe ich dich erst jetzt gesehen, sonst hättest du mich ganz schön abgelenkt …« Brad legt den Kopf zur Seite und sieht mich mit leicht gerunzelter Stirn an. »Was ist? Was hast du?«

Er zuckt mit den Achseln. »Weiß nicht genau. Es kommt eigentlich nur auf dich an.«

»Auf mich?« Jetzt mache ich mir Sorgen.

»Hm, ja. Weil ich ein wenig verwirrt bin, Beth. Oder doch Libby? Entschuldigung, mit wem genau habe ich es jetzt zu tun? Mit der wunderbaren, ehrlichen Frau, die Lügner aller Art verachtet? Oder mit wem?«

Ich schlage die Hand vor den Mund. Ach, du Scheiße! Wieso habe ich bloß nicht daran gedacht? Wieso bin ich nicht mal auf die Idee gekommen? »Ach, Brad, weißt du, Shit, eigentlich ist das nicht gelogen, ich meine, ich heiße Elizabeth, also bin ich beides, Libby und Beth. Ich meine, ich bin Libby und Beth, jetzt weißt du es, womit ich sagen will, dass mein Name, ähm, meine Namen sind beides Abkürzungen oder könnten es sein, also zählt das nicht als falscher Namen wenn man …«

»Miss Sheridan, ich muss Sie einmal bitten, kurz innezuhalten«, sagt er. »Danke. So. Klären wir das erst mal, ja? Okay.« Er hebt die Hand und zählt an den Fingern ab: »Erstens: Sie haben sich mir schamlos als Libby vorgestellt, während Ihnen bewusst war, dass Sie sich meistens Beth rufen lassen. Zweitens: Sie haben mir nicht die Regel mit den Abkürzungen erklärt …«

Einer der Horizon-Mitarbeiter steht neben ihm. »Entschuldigung, Sir. Tut mir leid, wenn ich Sie …« Brad dreht sich ungeduldig zu ihm um.

»Äh, könnten Sie bitte später noch mal kommen? Ich unterhalte mich gerade.«

»Ja, Sir, aber es gibt ein kleines Problem.«

»Das können wir auch im Büro klären. Ich bin in ein paar Minuten wieder zurück, ja?«

Ein Stich der Enttäuschung durchfährt mich. Mir bleiben nur noch ein paar Minuten, ehe er wieder geht. Ach ja: Morgen haben wir den ganzen Tag. Die Enttäuschung verfliegt, an ihre Stelle tritt große Freude und Aufregung. Meine Gesichtsmuskeln sind schon ganz ermattet von den steten Stimmungsschwankungen. Ich stelle mir vor, wie die erschöpften Gefühle in mir sich alle kurz hinsetzen, bevor sie wieder aufspringen und die Plätze tauschen.

»Nein, Sir, das geht leider nicht. Es gibt ein Problem mit Ihrem Wagen.«

»Was?«

Eine Frau in einem Kostüm und mit zurückgekämmtem Haar nähert sich von der anderen Seite. »Rupert, du hast die Hoteleinfahrt zugeparkt.«

Rupert? Hat sie »Rupert« gesagt? Ich recke den Hals und schaue mich im Raum um, will wissen, mit wem sie spricht. Verdammt, ist er vielleicht doch hier?

»Gut, in Ordnung, kann ich trotzdem kurz eine Minute …«

»Leider nicht, Rupe. Es muss jetzt umgeparkt werden.«

Dieselbe Frau. Ich drehe mich um: Sie steht direkt neben Brad. Sieht ihn an. Spricht mit ihm. Nennt ihn Rupert. Und er antwortet ihr. Mein Blick schießt zwischen ihm und ihr hin und her, mein Kopf beginnt zu arbeiten, meine Gefühle springen auf die Füße und laufen schreiend herum, die Arme in die Luft gereckt. Was ist hier eigentlich …?

Brad – oder Rupert? – beobachtet mich scharf mit besorgter Miene. »Hier sind die Schlüssel«, sagt er schnell und wirft sie dem Mann zu. Er wendet den Blick nicht von mir ab. »Bitte fahren Sie den Wagen zurück ins Büro. Wir treffen uns dort in einer Stunde.«

»Ähm, Sir, Entschuldigung, welches …?«

»Roter Mini mit Schachbrettdach, steht draußen.« Unverwandt sieht er mir in die Augen. »Kümmern Sie sich bitte drum, Jason?«

Jason und die Frau verschwinden aus meinem Gesichtsfeld. Ich sehe nur einen – Rupert. Oder Brad? Wer ist er denn nun?

»Rupert?« frage ich.

»War mir klar, dass du das fragen würdest. Komm mal mit!« Er nimmt meine Hand und führt mich zum Vorhang. Wir huschen hindurch. Im leeren Teil des Raumes bleibt er stehen, dreht sich um und legt die Hände auf meine Arme.

»Du …«, sage ich.

»Ganz genau«, erwidert er und streicht mir das Haar aus dem Gesicht. »Es war wirklich dumm von mir. Aber ich hatte einen sehr guten Grund, Beth, das versichere ich dir.«

»Einen Grund? Welchen denn?«

»Also gut. Es sieht so aus: Meistens hat es viele Vorteile, Rupert de Witter zu sein. Man wird immer erstklassig bedient, bekommt auf den letzten Drücker noch einen Platz im Restaurant, überall werden Kerzen aufgestellt …«

Meine Hand wandert zum Mund. Die Kerzen im Madeleine's! Alle für mich aufgestellt von Rupert – also von Brad. Brad hat das für mich getan. Aber er ist Rupert. Bis vor dreißig Sekunden wusste ich nicht mal, dass Brad bekannt war, dass ich damals im Madeleine's gewesen war, schon gar nicht, dass er dahintersteckte. Ich glaube, ich werde wirklich gleich ohnmächtig. Nein, nein, es geht schon. Werde ich nicht. Rupert runzelt die Stirn. »Oh je, ist alles in Ordnung? Du bist so blass!« Er berührt mein Gesicht und führt mich dann ans Fenster, ohne mich aus den Augen zu lassen.

Ich nicke. »Hm …«

»Also, das ist mir zu riskant. Bleib hier!« Nach einem prüfenden Blick auf mein Gesicht schlüpft er zwischen den Vorhängen hindurch.

Heiliger Bimbam! Rupert und Brad sind ein und dieselbe Person!

»Komm, setz dich hin.« Schon ist er zurück, hat einen Stuhl dabei. »Bitte, ich mache mir wirklich Sorgen um dich.«

Ich gehorche und setze mich auf den angebotenen Stuhl. Rupert beobachtet mich eine Weile aufmerksam, wie ein Vater, der sein Kind ins Bett bringt. »Alles in Ordnung?«, fragt er. Ich nicke. »Wirklich? Willst du etwas trinken? Wasser? Brandy? Tee? Oder vielleicht ein Glas …?«

Ich schüttele den Kopf. Er verstummt. Blickt mich offen an. Dann reibt er sich mit der Hand über die Stirn und geht zum Fenster. »Also, gut, Miss Wie-auch-immer. Ich erkläre es dir. Versprichst du mir, dass du nicht ohnmächtig wirst? Okay. Ich werde dir die ganze Wahrheit darüber sagen, warum ich das getan habe. Es ist unverzeihlich, es ist nicht zu entschuldigen, aber das ist alles die Schuld von meinem Freund Hector. Nein, im Ernst. Es war seine Idee, mich als jemand anderes auszugeben.«

»Macht er das auch? Mein Gott, was denkt ihr euch da- «

»Nein, nein.« Rupert kommt schnell auf mich zu, schüttelt den Kopf. »Herrgott, nein, so meinte ich das nicht. Ich wollte damit sagen … ich wollte sagen, dass ich mir die Idee bei ihm geholt habe. Ich würde nicht behaupten, dass es seine Idee gewesen ist. Er hat es mir nicht vorgeschlagen oder so.«

Ich nicke. »Also nicht seine Idee oder sein Vorschlag, aber auf jeden Fall seine Schuld.«

Rupert wendet sich ab und reibt sich den Kopf. »Du hast recht, das hört sich wirklich schrecklich an. Ich will Hector nicht die Schuld geben. Es war nur ... Er hatte eine Frau kennengelernt, ja? Und die wusste anfangs nicht, wer er war ...«

»Wer ist er denn?«

»Hector McCarthy, der Chef von McCarthy Systems. Auf jeden Fall ...«

»Du liebe Güte!« McCarthy Systems ist die riesige Softwarefirma im Industriegebiet. Der Laden ist womöglich noch größer als Horizon Holidays. Ich reiße die Augen auf. »Ich wusste nicht, dass Millionäre so ein Rudelverhalten an den Tag legen. Habt ihr einen angeborenen sechsten Sinn, der euch unbewusst aufeinanderzuführt?«

Rupert lacht und schüttelt den Kopf. »Nein, nein, natürlich nicht.«

»Habt ihr denn, als ihr euch kennengelernt habt, festgestellt, dass vieles in eurem Leben ähnlich ist? Dass ihr zum Beispiel dasselbe Auto fahrt, in derselben Straße wohnt oder so was?«

Er grinst. »Wir fahren beide einen Bentley.«

Ich lasse die Hände fallen. »Da haben wir den Beweis. Ihr seid ein Haufen Freaks.«

Rupert lächelt noch immer, doch seine Augen schauen ernst. »Eigentlich sind wir ganz normal, nur glauben immer alle ...« Er unterbricht sich und schüttelt den Kopf. »Aber ich greife vor. Wo war ich stehengeblieben? Ach ja, Hector und Rachel. Er hat mir von ihr erzählt, und das klang so wunderbar – eine lustige, bezaubernde, hübsche Frau –, dass ich unglaublich neidisch wurde. So etwas wollte ich auch.« Er sieht mir in die Augen, dann runzelt er die Stirn. »Oh, ist wirklich alles in Ordnung? Du bist ein bisschen grün im Gesicht.«

Na, kein Wunder! Wer würde nicht die Farbe verlieren, wenn

der Millionär, den man wie von Sinnen liebt, so eloquent von seiner Traumfrau erzählt? Ich lächle lieb. »Mir geht es gut. Erzähl weiter!«

Er beugt sich vor. »Wirklich? Na, gut. Hector ist also total verliebt in dieses hübsche, bezaubernde Mädchen …«

»Ja, ja, das habe ich verstanden. Wie geht es weiter?«

Fragend sieht er mich an, dann grinst er breit. »Gut, ich erzähle weiter. Dieses Mädchen wusste nicht, wer Hector war, als sie sich kennenlernten. Das bedeutet, sie lernte ihn kennen und lieben nur um seiner selbst willen, nicht wegen seines Status.« Rupert überlegt und sieht eine Weile zu Boden. »Seit ich Horizon habe, also fast mein ganzes Leben lang, weiß ich, dass die Menschen nicht immer ganz … nun ja, ehrlich sind. Das öffnet einem echt die Augen, Libby, glaub mir. Ich werde ständig von Leuten angerufen, die ich vor fünfzehn Jahren flüchtig kannte, mit denen ich zur Schule gegangen bin, die ich mal auf einer Party kennengelernt habe – alle wollen sich mit mir treffen. Klassentreffen, Abendessen, Grillfest. Das prasselt nur so auf mich ein, und ich bilde mir nicht ein, dass alle glauben, ich wäre ein total unterhaltsamer, supernetter Gast.«

Eine Weile schweigt Rupert, den Blick auf die schweren Vorhänge gerichtet, die uns von seinen Angestellten trennen. Dann sieht er mir wieder in die Augen. »Ich hatte mich einmal verliebt«, gesteht er freimütig. »Glaubte ich jedenfalls. Wir haben sogar geheiratet. Ich war damals siebenundzwanzig, sie war elf Jahre älter als ich. Ihr gefiel das Leben, das ich ihr bieten konnte, aber mehr wollte sich nicht von mir wissen.«

»Oh …«

Er nickt. »Siehst du? Und deshalb habe ich bei dieser Speeddating-Veranstaltung behauptet, ich hieße Brad. Außerdem hätte es natürlich sein können, dass du eine brutale Serienmörderin bist.«

Ich muss lachen. »Ach, du meine Güte, Br- Rupert, das ist ja lächerlich. Brutale Mörderinnen gehen nicht zum Speeddaten.«

»Nein?«

»Natürlich nicht. Nur weil sie psychopathisch und blutrünstig sind, gehören sie noch lange nicht zu den sozial Benachteiligten.«

Er blinzelt. »Sozial benachteiligt? Ist das deine Meinung vom durchschnittlichen Speeddater?«

»Ja, sicher.«

Rupert hebt fragend die Augenbrauen und dreht den Kopf ein wenig zur Seite. »Auch von mir?«

Er sieht mich so ernst und nachdrücklich an, seine Stimme ist so weich und zaghaft, dass ich echte Besorgnis spüre, obwohl er mit einem Lächeln versucht, seine Frage scherzhaft klingen zu lassen. Während ich ihn betrachte, muss ich an die elende Gestalt meines Morgenmantels von Montagnacht denken, und ein Schauer durchfährt mich.

»Nein, nein, du natürlich nicht! Du bist alles andere als sozial benachteiligt! Du bist einfach nur ein Schwindler.«

Unverwandt schaut er mir in die Augen. Dann senkt er den Blick. »Ich hätte dich nicht anlügen dürfen, Li- Beth. Als ich dich kennenlernte, habe ich das sofort bedauert. Es ist genauso, wie du gesagt hast: Wenn man jemanden unter falschem Namen kennenlernt, ist das so, als würde man seine wahre Identität verbergen.«

»Ich glaube, das hast *du* gesagt.«

»Hm, ja, aber du warst derselben Meinung.«

»Stimmt.«

»Die Sache ist die: Als es erst mal heraus war, konnte ich es nur sehr schwer wieder rückgängig machen. Ich meine, ich wollte, ich hatte es wirklich vor, aber …«

»Aber es machte dir viel zu viel Spaß, mit deiner wahren Identität einen äußerst koketten E-Mail-Wechsel mit einer anderen Frau zu führen.«

»Ah, ja. Das stimmt.«

Mit gespielter Entrüstung verschränke ich die Arme. »Das ist wirklich das Allerletzte! Ich meine, wie konntest du so mit mir herumflirten, während du gleichzeitig etwas mit, ja, mit mir anfingst? Klar, jetzt hat sich rausgestellt, dass ich ein und dieselbe Person bin, aber das hätte ja auch anders kommen können. Dann hättest du uns beiden was vorgemacht.«

»Ich weiß. Aber ich fühlte mich von beiden Frauen angezogen, ich konnte mich einfach nicht …« Rupert hält inne und sieht mich an. »Hey, warte mal kurz! Wir wollen mal nicht vergessen, dass du genau dasselbe getan hast – kleine Miss Unschuldig! Mit mir herumflirten, während du gleichzeitig mit mir ausgegangen bist.«

»Na, zumindest hatte ich vor, mit dir Schluss zu machen, sobald mir klar würde, dass es mir ernst mit dir war. Und das kannst du von dir nicht behaupten.«

»Aber ich war hin- und hergerissen. Herrgott, Libby, ich wollte dich so gerne in die Arme nehmen und küssen, aber ich fand, das könnte ich nicht tun wegen meiner Gefühle für Beth. Für dich.« Er überlegt. »Du hast aber gar nicht mit mir Schluss gemacht, sondern ich mit dir.«

»Hast du nicht.«

»Habe ich wohl.«

»Nein. Du hast nur eine Nachricht bekommen, in der stand, dass du von jetzt an einen anderen Ansprechpartner hättest und ich nicht länger mit dir im Geschäft wäre.«

»Ja, ich weiß, und daraus habe ich geschlossen, dass du nicht mehr mit mir flirten durftest, weil Richard Love zurück war und du was mit ihm hattest.«

»Hatte ich nicht!«

»Wirklich nicht?«

»Nein! Ich hatte noch nie was mit ihm. Der Typ ist ein Arschloch.«

»Ah. Gut. Warum hast du dann vor sechs Jahren Horizon Holidays zusammen mit ihm verlassen?«

Ungläubig starre ich Rupert an. »Das weißt du noch?«

»Na klar. Er hat gekündigt, und seine Assistentin ist mitgegangen. Wie sollte ich das vergessen?«

»Ich meine, wusstest du, dass *ich* das war?«

Es gibt eine längere Pause. Dann erwidert Rupert: »Ehrlich gesagt, nein. Ich konnte mich nicht an deinen Namen erinnern. Aber ich wusste es trotzdem. Ich meine, ich wusste nicht, wie du aussahst oder so – wir haben uns doch nie kennengelernt, oder?«

Ich schüttele den Kopf. »Natürlich nicht – sonst hätte ich ja gewusst, dass du Rupert bist.«

»Ah, ja, sicher. Ich wusste also nicht, wie du aussahst, und kannte deinen Namen nicht mehr, aber ich wusste noch, dass Richards Assistentin gemeinsam mit ihm gekündigt hatte und dass ich das damals etwas sonderbar fand. Ich meine, du nahmst damit ein großes Risiko auf dich – alles aufzugeben und ihm zu folgen. Ich habe einfach angenommen, dass du total verknallt in ihn warst. Das war die einzig mögliche Erklärung.«

Rupert sieht mir in die Augen. Eine Weile schauen wir uns an. Die Leute eine Etage tiefer fangen wieder mit ihren Vorbereitungen an, und diesmal ist Rupert nicht nur im gleichen Stadtteil wie ich, sondern im selben Gebäude, im selben Raum. Und es ist ein HOTEL!

»Wow«, krächze ich. »Da habe ich also jahrelang ein Foto verehrt, auf dem ein ganz anderer …«

»Verehrt?«

»… während du die ganze Zeit geglaubt hast, ich sei in Richard verliebt.« Es wäre eher kontraproduktiv, ihm zu verraten, wie nahe er der Wahrheit gekommen ist.

»Ja. Und als wir anfingen, uns zu schreiben, meinte Rhonda, dein Name käme ihr bekannt vor –«

»Moment mal! Woher wusste Rhonda, dass wir uns schrieben?«

Er hebt die Augenbrauen. »Ich habe es vielleicht ein, zwei Leuten gegenüber erwähnt.«

»Ach, du liebe Güte! Meinst du das ernst?«

Rupert grinst. »Ja, klar! Die fanden deine Mails total lustig. Die ganzen Sachen mit Schuhen und Yetis. Super gemacht.«

»Hm.«

»Hey, mach dir keine Gedanken! Als es immer … vertrauter wurde, habe ich sie keinem mehr gezeigt.«

»Aha. Gut. Also kam Rhonda mein Name bekannt vor …?«

»Ja. Sie meinte, sie hätte ihn schon mal irgendwo gehört. Deshalb habe ich in unserer Datenbank nach dir gesucht und festgestellt, dass du ohne Kündigungsfrist hier aufgehört hast, und zwar am selben Tag, als Richard kündigte. Und dass du seine Assistentin warst. Aus diesen mageren Fakten folgerte ich messerscharf, dass du das Mädel warst, das damals mit ihm ging.«

»Oh, super gemacht! Und das mit so wenig Fakten!«

»Danke. Nachdem ich also wusste, wer du warst, war mir sehr wohl bewusst, dass ich mit Richard um deine Gefühle kämpfte. Es hätte ja durchaus sein können, dass du ihn in der Zwischenzeit sogar geheiratet hattest. Ich hätte vorsichtiger sein müssen, aber da du deine Mails nicht mit ›Beth Love‹ unterschriebst, hatte ich eine gewisse Hoffnung. Und ich war schlicht und einfach fasziniert von dir. Es dauerte nicht lange, da war ich hin und weg.«

Ich werde ganz schwach. Wahrscheinlich Sauerstoffmangel. »Wirklich?«, bringe ich flüsternd heraus. Darf das Atmen nicht vergessen.

Rupert überlegt, lächelt, senkt die Stimme. »Total verknallt.« Langsam spricht er weiter: »Ich habe nur noch an dich gedacht. Konnte nichts anderes mehr tun, als auf die nächste Mail von dir zu warten. Ich wollte unbedingt etwas für dich tun, etwas, das dein Leben ändert. Deshalb habe ich das Auto von deiner Freundin gekauft.«

»Du warst das also! Ach, du lieber Himmel! Warum?«

»Also, mein Freund Harris, der Buchhalter, berichtete mir haarklein von eurem Essen im Madeleine's. Wie gerne wäre ich dabei gewesen! Es hörte sich super an, genau wie ich es mir vorgestellt hatte.«

»Warum bist du dann nicht gekommen? Hattest du wirklich einen anderen Termin?«

Rupert wirft mir einen Seitenblick zu, dann sieht er zu Boden.

»Nein, hatte ich nicht. Ich habe mich schlicht und einfach nicht getraut, dich zu treffen, und zwar wegen diesem bescheuerten Bild. Du hättest auf einen Adonis mit goldenem Haar gewartet, und wenn ich aufgetaucht wäre, wärst du enttäuscht gewesen.«

»Das ist doch Blödsi-«

»Nein, ist es nicht. Ich habe dir schon gesagt, dass ich … so was nicht gut kann.«

»Was: so was?«

»Mich unterhalten. Außerdem war ich noch zusätzlich benachteiligt, weil ich mich so unglaublich zu dir hingezogen fühlte. Ich war dermaßen nervös, und als mir einfiel, dass du mit diesem gebräunten Halbgott rechnen würdest, habe ich mich einfach nicht getraut.«

»Und deinen Buchhalter geschickt.«

»Und meinen Buchhalter geschickt. Genau genommen ist Harris eher ein Freund, der meine Buchhaltung erledigt, als ein Buchhalter. Er hat mir alles haarklein berichtet. Er war selbst ziemlich begeistert von dir. Konnte gar nicht mehr aufhören zu schwärmen, wie nett du wärst, wie niedlich, wie besorgt um die finanzielle Notlage deiner Freundin. Deshalb rief ich bei Love Learning an und bat darum, mit der Frau zu sprechen, die ihren Mini verkaufen wolle. Ich verabredete mich mit ihr, begutachtete den Wagen und kaufte ihn auf der Stelle.«

Ich bin baff. Das ist wie Darcy, der Wickham und Lydia aufspürt und ihre Hochzeit in die Wege leitet, nur weil er Elizabeth liebt. Bloß dass Lydia hier Fatima ist und Wickham ist … na ja, der rote Mini mit dem Schachbrettdach, aber die Einzelheiten sind nicht so wichtig. Ich betrachte diesen schönen Mann und denke an Fatima auf der anderen Seite des Vorhangs.

»Wahnsinn, dass du das gemacht hast«, stoße ich aus. Rupert steht jetzt direkt neben meinem Stuhl.

»Hab ich für dich getan«, sagt er, genau wie Darcy. »Wegen meiner Gefühle für dich. Weil ich dir etwas Gutes tun wollte, und das Geldproblem deiner Freundin war so gut wie alles, was ich zu dem Zeitpunkt über dich wusste.«

Ich bin sprachlos. Ich sehe ihm in die Augen, er ist mir so nah, betrachtet mich aufmerksam, wartet auf meine Reaktion. Aber ich bringe kein Wort heraus, ich bekomme nämlich kaum Luft. Schließlich gelingt mir ein gekrächztes: »Sie war so glücklich …«

»Gut. Freut mich, dass ich jemanden glücklich machen konnte.«

»Doch, wirklich. Ich hab mich auch gefreut.«

»Deshalb hab ich es ja getan.«

»Danke.«

Es gibt eine befangene Pause. Rupert beugt sich vor, ich halte den Atem an, er lehnt sich wieder zurück, räuspert sich und blickt zur Seite. Dann steht er auf und geht ein paar Schritte.

»Beth«, sagt er mit dem Rücken zu mir, und seine Stimme ist eine Oktave tiefer als zuvor. »Ich weiß, dass ich nicht derjenige bin, den du erwartet hast, den du erhofft hast. Ich bin nicht der Mann hinten aus dem Horizon-Prospekt. Weit davon entfernt. Aber der Typ, der auf dem Foto, hätte dich eh nicht verdient. Der sieht vielleicht toll aus und hat Glamour, aber mehr ist da auch nicht.«

Ich stehe auf und gehe zu Rupert. »Wer ist das denn?«, frage ich.

Rupert dreht sich um, pure Angst steht ihm ins Gesicht geschrieben. Mein Magen dreht sich um.

»Er heißt Saul Ruggiero. Zumindest ist das sein Künstlername.«

»Künstlername?«

»Hm-m. Sein richtiger Name ist Jeff Staines. Er ist ein entfernter Cousin von mir, der den Durchbruch als Fotomodell schaffen will. Hier in England hatte er ein paar kleinere Aufträge, noch nichts Großes. Aus irgendeinem Grund überlegt er ...«

»Nach Amerika zu ziehen«, beende ich den Satz.

Rupert nickt. »Genau. Ich bin froh, wenn ich ihn von hinten sehe, um ehrlich zu sein. Jedes Mal, wenn er unterwegs ist, tritt er irgendwem auf die Füße, und ich darf anschließend los und die Wogen glätten.« Er sieht mich an. »Bis jetzt war mir das eigentlich egal.«

»Auf der Party letzte Woche habe ich also mit Jeff gesprochen?«

Rupert nickt. »Das nehme ich an.«

»Aber warum ist dann sein Bild in dem Prospekt und wird als deines ausgegeben? Das begreife ich nicht.«

Er seufzt. »Weil, als der Prospekt vor zwölf Jahren gedruckt wurde, meine Marketingleute meinten, dass ... Na ja, sie fanden, dass ich selbst nicht ... nicht attraktiv genug wäre.«

Ich betrachte ihn mit seinen breiten Schultern, den schönen braunen Augen, dem verwuschelten Haar. »Das kann doch nicht wahr sein!«

Rupert nickt resigniert. »Doch, leider ja. Ich war damals noch sehr jung und wollte unbedingt mit der Firma Erfolg haben, deshalb habe ich alles gemacht, was die mir vorschlugen.«

»Unglaublich, so was zu behaupten.«

Wie Richard Gere stößt er lachend die Luft aus und schaut

dabei erleichtert zur Seite. »Bist du anderer Meinung?« Rupert hebt den Blick und sieht mir in die Augen. Ich nicke kaum merklich. Er kommt näher, nimmt mein Gesicht in die Hände. Unsere Körper berühren sich bis hinunter zu den Oberschenkeln. »Meinst du, die haben sich geirrt?«

»Hm.«

Ich sende Rupert eine starke, wollüstige Nachricht nach der anderen, und endlich, endlich scheint es zu funktionieren. Er kommt noch näher, seine Lippen sind nur noch Millimeter von mir entfernt, seine Fingerspitzen wandern meinen Nacken empor. »Wenn ich dich jetzt küssen würde, hättest du also nichts dagegen?«

»Hm-m.«

»Was Besseres habe ich heute noch nicht gehört.« Und als er sich vorbeugt und seine Lippen auf meine drückt, schließe ich die Augen und schmelze dahin. In meinen Ohren erklingt Musik, eine wunderbare, romantische Melodie, die uns umhüllt, den Raum erfüllt, freudig triumphierend ertönt wie …

»Ist das dein Handy?«, fragt er plötzlich und löst sich von mir.

Ich merke, dass die Musik in Wirklichkeit die Melodie von Superman ist und aus meiner Handtasche kommt. Sie teilt mir mit, dass ich eine SMS erhalten habe.

»Oh, ja. ’tschuldigung.« Ich krame in meiner Handtasche, hole das Handy hervor und öffne die Nachricht. Da steht:

Mache Schluss. Bist ne Niete. Dein Bewunderer Nigel Nr. 15 xxx

Danksagung

Von Herzen dankbar bin ich wie immer meinen geplagten, leicht genervten Familienmitgliedern und Freunden, die dieses Buch in der Entstehungsphase lasen und mir wertvolle Ratschläge gaben, insbesondere Lois Whipp, Irene Carbin und Lucy Coates. Und natürlich Tom und Beth, meinen größten Fans.

Besonders erwähnt werden muss Suzanne Allen wegen jener Mammutsitzung im Mayfly auf Lukes Geburtstag – und Tracey Owen. Ohne sie hätte ich das Manuskript niemals abgeschickt. Vielen Dank!

Ich bedanke mich erneut bei Laura Morris: Agentin, Lektorin, Freundin. Und bei Lydia Newhouse, die mir zwei Jahre lang metaphorisch die Hand gehalten hat. Danke.